2011 不求人文化

2009 懶鬼子英日語

I'm 我識出版集團
I'm Publishing Group
www.17buy.com.tw

2006 意識文化

2005 易富文化

2004 我識地球村

2001 我識出版社

2011 不求人文化

2009 懶鬼子英日語

I'm 我識出版集團
I'm Publishing Group
www.17buy.com.tw

2006 意識文化

2005 易富文化

2004 我識地球村

2001 我識出版社

用6大單字記憶法

記10萬個英文單字

用3,000個單字學會「6大單字記憶法」！

用 6 大單字記憶法記 10 萬個英文單字

Aa abate ~ awkward

符號說明 ➲ 動

abate [ə
The busi
the tax. 南
➲ abate -
同 decreas
反 increase
文 argue 是

abdom
The boy h
這個男孩腹
同 belly 🅝 肚
文 abdome

abdom
Many you
muscles.
許多年輕人
同 ventral
文 exercise
體操」的

abide [ə
I couldn't
我再也受不
➲ abide -
同 endure
反 depart
片 abide by

abject
An abject
一聲淒慘的
同 miserab

---

absond ~ academy

Day 1 單字學習 54 個 ❺

❶

absurd [əb`sɝd] a 可笑的，荒謬的 升全多護托公
It's absurd that he was lost nearby his house.
他在家附近迷路了，真是可笑。
同 ridiculous a 荒謬的，可笑的
反 rational a 合理的
文 形容詞 absurd 常用句型「it's absurd of you to do...」。

搭配記憶法
absolutely absurd 相當可笑

構詞記憶法
字首 ab- 表示「偏離，離開」的意思。

❷

abundance [ə`bʌndəns] n 充足，豐富 升全多護托公
Don't worry. There is an abundance of water supply.
別擔心，水的供應很充足。
同 plenty n 充足
反 shortage n 缺乏，不足
文 abundance 常用片語 in abundance，表示「豐富，充足」的意思。

構詞記憶法
字根 bund 表示「波動」的意思。

搭配記憶法
great abundance of food 相當豐盛的食物

❸

abuse [ə`bjuz] v 侮辱，虐待 升全多護托公
He resigned because he was verbally abused by the boss.
因為被老闆言語侮辱，所以他辭職了。
➲ abuse - abused- abused & abusing
同 insult v 侮辱
片 abuse one's privilege phr 濫用特權

邏輯記憶法
此單字中 use（v. 使用）一詞，可延伸出 useful（a. 有用的）。

構詞記憶法
字首 ab- 表示「偏離，離開」的意思。

abyss [ə`bɪs] n 深淵，地獄 升全多護托公
You are on the edge of the abyss now.
你現在正處深淵邊緣。
同 deep n 深淵，深處
片 on the edge of phr 在～的邊緣

搭配記憶法
drop into abyss 跌入深淵

academic [ˌækə`dɛmɪk] a 學院的，理論的 升全多護托公
This is my first academic year as a teacher.
這是我當老師的第一個學年。
同 collegial a 學院的
文 as 在例句中作介係詞，表示「作為～，以～身份」的意思。

搭配記憶法
academic conference 研討會

academy [ə`kædəmɪ] n 學院，研究院 升全多護托公
This activity is sponsored by the professors of the academy.
這次活動是由學院的教授們發起的。
同 institute n 學院

構詞記憶法
字首 a- 表示「加強」的意思。

搭配記憶法
police academy 警察學院

🎧 013

---

❹ 構詞記憶法

🎧 013

使用說明步驟：

❶ 史上最強 6 大單字記憶法

本書由「我識地表最強教學顧問團隊」，根據其多年的英文單字教學實驗與自身學習經驗，經過不斷的開會討論，研究出 6 種史上最強且最能夠幫助讀者將英文單字背熟的記憶法。書中每個單字均搭配 1~2 種單字記憶法，熟練此 6 種記憶法有效幫助單字學習，即使記憶力衰退，單字也不會忘！

---

❷ 考遍天下的高頻率英文單字

本書參考各英文檢定考試歷屆考題與各英文新聞、雜誌等商業網站，利用電腦篩選比對出 3,000 個高頻率單字，照字母編排，學習井然有序不混亂。再由我識地表最強教學顧問團隊整理編寫各單字的考試重點，包括單字詞性、中文字義、中英文例句、動詞三態、同反義字、常用片語和例句重點文法解說等，讓你在背單字的同時也能擴充腦細胞中的英文知識，保證走進各大英文檢定考場絕不怯場。全書單字英、中文皆由專業的美、中籍老師錄製，並收錄在隨書附贈的光碟片裡。讀者可以一邊聽光碟一邊背單字，加強單字發音，奠定英文口說基礎。

★本書附贈 CD 片內容音檔為 MP3 格式★音檔即頁碼編號★

---

❸ 自修、檢定、證照、升職 All Pass

書中學習內容是根據國內升學考試（會考、學測、指考、統測）、常見英文語文能力檢定（全民英檢、新多益、雅思、托福）和公務人員考試之英文科編寫。本書在每個單字旁特別設計 6 個符號各代表不同英文測驗，依單字程度標示出其常出現在哪些英文檢定考試，方便讀者在準備考試時可依據符號所示加強練習，面對各種英文檢定考場都能輕鬆過關 All Pass ！

---

❹ 記憶法單字索引表，鍛鍊記憶力

有別於書中照字母排序的單字學習，本書最後特別將全書單字依照不同記憶法做單字排序並搭配單字中文解釋。讀者可以利用此部分加強對書中介紹的「6 大單字記憶法」更加熟練，並且鍛鍊記憶力，成功擴充單字量，讓腦內的英文單字量如滾雪球般增長。另外也會標上單字所在頁數，方便讀者隨時查找。

◎若前文單字有介紹 2 種記憶法，其單字也會分別收錄在所屬記憶法索引表裡。

---

❺ 單字累積表，30 天成功擴充單字量

循序漸進地背誦單字，累積單字量，讓學習能力與日俱進，成功奠定英語力！

學習 10 天，單字累積量約 2,426 個｜可挑戰各類英文檢定考試初階程度
學習 20 天，單字累積量約 4,939 個｜可挑戰各類英文檢定考試中階程度
學習 30 天，單字累積量約 7,276 個｜可挑戰各類英文檢定考試高階程度

詞性說明｜n 名詞、v 動詞、a 形容詞、ad 副詞、num 數字、abbr 縮寫、prep 介係詞、pron 代名詞、sb.=somebody 某人、sth.=something 某事

想要提升學習力，需要正確的學習法！

1、構詞記憶法

全球語言學家一致推薦最有效的單字記憶法。此記憶法是利用英文的構詞方式，透過字首（prefix）、字根（root）、字尾（suffix）的方式將單字先拆解再重組，正確認識單字組成的最小結構，幫助單字學習與記憶。

字首（prefix）：將一個或數個字母或音節置於單字或字根之前，以改變其意。

字根（root）：單字組成的最基本部分，顯示此單字主要的意義。

字尾（suffix）：將一個或數個字母或音節置於單字或字根之後，以改變單字的意或成為另一個單字。

只要掌握字首、字根、字尾的原則，爾後即便遇到看不懂的單字也可以用此方式猜測出意思。

例 acquire（v 獲取）=ac（向～）+ **字根 quir（尋求，詢問）**。

2、同音詞記憶法

因為時代的變換、區域的不同以及不同的人在原有的語言創造新的單字很難避免在語音上會出現雷同的現象。此記憶法是利用英文單字的相同發音卻不同拼字來記憶。或許同音字的存在會給學習者帶來困擾，但有時候從意義上分辨或是了解它們的搭配習慣，就能夠運用自如。

例 bare（a 赤裸的）與此單字同音 **bear（v 忍受）**。

3、單複數記憶法

單複數的學習一般來說都是在強調物體數量上的不同，只要在字彙字尾加「s」即可表示其所表達的是「複數」。在此情況之下，字彙單數形式時的字義與複數形式是一致的。而此記憶法則是利用單字本身單複數形式所產生的不同意思。此時字彙單數形式時的字義與複數形式的字義則不同。有跡可循的是畢竟是使用相同字彙做衍生而產生不同的意思，所以產生出來的字義還是指同一類事物。

例 clothes（n 服裝）此字的單數形 **cloth（n 布）**。

4、近似音記憶法

世界上每一種語言都會存在一些模擬大自然或是各種生物的擬聲詞，其發音與單字意思有著緊密的關聯，容易聯想有助於學習記憶。此記憶法利用諧音方式來增加記憶，還可以達到聽其聲知其義的效果。

例 bombard（v 轟炸）此單字中的 **bo 音如「隆隆聲響」，以 bo、boo、bom 開頭的字，隱含「巨大聲響或動靜」**。

5、搭配詞記憶法

搭配詞記憶法，簡單來說就是把「透過字彙的合併，產生出自然的口語和文字」。此記憶法利用一組詞彙的概念來記憶，在記憶單字時不是只記下一個單字的意思，而是能夠使用一組詞彙加深印象。

常見的搭配詞有以下幾種：「副詞＋形容詞」、「形容詞＋名詞」、「名詞＋名詞」、「名詞＋動詞」、「動詞＋名詞」、「動詞＋介係詞」、「動詞＋副詞」。

有些字有它固定搭配的字彙，透過如此的搭配不但可以具體表現它的意思還可以達到語言的自然流利度。不論是在口說或寫作時都可以達到語感的正確使用，還可以讓表達更自然道地。

例 abdomen（n 腹部）可利用此詞彙 **beat one's abdomen（打～的腹部）**加深單字印象。

6、邏輯記憶法

有些英文單字在詞形上由一個單字為單位，採用順序或不同的角度去找出邏輯的關係，在前面或後面加上其它字母就可延伸出其它單字。此記憶法利用已知的單字作為提示線索，用來幫助學習與記憶陌生的單字。如此可以減輕腦中記憶的負擔，有效提高學習率。

例 abreast（ad 並排地）可利用此單字中的 breast（n 胸，乳房）一詞，延伸出 **breastpin（n 胸針）**。

有別於其它書籍，一本書裡只教授一種記憶法，讀者如果想要多學幾種單字記憶法就必須將所有書籍都買回家。花錢事小，但單字仍背不起來則事大。

在學校、補習班任教多達 50 餘年的「我識地表最強教學顧問團隊」老師群們，根據其多年的英文單字教學實驗與自身學習經驗，經過不斷的開會討論，研究出 6 種史上最強且最能夠幫助讀者將英文單字背熟的記憶法。

[史上最強 6 大單字記憶法]

❶ **構詞記憶法**——利用英文的構詞方式，透過字首、字根、字尾的方式來記憶單字。

❷ **同音詞記憶法**——運用單字的相同發音卻不同拼字來記憶。

❸ **單複數記憶法**——利用單字本身單複數形式所產生的不同意思來記憶單字。

❹ **近似音記憶法**——利用諧音方式來增加記憶。

❺ **搭配詞記憶法**——利用一組詞彙的概念來記憶，在記憶單字時不是只記下一個單字的意思，而是能夠使用一組彙加深印象。

❻ **邏輯記憶法**——以一個單字為單位，採用順序或不同的角度去找出邏輯的關係，並延伸出其它的單字。

在《**用 6 大單字記憶法記 10 萬個英文單字**》一書中，教學顧問團隊的老師們利用 3,000 個英文單字讓讀者認識並練習此 6 種記憶法，並期許讀者未來可以運用這 6 種記憶法記更多單字。此外，書中所收錄的單字也都是各大英文檢定考試中常考單字。透過本書除了學記憶法、背單字以外，還可以幫助讀者從每個英文單字衍伸出的學習重點，使腦細胞中的英文知識不斷擴散增加，提升自我的英文能力。不論是面對即將到來的英文檢定考試或公司升遷考績的證照測驗都可以游刃有餘。甚至連自我進修都可以透過這些記憶法增進英語學習的樂趣！

好的記憶力不是能夠記住多少，而是需要時能夠想起多少。單字背不起來不是因為英文差，而是因為用的方法不好。《**用 6 大單字記憶法記 10 萬個英文單字**》一書集結 6 種最能夠幫助讀者將英文單字背好背熟的記憶法。透過反覆練習不但可以加強學習力還可以增加記憶力。希望藉由本書不但能夠讓每位讀者的記憶力增加百倍，還可以輕輕鬆鬆將英文單字倒背如流！

我識地表最強教學顧問團隊

2017. 01

Contents

目錄

Aa

abate ~ awkward

6大考試

㊀ 學測指考
㊀ 全民英檢
㊀ 多益測驗
㊀ 雅思測驗
㊀ 托福測驗
㊀ 公職考試

6大英文單字記憶法

構詞記憶法

利用英文的構詞方式，透過字首、字根、字尾的方式來記憶單字。

同音詞記憶法

利用單字的相同發音卻不同拼字來記憶。

單複數記憶法

利用單字本身單複數形式所產生的不同意思來記憶單字。

近似音記憶法

利用諧音方式來增加記憶。

搭配詞記憶法

利用一組詞彙的概念來記憶，在記憶單字時不是只記下一個單字的意思，而是能夠使用一組詞彙加深印象。

邏輯記憶法

以一個單字為單位，採用順序或不同的角度去找出邏輯的關係，並延伸出其它的單字。

Aa abate ~ awkward

符號說明 ➲ 動詞三態 & 分詞 同 同義字 反 反義字 文 文法重點

abate [ə`bet] v 減少，減輕

升全多雅托公

The businessmen argued that the government should abate the tax. 商人要求政府減稅。

➲ abate - abated - abated & abating

同 decrease v 減少

反 increase v 增加

文 argue 是及物動詞，後面常跟名詞或 that 引導子句，意思是「要求～」。

構詞記憶法
字根 bat 表示「打，擊」的意思。

abdomen [`æbdəmən] n 腹部，腹腔

升全多雅托公

The boy has a pain in his abdomen.
這個男孩腹痛。

同 belly n 腹部

文 abdomen 屬於人體內部的器官，用介係詞 in。若指人體外部的器官則用 on。

搭配詞記憶法
beat one's abdomen 打～的腹部

abdominal [æb`dɑmənḷ] a 腹部的

升全多雅托公

Many young men do exercise to tighten their abdominal muscles.
許多年輕人做運動來增強他們的腹肌。

同 ventral a 腹部的

文 exercise 表示「鍛練」的意思時，是不可數名詞；表示「某項具體的練習或體操」的意思時，是可數名詞。

搭配詞記憶法
abdominal belt 腹帶，肚帶

構詞記憶法
字尾 -al 為形容詞字尾，表示「～相關的」的意思。

abide [ə`baɪd] v 容忍，逗留

升全多雅托公

I couldn't abide him anymore.
我再也受不了他了。

➲ abide - abode - abode & abiding

同 endure v 忍耐，持久

反 depart v 離開

片 abide by ph 遵守～

構詞記憶法
字根 bide 表示「偏離、離開」的意思。

abject [`æbdʒɛkt] a 淒慘的，卑鄙的

升全多雅托公

An abject scream broke the silence of the night.
一聲淒慘的尖叫聲打破了夜晚的寧靜。

同 miserable a 悲慘的，卑鄙的

搭配詞記憶法
abject performance 卑鄙的行為

abnormal [æb`nɔrmḷ] a 反常的 升全多雅托公

It's abnormal for a man to wear a brassiere.
男子穿胸罩是不正常的。

同 irregular a 反常的
反 normal a 正常的
片 abnormal return ph 非正常報酬

構詞記憶法
字首 ab- 表示「偏離、離開」的意思。

abolish [ə`balɪʃ] v 廢除，革除 升全多雅托公

They are opposed to abolishing the death penalty.
他們反對廢除死刑。

➲ abolish - abolished - abolished & abolishing
同 cancel v 取消，廢除
反 establish v 建立
片 abolish slavery ph 廢除奴隸制

近似音記憶法
boli 音同「剝離」，隱含「廢除，終止」之意。

搭配詞記憶法
largely abolish
大量廢除

aboriginal [͵æbə`rɪdʒənḷ] a 原始的，土著的 升全多雅托公

I am fascinated by the aboriginal buildings.
我對原始建築很著迷。

同 native a 原產於本地的，出生於本地的
文 片語 be fascinated by 表示「對～感興趣」的意思，後接名詞或名詞片語。

搭配詞記憶法
aboriginal sports
土著運動

abreast [ə`brɛst] ad 並排地，肩並肩地 升全多雅托公

I saw the police car get abreast of the truck.
我看見警車與那輛卡車並排。

同 alongside ad 在旁邊
片 get abreast of ph 與～並駕齊驅

邏輯記憶法
此單字中的 breast（n. 胸，乳房）一詞，可延伸出 breastpin（n. 胸針）。

abroad [ə`brɔd] ad 在國外，到海外 升全多雅托公

She will go abroad after graduating from the university.
她大學畢業後要出國。

同 overseas ad 在國外
反 home ad 在家，在國內
片 at home and abroad ph 國內外

構詞記憶法
字首 ab- 表示「遠離」的意思。

abrupt [ə`brʌpt] a 粗魯的，突然的 升全多雅托公

She was astonished at his abrupt reply.
他粗魯的回答讓她很震驚。

同 curt a 粗魯的
片 abrupt slope ph 陡坡

構詞記憶法
字根 rupt 表示「斷裂」的意思。

abscond [æb`skɑnd] v 逃跑，潛逃 升全多雅托公

The driver ignored the victim and absconded.
司機不理會受害者，逃走了。

- abscond - absconded - absconded & absconding
- 同 escape v 逃跑
- 片 abscond from ph 從～逃走

構詞記憶法
字首 ab- 表示「遠離」的意思。

---

absence [`æbsṇs] n 缺席，缺勤 升全多雅托公

Don't make excuse for your absence.
不要為你的缺席找藉口。

- 同 nonattendance n 不出席
- 反 presence n 出席
- 文 make excuse for ph 為～找藉口

構詞記憶法
字首 ab- 表示「不，沒有」的意思。

搭配詞記憶法
leave of absence
請假

---

absorb [əb`sɔrb] v 吸收，吸引 升全多雅托公

This kind of cloth absorbs water easily.
這種布料很容易吸水。

- absorb - absorbed - absorbed & absorbing
- 同 suck v 吸收
- 文 absorb 是及物動詞，表示「吸收」時，指「使被吸收者失去原有的特點」。

搭配詞記憶法
absorb in 全神關注於

---

absorbent [əb`sɔrbənt] a 能吸收的 升全多雅托公

The tablecloth is made of absorbent material.
這桌布是用吸水性材料製成的。

- 同 absorptive a 有吸收力的
- 片 absorbent carbon ph 活性碳

構詞記憶法
-ent 為形容詞字尾，表示「～的」的意思。

---

abstract [`æbstrækt] a 抽象的，茫然的 升全多雅托公

These words are very abstract; children couldn't understand.
這些話太抽象，孩子們無法理解。

- 同 nonobjective a 抽象的
- 反 concrete a 具體的，有形的
- 片 abstract symbol ph 抽象的符號

構詞記憶法
字根 tract 表示「抽，拖」的意思。

搭配詞記憶法
abstract drawing
抽象畫

---

abstraction [æb`strækʃən] n 出神，抽象化 升全多雅托公

Don't wear a look of abstraction when somebody is talking with you.
當別人和你說話時，不要表現出心不在焉的樣子。

- 同 distraction n 注意力分散
- 文 look of abstraction 是名詞片語，意思是「心不在焉」。

構詞記憶法
字首 ab- 表示「偏離，離開」的意思。

absurd [əbˋsɝd] a 可笑的，荒謬的 升全多雅托公

It's absurd that he was lost nearby his house.
他在家附近迷路了，真是可笑。

- 同 ridiculous a 荒謬的，可笑的
- 反 rational a 合理的
- 文 形容詞 absurd 常用句型「it's absurd of you to do...」。

搭配詞記憶法
absolutely absurd 相當可笑

構詞記憶法
字首 ab- 表示「偏離，離開」的意思。

abundance [əˋbʌndəns] n 充足，豐富 升全多雅托公

Don't worry. There is an abundance of water supply.
別擔心，水的供應很充足。

- 同 plenty n 充足
- 反 shortage n 缺乏，不足
- 文 abundance 常用片語 in abundance，表示「豐富，充足」的意思。

構詞記憶法
字根 bund 表示「波動」的意思。

搭配詞記憶法
great abundance of food 相當豐盛的食物

abuse [əˋbjuz] v 侮辱，虐待 升全多雅托公

He resigned because he was verbally abused by the boss.
因為被老闆言語侮辱，所以他辭職了。

- ➲ abuse - abused- abused & abusing
- 同 insult v 侮辱
- 片 abuse one's privilege ph 濫用特權

邏輯記憶法
此單字中 use（v. 使用）一詞，可延伸出 useful（a. 有用的）。

構詞記憶法
字首 ab- 表示「偏離，離開」的意思。

abyss [əˋbɪs] n 深淵，地獄 升全多雅托公

You are on the edge of the abyss now.
你現在正處深淵邊緣。

- 同 deep n 深淵，深處
- 片 on the edge of ph 在～的邊緣

搭配詞記憶法
drop into abyss 跌入深淵

academic [ˏækəˋdɛmɪk] a 學院的，理論的 升全多雅托公

This is my first academic year as a teacher.
這是我當老師的第一個學年。

- 同 collegial a 學院的
- 文 as 在例句中作介係詞，表示「作為～，以～身份」的意思。

搭配詞記憶法
academic conference 研討會

academy [əˋkædəmɪ] n 學院，研究院 升全多雅托公

This activity is sponsored by the professors of the academy.
這次活動是由學院的教授們發起的。

- 同 institute n 學院

構詞記憶法
字首 a- 表示「加強」的意思。

搭配詞記憶法
police academy 警察學院

accelerate [æk`sɛlə͵ret] v 加速，促進 升全多雅托公

What you should do is to accelerate your departure.
你應該做的就是提前出發。

➲ accelerate - accelerated - accelerated & accelerating
同 speed v 加速
反 decelerate v 減速

構詞記憶法
字根 celer 表示「速度」的意思。

搭配詞記憶法
accelerate dramatically 急劇加速

accessible [æk`sɛsəbḷ] a 可接近的，可得到的 升全多雅托公

Make sure the document isn't accessible to the employees.
要確認員工們拿不到這份檔案。

同 approachable a 可接近的
反 inaccessible a 難接近的，難達到的
文 英文中的祈使句，通常是將動詞原形置於句首，用以表示說話人對受話人的勸告、叮囑、請求、命令、禁止等含義。

邏輯記憶法
此單字中 access（v. 接近）一詞，可延伸出 accessory（n. 同謀）。

構詞記憶法
字根 cess 表示「得到」的意思。

accessory [æk`sɛsərɪ] n 從犯，配飾 升全多雅托公

Those evidences confirmed that he was the accessory to the killer.
這些證據證明他是兇手的同謀。

同 accessory n 從犯
文 accessory 後面接介係詞 to，表示「～的同謀，～的附件」的意思。

構詞記憶法
字根 cess 表示「前近」的意思。

搭配詞記憶法
accessory before / after the fact 事前／後從犯

accommodate [ə`kamə͵det] v 容納，供給 升全多雅托公

My house has no enough rooms to accommodate all the guests.
我的房子沒有足夠的房間容納所有的賓客。

➲ accommodate - accommodated - accommodated & accommodating
同 contain v 容納
片 accommodate with ph 提供～

構詞記憶法
字根 com 表示「（放）～一起」的意思。

搭配詞記憶法
can / could accommodate 可以容納～

accommodation [ə͵kamə`deʃən] n 住處，調節 升全多雅托公

The government should provide accommodations for the homeless people.
政府應該為無家可歸的人提供住所。

同 dwelling n 住處
文 provide 是動詞「提供」的意思，後面接雙受詞。常用片語有 provide sth. for sb. 和 provide sb. sth. 兩種。

搭配詞記憶法
university accommodations 大學宿舍

accompany [əˋkʌmpənɪ] v 陪伴，陪同 升全多雅托公

He was unwilling to accompany her to the railway station.
他不願意陪她去火車站。

- ➲ accompany - accompanied - accompanied & accompanying
- 同 attend v 陪伴
- 文 accompany 表示「陪伴～」的意思時，不需要加介係詞，直接接受詞。

構詞記憶法
此單字中的 company 一詞表示「公司」的意思。

accomplish [əˋkɑmplɪʃ] v 完成，實現 升全多雅托公

He promised to accomplish his mission no matter what happens.
他發誓，無論發生什麼都要完成使命。

- ➲ accomplish - accomplished - accomplished & accomplishing
- 同 complete v 完成
- 反 frustrate v 受阻，阻滯
- 片 accomplish nothing ph 一事無成

構詞記憶法
字根 pli 表示「重疊，重複」的意思。

搭配詞記憶法
successfully accomplish 順利完成

accomplishment [əˋkɑmplɪʃmənt] n 成就 升全多雅托公

For me, winning first prize in this race is a great accomplishment.
對我來說，在這次比賽得第一是個偉大的成就。

- 同 achievement n 成就
- 片 a sense of accomplishment ph 成就感

構詞記憶法
字根 pli 表示「重疊，重複」的意思，字尾 -ment 為名詞詞尾，表示「性質」的意思。

account [əˋkaʊnt] n 帳目，解釋 升全多雅托公

The man was required to keep a detailed account by his wife.
這個男子被他的妻子要求記錄詳細帳目。

- 同 books n 帳簿

搭配詞記憶法
blow-by-blow account 詳盡的解釋

accumulate [əˋkjumjəˏlet] v 累積，逐漸增加 升全多雅托公

The young man worked hard to accumulate money to be independent of his father.
為了不靠他的父親，這名年輕人努力工作賺錢。

- ➲ accumulate - accumulated - accumulated & accumulating
- 同 amass v 積累

構詞記憶法
字根 cumul 表示「大量，積累」的意思。

搭配詞記憶法
gradually accumulate 逐漸累積

accumulation [əˏkjumjəˋleʃən] n 累積，堆積物 升全多雅托公

The accumulation of my salary this year couldn't afford a new car.
我今年的年薪買不起新車。

- 同 cumulation n 累積

構詞記憶法
字首 ac- 表示「加強」的意思。

accurate [ˋækjərɪt] a 準確的，精確的 升全多雅托公

The tailor made an accurate measurement of his waist.
裁縫師準確地測量他的腰圍。

同 exact a 精確的
反 inaccurate a 不準確的
片 accurate position ph 精確位置

構詞記憶法
字根 cur 表示「快速」的意思。

搭配詞記憶法
full and accurate 完整而準確

accuse [əˋkjuz] v 指責，控告 升全多雅托公

You have no right to accuse him.
你沒有權利去指責他。

➲ accuse - accused - accused & accusing
同 denounce v 公開指責，告發
反 defend v 保衛，防守

搭配詞記憶法
accuse of sth. 指控

accustom [əˋkʌstəm] v 使習慣 升全多雅托公

I couldn't accustom myself to the diet there.
我適應不了那裡的飲食。

➲ accustom - accustomed - accustomed & accustoming
同 inure v 使習慣
文 accustom oneself to 中的 to 是介係詞，後接名詞、代名詞、名詞片語或動名詞。

構詞記憶法
字根 custom 表示「習慣」的意思。

achieve [əˋtʃiv] v 達到，完成 升全多雅托公

They achieved success at last.
他們最後成功了。

➲ achieve - achieved - achieved & achieving
同 fulfill v 完成，實現
反 abandon v 放棄
文 及物動詞 achieve 指「憑藉努力、技巧、勇氣等獲得或達到～」，其受詞通常是 success、ambition 等名詞。

搭配詞記憶法
achieve one's goal 實現目標

acid [ˋæsɪd] a 尖刻的，酸的 升全多雅托公

Why do you always talk to me with the acid sarcasm?
為什麼你和我說話總是這麼尖酸刻薄？

同 sour a 刺耳的，酸的
片 acid test ph 嚴峻的考驗

構詞記憶法
字根 acid 表示表示「尖銳，酸」的意思。

搭配詞記憶法
dilute acid 稀酸

acidic [əˋsɪdɪk] a 酸的，酸性的 升全多雅托公

My teeth couldn't bear any acidic food.
我的牙齒忍受不了任何酸的食物。

同 sour a 酸的

構詞記憶法
字尾 -ic 表示「具有～特性的」的意思。

acknowledge [əkˋnɑlɪdʒ] v 承認
升 全 多 雅 托 公

You have to acknowledge that your opinion is wrong.
你必須承認你的觀點是錯誤的。

- ➲ acknowledge - acknowledged - acknowledged & acknowledging
- 同 concede v 承認，讓步
- 反 deny v 拒絕承認
- 文 acknowledge 是及物動詞，後接 that 引導的形容詞子句，也可以接名詞或名詞片語。

搭配詞記憶法
hereby acknowledge 在此聲明

邏輯記憶法
此單字中 knowledge（n. 知識）一詞，可延伸出 knowledgeable（a. 博學的）。

acorn [ˋekɔrn] n 櫟實，橡子
升 全 多 雅 托 公

The acorn is the symbol of endurance.
橡子是忍耐力的象徵。

- 文 the symbol of 是介係詞片語，意思是「～的標誌」。

構詞記憶法
字根 corn 表示「穀物」的意思。

acoustic [əˋkustɪk] a 音響的，聽覺的
升 全 多 雅 托 公

The acoustic effect of this concert is great.
這次演唱會的音響效果很棒。

- 同 acoustical a 音響的，聽覺的
- 文 acoustic effect 是名詞片語，意思是「音響效果」。

搭配詞記憶法
acoustic enjoyment 聽覺享受

acquaintance [əˋkwentəns] n 熟人，心得
升 全 多 雅 托 公

I am a new comer and I have no acquaintance here.
我是新來的，我在這裡沒有認識的人。

- 同 friend n 朋友
- 反 stranger n 陌生人

構詞記憶法
字根 quaint 表示「知道」的意思。

搭配詞記憶法
nodding acquaintance 點頭之交

acquire [əˋkwaɪr] v 獲取，得到
升 全 多 雅 托 公

He tried to acquire the money by any means.
他試圖用各種手段獲得錢財。

- ➲ acquire - acquired - acquired & acquiring
- 同 earn v 獲得，賺得
- 片 acquire knowledge ph 獲得知識

構詞記憶法
字根 quir 表示「尋求，詢問」的意思。

acquisition [ˏækwəˋzɪʃən] n 獲得，採集

The acquisition of a foreign language might be a slow process.
學習外語可能會是個緩慢的過程。

- 同 procurement n 獲得，獲取
- 片 acquisition of the land ph 徵用土地

搭配詞記憶法
language acquisition 語言習得

構詞記憶法
字根 quis 表示「尋求，詢問」的意思。

acre [ˋekɚ] n 英畝，土地 升全多雅托公

The government measured off hundreds of acres of land for a school.
政府劃出數百畝土地來建學校。
文 measure off 是動詞片語，表示「測量」的意思。

搭配詞記憶法
acre foot 英畝英尺

activity [ækˋtɪvətɪ] n 活動，活躍 升全多雅托公

The kindergarten is full of activity all day.
幼稚園裡整天都很熱鬧。
同 movement n 活動，移動
反 inactivity n 不活動，不活潑

構詞記憶法
字根 act 表示「行動，活動」的意思。

搭配詞記憶法
a hive of activity 非常忙碌，一片繁忙的景象

actually [ˋæktʃuəlɪ] ad 實際上，確實 升全多雅托公

He actually had divorced his wife for many years.
實際上他已經和妻子離婚多年了。
同 indeed ad 確實地
文 divorce 是動詞「離婚」的意思，在表示「和～離婚」後面直接接受詞。

構詞記憶法
字尾 -ly 為副詞字尾，表示「～地」的意思。

acute [əˋkjut] a 急性的，劇烈的 升全多雅托公

The man was sent to the hospital because of the acute disease.
男子罹患急性疾病，被送去醫院了。
反 chronic a 慢性的
文 例句用的是被動語態，其結構為「主詞 + be 動詞 + 過去分詞」。

邏輯記憶法
此單字中 cut（v. 切，割）一詞，可延伸出 custos（n. 保管人）。

adapt [əˋdæpt] v 改編，適應於 升全多雅托公

His novel is going to be adapted for the film.
他的小說將改編成電影。
➲ adapt - adapted - adapted & adapting
同 recompose v 改編
片 adapt from ph 根據～的改編

搭配詞記憶法
the ability to adapt 適應能力

構詞記憶法
字首 apt- 表示「適應，能力」的意思。

adaptability [əˏdæptəˋbɪlətɪ] n 適應性，合用性 升全多雅托公

The adaptability of this flower is strong.
這種花有很強的適應性。
同 adaptiveness n 適應性
反 inadaptability n 無適應性

構詞記憶法
字尾 -ability 為名詞字尾表示「～的性質」的意思。

adaptable [ə`dæptəbl̩] a 適合的，能適應的 升全多雅托公

I don't think the field is adaptable to the growth of corns.
我覺得這塊地不適合種玉米。

- 同 adaptive a 適應的
- 反 unfit a 不合適的，不適宜的
- 文 片語be adaptable to表示「適合，適應」，其中的to是介係詞，後面跟名詞、代名詞、名詞片語或動名詞。

邏輯記憶法
此單字中table（n. 桌子）一詞，可延伸出tablet（n. 平板，門牌）。

add [æd] v 添加，補充 升全多雅托公

Please add a bit of sugar to my coffee.
請幫我的咖啡加一點糖。

- ➲ add - added - added & adding
- 同 append v 添加，增補
- 反 subtract v 減去，減少
- 片 add up ph 合理的，總計

同音詞記憶法
與此單字同音的單字為ad（n. 廣告）。

搭配詞記憶法
hasten to add 趕緊補充

addition [ə`dɪʃən] n 加法，附加 升全多雅托公

The little girl was willing to learn simple addition.
小女孩很樂意學習簡單的加法。

- 反 subtraction n 減法
- 片 in addition to ph 另外，除了～之外

構詞記憶法
字根add表示「增加」的意思。

搭配詞記憶法
the latest addition to the family 新成員

additional [ə`dɪʃənl̩] a 額外的，附加的 升全多雅托公

I am sorry that there is no additional room in our hotel.
很抱歉，我們飯店沒有多的房間了。

- 同 attached a 附加的
- 片 additional charge ph 額外費用

構詞記憶法
字首add-表示「增加」的意思。

additive [`ædətɪv] n 添加劑，添加物 升全多雅托公

We promise the customers that our food contains no additives.
我們向消費者承諾我們的食品不含任何添加劑。

- 同 addition agent ph 添加劑
- 文 promise的意思是「承諾，允諾」，常用片語有force a promise from sb.（迫使某人作出承諾）。

構詞記憶法
字首add-表示「增加」的意思。

address [ə`drɛs] n 住址，地址 升全多雅托公

He forgot to write down his address on the envelope.
他忘記在信封上寫地址了。

- 同 abode n 住所
- 片 address book ph 通訊錄，住址名冊

邏輯記憶法
此單字中dress（n. 衣服）一詞，可延伸出dressage（n. 騎術動作）。

搭配詞記憶法
home address 住家地址

adept [əˋdɛpt] a **擅長於～的** 升全多雅托公

He is adept at chatting with strangers.
他很擅長與陌生人聊天。

同 skilled a 熟練的，有技巧的
文 片語 be adept at 的用法與 be good at 的用法一致，皆表示「擅長～」。

構詞記憶法
字根 ept 表示「能力」的意思。

adequate [ˋædəkwɪt] a **適當的，足夠的** 升全多雅托公

The man is too old to be adequate for this arduous job.
這位男子太老無法勝任這項費力的工作。

同 appropriate a 適當的
反 inappropriate a 不適當的
文 too... to 表示「如此～以至於～」，too 後接形容詞，to 後接動詞原形。

構詞記憶法
字根 equ 表示「相等，平均」的意思。

搭配詞記憶法
be adequate for 足夠～

adhere [ədˋhɪr] v **堅持，追隨** 升全多雅托公

Whatever happens, we must adhere to our post.
不論發生什麼事情，我們都必須堅守自己的崗位。

➲ adhere - adhered - adhered & adhering
同 stay v 堅持
反 abandon v 放棄
文 adhere 為不及物動詞，多與介係詞 to 連用。用於人時，表示「堅持決定、信仰、意見等」，語氣強硬，多用於正式場合。

構詞記憶法
字根 here 表示「黏附」的意思。

adhesive [ədˋhisɪv] n **黏著劑** 升全多雅托公

I need an adhesive to mend my shoes.
我需要黏著劑來修鞋子。

同 binder n 黏合劑
片 adhesive force ph 附著力

構詞記憶法
字根 hes 表示「黏附」的意思。

adjoin [əˋdʒɔɪn] v **毗連，毗鄰** 升全多雅托公

His house adjoins a junior high school.
他的房子毗鄰一所中學。

➲ adjoin - adjoined - adjoined & adjoining
同 contact v 接近，聯繫
反 disjoin v 分開，分離
片 adjoining building ph 鄰屋

構詞記憶法
字根 join 表示「連接」的意思。

adjudicate [əˋdʒudɪˏket] v **宣判，判決** 升全多雅托公

Except the judge, none has right to adjudicate the suspect's crime. 除了法官，任何人都沒有權利宣判嫌犯的罪行。

➲ adjudicate - adjudicated - adjudicated & adjudicating
同 judgment v 判決
文 except 表示「除了～之外」，指排除在外的部分。片語 except for 多用於對主要部分的肯定，因出相反的細節，含有惋惜的意思。

構詞記憶法
字根 judic 表示「判斷，審理」的意思。

adjust [ə`dʒʌst] **v** **調整，改變** 升全多雅托公

The driver adjusted the rear mirror just now.
司機剛才調整後照鏡。

- ➲ adjust - adjusted - adjusted & adjusting
- 同 regulate v 校準
- 片 adjust and control ph 調控

構詞記憶法
字根 just 表示「公平、公正」的意思。

搭配詞記憶法
be difficult / hard to adjust 難以改變

adjuster [ə`dʒʌstɚ] **n** **調停者** 升全多雅托公

The husband always acts as the adjuster between his wife and his mother.
丈夫經常當妻子與母親之間的調停者。

- 同 peacemaker n 和事佬

構詞記憶法
字首 ad- 表示「向、對～」的意思。

adjustment [ə`dʒʌstmənt] **n** **調整，調停** 升全多雅托公

To become the perfect, the laws need constant changes and adjustments.
為了更加完善，法律需要不斷地改變和調整。

- 同 modulation n 調整
- 文 to be more perfect 在例句中作目的副詞子句，位於句首時，需用逗號跟後面的主句隔開。

搭配詞記憶法
price adjustment 調價，調整價格

administration [əd͵mɪnə`streʃən] **n** **管理，實施** 升全多雅托公

The manager spent much time on the administration of staff.
經理花太多時間在員工的管理上。

- 同 management n 管理
- 文 spend 通常是人作主詞，多與介係詞 on 連用，後接名詞或動名詞。

搭配詞記憶法
administration fee 手續費，管理費

adopt [ə`dɑpt] **v** **收養，採取** 升全多雅托公

This couple wants to adopt a child from the orphanage.
這對夫婦想從孤兒院收養一個孩子。

- ➲ adopt - adopted - adopted & adopting
- 反 reject v 拋棄，拒絕
- 文 couple 作「夫妻」的意思時，是可數名詞，後面的動詞可以用單數或複數。

構詞記憶法
字根 opt 表示「選擇」的意思。

搭配詞記憶法
legally adopt 合法收養

adore [ə`dor] **v** **敬愛，愛慕** 升全多雅托公

People adore the man for his noble character, instead of his wealth.
人們因他的高貴氣質敬愛他，而不是因為他的財富。

- ➲ adore - adored - adored & adoring
- 同 admire v 讚賞，稱讚
- 反 detest v 憎惡，痛恨
- 文 instead of 在例句中作介係詞，意思是「而不是～」，後接名詞或動名詞。

構詞記憶法
字根 ora 表示「嘴，說」的意思。

adorn [ə`dɔrn] v 裝飾，修飾 升全多雅托公

The hall is adorned with beautiful ornaments.
禮堂裝飾得很漂亮。

- adorn - adorned - adorned & adorning
- 同 decorate v 裝飾，點綴
- 反 disfigure v 使～變醜
- 文 adorn 是不及物動詞，多與 with 連用，後接名詞或名詞片語，意思是「用～裝飾」。

構詞記憶法
字根 orn 表示「裝飾」的意思。

adrift [ə`drɪft] a 漂浮著的，隨波逐流的 升全多雅托公

The young man was said to be adrift on the raft for three days without food or drinks.
據說，那位年輕人在木筏上漂浮了 3 天，既無食物也沒喝水。

- 同 free-floating a 不受約束的
- 片 adrift on the sea ph 在海上漂流

構詞記憶法
字根 drift 表示「漂泊」的意思。

advance [əd`væns] v 預付，前進 升全多雅托公

The hotel required the guests to advance the deposit.
飯店要求顧客預付訂金。

- advance - advanced - advanced & advancing
- 同 prepay v 預付
- 片 cash advance ph 信用卡提現

構詞記憶法
字根 van 表示「前衛」的意思。

搭配詞記憶法
advance toward 朝向～前進

advantage [əd`væntɪdʒ] n 優勢，有利條件 升全多雅托公

Males have an obvious advantage in the society.
男子在社會中有明顯的優勢。

- 同 benefit n 好處
- 反 disadvantage n 劣勢
- 片 take advantage of ph 很好地使用

構詞記憶法
字尾 -age 為名詞字尾，表示「狀態」的意思。

搭配詞記憶法
considerable / enormous / great / advantage 相當大優勢

advent [`ædvɛnt] n 出現，到來 升全多雅托公

The advent of new vehicles brought great convenience to our travel.
新型交通工具的出現，帶給我們極大的便利。

- 同 appearance n 出現，露面
- 文 片語 lead to 意思是「導致，帶來」，後面多接名詞或名詞性片語。

邏輯記憶法
此單字中 vent（v. 表達，發洩）一詞，可延伸出 venture（v. 冒險）。

構詞記憶法
字根 vent 表示「來」的意思。

adventure [əd`vɛntʃɚ] n 冒險，冒險活動 升全多雅托公

The Americans have a spirit of adventure.
美國人有冒險精神。

- 同 risk n 冒險

構詞記憶法
-age 為名詞字尾，表示「狀態」的意思。

adverse [æd`vɝs] a 不利的，有害的 升全多雅托公
Cigarettes are adverse to people's health.
香菸對人的身體有害。
- 同 disadvantagous a 不利的
- 反 advantagous a 有利的
- 片 adverse condition ph 逆境

構詞記憶法
字根 vers 表示「轉換」的意思。

advertising [`ædvɚ͵taɪzɪŋ] n 廣告，廣告業 升全多雅托公
The advertising is the main source of profits of the television station.
廣告是電視臺的主要收入來源。
- 同 advertisement n 廣告
- 片 advertising agency ph 廣告代理商

構詞記憶法
字尾 -ing 為名詞字尾，表示「狀態，行業」的意思。

advice [əd`vaɪs] n 勸告，忠告 升全多雅托公
I will keep your advice in mind forever.
我會永遠銘記你的忠告。
- 同 admonition n 告誡，勸告
- 片 take advice ph 諮詢

搭配詞記憶法
constructive advice 建設性勸告

advisable [əd`vaɪzəbḷ] a 明智的，可被諮詢的 升全多雅托公
It was advisable for you to tell him the news.
你告訴他那消息是明智的。
- 同 sensible a 明智的
- 反 inadvisable a 不可取的
- 片 advisable action ph 明智的舉動

構詞記憶法
字根 vis 表示「看，查」的意思。

advocate [`ædvə͵ket] v 提倡，擁護 升全多雅托公
The government advocates the use of eco-friendly products.
政府提倡使用環保產品。
- ➲ advocate - advocated - advocated & advocating
- 同 support v 支持，擁護
- 反 against v 反對

構詞記憶法
字根 voc 表示「喊，叫」的意思。

搭配詞記憶法
strong adovate 強烈提倡

affair [ə`fɛr] n 事情，事件 升全多雅托公
He claims that is not his affair.
他聲稱那不關他的事。
- 同 matter n 事件
- 片 love affair ph 戀愛

搭配詞記憶法
grand affair 重大事件

affect [ə`fɛkt] v **影響，感動** 升全多雅托公

The son's death affected the parents deeply.
兒子的死對父母的打擊很大。

- ➲ affect - affected - affected & affecting
- 同 impress v 影響
- 片 affect regulation ph 情感調節

邏輯記憶法
此單字中 fect（n. 電場效應）一詞，可延伸出 effect（n. 效果，影響）。

構詞記憶法
字根 fect 表示「做，製造」的意思。

---

affected [ə`fɛktɪd] a **假裝的，感動的** 升全多雅托公

I wonder if the man's sadness is affected.
我想知道，男子的悲傷是不是裝出來的。

- 同 assumed a 假裝的
- 反 unaffected a 真摯的，不受影響的

構詞記憶法
字根 fect 表示「做，製造」的意思。

---

affection [ə`fɛkʃən] n **情感，喜愛** 升全多雅托公

No wonder that he has a great affection for the small town.
難怪他很喜歡這個小鎮。

- 同 emotion n 感情，情感
- 片 display affection ph 示愛

構詞記憶法
字根 fect 表示「做」的意思。

---

affectional [ə`fɛkʃənəl] a **愛情的，有感情的** 升全多雅托公

I prefer to watch the horror films rather than see the affectional films.
我寧願看恐怖片也不想看愛情片。

- 同 emotional a 感情的
- 文 prefer to do sth(A) rather than do sth(B) 為常見用法，意思是「寧願～而不願～」。

構詞記憶法
字尾 -al 為形容詞字尾，表示「～狀態的」的意思。

---

affiliate [ə`fɪlɪˌet] 升全多雅托公
v **使隸屬於，加入** n **成員，分會**

Our university has an affiliate in New York.
我們大學在紐約有一個分校。

- ➲ affiliate - affiliated - affiliated & affiliating
- 同 associated v 關聯
- 反 divide v 劃分，隔開
- 文 affiliate 是及物動詞，後接名詞或代名詞當受詞。常與介係詞 to / with 連用，多用於被動語態。

搭配詞記憶法
affiliate enterprise
關係企業

---

affinity [ə`fɪnətɪ] n **喜愛，吸引力** 升全多雅托公

Most girls have an affinity for beautiful clothes.
大多數的女孩都喜歡漂亮衣服。

- 同 preference n 喜愛，偏愛
- 片 have an affinity for ph 喜愛～

構詞記憶法
字根 fin 表示「範圍，界限」的意思。

affirm [ə`fɝm] v 斷言，肯定 升全多雅托公

You had better not affirm his innocence in your own will.

你最好不要只憑自己的心意就斷定他無罪。

➲ affirm - affirmed - affirmed & affirming

同 assert v 斷定

反 deny v 否定

片 affirm sth. (to sb.) ph 肯定～屬實，斷言～

構詞記憶法

字根 firm 表示「堅固」的意思。

afford [ə`ford] v 給予 升全多雅托公

Computers indeed afford great convenience to them.

電腦的確帶他們極大的便利。

➲ afford - afforded - afforded & affording

同 supply v 供給

文 afford 作「給予」的意思時，後面可接雙受詞；作不及物動詞時常與介係詞 to 連用，表示「負擔得起，承受得起」，且沒有被動形式。

搭配詞記憶法

can afford to 能夠負擔得起

affront [ə`frʌnt] n 侮辱，冒犯 升全多雅托公

The student took the teacher's inquiry as a personal affront.

學生把老師的詢問視為個人侮辱。

同 insult n 侮辱

文 take... as 意思是「把～當成～」，as 後接名詞、名詞片語或代名詞。

邏輯記憶法

此單字中 front（n. 前面）一詞，可延伸出 frontier（n. 邊疆，邊界）。

搭配詞記憶法

personal affront 個人侮辱

agency [`edʒənsɪ] n 代理商，力量 升全多雅托公

He is one of the agencies of this factory.

他是這家工廠的代理商之一。

同 medium n 仲介

片 employment agency ph 職業仲介

構詞記憶法

字根 ag 表示「做」的意思。

搭配詞記憶法

official agency 官方辦事處

agenda [ə`dʒɛndə] n 議程，工作安排 升全多雅托公

The agendas for the meeting have been drawn up.

會議的議程已經擬定好了。

同 arrangement n 安排

片 hidden agenda ph 隱而不說的事項

構詞記憶法

字根 ag 表示「做」的意思。

搭配詞記憶法

next on the agenda 議程中下一條／則

aggravate [`ægrə͵vet] v 加重，惡化 升全多雅托公

Stress and anxieties can aggravate your condition.

壓力和焦慮會使你的病情惡化。

➲ aggravate - aggravated - aggravated & aggravating

同 exasperate v 使惡化

反 alleviate v 緩和

片 aggravate relationship ph 關係惡化

構詞記憶法

字根 grav 表示「重」的意思。

aggregation [ˌægrɪˋgeʃən] n 聚集，集成 升全多雅托公

As a general rule, the aggregation of capital is a difficult process.
一般而言，資本的積累是個艱難的過程。

同 collection n 聚集
片 urban aggregation ph 城市聚集

構詞記憶法
字根 greg 表示「群體」的意思。

aggression [əˋgrɛʃən] n 侵略，攻擊 升全多雅托公

The two countries have signed a non-aggression pact.
兩國已經簽署互不侵犯條約。

同 invasion n 入侵
反 defense n 防禦
片 territory aggression ph 領土侵略

構詞記憶法
字根 gress 表示「移位」的意思。

搭配詞記憶法
military aggression 軍事侵略

aggressively [əˋgrɛsɪvlɪ] ad 侵略地，攻擊地 升全多雅托公

Many people were all aggressively antagonistic to this country's aggression.
許多人都對此國家的侵略表示強烈的反感。

文 片語 be antagonistic to 表示「對～有敵意」的意思，後接名詞。

構詞記憶法
字根 gress 表示「行走」的意思。

aggressive [əˋgrɛsɪv] a 好鬥的，有上進心的 升全多雅托公

Some children are very aggressive and always ready to start a fight.
有些孩子很好鬥，並且隨時準備打架。

同 combative a 好鬥的
片 aggressive impulse ph 攻擊性衝動

構詞記憶法
字根 gress 表示「行走」的意思。

搭配詞記憶法
make sb. aggressive 使～好鬥的

agitate [ˋædʒəˏtet] v 煽動，鼓動 升全多雅托公

The left wing's speech agitated some people's antagonistic sentiments.
激進派的演講煽動一些人的對立情緒。

➲ agitate - agitated - agitated & agitating
同 instigate v 煽動
文 antagonistic sentiments 為名詞片語，意思是「對立情緒」。

構詞記憶法
字根 -ate 為動詞字尾，表示「動作」的意思。

agonize [ˋægəˏnaɪz] v 折磨，苦悶 升全多雅托公

There's no reason to agonize about others' mistakes.
沒有理由為別人的錯誤而苦惱。

➲ agonize - agonized - agonized & agonizing
同 excruciate v 殘酷折磨
反 solace v 安慰
文 片語 agonize about 的意思是「因～而苦惱」，後接名詞或動名詞。

構詞記憶法
字根 agon 表示「掙扎」的意思。

agony [ˋægənɪ] n 痛苦，苦惱　升全多雅托公

The patient in the ward was in agony.
病房裡的病人承受著痛苦。

- 同 suffering n 苦難，痛苦
- 反 consolation n 安慰
- 文 agony 的意思是「極大的痛苦」，可以是肉體上的，也可以是身體上的。常與 in 連用，表示「忍受痛苦」的意思。

構詞記憶法
字根 agon 表示「掙扎」的意思。

搭配詞記憶法
a groan of agony
痛苦呻吟

agrarian [əˋgrɛrɪən] a 土地的　升全多雅托公

Some people are still against the agrarian reform.
有些人依然反對土地改革。

- 同 ground a 土地的，地面的
- 片 agrarian property ph 地產

構詞記憶法
字根 agr 表示「農業」的意思。

agricultural [ˌægrɪˋkʌltʃərəl] a 農業的　升全多雅托公

This country's economic development mainly depends on the export of agricultural products.
這個國家的經濟發展主要是依賴於農產品出口。

- 同 geoponic a 農業的
- 片 agricultural products ph 農產品

邏輯記憶法
此單字中 cultural（a. 耕作的，文化的）一詞，可延伸出 culture（n. 文化）。

aid [ed] n 幫助，助手　升全多雅托公

He completed the task with the aid of colleagues.
在同事們的幫助下，他完成了任務。

- 同 assistance n 幫助
- 片 first aid ph 急救

同音詞記憶法
與此單字同音的單字為 aide（n. 助手，副官）。

搭配詞記憶法
effective aid 有效幫助

ail [el] v 使煩惱　升全多雅托公

Frankly speaking, we have little or no understanding of the problem ailing them.
坦白說，我們並不知道是什麼問題困擾著他們。

- ➲ ail - ailed - ailed & ailing
- 同 perturb v 使～煩惱
- 文 及物動詞 ail 是舊式用法，通常直接後接名詞、代名詞受詞。

同音詞記憶法
與此單字同音的單字為 ale（n. 濃啤酒）。

air [ɛr] v 通風，使新鮮 v 空氣　升全多雅托公

He opened the window to air the bedroom.
他打開窗戶，讓房間通風。

- ➲ air - aired - aired & airing
- 同 ventilate v 通風
- 文 例句中的不定詞 to air the bedroom 在句中作目的副詞。

搭配詞記憶法
air pollution
空氣污染

airport [ˋɛr͵port] n 機場 升全多雅托公

Mary used to be a receptionist in the airport.
瑪麗曾經是機場接待員。

同 airfield n 機場
文 used to be 的意思是「曾經是～」，而 be used to 的意思是「用於～」。

構詞記憶法
字根 port 表示「港口」的意思。

alarming [əˋlarmɪŋ] a 驚人的，告急的 升全多雅托公

The government pays more attention to the alarming increase in petrol price.
政府更加關注上漲驚人的油價。

同 horrible a 可怕的
片 at an alarming rate ph 以驚人的速度～

構詞記憶法
字根 arm 表示「武裝，武器」的意思。

album [ˋælbəm] n 唱片，相冊 升全多雅托公

The group's first album was popular among young people.
這個團體的第一張唱片很受年輕人喜愛。

同 CD n 唱片
片 live album ph 演唱會專輯

邏輯記憶法
此單字中 bum（n. 廢物）一詞，可延伸出 bummer（n. 無賴）。

搭配詞記憶法
best-selling album 暢銷專輯

alchemist [ˋælkəmɪst] n 煉金術士 升全多雅托公

The alchemist deluded the king into believing him.
煉金術士蠱惑國王相信他。

同 hermetic n 煉金術士
文 delude sb. into (doing) sth. ph 蠱惑某人～

邏輯記憶法
此單字中 chemist（n. 化學家）一詞，可延伸出 chemistry（n. 化學、化學作用）。

alcohol [ˋælkə͵hɔl] n 酒（精），乙醇 升全多雅托公

You mustn't drive under the influence of alcohol.
千萬不要酒後駕駛。

同 liquor n 酒
文 mustn't 表示「千萬不要」的意思，含有警告的意味，後面跟動詞原形。

搭配詞記憶法
alcohol content 酒精度，酒精含量

ale [el] n 麥芽酒 升全多雅托公

I can't stand the taste of the ale.
我受不了麥芽酒的味道。

同 beer n 啤酒
片 pot ale ph 酒糟

同音詞記憶法
與此單字同音的單字為 ail（v. 生病）。

alert [ə`lɜt] a 敏銳的，警惕的 升全多雅托公

The bodyguards are on high alert to guard against any assassination.
保鏢們保持高度戒備以防任何暗殺發生。

- 同 nimble a 靈活的，機智的
- 反 torpid a 麻痺的，懶散的
- 片 on the alert ph 隨時準備著

搭配詞記憶法
red alert 紅色警報

algae [`ældʒi] n 藻類，水藻 升全多雅托公

Does the coral belong to a kind of algae?
珊瑚屬於藻類的一種嗎？

- 同 alga n 水藻
- 文 belong to 為介係詞片語，意思是「屬於～」，後接名詞、代名詞或名詞片語。

搭配詞記憶法
artificial algae 人造水藻

alien [`elɪən] a 外國的，不相容的 升全多雅托公

The alien culture affects deeply on the buildings in this area.
此地區的建築深受異國文化的影響。

- 同 foreign a 外國的
- 反 domestic a 國內的
- 文 affect 表示「影響」意思時，多指不好的影響，且常與介係詞 on 搭配。

構詞記憶法
字根 ali 表示「其他的」的意思。

搭配詞記憶法
entirely alien 完全陌生

allege [ə`lɛdʒ] v 宣稱，辯解 

The old man alleged that the lady knocked him down.
老人宣稱是這名年輕的女士撞倒他。

- ➲ allege - alleged - alleged & alleging
- 同 declare v 宣稱，斷言
- 文 allege 表示「聲稱」的意思時，具有很強的主觀性且常有藉口。

構詞記憶法
字根 lege 表示「法律」的意思。

alleviate [ə`liviˌet] v 緩和，減輕 

The government took a number of measures to alleviate the disaster.
政府採取一系列措施以緩解災情。

- ➲ alleviate - alleviated - alleviated & alleviating
- 同 appease v 緩和
- 文 government 表示「政府」的意思時，為集合名詞。若指政府成員，動詞則用複數；若指整體，動詞則用單數。

構詞記憶法
字根 lev 表示「變輕」的意思。

搭配詞記憶法
be designed to alleviate 用於舒緩

alligator [`æləˌgetɚ] n 短吻鱷，鱷魚皮革 升全多雅托公

The alligators live in the hot wet areas.
短吻鱷棲息於濕熱地區。

- 文 live in 是介係詞片語，表示「居住於～」，後接地點名詞。

搭配詞記憶法
alligator skin 鱷魚皮

allocate [ˋæləˏket] v 分配，分派 升全多雅托公

The company's manager has to learn to allocate human resources efficiently.
公司經理必須學會有效地分配人力資源。

➲ allocate - allocated - allocated & allocating
同 distribute v 分配
文 human resources 是名詞片語，意思是「人力資源」。

構詞記憶法
字根 loc 表示「地點」的意思。

---

allowance [əˋlaʊəns] n 津貼，補助 升全多雅托公

The vagrant lives on the subsistence allowance.
這名遊民靠生活津貼補助過日子。

同 grant n 補助金
片 make allowance for ph 考慮到

邏輯記憶法
此單字中含有 allow（v. 允許）一詞，可延伸出 fallow（n. 休耕）。

搭配詞記憶法
housing allowance 居住津貼

---

alloy [ˋælɔɪ] n 合金 升全多雅托公

The kettle is made of alloy.
這個水壺是用合金製造的。

同 metal n 金屬
片 pleasure without alloy ph 痛快地享樂

構詞記憶法
字根 loy 表示「捆綁」的意思。

---

aloud [əˋlaʊd] ad 大聲，高聲 升全多雅托公

Please read it aloud; I can't hear you clearly.
請讀大聲一點，我聽不清。

同 loudly ad 大聲地
反 light ad 輕地
片 shout aloud ph 大聲喊

同音詞記憶法
此單字的同音單字為 allowed（a. 容許的）。

---

alter [ˋɔltɚ] v 改變，更改 升全多雅托公

Little has altered on his face after ten years.
10 年過去，他的臉幾乎沒有任何改變。

➲ alter - altered - altered & altering
同 change v 改變
片 as times alter ph 隨著時間的變遷

構詞記憶法
字根 alter 表示「改變」的意思。

搭配詞記憶法
not alter the fact that 無法改變的事實

---

alternate [ˋɔltɚnɪt] v 交替，使輪流 升全多雅托公

Next, you need to alternate layers of rice and vegetables.
接下來需要把飯和蔬菜一層層交替放好。

➲ alternate - alternated - alternated & alternating
同 turn v 輪流
片 alternate cooperation ph 互動式合作

構詞記憶法
字尾 -ate 為動詞字尾，表示「使成為」的意思。

alternative [ɔl`tɝnətɪv] a 供選擇的，替代的 ㊍全多雅托公

It is clear that you have no alternative choice.

很明顯你沒有其它選擇。

同 succedaneous a 代替的

構詞記憶法：字尾 -ive 為形容詞字尾，表示「有～性質的」的意思。

altitude [`æltəˏtjud] n 海拔，高度 升全多雅托公

Your attitude determines the altitude in your life.

你的態度決定你的人生高度。

同 elevation n 高度

反 depth n 深度

片 average altitude ph 平均海拔

構詞記憶法：字首 alt- 表示「高」的意思。

alumina [ə`lumɪnə] n 氧化鋁，礬土 升全多雅托公

Alumina also belongs to metal.

氧化鋁也是一種金屬。

同 aluminium oxide ph 氧化鋁

構詞記憶法：字首 alum- 是「明礬」的意思。

aluminum [ə`lumɪnəm] n 鋁 升全多雅托公

The dishes made of aluminum are harmful to our health.

用鋁製成的餐具對我們的健康有害。

片 aluminum products ph 鋁製品

構詞記憶法：字首 alum- 是「明礬」的意思。

amass [ə`mæs] v 積累 升全多雅托公

It would take him ten years to amass enough money to buy a house.

他要花 10 年的時間累積足夠買房子的錢。

➲ amass - amassed - amassed & amassing

同 accumulate v 聚集，累積

片 amass a fortune ph 積累財富

構詞記憶法：字根 mass 表示「大量」的意思。

amateur [`æməˏtʃur] a 業餘的，外行的 升全多雅托公

I long to join an amateur football club.

我渴望加入業餘足球俱樂部。

同 amateurish a 業餘的，外行的

反 professional a 專業的，職業的

文 片語 long to do 的意思是「渴望～」，後接動詞原形。

構詞記憶法：字尾 -eur 為形容詞字尾，表示「～人的」的意思。

ambiguous [æmˋbɪgjuəs] 升 全 多 雅 托 公

a **模棱兩可的，含糊的**

He gave me an ambiguous answer. 他給我一個模棱兩可的答案。

同 equivocal a 模棱兩可的

反 distinct a 明顯的

片 ambiguous attitude ph 模棱兩可的態度

構詞記憶法
字首 ambi- 表示「兩者都」的意思。

---

amend [əˋmɛnd] v **修改，改良** 升 全 多 雅 托 公

The engineer had amended the product as the director required.
工程師已經按照主管的要求修改產品。

➲ amend - amended - amended & amending

同 improve v 改善，改良

片 amend one's life ph 洗心革面

構詞記憶法
字根 mend 表示「修理」的意思。

---

amendment [əˋmɛndmənt] n **修訂** 升 全 多 雅 托 公

They have to made further amendment to the report.
他們必須進一步修訂這份報告。

同 revision n 修訂

構詞記憶法
字尾 -ment 為名詞字尾，表示「性質」的意思。

---

amid [əˋmɪd] prep **在～之中，處於～環境中** 升 全 多 雅 托 公

Seven dwarfs live in a little house amid trees.
7 個小矮人住在樹林裡的一座小房子裡。

同 among prep 在～中

文 amid 指被某種東西包圍或處於非同類之間，後接複數名詞。

構詞記憶法
字根 mid 表示「中間」的意思。

---

ammonia [əˋmonjə] n **氨氣，氨水** 升 全 多 雅 托 公

Before you use the ammonia, you need to dilute it with water.
使用氨氣之前，需要用水稀釋。

片 ammonia synthesis ph 氨合成法

構詞記憶法
字根 ammon 表示「氨」的意思。

---

amnesia [æmˋniʒɪə] n **健忘症，遺忘** 升 全 多 雅 托 公

The old man is suffering from amnesia.
這個老人患了健忘症。

同 forgetfulness n 健忘

文 片語 suffer from 的意思是「患有、遭受～」，後接名詞或名詞片語。

構詞記憶法
字首 a- 表示「不」的意思。

amnesty [ˋæm͵nɛstɪ] n 大赦，赦免 升全多雅托公

The king has announced an amnesty for the man.
國王已宣佈赦免那男子。

同 general pardon 大赦
片 amnesty world ph 大赦天下

邏輯記憶法
此單字中含有 nest（n. 窩）一詞，可延伸出 nestle（v. 安置）。

搭配詞記憶法
political amnesty 政治赦免

amoeba [əˋmibə] n 變形蟲 升全多雅托公

The amoeba is a kind of single-cell organism.
變形蟲是一種單細胞生物體。

文 single-cell organism 為名詞片語，意思是「單細胞生物」。

搭配詞記憶法
amoeba sample 變形蟲標本

among [əˋmʌŋ] prep 在～中 升全多雅托公

The novel seems to be popular among some of the students.
這部小說似乎是受某些學生歡迎。

同 amongst prep 在～中
文 among 一般是指 3 個或 3 個以上的中間，between 則是指兩者之間。

搭配詞記憶法
fell among 陷於～

amount [əˋmaʊnt] n 數量，金額 升全多雅托公

We need an amount of money to buy a car.
我們需要一筆錢買車。

同 number n 數量
片 aggregate amount ph 總金額

搭配詞記憶法
copious amount 大量

ample [ˋæmp!] a 充足的，豐富的 升全多雅托公

I have ample time to relax myself.
我有充足的時間放鬆自己。

同 sufficient a 充足的
反 scanty a 不足的
片 ample food ph 充足的食物

構詞記憶法
字根 ampl 表示「大」的意思。

amplify [ˋæmplə͵faɪ] v 擴大，引申 升全多雅托公

My parents want to amplify our house.
我的父母想要擴大我們的房子。

➲ amplify - amplified - amplified & amplifying
同 dilate v 擴大
反 deflate v 縮小

構詞記憶法
字根 ampl 表示「大」的意思。

analogy [əˋnælədʒɪ] n 相似 升全多雅托公
The doctor drew an analogy between the human blood and petrol.
醫生把人的血液比喻成汽油。
同 resemblance n 相似
片 analogy analysis ph 類比分析

搭配詞記憶法
close analogy 極度相似

analytical [͵ænḷˋɪtɪkḷ] a 善於分析的，分析的 升全多雅托公
This job requires you to have an analytical head.
這份工作你需要有一顆善於分析的頭腦。
同 explanatory a 解釋的
片 analytical approach ph 分析法

構詞記憶法
字尾 - ical 是形容詞字尾，表示「～的」的意思。

analyze [ˋænḷ͵aɪz] v 分析，分解 升全多雅托公
You should analyze the problem in great detail, rather than complain about it.
你應該認真分析問題，而不是抱怨。
➲ analyze - analyzed - analyzed - analyzing
反 synthesize v 合成
文 rather than 表示「而不是～」的意思時後接動詞原形。

搭配詞記憶法
analyze data
分析資料

anathema [əˋnæθəmə] n 可惡的事，可憎的人 升全多雅托公
His manner is an anathema to me.
他的態度讓我討厭。
同 malison n 殘酷的人
文 to 在例句中作介係詞，表示「對於～來說」的意思。

邏輯記憶法
此單字中含有 them (pron. 他們) 一詞，可延伸出 theme (n. 主題)。

ancestor [ˋænsɛstɚ] n 祖先，原型 升全多雅托公
Some scientists regard apes as humans' ancestor.
有些科學家把猿類當作是人類的祖先。
同 antecedent n 祖先
反 descendant n 後代，後裔
片 noble ancestor ph 名門

構詞記憶法
字根 cess 表示「行走」的意思。

搭配詞記憶法
common ancestor
共同祖先

ancestral [ænˋsɛstrəl] a 祖先的，祖宗傳下的 升全多雅托公
At the ancestral halls there are ancestral portraits.
祠堂裡供奉著祖先的畫像。
同 patrimonial a 祖傳的
片 ancestral home ph 老家，原籍

構詞記憶法
字根 ces 表示「行走」的意思。

ancient [ˋenʃənt] a 古老的，高齡的 升全多雅托公

There are many ancient folklores in Rome.
羅馬有許多古老傳說。

同 antique a 古老的，過時的
反 modern a 現代的
片 ancient history ph 古代史

搭配詞記憶法
positively ancient
相當年老

anesthesia [ˏænəsˋθiʒə] n 麻醉，麻木 升全多雅托公

Anesthesia is widely used in medicine.
麻醉在醫學中被廣泛應用。

同 anaesthesia n 麻木
文 widely used 為常見用法，意思是「廣泛應用」。

構詞記憶法
字尾 -ia 為名詞字尾，表示「疾病」的意思。

angular [ˋæŋgjələ] a 瘦削的，笨拙的 升全多雅托公

He is a handsome man with an angular figure.
他是名削瘦英俊的男子。

同 gaunt a 骨瘦如柴的
片 angular action ph 笨拙的行為

邏輯記憶法
此單字中含有 gular（a. 咽喉的）一詞，可延伸出 regular（a. 有規律的）。

animation [ˏænəˋmeʃən] n 動畫片，生動 升全多雅托公

This is the first animation made by a computer.
這是第一部電腦製作的動畫片。

反 cartoon n 動畫片
片 computer animation ph 電腦動畫

構詞記憶法
字根 anim 表示「生命」的意思。

ankle [ˋæŋkḷ] n 腳踝 升全多雅托公

The boy wrenched his ankle badly on the crowded bus.
男孩在擁擠公車上嚴重扭傷腳踝。

同 gambrel n 踝關節
文 wrench 是及物動詞，意思是「扭傷」，後接名詞。

搭配詞記憶法
ankle boot 短靴

anniversary [ˏænəˋvɝsərɪ] n 週年紀念日 升全多雅托公

Today is our anniversary; I have booked a table in the restaurant.
今天是我們的紀念日，我已經在餐廳訂好位子了。

同 commemoration n 紀念
片 wedding anniversary ph 結婚紀念日

構詞記憶法
字首 ann- 表示「年」的意思。

搭配詞記憶法
mark the anniversary of
記下～表示紀念

announce [əˋnaʊns] v 宣佈，聲稱 升全多雅托公

He will announce his engagement to Mary this evening.
他今天晚上要宣佈他和瑪麗訂婚的消息。

➲ announce - announced - announced & announcing
同 proclaim v 宣佈
文 engagement 意思是「訂婚」，表示「與某人訂婚」時，後接介係詞 to。

構詞記憶法
字根 noun 表示「聲稱，說出」的意思。

搭配詞記憶法
be delighted to announce 很高興宣佈～

antagonistic [æn͵tægəˋnɪstɪk] 升全多雅托公
a 敵對的，對抗性的

Why are you always antagonistic towards my opinions?
你為什麼總是對我的意見持敵對態度？

同 contradictory a 對立的
反 supportive a 支持的
片 antagonistic attitude ph 敵對的態度

構詞記憶法
字尾 -istic 為形容詞字尾，表示「具有～的」。

antecedent [͵æntəˋsidənt] a 先前的，早先的 升全多雅托公

We must take account of the antecedent situation.
我們必須考慮先前的情況。

同 precedent a 在前的
文 片語 take account of 的意思是「考慮」。

構詞記憶法
字根 ced 表示「行走，前進」的意思。

antedate [ˋæntɪˋdet] v 比～早，早於 升全多雅托公

It seems that most fine buildings in the town antedate the revolution.
城鎮裡的大多數優質建築，似乎都是在此次改革之前所建。

➲ antedate - antedated - antedated & antedating
同 predate v 提早日期
反 postdate v 推遲日期，比～晚
片 antedate demise ph 提早滅亡

構詞記憶法
字根 date 表示「日期」的意思。

antenna [ænˋtɛnə] n 天線，觸角 升全多雅托公

My father is erecting the television antenna on the roof.
我爸爸正在屋頂上安裝電視天線。

同 aerial n 天線
文 erect 為及物動詞，意思是「安裝，直立」，後接名詞。

搭配詞記憶法
loop antenna 環形天線

anthropologist [͵ænθrəˋpɑlədʒɪst] n 人類學家 升全多雅托公

The man speaking on the platform is an anthropologist.
正在講臺上講話的人是一位人類學家。

同 humanist n 人類學家
片 ecological humanist ph 生態人類學家

構詞記憶法
字根 anthropo 表示「人類」的意思。

anthropology [ˌænθrəˋpɑlədʒɪ] n 人類學 升全多雅托公

The anthropology is a complex subject.
人類學是一門複雜的學科。

同 humanics n 人類學
片 social anthropology ph 社會人類學

構詞記憶法
字尾 -logy 為名詞字尾，表示「學科」的意思。

antibiotics [ˌæntɪbaɪˋɑtɪks] n 抗生素 升全多雅托公

Abuse of the antibiotics is dangerous.
濫用抗生素很危險。

同 macrobiotics n 養生的飲食
文 abuse 在例句中作動詞，abuse of 的意思是「～的濫用」，of 後接名詞。

構詞記憶法
字根 bio 表示「生物」的意思。

搭配詞記憶法
antibiotics sensitivity 抗生素敏感性

anticipate [ænˋtɪsəˌpet] v 預先，期望 升全多雅托公

It's necessary that you should anticipate any tough questions.
預先考慮可能遇到的各種棘手問題是有必要的。

➲ anticipate - anticipated - anticipated & anticipating
同 foresee v 預見
文 tough question 為名詞片語，意思是「棘手的問題」。

構詞記憶法
字根 cip 表示「握住」的意思。

搭配詞記憶法
eagerly anticipate 熱切期望

antipathy [ænˋtɪpəθɪ] n 反感，憎惡的物件 升全多雅托公

He felt antipathy against his girlfriend's attire.
他對女朋友的穿著感到反感。

同 hatred n 憎惡
反 sympathy n 意氣相投
文 名詞 antipathy 常與介係詞 to、towards、against 等連用。

構詞記憶法
字根 path 表示「感情，痛苦」的意思。

antique [ænˋtik] a 古老的，過時的 升全多雅托公

My father likes collecting antique artworks.
我爸爸喜歡收集古玩。

同 ancient a 古老的
反 modern a 現代的，流行的
片 antique replica ph 仿古製品

構詞記憶法
字根 antiq 表示「古老」的意思。

antiseptic [ˌæntəˋsɛptɪk] n 消毒劑，殺菌劑 升全多雅托公

The doctor rinsed the patient's cut with antiseptic.
醫生用消毒劑清洗病人的傷口。

同 conserving agent ph 防腐劑
文 rinse the cut 為動詞片語，意思是「清洗傷口」。

構詞記憶法
字根 anti 表示「反對」的意思。

anxiety [æŋˋzaɪətɪ] n **焦慮，渴望** 升全多雅托公

Travelling can make us forget the anxiety and exhaustion.
旅行能使我們忘記焦慮和疲憊。

同 desire n 渴望
反 easiness n 從容
片 anxiety disorders ph 焦慮症

搭配詞記憶法
anxiety about
焦慮～

anxious [ˋæŋkʃəs] a **渴望的，擔憂的** 升全多雅托公

The farmers were anxious to harvest the crops before it rained.
農民們急著在下雨前收割莊稼。

同 keen a 渴望的
反 insouciant a 漠不關心的

構詞記憶法
字尾 -ous 為形容詞字尾，表示「有關～的」的意思。

apace [əˋpes] ad **急速地，飛快地** 升全多雅托公

Time speeds apace. 時間過得很快。

同 rapidly ad 迅速地
反 slowly ad 緩慢地

構詞記憶法
字根 pace 表示「一步」的意思。

apart [əˋpɑrt] ad **相隔，相距** 升全多雅托公

It seems that the timid girl always keeps herself apart from the others.
膽小的女孩似乎總是與他人保持著距離。

同 asunder ad 分離地
反 together ad 在一起
片 apart from ph 除了～

構詞記憶法
字根 part 表示「分開」的意思。

apartment [əˋpɑrtmənt] n **公寓，房間** 升全多雅托公

The lady tried to talk me into taking an apartment.
這位女士試圖說服我買一間公寓。

同 flat n 公寓
文 talk into 的意思是「說服」，後接動名詞。

構詞記憶法
字根 part 表示「分開」的意思。

ape [ep] n **猿，模仿者** 升全多雅托公

Do you think humans evolved from apes?
你認為人是從人猿進化而來的嗎？

同 monkey n 猴子
文 片語 evolve from 的意思是「從～進化」，後接名詞。

搭配詞記憶法
go ape 狂暴無禮

apparatus [͵æpəˋretəs] n **設備，器官** 升全多雅托公

The professor applied for a new piece of laboratory apparatus.
教授申請了一套新的實驗室儀器。

同 furniture n 設備
片 measuring apparatus ph 測量儀

構詞記憶法
字根 par 表示「生產」的意思。

搭配詞記憶法
security apparatus
安全裝置

appeal [ə`pil] v 呼籲，吸引 升全多雅托公
The environmentalists appealed to people to protect the environment.
環保人士呼籲人們保護環境。
➲ appeal - appealed - appealed & appealing
同 entreat v 懇求
文 appeal 表示「呼籲」作不及物動詞，常與介係詞 to 連用。常見用法有 appeal to sb. to do sth.（呼籲某人做某事）。

構詞記憶法
字根 peal 表示「驅動」的意思。

搭配詞記憶法
strongly appeal
強烈呼籲

appearance [ə`pɪrəns] n 外貌，現象 升全多雅托公
His appearance reflected his characters.
他的外表反映了他的性格。
同 outward n 外表
片 to all appearances ph 看來，顯然

搭配詞記憶法
public appearance
公開露面

applicable [`æplɪkəbl] a 有用的，適當的 升全多雅托公
Please seek out the contents you find applicable.
請找出你認為有用的內容。
同 suitable a 合適的
文 seek out 為動詞片語，意思是「挑出」，後接名詞或名詞片語。

構詞記憶法
字尾 -icable 為形容詞字尾，表示「能～的」的意思。

application [͵æplə`keʃən] n 申請，應用 升全多雅托公
His application for reinstatement was granted by the board of directors.
他的復職申請得到董事會的批准。
同 request n 請求
文 board of directors 為名詞片語，意思是「董事會」。

搭配詞記憶法
application fee
登記費

appoint [ə`pɔɪnt] v 任命，指定 升全多雅托公
The man was appointed as the temporary manager.
男子被任命為臨時經理。
➲ appoint - appointed - appointed & appointing
同 assign v 選派
文 temporary manager 為名詞片語，意思是「臨時經理」。

構詞記憶法
字根 point 表示「尖，點」的意思。

apprentice [ə`prɛntɪs] n 學徒，新手 升全多雅托公
The little boy left home and became an apprentice chef.
小男孩離開家去做廚師的學徒。
同 beginner n 初學者

構詞記憶法
字首 ap 表示「加強」的意思。

approach [ə`protʃ] v 接近，靠近 升全多雅托公

Don't approach the electricity supply!
不要接近電源！

➲ approach - approached - approached & approaching
同 access v 接近，進入
反 evade v 避開
文 approach 當名詞時，意思是「方式，道路」，後接介係詞 to，表示「到～的路」。

構詞記憶法
字根 proach 表示「接近」的意思。

搭配詞記憶法
approach with caution 小心接近

---

appropriate [ə`proprɪ͵et] a 適當的，恰當的 升全多雅托公

I want to decorate my new house with appropriate furniture.
我想替新房子裝潢適當的傢俱。

同 suitable a 合適的
反 inappropriate a 不恰當的
片 appropriate approach ph 適當的途徑

構詞記憶法
字根 propri 表示「擁有」的意思。

搭配詞記憶法
be appropriate for 適當於～

---

approval [ə`pruvḷ] n 同意，批准 升全多雅托公

The boss won the approval of the employees.
老闆贏得員工們的認可。

同 agreement n 贊成
反 disapproval n 反對
片 seal of approval ph 正式批准

構詞記憶法
字根 prov 表示「證明」的意思。

搭配詞記憶法
a nod of approval 點頭答應

---

approve [ə`pruv] v 贊成，同意 升全多雅托公

We all did not approve of his decision.
我們都不贊成他的決定。

➲ approve - approved - approved & approving
同 accept v 同意，承認
反 object v 反對
文 例句中的 of 為介係詞，後接名詞或動名詞。approve 常指正式的或官方的批准。

構詞記憶法
字根 prov 表示「證明」的意思。

---

approximate [ə`prɑksəmɪt] a 大概的 升全多雅托公

I just know the approximate time.
我只知道大概的時間。

同 rough a 大概的
反 exact a 精確的
片 approximate number ph 近似值

構詞記憶法
字根 proxim 表示「接近」的意思。

approximately [ə`prɑksəmɪtlɪ]
升 全 多 雅 托 公

ad 大約地，大概

The enrollment rate of this year approximately doubled.
今年升學率幾乎成長一倍。

同 nearly ad 大約
文 enrollment rate 為名詞片語，意思是「升學率」。

構詞記憶法
字根 proxim 表示「接近」的意思。

apt [æpt] a 有～的傾向，恰當的
升 全 多 雅 托 公

We are apt to avoid the pain.
我們往往會逃避痛苦。

同 proper a 適當的
文 avoid 意思是「逃避」，後接名詞或動名詞，不能接不定詞。且 avoid 指逃避成功，如果逃避失敗的話，則用 tried to avoid（試圖逃避）。

構詞記憶法
字根 apt 表示「適應」的意思。

aquatic [ə`kwætɪk] a 水上的，水中的
升 全 多 雅 托 公

There are many aquatic sports in our country.
我們國家有許多水上運動。

同 aquicolous a 水生的
片 aquatic plant ph 水生植物

構詞記憶法
字根 aqu 表示「水」的意思。

aqueduct [`ækwɪˌdʌkt] n 溝渠，導水管
升 全 多 雅 托 公

The worker is digging an aqueduct.
工人正在挖溝渠。

同 pipe n 管子

構詞記憶法
字根 duct 表示「引導」的意思。

aquifer [`ækwəfɚ] n 地下蓄水層
升 全 多 雅 托 公

The aquifer was the main source of drinking water.
地下蓄水層是飲用水的主要水源。

片 poor aquifer ph 不良含水層

構詞記憶法
字根 fer 表示「帶來，拿來」的意思。

arbitrary [`ɑrbəˌtrɛrɪ] a 隨意的，專制的
升 全 多 雅 托 公

The arrangement of seats at the meeting is not arbitrary.
會議的座位並不是隨意安排。

同 willful a 任性的
反 deliberate a 蓄意的，刻意的

構詞記憶法
字根 arbitr 表示「判斷」的意思。

搭配詞記憶法
to some extent arbitrary 某種程度上的武斷

arc [ɑrk] n 弧度
升 全 多 雅 托 公

The bride's bouquet drew a perfect arc through the sky.
新娘的捧花在天空劃出一道完美的弧線。

片 reflex arc ph 反射弧度

構詞記憶法
字首 ar- 表示「加強」的意思。

archaeological [ˌarkɪəˋladʒɪkl̩] a 考古學的 升全多雅托公

This is a momentous discovery in the world archaeological literature.
這是世界考古學上的一個重大發現。

同 archeological a 考古學的
文 momentous discovery 是名詞片語，意思是「重大發現」。

構詞記憶法
字尾 -logical 為形容詞字尾，表示「～學科」的意思。

搭配詞記憶法
archaeological works 考古學著作

archaeologist [ˌarkɪˋalədʒɪst] n 考古學家 升全多雅托公

Archaeologists have uncovered an ancient tomb.
考古學家發現一個古陵墓。

文 ancient tomb 是名詞片語，意思是「古陵墓」。

搭配詞記憶法
Guild of Archaeologists 考古協會

archaeology [ˌarkɪˋalədʒɪ] n 考古學 升全多雅托公

He used to be a professor in archaeology at a university.
他曾是一名大學的考古學教授。

搭配詞記憶法
classical archaeology 古典考古學

archaic [arˋkeɪk] a 古代的，陳舊的 升全多雅托公

The store is full of archaic porcelains.
儲藏室裡放滿古代的瓷器。

同 ancient a 古老的
片 archaic culture ph 古文化

構詞記憶法
字根 archa- 表示「老」的意思。

archery [ˋartʃərɪ] n 箭術 升全多雅托公

The man was proficient in archery.
男子精通箭術。

文 片語 be proficient in 表示「精通～」的意思。

構詞記憶法
字首 arch- 表示「弓」的意思。

architect [ˋarkəˌtɛkt] n 建築師，設計師 升全多雅托公

I design to be an outstanding architect.
我計劃成為一名優秀的設計師。

同 engineer n 工程師
文 design to be 表示「立志成為～」的意思。

構詞記憶法
字首 archy 表示「主要的」的意思。

architecture [ˋarkəˌtɛktʃə] n 建築學 升全多雅托公

We are surprised to know that the doctor switched to architecture.
我們很驚訝地發現這名醫生改行做建築。

片 domestic architecture ph 住宅建築

搭配詞
medieval architecture 中古世紀建築學

arctic [ˋarktɪk] a 北極的，寒帶的 升全多雅托公

Human activities damaged the arctic conditions.
人類活動破壞了北極的環境。

反 antarctic a 南極的
片 arctic circle ph 北極圈

邏輯記憶法
此單字中含有 arc（n. 弧度）一詞，可延伸出 arch（n. 拱門）。

arduous [ˋardʒuəs] a 艱難的，費勁的 升全多雅托公

For us, climbing the mountains is really an arduous journey.
對我們來說，爬山真的是一件艱難的事。

同 laborious a 費力的
片 arduous trip ph 艱難的旅程

構詞記憶法
字尾 -ous 為形容詞字尾，表示「～的」的意思。

argentine [ˋardʒən͵taɪn] n 銀（色金屬） 升全多雅托公

The noble used argentine to show their social positions.
貴族使用銀色金屬來顯示他們的社會地位。

文 social position 為名詞片語，意思是「社會地位」。

邏輯記憶法
此單字中含有 gent（n. 紳士）一詞，可延伸出 gentle（a. 高尚的）。

argument [ˋargjəmənt] n 爭論，爭吵 升全多雅托公

An argument broke out between the new couple.
這對新婚夫妻爆發爭吵。

同 dispute n 爭論
文 break out 的意思是「爆發」，通常指戰爭或一些不愉快的事。

構詞記憶法
字尾 -ment 為名詞字尾，表示「行為，結果」的意思。

搭配詞記憶法
conclusive argument 決定性論點

arid [ˋærɪd] a 貧瘠的，乾旱的 升全多雅托公

More trees should be planted in the arid lands.
在貧瘠的土地上應該多種樹。

同 barren a 貧瘠的
反 fertile a 肥沃的
片 arid zone ph 乾旱地帶

邏輯記憶法
此單字中含有 rid（n. 擺脫）一詞，可延伸出 ride（v. 騎）。

arise [əˋraɪz] v 出現，產生 升全多雅托公

A range of problems will arise out of the new approach.
新方法將產生一系列的問題。

➲ arise - arose - arisen & arising
同 appear v 出現
反 disappear v 消失
文 a range of 的意思是「一系列」，of 後面常接表示問題或產品的名詞。

構詞記憶法
字根 ris 表示「喚醒」的意思。

搭配詞記憶法
spontaneously arise 自然產生

ark [ark] n 方舟 升全多雅托公

The ark is the symbol of the Happy Land in *Bible*.
方舟在《聖經》裡象徵樂土。

片 Noah's Ark ph 諾亞方舟

同義詞記憶法
與此單字同音的單字為 arc（n. 弧）。

arms [armz] n 武器 升全多雅托公

The people took up arms to defend their country.
人們拿起武器保衛自己的國家。

同 weapon n 武器

文 take up 的意思是「拿起」後接名詞、代名詞或名詞片語。

單複數記憶法
此單字的單數形式為 arm（n. 手臂）。

arouse [ə`rauz] v 激起，喚醒 升全多雅托公

Nothing can arouse the pregnant woman's appetite.
任何東西都無法引起孕婦的食慾。

➲ arouse - aroused - aroused & arousing

同 rouse v 叫醒

片 arouse fighting spirit ph 激發鬥志

構詞記憶法
字根 rous 表示「喚醒」的意思。

arrangement [ə`rendʒmənt] n 約定，安排 升全多雅托公

My friend called me and made an arrangement to see me in the cafe.
我朋友打電話給我並約我在咖啡廳見面。

同 organization n 安排

片 travel arrangement ph 行程安排

構詞記憶法
字根 range 表示「排列」的意思。

搭配詞記憶法
alternative arrangement 選擇安排

array [ə`re] n 一系列，佇列 升全多雅托公

He suffered an array of ordeals.
他遭受一連串的磨難。

同 series n 系列

片 data array ph 數據組

構詞記憶法
字根 ray 表示「光線」的意思。

搭配詞記憶法
diverse array 不同系列

arrest [ə`rɛst] v 逮捕，拘留 升全多雅托公

The police arrested the suspects of a murder.
警方逮捕一場謀殺案的嫌疑犯。

➲ arrest - arrested - arrested & arresting

反 acquit v 宣佈無罪

片 arrest warrant ph 拘捕令

邏輯記憶法
此單字中含有 rest（n. 靜止）一詞，可延伸出 restore（v. 恢復）。

artesian [ar`tiʒən] a 自流井的，噴水井的 升全多雅托公

We decide to dig a well in the artesian aquifer.
我們打算在承壓含水層中挖水井。

片 artesian spring ph 自流井

邏輯記憶法
此單字中含有 art（n. 藝術）一詞，可延伸出 artist（n. 藝術家）。

article [ˋɑrtɪkḷ] n 文章
升全多雅托公

A number of his articles were published in the magazine.
他在雜誌上發表多篇文章。

- 同 essay n 隨筆
- 片 definite article ph 定冠詞
- 文 publish 既可作及物動詞，又可作不及物動詞。作及物動詞時可接名詞或代名詞當受詞。

搭配詞記憶法
academic article
學術文章

artificial [ˏɑrtəˋfɪʃəl] a 人造的，虛假的
升全多雅托公

It's not easy to buy food free from artificial additives now.
現在很難買到沒有人工添加劑的食品了。

- 同 pretended a 人造的
- 反 artless a 天然的

構詞記憶法
字根 art 表示「技巧」的意思。

搭配詞記易法
patently artificial
自然人造

artisan [ˋɑrtəzṇ] n 技工，工匠
升全多雅托公

The competent artisan wouldn't teach all the technics to his apprentice.
這位能幹的技工不會把他所有的技巧都傳給他的徒弟。

- 同 craftsman n 工匠
- 片 an artisan in leatherwork ph 皮匠

邏輯記憶法
此單字中含有 sane（a. 明智的）一詞，可延伸出 saneness（n. 心智健全）。

artistic [ɑrˋtɪstɪk] a 藝術的，有美感的
升全多雅托公

The dancer has a high artistic talent.
舞者有很高的藝術天賦。

- 同 brilliant a 才華橫溢的
- 片 artistic taste ph 藝術品味

構詞記憶法
字尾 -istic 為形容詞字尾，表示「具有～的」的意思。

arts [ɑrtz] n 文科
升全多雅托公

Arts was my strong point when I was in senior high school.
高中時文科是我的強項。

- 反 science n 理科
- 文 strong point 為名詞片語，意思是「強項」。

單複數記憶法
此單字的單數形式為 art（n. 藝術）。

ascend [əˋsɛnd] v 登基，攀登
升全多雅托公

After many years of fierce struggle, he finally ascended to power.
幾年的激烈鬥爭之後，他終於掌權。

- ➲ ascend - ascended - ascended & ascending
- 同 mount v 登上
- 反 descend v 下降
- 片 ascend the throne ph 登基（帝王即位）

構詞記憶法
字根 scend 表示「爬」的意思。

搭配詞記憶法
steeply ascend
險峻攀爬

ascent [əˋsɛnt] n 上升，追溯 升全多雅托公

That was the first man to make an ascent of the mountain.
那是登上這座山峰的第一人。

- 同 rise n 升起
- 反 descent n 下降
- 片 ascent stage ph 上升階段

同音詞記憶法
與此單字同音的單字為 assent（v. 贊成）。

構詞記憶法
字根 scent 表示「爬」的意思。

ascertain [ˏæsɚˋten] v 弄清楚，查明 升全多雅托公

The deceased has been definitely ascertained to be a professor.
死者已被證實是一名教授。

- ➲ ascertain - ascertained - ascertained & ascertaining
- 同 determine v 確定
- 片 ascertain truth ph 查明真相

構詞記憶法
字根 cert 表示「搞清，區別」的意思。

ascribe [əˋskraɪb] v 把～歸於 升全多雅托公

She ascribed all the vice to her partner.
她把所有的罪都歸於她的同伴。

- ➲ ascribe - ascribed - ascribed & ascribing
- 同 accredit v 歸因於
- 文 ascribe 經常表示「根據某種猜想把～歸於」，多含有猜測的意味。

構詞記憶法
字根 scrib 表示「寫」的意思。

ashcan [ˋæʃkæn] n 垃圾桶，灰坑 升全多雅托公

The boy was very angry and kicked an ashcan.
男孩很生氣地狠狠踢了垃圾桶一下。

- 同 dustbin n 垃圾箱，灰箱
- 文 kick 的意思是「踢」，後面直接接名詞，常見片語有 kick around（虐待）。

邏輯記憶法
此單字中含有 ask（n. 灰）一詞，可延伸出 ashtray（n. 煙灰缸）。

ash [æʃ] n 骨灰，屍體 升全多雅托公

The man deposited his father's ashes in the funeral parlor.
男子把他父親的骨灰寄放在殯儀館。

- 同 cinders n 灰燼
- 片 plant ashes ph 草木灰

邏輯記憶法
此單字含有 as（ad. 跟～一樣）。

asparagus [əˋspærəgəs] n 蘆筍 升全多雅托公

Mother made some asparagus for our lunch.
媽媽做了些蘆筍讓我們當午餐。

- 同 asperge n 蘆筍
- 文 make 有多種用法，在例句中的意思是「做，製作」，後面跟雙受詞。常見用法 make sth. for sb.（為某人做某事）。

搭配詞記憶法
canned asparagus
蘆筍罐頭

aspect [ˋæspɛkt] n 方面，形勢 升全多雅托公

This is just an aspect of his character.
這只是他性格中的一面。

同 angle a 觀點，方面
片 aspect card ph 標記卡

構詞記憶法
字根 spec 表示「看」的意思。
搭配詞記憶法
broad aspect 各方面

asphalt [ˋæsfɔlt] n 瀝青，柏油 升全多雅托公

It is so hot! The asphalt on the road is almost going to melt.
天真熱啊！路上的瀝青都要融化了。

同 bitumen n 瀝青
片 asphalt street ph 柏油路

邏輯記憶法
此單字中含有 as（ad. 作為）一詞，可延伸出 assume（v. 認為）。

assault [əˋsɔlt] n 襲擊，毆打 升全多雅托公

Their country was under the enemy's assaults.
他們的國家遭到敵人襲擊。

同 attack n 攻擊
片 under assaults ph 處於～攻擊

構詞記憶法
字根 sault 表示「跳」的意思。

assemble [əˋsɛmbḷ] v 聚集，組合 升全多雅托公

All the people had assembled in the bomb shelter.
所有人都聚集到防空洞。

➲ assemble - assembled - assembled & assembling
同 gather v 聚集
反 disperse v 分散
文 bomb shelter 為名詞片語，意思是「防空洞」。

構詞記憶法
字根 sembl 表示「類似」的意思。
搭配詞記憶法
partially assemble 部分組裝

assembly [əˋsɛmblɪ] n 集會，裝配 升全多雅托公

They made it a rule to hold the morning assembly in the meeting room.
他們習慣在會議室召開早會。

同 rally n 集會，集合
片 constituent assembly ph 立憲會議

構詞記憶法
字根 sembl 表示「類似」的意思。

assess [əˋsɛs] v 評價，估價 升全多雅托公

The teacher should not assess the students merely according to their scores.
老師不應該只根據學生的成績來評價他們。

➲ assess - assessed - assessed & assessing
同 estimate v 估計
片 assess sth (at sth.) ph 確定，評定（某數額）

邏輯記憶法
此單字中含有 sess（n. 稅）一詞，可延伸出 session（n. 會議）。
搭配詞記憶法
accurately assess 精確估價

asset [ˋæsɛt] n 有價值的人或事物，資產 升全多雅托公

Her angelic heart is the greatest asset.
她天使般的心是最寶貴的財富。

同 property n 財產
片 fixed asset ph 固定資產

邏輯記憶法
此單字中含有 set（v. 安置）一詞，可延伸出 settle（v. 解決）。

---

assign [əˋsaɪn] v 分配，分派 升全多雅托公

They assigned the tasks to different departments.
他們把任務分配給不同的部門。

➲ assign - assigned - assigned & assigning
同 allocate v 分配
片 assign heritage ph 分配遺產

構詞記憶法
字根 sign 表示「記號」的意思。

---

assignee [ˏæsaɪˋni] n 受託人，代理人 升全多雅托公

The divorce process can be handled by the assignee.
離婚手續可以由受託人辦理。

反 client n 委託人
片 lawful assignee ph 合法受託人

構詞記憶法
字尾 -ee 為名詞字尾，表示「接受～動作的人」的意思。

---

assignment [əˋsaɪnmənt] n（分派的）任務，分配 升全多雅托公

He can finish the assignment with flying colors.
他可以出色地完成被分派的任務。

同 distribution n 分配
文 flying colors 為名詞片語，意思是「大勝利，出色」。

邏輯記憶法
此單字中含有 sign（n. 標記）一詞，可延伸出 signal（n. 信號）。

搭配詞記憶法
take on the assignment 接受任務

---

assistance [əˋsɪstəns] n 幫助 升全多雅托公

He was of great assistance to the police in the solution of the murder.
他提供很多幫助給警方偵破這起謀殺案。

同 help n 幫助
反 resistance n 阻力
片 social assistance ph 社會援助

構詞記憶法
字尾 -ance 為名詞字尾，表示「物品，性質」的意思。

搭配詞記憶法
provide assistance 提供協助

---

associate [əˋsoʃɪˏet] v 聯繫，聯想 升全多雅托公

I think the two things must be associated.
我認為這兩件事一定有關聯。

➲ associate - associated - associated & associating
同 connect v 連接
片 associated state ph 聯邦

構詞記憶法
字根 soci 表示「社會」的意思。

association [əˌsosɪˋeʃən] n 協會

升全多雅托公

The association needs the support of its members.
協會需要得到會員們的支持。

- 反 enemy n 仇敵
- 片 football association ph 足球協會

構詞記憶法
字根 soci 表示「社會」的意思。

搭配詞記憶法
international association 國際協會

assume [əˋsjum] v 假設，承擔

升全多雅托公

It is wrong to assume that he broke the glass.
假設他打碎了杯子是錯的。

- ➲ assume - assumed - assumed & assuming
- 同 suppose v 猜想
- 片 assume duty ph 承擔責任

構詞記憶法
字根 sume 表示「拿，取」的意思。

搭配詞記憶法
let us assume 假設

assurance [əˋʃurəns] n 保證，擔保

升全多雅托公

My friend had given an absolute assurance that he would get a ticket to the concert for me.
我朋友信誓旦旦地保證，他會幫我拿到音樂會的門票。

- 同 certification n 保證
- 反 diffidence n 缺乏自信
- 片 product assurance ph 產品保證

構詞記憶法
字根 sure 表示「肯定」的意思。

assure [əˋʃur] v 向～保證

升全多雅托公

I can assure you that this thing is none of my business.
我可以向你保證，這件事跟我沒關係。

- ➲ assure - assured - assured & assuring
- 同 pledge v 使發誓
- 文 none of my business 為常用片語，意思是「與我無關」。

構詞記憶法
字根 sure 表示「肯定」的意思。

搭配詞記憶法
let me assure you 我向你保證

asteroid [ˋæstəˌrɔɪd] n 小行星

升全多雅托公

The astronomer discovered an asteroid that has lives on it.
天文學家發現一顆小行星上有生命體。

- 片 binary asteroid ph 雙小行星

構詞記憶法
字根 aster 表示「星星，外太空」的意思。

asthma [ˋæzmə] n 氣喘，哮喘

升全多雅托公

The allergy to pollen is one of the causes of asthma.
對花粉過敏是氣喘病發作的誘因之一。

- 同 wheezing n 哮喘
- 文 allergy 是名詞，意思是「過敏」，常見用法 skin allergy（皮膚過敏）。

搭配詞記憶法
pollen asthma 花粉性哮喘

asthmatic [æz`mætɪk] n 氣喘患者

升全多雅托公

The asthmatic should stay far away from the allergens.
氣喘患者應該遠離過敏原。

文 far away 的意思是「遠離」，後接名詞時需要在名詞前加上介係詞 from。

搭配詞記憶法
critical asthmatic
重症哮喘患者

astrological [ˌæstrə`ladʒɪkḷ] a 占星的，占星術的

升全多雅托公

The scientist took a fancy to the astrological research in his later years.
這位科學家晚年迷上占星術研究。

同 horoscopic a 占星的
文 take a fancy to 的意思是「迷上～」，後面接名詞或動名詞（Ving）。

邏輯記憶法
此單字中含有 logical（a. 邏輯的）一詞，可延伸出 logicality（n. 邏輯性）。

構詞記憶法
字根 astro 表示「星星，外太空」的意思。

astronaut [`æstrəˌnɔt] n 太空人，宇航員

升全多雅托公

Yuri Gargarin is the first astronaut who travels into space.
Yuri Gargarin 是第一位登上太空的太空人。

同 pilot n 飛行員
片 Astronaut Spacewalk ph 太空漫步

構詞記憶法
字根 astro 表示「星星，外太空」的意思。

astronomer [ə`stranəmɚ] n 天文學家

升全多雅托公

The astronomer was attracted by a new star.
天文學家被一顆新的行星吸引了。

同 stargazer n 天文學家
文 be attracted by 的意思是「被～吸引」，後跟名詞、代名詞或名詞片語。

邏輯記憶法
此單字中含有 nome（n. 省）一詞，可延伸出 nomen（n. 族名）。

astronomical [ˌæstrə`namɪkḷ] a 極大的，天文學的

升全多雅托公

The astronomical price of house has been adjusted by the government.
飆升的房價已經被政府調節了。

同 infinite a 極大的
片 astronomical coordinates ph 天文座標

構詞記憶法
字根 astro 表示「星星，外太空」的意思。

astronomy [əs`tranəmɪ] n 天文學

升全多雅托公

The discovery is a milestone in astronomy.
這發現是天文學界的一個里程碑。

同 uranology n 天文學
片 astronomy and geography ph 天文地理

構詞記憶法
字尾 -nomy 為名詞字尾，表示「某一領域」的意思。

asymmetrical [ˌesɪˋmɛtrɪkḷ] a 不對稱的

升全多雅托公

Many people can not enjoy the asymmetrical beauty.
許多人無法欣賞不對稱之美。

同 unsymmetrical a 不對稱的
反 symmetrical a 對稱的
片 asymmetrical layout ph 不對稱的設計

邏輯記憶法
此單字中含有 metrical（a. 測量的）一詞，可延伸出 symmetrical（a. 對稱的）。

構詞記憶法
字根 sym 表示「相同」的意思。

athlete [ˋæθlit] n 運動員

升全多雅托公

The athlete retired from the national team because of his injury.
這名運動運因傷從國家隊退役了。

同 player n 運動員
片 national athlete ph 國家運動員

邏輯記憶法
此單字中含有 let（v. 許可）一詞，可延伸出 letter（n. 信）。

athletic [æθˋlɛtɪk] a 運動員的，行動敏捷的

升全多雅托公

The country must pay more attention to the athletic sports.
國家應該更加重視體育運動。

同 gymnastic a 體育的
文 片語 pay attention to 的意思是「重視、關注～」。

搭配詞記憶法
athletic facility 運動設施

atmosphere [ˋætməsˌfɪr] n 氣氛，大氣

升全多雅托公

The atmosphere in the restaurants is romantic on Valentine's Day.
在情人節那天，餐廳的氣氛很浪漫。

同 milieu n 環境
片 atmosphere pressure ph 氣壓

邏輯記憶法
此單字中含有 sphere（n. 範圍）一詞，可延伸出 ensphere（v. 包圍）。

構詞記憶法
字根 sphere 表示「球體」的意思。

atmospheric [ˌætməsˋfɛrɪk] a 有～氣氛的，大氣的

升全多雅托公

The man played a piece of atmospheric music.
男子播放一首有情調的音樂。

同 gaseous a 氣態的
片 atmospheric model ph 大氣模型

構詞記憶法
字尾 -ic 為形容詞字尾，表示「屬於～的」的意思。

atomic [əˋtɑmɪk] a 原子的，原子能的

升全多雅托公

Which country exploded the first atomic bomb?
哪個國家引爆第一顆原子彈？

同 nuclear a 原子能的
片 atomic energy ph 核能

構詞記憶法
字根 mic 表示「微小」的意思。

attach [ə`tætʃ] v 使依附，貼上 升全多雅托公
Please attach a sample to the report.
請在報告上附上樣品。
➲ attach - attached - attached & attaching
同 affix v 附加
反 detach v 拆開
文 attach 後面常接 upon 或 to，表示「附加」的意思。

搭配詞記憶法
securely attach 穩固

attachment [ə`tætʃmənt] n 依戀，附件 升全多雅托公
The children have a strong attachment to their mother.
孩子很依戀媽媽。
同 affection n 喜愛

構詞記憶法
字根 tack 表示「釘子」的意思。

attain [ə`ten] v 獲取，得到 升全多雅托公
He has attained a full mark in the exam.
他考試獲得滿分。
➲ attain - attained - attained & attaining
同 reach v 達到
片 attain paid ph 獲得回報

構詞記憶法
字根 tain 表示「拿住」的意思。

attempt [ə`tɛmpt] v 謀圖，試圖 升全多雅托公
The rebels attempted a rebellion.
叛亂者圖謀叛亂。
➲ attempt - attempted - attempted & attempting
同 endeavor v 嘗試
片 attempted crime ph 犯罪未遂

構詞記憶法
字根 tempt 表示「嘗試」的意思。

attendant [ə`tɛndənt] n 服務人員，侍者 升全多雅托公
If you need any help, please call our attendants.
如果您有任何需要，請打電話給服務人員。
同 servant n 傭人
片 train attendant ph 列車員

構詞記憶法
字根 tend 表示「趨向」的意思。

attend [ə`tɛnd] v 出席，就讀 升全多雅托公
Be sure to attend the meeting on time.
請務必準時出席會議。
➲ attend - attended - attended & attending
同 present v 出席
文 on time 為介係詞片語，意思是「準時」，而 in time 的意思是「及時」。

構詞記憶法
字根 tend 表示「趨向」的意思。

搭配詞記憶法
well attended 踴躍參加

attention [əˋtɛnʃən] n 注意

升全多雅托公

Please pay more attention to the personal grooming.
請多注意儀容。

反 inattention n 不注意
文 personal grooming 為名詞片語，意思是「個人儀容」。

構詞記憶法
字根 at 表示「加強」的意思。

搭配詞記憶法
rapt attention 全神貫注

attic [ˋætɪk] n 閣樓，頂樓

升全多雅托公

At the top of the church, there is a mysterious attic.
在這座教堂的頂端有個神祕的閣樓。

同 garret n 閣樓
反 basement n 地下室
文 at the top of 為介係詞片語，意思是「在～的頂部」。

邏輯記憶法
此單字中含有 tic（n. 抽搐），可延伸出 tick（n. 滴答聲）。

attractive [əˋtræktɪv] a 吸引人的

升全多雅托公

The deal seems so attractive, but it actually has potential pitfalls.
這筆交易很誘人，但實際上它暗含風險。

反 repulsive a 令人厭惡的
片 attractive appearance ph 造型美觀

構詞記憶法
字根 tract 表示「拉，拖」的意思。

搭配詞記憶法
stunningly attractive 極度吸引人的

attribute [əˋtrɪbjut] v 把～歸於，把～認為

升全多雅托公

He attributed his success to good luck.
他把自己的成功歸於好運氣。

➲ attribute - attributed - attributed & attributing
同 ascribe v 把～歸於
文 good luck 為名詞片語，意思是「好運」。

構詞記憶法
字根 tribut 表示「給予」的意思。

audience [ˋɔdɪəns] n 觀眾，讀者

升全多雅托公

Their excellent acting warms up the audiences.
他們的精彩表演熱絡了觀眾的情緒。

同 spectator n 觀眾
文 warm up 為動詞片語，意思是「使更活躍」。

構詞記憶法
字根 audi 表示「聽」的意思。

搭配詞記憶法
draw a great audience 吸引大批觀眾

auditorium [ˌɔdəˋtorɪəm] n 禮堂，觀眾席

升全多雅托公

All the pupils gathered in the auditorium at 3 p.m.
所有的同學下午 3 點在禮堂集合。

同 assembly hall ph 禮堂
片 grand auditorium ph 大禮堂

構詞記憶法
字根 orium 表示「場所」的意思。

austere [ɔˋstɪr] a 嚴厲的，嚴峻的 升全多雅托公

My teacher is rather austere, but I know he is a good teacher.
我的老師相當嚴厲，但是我知道他是個好老師。

同 strict a 嚴格的
片 austere situation ph 嚴峻的形勢

邏輯記憶法
此單字中含有 stere（n. 立方米）一詞，可延伸出 stereo（n. 立體音效）。

authoritative [əˋθɔrə͵tetɪv] a 權威性的，當局的 升全多雅托公

We should consult an authoritative specialist.
我們應該找個有權威的專家諮詢。

同 influential a 有影響力的
片 authoritative sources ph 權威人士

構詞記憶法
字尾 -ative 為形容詞字尾，表示「有～傾向」的意思。

authority [əˋθɔrətɪ] n 當局，權威 升全多雅托公

The city authorities said the quantity of the violence had dropped off sharply this year.
市政府聲稱今年的暴力事件大大減少。

片 supervisory authorities ph 監管部門

構詞記憶法
字尾 -ity 為名詞字尾，表示「某種性質，狀態」的意思。

搭配詞記憶法
local authority 地方政權

authorize [ˋɔθə͵raɪz] v 授權，批准 升全多雅托公

The laws authorize people to fight for freedom.
法律授予人們爭取自由的權利。

➲ authorize - authorized - authorized & authorizing
同 confirm v 確認
反 deprive v 剝奪
片 authorized operation ph 授權經營

構詞記憶法
字尾 -ise 為動詞字尾，表示「使～化」的意思。

automatically [͵ɔtəˋmætɪkl̩ɪ] ad 自動地，無意識地 升全多雅托公

All the equipment in the room is automatically controlled.
房間裡所有的設備都是自動控制的。

同 mechanically ad 機械地
片 update automatically ph 自動更新

構詞記憶法
字首 auto- 表示「自動，自己」的意思。

automation [͵ɔtəˋmeʃən] n 自動化 升全多雅托公

The factory used automation to improve efficiency.
工廠採用自動化來提高工作效率。

同 robotization n 自動化
片 automation technique ph 自動化技術

構詞記憶法
字尾 -tion 為名詞字尾，表示「有～性質」一的意思。

automobile [ˋɔtəmə͵bɪl] n 汽車 升全多雅托公

The automobiles should slow down near a school.

汽車在學校附近應減速行駛。

同 motor n 汽車

片 automobile industry ph 汽車工業

邏輯記憶法：此單字中含有mobile（a. 可移動的），可延伸出mobility（n. 流動性）。

構詞記憶法：字首 auto- 表示「自動，自己」的意思。

autonomy [ɔˋtɑnəmɪ] n 自治權，自治 升全多雅托公

Any country cannot infringe other countries' autonomy.

任何國家都不能侵犯他國的自治權。

同 self-rule n 自治

片 institutional autonomy ph 機構自治

構詞記憶法：字根 nomy 表示「某一領域」的意思。

搭配詞記憶法：a demand for autonomy 自治需求

autumn [ˋɔtəm] n 秋天，秋季 升全多雅托公

The maple leaves turn red in autumn.

楓葉在秋天變成紅色。

文 turn 在例句中作動詞，意思是「變得」，可用於樹葉變顏色，臉變紅等。

搭配詞記憶法：late autumn 晚秋

auxiliary [ɔgˋzɪljərɪ] a 備用的，輔助的 升全多雅托公

We should have taken an auxiliary tent.

我們原本應該帶個備用帳篷。

同 spare a 備用的

邏輯記憶法：此單字中含有 liar（n. 說謊者）一詞，可延伸出 foliar（a. 葉狀的）。

avail [əˋvel] n 效用，利益 升全多雅托公

The doctors tried to treat the injured, but to no avail.

醫生試圖搶救傷者，但卻徒勞無功。

同 profit n 利益

片 maximal avail ph 最大效用

構詞記憶法：字根 vail 表示「價值」的意思。

availability [ə͵veləˋbɪlətɪ] n 有效，可利用性 升全多雅托公

We have grave doubts about the availability of the medicine.

我們很懷疑這種藥物的療效。

同 validity n 有效性

反 in vain ph 無效

片 capital availability ph 資本可供性，可利用的資本

構詞記憶法：字根 vail 表示「價值」的意思。

available [ə`veləbḷ] a 有空的，可獲得的

升 全 多 雅 托 公

All available rooms in our hotel are booked.
我們飯店所有的空房間都被預訂了。

同 accessible a 可得到的
反 unavailable a 難以獲得的

構詞記憶法
字尾 -able 為形容詞字尾，表示「能～的」的意思。

搭配詞記憶法
not available for comment 無須評論

avenue [`ævə͵nju] n 大街，途徑

升 全 多 雅 托 公

There are many cherry trees on both sides of the avenue.
街道兩邊有很多櫻花樹。

同 street n 街
文 cherry tree 為名詞片語，意思是「櫻花樹」，也可以用作 cherry-tree。

構詞記憶法
字根 ven 表示「來，走」的意思。

avert [ə`vɝt] v 防止，避免

升 全 多 雅 托 公

Faults in the work can be averted if you are more careful.
如果你更細心一些就可以避免工作上的失誤。

➲ avert - averted - averted & averting
同 avoid v 避免
片 avert suspicion ph 避嫌

構詞記憶法
字根 vert 表示「轉」的意思。

搭配詞記憶法
try to avert 試著避免

aviation [͵evɪ`eʃən] n 航空

升 全 多 雅 托 公

The country should begin to develop its own aviation business.
國家應該發展自己的航空事業。

同 airmanship n 飛行術
片 aviation industry ph 航太工業

構詞記憶法
字根 avi 表示「鳥，飛翔」的意思。

await [ə`wet] v 等候，期待

升 全 多 雅 托 公

I am awaiting the supervisor's further instructions.
我正在等主管的進一步指示。

➲ await - awaited - awaited & awaiting
反 despair v 絕望
文 await 相當於 wait for，在句中用於現在進行式。

邏輯記憶法
此單字中含有 wait（v. 等待）一詞，可延伸出 waiter（n. 侍者）。

搭配詞記憶法
anxiously await 焦急等候

award [ə`wɔrd] v 授予，判給 n 獎

升 全 多 雅 托 公

He is the first man who is awarded the Nobel Prize for literature.
他是第一位被授予諾貝爾文學獎的人。

➲ award - awarded - awarded & awarding
同 reward v 獎賞
片 Academy Award ph 奧斯卡金像獎

邏輯記憶法
此單字中含有 ward（n. 病房）一詞，可延伸出 wardrobe（n. 衣櫃）。

搭配詞記憶法
jointly award 聯合授予

aware [əˋwɛr] a **意識到的，知道的** 升全多雅托公

He became aware of the changes in the company.
他已經意識到公司的變化。

同 cognizant a 察覺的
反 unaware a 沒有察覺到的
片 crisis awareness ph 危機意識

構詞記憶法
字根 ware 表示「注視」的意思。

搭配詞記憶法
become aware
意識到

awkward [ˋɔkwɚd] a **令人尷尬的，笨拙的** 升全多雅托公

It was awkward to visit others in the midnight.
半夜拜訪他人令人尷尬。

同 cumbersome a 笨重的
反 dexterous a 敏捷的
片 awkward position ph 尷尬地位

邏輯記憶法
此單字中含有 ward（n. 病房）一詞，可延伸出 reward（v. 獎勵）。

MEMO

MEMO

Bb

babble ~ buy

6大考試

㊊ 學測指考
㊎ 全民英檢
㊌ 多益測驗
㊍ 雅思測驗
㊏ 托福測驗
㊋ 公職考試

6大英文單字記憶法

構詞記憶法

利用英文的構詞方式，透過字首、字根、字尾的方式來記憶單字。

同音詞記憶法

利用單字的相同發音卻不同拼字來記憶。

單複數記憶法

利用單字本身單複數形式所產生的不同意思來記憶單字。

近似音記憶法

利用諧音方式來增加記憶。

搭配詞記憶法

利用一組詞彙的概念來記憶，在記憶單字時不是只記下一個單字的意思，而是能夠使用一組詞彙加深印象。

邏輯記憶法

以一個單字為單位，採用順序或不同的角度去找出邏輯的關係，並延伸出其它的單字。

Bb babble ~ buy

符號說明 ➲ 動詞三態 & 分詞 同 同義字 反 反義字 文 文法重點

babble [ˋbæbḷ] v 喋喋不休，牙牙學語
升全多雅托公

Mommy babbled on and on that I should go out and find a job.
媽媽喋喋不休地唸我應該出去找份工作。

➲ babble - babbled - babbled & babbling
同 harp on ph 喋喋不休
文 片語 babbled on and on 的意思是「説個不停」。

近似音記憶法
bab 音如「寶寶」，以 bab 開頭的字，隱含「寶貝，嬰兒」。

babysit [ˋbebɪˏsɪt] v 當臨時保母，照顧嬰兒
升全多雅托公

He offered to babysit his younger sister.
他主動提出要照顧他的妹妹。

➲ babysit - babysat - babysat & babysitting
文 offer 當動詞時，是「提供」的意思，後接雙受詞。作名詞時，表示「錄取通知書」的意思。

近似音記憶法
bab 音如「寶寶」，以 bab 開頭的字，隱含「寶貝，嬰兒」。

backbone [ˋbækˏbon] n 支柱，脊椎
升全多雅托公

Industry forms the backbone of a state economy.
工業是國家經濟的基礎。

同 spine n 脊椎
文 state economy 為名詞片語，意思是「國家經濟」。

邏輯記憶法
此單字中含有 back（n. 後背）一詞，可延伸出 backup（v. 支持）。

backer [ˋbækɚ] n 贊助者，支持者
升全多雅托公

The orphanage was looking for a backer to help the orphans.
孤兒院正在尋找贊助者出資幫助孤兒。

同 supporter n 支持者
文 look for 的意思是「尋找」，經常用於進行式，且後面接名詞。

構詞記憶法
字尾 -er 為名詞字尾，表示「實施動作的人」的意思。

backpack [ˋbækˏpæk] n 背包
升全多雅托公

She sat down and put her backpack on her legs.
她坐下來並把背包放在腿上。

同 knapsack n 背包
文 on one's legs 的意思是「在～腿上」。表示身體部位的表面、身體的硬部位和面部表情時，一般用介係詞 on。

近似音記憶法
b 音如「包」，以 b 開頭的字，隱含「包，行李」。

bacteria [bækˋtɪrɪə] n 細菌
升全多雅托公

Humid conditions are the breeding ground for bacteria.
潮濕的環境是細菌滋生的地方。

同 microbe n 細菌
文 breeding ground 是名詞片語，意思是「繁殖地」。

搭配詞記憶法
bacteria carrier
細菌帶原者

bacterial [bæk`tɪrɪəl] a 細菌的 升全多雅托公

Skin abrasion can cause bacterial infections.
皮膚的擦傷會引起細菌感染。

同 microbic a 細菌的
文 skin abrasion 為名詞片語，意思是「皮膚擦傷」。

搭配詞記憶法
bacterial reproduction 細菌繁殖

badminton [`bædmɪntən] n 羽毛球 升全多雅托公

The boy was short but suited to badminton.
這個男孩個子矮小的，但是他適合打羽毛球。

文 be suited to 的意思是「適合～」，後接名詞。

邏輯記憶法
此單字中含有 bad（壞的）一詞，可延伸出 badass（n. 慣犯）。

bag [bæg] n 包包，提袋 升全多雅托公

The lady's bag was stolen on the bus.
這位女士的包包在公車上被偷了。

同 sack n 口袋
片 cosmetic bag ph 化妝包

近似音記憶法
b 音如「包」，以 b 開頭的字，隱含「包，行李」。

搭配詞記憶法
the contents of a bag 包包內容物

baggage [`bægɪdʒ] n 行李 升全多雅托公

Most of the flights have a baggage allowance.
大多數航班都有行李限重。

同 luggage n 行李
片 check in baggage ph 行李寄存

近似音記憶法
b 音如「包」，以 b 開頭的字，隱含「包，行李」。

搭配詞記憶法
baggage claim 行李領取處

baggy [`bægɪ] a 寬鬆的，袋狀的 升全多雅托公

I like wearing baggy clothes at home.
我在家喜歡穿寬鬆的衣服。

同 loose a 寬鬆的
片 baggy jumper ph 寬鬆的套衫

構詞記憶法
字尾 -y 為行容詞字尾，表示「～狀態的」的意思。

bail [bel] n v 保釋 升全多雅托公

He who is out on bail can't leave the city.
保釋在外的他不能離開城市。

➲ bail - bailed - bailed & bailing
片 bail jumping ph 保釋中逃跑

同音詞記憶法
與此單字同音的單字是 bale（n. 悲痛）。

bake [bek] v 烤，烘焙 升全多雅托公

My mother put the cake in the oven to bake.
媽媽把蛋糕放到烤箱裡烤。

➲ bake - baked - baked & baking
同 toast v 烘烤

近似音記憶法
ba 音如「焙」，以 ba 開頭的字，隱含「烘焙，烘烤」。

baker [ˋbekɚ] n 麵包師 升全多雅托公

The baker who is making bread looks like a painter.
正在做麵包的麵包師看起來像個畫家。

同 doughhead n 麵包師，傻瓜
文 baker's 還可以表示「麵包店」的意思。

近似音記憶法
ba 音如「焙」，以 ba 開頭的字，隱含「烘焙，烘烤」。

構詞記憶法
字尾 -er 表示「做～的人」的意思。

bakery [ˋbekərɪ] n 麵包店，烘烤食品 升全多雅托公

I want to own my own bakery before thirty.
我想在 30 歲之前擁有自己的麵包店。

同 tommy-shop n 麵包店
文 own 既是動詞（擁有），又是形容詞（自己的）。

近似音記憶法
ba 音如「焙」，以 ba 開頭的字，隱含「烘焙，烘烤」。

構詞記憶法
字尾 -ery 表示「場所，地方」的意思。

balanced [ˋbælənst] a 平衡的，和諧的 升全多雅托公

You must keep a reasonably balanced diet.
你必須要保持飲食營養均衡。

同 balanceable a 平衡的
反 unbalanced a 不均衡的
片 balanced force ph 平衡力

邏輯記憶法
此單字中含有 lance（n. 標槍）一詞，可延伸出 lancet（n. 柳葉刀）。

bald [bɔld] a 禿頭的，單調的 升全多雅托公

As the saying goes, "The smart head is bald."
俗話說：「聰明的腦袋不長毛。」

同 flat a 單調的
文 bald 指因頭髮稀少或沒有頭髮而禿頭，要注意的是，bald 沒有比較級。

搭配詞記憶法
bald forehead 禿頂

ball [bɔl] n 球 升全多雅托公

The boy kicked the ball into the neighbor's garden.
男孩把球踢進鄰居的花園裡。

同 globus n 球
片 ball handling ph 控球

同音詞記憶法
與此單字同音的單字是 bawl（v. 咆哮）。

搭配詞記憶法
billiard ball 撞球

ballerina [ˌbæləˋrinə] n 芭蕾舞女 升全多雅托公

She is a ballerina with the natural grace.
她是個自然優雅的芭蕾舞女演員。

文 ballerina 專指「芭蕾女演員」，danseur 指「芭蕾男演員」。

近似音記憶法
balle 音如「芭蕾」，以 balle 開頭的字，隱含「芭蕾」。

ballet [ˋbæle] n 芭蕾舞，芭蕾舞劇 升全多雅托公

The girl was trained as a professional ballet dancer.
這女孩受過芭蕾舞演員的專業訓練。

片 ballet shoes ph 芭蕾舞鞋

搭配詞記憶法
classical ballet 古典芭蕾

balletic [bəˋlɛtɪk] a 似芭蕾的 升全多雅托公

The dancer dances with balletic grace on the stage.
在舞臺上跳舞的舞者有著芭蕾舞般優雅的舞姿。

文 balletic grace 的意思是「芭蕾般的優雅」。

近似音記憶法
balle 音如「芭蕾」，以 balle 開頭的字，隱含「芭蕾」。

構詞記憶法
字尾 -ic 表示「似～的」的意思。

bandage [ˋbændɪdʒ] v 包紮 n 繃帶 升全多雅托公

The doctor bandaged his wound with sterile bandages.
醫生用無菌繃帶把他的傷口包紮起來。

➲ bandage - bandaged - bandaged & bandaging
同 ligature v 捆
文 sterile bandages 為名詞片語，意思是「無菌繃帶」。

近似音記憶法
band 音如「繃帶」，以 band 開頭的字，隱含「條，帶」。

構詞記憶法
字尾 -age 表示「～的性質」的意思。

band [bænd] n 樂隊 升全多雅托公

He set up a band with some like-minded friends in the college.
他在大學時和一些志同道合的朋友組了一支樂隊。

文 set up 的意思是「組建，建立」。

同音詞記憶法
與此單字同音的單字是 banned（a. 禁止的）。

bandeau [ˋbændo] n 束髮帶，細絲帶 升全多雅托公

I like to buy a large variety of bandeaux.
我喜歡買各種各樣的束髮帶。

文 a variety of 與 varied 的意思一樣，都是「各式各樣」意思。

近似音記憶法
band 音如「繃帶」，以 band 開頭的字，隱含「條，帶」。

bandoleer [ˌbændəˋlɪr] n 子彈帶 升全多雅托公

The soldier had a bandoleer on his shoulder.
士兵的肩膀上有個子彈帶。

同 bandolier n 子彈帶
文 on one's shoulder 為介係詞片語，意思是「在～肩上」。

近似音記憶法
band 音如「繃帶」，以 band 開頭的字，隱含「條，帶」。

bandwidth [ˋbændˌwɪdθ] n 頻寬 升全多雅托公

Our hotel provides free access to the broadband network.
我們飯店可以免費上網。

片 available bandwidth ph 可用頻寬

近似音記憶法
band 音如「繃帶」，以 band 開頭的字，隱含「條，帶」。

bang [bæŋ] n 槍聲，巨響 升全多雅托公

He closed the door with a bang and then went upstairs.
他砰地一聲關上門，然後就上樓了。

文 with a bang 相當於副詞，表示「很神氣地，非常成功地」的意思。

近似音記憶法
ba 音如「敲擊聲」，以 ba 開頭的字，隱含「巨大聲響」。

banger [ˋbæŋɚ] n 鞭炮

升全多雅托公

It's not allowed to set off bangers in the city center.
市中心不允許放鞭炮。

同 firecracker n 鞭炮
片 banger factory ph 鞭炮工廠

近似音記憶法
ba 音如「敲擊聲」，以 ba 開頭的字，隱含「巨大聲響」。

bank [bæŋk] n 銀行，河岸

升全多雅托公

His account in the bank has been blocked.
他在銀行的帳戶已經被凍結了。

文 片語 block account 的意思是「凍結帳戶」。

搭配詞記憶法
bank balance 銀行餘額

ban [bæn] v 禁止

升全多雅托公

Smoking was banned in public places.
公共場所禁止吸菸。

➲ ban - banned - banned & banning
同 forbid v 禁止
反 allow v 允許
片 lift the ban ph 取消禁令

構詞記憶法
字根 ban 表示「禁止」的意思。

搭配詞記憶法
effectively ban 有效禁止

barbarous [ˋbɑrbərəs] a 殘暴的，粗野的

升全多雅托公

These prisoners of war were under the barbarous treatment.
這些戰俘受到殘暴的對待。

同 brutal a 野蠻的
反 civilized a 文明的

邏輯記憶法
此單字中含有 bar（n. 障礙）一詞，可延伸出 barrier（n. 障礙）。

構詞記憶法
字尾 -ous 表示「具有～的」的意思。

bare [bɛr] a 赤裸的，光禿禿的

升全多雅托公

Walking with bare feet in our home is not allowed.
我們家不允許光腳走路。

同 naked a 赤裸裸的
文 allow 的意思是「允許」。在表示「允許做某事」時，常用句型「allow doing sth.」。例句是此句型的被動式。

同音詞記憶法
與此單字同音的單字是 bear（v. 忍受）。

搭配詞記憶法
the bare bones 某事或某情況的梗概、基本要素、重要部份

barely [ˋbɛrlɪ] ad 幾乎不，勉強

升全多雅托公

I wrenched my ankle and could barely walk.
我扭傷了腳踝，幾乎不能走路。

同 just ad 僅僅
文 barely 本身含有否定意味，所以不可以與否定詞連用。

邏輯記憶法
此單字中含有 are（n. 公畝）一詞，可延伸出 area（n. 地區）。

bargain [ˋbargɪn] n 特價商品，交易 升全多雅托公

This clothes which is sold at twenty dollars is a real bargain.
這件衣服售價 20 美元，真便宜。

同 contract n 協議
片 bargain goods ph 特價商品

邏輯記憶法
此單字中含有 gain（v. 獲得）一詞，可延伸出 gainsay（v. 否認）。

搭配詞記憶法
drive a hard bargain 極力討價還價

bark [bark] v 吠聲，厲聲說話 升全多雅托公

The dog barks at strangers who went into the house.
狗對進入房子的陌生人吠叫。

➲ bark - barked - barked & barking
同 growl v 低吼
片 bark up the wrong tree ph 捕風捉影

近似音記憶法
ba 音如「敲擊聲」，以 ba 開頭的字，隱含「巨大聲響」。

barmy [ˋbarmɪ] a 瘋瘋癲癲的 升全多雅托公

This man looks barmy, but actually he is rather smart.
男子看起來瘋瘋癲癲的，但實際上他是個相當聰明的人。

同 crazy a 瘋狂的
片 barmy risk ph 瘋狂的冒險

構詞記憶法
字尾 -y 為形容詞字尾，表示「～狀態的」的意思。

baron [ˋbærən] n 男爵，貴族 升全多雅托公

The lady wants to marry a baron.
這位女士想嫁給一名男爵。

文 marry 後面可直接接受詞。表示「與某人結婚」時不能加介係詞 with。

同音詞記憶法
與此單字同音的單字是 barren（a. 貧瘠的）。

barren [ˋbærən] a 貧瘠的，不結果實的 升全多雅托公

He wants to plant some trees in the barren land.
他想在這塊貧瘠的土地上種些樹。

同 unproductive a 不毛的
反 fertile a 肥沃的
文 barren land 為名詞片語，意思是「不毛之地」。

同音詞記憶法
與此單字同音的單字是 baron（n. 男爵）。

搭配詞記憶法
utterly barren 完全貧瘠

bartender [ˋbar͵tɛndɚ] n 酒吧男招待 升全多雅托公

Before she left, she gave a good tip to the bartender.
在她離開之前，她給酒吧男招待豐厚的小費。

同 tapster n 酒保
文 give 後面跟雙受詞，常用句式有兩種：give sth. to sb. 和 give sb. sth.。

邏輯記憶法
此單字中含有 tender（a. 嫩的），也延伸出 tenderloin（n. 裡脊）。

barter [`bartɚ] n 換貨，交易品 升全多雅托公

In ancient times, barter is a very common means of transaction.
在古代，易貨貿易是一種非常常見的交易形式。

同 trade n 貿易
片 barter credit ph 信用額度

邏輯記憶法
此單字中含有 art（藝術），也延伸出 tart（a. 尖酸的）。

baseball [`bes,bɔl] n 棒球 升全多雅托公

He likes playing baseball with his friends on weekends.
他週末喜歡跟朋友們打棒球。

同 ballgame n 棒球運動
片 baseball field ph 棒球場

構詞記憶法
字根 base 表示「基礎」的意思。

base [bes] n 基礎，基地 升全多雅托公

Both sides arrived at a base of agreement.
雙方達成協定的基礎。

同 basis n 基礎
片 base rates ph 基準利率

同音詞記憶法
與此單字同音的單字是 bass（a. 低音的）。

搭配詞記憶法
solid base 堅固基礎

bask [bæsk] v 取暖，曬太陽 升全多雅托公

The little match girl struck a match to bask.
賣火柴的小女孩劃亮一根火柴來取暖。

➲ bask - basked - basked & basking
同 warm v 使溫暖

搭配詞記憶法
bask in the sunshine 曬太陽

batter [`bætɚ] v 猛擊，搗碎 升全多雅托公

The waves battered against the beach.
海浪不停地拍打著海岸。

➲ batter - battered - battered & battering
同 pound v 猛擊
片 batter down ph 打碎

構詞記憶法
字根 bat 表示「打，擊」的意思。

bay [be] n 月桂樹 升全多雅托公

He cut down the bay in his garden.
他把花園裡的月桂樹砍掉了。

同 bay-tree n 月桂樹
文 片語 cut down 的意思是「把～砍掉，削減」。

同音詞記憶法
與此單字同音的單字是 bey（n. 土耳其語對地位高的人的尊稱，如「先生、閣下」）。

beach [bitʃ] n 海灘 升全多雅托公

We went down to the beach and had a good time there.
我們去海灘玩且在那玩得很開心。

同 seabeach n 海灘，海濱
片 bathing beach ph 海濱浴場

同音詞記憶法
與此單字同音的單字是beech（n. 山毛櫸）。

搭配詞記憶法
sun-drenched beach 陽光普照的海灘

beam [bim] n 光線 升全多雅托公

Beams of sunlight came through the window.
陽光透過窗戶撒進來。

同 light n 光線
文 片語 come through 的意思是「透過，穿過」。

搭配詞記憶法
balance beam 平衡木

bear [bɛr] v 忍受 升全多雅托公

I can't bear the noise anymore.
我再也受不了這種噪音了。

➲ bear - bore - born & bearing
同 stand v 忍受

邏輯記憶法
此單字中含有 ear（耳朵）一詞，可延伸出hear（v. 聽）。

搭配詞記憶法
be unable to bear 無法忍受

bearer [ˋbɛrɚ] n 持信人，持票者 升全多雅托公

He's a bearer of good news.
他總是帶來好消息。

同 runner n 送信人，走私者
片 bearer check ph 不記名支票

同音詞記憶法
與此單字同音的單字是barer（a. 光禿禿的）（bare 的比較級）。

beat [bit] v 跳動，吹打 升全多雅托公

After doctor's attempts at resuscitation, his heart began to beat again.
醫生全力搶救之後，他的心又恢復跳動了。

➲ beat - beat - beaten & beating
同 hit v 打
片 beat down ph 打倒

同音詞記憶法
與此單字同音的單字是beet（n. 甜菜）。

搭配詞記憶法
frantically beat 瘋狂跳動

bee [bi] n 蜜蜂 升全多雅托公

Bees are the symbol of hard-working men.
蜜蜂是勤勞人的象徵。

同 honeybee n 蜜蜂
片 bee hive ph 蜂窩

同音詞記憶法
與此單字同音的單字是be（v. 是，存在）。

搭配詞記憶法
bumble bee / bumblebum 大黃蜂

beef [bif] n 牛肉，抱怨 升全多雅托公

There's cold beef on sale in the supermarket every day.
超市每天都有特價的冷凍牛肉。

同 hotpot n 牛肉
片 beef soup ph 牛肉湯

> 邏輯記憶法
> 此單字中含有 bee（蜜蜂）一詞，可延伸出 beetle（n. 甲殼蟲）。

before [bɪ`for] prep 在～之前 升全多雅托公

Before entering, you should knock on the door.
你進門之前應該先敲門。

反 after prep 在～之後
片 before service ph 售前服務

> 邏輯記憶法
> 此單字中含有 fore（n. 前面）一詞，可延伸出 forecast（v. 預報）。

behalf [bɪ`hæf] n 代表，利益 升全多雅托公

Mr. Smith spoke on the stage on behalf of all the school staff.
Smith 先生代表全校教職職員在臺上發言。

同 interest n 利益
文 on behalf of 的意思是「代表～」，而 in behalf of 的意思是「為了～的利益」。

> 邏輯記憶法
> 此單字中含有 half（n. 一半）一詞，可延伸出 halfway（a. 中途的）。

behave [bɪ`hev] v 表現，舉止 升全多雅托公

You must behave in the school.
你在學校一定要守規矩。

➲ behave - behaved - behaved & behaving
同 conduct v 行為表現
片 behave well ph 舉止得體

> 邏輯記憶法
> 此單字中含有 have（v. 擁有）一詞，可延伸出 haven（n. 避難所）。
>
> 搭配詞記憶法
> impeccably behave 完美表現

behavior [bɪ`hevjɚ] n 行為，態度 升全多雅托公

Her behavior is always elegant.
她的行為舉止一直都很優雅。

同 action n 行為
片 behavior disorder ph 行為障礙

> 構詞記憶法
> 字根 hav 表示「擁有」的意思。

behavioral [bɪ`hevjərəl] a 行為的 升全多雅托公

Do you know their behavioral characteristics?
你了解他們的行為特點嗎？

片 behavioral modification ph 行為矯正

> 構詞記憶法
> 字尾 -al 為形容詞字尾，表示「有～狀態的」的意思。

behaviorist [bɪˋhevjərɪst] n 行為學家
升 全 多 雅 托 公

The behaviorist tracked out the animals' behavioral characteristics in ten years.
行為學家花了 10 年的時間，探索出動物的行為特點。

- 文 track out 的意思是「探索出」，track 還可以作名詞，常見用法 on the track of sb.（尋找某物）。

構詞記憶法
字尾 -ist 為名詞性字尾，表示「～人，學家」的意思。

behind [bɪˋhaɪnd] prep 支援，在～的後面
升 全 多 雅 托 公

Even though people all over the world betray you, I will be right behind you.
即使全世界的人背叛你，我也支持你。

- 同 for prep 支持
- 反 before prep 在～的前面
- 片 fall behind ph 落後

構詞記憶法
字根 hind 表示「後部」的意思。

belch [bɛltʃ] n 打嗝，噴出物
升 全 多 雅 托 公

You can drink some water to stifle a belch.
你可以喝水止嗝。

- 同 eruct v 打嗝
- 文 stifle 是動詞，意思是「止住，壓制」，後面通常接名詞。

搭配詞記憶法
belch out 噴出

bell [bɛl] n 鈴聲，鐘
升 全 多 雅 托 公

The electric bell woke me up in the morning.
我早上被電鈴聲吵醒了。

- 同 ring n 鈴聲
- 文 wake 為及物動詞，常與 up 連用，意思是「醒來，引起注意」。

同音詞記憶法
此單字的同音詞是 belle（n. 美女）。

搭配詞記憶法
the faint chime of bells 微弱的鐘聲

benefactor [ˋbɛnə͵fæktɚ] n 捐助者，施主
升 全 多 雅 托 公

He is a very generous benefactor.
他是一位非常慷慨的捐助者。

- 同 contributor n 捐助者
- 片 organ benefactor ph 器官捐獻者

構詞記憶法
字根 bene 表示「好」的意思。

beneficiary [͵bɛnəˋfɪʃərɪ] n 受益人

The businessmen are the chief beneficiaries of this policy.
商人是這項政策主要的受益人。

- 文 chief 在例句中作形容詞，意思是「主要的」。還可以做名詞，表示「首領」的意思。

搭配詞記憶法
policy beneficiary 政策受益者

構詞記憶法
字根 bene 表示「好」的意思。

benign [bɪˋnaɪn] a **良性的，慈祥的** 升全多雅托公

It was diagnosed as a benign tumor.
已經確診為良性腫瘤。

反 malign a 惡性的
文 片語 diagnose...as... 表示「診斷～為～」的意思。

搭配詞記憶法
benign smile 慈祥的微笑

---

beset [bɪˋsɛt] v **困擾，包圍** 升全多雅托公

The industry was beset with difficulties.
這個行業困難重重。

➲ beset - beset - beset & besetting
同 surround v 包圍
文 financial prospects 為名詞片語，意思是「財務前景」。

邏輯記憶法
此單字中含有 set（v. 放置）一詞，可延伸出 settle（v. 安排）。

---

betray [bɪˋtre] v **出賣，背叛** 升全多雅托公

She betrayed her friends unconsciously.
她無意間出賣了朋友。

➲ betray - betrayed - betrayed & betraying
同 reveal v 洩露
片 betray oneself ph 暴露真面目

邏輯記憶法
此單字中含有 tray（n. 托盤）一詞，可延伸出 stray（v. 走失）。

---

bewilder [bɪˋwɪldɚ] v **使迷惑，使為難** 升全多雅托公

I am bewildered in a new surrounding.
我在新環境中很迷惑。

➲ bewilder - bewildered - bewildered & bewildering
同 bemuddle v 使迷惑
文 bewilder 後面直接接人表示「迷惑～」，而接 with 時則表示「被～迷惑」。

邏輯記憶法
此單字中含有 wild（a. 野生的）一詞，可延伸出 wildfire（n. 野火）。

---

bigoted [ˋbɪgətɪd] a **偏執的，頑固的** 升全多雅托公

He is a bigoted person, so never argue with him.
他是個偏執的人，所以永遠不要和他爭論。

同 resistant a 頑固的
片 bigoted viewpoint ph 偏執的觀點

邏輯記憶法
此單字中含有 big（a. 大的）一詞，可延伸出bigwig（n. 要人）。

---

bilingual [baɪˋlɪŋgwəl] a **雙語的** 升全多雅托公

She used to study in a bilingual school.
她曾就讀雙語學校。

片 bilingual education ph 雙語教育

構詞記憶法
字根 bi 表示「雙」的意思。

搭配詞記憶法
become bilingual 變雙語

billion [ˋbɪljən] n 10 億，大量 升全多雅托公

The man signed away his inheritance of one billion dollars.
男子簽名放棄他 10 億美元的遺產。

同 wealth n 大量
文 片語 sign away 的意思是「簽字放棄」。

邏輯記憶法
此單字中含有 bill（n. 帳單）一詞，可延伸出 biller（n. 開帳單的人）。

binding [ˋbaɪndɪŋ] a 有約束力的，捆綁的 升全多雅托公

This policy is binding on everyone.
此政策對每個人都有約束力。

同 bundled a 捆綁的
文 當表示「對某人有約束力」時，用介係詞 on。

搭配詞記憶法
binding effect 約束力

構詞記憶法
字尾 -ing 為形容詞字尾，表示「令人～的」的意思。

biochemist [ˋbaɪoˋkɛmɪst] n 生物化學家 升全多雅托公

He is a biochemist who works on the anticarcinogen.
他是從事抗癌藥研究的生化學家。

文 片語 work on 的意思是「從事於～，致力於」，後面接名詞。

構詞記憶法
字尾 -ist 為名詞字尾，表示「～人，～學家」。

biochemistry [ˋbaɪoˋkɛmɪstrɪ] n 生物化學 升全多雅托公

His parents were opposed to his choosing the major of biochemistry.
他父母反對他選擇主修生物化學。

片 plant biochemistry ph 植物生化學

構詞記憶法
字根 bio 表示「生命」的意思。

biogenesis [ˋbaɪoˋdʒɛnəsɪs] n 生源論 升全多雅托公

These data is helpful in our study of biogenesis.
這些資料有助於我們研究生源論。

同 biogeny n 生源論
文 片語 be helpful in (doing) sth. 的意思是「對～有幫助」。

邏輯記憶法
此單字中含有 gene（n. 基因）一詞，可延伸出 generic（a. 類的）。

構詞記憶法
字根 bio 表示「生命」的意思。

biological [ˌbaɪəˋlɑdʒɪkḷ] a 生物學的，生物的 升全多雅托公

He devoted himself to the biological study.
他致力於生物學的研究。

同 organismal a 有機體的
片 biological systems ph 生物系統

邏輯記憶法
此單字中含有 logic（n. 邏輯）一詞，可延伸出 logician（n. 邏輯學家）。

構詞記憶法
字根 bio 表示「生命」的意思。

biologist [baɪˋɑlədʒɪst] n 生物學家 升全多雅托公

Molecular biologists have cloned this cell.
分子生物學家已經複製出這種細胞。
片 cell biologist ph 細胞生物學家

構詞記憶法
字尾 -logy 為名詞字尾，表示「～學家」的意思。

biology [baɪˋɑlədʒɪ] n 生物學 升全多雅托公

For me, the degree in biology is difficult to obtain.
對我來說，生物學的學位很難取得。
文 be difficult to 的意思是「難以～」，後接原形動詞。

搭配詞記憶法
cell biology 細胞生物學

構詞記憶法
字尾 -tic 為形容詞字尾，表示「有～特徵的」的意思。

biotic [baɪˋɑtɪk] a 生物的 升全多雅托公

Animals would show their biotic potential when they are in danger.
當動物遇到危險時，牠們會顯示出牠們的生物潛能。
同 biological a 生物的
文 in danger 為介係詞片語，意思是「處於危險之中」。

構詞記憶法
字根 bio 表示「生命」的意思。

bipedal [ˋbaɪpɛdl̩] n 兩足動物 升全多雅托公

Do you know the difference between the bipedal and quadruped?
你知道兩足動物與四足動物的區別嗎？
文 difference 作「不同，區別」的意思時，多指兩種事物間的不同，後面要加上 between。

構詞記憶法
字根 ped 表示「腳」的意思。

birth [bɝθ] n 出身，出生 升全多雅托公

She is a woman of high birth and she looks down on the poor.
她出身高貴看不起窮人。
同 origin n 出身
反 death n 死亡
文 片語 look down on 的意思是「看不起～」，後接名詞。

同音詞記憶法
與此單字同音的單字是 berth（v. 停泊）。

搭配詞記憶法
give birth to 生孩子

bite [baɪt] v 叮，咬 升全多雅托公

The little boy was badly bit by the bees.
小男孩被蜜蜂叮慘了。
➲ bite - bit - bitten & biting
同 snap v 猛地咬住

同音詞記憶法
與此單字同音的單字是 byte（n. 位元組）。

搭配詞記憶法
bite the dust 大敗

bitter [`bɪtɚ] a 苦的，慘痛的

I don't understand why some people like bitter lemon.
我不理解為什麼有人喜歡苦的檸檬。

- 同 distasteful a 不合口味的
- 反 sweet a 甜的
- 片 bitter lesson ph 慘痛的教訓

邏輯記憶法
此單字中含有 bit（n. 一點）一詞，可延伸出 obit（n. 訃告）。

---

blame [blem] v 指責，責備

Why do you always blame your son?
你為什麼總是責備你兒子？

- ➲ blame - blamed - blamed & blaming
- 同 reprehend v 責備
- 反 praise v 稱讚
- 文 blame 後面直接跟名詞時，意思是「責備～」；後面介係詞 on 時，意思是「把責任推給～」；而接 for 時，意思則是「負責任」。

邏輯記憶法
此單字中含有 lame（a. 瘸的）一詞，可延伸出 flame（v. 激怒）。

搭配詞記憶法
unfairly blame 不公平地指責

---

bland [blænd] a 清淡的，和藹的

He has to eat bland food after the surgery.
手術後他只能吃清淡的食物。

- 同 lite a 清淡的
- 反 oily a 油膩的
- 片 bland diet ph 清淡飲食

邏輯記憶法
此單字中含有 land（n. 陸地）一詞，可延伸出 slander（v. 誹謗）。

---

bleak [blik] a 黯淡的，無望的 

Helen decided to give up her job which had a bleak prospect.
Helen 決定放棄這份前景黯然的工作。

- 同 gloomy a 慘澹的
- 反 hopeful a 有希望的
- 片 bleak future ph 前景慘澹

邏輯記憶法
此單字中含有 leak（v. 洩漏）一詞，可延伸出 sleak（v. 融化）。

---

blow [blo] v 吹

The strong wind blew down the trees.
強風吹倒樹木。

- ➲ blow - blew - blown - blowing
- 片 blow away ph 吹走

搭配詞記憶法
blow off the course 吹離原路線

---

blister [`blɪstɚ] n 水泡，氣泡

The hot oil in the pan gave blisters on his hand.
鍋子裡的熱油把他手上燙起水泡。

- 同 bubble n 氣泡
- 片 blister agent ph 糜爛性毒劑

邏輯記憶法
此單字中含有 lister（n. 編目者）一詞，可延伸出 glister（n. 燦爛）。

block [blak] v 阻塞，限制

升全多雅托公

The drains are badly blocked and smell of a nasty smell.
下水道嚴重堵塞並散發出難聞的氣味。

➲ block - blocked - blocked & blocking
同 stem v 阻止
片 block up ph 阻礙

同音詞記憶法
與此單字同音的單字是bloc（n. 集團）。

搭配詞記憶法
successfully block
順利阻止

blog n 部落格

升全多雅托公

The singer will start a new blog.
這位歌手將要開個新的部落格。

同 boke n 博客

近似音記憶法
blog 音如「博客」，以 blog 開頭的字，隱含「博客，網誌」。

blogger n 博客（寫部落格的人）

升全多雅托公

The blogger always comments on the news report.
寫部落格的人經常對新聞報導進行評論。

文 comment on 的意思是「對～進行評論」，後面常接名詞。

近似音記憶法
blog 音如「博客」，以 blog 開頭的字，隱含「博客，網誌」。

blogosphere n 部落格空間

升全多雅托公

He is a favorite in the blogosphere.
他在部落格圈很受歡迎。

文 在例句中 favorite 作名詞，意思是「受歡迎的人」。

近似音記憶法
blog 音如「博客」，以 blog 開頭的字，隱含「博客，網誌」。

bloody [`blʌdɪ] a 血腥的，殘忍的

升全多雅托公

You could always find bloody deeds in some American movies.
你可以在某些美國電影中看到殘忍的行為。

同 cruel a 殘酷的
反 humane a 仁愛的

構詞記憶法
字根 blood 表示「血」的意思。

blossom [`blɑsəm] v 開花，興旺發達

升全多雅托公

The plum blossoms in winter while the peach blossoms in spring.
梅花在冬天開花，而桃花在春天開花。

➲ blossom - blossomed - blossomed & blossoming
同 flower v 開花
片 blossom period ph 興旺時期

邏輯記憶法
此單字中含有 loss（n. 虧損）一詞，可延伸出 floss（n. 牙線）。

搭配詞記憶法
in full blossom
盛開

blue [blu] a 藍色的，憂鬱的

升全多雅托公

The little boy was blue in the face when he was found.
小男孩被發現時臉色發青。

同 despondent a 意志消沉的
文 when 可以引導時間副詞子句。例句中的時間副詞子句，與主句的時態一致，都用過去式。

近似音記憶法
bl 音同「不了」，以 bl 開頭的字，隱含「否定，陰暗」。

搭配詞記憶法
navy blue 深藍色

bluff [blʌf] v 虛張聲勢，愚弄 升全多雅托公

Don't trust him; he is only bluffing.

不要相信他，他只是在吹牛。

➲ bluff - bluffed - bluffed & bluffing

同 befool v 愚弄

片 bluff it out ph 蒙混過關

邏輯記憶法

此單字中含有 luff（v. 轉舵）一詞，可延伸出 fluff（v. 搞糟）。

bluish [ˋbluɪʃ] a 淺藍色的 升全多雅托公

The wall in his daughter's room is bluish.

他女兒房間的牆是淺藍色的。

片 sky blue ph 天空藍

搭配詞記憶法

bluish eyes 淺藍色的眼睛

board [bord] v 寄宿，登船 升全多雅托公

He boarded in a local family.

他寄宿在一戶當地人的家裡。

➲ board - boarded - boarded & boarding

同 lodge v 寄宿

片 board expenses ph 伙食費

同音詞記憶法

與此單字同音的單字是 bored（a. 無聊的）。

boast [bost] v 吹噓，自誇 升全多雅托公

She is always boasting about her family.

她經常吹噓她的家世。

➲ boast - boasted - boasted & boasting

同 brag v 自誇

反 belittle v 貶低

文 boast about 為介係詞片語，意思是「誇耀～」，後面跟名詞或代名詞。

邏輯記憶法

此單字中含有 oast（n. 烘房）一詞，可延伸出 coast（n. 海岸）。

搭配詞記憶法

proudly boast 誇耀地讓人印象深刻

bodybuilding [ˋbadɪˏbɪldɪŋ] n 健美運動 升全多雅托公

Bodybuilding becomes more and more popular.

健美運動變得愈來愈流行。

片 popular bodybuilding ph 大眾健身

邏輯記憶法

此單字中含有 build（v. 建造）一詞，可延伸出 builder（n. 建造者）。

bolt [bolt] n 閃電，螺釘 升全多雅托公

We all know that the bolt comes with thunder.

我們都知道閃電經常伴隨著雷鳴。

同 lightning n 閃電

文 come with 為動詞片語，意思是「伴隨～發生」。

搭配詞記憶法

bolt upright 筆直

bomb [bam] n 炸彈

升全多雅托公

The terrorist threw a bomb into the building.
恐怖分子在大樓投擲一枚炸彈。

同 crump n 炸彈
片 atomic bomb ph 原子彈

近似音記憶法
bo 音如「隆隆聲響」，以 bo、boo、bom 開頭的字，隱含「巨大聲響或動靜」。

搭配詞記憶法
plant the bomb 設置炸彈

bombard [bam`bard] v 轟炸，炮轟

升全多雅托公

We bombarded the enemy base.
我們轟炸敵人的陣地。

➲ bombard - bombarded - bombarded & bombarding
文 bombard 是及物動詞，後面直接接名詞。

近似音記憶法
bo 音如「隆隆聲響」，以 bo、boo、bom 開頭的字，隱含「巨大聲響或動靜」。

bomber [`bamɚ] n 轟炸機

升全多雅托公

The bombers circled over the city.
轟炸機在城市上空盤旋。

片 fighter bomber ph 戰鬥轟炸機

近似音記憶法
bo 音如「隆隆聲響」，以 bo、boo、bom 開頭的字，隱含「巨大聲響或動靜」。

bond [band] n 聯繫

升全多雅托公

Common interest is the bond of cooperation between the two countries.
共同利益是這兩個國家合作的聯繫。

片 bond strength ph 黏合度

邏輯記憶法
此單字中含有 bon（a. 好的）一詞，可延伸出 bone（n. 骨骼）。

搭配詞記憶法
spiritual bond 精神結合

bondage [`bandɪdʒ] n 束縛，奴役

升全多雅托公

The women are in bondage to their family.
女性被家庭束縛。

同 restraint n 約束
文 to 在例句中作介係詞，表示從屬關係。

構詞記憶法
字根 bond 表示「束縛」的意思。

book [buz] n 帳簿，名冊

升全多雅托公

The manager left the books to the accountants.
經理把帳冊交給會計處理。

同 accounts n 帳目
文 leave sth. to sb. 的意思是「把～留給～」。

搭配詞記憶法
hardback / paperback book
精裝書／平裝書

boom [bum] v 快速發展，發出隆隆聲 升全多雅托公
The industry will be booming as a result of the policy.
得益於此政策，此工業將會快速發展。
➲ boom - boomed - boomed & booming
同 prosper v 繁榮
反 depress v 蕭條
片 economic boom ph 經濟繁榮

近似音記憶法
bo 音如「隆隆聲響」，以 bo、boo、bom 開頭的字，隱含「巨大聲響或動靜」。

boomerang [ˋbuməˏræŋ] v 自食其果 升全多雅托公
His lie boomeranged on him for he was fired by the boss.
他的謊言讓他自食其果，被老闆解雇了。
➲ boomerang - boomeranged - boomeranged & boomeranging
文 petty tricks 是名詞片語，意思是「小花招，小聰明」含有貶義。

邏輯記憶法
此單字中含有 rang（v. pt. 包圍）一詞，可延伸出 range（n. 範圍）。

boot [but] n 靴子 升全多雅托公
The child is too young to tie his boots by himself.
這個孩子太小了，不會自己綁鞋帶。
文 too...to 的意思是「太～而不能」，to 後接原形動詞。

搭配詞記憶法
knee boots 長筒靴

border [ˋbɔrdɚ] n 邊緣，邊界 升全多雅托公
They struggled on the border of death.
他們在死亡邊緣掙扎。
同 frontier n 邊界，國界
片 border line ph 邊界線

搭配詞記憶法
border post 邊防哨所

botanical [boˋtænɪkḷ] a 植物學的 升全多雅托公
There are many botanical gardens in our city.
我們城市有許多植物園。
同 phytological a 植物學的
文 botanical garden 為名詞片語，意思是「植物園」。

搭配詞記憶法
botanical character 植物學特徵

bother [ˋbɑðɚ] v 打擾，煩惱 升全多雅托公
I hate the man who keeps bothering me.
我討厭一直打擾我的人。
➲ bother - bothered - bothered & bothering
同 annoy v 打擾
文 keep 在例句中作動詞，意思是「保持」，後面跟名詞或動名詞。

搭配詞記憶法
bother about 煩惱

boundary [ˋbaʊndrɪ] n 範圍，分界線 升全多雅托公
This is beyond the boundary of my capability.
這超出我的能力範圍。
同 barrier n 分界線
片 boundary marker ph 界標

構詞記憶法
字根 bound 表示「邊界」的意思。

搭配詞記憶法
the boundaries of taste 挑戰品味極限

bowels [ˋbaʊəlz] n 內部，深處 升全多雅托公

The man moved into the bowels of the boat.
男子進入這艘船的內部。

同 interior n 內部
文 move into 為動詞片語，意思是「進入～」，後面直接接名詞。

單複數記憶法
此單字的單數形式是 bowel（n. 內臟）。

box [bɑks] n 箱子 升全多雅托公

David gave a box of candy to his younger sister.
大衛送一盒糖果給他妹妹。

同 case n 箱
文 give 後接雙受詞，常見用法有兩種：give sb. sth. 和 give sth. to sb.（送某物給某人）。

搭配詞記憶法
box office 票房

boxing [ˋbɑksɪŋ] n 拳擊 升全多雅托公

Many people argued that boxing is a dangerous sport.
許多人認為拳擊是一項危險的運動。

同 pugilism n 拳擊
文 argue 的意思是「爭論，主張」，常見用法 argue with sb. about sth.（和某人爭論某事）。

搭配詞記憶法
boxing match 拳擊比賽

brachial [ˋbrekɪəl] a 臂的，臂狀的 升全多雅托公

The doctor came in with a brachial stethoscope in his hand.
醫生拿著一個臂狀聽診器進來了。

片 brachial artery ph 肱動脈

構詞記憶法
字根 chial 表示「手征性的」的意思。

brain [bren] n 智慧，頭腦 升全多雅托公

He not only has strength, but also has brains.
他不僅有力氣還有智慧。

同 wisdom n 智慧
文 not only..., but also 的意思是「不僅～而且」，其中 also 可以省略。

搭配詞記憶法
brain and brawn 智力與體力

brake [brek] v 剎車 升全多雅托公

He braked sharply to avoid the dog.
他為了躲開狗而緊急剎車。

➲ brake - braked - braked & braking
片 brake system ph 剎車系統

同音詞記憶法
與此單字同音的單字是 break（v. 打破）。

bread [brɛd] n 麵包，食物 升全多雅托公

She had two slices of bread and a cup of milk for breakfast.
她早餐吃了兩片麵包和喝了一杯牛奶。

同 loaf n 長麵包
片 bread flour ph 高筋麵粉（做麵包用）

同音詞記憶法
與此單字同音的單字是 bred（v. pt. 繁殖）。

搭配詞記憶法
bread and butter 謀生之道

breakthrough [ˋbrek͵θru] n 突破，穿透

升全多雅托公

This is a big breakthrough in treatment for cancer.
這是治療癌症領域的一大突破。

- 同 penetration n 突破，滲透
- 文 in 在例句中作介係詞，意思是「在～方面」。

邏輯記憶法
此單字中含有 break（v. 打破）一詞，可延伸出 breakdown（v. 崩潰）。

breath [brɛθ] n 呼吸

升全多雅托公

He took a deep breath and tried to quell his anger.
他深吸一口氣，努力壓制自己的怒火。

- 文 片語 quell one's anger 的意思是「壓制某人的怒火」。

搭配詞記憶法
a breath of fresh air 煥然一新

breed [brid] v 繁殖

升全多雅托公

The sheep breed quickly on the grassland.
綿羊在草原上繁殖得很快。

- ➲ breed - bred - bred & breeding
- 同 propagate v 繁殖
- 文 sheep 的意思是「羊，綿羊」，它的複數形式也是 sheep。sheep 還可以指膽小的人。

搭配詞記憶法
breed crimes 滋生犯罪

breeding [ˋbridɪŋ] n 教養，生育

升全多雅托公

His politeness is a sign of good breeding.
他的有禮貌是良好教養的表現。

- 同 upbringing n 教養，養育
- 片 breeding season ph 繁殖的季節

邏輯記憶法
此單字中含有 reed（n. 蘆葦）一詞，可延伸出 reedit（v. 修訂）。

brilliant [ˋbrɪljənt] a 才華洋溢的，明亮的

升全多雅托公

He is a brilliant young writer.
他是位才華洋溢的年輕作家。

- 同 intelligent a 聰明的
- 反 stupid a 愚蠢的
- 片 brilliant sunshine ph 燦爛的陽光

構詞記憶法
字根 brill 表示「光輝」的意思。

搭配詞記憶法
bloody brilliant 非常傑出

brisk [brɪsk] a 輕快的，興隆的

升全多雅托公

The girl's pace is brisk, and her smile is charming.
女孩腳步輕快，笑容迷人。

- 同 spirited a 精力充沛的
- 反 dull a 遲鈍的
- 片 brisk trade ph 貿易興隆

邏輯記憶法
此單字中含有 risk（n. 冒險）一詞，可延伸出 frisk（n. 搜身）。

brittle [ˋbrɪtl̩] a 易碎的，難以相處的 升全多雅托公

These goods are brittle; please handle them with care.
這些貨物易碎，請輕拿輕放。

同 fragile a 易碎的
反 hard a 堅硬的
文 片語 handle with care 的意思是「輕拿輕放」。

搭配詞記憶法
brittle material
易碎材料

---

broadside [ˋbrɔd͵saɪd] ad 以側面對著 升全多雅托公

The clock was broadside to the door.
時鐘側對著門。

片 broadside on ph 側像地

邏輯記憶法
此單字中含有 side（n. 邊）一詞，可延伸出 beside（prep. 與～無關）。

---

bronze [brɑnz] n 銅牌，青銅 升全多雅托公

The athlete won a bronze medal in this game.
這名運動員在這次比賽中贏得一枚銅牌。

同 copper n 銅
文 win 的意思是「贏」，其受詞是獎品、比賽、戰爭等，但不能是人。

搭配詞記憶法
bronze statue 銅像

---

brood [brud] v 孵蛋，沉思 升全多雅托公

The hen is brooding in its nest.
母雞正在窩裡孵蛋。

➲ brood - brooded - brooded & brooding
同 incubate v 孵
片 brood pouch ph 育兒袋

邏輯記憶法
此單字中含有 rood（n. 十字架）一詞，可延伸出 crood（v. 咕咕地叫）。

---

broom [brum] n 掃帚 升全多雅托公

His mother smacked him for breaking the broom.
男孩弄壞掃帚，被媽媽打。

同 besom n 掃帚
文 smack 是及物動詞，意思是「打，啪的一聲甩」，可直接接表示人的名詞。

邏輯記憶法
此單字中含有 room（n. 房間）一詞，可延伸出 groom（v. 清潔）。

---

browse [braʊz] v 瀏覽，吃草 升全多雅托公

He is browsing through a magazine in the library.
他正在圖書館瀏覽雜誌。

➲ browse - browsed - browsed & browsing
同 scan v 瀏覽
文 browse 後面常接介係詞 through，表示「瀏覽」的意思。

同音詞記憶法
與此單字同音的單字是 brows（n. 眉毛）。

---

bruise [bruz] n 擦傷，傷痕 升全多雅托公

There are many bruises on her cheek.
她臉上有許多擦傷。

同 wound n 傷口
片 surface bruise ph 表面擦傷

同音詞記憶法
與此單字同音的單字是 brews（n. 啤酒）。

搭配詞記憶法
black bruise 瘀青

bubble [ˋbʌbl̩] v 沸騰，冒泡
升全多雅托公

The water is bubbling; please turn off the gas.
水沸騰了，請把瓦斯關掉。

➲ bubble - bubbled - bubbled & bubbling
同 boil v 沸騰
片 bubble point ph 沸點

近似音記憶法
bub 音如「冒泡聲」，以 bub 開頭的字，隱含「泡泡，冒泡」。

bubblegum [ˋbʌbl̩gʌm] n 泡泡糖，搖滾舞曲
升全多雅托公

The little boy got the bubblegum on his hair by accident.
小男孩不小心把泡泡糖黏到自己的頭髮。

同 chewing gum ph 口香糖

近似音記憶法
bub 音如「冒泡聲」，以 bub 開頭的字，隱含「泡泡，冒泡」。

bubbler [ˋbʌblɚ] n 噴水式飲水口
升全多雅托公

Does the bubbler system work well?
噴水系統好用嗎？

片 bubbler irrigation ph 噴水式灌溉

近似音記憶法
bub 音如「冒泡聲」，以 bub 開頭的字，隱含「泡泡，冒泡」。

bubbly [ˋbʌblɪ] a 多泡的，起泡的
升全多雅托公

She has a strong preference for the bubbly soap.
她很喜歡多泡的肥皂。

同 blistery a 氣泡的

近似音記憶法
bub 音如「冒泡聲」，以 bub 開頭的字，隱含「泡泡，冒泡」。

budget [ˋbʌdʒɪt] n 預算，安排
升全多雅托公

The poor family was always on a tight budget.
這個貧困家庭總是經濟拮据。

同 spend n 預算
文 片語 on a (tight) budget 的意思是「拮据，缺錢」。

搭配詞記憶法
budget deficit 預算赤字

buffer [ˋbʌfɚ] n 緩衝
升全多雅托公

A good sense of humour should be a useful buffer against the embarrassment.
良好的幽默感可以有效地緩解尷尬。

同 dashpot n 緩衝器
片 buffer fund ph 緩衝基金

搭配詞記憶法
buffer zone 緩衝區

building [ˋbɪldɪŋ] n 建築物

The tall building interrupted our view of the neighboring houses.
這棟高大的建築物遮住我們眺望附近房子的視線。

同 construction n 建築物
片 office building ph 辦公大樓

構詞記憶法
字尾 -ing 為名詞字尾，表示「物品，行業等」的意思。

搭配詞記憶法
high-rise building 高樓

bulk [bʌlk] n 大塊，體積 升全多雅托公

Because of the great bulk, he couldn't move lightly.
由於體型龐大，他的動作不靈活。

同 mass n 大堆
文 because of 的意思是「因為～」，後面跟名詞。

搭配詞記憶法
bulk purchase
大量採購

bump [bʌmp] v 碰撞 升全多雅托公

The car bumped into the door when it drove out of the garage.
車子開出車庫時，撞到了車庫的門。

➲ bump - bumped - bumped & bumping
同 crash v 碰撞

邏輯記憶法
此單字中含有 bum（n. 流浪者）一詞，可延伸出 bumf（n. 衛生紙）。

搭配詞記憶法
accidentally bump
無意碰撞

buoy [bɔɪ] n 救生圈，浮標 升全多雅托公

He is a green hand in swimming, so he needs the aid of a buoy.
他在游泳方面的新手，所以他需要救生圈的幫助。

同 lifebelt n 救生圈
文 green hand 在例句中的意思是「新手」。

搭配詞記憶法
life buoy 救生圈

burden [`bɝdn̩] n 負擔，責任 升全多雅托公

The boy wants to ease his father off burden.
男孩想要幫他父親減輕家庭負擔。

同 duty n 責任
文 ease sb. off sth. 的意思是「減輕某人的～」，注意 sb. 用受詞形式。

搭配詞記憶法
economic burden
經濟負擔

bureau [`bjʊro] n 局，衣櫃 升全多雅托公

Our department is affiliated with the Federal Bureau of Investigation.
我們部門隸屬於聯邦調查局。

同 department n 局，部
文 be affiliated with 的意思是「隸屬於～」，with 後接名詞。

搭配詞記憶法
Security Bureau
安全局

bureaucratism [͵bjʊrə`krætɪzm̩] n 官僚主義 升全多雅托公

The people begin to attack the prevailing bureaucratism.
人們開始討伐盛行的官僚主義。

同 officialism n 官僚作風
文 attack 的意思是「攻擊，抨擊」，經常與介係詞 on 搭配使用，後接名詞。

構詞記憶法
字根 crat 表示「管哩，統治」的意思。

邏輯記憶法
此單字中含有 crat（n. 板條箱）一詞，可延伸出 cratic（a. 統治的）。

burial [ˋbɛrɪəl] n 葬禮，埋葬 升全多雅托公

He never appeared at his father's burial.
他根本沒有出現在他父親的葬禮。

- 同 interment n 葬禮
- 文 appear at 為介係詞片語，意思是「在～露面」。at 後面跟表示地點、場合的名詞。

搭配詞記憶法
burial ground 墳地

構詞記憶法
字尾 -ial 為名詞字尾，表示「具有～特性」的意思。

bury [ˋbɛrɪ] v 埋藏，隱藏 升全多雅托公

It's said that a bundle of treasures was buried in the cave.
據說這個山洞裡埋藏了一大筆寶藏。

- ➲ bury - buried - buried & burying
- 同 pocket v 隱藏
- 反 reveal v 洩露，透漏
- 文 bury 是及物動詞，後面可直接接名詞，表示「埋葬～」的意思。

同音詞記憶法
與此單字同音的單字是 berry（n. 莓果）。

搭配詞記憶法
be buried alive
活埋

butler [ˋbʌtlɚ] n 男管家 升全多雅托公

I will call for a butler to take care of you.
我會請一位管家來照顧你。

- 同 steward n 管家

邏輯記憶法
此單字中含有 but（conj. 但是）一詞，可延伸出 butter（v. 討好）。

butterfat [ˋbʌtɚˏfæt] n 乳脂 升全多雅托公

The butterfat in milk can raise blood cholesterol levels.
牛奶中的乳脂會提高血液中膽固醇的含量。

- 同 milkfat n 乳脂
- 文 cholesterol levels 為名詞片語，意思是「膽固醇含量」。

邏輯記憶法
此單字中含有 fat（a. 肥胖的）一詞，可延伸出 fatigue（v. 疲勞）。

buy [baɪ] v 買，獲得 升全多雅托公

He had bought over the judge.
他收買法官。

- ➲ buy - bought - bought & buying
- 同 earn v 獲得，賺得
- 反 sell v 賣
- 片 buy time ph 爭取時間

同音詞記憶法
與此單字同音的單字是 by（prep. 通過～）。

搭配詞記憶法
buy and sell 買賣

MEMO

Cc

cabin ~ cytology

6大考試

㊂ 學測指考

㊁ 全民英檢

㊀ 多益測驗

㊈ 雅思測驗

㊃ 托福測驗

㊅ 公職考試

6大英文單字記憶法

構詞記憶法

利用英文的構詞方式，透過字首、字根、字尾的方式來記憶單字。

同音詞記憶法

利用單字的相同發音卻不同拼字來記憶。

單複數記憶法

利用單字本身單複數形式所產生的不同意思來記憶單字。

近似音記憶法

利用諧音方式來增加記憶。

搭配詞記憶法

利用一組詞彙的概念來記憶，在記憶單字時不是只記下一個單字的意思，而是能夠使用一組詞彙加深印象。

邏輯記憶法

以一個單字為單位，採用順序或不同的角度去找出邏輯的關係，並延伸出其它的單字。

Cc cabin ~ cytology

符號說明 ➲ 動詞三態 & 分詞 同 同義字 反 反義字 文 文法重點

cabin [ˋkæbɪn] n 客艙，小屋 升全多雅托公

The waiter shows me to the cabin.

服務生把我帶到客艙。

同 cottage n 小屋

片 cabin crew ph（客機）航班空服員

邏輯記憶法：此單字中含有 cab（n. 駕駛室）一詞，可延伸出 scab（n. 斑點病、疥癬）。

cactus [ˋkæktəs] n 仙人掌 升全多雅托公

Drought tolerant, cacti are adaptable to arid regions.

仙人掌耐旱，適合在乾旱地區生長。

同 cholla n 仙人掌

文 be adaptable to 為常見用法，意思是「適合～」，後面常接名詞或原形動詞。

搭配詞記憶法：edible cactus 食用仙人掌

café [kəˋfe] n 咖啡館，咖啡 升全多雅托公

I stepped into the café and ordered a cup of black coffee.

我走進咖啡館，點了一杯黑咖啡。

同 coffee n 咖啡

近似音記憶法：caf 音如「咖啡」，以 caf 開頭的字，隱含「咖啡，咖啡館，餐館」。

cafeteria [ˌkæfəˋtɪrɪə] n 自助餐廳 升全多雅托公

Is there a new cafeteria close by?

附近有新開一家自助餐廳嗎？

同 self-service restaurant ph 自助餐廳

文 close by 在例句中作副詞，意思是「在旁邊，在～附近」。

近似音記憶法：caf 音如「咖啡」，以 caf 開頭的字，隱含「咖啡，咖啡館，餐館」。

caff [kæf] n 茶館，小餐館 升全多雅托公

My grandfather often killed time at the caff with his friends.

我祖父經常和他的朋友們在茶館消磨時間。

同 chophouse n 小餐館

文 kill time 在例句中的意思是「消磨時間」，相當於 pass the time。

近似音記憶法：caf 音如「咖啡」，以 caf 開頭的字，隱含「咖啡，咖啡館，餐館」。

caffeic [kæˋfiɪk] a 咖啡的 升全多雅托公

I like the caffeic bitter taste.

我喜歡咖啡的苦味。

片 caffeic acid ph 咖啡酸

近似音記憶法：caf 音如「咖啡」，以 caf 開頭的字，隱含「咖啡，咖啡館，餐館」。

caffeine [ˋkæfiɪn] n 咖啡因 升全多雅托公

Many young people relied heavily on the caffeine.

許多年輕人都很依賴咖啡因。

同 theine n 咖啡因

文 rely on 的意思是「依賴～」，後面常接名詞。

構詞記憶法：字尾 -ine 為名詞字尾，表示「具有～屬性」的意思。

calcareous [kælˋkɛrɪəs] a 鈣質的，石灰質的 升全多雅托公

The calcareous materials easily go oxydized.
鈣質的材料容易氧化。

同 limy a 石灰質的
片 calcareous soil ph 石灰土

邏輯記憶法
此單字中含有 care（n. 關心）一詞，可延伸出 scare（v. 驚嚇）。

calcium [ˋkælsɪəm] n 鈣 升全多雅托公

The doctor said that the child had a serious calcium deficiency.
醫生說這孩子嚴重缺鈣。

文 calcium deficiency 為名詞片語，意思是「缺乏鈣」。

搭配詞記憶法
calcium oxide 氧化鈣

calculator [ˋkælkjə͵letɚ] n 計算機 升全多雅托公

The student hid the pocket calculator away.
學生把袖珍型計算機藏起來。

同 counter n 計數器
文 片語 hide away 的意思是「把～藏起來」。

構詞記憶法
字根 cal 表示「計算」的意思。

搭配詞記憶法
hand-held calculator 便攜式計算機

calibrate [ˋkælə͵bret] v 校準 升全多雅托公

Could you tell me how to calibrate the cameras?
你能告訴我如何校準相機嗎？

➲ calibrate - calibrated - calibrated & calibrating
同 adjust v 調整

構詞記憶法
字根 libráte 表示「擺動、保持平衡」的意思。

camouflage [ˋkæmə͵flɑʒ] v 偽裝，掩飾 升全多雅托公

The soldiers are good at camouflaging themselves.
士兵善於偽裝自己。

➲ camouflage - camouflaged - camouflaged & camouflaging
同 disguise v 偽裝

搭配詞記憶法
camouflage clothing 迷彩服，偽裝服

campaign [kæmˋpen] n 演習，活動 升全多雅托公

The military campaign must be kept as a secret.
軍事行動必須保密。

同 battle n 戰役
文 hold in 為介係詞片語，意思是「壓制，約束」。

搭配詞記憶法
sales campaign 促銷活動

canal [kəˋnæl] n 運河，水道 升全多雅托公

Water in the canal was used to irrigate farmland by farmers.
農民用運河裡的水灌溉田地。

同 pipeline n 管道
片 ship canal ph 航道

邏輯記憶法
此單字中含有 can（aux. 能）一詞，可延伸出 scan（v. 掃描）。

搭配詞記憶法
canal barge 運河駁船

candidate [ˋkændədet] n 候選人，應試者

I think this candidate for the presidency will win.
我認為這位總統候選人會勝出。

同 examinee n 應試者
片 suitable candidate ph 合適人選

構詞記憶法
字根 candid 表示「率直、坦白、公正」的意思。

邏輯記憶法
此單字中含有 date（n. 日期）一詞，可延伸出 update（v. 更新）。

---

cannon [ˋkænən] n 炮彈，大炮

They disassembled the cannon plundered from Russia.
他們拆開了從俄國搶來的炮彈。

同 ordnance n 軍火
片 cannon fodder ph 炮灰

同音詞記憶法
與此單字同音的單字是 canon（n. 教規）。

---

canoe [kəˋnu] n 獨木舟，輕舟

We pushed the canoe to the shore together.
我們合力把獨木舟推到岸上。

同 dugout n 獨木舟
文 push 的意思是「推」，常見片語 push through（完成，擠著通過）。

邏輯記憶法
此單字中含有 can（aux. 能）一詞，可延伸出 cant（v. 傾斜）。

---

canopy [ˋkænəpɪ] n 遮蓋物 

The trees outside formed a canopy over his house.
外面的樹覆蓋住他家房子。

同 cover n 遮蓬

構詞記憶法
字根 opy 表示「視力，眼力」的意思。

---

capable [ˋkepəbḷ] a 有～能力的，勝任的

In the parents' eyes, he is a capable person.
在父母的眼裡，他是個有能力的人。

同 competent a 有能力的
文 片語 in one's eyes 意思是「在～眼中」，相當於 in the eye of sb.。

邏輯記憶法
此單字中含有 able（a. 能）一詞，可延伸出 stable（a. 穩定的）。

搭配詞記憶法
potentially capable 潛在能力

---

capacity [kəˋpæsətɪ] n 能力，容量

I was stirred by his capacity for learning languages.
他語言學習的能力激勵了我。

同 capability n 能力
片 bearing capacity ph 承載量

構詞記憶法
字根 cap 表示「抓住」的意思。

搭配詞記憶法
beyond capacity 超乎能力所及

capillary [ˋkæpḷ͵ɛrɪ] n 毛細管 升全多雅托公

Rapid capillary proliferation is good for wound healing.
迅速的毛細血管增生有利於傷口的癒合。

文 be good for 的意思是「有利於～」，後面常接名詞或動名詞。

搭配詞記憶法
capillary action
毛細管作用

capital [ˋkæpətḷ] n 首都，資本 升全多雅托公

I know the names of all the capitals of Asia.
我知道所有亞洲國家的首都名稱。

同 crucial a 重要的
反 trivial a 無價值的
片 foreign capital ph 外資

構詞記憶法
字根 capit 表示「頭」的意思。

搭配詞記憶法
capital intensive
資本密集

capitalist [ˋkæpətḷɪst] a 資本主義的 n 資本家 升全多雅托公

Within the capitalist system, the poor live a hard life.
在資本主義體制下，窮人過著艱苦的生活。

同 bourgeois a 資產階級的

搭配詞記憶法
capitalist society
資本主義社會

構詞記憶法
字根 capit 表示「頭」的意思。

capsule [ˋkæpsḷ] n 膠囊，太空艙 升全多雅托公

The patient has to take a capsule every morning.
病人每天早上必須服用一顆膠囊。

同 micelle n 微粒
片 soft capsule ph 軟膠囊劑

邏輯記憶法
此單字中含有 cap（n. 軍帽）一詞，可延伸出 capture（v. 俘獲）。

carbohydrate [ˋkarbəˋhaɪdret] n 碳水化合物 升全多雅托公

I don't eat carbohydrates so as to lose weight.
為了減肥，我不吃含碳水化合物的食物。

文 so as to lose weight 的意思是「為了減肥」，在例句中作目的副詞。

構詞記憶法
字根 hydro 表示「水的，氫的」的意思。

carbon [ˋkarbən] n 碳 升全多雅托公

Diamonds are pure carbon, is that right?
鑽石是純淨的碳，是嗎？

同 kryptol n 碳棒
片 carbon dioxide ph 二氧化碳

邏輯記憶法
此單字中含有 car（n. 車）一詞，可延伸出 scar（n. 傷疤）。

carbonate [ˋkarbə͵net] n 碳酸鹽 升全多雅托公

Carbonate is a kind of chemical substances.
碳酸鹽是一種化學物質。

文 chemical substances 為名詞片語，表示「化學物質」的意思，等同於 chemicals。

搭配詞記憶法
calcium carbonate
碳酸鈣

carcass [ˋkɑrkəs] n 屍體，遺骸 升全多雅托公

The fisherman found the carcass of a person in the sea.
漁民在海裡發現一具屍體。

同 corpse n 屍體

文 of 在例句中是表示從屬關係的介係詞，意思是「～的」。

構詞記憶法
字根 car(n) 表示「肉」的意思。

---

care [kɛr] v 關心，照顧 升全多雅托公

I can hardly see that he cares about his girlfriend.
我幾乎看不出來他關心女朋友。

➲ care - cared - cared & caring

同 tend v 照料

文 片語 care about 的意思是「關心，擔憂」，後面跟人或動名詞。

構詞記憶法
字根 care 表示「關心」的意思。

搭配詞記憶法
be past caring
不在乎

---

career [kəˋrɪr] n 生涯，職業 升全多雅托公

He had to end his career as a doctor because of a medical accident.
由於醫療事故，他必須終止他的醫生生涯。

同 occupation n 職業

片 career planning ph 職業規劃

構詞記憶法
字根 car 表示「裝載」的意思。

---

cargo [ˋkɑrgo] n 負荷，貨物 升全多雅托公

The cargo ship was said to be wrecked off the coast.
據説那艘貨船在近海岸失事。

同 load n 負荷

片 cargo hold ph 貨艙

構詞記憶法
字根 car 表示「裝載」的意思。

搭配詞記憶法
discharge cargo
卸貨

---

carnation [kɑrˋneʃən] n 康乃馨，肉色 升全多雅托公

A white carnation symbolizes pure love.
白色康乃馨象徵著純潔的愛。

同 fleshcolor n 肉色

構詞記憶法
字根 carn 表示「肉欲」的意思。

---

carnivore [ˋkɑrnə͵vɔr] n 肉食動物 升全多雅托公

The tyrannosauruses were a kind of carnivores of the Jurassic period.
暴龍是侏羅紀時代一種肉食動物。

同 predator n 肉食動物

反 herbivore n 草食動物

文 Jurassic period 為名詞片語，意思是「侏羅紀時代」。

構詞記憶法
字根 carn 表示「肉欲」的意思。

carp [karp] v 挑剔，吹毛求疵 升全多雅托公

James is not a person who likes to carp at others.
James 不是一個愛挑剔他人的人。

- carp - carped- carped & carping
- 同 pick v 挑剔
- 文 carp 後面接介係詞 at 表示「挑剔～」。

邏輯記憶法
此單字中含有 car（n. 汽車）一詞，可延伸出 card（卡片）。

cartography [kar`tagrəfɪ] n 製圖學，繪圖 升全多雅托公

You need a lot of practice to have a good grasp of cartography.
要深刻了解製圖學，就必須有很多練習的機會。

- 同 graphics n 製圖學
- 片 engineering cartography ph 工程製圖

近似音記憶法
cart 音如「卡通」，以 cart 開頭的字，隱含「卡通的，漫畫的」。

構詞記憶法
字尾 -graphy 為名詞字尾，表示「寫（或畫、描繪、記錄）的方式」的意思。

cartoon [kar`tun] n 漫畫，卡通 升全多雅托公

Hayao Miyazaki created many classic cartoon characters.
宮崎駿創作出許多經典的漫畫角色。

- 片 animated cartoon ph 動畫片

近似音記憶法
cart 音如「卡通」，以 cart 開頭的字，隱含「卡通的，漫畫的」。

cartoonist [kar`tunɪst] n 漫畫家 升全多雅托公

Hayao Miyazaki is a famous cartoonist in the world.
宮崎駿是世界知名的漫畫家。

- 同 caricaturist n 漫畫家

構詞記憶法
字尾 -ist 為名詞字尾，表示「～人」的意思。

cassette [kə`sɛt] n 卡式錄音帶 升全多雅托公

I like collecting classic cassettes.
我喜歡收藏經典的卡式錄音帶。

- 片 video cassette ph 錄影帶

構詞記憶法
字根 case 表示「裝，容器」的意思。

caste [kæst] n 等級，印度的世襲階級 升全多雅托公

The caste system depends on wealth.
社會等級制度取決於由財富的多少。

- 同 class n 等級，階級
- 片 caste system ph 種姓制度

搭配詞記憶法
caste system 種姓制度

casual [`kæʒuəl] a 非正式的，臨時的 升全多雅托公

I don't think the casual dress is suitable for this occasion.
我認為休閒服不適合這種場合。

- 同 informal a 非正式的
- 反 formal a 正式的
- 片 casual meeting ph 臨時會面

構詞記憶法
字根 cas 表示「落下」的意思。

搭配詞記憶法
rather casual 相當隨便

catalog [ˋkætəlɔg] n 目錄 升全多雅托公

Please show me a detailed catalog of your products.
請給我一份你們產品的詳細目錄。

同 directory n 目錄
片 product catalog ph 產品目錄

邏輯記憶法
此單字中含有 log（n. 記錄）一詞，可延伸出 login（v. 註冊）。

catalogue [ˋkætəlɔg] v 為～編目，記載 升全多雅托公

The astronomers is planning to catalogue the stars.
天文學家正計劃對星體進行編目。

同 list v 列出
片 card catalogue ph 卡片目錄

構詞記憶法
字尾 -logue 為名詞字尾，表示「談話」的意思。

catalyst [ˋkætəlɪst] n 催化劑，促進因素 升全多雅托公

He acts as a catalyst in this dispute.
在這次爭論中他充當催化劑的作用。

同 activator n 催化劑
文 act as... role 的意思是「充當～角色」。

構詞記憶法
字根 lys 表示「分解」的意思。

cater [ˋketɚ] v 迎合，滿足需要 升全多雅托公

The chef couldn't cater to every guest's taste.
廚師無法迎合所有客人的口味。

同 humor v 迎合
文 cater 經常與介係詞 to 連用，意思是「迎合～」；與介係詞 for 連用，意思是「為～提供食宿」。

邏輯記憶法
此單字中含有 cat（n. 貓）一詞，可延伸出 cattle（n. 牲口）。

caterpillar [ˋkætɚ͵pɪlɚ] n 毛蟲，履帶 升全多雅托公

The beautiful butterfly is changed from a caterpillar.
漂亮的蝴蝶是由毛蟲蛻變的。

同 palmerworm n 毛蟲
文 change 在例句中作動詞，意思是「改變」，常用片語有 change off（交替）。

邏輯記憶法
此單字中含有 pillar（台柱）一詞，可延伸出 papillar（a. 乳頭狀的）。

cause [kɔz] n 原因 升全多雅托公

What cause do you have to complain about your parents?
你有什麼理由抱怨你的父母？

同 reason n 原因
文 complain about 為常見用法，意思是「抱怨、投訴～」，後面接名詞。

構詞記憶法
字根 caus 表示「原因」的意思。

搭配詞記憶法
cause and effect
因果

caution [ˋkɔʃən] v n 警告，提醒 升全多雅托公

The traffic police cautions the driver not to go through the red light.

交通警察警告司機不要闖紅燈。

- caution - cautioned - cautioned & cautioning
- 同 warn v 警告
- 文 片語 caution sb. not to do 的意思是「警告某人不要做某事」。

搭配詞記憶法
err on the side of caution 採取安全作法不要冒險

cautious [ˋkɔʃəs] a 謹慎的，小心的 升全多雅托公

You must be cautious when making a major decision.

在做重大決定的時候，你必須謹慎。

- 同 discreet a 謹慎的
- 反 incautious a 不謹慎的
- 文 cautious 常見片語有 be cautious about / (of)「謹防～」，後接名詞、動名詞。

構詞記憶法
字尾 -ous 為形容詞字尾，表示「有～性質的」的意思。

cavity [ˋkævətɪ] n 蛀牙，洞 升全多雅托公

You have a cavity, so you shouldn't eat much sweet.

你有一顆蛀牙，所以你不應該吃太多甜食。

- 同 hole n 洞
- 片 oral cavity ph 口腔

構詞記憶法
字根 cav 表示「洞」的意思。

ceiling [ˋsilɪŋ] n 天花板，隔板 升全多雅托公

My head would touch the ceiling if I stand on tiptoe.

如果我踮起腳尖的話，我的頭就會碰到天花板。

- 同 roof n 屋頂
- 反 floor n 地板
- 文 stand on tiptoe 為常見用法，意思是「踮起腳尖」，其它常見用法還有 stand on one's own feet（獨立）。

同音詞記憶法
與此單字同音的單字是 sealing（n. 密封）。

搭配詞記憶法
Price Ceiling 市場價格的浮動，不得超越價格上限

celestial [sɪˋlɛstʃəl] a 天的，天空的 升全多雅托公

The meteors or shooting stars are the fallen celestial bodies.

隕石或流星都是墜落的天體。

- 同 heavenly a 天空的
- 反 earthly a 地上的
- 文 shooting stars 為名詞片語，意思是「流星」。

搭配詞記憶法
celestial beings 天神

cell [sɛl] n 小牢房，細胞 升全多雅托公

The man was locked up in a dark cell as a prisoner of war.

那位戰俘被監禁在一間黑暗的小牢房裡。

- 同 jail n 牢房
- 文 lock up 的意思是「把～關起來」，後面多接表示名詞或地點副詞。

同音詞記憶法
與此單字同音的單字是 sell（v. 賣）。

cemetery [ˋsɛməˏtɛrɪ] n 墓地，公墓　升全多雅托公

The little boy dare not go to the cemetery park.
小男孩不敢去墓園。

同 graveyard n 墓地
片 national cemetery ph 國家公墓

構詞記憶法
字尾 -ery 為名詞字尾，表示「場所，地點」的意思。

censor [ˋsɛnsɚ] n 審查員，檢查員　升全多雅托公

The board of film censors has not come to a decision.
影片審查委員會還沒有做出決定。

同 inspector n 檢查員
文 board of film censors 為名詞片語，意思是「影片審查委員會」。

構詞記憶法
字根 cens 表示「判斷」的意思。

census [ˋsɛnsəs] n 人口普查　升全多雅托公

The census revealed a rise in aged population.
人口普查顯示人口老化趨於上升。

同 statistics n 統計
片 census bureau ph 人口統計局

構詞記憶法
字根 cens 表示「判斷」的意思。

搭配詞記憶法
census data 人口普查資料

centenary [ˏsɛnˋtɛnərɪ] n 百年紀念，一世紀　升全多雅托公

This year is the centenary of our school's establishment.
今年是我們學校成立 100 週年紀念。

同 centennial n 100 週年紀念
文 centenary 在句中作為單數出現的時候，前面不加不定冠詞

構詞記憶法
字根 cent 表示「百」的意思。

centigrade [ˋsɛntəˏgred] n 攝氏　升全多雅托公

The freezing point of pure water is 0 degrees centigrade.
純淨水的冰點是 0 攝氏度。

同 Celsius n 攝氏
文 freezing point 為名詞片語，意思是「冰點」，與它相對的是 boiling point（沸點）。

構詞記憶法
字根 grad 表示「步，級」的意思。

cent [sɛnt] n 分，零錢　升全多雅托公

I haven't got a cent now; could you lend me 10 dollars?
我現在身無分文，你能借我 10 美元嗎？

同 penny n 分，便士
片 red cent ph 一便士

同音詞記憶法
與此單字同音的單字是 sent（v. pt. 送）。

century [ˋsɛntʃurɪ] n 世紀，百年　升全多雅托公

This man was born at the end of the 20th century.
男子出生於 20 世紀末。

同 hundred n 一百
片 century park ph 世紀公園

構詞記憶法
字根 cent 表示「百」的意思。

搭配詞記憶法
centuries old 百年歷史

ceramics [sə`ræmɪks] n 陶瓷工藝，陶器製造 升全多雅托公
The ceramics should get well preserved.
陶瓷工藝應該得到很好的保護。
片 ceramic tiles ph 瓷磚

邏輯記憶法
此單字中含有 rami（n. 分支），可延伸出 ramify（v. 使分叉）。

cereal [`sɪrɪəl] n 穀物，糧食 升全多雅托公
There is an abundance of fiber in the cereals.
穀物中含有豐富的纖維素。
同 corn n 穀物
片 cereal grains ph 穀粒

同音詞記憶法
與此單字同音的單字是 serial（a. 連續的）。

cerebral [`sɛrəbrəl] a 理智的，大腦的 升全多雅托公
Men are regarded as more cerebral than women.
男人被公認為比女人更加理智。
同 intellect a 理智的
文 regard...as... 為常見用法，意思是「認為～」。

搭配詞記憶法
cerebral cortex 大腦皮層

ceremony [`sɛrə͵monɪ] n 典禮，禮節 升全多雅托公
They will hold a grand wedding ceremony in the ancient castle.
他們將在古堡舉行盛大的結婚典禮。
同 protocol n 禮儀
片 opening ceremony ph 開幕儀式

搭配詞記憶法
take part in the ceremony 參加典禮

certain [`sɝtən] a 必然的，確定的 升全多雅托公
His success in the exam is certain.
他這次考試中的成功是必然的。
同 particular a 特定的
反 uncertain a 不確定的
片 certain event ph 必然事件

構詞記憶法
字根 cert 表示「清楚」的意思。

搭配詞記憶法
not know for certain 不確定

certify [`sɝtə͵faɪ] v 證明 升全多雅托公
I can certify that he is innocent in this case.
我可以證明他在這案件是清白的。
➲ certify - certified - certified & certifying
同 testify v 證明
文 certify 後面可以接 that 引導的子句或介係詞 for，意思是「證明～」，for 後面接名詞。

構詞記憶法
字根 cert 表示「使～清楚，證明」的意思。

certificate [sɚˋtɪfəkɪt] n 證書，文憑 升全多雅托公

The headmaster gives the certificates to the students.
校長頒發證書給學生們。

同 license n 許可證
片 qualification certificate ph 資格證書

構詞記憶法
字根 cert 表示「使～清楚，證明」的意思。

搭配詞記憶法
birth certificate 出生證明

---

cesarean [sɪˋzɛrɪən] a 剖腹產的 升全多雅托公

The doctor is doing a cesarean section for the pregnant woman.
醫生正在替孕婦進行剖腹產手術。

同 caesarian = caesarean a 剖腹產的
文 cesarean section 為名詞片語，意思是「剖腹產手術」。

搭配詞記憶法
caesarean birth / delivery 剖腹產

---

chain [tʃen] n 鏈子，枷鎖 升全多雅托公

The dog broke away from the chain and rushed out.
狗掙脫鏈子衝出去。

同 bind n 捆綁
片 chain reaction ph 連鎖反應

搭配詞記憶法
a chain of command 上層主管

---

chair [tʃɛr] n 椅子，主席 升全多雅托公

The old man likes having a nap in his chair after lunch.
午飯後，這名老人喜歡坐在椅子上打盹。

同 bench n 長椅
片 rocking chair ph 搖椅

邏輯記憶法
此單字中含有 air（n. 空氣）一詞，可延伸出 lair（n. 窩）。

搭配詞記憶法
pull up a chair 快點過來坐（歡迎加入）

---

challenge [ˋtʃælɪndʒ] n 挑戰，懷疑 升全多雅托公

This position is a big challenge to him.
此職位對他來說是個大挑戰。

同 dare n 挑戰

搭配詞記憶法
take up the challenge 接受挑戰

---

chamber [ˋtʃembɚ] n 議事廳，會客廳 升全多雅托公

After the meeting, people left the chamber by ones and twos.
會議結束後，大家三三兩兩地離開會議室。

同 room n 室
片 chamber of commerce ph 商會

搭配詞記憶法
the Chamber of Deputies 眾議院

champion [ˋtʃæmpɪən] n 冠軍，擁護者 升全多雅托公

He was described as a champion singer.
他被稱為歌王。

同 victor n 勝利者
片 Olympic champion ph 奧運冠軍

構詞記憶法
字尾 -ion 為名詞字尾，表示「～的人」的意思。

搭配詞記憶法
champion jockey 冠軍騎士

chandelier [ˌʃændḷˋɪr] n 枝形吊燈 升全多雅托公

The chandelier hung on the ceiling attracted my sight.
懸掛在天花板上的枝形吊燈吸引我的目光。

同 pendant n 垂飾
文 片語 attract one's sight 表示「吸引某人的目光」。

構詞記憶法
字尾 -ier 為名詞字尾，表示「物，人」的意思。

channel [ˋtʃænḷ] n 路線，方法，水道 升全多雅托公

He claimed that he had a secret channel of goods.
他聲稱自己有祕密的貨物管道。

同 artery n 主渠道，幹線
片 marketing channel ph 銷售管道

構詞記憶法
字尾 -el 為名詞字尾，表示「物，人等」的意思。

搭配詞記憶法
a channel of communication 溝通管道

chapter [ˋtʃæptɚ] n 歷史上的重要時期，章 升全多雅托公

That war is a humiliating chapter in history.
那次戰爭是歷史上恥辱的一頁。

同 period n 時期
文 humiliating 在例句中作形容詞，意思是「恥辱的」，常見用法 find it humiliating to do（對～感到恥辱）。

構詞記憶法
字根 chapt 表示「頭」的意思。

搭配詞記憶法
difficult chapter 艱難時期

character [ˋkærɪktɚ] n 性格，角色 升全多雅托公

The characters of the twins are totally different.
這對雙胞胎的性格完全不同。

同 disposition n 性格
片 individual character ph 個性

構詞記憶法
字根 charact 表示「特性，品質」的意思。

搭配詞記憶法
strength of character 性格堅強

characteristic [ˌkærəktəˋrɪstɪk] 升全多雅托公
a 特有的，獨特的

Each area has its characteristic customs.
每個地區都有自己特有的習俗。

同 feature n 特色
片 characteristic curve ph 特性曲線

構詞記憶法
字根 charact 表示「特性，品質」的意思。

characterize [ˋkærəktə͵raɪz] v 賦予～的特徵 升全多雅托公

In this work, the dog was characterized by humanity.
在這篇作品中，狗被賦予了人性。

➲ characterize - characterized - characterized & characterizing
同 represent v 象徵
文 be characterized by 是 characterize 的被動結構，意思是「被賦予了～的特徵」。

構詞記憶法
字尾 -ize 為動詞字尾，表示「使成為」的意思。

charge [tʃardʒ] n 責任，費用 升全多雅托公

As a supervisor, you must take charge of all the work.
身為主管，你應該對所有工作負責。

同 duty n 責任
片 person in charge ph 負責人

構詞記憶法
字根 charge 表示「裝載，負擔」的意思。

搭配詞記憶法
free of charge 免費

charity [ˋtʃærətɪ] n 慈善機構，施捨 升全多雅托公

The charity raised vast relief supplies for the disaster area.
慈善機構為災區籌集大量物資。

同 contribution n 捐助
反 cruelty n 虐待
片 charity event ph 慈善活動

構詞記憶法
字根 char 表示「關心」的意思。

搭配詞記憶法
an act of charity
慈善活動

chartered [ˋtʃartɚd] a 包租的，受特許的 升全多雅托公

The pauper dreamed of travelling in a chartered plane.
這個窮光蛋夢想搭乘包機旅行。

同 patent a 專利的
片 chartered accountant ph 註冊會計師

搭配詞記憶法
chartered accountant【英】（會計師協會）持皇家執照的會計師

check [tʃɛk] n 支票 升全多雅托公

The check without the president's signature might bounce.
沒有總裁簽名的支票可能會被退回。

同 draft n 匯票
片 blank check / (cheque) ph 空白支票，可全權處理

搭配詞記憶法
write a check
開支票

checkroom [ˋtʃɛk͵rum] 升全多雅托公
n 衣帽（行李）寄放處

You can deposit your coat at the checkroom.
你可以把大衣寄存在衣帽寄存處。

同 cloakroom n 衣帽間
文 deposit 作「寄存，抵押」的意思時是及物動詞，後面可直接接名詞。

邏輯記憶法
此單字中含有 room（n. 房子）一詞，可延伸出 roomy（a. 寬敞的）。

cheek [tʃik] n 臉頰，臉蛋 升全多雅托公

The husband stooped down to kiss his wife's cheek.
丈夫彎下腰親吻妻子的臉頰。

同 face n 臉
文 stoop down 是為常見用法，意思是「彎腰」，後面常跟動詞不定詞。

搭配詞記憶法
cheek implant
豐頰

cheese [tʃiz] n 乳酪，乳酪 升全多雅托公

The cheese in the kitchen was stolen by the rats.
廚房裡的乳酪被老鼠偷吃了。

同 fromage n 乳酪
片 hard cheese ph 惡運，倒楣事

近似音記憶法
chees 音如「起司」，以 chees 開頭的字，隱含「乳酪的」。

搭配詞記憶法
a chunk of cheese
一大塊乳酪

cheesecake [`tʃiz.kek] n 乳酪蛋糕 升全多雅托公

I'm not full. Could you pass me a piece of cheesecake?
我還沒吃飽，能給我一塊乳酪蛋糕嗎？

片 bake cheesecake ph 烤芝士蛋糕

近似音記憶法
chees 音如「起司」，以 chees 開頭的字，隱含「乳酪的」。

cheesy [`tʃizɪ] adj a 乾酪質的，低劣的 升全多雅托公

The cake tastes delicious and cheesy enough.
這塊蛋糕嘗起來很美味，起司味很濃郁。

片 cheesy biscuits ph 起士餅乾

近似音記憶法
chees 音如「起司」，以 chees 開頭的字，隱含「乳酪的」。

chemical [`kɛmɪkḷ] a 化學用的 n 化學藥品 升全多雅托公

They will perform a chemical experiment under the guidance of the teacher.
他們將在老師的指導下做化學實驗。

同 chemic n 化學的
片 chemical reaction ph 化學反應

搭配詞記憶法
chemical changes
化學變化

chemist [`kɛmɪst] n 藥劑家，藥商 升全多雅托公

When you buy sleeping pills at the chemist's, you must show the doctor's prescription.
在藥局買安眠藥時，必須出示醫生處方籤。

同 pharmacist n 藥劑師
片 organic chemist ph 有機化學家

構詞記憶法
字尾 -ist 為名詞字尾，表示「～的專家」的意思。

chemistry [`kɛmɪstrɪ] n 化學，化學反應 升全多雅托公

I was keen on chemistry in senior high school.
高中時我對化學很感興趣。

同 chemist n 化學家
片 food chemistry ph 食品化學

構詞記憶法
字尾 -ry 為名詞字尾，放在完整的單字後面，表示「行業，學科」。

cherish [ˋtʃɛrɪʃ] v 珍愛，愛護
升全多雅托公

I cherished our close friendship.
我很珍惜我們的之間親密的友情。

- cherish - cherished - cherished & cherishing
- 同 treasure v 珍愛
- 反 disregard v 漠視

構詞記憶法
字根 cher 表示「關心，撫愛」的意思。

chestnut [ˋtʃɛsˏnʌt] a 栗色的
升全多雅托公

The chestnut curly hair is all the cry in recent years.
最近幾年栗子色的捲髮很流行。

- 同 sorrel a 栗色的
- 文 all the cry 為常見用法，意思是「很流行」。

搭配詞記憶法
chestnut soil 栗鈣土

child [tʃaɪld] n 孩子，兒童
升全多雅托公

He lived with his grandparents when he was a child.
他小時候和祖父母住一起。

- 文 live with 為常見用法，意思是「和～一起生活」。live 常見用法還有 live on（以～為生）。

搭配詞記憶法
child welfare 兒童福利

childbirth [ˋtʃaɪldˏbɝθ] n 分娩
升全多雅托公

After childbirth, she suffered from melancholia.
產後，她患憂鬱症。

- 同 natural childbirth ph 自然分娩
- 文 suffer from 為常見用法，意思是「受～的折磨」，後接名詞或名詞片語。

邏輯記憶法
此單字中含有 child（n. 孩子）一詞，可延伸出 childhood（n. 童年）。

搭配詞記憶法
the pain of childbirth 分娩的痛苦

childish [ˋtʃaɪldɪʃ] a 幼稚的，孩子氣的
升全多雅托公

We can't stand his childish behavior anymore.
我們再也無法忍受他的幼稚行為。

- 同 tender a 幼稚的
- 反 adult a 成熟的

構詞記憶法
字尾 -ish 為形容詞字尾，表示「像～一樣的，有～特徵的」的意思。

chilly [ˋtʃɪlɪ] a 冷淡的，寒冷的
升全多雅托公

His chilly greeting was not aimed at you.
他冷淡的問候，並不是針對你。

- 同 cold a 寒冷的
- 反 warm a 溫暖的
- 片 chilly manner ph 冷淡的態度

同音詞記憶法
與此單字同音的單字是 chili（n. 紅辣椒）。

搭配詞記憶法
turn chilly（天氣）變冷

chief [tʃif] n 長官，主管 升全多雅托公

The manager appoints him as new office chief.
經理任命他為新辦公室主管。

同 leader n 領導者
片 section chief ph 部門主管

構詞記憶法
字根 chief 表示「頭」的意思。

搭配詞記憶法
chief of staff 參謀長

chip [tʃɪp] n 缺口，瑕疵 升全多雅托公

A little chip reduced the value of this porcelain.
這小缺口減損了此瓷器的價值。

同 crack n 裂縫
文 value 在例句中作名詞，是「價值」的意思。另外此單字還可以作及物動詞，表示「重視，評價」的意思。

搭配詞記憶法
wood chip 木屑

choir [kwaɪr] n 唱詩班 升全多雅托公

Joe was proud to be a precentor in the choir.
身為唱詩班的領唱人，Joe 很自豪。

同 chorus n 合唱隊
片 in chorus ph 異口同聲

搭配詞記憶法
a massed choir 團體唱詩班

構詞記憶法
字根 chor 表示「歌，舞」的意思。

chop [tʃap] v 切碎，砍 升全多雅托公

Can you help me to chop the pork ribs?
你能幫我把排骨剁碎嗎？

➲ chop - chopped - chopped & chopping
同 hew v 砍
文 help 表示「幫助某人做某事」時，常見用法有「help sb. (to) do sth.」和「help sb. with sth.」。

搭配詞記憶法
chop sth. to pieces 切片

choose [tʃuz] v 挑選，選擇 升全多雅托公

Don't care about others' views; just do what you choose to do.
不要在乎別人的看法，做你選擇要做的事。

➲ choose - chose - chosen & choosing
同 select v 選擇
片 as you choose ph 隨你的便

搭配詞記憶法
pick and choose 挑選

同音記憶法
與此單字同音的單字是 chews（v. 咬）。

choreographer [ˌkorɪˋagrəfɚ] n 編舞者 升全多雅托公

She is not only an excellent dancer but a choreographer.
她不僅是個傑出的舞蹈家，還是位編舞者。

片 professional choreographer ph 專業編舞者

構詞記憶法
字尾 -grapher 為名詞字尾，表示「專家」的意思。

chronic [ˋkrɑnɪk] a 慢性的，長期的 升全多雅托公

He suffered from chronic headache.
他受慢性頭痛困擾。
反 acute a 急性的
片 chronic fatigue syndrome ph 慢性疲勞症

構詞記憶法
字根 chron 表示「時間」的意思。

chronology [krəˋnɑlədʒɪ] n 年表 升全多雅托公

The chronology in history is likely to confuse us.
歷史年表可能會使我們感到困惑。
同 Fasti n 年表
片 chronology of life ph 生平年表

構詞記憶法
字根 chron 表示「時間」的意思。

circular [ˋsɝkjələ] n 圓形的，迂迴的 升全多雅托公

The circular table-cloth should be OK.
圓形的桌布就可以。
同 rounded a 圓形的
片 circular motion ph 圓周運動

構詞記憶法
字根 circ 表示「圓，環」的意思。

circulation [ˌsɝkjəˋleʃən] n 發行量，流通 升全多雅托公

The circulation of his first album exceeds one million.
他第一張專輯的發行量突破百萬。
片 currency circulation ph 貨幣流通

構詞記憶法
字根 circ 表示「圓，環」的意思。

搭配詞記憶法
the circulation of the blood 血液循環

circumference [səˋkʌm fərəns] n 圓周 升全多雅托公

I wonder how the scientists measured the earth's circumference.
我想知道，科學家是如何測量出地球的周長。
同 periphery n 圓周
片 circumference ratio ph 圓周率

構詞記憶法
字根 circ 表示「圓，環」的意思。

circumstance [ˋsɝkəmˌstæns] n 環境，境遇 升全多雅托公

Despite the hard circumstances, he was happy with his life.
儘管環境艱苦，但他過得很開心。
同 situation n 處境
片 culture circumstance ph 文化環境

構詞記憶法
字根 stan 表示「站，立」的意思。

cite [saɪt] v 引用，引證 升全多雅托公

He cited many interesting stories in his speech.
他的演講引用了許多有趣的故事。
➲ cite - cited - cited & citing
同 quote v 引敘
片 cite an example ph 舉例

構詞記憶法
字根 cit 表示「引用，喚起」的意思。

civil [ˋsɪvḷ] a 公民的，有禮貌的 升全多雅托公

The citizens should wield the civil rights accurately.
市民應該正確行使自己的公民權。

同 polite a 有禮貌的
反 rough a 粗暴的
片 civil death ph 褫奪公權

構詞記憶法
字根 civ 表示「公民」的意思。

搭配詞記憶法
be civil to 有禮貌～

civility [sɪˋvɪlətɪ] n 禮儀，客套 升全多雅托公

Air hostess were all subject to the strict civility training.
空姐都受到嚴格的禮儀訓練。

同 ceremony n 禮儀
片 internet civility ph 網路文明

構詞記憶法
字根 civ 表示「公民」的意思。

civilization [ˌsɪvḷəˋzeʃən] n 文明，文化 升全多雅托公

The colonists brought some advanced civilizations to the colonies.
殖民者帶給殖民地一些先進的文化。

同 culture n 文化
反 barbarism n 野蠻
片 modern civilization ph 現代文明

構詞記憶法
字根 civ 表示「公民」的意思。

civilize [ˋsɪvəˌlaɪz] v 教化，使文明 升全多雅托公

Robinson civilized savages on the island.
Robinson 在小島上教化野人。

➲ civilize - civilized - civilized & civilizing
同 cultivate v 培養
片 civilized care ph 人文關懷

構詞記憶法
字尾 -ize 為動詞字尾，表示「～化」的意思。

claim [klem] v 宣稱，提出要求 升全多雅托公

He claimed that his grandfather used to be a duke.
他宣稱他祖父曾是一名公爵。

➲ claim - claimed - claimed & claiming
同 pronounce v 宣稱
片 insurance claim ph 保險索賠

構詞記憶法
字根 claim 表示「呼喊」的意思。

搭配詞記憶法
claim back 索回

clarify [ˋklærəˌfaɪ] v 澄清，使清楚 升全多雅托公

I will give an example to clarify what I mean.
我將舉個例子以澄清我的意思。

➲ clarify - clarified - clarified & clarifying
同 explain v 解釋

構詞記憶法
字根 clar 表示「清楚，明白」的意思。

搭配詞記憶法
further clarity 進一步澄清

classic [ˋklæsɪk] a 權威的，典型的 n 名著 升全多雅托公

It will be the classic work in the literary world.
這將是文學界的權威作品。

同 ancient a 古典的
片 classic music ph 古典音樂

單複數記憶法
此單字的複數形式是 classics（n. 古希臘羅馬文學）。

構詞記憶法
字尾 -ic 為形容詞字尾，表示「具有～特性的」的意思。

---

classify [ˋklæsə͵faɪ] v 分類，歸類 升全多雅托公

The packages in the post office are classified by places.
郵局裡的包裹是按照地區分類的。

➲ classify - classified - classified & classifying
同 group v 分類，歸類

構詞記憶法
字根 class 表示「階層」的意思。

---

clay [kle] n 黏土，肉體 升全多雅托公

Clay is usually used to make utensils.
黏土經常用來製作器皿。

同 mud n 濕土
文 be used to 的意思是「用來～」，而 used to 的意思是「過去常常」。

搭配詞記憶法
clay brick 黏土磚塊

---

client [ˋklaɪənt] n 客戶，當事人 升全多雅托公

Sorry, I have an appointment with a client tonight.
不好意思，今晚我跟客戶有約。

同 customer n 顧客
文 make an appointment 在例句中當動詞，意思是「約會」。當表示「約某人」時，後接介係詞 with。

搭配詞記憶法
client side 用戶端

---

climate [ˋklaɪmɪt] n 趨勢，氣候 升全多雅托公

In the economic climate, developing overseas markets is a good way out.
在這種經濟趨勢之下，發展海外市場是個不錯的方法。

同 weather n 氣候
文 way out 為名詞片語，意思是「擺脫困境的方法，出路」。

邏輯記憶法
此單字中含有 mate（n. 夥伴）一詞，可延伸出 material（n. 材料）。

搭配詞記憶法
climate change 氣候變化

---

climax [ˋklaɪmæks] n 巔峰，頂點 升全多雅托公

For an actor, acquiring an Academy Awards is a climax of his career.
對一個演員來說，獲得奧斯卡獎是事業的巔峰。

同 height n 頂點
反 slump n 低谷

構詞記憶法
字根 max 表示「大的，巨大的」的意思。

climb [klaɪm] v 攀登，爬 升全多雅托公
As the saying goes, “The higher you climb, the harder you fall.”
俗話說：「爬得愈高，摔得愈痛。」
➲ climb - climbed - climbed & climbing
同 mount v 登上
片 climb down ph 認輸

搭配詞記憶法
climb to the top
登頂

clonal [`klonḷ] a 無性（繁殖）系的 升全多雅托公
I am wondering if the hens belong to clonal colony.
我很好奇母雞是不是無性繁殖群體。
片 clonal deletion ph 克隆缺失

近似音記憶法
clon 音如「克隆」，以 clon 開頭的字，隱含「克隆，複製」。

clonally [`klonəlɪ] ad 無性繁殖系地 升全多雅托公
They want to know what kind of organisms could propagate clonally.
他們想要知道哪種生物可以進行無性繁殖。
片 clonally variation ph 無性系變異

近似音記憶法
clon 音如「克隆」，以 clon 開頭的字，隱含「克隆，複製，無性繁殖」。

clone [klon] n 克隆，翻版 升全多雅托公
Dolly was the first animal clone in the world.
Dolly 羊是世上第一隻複製動物。
同 klon n 克隆
片 clone technology ph 複製技術

近似音記憶法
clon 音如「克隆」，以 clon 開頭的字，隱含「克隆，複製，無性繁殖」。

close [kloz] a 親密的，緊密的 升全多雅托公
It is painful to be betrayed by a close friend.
被親密的朋友背叛很痛苦。
同 familiar a 親近的，熟悉的
片 close connection ph 緊密聯繫

構詞記憶法
字根 clos 表示「關閉」的意思。
搭配詞記憶法
draw close 靠近

clothes [kloz] n 服裝 升全多雅托公
The casual clothes are not allowed in this school.
這所學校不允許穿便服。
同 garment n 服裝
片 working clothes ph 工作服

單複數記憶法
此單字的單數形式是 cloth（n. 布）。
搭配詞記憶法
dowdy clothes
過時服裝

cluster [`klʌstɚ] n 束，串 升全多雅托公
He sends a cluster of 9999 roses to his girlfriend on Valentine’s Day.
情人節那天，他送一束 9999 朵玫瑰花給女朋友。
同 bunch n 串
片 cluster bomb ph 榴霰彈，子母彈

邏輯記憶法
此單字中含有 luster（n. 光澤）一詞，可延伸出 cluster（n. 簇）。

coagulate [ko`ægjə͵let] v 使凝固，使結塊 升全多雅托公

When we found him, the blood on his face had coagulated.
當我們找到他的時候，他臉上的血已經凝固了。

➲ coagulate - coagulated - coagulated & coagulating
同 congeal v 凝結
文 when we found him 在例句中作時間副詞，可以放在句首或句末。

搭配詞記憶法
blood coagulate
血液凝固

構詞記憶法
字尾 -ate 為動詞字尾表示「使～成為」的意思。

---

coarse [kors] a 粗糙的，粗野的 升全多雅托公

The poor family lived on coarse food all the time.
這戶貧窮人家一直都是以粗劣的食物為生。

同 rough a 粗糙的
反 delicate a 纖弱的
文 all the time 在例句中作時間副詞，意思是「一直，總是」。

同音詞記憶法
與此單字同音的單字是 course（n. 航線）。

---

coastal [`kostḷ] a 沿海的，臨海的 升全多雅托公

The coastal people lived on fishing and tourism.
沿海人們以捕魚和旅遊業為生。

同 littoral a 沿海的
文 片語 lived on 的意思是「以～為生」，後接名詞。

搭配詞記憶法
coastal city 沿海城市

構詞記憶法
字尾 -al 表示「關於～的」的意思。

---

cocaine [ko`ken] n 古柯鹼 升全多雅托公

The doctor warned him, “Don’t take cocaine abusively.”
醫生警告他「不可濫服古柯鹼。」

同 coke n 可卡因
片 cocaine baby ph 古柯鹼嬰兒

近似音記憶法
coc 音如「可可」，以 coc 開頭的字，隱含「可可豆，可可粉」。

---

cocoa [`koko] n 可可粉 升全多雅托公

She tucked up in sofa with a cup of cocoa in her hand.
她手裡端著一杯可可窩在沙發上。

同 cacao n 可可
片 coca bean ph 可可豆

近似音記憶法
coc 音如「可可」，以 coc 開頭的字，隱含「可可豆，可可粉」。

---

coexist [`koɪg`zɪst] v 和平共存 升全多雅托公

They wonder if modern medicine could coexist with traditional medicine.
他們想知道，現代醫學和傳統醫學能否能共存。

片 coexist harmoniously ph 和睦共處

構詞記憶法
字首 co- 表示「合作，共同」的意思。

搭配詞記憶法
coexist with 與～共存

cogent [ˋkodʒənt] a 有說服力的，強有力的

If you want to persuade us, you must give some cogent reasons.
如果你想說服我們，你必須提出一些有說服力的理由。

同 forceful a 有說服力的
文 persuade 的意思是「說服」，常見用法 persuade sb. to do sth.（說服某人做某事）。

搭配詞記憶法
cogent provision
強行規定

構詞記憶法
字尾 -ent 為形容詞字尾，表示「具有～的」的意思。

cognitive [ˋkɑgnətɪv] a 認知的，認識的

He is going to publish a book on cognitive psychology next week.
他下星期將出版一本有關認知心理學的書籍。

同 recognitive a 認知的
片 cognitive abilities ph 認知能力

搭配詞記憶法
recognitive linguistics 認知語言學

構詞記憶法
字根 cogn(i) 表示「知道，了解」的意思。

cohesive [koˋhisɪv] a 凝聚性的，有黏著力的

The cohesive power is important for us to get out of trouble.
凝聚力對於我們度過難關很重要。

同 coherent a 有黏性的
片 cohesive soil ph 黏性土壤

構詞記憶法
字根 hes 表示「黏附」的意思。

coinage [ˋkɔɪnɪdʒ] n 硬幣制度，造幣

The unified coinage benefits the circulation of commodities.
統一的貨幣制度有利於商品的流通。

同 mintage n 造幣
片 coinage gold ph 貨幣金

邏輯記憶法
此單字中含有 age（n. 年紀）一詞，可延伸出 page（n. 頁）。

coincidence [koˋɪnsɪdəns] n 巧合，一致

By a strange coincidence, we dressed the similar clothes for many times.
很巧，很多次我們倆都穿相似的衣服。

同 accordance n 一致
片 by coincidence ph 碰巧

構詞記憶法
字根 cid 表示「落下」的意思。

coincide [ˌkoɪnˋsaɪd] v 與～一致

Our holidays coincide, so we can travel together.
我們的假期剛好一致，可以一起去旅行。

➲ coincide - coincided - coincided & coinciding
同 match v 相符
片 happen to coincide ph 不約而同

構詞記憶法
字根 cid 表示「落下」的意思。

搭配詞記憶法
sheer coincide
完全一致

collage [kə`lɑʒ] n 拼貼畫 升全多雅托公

Her daughter gives her a collage of colored paper.
女兒送給她一張彩紙拼貼畫。

同 pasteup n 拼貼畫
片 photo collage ph 照片拼貼

構詞記憶法
字首 col 表示「共同」的意思。

collapse [kə`læps] n 崩潰，垮臺 升全多雅托公

Her little son's death led to the collapse of her health.
她的健康狀況崩潰是因為小兒子的死。

同 failure n 破產
片 collapse load ph 極限載荷

構詞記憶法
字根 laps 表示「溜走」的意思。

搭配詞記憶法
a state of collapse 崩潰狀態

colleague [`kɑlig] n 同事，同行 升全多雅托公

He was mortified to find that the colleague heard all his words.
發現同事聽到他說的所有話，他很尷尬。

同 fellow n 同事
文 be mortified to do 為常見用法，意思是「做某事很尷尬」。

構詞記憶法
字首 col 表示「共同」的意思。

collect [kə`lɛkt] v 收集 升全多雅托公

Collecting antiques is the hobby of some rich men.
收藏古董是一些有錢人的嗜好。

➲ collect - collected - collected & collecting
同 gather n 收集
片 collect money ph 集資

構詞記憶法
字根 lect 表示「選擇」的意思。

collector [kə`lɛktɚ] n 收集者 升全多雅托公

The tax collector was arrested by the police for certain reasons.
出於某種原因，收稅員被員警逮捕了。

片 dust collector ph 吸塵器

構詞記憶法
字尾 -or 為名詞字尾，表示「～的行為者」的意思。

collision [kə`lɪʒən] n 衝突，碰撞 升全多雅托公

A collision course could affect the overall progress of work.
衝突可能會影響工作的整體進度。

同 conflict n 衝突
文 affect 為及物動詞，後面直接接名詞。在例句中的意思是「影響」。

搭配詞記憶法
continental collision 大陸碰撞

colonel [`kɝnḷ] n 陸軍上校 升全多雅托公

The army got an order to attack from the colonel.
軍隊收到上校下達進攻的命令。

同 captain n 海軍上校
片 lieutenant colonel ph 陸軍中校

同音詞記憶法
與此單字同音的單字是 kernel（n. 核心）。

colonial [kəˋlonjəl] a 殖民地的
The natives rose up and fought against the colonial rule.
原住民奮起反抗殖民統治。
文 fight against 為常見用法，意思是「反抗」，後接名詞或名詞片語。

搭配詞記憶法
colonial expansion 殖民擴張

colony [ˋkɑlənɪ] n 殖民地
Africa used to be a British colony for centuries.
在長達數百年的時間，非洲曾是英國的殖民地。
同 settlement n 殖民地

邏輯記憶法
此單字中含有 colon（n. 結腸）一詞，可延伸出 colonoscopy（n. 結腸鏡檢查）。

搭配詞記憶法
establish colony 建立殖民地

coloration [ˏkʌləˋreʃən] n 染色，著色
Lizards have several layers of protective coloration.
蜥蜴有好幾層保護色。
同 painting n 著色
片 warning coloration ph 警戒色

邏輯記憶法
此單字中含有 color（n. 顏色）一詞，可延伸出 discolor（v. 褪色）。

color [ˋkʌlɚ] n 顏色
The color of the clothes won't fade even in the sunlight.
這件衣服既使是在陽光的照射下也不會褪色。
同 hue n 顏色
片 color film ph 彩色片

搭配詞記憶法
color guard 遊行或儀隊的扛旗者

coma [ˋkomə] n 昏迷，怠惰
When the doctor arrived, he had gone into a coma.
當醫生趕到時，他已經陷入昏迷。
同 stupor n 昏迷
文 片語 go into a coma 的意思是「陷入昏迷」，也可以寫成 be in a coma。

搭配詞記憶法
deep coma 深度昏迷

combine [kəmˋbaɪn] v 使結合
You should combine theory and practice.
理論要結合實踐。
➲ combine - combined - combined & combining
同 bond v 結合
文 combine 常與 and、with 搭配使用，意思是「與～結合」。

構詞記憶法
字首 com 表示「共同」的意思。

搭配詞記憶法
successfully combine 成功結合

comet [ˋkɑmɪt] n 彗星
This comet was named after the astronomer who discovered it.
這顆彗星是以發現它的天文學家的名字命名。
文 be named after 為常見用法，意思是「以～命名」。

邏輯記憶法
此單字中含有 met（v. pt. 遇見）一詞，可延伸出 metal（n. 金屬）。

comfortable [ˋkʌmfɚtəbl̩]

a 衣食無憂的，舒服的

She was not satisfied with the comfortable life.
她並不滿足於衣食無憂的生活。

- 同 pleasant a 舒適的
- 反 uncomfortable a 不舒服的
- 片 comfortable temperature ph 舒適溫度

邏輯記憶法
此單字中含有 fort（n. 堡壘）一詞，可延伸出 forty（n. 四十）。

---

comic [ˋkɑmɪk] **a 喜劇的，滑稽的**

The comic characters created by Mr. Bean gave us much delight.
豆豆先生塑造的喜劇形象帶給我們很多歡樂。

- 同 comical a 好笑的
- 反 tragic a 悲劇的
- 片 comic opera ph 喜歌劇

構詞記憶法
字尾 -ic 為形容詞字尾，表示「具有～特性的」的意思。

---

commemorate [kəˋmɛməˏret] **v 紀念**

This statue was built to commemorate his contributions to the world peace.
這座雕像是為了紀念他對世界和平做出的貢獻。

- ➲ commemorate - commemorated - commemorated & commemorating
- 同 celebrate v 慶祝
- 文 contribution 的意思是「貢獻」，常見用法 make contribution to（為～做貢獻）。

構詞記憶法
字根 memor 表示「記憶」的意思。

---

commend [kəˋmɛnd] **v 託付，讚揚**

She often commended her dog to her friend while she was not in.
她不在家時，經常把狗託付給朋友照顧。

- ➲ commend - commended - commended & commending
- 同 commit v 把～託付給
- 片 highly commended ph 受高度讚賞

邏輯記憶法
此單字中含有 mend（v. 修理）一詞，可延伸出 amend（v. 改良）。

---

commentator [ˋkɑmənˏtetɚ] **n 時事評論員**

The commentator insisted on a private chat with the reporter.
時事評論員堅持與記者私下談話。

- 同 narrator n 解說員
- 片 technology commentator ph 技術評論員

構詞記憶法
字尾 -or 為名詞字尾，表示「～家」的意思。

commerce [ˋkɑmɝs] n 商業，貿易 ㊏㊎㊍㊌㊋㊊

There are illicit competition among the leaders of industry and commerce.
工商界領導人之間存在不公平競爭。

- 同 trade n 貿易
- 片 electronic commerce ph 電子商務

構詞記憶法
字根 merc 表示「交易」的意思。

搭配詞記憶法
a chamber of commerce 商會

---

commercial [kəˋmɝʃəl] a 商業的 ㊏㊎㊍㊌㊋㊊

The director had to shoot commercial films because he was already deeply in debt.
這位導演因為負債累累而轉行拍商業片。

- 同 merchant a 商業的
- 片 commercial bank ph 商業銀行

構詞記憶法
字根 merc 表示「交易」的意思。

---

commission [kəˋmɪʃən] n 佣金 ㊏㊎㊍㊌㊋㊊

They earned 3,000 dollars (in) commission last month.
上個月他們賺到 3,000 美元的佣金。

- 同 brokerage n 佣金

構詞記憶法
字根 miss 表示「派，送」的意思。

搭配詞記憶法
on a commission basis 佣金制

---

commit [kəˋmɪt] v 犯罪，保證 

The people who commit offenses should get severe punishment.
犯罪的人應該得到嚴厲的懲罰。

- ➲ commit - committed - committed & committing
- 同 pledge v 保證
- 片 commit suicide ph 自殺

構詞記憶法
字根 mit 表示「派，送」的意思。

---

commitment [kəˋmɪtmənt] n 承諾，獻身 

The marriage vow is regarded as the commitment to marriage.
結婚誓言被當做是對婚姻的承諾。

- 同 certification n 保證
- 文 marriage vow 為名詞片語，意思是「結婚誓言」。

搭配詞記憶法
financial commitment 財務承諾

---

commoner [ˋkɑmənɚ] n 平民，自費生 ㊏㊎㊍㊌㊋㊊

The commoners cannot be buried in the National Cemetery.
平民不能埋葬在國家公墓。

- 同 populace n 平民
- 反 noble n 貴族
- 文 National Cemetery 為名詞片語，意思是「國家公墓」。

構詞記憶法
字首 com 表示「公共，共同」的意思。

common [ˋkamən] a 普通的，大眾的 升全多雅托公

That just was a common paint, but it became priceless after the painter's death.

這只是一幅普通的畫，但畫家去世後變得價值連城。

同 usual a 普通的

反 unusual a 不普通的

片 common sense ph 常識

構詞記憶法
字首 com 表示「公共，共同」的意思。

搭配詞記憶法
in common with
與～一樣

---

commonplace [ˋkamən͵ples] 升全多雅托公
a 平凡的，平庸的

Studying abroad has became a commonplace thing in recent years.

近幾年，出國留學已變成很平常的事。

同 ordinary a 普遍的

構詞記憶法
字首 com 表示「公共，共同」的意思。

---

communal [ˋkamjunḷ] a 公共的，共有的 升全多雅托公

We must conform to the communal rules in public.

在公共場合裡我們必須遵守公共規則。

同 public a 公共的

片 communal facilities ph 公共設施

構詞記憶法
字首 com- 表示「公共」的意思。

---

communication [kə͵mjunəˋkeʃən] 升全多雅托公
n 通訊，交流

The snowstorm had stopped the telegraph communication.

暴風雪阻斷電訊。

同 telecommunication n 長途電話

片 communications satellite ph 通訊衛星

構詞記憶法
字首 com- 表示「公共，共同」的意思。

搭配詞記憶法
a lack of communication
缺乏溝通

---

community [kəˋmjunətɪ] n 社區，團落 升全多雅托公

Pets are not allowed in this community.

此社區不准養寵物。

同 group n 團體

片 local community ph 本地社區

構詞記憶法
字首 com- 表示「公共，共同」的意思。

---

commuter [kəˋmjutɚ] 升全多雅托公
n 通勤者，上下班往返的人

It will take the commuters about three hours to go to work.

通勤者上班大概需要 3 個小時。

片 commuter belt ph 通勤帶

構詞記憶法
字尾 -er 為名詞字尾，表示「～的人」的意思。

commute [kə`mjut] n 通勤
升 全 多 雅 托 公

Because of the long journey, he isn't going to commute.
因為距離遙遠，所以他不打算往返上下班。

文 because of 的意思是「因為～」，後接名詞或名詞片語。

構詞記憶法
字根 mut 表示「改變」的意思。

搭配詞記憶法
commute between 在～間通勤

compact [kəm`pækt] a 小巧的，緊密的
升 全 多 雅 托 公

He likes showing off his compact and functional computer.
他喜歡炫耀自己的小巧實用的電腦。

同 concise a 簡要的
片 compact space 緊緻空間

構詞記憶法
字根 pact 表示「結合」的意思。

compare [kəm`pɛr] v 比較，對照
升 全 多 雅 托 公

No one can compare with him in sports skills.
在運動技巧方面沒人能比得上他。

➲ compare - compared - compared & comparing
同 match v 比較
文 compare with 是 compare 的常見用法，意思是「與～相比，比得上」，後面接人作受詞。

構詞記憶法
字根 par 表示「平等」的意思。

搭配詞記憶法
be nothing compared to sb. / sth. 沒～好比較

comparison [kəm`pærəsn̩] n 比較，對照
升 全 多 雅 托 公

In my heart, you are beyond comparison.
在我心裡，任何人都無法與你相比。

同 parabole n 比較
片 comparison table ph 對照表

構詞記憶法
字根 par 表示「平等」的意思。

compartment [kəm`partmənt] n 隔間
升 全 多 雅 托 公

There are many small compartments in the office.
辦公室有許多小隔間。

同 bay n 隔間
片 luggage compartment ph 行李置放箱

邏輯記憶法
此單字中含有 part（n. 部分）一詞，可延伸出 part（v. 相隔）。

搭配詞記憶法
passenger compartment 客艙

compass [`kʌmpəs] n 羅盤
升 全 多 雅 托 公

The invention of compass brings great convenience.
羅盤的發明帶來了極大的便利。

片 compass needle ph 羅盤針
文 bring 的基本意思是「把～帶到講話人或聽話人所在之處」。後接雙受詞且需與介係詞 for 連用，意思是「給～帶來～」。

搭配詞記憶法
compass plant 菊科植物

compassion [kəm`pæʃən] n 同情
升全多雅托公

She showed no compassion for the young beggars.
她對年輕的乞丐沒有任何同情心。

- 同 sympathy n 同情
- 反 coldness n 冷酷
- 文 show compassion for sb. 與 have compassion on sb. 的意思一樣，都表示「同情某人」。

構詞記憶法
字根 pass 表示「感情」的意思。

搭配詞記憶法
love and compassion 愛與慈悲

compassionate [kəm`pæʃənɪt] a 富有同情心的
升全多雅托公

He was compassionate to help the old man.
他出於同情而幫助那位老人。

- 同 merciful a 慈悲的，仁慈的
- 反 merciless a 冷酷的
- 片 compassionate attitude ph 熱誠態度

構詞記憶法
字尾 -ate 為形容字尾，表示「有～性質或狀態的」的意思。

compatible [kəm`pætəbḷ] a 相容的，和諧的
升全多雅托公

The new system isn't compatible with my computer.
新系統與我的電腦不相容。

- 反 incompatible a 不相容的，不能和諧相處的
- 文 片語 compatible with 的意思是「與～和諧相處」。

構詞記憶法
字首 com- 表示「共同」的意思。

搭配詞記憶法
highly compatible 非常和諧

compel [kəm`pɛl] v 強迫，迫使
升全多雅托公

No one can compel me to do what I don't want to do.
沒有人能強迫我去做我不喜歡的事。

- ➲ compel - compelled - compelled & compelling
- 同 force v 強制
- 反 persuade v 說服

構詞記憶法
字根 pel 表示「驅動」的意思。

compensate [`kɑmpən͵set] v 補償，賠償
升全多雅托公

The compensatory payment cannot compensate his loss of health.
補償金無法彌補他失去的健康。

- ➲ compensate - compensated - compensated & compensating
- 片 compensate sb. for... ph 賠償某人

構詞記憶法
字根 pens 表示「花費」的意思。

compete [kəm`pit] v 競爭，比得上
升全多雅托公

The staff who competed to get promotion should be on an equal footing with each other.
競爭謀求升職的員工之間應該是平等的。

- ➲ compete - competed - competed & competing
- 同 contest v 競爭
- 文 片語 on an equal footing 為常見用法，意思是「處於公平的地位」。

構詞記憶法
字根 pet 表示「追求」的意思。

搭配詞記憶法
compete against 與～境爭

competition [ˌkɑmpəˋtɪʃən] n 競爭，比賽
升 全 多 雅 托 公

The competition among the students can encourage them to study hard.
學生之間的競爭能夠促進他們努力學習。

同 contention n 競爭
片 fair competition ph 公平競爭

構詞記憶法
字尾 -tion 為名詞字尾，表示「行為，狀態」的意思。

competitive [kəmˋpɛtətɪv]
升 全 多 雅 托 公

a 競爭的，有競爭力的

Our products have absolute competitive edge.
我們的產品絕對具有競爭優勢。

同 competing a 競爭的
片 competitive power ph 競爭能力

構詞記憶法
字尾 -ive 為形容詞字尾，表示「具有～性質的」的意思。

搭配詞記憶法
intensely competitive 強烈競爭

complain [kəmˋplen] v 抱怨，訴苦
升 全 多 雅 托 公

They have all spent themselves after cleaning the house, but no one complained.
他們打掃完房子後都已筋疲力盡，但沒有人抱怨。

➲ complain - complained - complained & complaining
同 beef v 抱怨
文 片語 spend oneself 的意思是「筋疲力盡」。spend...in doing sth. 是常見用法，意思是「花費～做某事」。

構詞記憶法
字根 plaint 表示「抱怨」的意思。

搭配詞記憶法
constantly complain 不斷抱怨

complementary [ˌkɑmpləˋmɛntərɪ]
升 全 多 雅 托 公

a 互補的，補充的

The wife's character doesn't have to be complementary to that of the husband.
妻子的性格不一定非要和丈夫的互補。

同 correlated a 有相互聯繫的
片 complementary product ph 補充產品

構詞記憶法
字首 com 表示「共同」的意思。

complete [kəmˋplit] a 完整的，徹底的
升 全 多 雅 托 公

This is complete nonsense and of no help for me.
這全是廢話，對我一點用也沒有。

同 entire a 全部的

構詞記憶法
字根 plet 表示「填滿」的意思。

搭配詞記憶法
substantially complete 相當完整

complex [ˋkɑmplɛks] a 複雜的，難懂的

This question is very complex, so I will explain it again.
這個問題很複雜，所以我會再解釋一遍。

同 complicated a 複雜的
反 simple a 簡單的
片 complex number ph 複數

構詞記憶法
字根 plex 表示「重疊」的意思。

complexity [kəm`plɛksətɪ] **n 複雜性** 升全多雅托公

He didn't understand the complexity of the problem until the teacher told him.
直到老師告訴他，他才明白這問題的複雜性。

同 complicity n 複雜性
反 plainness n 明白

構詞記憶法
字根 plex 表示「重疊」的意思。

搭配詞記憶法
illustrate complexity 複雜說明

complicated [`kampləˏketɪd]
a 麻煩的，複雜的 升全多雅托公

It seems that all the complicated cases in his hand become simple.
好像所有複雜的事到他手上都變簡單了。

同 complex a 複雜的
反 simple a 簡單的
片 complicated question ph 複雜的問題

構詞記憶法
字根 plic 表示「重疊，重複」的意思。

complimentary [ˏkampləˋmɛntərɪ]
a 稱讚的，恭維的 升全多雅托公

The mother was highly complimentary about the son's politeness.
媽媽對兒子的禮貌大大讚揚。

同 laudatory a 稱讚的
片 complimentary ticket ph 優待券

同音詞記憶法
與此單字同音的單字是 complementary（a. 互補的）。

compliment [`kampləmənt] **n 讚美，道賀** 升全多雅托公

We must learn to know compliment from flattery.
我們要學會區分讚美和諂媚。

同 congratulate n 祝賀
反 insult n 侮辱
片 left-handed compliment ph 言不由衷的恭維話

同音詞記憶法
與此單字同音的單字是 complement（n. 補充）。

搭配詞記憶法
with sb's compliment 免費的

component [kəm`ponənt] **n 部分，成分** 升全多雅托公

The tourism is the chief component of state economy.
旅遊業是國家經濟的重要組成部分。

同 section n 部分
片 component part ph 構件

構詞記憶法
字根 pon 表示「放置」的意思。

搭配詞記憶法
crucial component 重要部份

composite [kəm`pazɪt] **a 混合成的** 升全多雅托公

The composite illustration are helpful to improve the children's manipulative ability.
複合式玩具有利於提高孩子的操作能力。

同 combined a 組合的
文 be helpful to do sth. 為常見用法，意思是「對～有幫助」。

構詞記憶法
字根 pos 表示「放置」的意思。

composition [ˌkɑmpəˋzɪʃən] n 作文，佈局 升全多雅托公

Please finish your composition as the teacher required.

請按照老師的要求完成你的作文。

同 writing n 文章

構詞記憶法
字根 pos 表示「放置」的意思。

compost [ˋkɑmpost] n 混合肥料，混合 升全多雅托公

The compost is specially for the greenhouse vegetables.

這種混合肥料專用於溫室蔬菜。

同 fertilizer n 肥料

片 potting compost ph 盆栽用土

邏輯記憶法
此單字中含有 post（v. 貼）一詞，可延伸出 poster（n. 海報）。

構詞記憶法
字首 com- 表示「共同」的意思。

compound [ˋkɑmpaʊnd] n 場地，院子 升全多雅托公

I am planning to plant vegetables in the compound in front of my house.

我打算在房子前的場地種蔬菜。

同 yard n 院子

構詞記憶法
字根 pound 表示「放置」的意思。

搭配詞記憶法
military compound
軍事用地

comprehend [ˌkɑmprɪˋhɛnd] v 理解，領會 升全多雅托公

The children can't comprehend the concept of money.

孩子不能理解錢的概念。

➲ comprehend - comprehended - comprehended & comprehending

同 understand v 理解

文 comprehend 為及物動詞，後面直接接名詞或名詞片語。

構詞記憶法
字根 prehend 表示「抓住」的意思。

搭配詞記憶法
fully comprehend
完全理解

comprehension [ˌkɑmprɪˋhɛnʃən] n 理解 升全多雅托公

What he said on the phone was beyond my comprehension.

我無法理解他在電話裡說的話。

同 grasp n 理解

片 reading comprehension ph 閱讀理解

構詞記憶法
字根 prehend 表示「抓住」的意思。

comprehensive [ˌkɑmprɪˋhɛnsɪv] 升全多雅托公

a 全面的，綜合的

Before you begin the work, you'd better do a comprehensive research.

在開始工作之前，你最好做全面的調查。

同 widespread a 普遍的

反 incomplete a 不全面的

片 comprehensive evaluation ph 綜合評價

構詞記憶法
字尾 -ive 為形容詞字尾，表示「具有～特質的」的意思。

compress [kəm`prɛs] v 壓緊，壓縮 升全多雅托公

You'd better compress your lips tightly.
你最好閉緊嘴巴。

➲ compress - compressed - compressed & compressing
同 pack v 壓緊
片 cold compress ph 冷敷法

構詞記憶法
字根 press 表示「擠壓」的意思。

comprise [kəm`praɪz] v 組成 升全多雅托公

The football team is comprised of eleven members.
足球隊由 11 位隊員組成。

➲ comprise - comprised - comprised & comprising
同 consist v 與～組成
文 be comprised of 為常用片語，意思是「由～組成」，後接名詞或代名詞。

構詞記憶法
字根 prise 表示「拿住，抓住」的意思。

compromise [`kɑmprə͵maɪz] v n 妥協 升全多雅托公

We wonder which of the two parties will be ready to compromise.
我們想知道，哪一方會願意妥協。

➲ compromise - compromised - compromised & compromising
同 concede v 讓步
片 reach a compromise ph 達成妥協

構詞記憶法
字首 com 表示「共同」的意思。

搭配詞記憶法
refuse to compromise 拒絕妥協

compulsory [kəm`pʌlsərɪ] a 強制的，必須的 升全多雅托公

It's compulsory to pay the sales tax.
營業稅的繳納是強制性。

同 necessary a 必須的
反 voluntary a 自願的
片 compulsory execution ph 強制執行

構詞記憶法
字根 puls 表示「驅動，推」的意思。

conceal [kən`sil] v 隱瞞，隱藏 升全多雅托公

The boy made no attempt to conceal his love for her in his letter.
男孩的字裡行間毫不掩飾對她的愛意。

➲ conceal - concealed - concealed & concealing
同 hide v 隱藏
反 reveal v 洩露
片 conceal from ph 隱藏～

構詞記憶法
字根 ceal 表示「隱藏」的意思。

搭配詞記憶法
successfully conceal 順利隱藏

conceive [kən`siv] v 懷孕，設想 升全多雅托公

Women who have conceived a baby should keep a good mood.
孕婦應該保持好心情。

➲ conceive - conceived - conceived & conceiving
同 gestate v 懷孕

構詞記憶法
字根 ceive 表示「拿，抓」的意思。

搭配詞記憶法
conceive of 設想

concentrate [ˋkɑnsɛn͵tret] v 專心於，集中 升全多雅托公

You should concentrate on your studies.
你應該摒除一切雜念專心讀書。

➲ concentrate - concentrated - concentrated & concentrating
同 focus v 集中
反 distract v 使分心
文 片語 concentrate on (doing) sth. 的意思是「專心，集中注意力～」，後接名詞。

構詞記憶法
字根 centr 表示「中心」的意思。

搭配詞記憶法
concentrate on / upon 全神貫注

concern [kənˋsɝn] v 關心，涉及 升全多雅托公

I never concern myself with others' business.
我從不關心別人的事。

➲ concern - concerned - concerned & concerning
同 care v 關心
反 unconcern v 不關心
片 concern about ph 對～表示擔心

搭配詞記憶法
directly concen in 在～有一份（關係、責任）

構詞記憶法
字根 cern 表示「弄清楚，區別」的意思。

concerning [kənˋsɝnɪŋ] prep 就～而言，關於 升全多雅托公

Concerning the issue, I have no objection.
就這件事而言，我不反對。

同 apropos prep 就～而言
文 片語 have no objection (about sth.) 的意思是「對～沒有異議」。

構詞記憶法
字根 cern 表示「弄清楚，區別」的意思。

concert [ˋkɑnsɚt] n 音樂會，和諧 升全多雅托公

The tickets to the concert were sold out a week ago.
音樂會的門票一星期前都賣光了。

同 harmony n 融洽
片 in concert with ph 和～合作

搭配詞記憶法
sell-out concert 票售完的演唱會

concerto [kənˋtʃɛrto] n 協奏曲 升全多雅托公

He was carried away by the piano concerto.
鋼琴協奏曲使他著迷。

片 violin concerto ph 小提琴協奏曲

構詞記憶法
字尾 -o 為名詞字尾，表示「音樂術語」的意思。

concise [kənˋsaɪs] a 簡潔的，簡明的 升全多雅托公

His speech aims at being concise so that everyone could understand.
他的演講力求簡潔，以便每個人都能理解。

同 brief a 簡明的
反 diffuse a 冗長的
片 concise report ph 簡短的報告

構詞記憶法
字根 cise 表示「切開」的意思。

conclude [kən`klud] v 終止，結束 升全多雅托公

The sports meeting concluded ahead of time because of the heavy rain. 由於大雨運動會提早結束。

- ➲ conclude - concluded - concluded & concluding
- 同 stop v 結束
- 反 start v 開始
- 片 conclude with ph 以～結束

構詞記憶法
字根 clud 表示「關閉」的意思。

---

concrete [`kankrit] a 具體的，固結成的 升全多雅托公

Your dream would come true if you translate it into concrete actions. 如果把你的夢想轉化成具體行動就會實現。

- 同 tangible a 實際的
- 反 abstract a 抽象的
- 片 in the concrete ph 實際上

構詞記憶法
字根 cre 表示「增長，產生」的意思。

---

condemn [kən`dɛm] v 譴責，宣判 升全多雅托公

War is condemned by all the people who love peace.
戰爭為愛好和平的人們所譴責。

- ➲ condemn - condemned - condemned & condemning
- 同 blame v 指責
- 反 praise v 讚揚

構詞記憶法
字根 demn 表示「傷害」的意思。

搭配詞記憶法
fiercely condemn
嚴厲譴責

---

condensation [ˏkandɛn`seʃən]
n 冷凝液，冷凝 升全多雅托公

They are curious about the condensation of steam to water.
他們對蒸汽凝結成水感到好奇。

- 同 compression n 壓縮

構詞記憶法
字根 con- 表示「加強」的意思。

---

condense [kən`dɛns] v 濃縮，使冷凝 升全多雅托公

You can boil the soup for another twenty minutes to condense it.
你可以將湯再煮 20 分鐘，使之濃縮。

- ➲ condense - condensed - condensed & condensing
- 同 compress v 壓縮
- 反 widen v 放寬
- 片 condense into ph 凝縮成～

構詞記憶法
字根 -dens 表示「密集的」的意思。

---

condition [kən`dɪʃən] n 狀態，條件 升全多雅托公

People who have the cardiac disease are in no condition to do intense exercise.
患有心臟病的人不適合做激烈運動。

- 同 situation n 局面
- 片 on condition ph 只要

構詞記憶法
字根 -dit 表示「做」的意思。

搭配詞記憶法
optimum condition
最理想狀態

condone [kən`don] v 容忍，寬恕 升全多雅托公

I couldn't condone his hypocrisy anymore.
我再也無法容忍他的虛偽了。

➲ condone - condoned - condoned & condoning

同 tolerate v 忍受

文 condone 為及物動詞，後面直接接名詞或 that 引導的子句。

構詞記憶法
字根 -don 表示「給予」的意思。

---

conduct [kən`dʌkt] v 控制，進行 升全多雅托公

I wonder who will conduct the advertising campaign.
我想知道誰將主持這次廣告的宣傳活動。

➲ conduct - conducted - conducted & conducting

同 direct v 管理

構詞記憶法
字根 -duct 表示「引導」的意思。

搭配詞記憶法
conduct oneself with dignity 高尚行為

---

confection [kən`fɛkʃən] n 甜食，糕點 

She had to give up confections because of the diabetes.
她因為糖尿病必須戒掉甜食。

同 sweet n 甜食

文 give up 的意思是「放棄，戒掉」，後接動名詞或名詞。

構詞記憶法
字根 fect 表示「製作」的意思。

---

confederacy [kən`fɛdərəsɪ] n 聯盟，同盟 升全多雅托公

The common interests were the basis of the confederacy.
共同利益是聯盟的基礎。

同 alliance n 聯盟

文 common interests 為名詞片語，意思是「共同利益」。

邏輯記憶法
此單字中含有 racy（a. 味美的）一詞，可延伸出 oracy（n. 口語能力）。

構詞記憶法
字根 fed 表示「聯盟」的意思。

---

confederate [kən`fɛdərɪt] n 同盟者，共犯 升全多雅托公

Policemen arrested the murderer under the help of his confederate.
在同夥的幫助之下，員警逮捕了兇手。

同 partner n 夥伴

文 under the help of sb. 為常見用法，意思是「在～的幫助下」。

構詞記憶法
字根 fed 表示「聯盟」的意思。

---

confer [kən`fɝ] v 商談，授予 

He must confer with his wife before buying the house.
在買房之前他必須和太太商談。

➲ confer - conferred - conferred & conferring

同 consult v 商量

片 confer...on sb. ph 授給

構詞記憶法
字根 fer 表示「拿來」的意思。

conference [ˋkɑnfərəns] n 會議，討論 升全多雅托公

All the members were required to attend the conference.
所有的成員都要參加這次的會議。

同 meeting n 會議
片 press conference ph 記者招待會

構詞記憶法
字根 fer 表示「拿來」的意思。

搭配詞記憶法
conference speaker 會議發言人

confident [ˋkɑnfədənt] a 確信的，有信心的 升全多雅托公

He was confident that she would accept his proposal of marriage.
他有信心她會答應他的求婚。

同 reliant a 信任的
反 unsure a 缺乏信心的
片 be confident of ph 確信

構詞記憶法
字根 fid 表示「信念，相信」的意思。

搭配詞記憶法
remarkably confident 非常有自信

confine [kənˋfaɪn] v 局限於，控制 升全多雅托公

Don't confine your thought in the stereotypical ideas.
不要把你的思維局限在老套的想法。

➲ confine - confined - confined & confining
同 limit v 限制
片 confine one's freedom ph 限制某人的自由

構詞記憶法
字根 fine 表示「結束，範圍」的意思。

搭配詞記憶法
exclusively confined 僅限

confirm [kənˋfɝm] v 證實，確認 升全多雅托公

All the doubts can be confirmed by time.
時間會證實所有疑問。

➲ confirm - confirmed - confirmed & confirming
同 verify v 核實
反 disprove v 反駁
片 confirm in ph 使更堅定

構詞記憶法
字根 firm 表示「堅定」的意思。

confiscate [ˋkɑnfɪsˌket] v 沒收，將～充公 升全多雅托公

Mother confiscated my phone because I always play games.
因為我總是玩遊戲，所以媽媽把我的手機沒收。

➲ confiscate - confiscated - confiscated & confiscating
同 seize n 沒收
文 confiscate 為及物動詞，後面直接接名詞或名詞片語。

邏輯記憶法
此單字中含有 cate（n. 美食）一詞，可延伸出 cater（v. 提供飲食）。

conflict [ˋkɑnflɪkt] n 衝突，矛盾 升全多雅托公

It is not advisable for you to get involved in the conflict between them.
捲入他們的衝突很不明智。

同 argument n 爭吵
片 avoid conflict ph 避免衝突

構詞記憶法
字根 flict 表示「打擊」的意思。

搭配詞記憶法
in conflict with 與～衝突

conform [kən`fɔrm] v 遵守，符合

升全多雅托公

Everyone must conform to the traffic regulations.
每個人都必須遵守交通規則。

- conform - conformed - conformed & conforming
- 同 assent v 贊成
- 反 breach v 違反
- 片 conform to / (with) ph 符合

構詞記憶法
字根 form 表示「形成」的意思。

邏輯記憶法
此單字中含有 form（n. 形式）一詞，可延伸出 reform（v. 改革）。

conformity [kən`fɔrmətɪ] n 一致，相符

升全多雅托公

His words are in conformity to his action.
他是個言行一致的人。

- 同 submission n 服從
- 反 divergence n 分歧

搭配詞記憶法
in conformity with 符合

confront [kən`frʌnt] v 面對，使對質

升全多雅托公

This company was confronted with severe fund shortage.
公司面臨嚴重的資金短缺問題。

- confront - confronted - confronted & confronting
- 同 face v 面對
- 片 confront with ph 使～面對

構詞記憶法
字根 front 表示「前面」的意思。

邏輯記憶法
此單字中含有 front（n. 前面）一詞，可延伸出 frontage（n. 正面）。

confuse [kən`fjuz] v 使困惑，使窘迫

升全多雅托公

The twins are similar in appearance, so I often confuse them for one another. 這對雙胞胎的外貌很相似，我經常認錯。

- confuse - confused - confused & confusing
- 同 puzzle v 使迷惑
- 反 clarify v 使清楚
- 片 confuse...with... ph 把～誤認為～

邏輯記憶法
此單字中含有 fuse（v. 融合）一詞，可延伸出 refuse（v. 拒絕）。

confusion [kən`fjuʒən] n 混亂，困惑

升全多雅托公

He talked incoherent gibberish because of confusion.
他不知所措，就語無倫次地胡說。

- 同 perplexity n 困惑
- 片 throw into confusion ph 打亂

構詞記憶法
字尾 -ion 為名詞字尾，表示「狀態，性質」的意思。

congratulation [kən͵grætʃə`leʃən] n 祝賀，恭喜

升全多雅托公

Please send my hearty congratulations to your parents.
請代我向你父母致以由衷的祝賀。

- 同 felicitation n 慶賀
- 片 warm congratulations ph 熱烈的祝賀

構詞記憶法
字根 grat 表示「愉快」的意思。

congress [ˋkɑŋgrəs] n 國會，代表大會 升全多雅托公

Congress has rejected the amendment of the tax law.
國會已經駁回稅法的修訂案。

片 continental congress ph 大陸會議

構詞記憶法
字根 gress 表示「行走」的意思。

搭配詞記憶法
a member of Congress 國會議員

---

congressional [kənˋgrɛʃənḷ] a 會議的，國會的 升全多雅托公

The congressional committee will elect a new leader.
國會委員會將會選出一位新的領導者。

同 synodical a 會議的
片 congressional hearing ph 國會聽證會

構詞記憶法
字尾 -al 為形容詞字尾「關於～的」的意思。

---

conjunction [kənˋdʒʌŋkʃən] n 聯合，連詞 升全多雅托公

We finished the work in conjunction with our partners.
我們與同伴一起完成這項工作。

同 combination n 結合
片 in conjunction ph 互相協調

構詞記憶法
字根 junct 表示「結合，連接」的意思。

---

connect [kəˋnɛkt] v 連接 升全多雅托公

His office connected with a lounge next door.
他的辦公室連著隔壁的休息室。

➲ connect - connected - connected & connecting
同 link v 連接
反 separate v 分開
片 connect up ph 連接

構詞記憶法
字根 nect 表示「連接，鄰近」的意思。

搭配詞記憶法
closely connect 緊密連接

---

connection [kəˋnɛkʃən] n 關係，連接 升全多雅托公

The man denied that he had a direct connection with the accident.
男子否認他和這件意外有直接的關係。

同 relationship n 關係
片 close connection ph 緊密聯繫

搭配詞記憶法
in connection with 與～有關係

構詞記憶法
字根 nect 表示「連接，鄰近」的意思。

---

conquer [ˋkɑŋkɚ] v 征服，勝利 升全多雅托公

If you conquer yourself, you will conquer all the world.
如果你征服自己，就能征服整個世界。

➲ conquer - conquered - conquered & conquering
同 overcome v 戰勝
反 surrender v 屈服

構詞記憶法
字根 quer 表示「尋求，詢問」的意思。

conscientious [ˌkanʃɪˋɛnʃəs] 升全多雅托公

a 謹慎的，認真負責的

The conscientious employee was always the last to leave the office.
這名謹慎的員工總是最後離開辦公室。

同 serious a 認真的
片 conscientious attitude ph 謹慎的態度

構詞記憶法
字根 sci 表示「知道」的意思。

conscious [ˋkanʃəs] 升全多雅托公

a 意識清醒的，有意識的

The testament signed at a conscious moment has legitimacy.
只有在清醒意識下簽訂的遺囑才具有合法性。

同 sensible a 能感覺到的
反 unconscious a 無意識的
片 be conscious of ph 意識到

構詞記憶法
字尾 -ious 為形容詞字尾，表示「有～特性的」的意思。

搭配詞記憶法
fashion conscious 流行意識

consequence [ˋkansəˌkwɛns] n 結論，結果 升全多雅托公

The man of consequence will bear the full consequence.
這名舉足輕重的男子將承擔全部責任。

同 result n 結果
片 in consequence of ph 由於～的緣故

構詞記憶法
字根 sequ 表示「跟隨」的意思。

搭配詞記憶法
devastating consequence 壓倒性的結果

conservation [ˌkansɚˋveʃən] n 保護，保存 升全多雅托公

The government spent much time and money on antiques conservation.
政府在古物保護上花費大量的時間和金錢。

同 upkeep n 保養
反 damage n 損害
片 resource conservation ph 資源保護

構詞記憶法
字根 serv 表示「保留」的意思。

搭配詞記憶法
environmental conservation 環境保護

conserve [kənˋsɝv] v 保存，保護 升全多雅托公

Conserve your energy, and then we will have hard work to do.
保存你的活力，接下來我們有一項艱巨的任務要做。

➲ conserve - conserved - conserved & conserving
同 preserve v 保存
片 conserve strength ph 保存體力

構詞記憶法
字根 serv 表示「保留」的意思。

Day 6 單字學習 1391個

consider [kən`sɪdɚ] v 考慮，認為

升全多雅托公

He promises to consider my suggestion and reply to me tomorrow.
他答應考慮我的建議，並且明天給我答覆。

- consider - considered - considered & considering
- 同 contemplate v 沉思
- 反 neglect v 忽略
- 片 all things considered ph 從全面考慮

構詞記憶法
字根 sid 表示「放置」的意思。

considerable [kən`sɪdərəbḷ] a 相當多的

升全多雅托公

He felt considerable enthusiasm for environmental protection.
他對保護環境投入相當多的熱情。

- 同 crucial a 重要的
- 片 considerable distance ph 相當遠的距離

構詞記憶法
字尾 -able 為形容詞字尾，表示「能～的」的意思。

considerably [kən`sɪdərəblɪ] ad 相當，非常

升全多雅托公

Over the last few years, she had changed considerably.
過去的幾年裡，她的變化相當大。

- 同 quite ad 相當
- 片 considerably reduce ph 大幅減少

構詞記憶法
字根 side 表示「旁邊」的意思。

considerate [kən`sɪdərɪt] a 體貼的，體諒的

升全多雅托公

She prefers a considerate husband to a rich one.
她想找個體貼的丈夫，而不是有錢的。

- 同 thoughtful a 體貼的
- 反 careless a 粗心的
- 文 prefer...to 的意思是「喜歡～而不喜歡」，後面接名詞或動名詞。但 prefer 後的詞性要和 to 後方的一致。

構詞記憶法
字尾 -ate 為形容詞字尾，表示「有～性質的」的意思。

consign [kən`saɪn] v 託付，委託

升全多雅托公

My father consigned the old furniture to the attic.
我爸爸把舊傢俱搬到閣樓上。

- consign - consigned - consigned & consigning
- 同 convey v 傳遞
- 片 consign goods ph 寄售貨物

構詞記憶法
字根 sign 表示「簽署」的意思。

consist [kən`sɪst] v 組成

升全多雅托公

The research team consists of twenty members.
這個研究團隊有 20 位成員。

- consist - consisted - consisted & consisting
- 同 comprise v 組成
- 片 consist in ph 主要在於

構詞記憶法
字根 sist 表示「站立」的意思。

consistent [kən`sɪstənt] a 連續的，一致的 升全多雅托公

I have realized that ideals are not always consistent with the reality.
我意識到理想與現實不總是一致。

同 consonant a 一致的
反 inconsistent a 不一致的
文 be consistent with 為常用片語，意思是「與～一致」。

構詞記憶法
字尾 -ent 為形容詞字尾，表示「有～性質的」的意思。

console [kən`sol] v 安慰，慰問 升全多雅托公

"That isn't the worst thing," he consoled himself.
他安慰自己說：「那並不是最糟的」。

➲ console - consoled - consoled & consoling
同 comfort v 安慰
片 console perfunctorily ph 敷衍了事的安慰

構詞記憶法
字根 sole 表示「太陽」的意思。

consonant [`kansənənt] a 一致的，符合的 升全多雅托公

Their behaviors are consonant with their words.
他們言行一致。

同 compliant a 一致的
反 inconsonant a 不相容的
文 be consonant with 為常用片語，意思是「與～一致」。

構詞記憶法
字根 son 表示「聲音」的意思。

conspicuous [kən`spɪkjuəs] a 顯眼的，顯而易見的 升全多雅托公

When you play in the snow, you'd better wear conspicuous clothes.
當你在雪地裡玩的時候，最好穿顯眼的衣服。

同 noticeable a 顯而易見的
反 inconspicuous a 不明顯的
片 conspicuous among ph 在～裡出類拔萃

構詞記憶法
字根 spic 表示「看」的意思。

constant [`kanstənt] a 不斷的，永恆的 升全多雅托公

I will be your constant companion forever.
我會永遠陪在你身邊。

同 steady a 不變的
反 capricious a 反覆無常的
片 constant nagging ph 不停的嘮叨

構詞記憶法
字根 stant 表示「站，立」的意思。

搭配詞記憶法
keep sth. constant 維持不變

constantly [`kanstəntlɪ] ad 一直，始終 升全多雅托公

No one will like a man who is constantly complaining.
沒有人會喜歡總是在抱怨的人。

同 always ad 總是
反 never ad 從不
片 constantly endeavor ph 努力不懈地

構詞記憶法
字根 stant 表示「站，立」的意思。

constellation [ˌkanstəˋleʃən] n 群集，星群 升全多雅托公

A constellation of troubles have driven me crazy.
一連串的麻煩已經把我逼瘋了。

同 asterism n 星群
文 片語 drive sb. crazy 為常見用法，意思是「把某人逼瘋」。

構詞記憶法
字根 stell 表示「星星」的意思。

constituent [kənˋstɪtʃuənt] n 成分，選民 升全多雅托公

Nicotine is the main harmful constituent of tobaccos.
尼古丁是煙草主要的有害成分。

同 element n 要素
片 active constituent ph 活性組分

構詞記憶法
字根 stit 表示「建立」的意思。

constitution [ˌkanstəˋtjuʃən] n 憲法，建立 升全多雅托公

Constitution is the foundation of relevant national laws.
憲法是國家相關法律制定的基礎。

同 institution n 建立

構詞記憶法
字根 stitu 表示「建立」的意思。

搭配詞記憶法
draw up constitution 制訂憲法

constraint [kənˋstrent] n 約束，強制 升全多雅托公

The laws have the constraint force on every citizen, including government officials.
法律對所有公民包括政府人員都有約束力。

同 restrain a 壓制
片 constraint condition ph 約束條件

構詞記憶法
字根 strain 表示「拉緊」的意思。

construct [kənˋstrʌkt] n 概念，結構 升全多雅托公

Sir Thomas More raised the impractical construct of Utopia.
Thomas More 先生提出了不切實際的烏托邦概念。

同 concept n 概念
片 construct validity ph 結構效度

構詞記憶法
字根 struct 表示「建立」的意思。

construction [kənˋstrʌkʃən] n 建築物，建設 升全多雅托公

The government ordered to pull down these constructions.
政府勒令拆除這些建築物。

同 building n 建築物
片 urban construction ph 城市建設

構詞記憶法
字根 struct 表示「建立」的意思。

搭配詞記憶法
bridge construction 橋梁建設

consult [kən`sʌlt] v 諮詢，商議
升全多雅托公

The couple consulted their lawyer about adoption.
這對夫妻向他們的律師諮詢有關收養的事宜。

➲ consult - consulted - consulted & consulting
同 discuss v 商量

搭配詞記憶法
consult with 商議，交換意見

consume [kən`sjum] v 吃完，耗盡
升全多雅托公

Oh, my God! You consumed all the candies!
天啊！你竟然吃光所有的糖果！

➲ consume - consumed - consumed & consuming
同 exhaust v 耗盡
反 produce v 製造
片 propensity to consume ph 消費傾向

構詞記憶法
字根 sume 表示「拿」的意思。

consumer [kən`sjumɚ] n 消費者，顧客
升全多雅托公

Online merchants always ask consumers to pay for the freight.
網路商家經常讓消費者支付運費。

同 customer n 客戶
反 producer n 生產者
片 consumer market ph 消費者市場

構詞記憶法
字尾 -er 為名詞字尾，表示「施動者」的意思。

consumption [kən`sʌmpʃən] n 消耗

Food consumption is a large part of her household expenses.
食品消費占了她家庭支出很大部分。

同 depletion n 消耗
反 production n 產品
片 heat consumption ph 熱量消耗

構詞記憶法
字根 sumpt 表示「拿」的意思。

contact [`kɑntækt] n 聯繫，接觸

The police told the suspect, “Please keep contact with us at any time.”
警方對嫌犯說：「請隨時和我們保持聯繫」。

同 connection n 聯繫
反 isolation n 隔離
片 contact information ph 聯繫方式

構詞記憶法
字根 tact 表示「接觸」的意思。

搭配詞記憶法
break off contact 斷交關係

contain [kən`ten] v 包含，容納

Businessmen solemnly promised that all the food contained no preservatives or pigment.
商家鄭重承諾，任何食品都不含防腐劑和色素。

➲ contain - contained - contained & containing
同 include v 包含
反 exclude v 排除
文 solemnly promise 為常用片語，意思是「鄭重承諾」。

構詞記憶法
字根 tain 表示「支撐」的意思。

contemplate [ˋkantɛm͵plet] v 深思，凝視 升全多雅托公

He had contemplated all the issues that would happen in the future.
他已經考慮過將來可能出現的所有問題。

➲ contemplate - contemplated - contemplated & contemplating
同 reflect v 深思熟慮
片 contemplate proposal ph 考慮建議

邏輯記憶法
此單字中含有 plate（n. 盤子）一詞，可延伸出 platen（n. 打字機的滾筒）。

搭配詞記憶法
seriously contemplate 認真思考

---

contemporary [kənˋtɛmpə͵rɛrɪ] 升全多雅托公
a 當代的，現代的

This book includes almost all the contemporary social problems.
這本書幾乎包含了全部當代社會問題。

同 modern a 現代的
反 ancient a 古代的

構詞記憶法
字根 tempor 表示「時間」的意思。

---

contemptible [kənˋtɛmptəb!] 升全多雅托公
a 可鄙的，卑劣的

It's a contemptible deed to scribble in the tourist spots.
在旅遊景點亂寫亂畫是可鄙的行為。

同 despicable a 卑劣的
反 respectable a 值得尊敬的
文 scribble on 為介係詞片語，意思是「在～亂寫」，後接名詞。

構詞記憶法
字根 tempt 表示「嘗試」的意思。

---

contend [kənˋtɛnd] v 認為，競爭 升全多雅托公

I contended that he did that by design.
我認為他是故意那樣做的。

➲ contend - contended - contended & contending
同 believe v 認為
文 by design 在例句中作副詞，意思是「故意地」，一般置於句末。

構詞記憶法
字根 tend 表示「趨向」的意思。

---

content [ˋkantɛnt] n 內容，目錄 升全多雅托公

Can you vow that only you know the letter's content?
你能發誓只有你自己知道信的內容嗎？

同 directory n 目錄
片 moisture content ph 水分含量

構詞記憶法
字根 ten 表示「支撐，包含」的意思。

context [ˋkantɛkst] n 背景，語境 升全多雅托公

The creative context is important for us to understand the work.

創作背景對我們理解作品很重要。

同 background n 背景

片 social context ph 社會背景

構詞記憶法

字根 text 表示「編織」的意思。

搭配詞記憶法

a variety of contexts 多變化的內容

continental [ˌkantəˋnɛntḷ] a 大陸的 升全多雅托公

The geologists thought that this mountain came into being as a result of the continental collision.

地質學家認為這座山是因大陸碰撞而形成的。

同 mainland a 大陸的

反 oceanic a 海洋的

片 continental drift ph 大陸漂移説

構詞記憶法

字尾 -al 為形容詞字尾，表示「～的」的意思。

搭配詞記憶法

continental breakfast 歐式早餐

contingent [kənˋtɪndʒənt] a 附帶的 升全多雅托公

Whether or not we hold the sports is contingent on the students' wishes.

我們是否舉行運動會要視同學們的意願而定。

同 indefinite a 不確定的

反 definite a 確定的

片 contingent on ph 視～情況而定

構詞記憶法

字根 ting 表示「接觸」的意思。

continue [kənˋtɪnju] v 繼續，持續 升全多雅托公

His mother asked him to continue at school.

他的媽媽要他繼續升學。

➲ continue - continued - continued & continuing

同 endure v 持續

片 continue at one's post ph 留任原職

構詞記憶法

字根 tin 表示「拿住，握」的意思。

continuous [kənˋtɪnjuəs] a 連續的，持續的 升全多雅托公

Continuous rain made us in a bad mood.

連續不斷的陰雨使我們的心情很糟。

同 continual a 不間斷的

片 continuous election ph 連任

構詞記憶法

字尾 -ous 為形容詞字尾，表示「具有～特性或特徵的」的意思。

continual [kənˋtɪnjuəl] a 持續的 升全多雅托公

The little boy suffered continual threats of bullies.

小男孩不斷受到惡霸威脅。

同 ceaseless a 不停的

片 continual improvement ph 持續改進

構詞記憶法

字尾 -al 為形容詞字尾，表示「～的」的意思。

contradiction [ˌkantrəˋdɪkʃən] n 矛盾，反駁 升全多雅托公

There are many contradictions in your words.
你的話矛盾百出。

同 conflict n 衝突
片 in contradiction to ph 與～相矛盾

構詞記憶法
字首 contra- 表示「與～相反，反對」。

搭配詞記憶法
a contradiction in terms 自相矛盾

---

contrary [ˋkantrɛrɪ] a 相反的 升全多雅托公

He is a stubborn man and doesn't accept any contrary opinions.
他是個固執的人，拒絕接受任何相反的觀點。

同 opposite a 對立的
反 coincident a 一致的

搭配詞記憶法
on the contrary 正相反

---

contrast [ˋkanˌtræst] n 差異，對比 升全多雅托公

There is such a remarkable contrast between men and women in attitudes towards life.
男人和女人對待人生的態度有很大的差異。

同 compare n 比較
反 similarity n 類似
片 contrast with ph 與～形成對比

構詞記憶法
字首 contra- 表示「相反」的意思。

搭配詞記憶法
stand in... contrast to sb. / sth. 和～相比較

---

contribute [kənˋtrɪbjut] v 貢獻，捐獻 升全多雅托公

People all over the country contribute clothing and money to the disaster area.
全國各地的人捐獻衣服和錢給災區。

➲ contribute - contributed - contributed &contributing
同 donate v 捐獻
片 contribute to a newspaper ph 向報社投稿

構詞記憶法
字根 tribut 表示「給予」的意思。

搭配詞記憶法
have little / a lot / much to contribute (to sth.) 為某事有一點／很大的貢獻

---

contribution [ˌkantrəˋbjuʃən] n 貢獻 升全多雅托公

He made a great contribution to American modern literature.
他對美國現代主義文學做出巨大貢獻。

同 devotion n 奉獻
片 make contribution ph 貢獻

構詞記憶法
字根 tribut 表示「給予」的意思。

---

contributive [kənˋtrɪbjutɪv] 升全多雅托公
a 有助的，有貢獻的

Your suggestions are contributive to our progress.
你的建議對我們的進展很有幫助。

同 conducive a 有助的
文 be contributive to 為常見用法，意思是「對～有幫助」。

構詞記憶法
字根 tribut 表示「給予」的意思。

contributory [kən`trɪbjə͵torɪ]

升 全 多 雅 托 公

a 促成的，促進的

Many causes were contributory to your failure.
很多原因造成你的失敗。

同 related a 相關的
片 contributory negligence ph 分擔過失

構詞記憶法
字尾 -ory 為形容詞字尾，表示「起～作用的」的意思。

control [kən`trol] v 控制

升 全 多 雅 托 公

The consequences of the disaster were controlled under the cooperation of us.
災情在我們大家的齊心協力下獲得控制。

➲ control - controlled - controlled & controlling
同 command v 控制
片 out of control ph 失去控制

構詞記憶法
字根 troll 表示「轉」的意思。

搭配詞記憶法
carefully control 謹慎控制

controversial [͵kantrə`vɝʃəl] a 有爭議的

升 全 多 雅 托 公

Hitler was a controversial person in the world.
希特勒在世界上是個頗具爭議的人物。

同 disputable a 有爭議的
片 controversial topic ph 有爭議的話題

構詞記憶法
字首 contro- 表示「相反」的意思。

搭配詞記憶法
a highly controversial subject 極具爭議性的話題

controversy [`kantrə͵vɝsɪ] n 爭論，論戰

升 全 多 雅 托 公

The origin of men aroused a lot of controversy.
人類的起源引起諸多爭論。

同 dispute n 爭議
片 beyond controversy ph 無爭議的

構詞記憶法
字根 vert 表示「轉」的意思。

convene [kən`vin] v 召集，集合

升 全 多 雅 托 公

We will convene an emergency meeting.
我們將召開緊急會議。

➲ convene - convened - convened & convening
同 gather v 聚集
反 dismiss v 解散
片 convene army ph 召集軍隊

構詞記憶法
字根 ven 表示「來」的意思。

convenience [kən`vinjəns] n 方便，便利 升全多雅托公

For the sake of the convenience of the blind people, the seeing eye dog was trained.
導盲犬的訓練是為了方便盲人。

- 同 usefulness n 有用
- 反 inconvenience n 不便
- 片 make a convenience of ph 過分利用～

構詞記憶法
字尾 -ence 為名詞字尾，表示「～的狀態」的意思。

搭配詞記憶法
a marriage of convenience 形式婚姻（非因相愛而結婚）

---

convenient [kən`vinjənt] a 方便的，便利的 升全多雅托公

I wonder if it's convenient for you to attend the meeting tomorrow.
我想知道你明天是否方便出席此會議。

- 同 comfortable a 方便的
- 反 inconvenient a 不方便的
- 片 convenient traffic ph 便利的交通

構詞記憶法
字尾 -ent 為形容詞字尾，表示「處於～狀態的」的意思。

---

convention [kən`vɛnʃən] n 慣例，會議 升全多雅托公

By convention, we have a family meeting on Sunday.
按照慣例，星期天我們要召開家庭會議。

- 同 tradition n 慣例
- 片 international convention ph 國際公約

構詞記憶法
字根 ven 表示「來」的意思。

搭配詞記憶法
a break with convention 突破慣例

---

conventional [kən`vɛnʃənl] a 客套的，傳統的 升全多雅托公

We have been fed up with those conventional remarks.
我們已經厭倦那些客套話。

- 同 customary a 通常的
- 片 social conventional ph 社會習俗

構詞記憶法
字尾 -al 為形容詞字尾，表示「關於～的」的意思。

---

convergence [kən`vɝdʒəns] n 會合，集合 升全多雅托公

There is a great necessity for a convergence of views.
意見融合是很有必要的。

- 反 divergence n 分歧
- 片 uniform convergence ph 一致收斂

構詞記憶法
字根 con 表示「共同」的意思。

---

conversant [`kanvɚsn̩t] a 熟悉的，瞭解的 升全多雅托公

The blind man becomes fully conversant with his room layout.
這位盲人對他房間的佈置瞭若指掌。

- 同 acquainted a 熟悉
- 反 strange a 陌生的
- 文 room layout 是名詞性片語，意思是「房間佈置」。

構詞記憶法
字根 vers 表示「轉」的意思。

conversation [ˌkɑnvɚ`seʃən] n 談話
升全多雅托公

He said that he wouldn't let on to others about our conversation.
他說他不會向別人透露我們的談話內容。

同 dialogue n 會話
文 let on 的意思是「洩密」，表示向某人洩密時，用介係詞 to。

構詞記憶法
字根 vers 表示「轉」的意思。

搭配詞記憶法
a lull in the conversation 談話中斷

convert [kən`vɝt] v 轉變，侵佔
升全多雅托公

He had talked me into converting my original intention.
他已經勸我轉變自己的初衷。

➲ convert - converted - converted & converting
同 change v 改變
文 talk sb. into 的意思是「勸說某人～」，後面跟名詞或動名詞。

構詞記憶法
字根 vers 表示「轉」的意思。

converted [kən`vɝtɪd] a 修改的，更換信仰的
升全多雅托公

The poor man had to live in the converted temporary house.
這名可憐男子必須住在改建的簡易房子裡。

同 reborn a 再生的
片 converted products ph 加工產品

構詞記憶法
字根 vers 表示「轉」的意思。

convey [kən`ve] v 表達，傳達
升全多雅托公

He is too shy to convey his feelings.
他太過害羞無法表達自己的感情。

➲ convey - conveyed - conveyed & conveying
同 express v 表達
片 convey emotions ph 傳達感情

構詞記憶法
字根 vey 表示「道路」的意思。

搭配詞記憶法
vividly convey 生動表達

convict [kən`vɪkt] v 判罪，定～的罪
升全多雅托公

The police had obtained clear-cut evidence to convict the man.
警方已掌握給男子定罪的確切證據。

同 judge v 判定
反 release v 釋放
片 convict sb. of ph 審判某人犯有～罪

構詞記憶法
字根 vict 表示「征服，克服」的意思。

conviction [kən`vɪkʃən] n 定罪，說服
升全多雅托公

The lawyer was trying to overturn the conviction for his client.
律師試圖為他的當事人推翻有罪的判定。

同 damningness n 定罪
片 carry conviction ph 有說服力

構詞記憶法
字根 vict 表示「征服」的意思。

搭配詞記憶法
the rate of conviction 定罪率

convince [kən`vɪns] v 說服，使相信 升全多雅托公

They tried in vain to convince her of their honesty.
他們試圖讓她相信他們的誠意，但卻失敗了。

➲ convince - convinced - convinced & convincing
同 assure v 使～確信
片 convince by ph 透過～使人相信

構詞記憶法
字根 vict 表示「征服」的意思。

---

cool [kul] a 冷靜的，冷的 升全多雅托公

In the face of difficulties, we should keep cool.
面對困難我們應該保持冷靜。

同 calm a 冷靜的
反 excited a 興奮的
片 cool air ph 涼風

搭配詞記憶法
cool, calm and collected 冷靜，不動聲色

構詞記憶法
字根 cool 表示「寒冷」的意思。

---

cooperate [ko`ɑpəˏret] v 互助，配合 升全多雅托公

Everyone is cooperating in protecting the environment.
大家齊心協力保護環境。

➲ cooperate - cooperated - cooperated & cooperating
同 collaborate v 合作

構詞記憶法
字根 oper 表示「工作」的意思。

搭配詞記憶法
cooperate with 與～合作

---

coordinate [ko`ɔrdn̩et] v 齊心協力，協同 升全多雅托公

We should coordinate our efforts to fight for a good future.
我們應該齊心協力，共創美好未來。

➲ coordinate - coordinated - coordinated & coordinating
同 concert v 協調，協力
片 coordinate growth ph 協調發展

構詞記憶法
字根 ordin 表示「命令，順序」的意思。

搭配詞記憶法
a coordinated approach 協調方法

---

copper [`kɑpɚ] n 銅，銅幣 升全多雅托公

The geologists discovered a copper mine in this mountain.
地質學家在這座山上發現銅礦。

片 copper plate ph 銅板

邏輯記憶法
此單字中含有 cop（v. 抓住）一詞，可延伸出 cope（v. 對付）。

---

copious [`kopɪəs] a 豐富的，大量的 升全多雅托公

He always took copious notes in the class.
他經常在課堂上記錄詳細的筆記。

同 affluent a 豐富的
反 inadequate a 不足的
片 copious rain ph 充沛的雨

構詞記憶法
字尾 -ious 為形容詞字尾，表示「具有～特徵的」的意思。

---

copyright [`kɑpɪˏraɪt] n 版權 升全多雅托公

The owner of the copyright is protected by laws.
版權的擁有者受法律保護。

片 universal copyright convention ph 國際版權公約

搭配詞記憶法
infringement of copyright 版權侵犯

coral [ˋkɔrəl] n 珊瑚 升全多雅托公

The diver took many coral pictures in the sea.
潛水夫在海底拍了許多漂亮的珊瑚照片。

文 take pictures 為常用片語，意思是「拍照」；當表示「為～拍照」時，與介係詞 for 連用。

搭配詞記憶法
coral island 珊瑚島

core [kor] n 核心，中心 升全多雅托公

His answer gets to the problem's core.
他的回答觸及到問題的核心。

同 center n 中心
片 to the core ph 十分，徹底低

構詞記憶法
字根 cor 表示「心臟」的意思。

搭配詞記憶法
core business 核心業務

corner [ˋkɔrnɚ] n 角落 升全多雅托公

Sometimes, I felt that someone at the corner was watching me all the time.
有時候我覺覺有人在角落時刻監視我。

同 focus n 中心
片 fight one's corner ph 維護某人的地位

邏輯記憶法
此單字中含有 corn（n. 穀物）一詞，可延伸出 scorn（v. 鄙視）。

搭配詞記憶法
the corner of one's mind 心靈角落

corolla [kəˋrɑlə] n 花冠 升全多雅托公

The corolla of the plant will close when you touch it.
當你觸摸這植物的花冠時，它就會閉合。

同 crown n 花冠
文 例句是 when 引導的條件子句，主句用未來式時，子句用一般現在式。

搭配詞記憶法
corolla lobes 冠瓣

corporate [ˋkɔrpərɪt] a 公司的，共同的 升全多雅托公

Company should form its own corporate culture.
公司應該建立自己的公司文化。

同 common a 共同的
片 corporate image ph 企業形象

構詞記憶法
字根 corpor 表示「身體，團體」的意思。

corporation [ˌkɔrpəˋreʃən] n 公司，法人 升全多雅托公

He was in the employ of this large corporation as a counselor.
他在這家大公司擔任法律顧問一職。

同 company n 公司
文 in the employ of 的意思是「受～雇用，在～任職」。

構詞記憶法
字尾 -ation 表示「～行為或狀態」的意思。

搭配詞記憶法
corporation tax 公司（所得）稅

corpse [kɔrps] n 屍體，死屍 升全多雅托公

The man was asked to identify a bloody corpse by the police.
男子被警方找去辨認一具血淋淋的屍體。

同 cadaver n 屍體
片 living corpse ph 行屍走肉

構詞記憶法
字根 corp 表示「身體，團體」的意思。

---

correspond [ˌkɔrɪˋspand] v 一致，符合 升全多雅托公

Your idea seldom corresponds with mine.
你的觀點難得和我的一致。

➲ correspond - corresponded - corresponded & corresponding
同 identify v 一致
片 correspond to ph 相當於

構詞記憶法
字根 spond 表示「承諾，允諾」的意思。

搭配詞記憶法
correspond with 符合

---

corrosive [kəˋrosɪv] a 腐蝕性的 升全多雅托公

Plating a resist film on the machine is to insulate from the corrosive gases.
在機器上鍍上抗蝕膜，是為了隔絕具腐蝕性的空氣。

同 erosive a 腐蝕的
文 片語 insulate (sth.) (from / against sth.) (with sth.) 意思是「隔離，隔絕」。

構詞記憶法
字根 ros 表示「咬」的意思。

---

corrupt [kəˋrʌpt] a 腐敗的，墮落的 升全多雅托公

He was dismissed for corrupt morals.
他因為腐敗風氣而被解雇。

同 fallen a 墮落的
片 corrupt life ph 墮落的生活

構詞記憶法
字根 rupt 表示「破裂」的意思。

搭配詞記憶法
notoriously corrupt 聲名狼藉地腐敗

---

corridor [ˋkɔrɪdɚ] n 走廊，通道 升全多雅托公

The students ran through the corridor and rushed into the classroom.
學生們穿過走廊，衝進教室。

同 gallery n 走廊
片 long corridor ph 長廊

搭配詞記憶法
the corridors of power 權力核心

---

cotton [ˋkatn̩] n 棉，棉織物 升全多雅托公

India is a big export country of cotton.
印度是棉花出口大國。

同 algodon n 棉花
片 cotton textile ph 棉紡織品

邏輯記憶法
此單字中含有 cot（n. 小床）一詞，可延伸出 cote（n. 棚）。

搭配詞記憶法
pure cotton 純棉

counsel [ˋkaunsḷ] v 建議，勸告 升全多雅托公

The psychiatrist who counsels alcoholics wants to find a private place to discuss the matter.
對酗酒者提出輔導的精神病科醫生，想要找個清靜的地方來談這件事。

- counsel - counseled - counseled & counseling
- 同 advise v 建議
- 片 keep one's own counsel ph 保密自己的意見

同音詞記憶法
與此單字同音的單字是 council（n. 委員會）。

count [kaunt] v 依賴，計數 升全多雅托公

The adults should not count on parents anymore.
成年人不應該再依賴父母。

- count - counted - counted & counting
- 同 depend v 依靠
- 片 count for much ph 關係重大

構詞記憶法
字根 count 表示「數，計算」的意思。

counter [ˋkauntɚ] n 櫃檯，計算器 升全多雅托公

She forced a way out and got to the bargain counter.
她擠出人群，來到廉價品櫃檯。

- 片 under the counter ph 私下地，非法地

構詞記憶法
字尾 -er 為名詞字尾，表示「與～相關的人或物」的意思。

counterpart [ˋkauntɚ͵part] n 相對物，副本 升全多雅托公

The general manager made an appointment with his counterpart in another company.
總經理與另一家公司的總經理有約。

- 同 repeat n 副本

構詞記憶法
字根 part 表示「部分」的意思。

countryside [ˋkʌntrɪ͵saɪd] n 鄉下，鄉村 升全多雅托公

He lived with his grandparents in the countryside before ten years old.
他 10 歲之前和祖父母在鄉下生活。

- 同 rural area ph 鄉村
- 反 city n 城市

搭配詞記憶法
mountainous countryside 多山的鄉下

courier [ˋkurɪɚ] n 信差，通信員 升全多雅托公

In the ancient times, the pigeons took the role of a courier.
在古代，鴿子扮演信差的角色。

- 同 messenger n 信使
- 文 片語 take the role of 的意思是「充當～的角色」，後接名詞。

構詞記憶法
字根 c(o)ur 表示「跑，快速做～」的意思。

court [kort] v 向～獻殷勤，求愛 n 法庭 升全多雅托公

The young man is trying to court that lady.
男子試圖博取女士的喜愛。

- court - courted - courted & courting
- 同 pursue v 追求

搭配詞記憶法
assiduously court 勤勉追求

coverlet [ˋkʌvɚlɪt] n 被單，床罩 升全多雅托公

The host went abroad, and all the furniture in the house were covered by coverlets.
屋主出國把房間裡的傢俱用被單遮住。

同 sheets n 被單
片 toweling coverlet ph 毛巾被

邏輯記憶法
此單字中含有 cover（v. 遮蓋）一詞，可延伸出 covert（a. 隱蔽的）。

crack [kræk] v 斷裂，破碎 升全多雅托公

The branch cracked under the weight of the snow.
大雪把樹枝壓斷了。

➲ crack - cracked - cracked & cracking
同 break v 破碎
片 crack down ph 鎮壓

近似音記憶法
cra 音如「破裂聲」，以 cra 開頭的字，隱含「爆裂，猛烈」。

搭配詞記憶法
crack under the pressure 壓力下崩潰

crackle [ˋkrækḷ] n 劈啪響，龜裂 升全多雅托公

We can even hear the crackle of the eggs.
我們幾乎可聽到雞蛋碎裂的劈啪聲。

同 crunch n 嘎吱聲
片 crackle paint ph 裂紋漆

近似音記憶法
cra 音如「破裂聲」，以 cra 開頭的字，隱含「爆裂，猛烈」。

crash [kræʃ] n v 墜毀 升全多雅托公

The authority was asked to discover the cause of the plane crash.
當局被要求尋找飛機墜毀的原因。

➲ crash - crashed - crashed & crashing
同 collide v 碰撞
片 crash out ph 逃出

近似音記憶法
cra 音如「破裂聲」，以 cra 開頭的字，隱含「爆裂，猛烈」。

crater [ˋkretɚ] n 坑，火山口 升全多雅托公

The meteor blasted a huge crater in the ground.
隕石在地上砸了個大坑。

同 hole n 洞
片 meteor crater ph 隕石坑

搭配詞記憶法
the edge of a crater 火山口邊緣

crawl [krɔl] v 爬行，緩慢移動，奉承 升全多雅托公

The baby crawled slowly across the room.
小嬰兒緩慢地爬過房間。

➲ crawl - crawled - crawled & crawling
同 flatter v 奉承

搭配詞記憶法
crawl stroke 爬泳

craze [krez] n **風尚，狂熱**

The latest craze is sweeping over the world.
最新風尚正席捲全球。

同 fashion n 流行
文 片語 sweep over 的意思是「席捲～」，後接名詞。

邏輯記憶法
此單字中含有 raze（v. 夷為平地）一詞，可延伸出 graze（v. 放牧）。

搭配詞記憶法
latest craze 最新風潮

---

creak [krik] v **嘎吱嘎吱作響聲，發出碾壓聲**

The shabby door creaked when the wind was blowing.
颳風時，破舊的門發出嘎吱嘎吱聲。

➲ creak - creaked - creaked & creaking
同 squeak v 吱吱叫
片 creaking stairs ph 嘎吱作響的樓梯

同音詞記憶法
與此單字同音的單字是 creek（n. 小溪）。

搭配詞記憶法
the creak of a floorboard 地板吱嘎響聲

---

creativity [ˌkrieˋtɪvətɪ] n **創造力**

The lifeblood of the national economy is creativity.
國家經濟的命脈是創造力。

同 originality n 創造力
片 natural creativity ph 天生的創造力

構詞記憶法
字尾 -ivity 為名詞字尾，表示「有～特性」的意思。

---

credential [krɪˋdɛnʃəl] n **憑證，證書**

The chairman accepts the credential shown by the diplomat.
主席接受外交官出示的文書。

同 certificate n 憑證，執照
片 authority credential ph 許可權憑證

構詞記憶法
字根 cred 表示「相信，信任」的意思。

邏輯記憶法
此單字中含有 dent（n. 牙齒）一詞，可延伸出 dentist（n. 牙醫）。

---

credible [ˋkrɛdəbḷ] a **可靠的，可信的**

It seems to be a credible idea to resolve the problem.
這似乎是解決問題的可靠辦法。

同 reliable a 可靠的
反 incredible a 不可靠的
片 credible person ph 可靠的人

構詞記憶法
字尾 -ible 為形容詞字尾，表示「可～的，能～的」的意思。

搭配詞記憶法
barely credible 不可置信

---

credit [ˋkrɛdɪt] n **信譽，信用** 

The previous news report seems to be gaining credit.
似乎有愈來愈多人開始相信之前的新聞報導。

同 faith n 信任
反 discredit n 喪失名譽
片 on credit ph 以賒帳

構詞記憶法
字根 cred- 表示「信任」的意思。

搭配詞記憶法
a credit of letter 信用狀

creed [krid] n 信條，教義 升全多雅托公

The political creed will be passed on from generation to generation.
這樣的政治信仰將會代代相傳。

同 credo n 信條

> 搭配詞記憶法
> political creed
> 政治信仰

crime [kraɪm] n 犯罪，罪行 升全多雅托公

The police set up police lines to protect the scene of the crime.
警方設立警戒線來保護犯罪現場。

同 sin n 犯罪
片 capital crime ph 死罪

> 搭配詞記憶法
> a crackdown on crime 鎮壓犯罪

criminal [ˋkrɪmən!] a 罪犯的，可恥的 升全多雅托公

No company wanted to hire him because he had a criminal record.
因為他有犯罪前科，所以沒有公司願意聘雇他。

同 notorious a 臭名昭彰的
反 civil a 文明的
片 criminal activities ph 犯罪活動

> 構詞記憶法
> 字尾 -al 為形容詞字尾，表示「～的」的意思。

criminate [ˋkrɪmə͵net] v 使負罪，責備 升全多雅托公

The man criminated himself for greater leniency.
男子自首以爭取寬大處理。

➲ criminate - criminated - criminated & criminating
同 condemn v 判刑
片 criminate principle ph 定罪原則

> 邏輯記憶法
> 此單字中含有 rim（n. 邊緣）一詞，可延伸出 grim（a. 冷酷的）。
>
> 構詞記憶法
> 字尾 -ate 為動詞字尾，表示「給予～某物或某物質」的意思。

criterion [kraɪˋtɪrɪən] n 標準，規範 升全多雅托公

Scores are not the only criterion to evaluate a student.
分數並不是評價學生的唯一標準。

同 standard n 標準
片 evaluation criterion ph 評估標準

> 構詞記憶法
> 字根 crit 表示「分辨，評判」的意思。
>
> 搭配詞記憶法
> eligibility criterion
> 選舉標準

critic [ˋkrɪtɪk] n 評論家，批評家 升全多雅托公

He longs to be a current affairs critic.
他渴望成為一名時事評論家。

同 reviewer n 評論家
片 film critic ph 影評家

> 構詞記憶法
> 字尾 -ic 為名詞字尾，表示「某一類的人或學科」的意思。

critical [ˋkrɪtɪkḷ] a 愛挑剔的，批評的 升全多雅托公

As a restaurant waiter, he has to face the critical guests every day.

身為餐廳服務生，他必須每天面對挑剔的客人。

同 carping a 挑剔的

反 complimentary a 恭維的

片 be critical of ph 挑剔，對～感到不滿

構詞記憶法

字根 crit 表示「分辨，評判」的意思。

搭配詞記憶法

harshly critical 嚴厲批評

criticism [ˋkrɪtəˏsɪzəm] n 評價，批評 升全多雅托公

No disrespect, I just give the objective criticism.

我沒有其他的意思，只是提出客觀的評價。

同 blame n 批評

反 praise n 讚美

片 literary criticism ph 文學批評

構詞記憶法

字尾 -ism 為名詞字尾，表示「性質，現象」的意思。

criticize [ˋkrɪtɪˏsaɪz] v 批評，分析 升全多雅托公

He praised her in her presence, but criticized her behind her back.

他當面表揚她，背地裡卻在批評她。

➲ criticize - criticized - criticized & criticizing

同 censure v 責難

反 praise v 讚美

片 criticize by name ph 點名批評

構詞記憶法

字尾 -ize 為動詞字尾，表示「～化，做」的意思。

搭配詞記憶法

criticize on sb. / sth. on the grounds that 以～理由批評某事／某人

crown [kraʊn] n 王冠，王權 升全多雅托公

He won the crown in successive championships.

他連續幾屆在冠軍賽中奪冠。

同 tiara n 冠狀頭飾

邏輯記憶法

此單字中含有 crow（n. 烏鴉）一詞，可延伸出 crowd（n. 一群）。

搭配詞記憶法

Crown Court 刑事法庭

crucial [ˋkruʃəl] a 決定性的，關鍵性的 升全多雅托公

In this competition, we must get crucial victory at any price.

這次競賽，我們要不惜一切代價取得決定性的勝利。

同 important a 重要的

反 inessential a 無關緊要的

片 crucial problem ph 決定性問題

構詞記憶法

字根 cruc 表示「十字形，交叉」的意思。

搭配詞記憶法

deem sth. crucial 認為～是重要的

crucible [ˋkrusəbḷ] n 嚴酷的考驗，坩鍋 升全多雅托公

This couple was forged in the crucible of the rough life.

這對夫妻經歷困難生活的嚴峻考驗。

同 trial n 磨難

構詞記憶法

字尾 -ible 表示「可～的，能～的」的意思。

crude [krud] a 粗糙的，天然的 升全多雅托公

The nutritive value of crude grains was overstated by the businessmen.
粗糧的營養價值被商人誇大了。

同 rough a 粗糙的
反 refined a 精緻的

構詞記憶法
字根 crud 表示「粗野，殘酷」的意思。

crumble [ˋkrʌmbḷ] v 崩潰，瓦解 升全多雅托公

In the face of setbacks, his hopes gradually crumbled to dust.
面對挫折，他的希望逐漸破滅。

➲ crumble - crumbled - crumbled & crumbling
同 disintegrate v 瓦解
片 bread crumble ph 麵包碎屑

邏輯記憶法
此單字中含有 rumble（v. 隆隆作響）一詞，可延伸出 rumbler（n. 低沉的聲音）。

cryptic [ˋkrɪptɪk] a 神祕的，隱藏的 升全多雅托公

He is so cryptic that no one knows what he does.
他是如此神祕，沒有人知道他是做什麼的。

同 mysterious a 神祕的
反 exposed a 暴露的

構詞記憶法
字根 crypt 表示「祕密，隱藏」的意思。

crystallize [ˋkrɪstḷˏaɪz] v 具體化，使結晶 升全多雅托公

Our ideas had been crystallized into practical actions.
我們的想法已經具體化成實際行動。

➲ crystallize - crystallized - crystallized & crystallizing
同 embody v 使具體化
片 laser crystalized ph 雷射結晶

邏輯記憶法
此單字中含有 cry（v. 哭）一詞，可延伸出 scry（v. 用水晶球占卜）。

構詞記憶法
字尾 -ize 為動詞字尾，表示「使～化，成為～」的意思。

culminate [ˋkʌlməˏnet] v 達到極點 升全多雅托公

The passionate romance culminated in a happy ending.
這場轟轟烈烈的愛情迎來幸福的結局。

➲ culminate - culminated - culminated & culminating
同 top v 達到頂點
片 culminate in bankruptcy ph 以破產告終

搭配詞記憶法
字尾 -ate 為動詞字尾，表示「做，造成」的意思。

culpable [ˋkʌlpəbḷ] a 有罪的，受譴責的 升全多雅托公

The man was held culpable for trafficking children and child abuse.
男子因為販賣和虐待兒童而有罪。

同 blamable a 有過失的
片 culpable liability ph 罪過責任

搭配詞記憶法
seem culpable
好像有罪

cultivated [ˋkʌltəˏvetɪd] a 有教養的，耕種的 升全多雅托公

Her son was regarded as a cultivated gentleman.
她兒子被視為是有教養的紳士。

反 uncultivated a 野蠻的
片 cultivated land ph 耕地

構詞記憶法
字根 cult 表示「耕種，培養」的意思。

---

cultivation [ˏkʌltəˋveʃən] n 教養，培養 

Social position is not always proportional to the cultivation.
社會地位不總是與教養成正比。

同 education n 培養
片 character cultivation ph 性格培養

構詞記憶法
字尾 -ion 為名詞字尾，表示「～行為或狀態」的意思。

---

cultural [ˋkʌltʃərəl] a 文化的，耕作的 

The different local customs result from cultural differences.
各地不同的風俗習慣是文化差異的結果。

同 nonmaterial a 非物質的
片 cultural revolution ph 文化革命

構詞記憶法
字尾 -al 為形容詞字尾，表示「關於～的」的意思。

---

cuneiform [ˋkjunɪəˏfɔrm] n 楔形文字，楔形骨 升全多雅托公

Cuneiform is far less common in modern life.
楔形文字在現代生活中已經不常見了。

同 sphenoid n 楔形骨
片 cuneiform writing ph 楔形文字

邏輯記憶法
此單字中含有 form（n. 形狀）一詞，可延伸出 format（n. 版型）。

構詞記憶法
字尾 -form 為名詞字尾，表示「具有～形狀」的意思。

---

cure [kjur] v 治癒，矯正 升全多雅托公

The doctor spent a long time curing his depression.
醫生花了好長的時間治癒他的抑鬱症。

➲ cure - cured - cured & curing
同 heal v 使恢復正常
片 cure rate ph 治癒機率

構詞記憶法
字根 cur 表示「關心」的意思。

搭配詞記憶法
cure of 治癒

---

current [ˋkɝənt] n 趨勢，潮流 升全多雅托公

Urbanization is a current of social development.
都市化是社會發展的趨勢。

同 tide n 趨勢
片 the main current ph 主流

構詞記憶法
字根 cur(r) 表示「發生」的意思。

搭配詞記憶法
a current of air 氣流

curriculum [kəˋrɪkjələm] n 全部課程，課程 升全多雅托公

He had completed all the courses on the university curriculum in two years.
他花 2 年修完大學所有的課程。

同 course n 課程
片 curriculum reform ph 課程改革

構詞記憶法
字根 curr 表示「發生，快速做～」的意思。

搭配詞記憶法
areas of the curriculum 課程領域

curve [kɝv] v 使彎曲 升全多雅托公

Her back curved because of the perennial desk work.
長時間的伏案工作使她的背彎了。

➲ curve - curved - curved & curving
同 bend v 彎曲
文 perennial desk work 為名詞片語，意思是「長時間的伏案工作」。

搭配詞記憶法
standard curve 標準曲線

cushion [ˋkʊʃən] n 墊子 升全多雅托公

The cat is sleeping on a tapestry cushion next to the hearth.
貓在火爐旁的繡花墊上睡覺。

同 pillow n 墊子
片 seat cushion ph 座墊

構詞記憶法
字尾 -ion 為名詞字尾，表示「某種物，用品」的意思。

搭配詞記憶法
soft cushion 軟墊

cuspidor [ˋkʌspəˏdɔr] n 痰盂 

Make sure the cuspidors in the wards are regularly disinfected.
病房裡的痰盂一定要定期消毒。

同 spittoon n 痰盂
文 make sure 為常見用法，意思是「確保」，後面跟 that 引導的子句，that 可以省去。

邏輯記憶法
此單字中含有 cusp（n. 尖頭）一詞，可延伸出 cuspid（n. 尖牙）。

customary [ˋkʌstəmˏɛrɪ] a 照慣例的，通常的 升全多雅托公

The old man takes his customary walk in the park every day.
老人每天照慣例在公園散步。

同 accustomed a 通常的
反 uncustomary a 不經常的
片 as customary ph 按照慣例

構詞記憶法
字根 custom 表示「習慣」的意思。

custom [ˋkʌstəm] n 習慣 升全多雅托公

It was his custom to have a walk in the park after supper.
晚飯後在公園散步是他的習慣。

同 manner n 慣例
片 folk custom ph 民俗

單複數記憶法
此單字的複數形式是 customs（n. 海關，關稅）。

搭配詞記憶法
as is / was the custom 按照（當時）習慣

cutlery [ˋkʌtlərɪ] n 刀具 ㊀㊁㊂㊃㊄㊅

Make sure the cutlery is put out of the child's reach.
刀具一定要放到孩子碰不到的地方。

同 folk n 刀
文 片語 out of one's reach 為常見用法，意思是「在某人觸及的範圍之外」。

搭配詞記憶法
cutlery control
刀具管制

cyclone [ˋsaɪklon] n 旋風，暴風

A cyclone struck the town, damaging trees and buildings.
旋風席捲小鎮，摧毀了樹木和建築。

同 anticyclone n 反氣旋
片 tropical cyclone ph 熱帶氣旋

構詞記憶法
字根 cycl 表示「圓，環」的意思。

搭配詞記憶法
the eye of the cyclone 旋風（中心）眼

cytology [saɪˋtɑlədʒɪ] n 細胞學

Cytology has a wide use in the medical research.
細胞學在醫學研究上廣泛應用。

片 molecular cytology ph 分子細胞學

邏輯記憶法
此單字中含有 logy（a. 遲緩的）一詞，可延伸出 ology（n. 學問）。

MEMO

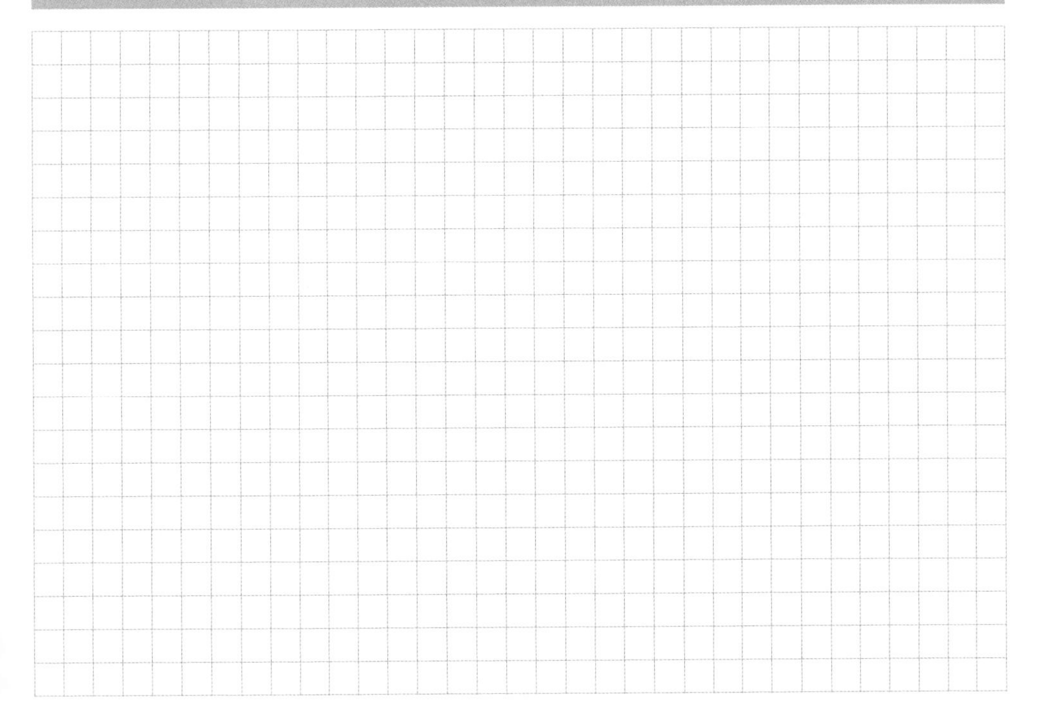

MEMO

Dd

dam ~ dynamic

6大考試

㊤ 學測指考
㊟ 全民英檢
㊞ 多益測驗
㊙ 雅思測驗
㊩ 托福測驗
㊁ 公職考試

6大英文單字記憶法

構詞記憶法

利用英文的構詞方式，透過字首、字根、字尾的方式來記憶單字。

同音詞記憶法

利用單字的相同發音卻不同拼字來記憶。

單複數記憶法

利用單字本身單複數形式所產生的不同意思來記憶單字。

近似音記憶法

利用諧音方式來增加記憶。

搭配詞記憶法

利用一組詞彙的概念來記憶，在記憶單字時不是只記下一個單字的意思，而是能夠使用一組詞彙加深印象。

邏輯記憶法

以一個單字為單位，採用順序或不同的角度去找出邏輯的關係，並延伸出其它的單字。

Dd dam ~ dynamic

符號說明 ➲ 動詞三態 & 分詞 同 同義字 反 反義字 文 文法重點

dam [dæm] n 水壩
升全多雅托公

A dam burst easily in the rainy season; we must take precautions.
水壩在雨季容易決堤，我們必須做好防禦工作。

文 rainy season 為名詞片語，意思是「雨季」。

搭配詞記憶法
dam foundation
壩基

damage [ˋdæmɪdʒ] v 破損，損害
升全多雅托公

The glass damages easily; please handle it with care.
玻璃很容易破，請輕拿輕放。

➲ damage - damaged - damaged & damaging
同 ruin v 破壞
反 repair v 修理
片 cause damage to ph 對～造成損壞

搭配詞記憶法
damage limitation
限制破壞

damn [dæm] n 一點點，絲毫
升全多雅托公

I don't give a damn about others' points.
我根本不在乎別人的看法。

同 tittle n 一點
片 not worth a damn ph 不值一文

邏輯記憶法
此單字中含有 dam（n. 水壩）一詞，可延伸出 damp（a. 潮濕的）。

damp [dæmp] a 潮濕的
升全多雅托公

The damp weather makes people get ill easily.
潮濕的氣候容易使人生病。

同 clammy a 冷濕的
反 dry a 乾燥的
文 get ill 為常見片語，意思是「生病」。

搭配詞記憶法
damp proof 防潮

date [det] n 約會，日期
升全多雅托公

I am looking forward to the next date with you.
我期待下一次與你的約會。

同 meeting n 會面
文 片語 date with 的意思是「與～約會」，with 後面接約會的對象。

搭配詞記憶法
blind date 相親

deadline [ˋdɛd͵laɪn] n 最後期限
升全多雅托公

The deadline for register is tomorrow.
登記的最後期限是明天。

片 meet the deadline ph 趕上最後期限

構詞記憶法
字根 dea(d) 表示「死，消亡」的意思。

搭配詞記憶法
meet the deadline
截止日期

deal [dil] n 交易 升全多雅托公

It seems to be a favorable deal, but actually it is a trick.
這看起來是個有利的交易，但實際上是個騙局。

同 trade n 交易
片 a great deal of ph 大量

搭配詞記憶法
close / seal the deal 完成一項艱難任務

debate [dɪˋbet] n 爭議，辯論 升全多雅托公

They had a debate on dieting to lose weight.
節食減肥引起他們爭論。

同 argument n 爭論
片 public debate ph 公開辯論

構詞記憶法
字根 bat 表示「打，擊」的意思。

搭配詞記憶法
stifle debate 抑止爭議

debit [ˋdɛbɪt] v 把～記入借方 升全多雅托公

The bank will automatically debit money against your account.
銀行會自動把錢記入你的帳戶借方。

➲ debit - debited - debited & debiting
同 credit v 計入貸方
片 debit balance ph 借方餘額

構詞記憶法
字根 debt 表示「債務，義務」的意思。

搭配詞記憶法
automatically debit 自動記入借方

debris [dəˋbri] n 碎片，殘骸 升全多雅托公

They cleaned the glass debris on the floor.
他們清掃地面上的玻璃碎片。

同 ruins n 廢墟
片 falling debris ph 墜落的殘骸

搭配詞記憶法
debris accumulate 累積碎片

decade [ˋdɛked] n 10 年，10 年間 升全多雅托公

During the past decade, great changes have taken place in the city.
過去 10 年間，此城市發生了很大的變化。

同 decennium n 10 年間
片 Golden Decade ph 黃金 10 年

構詞記憶法
字根 deca 表示「10」的意思。

搭配詞記憶法
during the decade 10 年間

decay [dɪˋke] v 腐爛，衰退 升全多雅托公

Because of the acid rain, the buildings are falling into decay slowly.
在酸雨的侵蝕下，建築物正慢慢腐化。

➲ decay - decayed - decayed & decaying
同 spoil v 腐敗
片 tooth decay ph 蛀牙

構詞記憶法
字首 de- 表示「向下，降落」的意思。

decayed [dɪˋked] a 爛的，腐敗的
升全多雅托公

After a heavy rain, there are many decayed fruits in the orchard.
大雨過後，果園裡有許多腐爛的水果。

- 同 rotten a 腐爛的
- 片 decayed tooth 齲齒

構詞記憶法
字根 cay 表示「落下，降臨」的意思。

decelerate [diˋsɛlə͵ret] v 減速
升全多雅托公

The bus decelerated and made a turn.
汽車減速轉彎。

- ➲ decelerate - decelerated - decelerated & decelerating
- 同 slow v 減速
- 反 accelerate v 加速
- 片 decelerate switch ph 減速開關

近似音記憶法
de 音如「低」，以 de 開頭的字，隱含「降低，減少」。

構詞記憶法
字根 cel 表示「前進，行走」的意思。

decent [ˋdisn̩t] a 體面的，可觀的
升全多雅托公

He bought himself a decent suit for the interview.
他為了面試買了一套體面的西裝給自己。

- 同 goodish a 相當好的
- 反 vulgar a 庸俗的
- 片 decent conversation ph 得體的談吐

邏輯記憶法
此單字中含有 cent（n. 分）一詞，可延伸出 scent（n. 香水）。

搭配詞記憶法
do the decent thing 做正經事

deception [dɪˋsɛpʃən] n 欺詐，騙局
升全多雅托公

He's been arrested for deception.
他曾因欺詐罪而被捕入獄。

- 同 deceit n 欺詐
- 片 deception point ph 騙局

構詞記憶法
字根 cept 表示「拿，握住」的意思。

搭配詞記憶法
obtain sth. by deception 因欺詐而取得

deceptive [dɪˋsɛptɪv] a 靠不住的，欺詐的
升全多雅托公

Except yourself, other persons are deceptive.
除了自己以外，別人是靠不住的。

- 同 illusive a 虛假的
- 反 reliable a 可靠的
- 片 deceptive advertisements ph 欺騙性廣告

構詞記憶法
字尾 -ive 為形容詞字尾，表示「具有～性質或特徵的」的意思。

decimal [ˋdɛsɪml̩] a 10 進位的，小數的
升全多雅托公

Decimal currency seems to be widely used all over the world.
10 進幣制似乎在全世界都廣泛應用。

- 同 fractional a 小數的
- 片 decimal separator ph 小數點

構詞記憶法
字根 dec 表示「10」的意思。

decipher [dɪˋsaɪfɚ] v 辨認，破譯
升全多雅托公

It's hard for the teacher to decipher his scratchy writing.
老師很難辨認他潦草的字跡。

- decipher - deciphered - deciphered & deciphering
- 同 figure v 計算

構詞記憶法
字首 de- 表示「使成～」的意思。

decline [dɪˋklaɪn] v n 下降，婉拒
升全多雅托公

There has been a sharp decline in the production costs this year.
今年的生產成本大幅度下降。

- decline - declined - declined & declining
- 同 reduce v 減少
- 反 increase v 增加
- 片 decline and fall ph 衰亡

近似音記憶法
de 音如「低」，以 de 開頭的字，隱含「降低，減少」。

搭配詞記憶法
decline in importance 衰退的重要性

decode [ˋdiˋkod] v 解碼，解碼
升全多雅托公

The man is decoding the message.
男子正在解碼此訊息。

- decode - decoded - decoded & decoding
- 同 decipher v 解譯
- 反 encode v 編碼

邏輯記憶法
此單字中含有 code（n. 密碼）一詞，可延伸出 codex（n. 抄本）。

構詞記憶法
字首 de- 表示「向下，減去」的意思。

decompose [ˌdikəmˋpoz] v 分解，腐爛
升全多雅托公

The plastics hardly decomposed under the earth.
地底下的塑膠很難分解。

- decompose - decomposed - decomposed & decomposing
- 同 decay v 分解
- 片 decompose into ph 分解為

構詞記憶法
字根 de- 表示「向下，減去」的意思。

搭配詞記憶法
partly decomposed 部分分解

decoration [ˌdɛkəˋreʃən] n 裝飾品，裝潢
升全多雅托公

The only decoration on the ceiling is a pendant lamp.
吊燈是天花板上唯一的裝飾品。

- 同 ornamentation n 裝飾
- 片 interior decoration ph 室內裝飾

邏輯記憶法
此單字中含有 ration（n. 定量）一詞，可延伸出 hydration（n. 水合作用）。

decorative [ˋdɛkərətɪv] a 裝飾的，裝潢的
升全多雅托公

She made the wall covered with the decorative photos.
她用裝飾性的照片覆蓋住牆壁。

- 同 ornamental a 裝飾性的
- 片 decorative design ph 裝飾性的設計

構詞記憶法
字尾 -ive 為形容詞字尾，表示「～的」的意思。

搭配詞記憶法
wonderfully decorative 極好的裝潢

decrease [dɪ`kris] v 減少 升全多雅托公

The employment rate decreased due to the economic crisis.
由於經濟危機導致就業率降低。

- decrease - decreased - decreased & decreasing
- 同 reduce v 減少
- 反 raise v 增加
- 片 population decrease ph 人口減少

近似音記憶法
de 音如「低」，以 de 開頭的字，隱含「降低，減少」。

構詞記憶法
字根 creas(e) 表示「增加」的意思。

---

decree [dɪ`kri] n 判決，命令 升全多雅托公

The decree made the man lose everything.
這一判決使這男人失去了一切。

- 同 judgment n 判決

搭配詞記憶法
government decree 政令

---

deduction [dɪ`dʌkʃən] n 推理，演繹 升全多雅托公

This job requires meticulous deduction.
這份工作需要謹慎推理。

- 同 induction n 歸納
- 片 logical deduction ph 邏輯推理

近似音記憶法
de 音如「低」，以 de 開頭的字，隱含「降低，減少」。

構詞記憶法
字根 duc 表示「帶來，引導」的意思。

---

defame [dɪ`fem] v 誹謗，中傷 升全多雅托公

The competitors defamed each other.
競爭對手相互誹謗。

- defame - defamed - defamed & defaming
- 同 slur v 誹謗
- 文 defame 為及物動詞，表示「誹謗～」時，後面直接接受詞。

構詞記憶法
字首 de- 表示「去掉，變壞」的意思。

---

defeat [dɪ`fit] v 擊敗，戰勝 升全多雅托公

In this battle, they were soundly defeated by contraries.
這次戰爭中，他們出乎意料地慘敗。

- defeat - defeated - defeated & defeating
- 同 conquer v 攻克
- 反 lose v 輸，失敗
- 文 defeat 多指在戰爭、比賽或辯論中戰勝對手，後接打敗的對手。

搭配詞記憶法
comprehensively defeated 全面性的挫敗

---

defect [dɪ`fɛkt] n 缺陷，瑕疵 升全多雅托公

The little boy was born with defects in his heart.
小男孩的心臟天生就有缺陷。

- 同 fault n 缺陷
- 反 merit n 優點

構詞記憶法
字根 fect 表示「製作」的意思。

搭配詞記憶法
correct defect 矯正缺陷

defendant [dɪˋfɛndənt] n 被告人 升全多雅托公

The defendant was released because of the inadequate evidence.

由於證據不足，這個被告被無罪釋放了。

同 indictee n 被告

反 prosecutor n 起訴人

構詞記憶法
字根 fen 表示「打擊」的意思。

defense [dɪˋfɛns] n 防衛 升全多雅托公

National defense is the guarantee of the national security.

國防是國家安全的保障。

同 protection n 保護

反 attack n 攻擊

片 defense against ph 防禦

構詞記憶法
字根 fens(e) 表示「打擊」的意思。

deficiency [dɪˋfɪʃənsɪ] n 不足，缺陷 升全多雅托公

The deficiencies in his character became more obvious during the contact with strangers.

他的性格缺陷在與陌生人的交往中變得愈明顯。

同 shortage n 缺乏

片 vitamin deficiency ph 缺乏維生素

構詞記憶法
字尾 -ency 為名詞字尾，表示「性質，狀態」的意思。

搭配詞記憶法
overcome deficiency 克服缺陷

deficit [ˋdɛfɪsɪt] n 虧空，赤字 升全多雅托公

The company is trying to cover the deficit.

公司正在極力彌補虧空。

同 shortfall n 差額

片 trade deficit ph 貿易逆差

搭配詞記憶法
eliminate deficit 消除赤字

define [dɪˋfaɪn] v 給～下定義，規定 升全多雅托公

The teacher asked the students to define the words on the blackboard.

老師要學生們替黑板上的字下定義。

➲ define - defined - defined & defining

同 explain v 解釋，說明

片 define against ph 襯托

構詞記憶法
字根 fin(e) 表示「範圍，界限」的意思。

搭配詞記憶法
accurately defined 精確的定義

definite [ˋdɛfənɪt] a 明確的，肯定的 升全多雅托公

You must give me a definite reply this time.

這次你必須給我明確的答覆。

同 precise a 清晰的

反 indefinite a 模糊的

片 definite quantity ph 定量

構詞記憶法
字根 fin 表示「範圍，界限」的意思。

definition [ˌdɛfəˋnɪʃən] n 定義 升全多雅托公

There is no clear definition of fashion.
時尚沒有個清晰的定義。

同 delimitation n 定界
片 standard definition ph 標準定義

構詞記憶法
字尾 -ion 為名詞字尾，表示「～行為或狀態」的意思。

deform [dɪˋfɔrm] v 變形，使殘廢 升全多雅托公

Senile dementia can deform people's face and limbs.
老年癡呆症會使人的臉部和肢體變形。

➲ deform - deformed - deformed - deforming
同 blemish v 損害
反 embellish v 裝飾
片 surface deform ph 表面變形

邏輯記憶法
此單字含有 form（n. 形式）一詞，可延伸出 reform（v. 改革）。

構詞記憶法
字根 form 表示「形狀」的意思。

defy [dɪˋfaɪ] v 藐視，不服從 升全多雅托公

Any person who defies the laws would be punished.
任何膽敢藐視法律的人都會受到懲罰。

➲ defy - defied - defied & defying
同 disregard v 藐視
片 defy death ph 拼命

搭配詞記憶法
openly defy 公開藐視

degenerate [dɪˋdʒɛnəˌret] v 退化，墮落 升全多雅托公

Your health will degenerate rapidly because of the acute disease.
由於急性病症，你的健康狀況會迅速惡化。

➲ degenerate - degenerated - degenerated & degenerating
同 deteriorate v 惡化
反 evolve v 進化
片 degenerate into ph 退化成～

邏輯記憶法
此單字含有 generate（v. 形成）一詞，可延伸出 regenerate（v. 回收）。

構詞記憶法
字根 gen 表示「出生，產生」的意思。

degradation [ˌdɛgrəˋdeʃən] n 墮落 升全多雅托公

The drugs are the main cause of his degradation.
毒品是造成他墮落的主要原因。

同 regression n 退化
反 evolution n 進化
片 environmental degradation ph 環境退化

構詞記憶法
字首 de- 表示「降低」的意思。

degrade [dɪˋgred] v 分解，使降級 升全多雅托公

The plastics buried underground the earth are hard to degrade.
掩埋在地下的塑膠很難被分解。

➲ degrade - degraded - degraded & degrading
同 demote v 使降級
反 elevate v 提升
片 degrade punishment ph 降級處分

構詞記憶法
字根 grad 表示「步，級」的意思。

delay [dɪ`le] v 推延，推遲 升全多雅托公

To delay would make the matter more serious.
拖延會使得情況愈發嚴重。

➲ delay - delayed - delayed & delaying
同 defer v 推遲
片 without delay ph 立即

構詞記憶法
字根 lay 表示「拖延」的意思。

搭配詞記憶法
unduly delay 過分延遲

delete [dɪ`lit] v 刪除 升全多雅托公

He will automatically delete the bad memories from his head.
他會自動刪除腦中不好的記憶。

➲ delete - deleted - deleted & deleting
同 expurgate v 刪除
片 delete key ph 刪除鍵

構詞記憶法
字首 de- 表示「取消」的意思。

搭配詞記憶法
delete as appropriate 請刪去不適用的項目

deliberate [dɪ`lɪbərɪt] a 蓄意的，慎重的 升全多雅托公

I didn't realize that it was a deliberate lie until now.
直到現在我才意識到，那是蓄意編造的謊言。

同 unhurried a 慎重的
反 hasty a 草率的
文 not until 的意思是「直到～才」。

搭配詞記憶法
deliberate on 審議

delicacy [`dɛləkəsɪ] n 敏銳，精緻 升全多雅托公

You had better speak with delicacy of your position.
你最好婉轉提起你的處境。

同 subtleness n 微妙
反 indelicacy n 粗俗
片 feel a delicacy about ph 對～感到棘手

構詞記憶法
字尾 -acy 為名詞字尾，表示「狀態，性質」的意思。

delicate [`dɛləkət] a 微妙的，易碎的 升全多雅托公

There is a delicate relationship between them.
他們兩個人之間的關係很微妙。

同 fragile a 易碎的
反 crude a 粗糙的
片 delicate balance ph 微妙的平衡

構詞記憶法
字尾 -ate 為形容詞字尾，表示「充滿～的，有～性質的」的意思。

delicious [dɪ`lɪʃəs] a 美味可口的 升全多雅托公

I am wondering how you make such delicious food.
我很好奇你是怎麼做出如此美味的食物的。

同 tasty a 美味的
反 distasteful a 不合口味的
片 delicious cookbook ph 美味的食譜書

構詞記憶法
字尾 -ious 為形容詞字尾，表示「具有～特徵的」的意思。

delight [dɪˋlaɪt] n 開心，高興 升全多雅托公

She never shows her delight and sadness in front of strangers.
她從不在陌生人面前表達她的開心與難過。

同 happy n 開心
反 sadness n 傷心
片 take delight in ph 樂於

搭配詞記憶法
a cry of delight
高興地叫了一聲

delinquent [dɪˋlɪŋkwənt] 升全多雅托公
a 不盡責的，有過失的

He was fired because of the delinquent behaviours at work.
由於工作失職，他被開除了。

同 blameable a 有過失的
片 juvenile delinquent ph 少年犯

構詞記憶法
字根 linqu 表示「說話，言語」的意思。

deliver [dɪˋlɪvɚ] v 發表，交付 升全多雅托公

The reactionaries delivered themselves of an opinion in public.
反動分子公開發表意見。

➲ deliver - delivered - delivered & delivering
同 express v 表達
片 deliver pamphlets ph 發派傳單

構詞記憶法
字根 liver 表示「自由」的意思。

搭配詞記憶法
deliver the goods
履行諾言

demanding [dɪˋmændɪŋ] a 苛刻的，要求高的 升全多雅托公

He won't blame you without reasons; he is not a demanding superior.
他不會無緣無故責備你，因為他不是個苛刻的上司。

同 fastidious a 苛刻的
片 demand for ph 對～的需求

構詞記憶法
字根 mand 表示「命令」的意思。

搭配詞記憶法
technically demanding 嚴格要求

demise [dɪˋmaɪz] n 死亡，轉讓 升全多雅托公

The demise of Napoleon is a mystery in history.
拿破崙的死亡在歷史上是個謎。

同 death n 死亡
反 birth n 出生
片 agonizing demise ph 慘痛傷亡

構詞記憶法
字根 miss 表示「放出，派」的意思。

democracy [dɪˋmɑkrəsɪ] n 民主制度，民主 升全多雅托公

When did the democracy begin to spread in Eastern Europe?
民主制度什麼時候開始傳入東歐？

同 republic n 共和國
反 despotism n 專制
片 liberal democracy ph 自由民主

構詞記憶法
字根 cracy 表示「統治或政體」的意思。

搭配詞記憶法
the road to democracy 通往民主的道路

democratic [ˌdɛməˋkrætɪk] **a 民主的** 升全多雅托公

He devoted his life to defending democratic rights.
他終身致力於捍衛民主權利。

同 republican a 共和國的
反 autocratic a 獨裁的
片 democratic revolution ph 民主革命

構詞記憶法
字根 demo 表示「人民」的意思。

demographic [ˌdiməˋgræfɪk] 升全多雅托公
a 人口統計的，人口統計學的

Demographic research units worry about the population aging.
人口統計機構為人口老年化現象擔憂。

同 larithmic a 人口學的
片 demographic data ph 人口資料

構詞記憶法
字尾 -graphic 為形容詞字尾，表示「某學科或主義的」的意思。

demonstrate [ˋdɛmənˌstret] **v 示威，證明** 升全多雅托公

Large crowd demonstrated against the research and development of nuclear weapons on the street.
很多群眾在街上示威，反對核武器的研發。

➲ demonstrate - demonstrated - demonstrated & demonstrating
同 manifest v 證明
片 demonstrate for ph 為～而示威

構詞記憶法
字根 mon 表示「警告」的意思。

demonstration [ˌdɛmənˋstreʃən] 升全多雅托公
n 證明，論證

It's best to convince them by (a) scientific demonstration.
最好用科學的論證使他們信服。

同 authentication n 證明

邏輯記憶法
此單字中含有 demon（n. 魔鬼）一詞，可延伸出 eudemon（n. 守護神）。

構詞記憶法
字尾 -ation 為名詞字尾，表示「～行為或狀態」的意思。

dense [dɛns] **a 濃密的，密集的** 升全多雅托公

She had to cut her dense black hair because of chemotherapy.
因為化療，她必須剪掉一頭烏黑濃密的頭髮。

同 thick a 濃密的
反 sparse a 稀疏的
片 dense population ph 人口稠密

構詞記憶法
字根 dens 表示「變濃厚」的意思。

density [ˋdɛnsətɪ] n 密度，濃度 升全多雅托公

When the density of carbon dioxide in the air reaches to a certain extent, people will be dying from lack of oxygen.
當空氣中的二氧化碳濃度達到一定程度時，人們就會缺氧而逐漸死亡。

同 thickness n 濃度
片 high density ph 高密度

搭配詞記憶法
average density 平均密度

---

depart [dɪˋpart] v 背離，離開 升全多雅托公

The result departs from our original intention.
這樣的結果背離了我們的初衷。

➲ depart - departed - departed & departing
同 leave v 離開
反 reach v 到達

構詞記憶法
字根 part 表示「部分，分開」的意思。

搭配詞記憶法
depart for 開往～

---

departure [dɪˋpartʃɚ] n 離開，啟程 升全多雅托公

His departure effected great damage in our company.
他的離開給我們公司帶來了很大的損失。

同 leaving n 離開
反 reaching n 到來
片 point of departure ph 出發地

構詞記憶法
字尾 -ure 為名詞字尾，表示「～的行為」的意思。

搭配詞記憶法
the point of departure 出發點

---

dependable [dɪˋpɛndəbḷ] a 可靠的，可信賴的 升全多雅托公

You should find a dependable lawyer to help you.
你應該找個可靠的律師來幫你。

同 responsible a 可靠的
反 unreliable a 不可靠的

構詞記憶法
字根 pend 表示「秤重量，花費」的意思。

---

depict [dɪˋpɪkt] v 描述，描畫 升全多雅托公

She depicted the huge wedding in great detail.
她詳細地描述了那場盛大的婚禮。

➲ depict - depicted - depicted & depicting
同 describe v 描述
文 in great detail 為介係詞片語，在例句中作副詞，意思是「非常詳細地」。

搭配詞記憶法
vividly depict 生動地描述

---

deplete [dɪˋplit] v 耗盡，使枯竭 升全多雅托公

These books deplete the writer's inspiration and energy.
這些書耗盡作者的靈感和精力。

➲ deplete - depleted - depleted & depleting
同 exhaust v 耗盡
片 deplete water ph 廢水

構詞記憶法
字根 ple 表示「滿，填滿」的意思。

搭配詞記憶法
severely deplete 嚴重枯竭

deplorable [dɪ`plorəbl̩] a 可悲的，糟糕的 升全多雅托公

It is deplorable that the people once in love have turned into enemies.

原本相愛的人現在反目成仇，真是可悲。

同 sad a 可悲的

片 extremely deplorable ph 極度糟糕的

構詞記憶法

字尾 -able 為形容詞字尾，表示「可～的，能～的」的意思。

depose [dɪ`poz] v 罷免，免職 升全多雅托公

The Congress has the right to depose the President.

國會有罷免總統的權利。

➲ depose - deposed - deposed & deposing

同 remove v 開除

反 designate v 指派

文 表示「～的權利」時，right 後面應用介係詞 to。

構詞記憶法

字根 pose 表示「職位，放」的意思。

deposit [dɪ`pɑzɪt] n 存款，寄存 升全多雅托公

He spent all his deposit in the account on this car.

這輛車花光他帳戶裡所有存款。

同 fund n 存款

片 bank deposit ph 銀行存款

構詞記憶法

字根 posit 表示「放」的意思。

搭配詞記憶法

forfeit sb.'s deposit 沒收（喪失）存款

depreciate [dɪ`priʃɪ͵et] v 貶值，跌價 升全多雅托公

Rumor has it that stocks in that corporation will depreciate.

有傳言說，那家公司的股價將會下跌。

➲ depreciate - depreciated - depreciated & depreciating

同 lower v 下跌

反 revalue v 升值

片 depreciated money ph 貨幣貶值

構詞記憶法

字根 preci 表示「價值，估價」的意思。

搭配詞記憶法

depreciate in value 貶值

depress [dɪ`prɛs] v 使沮喪，降低 升全多雅托公

Though I don't want to depress him, I have to tell him the bad news.

雖然我不想使他沮喪，但是我必須告訴他這個壞消息。

➲ depress - depressed- depressed & depressing

同 discourage v 使氣餒

反 inspire v 鼓舞

片 economic depression ph 經濟蕭條

構詞記憶法

字根 press 表示「擠壓」的意思。

depression [dɪˋprɛʃən] **n** **蕭條，萎靡不振**

Under the government's regulation, this country got through the great depression.

在政府的調節之下，國家渡過這次大蕭條時期。

同 recession n 不景氣

反 booming n 繁榮

片 industrial depression ph 產業不景氣

構詞記憶法

字尾 -ion 為名詞字尾，表示「～的行為或狀態」的意思。

搭配詞記憶法

the onset of depression 憂鬱症發病

---

deprive [dɪˋpraɪv] **v** **剝奪**

Parents have no right to deprive children of their education.

父母無權剝奪孩子受教育的權利。

➲ deprive- deprived - deprived & depriving

同 dispossess v 剝奪

反 endow v 賦予

構詞記憶法

字根 priv 表示「單個」的意思。

---

derisive [dɪˋraɪsɪv] **a** **嘲笑的，嘲弄的**

He showed a derisive expression on his face.

他臉上露出嘲笑的表情。

同 sneering a 嘲笑的

片 derisive laughter ph 嘲弄的笑聲

構詞記憶法

字根 ris 表示「笑」的意思。

---

derive [dɪˋraɪv] **v** **來自，源於**

This conclusion was derived from repeated experiments.

這結論是從反覆試驗中得出的。

➲ derive - derived - derived & deriving

同 acquire v 獲得

文 repeated experiments 為名詞片語，意思是「反覆試驗」。

搭配詞記憶法

originally derived from 源自

---

descend [dɪˋsɛnd] **v** **降臨，下降**

Night descended, and the lively village was plunged into stillness.

夜晚降臨，喧鬧的小城陷入寂靜。

➲ descend- descended - descended & descending

同 fall v 降落

反 rise v 升起

片 descend on ph 襲擊，突然拜訪

構詞記憶法

字根 scend 表示「爬，攀」的意思。

搭配詞記憶法

gradually descend 逐漸下降

---

descendant [dɪˋsɛndənt] **n** **後代，後裔**

They claim that they are the descendants of Jesus.

他們宣稱自己是耶穌的後代。

同 offspring n 後代

反 forefather n 祖先

片 direct descendant ph 嫡系後裔

構詞記憶法

字尾 -ant 為名詞字尾，表示「～的人或事物」的意思。

descent [dɪˋsɛnt] n 血統，下降 升全多雅托公

To keep the pure descent, royals were not allowed to marry with civilians.

為了保持血統純正，皇室不允許和平民結婚。

同 blood n 血統

片 royal descent ph 皇族

構詞記憶法
字根 scent 表示「爬，攀」的意思。

description [dɪˋskrɪpʃən] n 描述 升全多雅托公

The witness is giving the police a detailed description of the accident.

目擊者正向警方詳細報告事故情況。

同 presentation n 介紹

片 oral presentation ph 口頭報告

構詞記憶法
字根 script 表示「寫」的意思。

搭配詞記憶法
detailed description
詳細描述

desert [ˋdɛzɚt] n 沙漠，荒地 升全多雅托公

After several years of overgrazing, the fertile grasslands degenerated into deserts.

幾年的過度放牧之後，肥沃的草地退化成了沙漠。

同 wold n 荒原

片 desert climate ph 沙漠氣候

搭配詞記憶法
turn into desert
變成荒野

deserve [dɪˋzɝv] v 值得，應得 升全多雅托公

She deserves a better man than her ex-husband.

她值得一位比她前夫更好的男人。

➲ deserve - deserved - deserved & deserving

同 merit v 值得

片 richly deserve ph 完全值得

構詞記憶法
字根 serv 表示「服務」的意思。

搭配詞記憶法
deserve better
應得到更好的

design [dɪˋzaɪn] v 設計 升全多雅托公

The designer was asked to design a suit of wedding dress in one week.

設計師被要求在一週內設計出一套婚紗。

➲ design - designed - designed & designing

同 engineer v 設計

片 fashion design ph 時尚設計

搭配詞記憶法
specifically designed
特別設計的

designate [ˋdɛzɪg͵net] v 指出，指派 升全多雅托公

Can you designate the difference between the two pictures?

你能指出這兩幅畫不同的地方嗎？

➲ designate - designated - designated & designating

同 specify n 指定

構詞記憶法
字根 sign 表示「信號，標誌」的意思。

desirable [dɪ`zaɪrəbl] ㊐㊎㊌㊒㊏㊑
a 令人滿意的，值得擁有的

You should find a desirable solution as soon as possible.
你應該儘快找出令人滿意的解決方法。

- 同 pleasing a 滿意的
- 反 undesirable a 不良的
- 片 be most desirable ph 最好不過

構詞記憶法
字尾 -able 為形容詞字尾，表示「可以～的，能～的」的意思。

搭配詞記憶法
intensely desirable 極度滿意

---

desire [dɪ`zaɪr] v 渴望，想得到

I desire to own my own company. 我渴望擁有自己的公司。

- ➲ desire - desired - desired & desiring
- 同 crave v 渴望
- 反 dislike v 厭惡
- 片 sincere desire ph 誠心誠意

搭配詞記憶法
sincerely desire 由衷渴望

---

desperate [`dɛspərɪt] a 絕望的，鋌而走險的

He struggled in the desperate situation.
他在絕望的處境中痛苦掙扎。

- 同 reckless a 不顧危險的
- 反 hopeful a 抱有希望的

構詞記憶法
字根 sper 表示「希望」的意思。

搭配詞記憶法
utterly desperate 徹底絕望

---

despite [dɪ`spaɪt] prep 不管，儘管

Despite what others say, I insist on doing what I want to do.
不管別人怎麼說，我還是會堅持做自己想做的事情。

- 同 although prep 儘管
- 片 despite of ph 不管

構詞記憶法
字根 spic 表示「看」的意思。

---

destination [ˌdɛstə`neʃən] n 目的地，目的

Don't give up; the destination is just around the corner.
別放棄，目的地就在眼前。

- 同 goal n 目的
- 文 just around the corner 為常見用法，意思是「就在眼前」。

構詞記憶法
字根 st(a) 表示「站，立」的意思。

搭配詞記憶法
ultimate destination 最終目的地

---

destroy [dɪ`strɔɪ] v 摧毀，破壞

The buildings were completely destroyed in the violent eruption. 在這次火山爆發中，建築物被完全摧毀了。

- ➲ destroy - destroyed - destroyed & destroying
- 同 demolish v 拆毀
- 反 create v 創造
- 片 destroy deliberately ph 蓄意破壞

搭配詞記憶法
an attempt to destroy sth. 企圖破壞

destruction [dɪˋstrʌkʃən] n 毀滅，破壞
升全多雅托公

The wrong decision speeded up their destruction.
這個錯誤的決定加速他們的滅亡。

同 eradication n 摧毀
文 speed up 為常見用法，意思是「加速～」，後面直接接名詞或名詞片語。

構詞記憶法
字尾 -ion 為名詞字尾，表示「～行為或狀態」的意思。

搭配詞記憶法
leave a trail of destruction 留下破壞的痕跡

destructive [dɪˋstrʌktɪv]
升全多雅托公

a 毀滅性的，破壞性的

Little details would bring destructive disasters.
小細節可能會帶來毀滅性的災難。

同 fatal a 致命的
片 destructive power ph 破壞力

構詞記憶法
字尾 -ive 為形容詞字尾，表示「有～傾向的」的意思。

搭配詞記憶法
environmentally destructive 環境破壞

desultory [ˋdɛsl̩,torɪ] a 散亂的，沒有條理的
升全多雅托公

The abrupt ring broke into our desultory chat.
突然的鈴聲打斷了我們的閒聊。

同 random a 胡亂的
反 methodical a 有條不紊的
文 break into 為介係詞片語，意思是「打斷，突然闖入」。

構詞記憶法
字尾 -ory 為形容詞字尾，表示「有～性質的」的意思。

detach [dɪˋtætʃ] v 派遣，分離
升全多雅托公

He was detached to solve the dispute.
他被派去解決這次的糾紛。

➲ detach - detached - detached & detaching
同 separate v 隔開
反 attach v 附上
片 detach from ph 從～分離

構詞記憶法
字根 tac 表示「接觸」的意思。

detail [ˋditel] n 細節，細部
升全多雅托公

Please make contact with me; I will go into the detail with you.
請和我聯繫，我將告訴你詳情。

同 specific n 細節
片 in detail ph 詳細地

搭配詞記憶法
attention to detail 注重細節

detailed [ˋdiˋteld] a 詳細的
升全多雅托公

Please attach the detailed cost on the report.
請在報告上附上詳細的成本估算。

同 particular a 詳細的
片 detailed list ph 清單

搭配詞記憶法
exquisitely detailed 特別詳細

detect [dɪ`tɛkt] v 偵查，查明 升全多雅托公

They tried to detect the terrain and find the exit.
他們努力偵查地形以找到出口。

➲ detect - detected - detected & detecting
同 explore v 探測
片 detect in ph 察覺出

搭配詞記憶法
a means of detecting sth. 偵查某事的方法

deter [dɪ`tɝ] v 阻止，制止 升全多雅托公

She was deterred from going out at midnight.
她被阻止在午夜外出。

➲ deter - deterred - deterred & deterring
同 prohibit v 阻止
片 deter from ph 阻止

構詞記憶法
字根 ter(r) 表示「可怕，恐懼」的意思。

搭配詞記憶法
do litter to deter 無法阻止

detergent [dɪ`tɝdʒənt] n 洗滌劑 升全多雅托公

The company is going to develop a new detergent.
公司計劃研發一款新的洗滌劑。

同 abstergent n 洗潔劑
片 liquid detergent ph 洗衣精

構詞記憶法
字尾 -ent 為名詞字尾，表示「形成～」的意思。

deteriorate [dɪ`tɪrɪə͵ret] v 使惡化，惡化 升全多雅托公

If we don't take steps, the situation would deteriorate even further.
如果我們不採取措施，情況會惡化。

➲ deteriorate - deteriorated - deteriorated & deteriorating
同 exasperate v 惡化
反 ameliorate v 改善
片 deteriorate effect ph 退化效應

邏輯記憶法
此單字中含有 deter（v. 阻止）一詞，可延伸出 deterrent（制止物）。

構詞記憶法
字根 ter(r) 表示「可怕，恐懼」的意思。

determination [dɪ͵tɝmə`neʃən] n 決心，決定 升全多雅托公

The student spoke of his determination to catch up with his classmates.
學生説出他要追趕上同學的決心。

同 decision n 決心

搭配詞記憶法
determination to succeed 成功的決心

determine [dɪ`tɝmɪn] v 下定決心，決定 升全多雅托公

Aafter talking with his mother, the boy has determined to repent.
和媽媽談過之後，男孩下定決心痛改前非。

➲ determine - determined - determined & determining
同 purpose v 打算
片 be determined by ph 視～而定

構詞記憶法
字根 termin 表示「界限，末端」的意思。

搭配詞記憶法
precisely determine 清楚地決定

deterministic [dɪˌtɝmɪn`ɪstɪk] a 確定性的 升全多雅托公

The result of the draw is not deterministic.
抽籤的結果不確定。

同 conclusive a 確定性的
片 deterministic schedule ph 確定的計畫

構詞記憶法
字尾 -tic 為形容詞字尾，表示「關於～的」的意思。

detrimental [dɛtrə`mɛntl̩] a 有害的，不利的 升全多雅托公

Many people are still smoking although they know smoking is detrimental to health.
即使知道抽菸有害健康，但還是有許多人抽菸。

同 deleterious a 有害的
反 innocent a 無害的

構詞記憶法
字根 ter(r) 表示「恐懼」的意思。

搭配詞記憶法
positively detrimental 確實有害

deviation [ˌdivɪ`eʃən] n 誤差，背離 升全多雅托公

Any deviation from our original plan is not allowed.
不允許任何對原計畫的誤差。

同 differences n 偏差
文 from 在例句中作介係詞，和 deviation 是從屬關係。

搭配詞記憶法
absolute deviation 絕對的誤差

構詞記憶法
字根 via 表示「道路」的意思。

devour [dɪ`vaʊr] v 吞沒，毀滅 升全多雅托公

The flames devoured the building in a short time.
大火很快就吞沒整座大樓。

➲ devour - devoured - devoured & devouring
同 devastate v 毀滅
片 devour the way ph 兼程急進

構詞記憶法
字根 vo(u)r 表示「吃」的意思。

搭配詞記憶法
quickly devour 快速吞沒

devise [dɪ`vaɪz] v 策劃，設計 升全多雅托公

The reactionary government devised a diabolical conspiracy.
反動政府策劃一場居心叵測的大陰謀。

➲ devise - devised - devised & devising
同 create v 創作
片 system design ph 系統設計

構詞記憶法
字根 vis(e) 表示「看」的意思。

devote [dɪ`vot] v 把～奉獻 升全多雅托公

Many soldiers devoted their young lives to the disaster relief.
許多士兵在這次搶救災難中獻出他們年輕的生命。

➲ devote - devoted - devoted & devoting
同 contribute v 貢獻
片 devote one's attention ph 專注

構詞記憶法
字根 vot 表示「忠於，發誓」的意思。

dew [dju] n 露水，水珠 升全多雅托公

The dew on his hair showed that he had been outside.
他頭髮上的露水證明他出去過。

同 drop n 露水

文 show 在例句中作動詞，意思是「證明，表露」。後接名詞或 that 引導的子句。

搭配詞記憶法
morning dew 晨露

dialect [ˋdaɪəlɛkt] n 方言，土語 升全多雅托公

Many people felt disgraced to speak dialect.
許多人感覺說方言很丟臉。

同 tongue n 方言

片 local dialect ph 地區方言

構詞記憶法
字根 lect 表示「講說」的意思。

diameter [daɪˋæmətɚ] n 直徑 升全多雅托公

They are using a ruler to measure the diameter of the tree trunk. 他們正在用尺測量樹幹的直徑。

同 width n 寬度

反 radius n 半徑

片 inner diameter ph 內徑

構詞記憶法
字根 meter 表示「計量，測量」的意思。

dichotomy [daɪˋkɑtəmɪ] n 二分法，一分為二 升全多雅托公

We should use the dichotomy and look at things dialectically.
我們應該用二分法辯證此問題。

同 duality n 兩重性

文 and 連接兩個並列的動詞時，這兩個動詞的時態要保持一致。

搭配詞記憶法
dichotomy system 二分系統

構詞記憶法
字首 di- 表示「兩個，雙」的意思。

die [daɪ] v 死 升全多雅托公

Everyone of us, rich or poor, would die some day.
我們每個人，不論貧富總有一天都會死。

➲ die - died - died & dying

同 perish v 死亡

反 born v 出生

片 die from ph 死於～

同音詞記憶法
與此單字同音的單字是 dye（v. 染色）。

搭配詞記憶法
die of a sudden 驟逝

diet [ˋdaɪət] n 日常飲食 升全多雅托公

The doctor urged the diabetics on a low-sugar diet again and again. 醫生再三叮囑糖尿病病患飲食要少糖。

同 eating n 吃，飲食

文 urge again and again 的意思是「叮嚀，再三囑咐」。

搭配詞記憶法
balanced diet 均衡飲食

dietary [ˋdaɪə͵tɛrɪ] a 飲食的

You must give up your irregular dietary habit.
你必須改變你不規律的飲食習慣。

同 dietetic a 飲食的
文 give up 為常用片語，意思是「放棄，投降」。後接名詞或動名詞

搭配詞記憶法
dietary deficiency
飲食缺乏

構詞記憶法
字尾 -ary 為形容詞字尾，表示「有～關係的」的意思。

---

difficult [ˋdɪfə͵kəlt] a 困難的，難解的

It would be difficult for me to find a better solution.
對我來說，很難再找到更好的解決方法了。

同 complicated a 麻煩的
反 easy a 簡單的
片 difficult position ph 困境

構詞記憶法
字首 dif- 表示「否定，分開」的意思。

---

difficulty [ˋdɪfə͵kʌltɪ] n 困難

They had overcome great difficulties on the way to the destination.
他們克服一切艱難險阻到達目的地。

同 trouble n 困難
片 breathing difficulty ph 呼吸困難

構詞記憶法
字根 fic 表示「製作」的意思。

搭配詞記憶法
run into difficulty
陷入困難

---

diffuse [dɪˋfjuz] v 瀰漫，傳播 

The cakes in the bakery diffused the scent to the whole street.
麵包店裡的麵包香氣瀰漫了整條街。

➲ diffuse - diffused - diffused & diffusing
同 disperse v 散開
反 gather v 聚集
片 diffuse heat ph 發熱

構詞記憶法
字根 fus(e) 表示「流，瀉」的意思。

---

digestive [dəˋdʒɛstɪv] a 助消化的，消化的

He could only eat some digestive biscuits because of the stomach trouble.
因為胃病他只能吃一些消化餅乾。

同 absorbent a 能吸收的
片 digestive system ph 消化系統

構詞記憶法
字根 gest 表示「帶來，產生」的意思。

---

diligent [ˋdɪlədʒənt] a 勤奮的，用功的

She attributed her success to the diligent study.
她將自己的成功歸因於勤奮的學習。

同 industrious a 勤奮的
反 lazy a 懶惰的
片 diligent in ph 勤勉於～

構詞記憶法
字根 lig 表示「理解，察覺」的意思。

dilute [daɪ`lut] a 稀釋的 升全多雅托公

The wine they provide is just the dilute alcohol.
他們提供的酒只是稀釋的酒精。

同 watery a 淡的
反 thick a 濃的
片 dilute acid ph 稀酸

搭配詞記憶法
substantially dilute 大大稀釋

dimension [dɪ`mɛnʃən] n 面積，尺寸 升全多雅托公

The mirror seems to be able to amplify the dimension of the room.
鏡子似乎能擴大房間的面積。

同 measurement n 測量

構詞記憶法
字根 mens 表示「計量，測量」的意思。

搭配詞記憶法
approximate dimension 大概尺寸

diminish [də`mɪnɪʃ] v 減小，縮小 升全多雅托公

The application of new technique diminishes the costs greatly.
新技術的使用大大降低生產成本。

➲ diminish - diminished - diminished & diminishing
同 reduce v 減少
反 increase v 增加
片 diminish by ph 由於～而減少

構詞記憶法
字根 mini 表示「小」的意思。

dioxide [daɪ`ɑksaɪd] n 二氧化物 升全多雅托公

The factories that emit carbon dioxide are not allowed to be built in the city center.
會排放二氧化碳的工廠不許建在市中心。

片 sulfur dioxide ph 二氧化硫

構詞記憶法
字首 di- 表示「兩個，雙」的意思。

diplomatic [ˌdɪplə`mætɪk] 升全多雅托公
a 外交上的，有手腕的

The same interest leads to their close diplomatic relation.
共同利益使他們建立親密的外交關係。

同 foreign a 外交的
文 establish 為及物動詞，意思是「建立，創建」。可指國家，學校或制度等的建立。

搭配詞記憶法
diplomatic mission 外交使館

構詞記憶法
字尾 -tic 為形容詞字尾，表示「與～有關的」的意思。

direct [də`rɛkt] a 直接的，坦率的 升全多雅托公

You shouldn't have told him the bad news in such a direct way.
你本不該用如此直接的方式告訴他這壞消息。

同 immediate a 直接的
反 indirect a 間接的
片 direct relationship ph 直系親屬關係

構詞記憶法
字根 rect 表示「正，直」的意思。

搭配詞記憶法
rather direct 相當直接

disadvantage [ˌdɪsəd`væntɪdʒ] n 缺點，短處 升全多雅托公

Be a little easier on him; after all, everyone has disadvantages.
不要對他那麼苛刻，畢竟每個人都有缺點。

同 handicap a 缺陷
片 disadvantage factor ph 不利因素

構詞記憶法
字首 dis- 表示「否定，去掉」的意思。

搭配詞記憶法
advantages and disadvantages
優缺點

discard [dɪs`kɑrd] v 丟棄，解雇 升全多雅托公

She discarded the present from him on the spot.
她當場丟掉他的禮物。

➲ discard - discarded - discarded & discarding
同 desert v 丟棄
文 on the spot 為常用片語，意思是「當場」。

構詞記憶法
字根 card 表示「心臟，一致」的意思。

搭配詞記憶法
completely discard 完全丟棄

discern [dɪ`zɝn] v 辨別，分清 升全多雅托公

I can discern from his expression that he is lying.
從他的表情中我可以看出他在說謊。

➲ discern - discerned - discerned & discerning
同 detect v 洞察
片 discern between ph 區別，分辨

構詞記憶法
字根 cer 表示「清楚，區別」的意思。

discernible [dɪ`sɝnəbl] a 可識別的，可辨別的 升全多雅托公

In dense fog, the shape of ship was obliquely discernible.
大霧中，依稀能看到船的輪廓。

同 apparent a 顯然的
反 unrecognizable a 不可識別的
片 discernible law ph 可辨別的規律

構詞記憶法
字尾 -ible 為形容詞字尾，表示「有～的，能～的」的意思。

discharge [dɪs`tʃɑrdʒ] v 釋放，卸載 升全多雅托公

He was discharged from prison because of the insufficient evidence.
因為證據不足，他從監獄裡釋放了。

➲ discharge - discharged - discharged & discharging
同 unload v 卸貨
反 load v 裝載
片 pollutant discharge ph 污染物排放

構詞記憶法
字根 charge 表示「裝載，負擔」的意思。

搭配詞記憶法
discharge from
從～釋放

discipline [`dɪsəplɪn] v n 使有紀律，處罰 升全多雅托公

You should rigorously follow the disciplines in the army.
在軍隊裡你要嚴格遵守紀律。

➲ discipline - disciplined - disciplined & disciplining
同 condition v 制約
片 strengthened discipline ph 強化的紀律

邏輯記憶法
此單字中含有 line（n. 線）一詞，可延伸出 A-line（a. A 字形的）。

disclose [dɪs`kloz] v 揭露，公開
升全多雅托公

This report disclosed the dirty details of the transaction between them.
這篇報導揭露他們之間骯髒的交易細節。

- ➲ disclose - disclosed - disclosed & disclosing
- 同 reveal v 揭露
- 反 hide v 隱瞞
- 片 disclose about ph 揭露～

構詞記憶法
字根 clos 表示「關閉」的意思。

搭配詞記憶法
be obliged to disclose 被迫公開

discount [`dɪskaʊnt] n 折扣
升全多雅托公

You can get a discount in our shop during the festive period.
節慶期間您可以享有我們店理的優惠折扣。

- 同 bargain n 特價商品
- 反 premium n 附加費
- 片 at a discount ph 打折扣

構詞記憶法
字根 count 表示「計算」的意思。

搭配詞記憶法
a rate of discount 折扣率

discourage [dɪs`kɝɪdʒ] v 使氣餒，阻止
升全多雅托公

The barrage of attacks discouraged him.
接二連三的打擊使他失望。

- ➲ discourage - discouraged - discouraged & discouraging
- 同 deject v 使灰心
- 反 encourage v 鼓舞
- 片 discourage from ph 阻止～

構詞記憶法
字首 dis- 表示「否定，分離」的意思。

搭配詞記憶法
be easily discouraged 容易氣餒

discover [dɪs`kʌvɚ] v 發現，撞見
升全多雅托公

After long observation, he discovered the regularity of animal migration.
經過長時間的觀察，他發現動物遷徙的規律。

- ➲ discover - discovered - discovered & discovering
- 同 detect v 發現
- 反 miss v 錯失
- 文 discover 為及物動詞，後面常接名詞或 that 引導的子句。

構詞記憶法
字根 cover 表示「覆蓋，蓋住」的意思。

搭配詞記憶法
only to discover sth. 意外發現某事

discrepancy [dɪ`skrɛpənsɪ] n 不符合，矛盾
升全多雅托公

There are many discrepancies in the records of the two teams.
這兩隊的記錄有多處不符。

- 同 conflict n 矛盾，衝突
- 片 price discrepancy ph 價格差異

構詞記憶法
字根 crep(=cred) 表示「相信，信任」的意思。

discrimination [dɪˌskrɪmə`neʃən] n 歧視，區別
升全多雅托公

There is still sexual discrimination in the modern society.
在現代社會，性別歧視依然存在。

- 同 differentiation n 區別

搭配詞記憶法
employment discrimination 職業歧視

discuss [dɪˋskʌs] v 討論，商量
升全多雅托公

I have an important matter to discuss with you tonight.
今晚我有個重要事情要和你商量。

- ➲ discuss - discussed - discussed & discussing
- 同 consult v 商議
- 片 discuss in groups ph 分組討論

構詞記憶法
字根 cuss 表示「討論，敲打」的意思。

搭配詞記憶法
discuss openly
公開討論

discussion [dɪˋskʌʃən] n 討論，爭議
升全多雅托公

Plans to rebuild the building are under discussion.
大樓的重建計畫正在討論。

- 同 disputation n 爭論
- 片 avoid discussion ph 避免爭議

構詞記憶法
字尾 -ion 為名詞字尾，表示「動作或狀態」的意思。

搭配詞記憶法
a forum for discussion 論壇

dishonorable [dɪsˋɑnərəbl̩] a 不光彩的
升全多雅托公

It is dishonorable to cheat in the exam.
考試作弊是不光彩的。

- 同 shameful a 丟臉的
- 反 honorable a 光榮的
- 片 dishonorable discharge ph 開除軍籍

構詞記憶法
字首 dis- 表示「否定，不」的意思。

dishpan [ˋdɪʃˏpæn] n 洗碟盆
升全多雅托公

The child is playing with a dishpan filled with soapy water.
小孩正在玩滿是肥皂水的洗菜盆。

- 同 basin n 盆
- 片 dishpan experiment ph 轉盤實驗

邏輯記憶法
此單字中含有 dish（n. 餐盤）一詞，可延伸出 radish（n. 小蘿蔔）。

disimprison [ˏdɪsɪmˋprɪzn̩] v 釋放，使出獄
升全多雅托公

The man was disimprisoned a year ahead under his lawyer's help.
在律師的幫助之下，他提前一年被釋放。

- ➲ disimprison - disimprisoned - disimprisoned & disimprisoning
- 同 liberate v 釋放
- 反 imprison v 關押
- 文 a year ahead 在例句中的意思是「提前一年」，作副詞。

邏輯記憶法
此單字中含有 prison（n. 監獄）一詞，可延伸出 prisoner（n. 犯人）。

構詞記憶法
字首 dis- 表示「除去，取消」的意思。

disinfectant [ˏdɪsɪnˋfɛktənt] n 消毒劑，殺菌劑
升全多雅托公

Please wash your hands with water containing disinfectant after you come out from the ward.
從病房出來請用含有消毒劑的水洗手。

- 同 antiseptic a 消毒劑
- 片 natural disinfectant ph 天然消毒劑

構詞記憶法
字尾 -ant 為名詞字尾，表示「～藥劑」的意思。

dislodge [dɪs`lɑdʒ] v 驅逐，移走 升全多雅托公
It's hard for him to dislodge the horrible scene from his brain.
他很難把那恐怖的場景從腦中移除。
➲ dislodge - dislodged - dislodged & dislodging
同 displace v 取代
反 lodge v 存放
片 anchor dislodge ph 固定

構詞記憶法
字首 dis- 表示「去除」的意思。

dismay [dɪs`me] n v （使）驚慌，（使）氣餒 升全多雅托公
We were dismayed when we saw the man lift the huge stone.
看到男子舉起巨石時，我們很驚慌。
➲ dismay - dismayed - dismayed & dismaying
同 bother v 煩擾

構詞記憶法
字首 dis- 表示「否定，去除」的意思。

dispersal [dɪ`spɝsl̩] n 消散，驅散 升全多雅托公
With the dispersal of fogs, his face becomes more distinguishable.
隨著霧氣的消散，他的臉愈清晰。
同 spread n 傳播
片 dispersal of the crowds ph 驅散人群

構詞記憶法
字首 dis- 表示「離散，分開」的意思。

disperse [dɪ`spɝs] v 驅散，散佈 升全多雅托公
Police shouldn't have dispersed the crowd rudely.
員警不該用粗暴的手段驅散人群。
➲ disperse - dispersed - dispersed & dispersing
同 scatter v 分散
反 collect v 聚集

構詞記憶法
字根 spers 表示「散開」的意思。

搭配詞記憶法
rapidly disperse 迅速驅散

display [dɪ`sple] n 展覽，陳列 升全多雅托公
He kindly invited her to the art display.
他很親切地邀請她去看藝術展。
同 show n 展覽
片 on display ph 展出

邏輯記憶法
此單字中含有 play（v. 玩）一詞，可延伸出 splay（v. 張開）。

搭配詞記憶法
eye-catching display 引人注目的陳列

disposal [dɪ`spozl̩] n 處理，清理 升全多雅托公
The rubbish was sent to the waste disposal sites.
垃圾被送到廢物處理場。
同 arrangement n 安排
片 at one's disposal ph 有某人隨意使用

構詞記憶法
字根 pos(e) 表示「放置」的意思。

搭配詞記憶法
at one's disposal 聽後吩咐，任某人處置

disprove [dɪsˋpruv] v 反駁

升 全 多 雅 托 公

Though we know he is lying, we have no evidence to disprove his words.
儘管我們知道他說謊，但我們沒有證據反駁他說的話。

- ➲ disprove - disproved - disproved & disproving
- 同 dispute v 反駁
- 反 prove v 證明
- 片 impossible to disprove... ph 無法否認～

構詞記憶法
字根 prov(e) 表示「測試，證明」的意思。

dispute [dɪˋspjut] n 爭論，糾紛

升 全 多 雅 托 公

Calm down; dispute can't solve the problem.
冷靜，爭論並不能解決問題。

- 同 argument n 爭論

構詞記憶法
字根 put(e) 表示「認為，思考」的意思。

搭配詞記憶法
acrimonious dispute 激烈爭論

disqualify [dɪsˋkwɑlə͵faɪ] v 使無資格，取消～的資格

升 全 多 雅 托 公

Cheating will disqualify you for this game.
作弊會使你失去這次比賽的資格。

- ➲ disqualify - disqualified - disqualified & disqualifying
- 反 qualify v 使～具有資格
- 片 disqualify from ph 使不合格

構詞記憶法
字首 dis- 表示「否定，去除」的意思。

disseminate [dɪˋsɛmə͵net] v 散佈，傳播

升 全 多 雅 托 公

It is illegal to disseminate other's privacy in any form.
以任何形式散佈他人隱私的行為都是違法的。

- ➲ disseminate - disseminated - disseminated & disseminating
- 同 distribute v 散佈
- 片 civilization dissemination ph 文明傳播

構詞記憶法
字首 dis- 表示「否定，去除」的意思。

dissolve [dɪˋzɑlv] v 溶解，融化

Spring is coming, and ice on the river has already dissolved away.
春天到了，河上的冰都慢慢融化了。

- ➲ dissolve - dissolved - dissolved & dissolving
- 同 melt v 融化
- 反 freeze v 結冰
- 片 dissolve in ph 融入

構詞記憶法
字根 solv 表示「溶解，解決」的意思。

搭配詞記憶法
gradually dissolve 逐漸溶解

dissonant [ˋdɪsənənt] a 刺耳的，不和諧的 升全多雅托公

Their chat was interrupted by the dissonant siren outside.
他們的談話被外面刺耳的鳴笛聲打斷了。

同 grinding a 刺耳的
反 concordant a 和諧的
文 interrupt 為動詞，意思是「打斷」，常見用法有 interrupt in （打斷～）。例句中用的是它的被動形式。

構詞記憶法
字根 son 表示「聲音」的意思。

distinct [dɪˋstɪŋkt] a 明顯的，有區別的 升全多雅托公

It is surprising that the couple are quite distinct in any respect.
令人奇怪的是這對夫妻在各個方面都截然不同。

同 evident a 明顯的
反 obscure a 模糊的
片 distinct from ph 與～不同

構詞記憶法
字根 stinct 表示「刺，刺激」的意思。

搭配詞記憶法
as distinct from 截然不同

distinction [dɪˋstɪŋkʃən] n 區別，榮譽 升全多雅托公

I don't think there is any distinction between the two pictures.
我認為這兩幅畫沒有任何區別。

同 discrimination n 區別
片 class distinction 階級界限

構詞記憶法
字根 stinct 表示「刺，刺激」的意思。

搭配詞記憶法
without distinction 無區別

distinctive [dɪˋstɪŋktɪv] a 有特色的，有區別的 升全多雅托公

I like collecting the clothes with distinctive styles.
我喜歡收集有特色的衣服。

同 peculiar a 特殊的
片 distinctive feature ph 辨別屬性

構詞記憶法
字尾 -ive 為形容詞字尾，表示「具有～特徵的」的意思。

distinguish [dɪˋstɪŋgwɪʃ] v 分辨 ，使傑出 升全多雅托公

It is hard to distinguish David from his twin brother.
很難分辨出大衛和他的雙胞胎弟弟。

➲ distinguish - distinguished - distinguished & distinguishing
同 differentiate v 區別
片 distinguish oneself ph 使揚名

構詞記憶法
字尾 -ish 為動詞字尾，表示「使有～性質」的意思。

搭配詞記憶法
be unable to distinguish 無法分辨

distinguishing [dɪˋstɪŋgwɪʃɪŋ] a 有區別的 升全多雅托公

You will find there are distinguishing characteristics between the two.
你會發現這兩者之間有可區分的特點。

反 nondistinctive a 無區別的
片 distinguishing state ph 區別狀態

構詞記憶法
字根 sting 表示「刺，刺激」的意思。

distort [dɪs`tɔrt] v 扭曲，變形 升全多雅托公

The extreme anger caused his face to distort.
極度的憤怒使他的臉變形了。
➲ distort - distorted - distorted - distorting
同 twist v 曲折

構詞記憶法
字根 tort 表示「扭曲」的意思。
搭配詞記憶法
seriously distort 嚴重扭曲

distress [dɪ`strɛs] n 困境，悲痛 升全多雅托公

How do you sink into such distress?
你是如何陷入這樣的困境？
同 trouble n 麻煩
反 comfort n 舒適
片 financial distress ph 財務困境

構詞記憶法
字根 stress 表示「拉緊」的意思。
搭配詞記憶法
a damsel in distress 落難女子

distribute [dɪ`strɪbjut] v 分配，把～分類 升全多雅托公

Please distribute the sweets among the children.
請把這些糖果分給孩子。
➲ distribute - distributed - distributed & distributing
同 mete v 分配
反 withdraw v 撤走
片 distribute among ph 在～中分發

構詞記憶法
字根 tribut 表示「給予」的意思。
搭配詞記憶法
unequally distribute 分配不均

distribution [ˌdɪstrə`bjuʃən] n 分散，分配 升全多雅托公

There is no absolutely fair distribution of wealth in the world.
世上沒有絕對平均的財富分配。
同 allocation n 分配
片 spatial distribution ph 空間分佈

構詞記憶法
字根 tribut 表示「給予」的意思。
搭配詞記憶法
distribution channel 銷售通路

disturb [dɪs`tɝb] v 干擾，打擾 升全多雅托公

He was working and not disturbed by the noise outside.
他在工作，沒有被外面的聲音干擾。
➲ disturb - disturbed - disturbed & disturbing
同 confuse v 使混亂
反 adjust v 適應
片 disturb the peace ph 擾亂治安

構詞記憶法
字根 turb 表示「攪動，混亂」的意思。

disturbance [dɪs`tɝbəns] n 煩悶，騷亂 升全多雅托公

Sometimes, emotional disturbance is related to bad weather.
有時候情緒失常與壞天氣有關。
同 disorder n 混亂
片 external disturbance ph 外部干擾

構詞記憶法
字尾 -ance 為名詞字尾，表示「～的動作或狀態」的意思。

disuse [dɪs`jus] n 不用，廢棄 升全多雅托公

The house has fallen into disuse for ten years.
這棟房子已經廢棄 10 年了。

同 use n 使用
反 abandon n 放任
片 come into disuse ph 廢棄

構詞記憶法
字根 use 表示「用」的意思。

搭配詞記憶法
fall into disuse
變成廢材

diurnal [daɪ`ɝnḷ] a 白天的，每天的 升全多雅托公

The cats aren't diurnal animals. They are often active at night.
貓不是日間活動的動物，牠們經常在晚上活動。

同 daily a 日常的
反 nocturnal a 夜行的
片 diurnal migration ph 日週性遷移

構詞記憶法
字尾 -al 表示「～的」的意思。

diverse [daɪ`vɝs] a 不同的，多種多樣的 升全多雅托公

America is a country full of people from diverse cultures.
美國有很多來自不同文化背景的人。

同 different a 不同的
反 similar a 類似的

構詞記憶法
字根 vers 表示「轉」的意思。

搭配詞記憶法
remarkably diverse 非常多樣化

diversify [daɪ`vɝsə,faɪ] v 使多樣化 

We are trying to diversify the students' extracurricular activities.
我們正設法使學生的課外活動多樣化。

➲ diversify - diversified - diversified & diversifying
同 vary v 使多樣性
片 diversify risk ph 分散風險

構詞記憶法
字尾 -ify 為動詞字尾，表示「使得，變成」的意思。

divert [daɪ`vɝt] v 使分心 

When he attends to his work, nothing can divert his attention.
當他專心工作的時候，沒有什麼事能使他分心。

➲ divert - diverted - diverted & diverting
同 detract v 轉移
片 divert from ph 從～分心

構詞記憶法
字根 vert 表示「轉」的意思。

divide [də`vaɪd] v 分，劃分 升全多雅托公

My mother divided the cake into five equal parts.
媽媽把蛋糕分成 5 等份。

➲ divide - divided - divided & dividing
同 separate v 分開
片 divide from ph 把～分開

構詞記憶法
字首 di- 表示「分開，使變成」的意思。

搭配詞記憶法
divide in two 分兩邊

dizzy [ˋdɪzɪ] a 令人暈眩的，頭暈眼花的 升全多雅托公

He often feels dizzy because of hypoglycemic attack.
由於低血糖他經常感覺頭暈。

同 giddy a 頭暈的
文 from 在例句中是介係詞，意思是「因為，由於」，後面接名詞或動名詞。

搭配詞記憶法
dizzy speed
令人頭暈的速度

doctrine [ˋdɑktrɪn] n 教條，教義 升全多雅托公

He believes in the doctrine of reincarnation.
他信奉轉世輪迴教義。

同 dogma n 教義
片 fairness doctrine ph 公平原則

構詞記憶法
字根 doct 表示「教」的意思。

搭配詞記憶法
orthodox doctrine
正統教義

document [ˋdɑkjəmənt] n 文件 升全多雅托公

Please save your document and send me a copy.
請把文件存檔，然後寄一份給我。

同 paper n 文件
片 official document ph 官方文件

構詞記憶法
字根 doct 表示「教」的意思。

搭配詞記憶法
authenticated document 鑑定文件

documentary [ˌdɑkjəˋmɛntərɪ] n 記錄片 升全多雅托公

They prefaced the meeting with a relevant short documentary.
會議開始前，放映一部相關的記錄短片。

片 documentary on ph ～方面的記錄片

構詞記憶法
字根 doct 表示「教」的意思。

搭配詞記憶法
fly-on-the-wall documentary 日常生活記錄片

dogma [ˋdɔgmə] n 教義，信條 升全多雅托公

He stands for overturning the old dogmas.
他主張推翻舊教義。

同 doctrine n 教條
片 religious dogma ph 宗教教義

邏輯記憶法
此單字中含有 dog（n. 狗）一詞，可延伸出 doggy（n. 小犬）。

搭配詞記憶法
question the dogma 探究教義

doltish [ˋdoltɪʃ] a 愚蠢的 升全多雅托公

He hated it when others accused him of doltish actions.
他討厭別人指責他行為愚蠢。

同 stupid a 愚蠢的
反 smart a 聰明的
片 doltish and useless ph 迂腐無用

構詞記憶法
字尾 -ish 為形容詞字尾，表示「有～性的」的意思。

domain [do`men] n 領域，範圍

升全多雅托公

My bedroom is my own domain, and I don't want others to come in.
臥室是我自己的領域，我不想讓別人進來。

同 field n 領域
片 public domain ph 公有領域

構詞記憶法
字根 dom 表示「房屋，統治」的意思。

搭配詞記憶法
domain name（網路）領域名稱

domestic [də`mɛstɪk] a 國家的，家庭的

升全多雅托公

He was charged with illegal appropriation of domestic property.
他被指控非法侵佔國家財產。

同 internal a 國內的
反 foreign a 國外的
片 domestic dispute ph 家庭糾紛

構詞記憶法
字根 dom 表示「房屋，統治」的意思。

domesticate [də`mɛstə͵ket] v 馴養

升全多雅托公

I can't believe that he has domesticated a lion as a pet.
我不敢相信，他竟然馴養一頭獅子作為寵物。

➲ domesticate - domesticated - domesticated & domesticating
同 naturalize v 使歸化
片 domesticate animals ph 馴養的動物

構詞記憶法
字根 dom 表示「房屋，統治」的意思。

dominate [`dɑmə͵net] v 佔優勢，支配

升全多雅托公

Males dominate obviously in this job.
男性在這項工作中佔明顯的優勢。

➲ dominate - dominated - dominated & dominating
同 control v 控制
片 dominate over ph 控制～

構詞記憶法
字根 dom 表示「房屋，統治」的意思。

搭配詞記憶法
overwhelmingly dominate 壓倒性支配

donate [`donet] v 捐獻，捐贈

升全多雅托公

Our company used to donate large sums to the Red Cross.
我們公司曾向紅十字會捐獻大筆款項。

➲ donate - donated - donated & donating
同 contribute v 捐獻
片 donate money ph 捐款

構詞記憶法
字根 don 表示「給予」的意思。

donation [do`neʃən] n 捐贈（物）

升全多雅托公

The orphanage can receive large donations every year.
這家孤兒院每年都能收到大筆捐贈款項。

同 contribution n 捐贈
片 generous donation ph 慷慨捐贈

構詞記憶法
字根 don 表示「給予」的意思。

搭配詞記憶法
substantial donation 大量捐贈

doom [dum] n 厄運 ㊀升全多雅托公
What I believe is not doom but myself.
我相信我自己，而不是所謂的厄運。
同 destiny n 命運
反 luck n 好運
文 but 在例句中的意思是「而是～」，but 後面接名詞。

搭配詞記憶法
doom and gloom
淒慘

doorman [ˋdor͵mæn] n 門衛，門僮 升全多雅托公
The visitor stopped by the doorman showed his identity card.
被門衛攔下的訪客出示了他的身份證。
同 gatekeeper n 看門人
文 show 在例句中作動詞，意思是「出示～」，後面接雙受詞，常見用法 show sb. sth.（給某人看～）。

搭配詞記憶法
doorman greeting
迎賓服務

dormant [ˋdɔrmənt] a 休眠的，潛伏的 升全多雅托公
The animals in dormant state during winter eat nothing.
在冬天處於睡眠狀態的動物，什麼也不吃。
同 quiescent a 休眠的
文 in dormant state during winter 在例句中作形容詞，修飾主詞 animals。

構詞記憶法
字根 dorm 表示「睡眠」的意思。

dormitory [ˋdɔrmə͵torɪ] n 宿舍，公寓 升全多雅托公
The students are required to live in the school dormitories.
學生被要求住學校宿舍。
同 dorm 宿舍
片 dormitory area ph 宿舍區

構詞記憶法
字尾 -ory 為名詞字尾，表示「場所」的意思。

dough [do] n 生麵團 升全多雅托公
Drop the dough onto the kneading board and then roll it out into a thin round piece.
把生麵團放到揉麵板上，然後桿成圓形薄片。
片 dough mixer ph 和麵機

搭配詞記憶法
rise the dough
麵糰發酵

drain [dren] v 瀝乾，喝乾 升全多雅托公
Cut the potato into strips and drain them thoroughly.
把馬鈴薯切成條狀並徹底瀝乾。
➲ drain - drained - drained & draining
同 dry v 乾

構詞記憶法
字根 dry 表示「乾」的意思。

搭配詞記憶法
brain drain 人才流失

drainage [ˋdrenɪdʒ] n 排水，排水系統 
There is a pervading strange smell in the drainage area.
排水區瀰漫著一股奇怪的味道。
同 bailing n 排水
反 affusion n 注水
片 drainage system ph 排水系統

構詞記憶法
字尾 -age 表示「場所，物品」的意思。

Day 9 單字學習 2123 個

drama [ˋdrɑmə] n 劇本，戲劇 升全多雅托公

To an actor, dramas are more challenging than movies.
對演員來說，戲劇往往比電影更具考驗。

同 stage n 戲劇
文 more than 的意思是「比～更」，可連在一起，也可分開使用。

搭配詞記憶法
dance drama 舞蹈劇

---

dramatic [drəˋmætɪk] a 戲劇性的，戲劇的 升全多雅托公

His attitude would have a dramatic change when he sees the beauty.
當他看到美女時，態度會有戲劇性的變化。

同 thespian a 戲劇的
片 dramatic conflict ph 戲劇性衝突

構詞記憶法
字尾 -tic 為形容詞字尾，表示「與～相關的」的意思。

搭配詞記憶法
suitably dramatic 相當戲劇性

---

dramatist [ˋdræmətɪst] n 編劇，劇作家 升全多雅托公

In a film, the role of dramatist is as consequential as the director.
在電影中，編劇和導演一樣重要。

同 playwright n 劇作家
文 as...as 的意思是「和～一樣」，中間加形容詞原級，後面接的受詞是比較的物件。

構詞記憶法
字尾 -ist 為名詞字尾，表示「～家」的意思。

---

drastic [ˋdræstɪk] a 極端的，嚴厲的 升全多雅托公

Don't take a drastic way to work out the differences.
不要採取極端的方式去解決分歧。

同 violent a 劇烈的
反 gentle a 溫和的
片 drastic measure ph 嚴厲的措施

構詞記憶法
字尾 -tic 為形容詞字尾，表示「與～相關的」的意思。

---

draw [drɔ] v 吸引，畫 升全多雅托公

The little child is crying to draw his mother's attention.
小孩用大哭來引起媽媽的注意。

➲ draw - drew - drawn & drawing
同 attract v 吸引
片 draw apart ph 離開，分手

搭配詞記憶法
draw on sth. 利用／穿上某事（物）

---

drawer [ˋdrɔɚ] n 抽屜，開票人 升全多雅托公

She locked her diary in the drawer.
她把自己的日記鎖在抽屜裡。

同 drawee n 開票人
片 top drawer ph 社會最上層

單複數記憶法
此單字的複數形式是 drawers（n. 內褲）。

搭配詞記憶法
rummage in drawer 翻找抽屜

dreadful [ˋdrɛdfəl] a 可怕的，討厭的 升全多雅托公

I am considering a gentle way to tell her the dreadful news.
我正在考慮用溫和的方式告訴她這個可怕的消息。

同 dreaded a 可怕的
片 dreadful dream ph 可怕的夢

構詞記憶法
字尾 -ful 為形容詞字尾，表示「～的」的意思。

搭配詞記憶法
truly dreadful 非常可怕

dream [drim] n 夢，願望 升全多雅托公

The price of this necklace is beyond your wildest dream.
這串項鍊的價格是你做夢也想不到的。

同 wish n 願望
文 句中 beyond one's wildest dreams 的意思是「超乎～的想像」。其中 beyond 是介係詞，wildest 是形容詞 wide（寬闊的）最高級形式。

搭配詞記憶法
like a dream 毫不費力地

dress [drɛs] n 裙子，女裝 升全多雅托公

This long dress makes you look so intellectual.
這條長裙使你看起來很知性。

同 skirt n 裙子
文 dress 作可數名詞時表示「女士和孩子穿的衣服」，作不可數名詞時泛指「衣服」。

構詞記憶法
字根 dress 表示「整理，裝飾」的意思。

搭配詞記憶法
dress material 裙子材料

drill [drɪl] n 鑽，操練，訓練 升全多雅托公

The worker drilled five holes on the marble with an electric drill.
工人用電鑽在大理石上鑽 5 個孔。

➲ drill - drilled - drilled & drilling
同 discipline v 訓練
片 drill bit ph 鑽頭

邏輯記憶法
此單字中含有 rill（n. 小河）一詞，可延伸出 frill（n. 褶皺）。

droplet [ˋdraplɪt] n 小滴，小水滴 升全多雅托公

He was so hot that he broke out droplets of sweat on his head.
他熱得頭上直冒汗。

同 drop n 滴，少量
片 water droplet ph 水滴

邏輯記憶法
此單字中含有 drop（v. 落下）一詞，可延伸出 drop-out（n. 退學者）。

構詞記憶法
字尾 -et 為名詞字尾，表示「小事物」的意思。

drought [draut] n 乾旱，旱季 升全多雅托公

The government took a series of steps to tackle the drought.
政府採取一系列措施對抗乾旱。

同 aridity n 乾旱
反 flood n 洪澇
片 drought control ph 抗旱

構詞記憶法
字根 dry 表示「乾」的意思。

搭配詞記憶法
in times of drought 乾旱時期

dubious [ˋdjubɪəs] a 半信半疑的，模糊的 升全多雅托公

Even though many people say that, I am still dubious about the news.

儘管很多人都這麼說，但我對這個消息還是半信半疑。

同 doubtful a 懷疑的

片 dubious as to ph 對～不知所措

構詞記憶法

字根 dub 表示「二，雙」的意思。

搭配詞記憶法

somewhat dubious 有點懷疑

ductile [ˋdʌktḷ] a 有韌性的，可塑造的 升全多雅托公

Her bones were so ductile that she can do many difficult movements.

她的骨頭很有韌性，能夠做許多高難度的動作。

同 soft a 柔軟的

反 rigid a 僵硬的

構詞記憶法

字尾 -ile 為形容詞字尾，表示「～的，能～的」的意思。

dull [dʌl] a 無趣的，呆滯的 升全多雅托公

I want to do something to change my dull life.

我想做些什麼來改變我沉悶的生活。

同 boring a 無聊的

反 vivid a 豐富的

文 break 在例句中作及物動詞，意思是「打破」。其常見用法有 break off（脫離）。

搭配詞記憶法

dull man 頭腦簡單的人

duplicate [ˋdjupləkɪt] v 複製 n 複製，副本 升全多雅托公

Fill out the forms in duplicate and keep one copy for yourself.

填寫一式兩份表格，並自己保存副本。

➲ duplicate - duplicated - duplicated & duplicating

同 copy n 複製，副本

文 fill out 為常見片語，意思是「填寫」。通常指填寫表格等，後面直接接名詞。

構詞記憶法

字根 plic 表示「重疊，摺疊」的意思。

durable [ˋdjurəbḷ] a 耐用的，持久的 升全多雅托公

Work clothes are usually made of durable cloth.

工作服經常用耐用的布料製成。

同 solid a 結實的

文 be made of 為常見片語，意思是「由～做成」。of 後面接表示材料的名詞。

構詞記憶法

字根 dur 表示「持久，堅硬」的意思。

durian [ˋdurɪən] n 榴槤 升全多雅托公

My mother cut the durian into quarters and shared them out.

媽媽把榴槤切成 4 份，並且分出去。

同 durion n 榴槤果

文 片語 share out 的意思「分發，分配」，後面經常接名詞。

構詞記憶法

字根 dur 表示「持久，堅硬」的意思。

dust [dʌst] n 灰塵，粉末
升全多雅托公

The pushed building raised a great dust.
被推倒的建築物揚起一陣灰塵。

同 powder n 粉末
文 raise 是及物動詞，意思是「引起，抬起」。常見用法 raise up（舉起）。

搭配詞記憶法
dust collector 吸塵器

dwell [dwɛl] v 居住，存在於
升全多雅托公

The boy dwelt in the virtual world and forgot the reality.
這個男孩沉迷於虛擬世界而忘記了現實。

➲ dwell - dwelt - dwelt & dwelling
同 inhabit v 居住
文 virtual world 是名詞片語，意思是「虛擬世界」，常指虛擬的網路世界。

邏輯記憶法
此單字中含有 well（ad. 好的）一詞，可延伸出 swell（v. 增強）。

dwelling [ˋdwɛlɪŋ] n 住處，居所
升全多雅托公

Don't tell others the address of your dwelling at random.
不要隨意告訴別人你居住的地址。

同 residence n 住宅
文 at random 為常見片語，意思是「隨意，隨機」。

搭配詞記憶法
humble dwelling 寒舍

dwindle [ˋdwɪndl̩] v 減小，縮小
升全多雅托公

I feel worried that the money in my account is dwindling.
我對我帳戶裡逐漸減少的錢感到很憂慮。

➲ dwindle - dwindled - dwindled & dwindling
同 reduce v 減少
反 increase v 增加
片 dwindle down ph 縮小

邏輯記憶法
此單字中含有 wind（n. 風）一詞，可延伸出 windmill（n. 風車）。

搭配詞記憶法
dwindle to 縮小，變小

dye [daɪ] v 給～染色
升全多雅托公

The lady asked the hairdresser to dye her hair brown.
女士要求美髮師把她的頭髮染成棕色。

➲ dye - dyed - dyed & dyeing
同 color v 染色
反 fade v 使褪色
文 例句中的 her hair brown 是 dye 的雙受詞。dye 後面直接加雙受詞，不需加介係詞。

搭配詞記憶法
hair dye 染髮劑

dying [ˋdaɪɪŋ] a 垂死的，渴望
升全多雅托公

The volunteer took care of dying cancer patients.
這名義工曾照顧過病危的癌症病人。

同 dead a 死的
片 till one's dying day ph 在有生之年

同音詞記憶法
與此單字同音的單字是 dyeing（n. 染色）。

dynamic [daɪˋnæmɪk] a 充滿活力的，動態的 升全多雅托公

Though he sleeps six hours every day, he is the most dynamic person in our class.

儘管他每天只睡 6 個小時，他仍是我們班最有活力的人。

同 energetic a 精力充沛的

反 static a 靜止的

片 dynamic model ph 動態模型

構詞記憶法

字根 dynam 表示「力量」的意思。

搭配詞記憶法

fundamentally dynamic 基礎動力

MEMO

Ee

earth ~ eye

6大考試

㉀ 學測指考
㊎ 全民英檢
㊈ 多益測驗
㊍ 雅思測驗
㊋ 托福測驗
㊣ 公職考試

6大英文單字記憶法

構詞記憶法
利用英文的構詞方式，透過字首、字根、字尾的方式來記憶單字。

同音詞記憶法
利用單字的相同發音卻不同拼字來記憶。

單複數記憶法
利用單字本身單複數形式所產生的不同意思來記憶單字。

近似音記憶法
利用諧音方式來增加記憶。

搭配詞記憶法
利用一組詞彙的概念來記憶，在記憶單字時不是只記下一個單字的意思，而是能夠使用一組詞彙加深印象。

邏輯記憶法
以一個單字為單位，採用順序或不同的角度去找出邏輯的關係，並延伸出其它的單字。

Ee | earth ~ eye

符號說明 ➲ 動詞三態 & 分詞 同 同義字 反 反義字 文 文法重點

earth [ɝθ] n 地球，泥土

升全多雅托公

There is only one earth, so we must protect it.
世上只有一個地球，所以我們必須保護它。

同 globe n 地球
反 heaven n 天
片 on earth ph 究竟

邏輯記憶法
此單字中含有 ear（n. 耳朵）一詞，可延伸出 sear（v. 燒焦）。

搭配詞記憶法
the surface of the earth 地球表面

eccentric [ɪk`sɛntrɪk] a 古怪的，異常的

升全多雅托公

Eccentric behaviors and thoughts are the main characteristics of geniuses.
古怪的行為和思想是天才最主要的特徵。

同 irregular a 異常的
反 regular n 正常的

構詞記憶法
字根 centr 表示「中心」的意思。

搭配詞記憶法
slightly eccentric 有點古怪

eclecticism [ɛk`lɛktɪ,sɪzm̩] n 折衷派，折衷主義

升全多雅托公

He is one of the principal exponents of eclecticism.
他是折忠派的主要代表人物之一。

同 eclectic n 折衷主義
片 culture eclecticism ph 文化折衷主義

構詞記憶法
字尾 -ism 為名詞字尾，表示「學術、流派」的意思。

eclipse [ɪ`klɪps] v 使失色

升全多雅托公

Everything is eclipsed in front of her beauty.
在她的美貌面前一切都黯然失色。

➲ eclipse - eclipsed - eclipsed & eclipsing
同 obscure v 掩蓋
片 solar eclipse ph 日食

邏輯記憶法
此單字中含有 lip（n. 嘴唇）一詞，可延伸出 slip（v. 滑）。

ecological [,ɛkə`ladʒɪkəl] a 生態的

升全多雅托公

The development of technology destroyed ecological balance.
科技的發展破壞了生態的平衡。

片 ecological system ph 生態系統

構詞記憶法
字根 eco 表示「生態，經濟」的意思。

ecologist [ɪ`kalədʒɪst] n 生態學者

升全多雅托公

Ecologists appealed to human to protect the environment.
生態學者呼籲人類保護環境。

同 environmentalist n 環境保護學家
文 appeal 是動詞，意思是「呼籲～」，常用的結構是 appeal to sb. to do sth.（呼籲某人做某事）。

構詞記憶法
字尾 -ist 為名詞字尾，表示「專家，從事某活動的人」的意思。

ecology [ɪ`kɑlədʒɪ] n 生態學 升 全 多 雅 托 公

Development must be guided by keeping ecology in balance.
發展必須以保持生態平衡為指導原則。

同 bionomics n 生態學
片 ecological environment ph 生態環境

構詞記憶法
字尾 -logy 為名詞字尾，表示「科學，學科」的意思。

economic [͵ikə`nɑmɪk] a 節約的，合算的 

My mother is an economic housekeeper who is careful with money.
我媽媽勤儉持家，精打細算地用錢。

同 financial a 金融的
片 economic development ph 經濟發展

構詞記憶法
字尾 -ic 為形容詞字尾，表示「與～有關的」的意思。

economical [͵ikə`nɑmɪkḷ] a 經濟的，合算的 升 全 多 雅 托 公

The company is looking for an economical and environment-friendly material.
這家公司正在尋找一種既經濟又環保的材料。

同 budget a 花錢少的
反 luxurious a 奢侈的
片 economical and practical ph 經濟實用

構詞記憶法
字尾 -ical 為形容詞字尾，表示「具有～特徵的」的意思。

搭配詞記憶法
remarkably economical 非常經濟

economics [͵ikə`nɑmɪks] n 經濟學，經濟 升 全 多 雅 托 公

The man showed a great interest in energy economics.
男子對能源經濟學有很大的興趣。

同 plutonomy n 經濟學
片 information economics ph 資訊經濟學

構詞記憶法
字尾 -ics 為名詞字尾，表示「學科，學術」的意思。

edit [`ɛdɪt] v 剪輯，編輯 升 全 多 雅 托 公

The reporter is editing the taped reports.
記者正在剪輯錄音報告。

➔ edit - edited - edited & editing
同 amend v 改良

構詞記憶法
字根 dit 表示「給予」的意思。

educational [͵ɛdʒʊ`keʃənḷ] a 教育的，提供諮詢的 升 全 多 雅 托 公

He was a champion of the educational rights for the poor.
他是為窮人爭取教育權利的鬥士。

同 improving a 有教育意義的
片 educational psychology ph 教育心理學

構詞記憶法
字根 duc 表示「引導」的意思。

effect [ɪ`fɛkt] n 影響，效果 升 全 多 雅 托 公

Our measures have a positive effect on controlling the spread of disease.
我們的採取的措施對控制疾病的傳播產生積極的效果。

反 cause n 原因
片 cause and effect ph 因果關係

單複數記憶法
此單字的複數形式是 effects（n. 動產，家產）。

搭配詞記憶法
cause and effect 因果關係

effective [ɪ`fɛktɪv] a 有效的，起作用的
升 全 多 雅 托 公

The chemotherapy is not an only effective cure for cancer.
化療不是唯一有效治療癌症的方式。

- 同 powerful a 有效的
- 反 ineffective a 無效的
- 片 effective measure ph 有效措施

構詞記憶法
字根 fect 表示「做，製作」的意思。

搭配詞記憶法
immediately effective 立即見效

efficiency [ɪ`fɪʃənsɪ] n 效率
升 全 多 雅 托 公

The use of the new machine improved the production efficiency.
新機器的使用提高生產效率。

- 同 efficacy n 功效
- 反 inefficiency n 無效率
- 片 economic efficiency ph 經濟效率

構詞記憶法
字尾 ency 表示「性質，狀態」的意思。

搭配詞記憶法
efficiency improvement 提高效率

efficient [ɪ`fɪʃənt] a 有效率的，能幹的
升 全 多 雅 托 公

What you should do is to choose the most efficient method from these suggestions.
你要做的是從這些建議中選最有效的方法。

- 同 capable a 能幹的
- 反 inefficient a 無效率的

構詞記憶法
字根 fici 表示「做，製作」的意思。

搭配詞記憶法
efficient in 在～有成效

efficiently [ɪ`fɪʃəntlɪ] ad 效率高地，有效地
升 全 多 雅 托 公

You'll work more efficiently if you focus all your attention on the work.
如果你把全部的注意力都放在工作上，你的工作效率會更高。

- 同 effectively ad 有效地
- 反 inefficiently ad 無效率地
- 片 effectively treated ph 有效治療

構詞記憶法
字根 fici 表示「做，製作」的意思。

elapse [ɪ`læps] v 消逝，時間流逝
升 全 多 雅 托 公

Two years has elapsed since he divorced his wife.
他和妻子離婚已經兩年了。

- ➲ elapse - elapsed - elapsed & elapsing
- 同 pass v 過去
- 文 elapse 多表示「時間的流逝」，後面經常接時間點。

構詞記憶法
字根 laps 表示「滑，滑走」的意思。

elastic [ɪ`læstɪk] a 有彈力的，靈活的
升 全 多 雅 托 公

The sofa is made of a soft and elastic material.
這沙發是用一種柔軟且有彈力的材料做成的。

- 同 flexible a 柔韌的
- 反 rigid a 僵硬的

構詞記憶法
字尾 -ic 為形容詞字尾，表示「與～有關的」的意思。

electoral [ɪˋlɛktərəl] a 選舉的 升全多雅托公

People argued strongly for the electoral reform.
人們強烈提出選舉改革的理由。

同 constituent a 選舉的
片 electoral system ph 選舉制度

> **構詞記憶法**
> 字根 lect 表示「選擇，收集」的意思。

---

electric [ɪˋlɛktrɪk] a 發電的，電的 升全多雅托公

The government is going to build an electric station near the farm.
政府計劃在農場附近蓋一座發電站。

同 dynamoelectric a 發電的
片 electric current ph 電流

> **構詞記憶法**
> 字根 electr 表示「電」的意思。

---

electricity [ˌilɛkˋtrɪsətɪ] n 電力，電流 

The method of wind-generated electricity is economical and environmentally friendly.
風力發電既經濟又環保。

同 electric power ph 電力
片 electricity supply ph 供電

> **構詞記憶法**
> 字尾 -ity 為名詞字尾，表示「某種性質，狀態」的意思。
>
> **搭配詞記憶法**
> high / low-voltage electricity 高／低壓電

---

electronic [ɪlɛkˋtrɑnɪk] a 電子的，電子設備的 升全多雅托公

This electronic watch is fitted with positioning system.
這款電子手錶有定位系統。

同 electric a 電的
片 electronic commerce ph 電子商務

> **構詞記憶法**
> 字尾 -ic 為形容詞字尾，表示「與～相關的」的意思。

---

element [ˋɛləmənt] n 原理，要素 

For a pupil, the elements of physics are difficult to understand.
對於小學生而言，物理學原理很難理解。

同 theory n 原理
片 chemical element ph 化學元素

> **構詞記憶法**
> 字尾 ment 為名詞字尾，表示「思考，神智」的意思。
>
> **搭配詞記憶法**
> shelter from the elements 遮風擋雨

---

elementary [ˌɛləˋmɛntərɪ] a 基本的，初級的 升全多雅托公

As a university student, you must grasp elementary computer skills.
身為大學生，你必須懂電腦基本知識。

同 underlying a 基礎的
反 advanced a 高等的
文 grasp 為及物動詞，意思是「抓住，掌握」。常見用法有 grasp at（試圖抓住）。

> **構詞記憶法**
> 字尾 -ary 為形容詞字尾，表示「與～有關的」的意思。

elevator [`ɛlə͵vetɚ] n 電梯

He rescued five people who were trapped in the elevator.
他救出 5 位被困在電梯裡的人。

同 lift n 電梯
片 take the elevator ph 搭乘電梯

構詞記憶法
字根 lev 表示「舉起，變輕」的意思。

---

elicit [ɪ`lɪsɪt] v 誘出，引出

The mouse was elicited from the hole by the smell of meat.
老鼠被肉的香味誘出洞。

➲ elicit - elicited - elicited & eliciting
同 summon v 召喚

構詞記憶法
字根 lic 表示「高興，美味，引誘」的意思。

---

eliminate [ɪ`lɪmə͵net] v 排除，消除

The certain evidences eliminate his suspicion.
確切的證據排除他的嫌疑。

➲ eliminate - eliminated - eliminated & eliminating
同 exclude v 排除
反 maintain v 堅持

構詞記憶法
字根 limin 表示「門檻，限制」的意思。

搭配詞記憶法
completely eliminate 全部排除

---

elite [e`lit] n 菁英，精銳 

The research group was formed by the professional elites.
研究小組由專業的菁英組成。

同 prime n 精華

搭配詞記憶法
business elite 商業菁英

---

elongate [ɪ`lɔŋ͵get] v 延長，加長

He had to elongate his itinerary for some reasons.
因為一些原因，他必須延長行程。

➲ elongate - elongated - elongated & elongating
同 lengthen v 延長
反 shorten v 縮短
片 ultimate elongation ph 極限伸長

構詞記憶法
字根 long 表示「長」的意思。

---

eloquent [`ɛləkwənt] a 有說服力的，雄辯的

His speech was so eloquent that we were all persuaded.
他的演講很有說服力，我們都被他說服了。

同 affecting a 動人的
片 eloquent speech ph 有說服力的演說

構詞記憶法
字根 loqu 表示「說」的意思。

搭配詞記憶法
eloquent on 在～很有說服力

elude [ɪˋlud] v 逃避，使～迷惑 升全多雅托公

The mouse managed to elude the cat in the room.
老鼠設法在房間裡逃避貓的追捕。

➲ elude - eluded - eluded & eluding
同 escape v 逃避
文 manage to 的意思是「想方設法～」，後面接原形動詞。

搭配詞記憶法
elude understanding 令人費解的

構詞記憶法
字根 lud(e) 表示「玩」的意思。

embankment [ɪmˋbæŋkmənt] n 路堤，築堤 升全多雅托公

The rain storm washed out the embankment.
暴風雨摧毀路堤。

同 fortification n 築壘
片 flood embankment ph 防洪堤

構詞記憶法
字尾 -ment 為名詞字尾，表示「手段，方法」的意思。

Day 10 ~ 單字學習 2249 個

embarrass [ɪmˋbærəs] v 窘迫，局促不安 升全多雅托公

She embarrassed me with her frigid manner.
她冷淡的態度使我很窘迫。

➲ embarrass - embarrassed - embarrassed & embarrassing
同 bewilder a 使迷惑
片 embarrass by ph 因～而窘迫

構詞記憶法
字首 em- 表示「使～進入狀態」的意思。

ember [ˋɛmbɚ] n 餘燼，餘火 升全多雅托公

The warm ember on the ground showed that they have just left there.
地上溫暖的餘燼證明他們剛離開那裡。

同 ash n 灰燼
文 on the ground 為介係詞片語，意思是「在地上」。而 on earth 的意思是「究竟」。

搭配詞記憶法
red ember 紅色的餘灰

embrace [ɪmˋbres] v 擁抱，信奉 升全多雅托公

He embraced his daughter and gently kissed her forehead.
他抱住女兒輕吻她的額頭。

➲ embrace - embraced- embraced & embracing
同 hug v 緊抱
片 embrace each other ph 互相擁抱

構詞記憶法
字首 em- 表示「進入～之中，包圍」的意思。

搭配詞記憶法
embrace with enthusiasm 熱情擁抱

embryo [ˋɛmbrɪ.o] n 初期，胚胎 升全多雅托公

It was just an embryo idea which has not been put into effect.
這只是初步的想法，並未實施。

同 prime n 初期
反 ripe n 成熟
文 put into effect 為常見片語，意思是「使生效，實施」。

搭配詞記憶法
embryo transfer 胚胎移植

emergency [ɪ`mɝdʒənsɪ] 升全多雅托公

n 緊急情況，突發事件

He showed his outstanding leadership in the emergency.
在這次突發事件中，他表現出卓越的領導才能。

同 bombshell n 突發事件
片 meet an emergency ph 應急

構詞記憶法
字根 merg 表示「沉，沒」的意思。

搭配詞記憶法
emergency department 急診室

---

emit [ɪ`mɪt] v 頒佈，發出 升全多雅托公

The Department of Transport will emit some rules.
交通部將頒佈一些新條例。

➲ emit - emitted - emitted & emitting
同 discharge v 放出
反 abolish v 廢除
片 emit from ph 從～中發出

構詞記憶法
字根 mit 表示「送，放出，錯過」的意思。

---

emphasize [`ɛmfə͵saɪz] v 強調，著重

The doctor emphasized the importance of keeping a normal diet.
醫生強調保持正常飲食的重要性。

➲ emphasize - emphasized - emphasized & emphasizing
同 highlight v 強調
片 emphasize repeatedly ph 反覆強調

構詞記憶法
字首 em- 表示「強調，加重」的意思。

搭配詞記憶法
strongly emphasize 強調

---

employer [ɪm`plɔɪɚ] n 雇主，老闆

The employer is reluctant to employ the new graduates.
老闆不願意聘雇應屆畢業生。

同 boss n 老闆
反 employee n 受雇人
文 片語 be reluctant to 意思是「不情願～」，後面接動詞原形。

構詞記憶法
字尾 -er 為名詞字尾，表示「～的人」的意思。

---

employment [ɪm`plɔɪmənt] n 雇傭，職業 升全多雅托公

Current employment laws bind the employers not to employ the child labor.
現在的聘雇法律約束雇主不可雇用童工。

同 hiring n 雇用
片 employment rate ph 就業率

構詞記憶法
字尾 -ment 為名詞字尾，表示「～的行為或狀態」的意思。

搭配詞記憶法
a contract of employment 聘僱合約

---

enamel [ɪ`næml̩] n 琺瑯，搪瓷

The little child felt afraid when he chipped the rare enamel.
小孩子因為打破名貴的琺瑯而感到害怕。

片 enamel paint ph 瓷漆

構詞記憶法
字首 en- 表示「配以、飾以～」的意思。

encase [ɪn`kes] v 把～裝箱，包圍 升全多雅托公
The apples have been encased for shipment.
蘋果已裝箱好準備運載。
➲ encase - encased - encased & encasing
同 pack v 打包
反 open v 拆封
片 be encased in ph 用～包起來

構詞記憶法
字首 en- 表示「置於～之中」的意思。

enchant [ɪn`tʃænt] v 使迷惑，使心醉 升全多雅托公
He was enchanted with the beauty and lost his sense.
他被美女迷住失去理智。
➲ enchant - enchanted - enchanted & enchanting
同 bewitch v 令～心醉
反 disenchant v 使清醒
文 lose one's sense 為常用片語，意思是「失去理智」。

構詞記憶法
字首 en- 表示「變成～」的意思。

enclose [ɪn`kloz] v 把～裝入信封，附入 升全多雅托公
Please enclose the letter in a stamped addressed envelope.
請把信裝在貼好郵票寫有地址的信封裡。
➲ enclose - enclosed - enclosed & enclosing
同 contain v 包含
反 disclose v 公開

構詞記憶法
字根 clos 表示「關閉」的意思。
搭配詞記憶法
enclose within
用～裝起來

encounter [ɪn`kauntɚ] v 遇到，碰見 升全多雅托公
She encountered many misfortunes in early childhood.
她在童年時期遭遇很多不幸。
➲ encounter - encountered - encountered & encountering
同 confront v 遭遇
片 close encounter ph 近距離接觸

構詞記憶法
字根 count 表示「計算」的意思。
搭配詞記憶法
frequently encounter 經常遇到

encyclopedia [ɪn͵saɪklə`pidɪə] n 百科全書 升全多雅托公
He is called a walking encyclopedia because of his erudition.
他由於博學而被稱為活百科全書。
同 cyclopedia n 百科全書
片 multimedia encyclopedia ph 多媒體百科全書

構詞記憶法
字根 cycl 表示「圓，環」的意思。
搭配詞記憶法
an entry in an encyclopedia 百科全書的條目

endanger [ɪn`dendʒɚ] v 危及 升全多雅托公
The waste from the factory could endanger our lives.
工廠排放的廢氣可能會危及我們的生命。
➲ endanger - endangered - endangered & endangering
同 risk v 危及
片 endangered species ph 瀕臨滅絕的物種

邏輯記憶法
此單字中含有 anger（n. 生氣）一詞，可延伸出 ganger（n. 工頭）。
構詞記憶法
字首 en- 表示「使～變成」的意思。

endeavor [ɪn`dɛvɚ] v 盡力，竭力 升全多雅托公

We will endeavor to work out the problem.
我們會盡力解決這件事。

➲ endeavor - endeavored - endeavored & endeavoring
同 struggle v 奮鬥
片 constant endeavor ph 不斷努力

構詞記憶法
字根 vor 表示「吃」的意思。

endemic [ɛn`dɛmɪk] a 常見的，地方性的 升全多雅托公

Hectic is endemic among middle-aged people in this area.
肺病在這地區的中年人中很常見。

同 local a 當地的
反 exotic a 外來的
片 endemic disease ph 地方疾病

構詞記憶法
字尾 -ic 為形容詞字尾，表示「有～性質的」的意思。

endow [ɪn`daʊ] v 捐贈，賦予 升全多雅托公

He promised to endow his organs after death.
他承諾死後捐贈出自己的器官。

➲ endow - endowed - endowed & endowing
同 gift v 賦予
文 endow 多指出於慷慨、憐憫或正義感而捐贈，為及物動詞。

搭配詞記憶法
endow with 賦予

enemy [`ɛnəmɪ] n 敵人 升全多雅托公

We have the steel to prevail over all the enemies.
我們有決心打敗所有敵人。

同 adversary n 對手
反 friend n 朋友
文 prevail over 為常用片語，意思是「打敗，戰勝」後面接名詞。

搭配詞記憶法
public enemy 公敵

enforce [ɪn`fors] v 執行，強迫服從 升全多雅托公

These environmental measures must be enforced right now.
這些關於環境方面的措施必須立即執行。

➲ enforce - enforced - enforced & enforcing
同 oblige v 強制
片 enforce the law ph 執法

邏輯記憶法
此單字中含有 force（n. 武力）一詞，可延伸出 deforce（v. 強佔）。

構詞記憶法
字首 en- 表示「使～變成」的意思。

engrave [ɪn`grev] v 銘記，雕刻 升全多雅托公

The past times with you will be engraved in my mind forever.
我會永遠銘記那些和你在一起的時光。

➲ engrave - engraved - engraved & engraving
同 inscribe v 雕，刻
文 engrave 的本意是在木頭、石頭或金屬等上面雕上文字或藝術圖案。可衍生表示「銘記」。

邏輯記憶法
此單字中含有 grave（a. 嚴重的）一詞，可延伸出 graveyard（n. 墓地）。

構詞記憶法
字根 grav(e) 表示「重（量）」的意思。

enhance [ɪn`hæns] v 提高，增強

升全多雅托公

The proper exercise can enhance our physical quality.
適當的鍛鍊能增強我們的身體素質。

- ➲ enhance - enhanced - enhanced & enhancing
- 同 improve v 提高
- 反 worsen v 惡化
- 文 physical quality 為名詞片語，意思是「身體素質」。

構詞記憶法
字首 en- 表示「加強」的意思。

搭配詞記憶法
directly enhance 直接提高

enigmatic [͵ɛnɪg`mætɪk]

a 神祕的，高深莫測的

升全多雅托公

The man stared at her with an enigmatic smile on his face.
這名男子盯著她，臉上掛著神祕的笑。

- 同 arcane a 神祕的
- 片 enigmatic figure ph 不可捉摸的人

構詞記憶法
字尾 -tic 為形容詞字尾，表示「關於~的」的意思。

搭配詞記憶法
curiously enigmatic 奇怪神祕

enjoyable [ɪn`dʒɔɪəbḷ] a 快樂的，愉快的

升全多雅托公

The party was enjoyable, just as I expected.
這次聚會和我期待的一樣有趣。

- 同 pleasant a 令人愉快的
- 反 gloomy a 令人沮喪的
- 片 enjoyable mood ph 愉快的心情

構詞記憶法
字尾 -able 為形容詞字尾，表示「可~的，能~的」的意思。

enlarge [ɪn`lardʒ] v 擴大，擴展

The factory owner is going to enlarge the size of his factory in the next two years.
工廠老闆將在兩年內擴大工廠的規模。

- ➲ enlarged - enlarged - enlarged & enlarging
- 同 expand v 擴展
- 反 shrink v 收縮
- 片 enlarge on ph 詳述

構詞記憶法
字首 en- 表示「加強」的意思。

enlightened [ɪn`laɪtṇd] a 開明的，文明的

升全多雅托公

I used to admire you have a pair of enlightened parents.
我曾羨慕過你有一對開明的父母。

- 同 understanding a 通情達理的
- 片 enlightened policy ph 開明的政策

邏輯記憶法
此單字中含有 light（a. 輕的）一詞，可延伸出 slight（v. 輕蔑）。

enlighten [ɪn`laɪtṇ] v 啟發，開導

升全多雅托公

His interpretation enlightens me about the event.
他的解釋讓我明白這件事。

- ➲ enlighten - enlightened - enlightened & enlightening
- 同 illuminate v 闡明
- 片 please enlighten ph 請指教

構詞記憶法
字首 en- 表示「加強」的意思。

enormous [ɪ`nɔrməs] a 龐大的，極惡的 升全多雅托公

To rebuild the city is an enormous engineering, and it will cost a lot of effort and money.
城市重建是一項龐大的工程，需要花費大量的人力與物力。

- 同 immense a 巨大的
- 反 diminutive a 小型的
- 片 enormous loss ph 巨大的損失

構詞記憶法
字根 norm 表示「規則，規範」的意思。

enrich [ɪn`rɪtʃ] v 豐富，使富有 升全多雅托公

Reading books will enrich your life and brain.
讀書將豐富你的生活和思想。

- ➲ enrich - enriched - enriched & enriching
- 同 enhance v 加強
- 反 drain v 耗盡
- 文 enrich one's life 為常見用法，意思是「豐富～的生活」。

搭配詞記憶法
enrich soil 使土地肥沃

構詞記憶法
字首 en- 表示「加強」的意思。

enroll [ɪn`rol] v 加入，登記 升全多雅托公

I am eager to enroll in the student union.
我渴望加入學生會。

- ➲ enroll - enrolled - enrolled & enrolling
- 同 register v 登記
- 片 enroll students ph 招收學生

邏輯記憶法
此單字中含有 roll（v. 滾動）一詞，可延伸出 droll（a. 滑稽的）。

ensure [ɪn`ʃur] v 確保，擔保 升全多雅托公

The mother checks the door to ensure that it is closed.
媽媽檢查門鎖以確保上鎖。

- ➲ ensure - ensured - ensured & ensuring
- 同 guarantee v 擔保
- 片 ensure from ph 保護

構詞記憶法
字根 sure 表示「肯定，確定」的意思。

搭配詞記憶法
efforts to ensure sth. 努力確保某事

entertain [ˏɛntɚ`ten] v 招待，使有興趣 升全多雅托公

We will entertain friends in our new house this weekend.
這個週末我們會在我們的新家招待朋友。

- ➲ entertain - entertained - entertained & entertaining
- 同 serve v 招待，接待
- 片 entertain customers ph 接待客戶

構詞記憶法
字根 tain 表示「拿住」的意思。

搭配詞記憶法
keep sb. entertained 讓某人流連忘返

enthusiasm [ɪn`θjuzɪˏæzəm] n 熱情，熱忱 升全多雅托公

The teacher aroused my enthusiasm for physics.
老師喚起我對物理的熱情。

- 同 vitality n 活力
- 片 creative enthusiasm ph 創作熱情

搭配詞記憶法
a lack of enthusiasm 缺乏熱情

entitle [ɪn`taɪtl̩] v **給～定名，給～權利** 升全多雅托公

The book has been provisionally entitled *Sky*.
這本書的名字暫定為《天空》。

➲ entitle - entitled - entitled & entitling
同 label v 把～稱為
反 deprive v 剝奪
片 entitle to ph 賦予～做

邏輯記憶法
此單字中含有 title（n. 標題）一詞，可延伸出 subtitle（n. 小標題）。

構詞記憶法
字首 en- 表示「加強，使～變成」的意思。

entity [`ɛntətɪ] n **實體，本質** 升全多雅托公

This team was regarded as a political entity.
此團隊被看做是政治實體。

同 essence n 本質
文 regard as 為常見用法，意思是「把～看做～」。

搭配詞記憶法
economic entity 經濟實體

entrepreneur [͵antrəprə`nɝ] 升全多雅托公
n **企業家，主辦人**

The entrepreneur must take social responsibility at the time of getting profit.
企業家在取得盈利的同時也應該承擔一定的社會責任。

同 contractor n 承包人
片 entrepreneur spirit ph 企業家精神

構詞記憶法
字尾 -eur 為名詞字尾，表示「從事某行業或活動的人」的意思。

搭配詞記憶法
business entrepreneur 商業企業家

envious [`ɛnvɪəs] a **羨慕的** 升全多雅托公

I am not envious of her. In fact, I pity her.
我並不羨慕她。事實上，我同情她。

同 admiring a 羨慕的
片 envious of ph 羨慕

構詞記憶法
字根 vi 表示「看，查」的意思。

搭配詞記憶法
make sb. envious 使人羨慕

environment [ɪn`vaɪrənmənt] n **環境，周圍** 升全多雅托公

The characters of human are formed by living environment.
人的性格是由生活環境塑造而成的。

同 neighborhood n 附近
文 be formed by 為常見用法，意思是「由～形成」，後面接名詞。

搭配詞記憶法
ecological environment 生態環境

environmentalist [ɪn͵vaɪrən`mɛntl̩ɪst] 升全多雅托公
n **環保人士**

The environmentalists have put forward a series of suggestions on environmental protection.
環保人士提出一系列保護環境的建議。

同 ecologist n 生態學者
片 environmental idea ph 環保思想

構詞記憶法
字尾 -ist 為名詞字尾，表示「從事某活動的人」的意思。

Day 10 單字學習 2333 個

epithet [ˋɛpɪθɛt] n 詞語　升全多雅托公

He will speak swear epithets if someone needles him.

如果有人激怒他，他就會罵髒話。

同 sobriquet n 綽號

片 transferred epithet ph 轉移修飾語

構詞記憶法

字首 epi- 表示「在～上」的意思。

epitomize [ɪˋpɪtəˏmaɪz] v 概括，成為～的縮影　升全多雅托公

The teacher asked the students to epitomize the general idea of the text.

老師要求學生概括本文大意。

➲ epitomize - epitomized - epitomized & epitomizing

同 abstract v 摘要

構詞記憶法

字根 tom 表示「切，割」的意思。

epoch [ˋɛpək] n 紀元，時代　升全多雅托公

The invention of computer began a new epoch in the information history.

電腦的發明開創資訊史上的新紀元。

同 era n 紀元

文 begin a new epoch 為常見用法，意思是「開創新紀元」。

搭配詞記憶法

glacial epoch 冰川期

equation [ɪˋkweʃən] n 方程式，等式　升全多雅托公

The teacher asked me to figure out the equation on the blackboard.

老師要我解出黑板上的方程式。

同 equivalence n 等值

片 linear equation ph 一次方程式

構詞記憶法

字根 equ 表示「相等，平均」的意思。

搭配詞記憶法

work out the equation 制定出方程式

equator [ɪˋkwetɚ] n 赤道　升全多雅托公

The main climate type near the equator is tropical rainforest climate. 赤道附近最主要的氣候類型是熱帶雨林氣候。

同 equinoctial n 赤道

片 celestial equator ph 天球赤道

搭配詞記憶法

north / south of the equator 赤道以北／南

equilibrium [ˏikwəˋlɪbrɪəm] n 平靜，平衡　升全多雅托公

Hearing my persuasion, he recovered his equilibrium.

聽了我的勸說後，他恢復平靜。

同 balance n 平衡

片 market equilibrium ph 市場均衡

構詞記憶法

字根 equi 表示「相等，平均」的意思。

equivalent [ɪ`kwɪvələnt] a 相等的，等量的 ㊉全多雅托公

Borrowing his money is equivalent to ending his life.
借他的錢就像要他的命一樣。

同 equal a 相等的
反 different a 不同的
片 equivalent exchange ph 等價交換

構詞記憶法
字尾 -ent 為形容詞字尾，表示「處於～狀態的」的意思。

搭配詞記憶法
equivalent to 與～相等

eradicate [ɪ`rædɪ͵ket] v 根除，滅絕 ㊉全多雅托公

They did the best to eradicate this disease from the world.
他們努力要把這疾病從世界上根除。

➲ eradicate - eradicated - eradicated & eradicating
同 exterminate v 根除
片 eradicate weed ph 除去雜草

構詞記憶法
字根 rad 表示「刮，擦」的意思。

搭配詞記憶法
an attempt to eradicate sth. 企圖消滅某事

erase [ɪ`res] v 擦掉，抹掉 ㊉全多雅托公

He erased the wrong answer with an eraser.
他用橡皮擦擦掉錯誤的答案。

➲ erase - erased - erased & erasing
同 expunge v 擦掉
片 erase myself ph 歸零

構詞記憶法
字根 ras(e) 表示「刮，擦」的意思。

搭配詞記憶法
erase from 從～移除

erect [ɪ`rɛkt] a 垂直的，直立的 ㊉全多雅托公

He is a military and always carry himself erect.
他是軍人，身體總是挺得很直。

同 straight a 直的
反 parallel a 平行的
片 erect bearing ph 挺直的體態

構詞記憶法
字根 rect 表示「正，直」的意思。

搭配詞記憶法
stand erect 屹立

erode [ɪ`rod] v 損害，侵蝕 ㊉全多雅托公

His action seriously eroded the rights of the public.
他的行為嚴重損害群眾的利益。

➲ erode - eroded - eroded & eroding
同 corrode v 侵蝕
片 eroding ability ph 侵蝕能力

構詞記憶法
字根 rod(e) 表示「咬，侵蝕」的意思。

搭配詞記憶法
gradually erode 逐漸侵蝕

erosion [ɪ`roʒən] n 侵蝕，腐蝕 ㊉全多雅托公

Karst landform has been sculpted by runoff erosion.
喀斯特地貌是由流水侵蝕而形成的。

同 corrosion n 腐蝕
片 soil erosion ph 水土流失

構詞記憶法
字根 ros(e) 表示「咬，侵蝕」的意思。

搭配詞記憶法
the rate of erosion 侵蝕比例

erosive [ɪ`rosɪv] a **腐蝕性的** 升全多雅托公

The concentrated sulphuric acid is erosive; don't touch it.
濃硫酸具有腐蝕性，不要碰。

同 corrosive a 腐蝕性的
片 erosive force ph 沖蝕力

構詞記憶法
字尾 -ive 為形容詞字尾，表示「有～性質的」的意思。

erratic [ɪ`rætɪk] a **飄忽不定的，古怪的** 升全多雅托公

He is so erratic that nobody can guess his mind.
他很古怪，沒人能猜出他的想法。

同 odd a 古怪的
反 regular a 正常的
片 erratic error ph 不規則誤差

構詞記憶法
字根 err- 表示「漫遊，犯錯誤」的意思。

搭配詞記憶法
wildly erratic 瘋狂古怪

escape [ə`skep] v **逃脫，逃避** 升全多雅托公

It was lucky (that) they escaped from the accident.
幸運得是，他們從車禍中逃了出來。

➲ escape - escaped - escaped & escaping
同 flee v 逃脫

邏輯記憶法
此單字中含有 cape（n. 伸出）caper（v. 跳躍）。

構詞記憶法
字根 cap 表示「拿，抓」的意思。

especially [ə`spɛʃəlɪ] ad **特地，專門地** 升全多雅托公

He bought a ring especially for his girlfriend.
他特地買戒指給女朋友。

同 particularly ad 特別
片 especially important ph 特別重要

構詞記憶法
字根 speci 表示「外觀，特別」的意思。

essential [ɪ`sɛnʃəl] a **必要的，本質的** 升全多雅托公

It is essential for you to check your paper.
你有必要檢查考試卷。

同 necessary a 必要的
反 inessential a 無關緊要的

構詞記憶法
字根 sen 表示「感覺，存在，實質」的意思。

搭配詞記憶法
consider sth. essential 認為某事是必要的

establish [ə`stæblɪʃ] v **建立，創建** 升全多雅托公

We have established close trade relation with that company.
我們和那家公司建立了親密的貿易關係。

➲ establish - established - established & establishing
同 build v 建造
反 demolish v 拆毀

構詞記憶法
字根 sta 表示「站，立」的意思。

搭配詞記憶法
become established 既定

estate [ɪs`tet] n 個人財產，社會地位 升全多雅托公

The successful decision increased his estate.

正確的決策增加了他的個人財產。

同 property n 財產

片 real estate agency ph 房地產公司

構詞記憶法

字根 stat 表示「站，立」的意思。

搭配詞記憶法

an heir to an estate 財產繼承人

estimate [`ɛstə͵met] v 評價，估算 升全多雅托公

It was conservatively estimated that the company lost more than 50 million in this economic crisis.

保守估計，公司在這次經濟危機中的損失超過 50 億。

➲ estimate - estimated - estimated & estimating

同 figure v 估計

文 economic crisis 為名詞片語，意思是「經濟危機」。

搭配詞記憶法

rough estimate 略估

estuary [`ɛstʃu͵ɛrɪ] n 河口，海口灣 升全多雅托公

The navy is staging military exercise in the estuary.

海軍正在河口進行軍事演習。

同 river n 河

文 stage military exercise 為常見用法，意思是「舉行軍事演習」。

搭配詞記憶法

open estuary 不凍河口

ethereal [ɪ`θɪrɪəl] a 輕飄的，天上的 升全多雅托公

She thought that the love was the most ethereal until she met James.

她一直認為愛情是飄渺的，直到她遇見了 James。

同 delicate a 微妙的

反 terrestrial a 地上的

片 ethereal oil ph 精油

邏輯記憶法

此單字中含有 real（a. 真實的）一詞，可延伸出 realize（v. 實現）。

構詞記憶法

字根 the 表示「神」的意思。

ethnic [`ɛθnɪk] a 種族的，部落的 升全多雅托公

The ethnic tensions have been relieved under the endeavors of government.

在政府的努力之下，種族關係緊張已經得到緩解。

同 racial a 種族的

文 ethnic tensions 是名詞片語，意思是「種族關係緊張」。

搭配詞記憶法

ethnic restaurant 民族風味的餐廳

ethnology [ɛθ`nalədʒɪ] n 人種學，民族學 升全多雅托公

There are various definitions of ethnology because of the different national traditions.

由於不同民族傳統，民族學有各種不同的定義。

片 cognitive ethnology ph 認知人類學

構詞記憶法

字根 logy 表示「學問，科學」的意思。

eugenics [ju`dʒɛnɪks] n 優生學 升全多雅托公

More and more people pay attention to the eugenics.
愈來愈多人關注優生學。

同 orthogenics a 優生學
片 negative eugenics ph 消極優生學

構詞記憶法
字首 eu- 表示「好的，優秀」的意思。

---

eulogy [`julədʒɪ] n 頌詞，頌文 升全多雅托公

In a western wedding, the eulogy to marriage was usually read by a padre.
在西方的婚禮上，結婚的頌詞經常由神父宣讀。

同 eulogium n 頌文
片 denounce eulogy ph 譴責

構詞記憶法
字根 ology 表示「學問，科學」的意思。

---

evaluate [ɪ`væljuˏet] v 評價 升全多雅托公

You can't evaluate the market situation without investigation.
未經調查不能隨便評價市場狀況。

➲ evaluate - evaluated - evaluated & evaluating
同 value v 評價
片 evaluation outcome ph 評估結果

構詞記憶法
字根 valu(e) 表示「價值」的意思。

搭配詞記憶法
be difficult to evaluate 難以評估

---

evaluation [ɪˏvælju`eʃən] n 評價 升全多雅托公

I will give you a fair evaluation after seeing your work.
視你的工作情況，我會給你個公平的評價。

同 valuation n 評價
片 performance evaluation ph 績效評估

構詞記憶法
字尾 -ion 為名詞字尾，表示「～的行為或狀態」的意思。

搭配詞記憶法
comprehensive evaluation 綜合評估

---

evanescent [ˏɛvə`nɛsn̩t] a 短暫的，無常的 升全多雅托公

The suffering is evanescent. Good luck will visit you.
困難只是暫時的，幸運會降臨到你身上的。

同 smorzando a 逐漸消失的
片 evanescent wave ph 消散波

構詞記憶法
字根 van 表示「無」的意思。

---

evaporate [ɪ`væpəˏret] v 揮發，消失 升全多雅托公

The alcohol is easy to evaporate. Please seal tightly.
酒精易揮發，請密封好。

➲ evaporate - evaporated - evaporated & evaporating
同 vapor v 蒸發
反 freeze v 凝固
片 vacuum evaporation ph 真空蒸發

構詞記憶法
字根 vapor 表示「蒸氣」的意思。

event [ɪ`vɛnt] n 事件，活動 升全多雅托公

He was caught up in this event innocently.
他無辜被捲入此次事件當中。

同 incident n 事件
片 in the event ph 如果

搭配詞記憶法
current event 時事

everglade [`ɛvɚ͵gled] n 濕地，沼澤地 升全多雅托公

We have visited the Everglades National Park many times.
我們參觀過沼澤地國家公園好多次。

同 wetland n 濕地
片 everglade rush ph 沼澤激流

邏輯記憶法
此單字中含有 ever（ad. 永遠）一詞，也延伸出 forever（ad. 永遠，不斷地）。

evidence [`ɛvədəns] n 證據，跡象 升全多雅托公

They have found out enough evidence to support their opinion.
他們已經找到充足的證據來支持他們的觀點。

同 sign n 跡象
片 give evidence ph 作證

構詞記憶法
字根 vid 表示「看」的意思。

搭配詞記憶法
in the face of evidence 證據當前

evil [`ivḷ] n 邪惡，災禍 升全多雅托公

In the *Bible*, the dragon is the symbol of evil and devil.
《聖經》裡，龍是邪惡和魔鬼的象徵。

同 sin n 罪
文 be symbol of 為常見用法，意思是「～的象徵」。

搭配詞記憶法
evil eye 惡毒的眼光

evolution [͵ɛvə`luʃən] n 進化，發展 升全多雅托公

Human species went through a long evolution.
人類經歷了一個漫長的進化過程。

同 evolvement n 進化
反 devolution n 移交
片 social evolution ph 社會演化

構詞記憶法
字根 volu 表示「轉，捲」的意思。

搭配詞記憶法
theory of evolution 進化論

evolutionary [͵ɛvə`luʃən͵ɛrɪ] a 進化的 升全多雅托公

The biologists say that every species has its own evolutionary process.
生物學家說每個物種都有自己的進化過程。

同 developmental a 進化的
反 degenerative a 退化的
片 evolutionary theory ph 進化的理論

構詞記憶法
字尾 -ary 為形容詞字尾，表示「與～有關的」的意思。

evolve [ɪˋvalv] v 演變，發展
升全多雅托公

I have no idea how it evolved into this situation.
我不知道事情怎麼會演變成現在這種狀況。

- ➲ evolve - evolved - evolved & evolving
- 同 progress v 發展
- 片 evolve from ph 由～進化

構詞記憶法
字根 volve 表示「轉，捲」的意思。

搭配詞記憶法
fully evolve 完全進化

exaggerate [ɪgˋzædʒə,ret] v 誇大，誇張
升全多雅托公

He always exaggerates the fact to catch others' eyes.
他總是誇大事實以吸引他人注意。

- ➲ exaggerate - exaggerated - exaggerated & exaggerating
- 同 magnify v 放大
- 反 reduce v 縮小
- 片 enormously exaggerate ph 大肆渲染

構詞記憶法
字根 ger 表示「帶來，產生」的意思。

搭配詞記憶法
deliberately exaggerate 刻意誇大

examine [ɪgˋzæmɪn] v 檢查
升全多雅托公

He always examines whether the door and windows are locked well before he goes to sleep.
他睡覺前總是會檢查門窗是否鎖好。

- ➲ examine - examined - examined & examining
- 同 inspect v 檢查
- 片 examine and approve ph 審閱和批准

邏輯記憶法
此單字中含有 exam（n. 考試）一詞，可延伸出 example（n. 範例，榜樣）。

搭配詞記憶法
let us examine 讓我們看看～

example [ɪgˋzæmpl̩] n 榜樣，例子
升全多雅托公

You are the best example for us to follow.
你是我們最好的學習榜樣。

- 同 pattern n 樣品
- 片 negative example ph 反面教材

構詞記憶法
字根 ampl 表示「拿，獲得」的意思。

搭配詞記憶法
make an example of sb. 以某人為例（負面，以儆效尤）

excavate [ˋɛkskə,vet] v 挖掘，發掘
升全多雅托公

They excavated a big hole on the ground to bury the treasure.
他們在地上挖了個大洞用來埋藏寶藏。

- ➲ excavate - excavated - excavated & excavating
- 同 dig v 挖掘
- 反 inter v 埋
- 片 cutting excavate ph 開鑿

構詞記憶法
字根 cav 表示「洞」的意思。

搭配詞記憶法
extensively excavate 廣泛挖掘

excavation [,ɛkskəˋveʃən] n 發掘，挖掘

Archaeologists spent much time on the excavation of the tomb.
考古學家花很多時間在挖掘陵墓。

- 反 burial n 葬
- 片 underground excavation ph 地下挖掘

構詞記憶法
字尾 -ion 為名詞字尾，表示「～的狀態或行為」的意思。

exceed [ɪk`sid] **v** **超過，突出** 升全多雅托公

Don't exceed the speed limit or you'll receive a ticket.

不要超速，否則會被罰。

➲ exceed - exceeded - exceeded & exceeding

同 surpass v 超過

片 exceed in ph 在～方面超過

> **構詞記憶法**
> 字根 ceed 表示「行走，前進」的意思。
>
> **搭配詞記憶法**
> substantially exceed 大幅超過

---

exceptional [ɪk`sɛpʃənḷ] **a** **優越的，特殊的** 升全多雅托公

The blind people have an exceptional sense of hearing.

盲人的聽覺很靈敏。

同 extraordinary a 非凡的

反 ordinary a 普通的

片 exceptional ability ph 特殊才能

> **構詞記憶法**
> 字根 cept 表示「拿，抓住」的意思。

---

excessive [ɪk`sɛsɪv] **a** **過度的，過分的** 

Excessive drinking would cause stomach bleeding.

過度飲酒可能會引起胃出血。

同 inordinate a 過度的

片 excessive consumption ph 過度消費

> **構詞記憶法**
> 字根 cess 表示「行走，前進」的意思。

---

exchange [ɪks`tʃendʒ] **v** **交換，替換** 升全多雅托公

I exchanged the number with him in a hurry.

我和他匆匆交換電話號碼。

➲ exchange - exchanged - exchanged & exchanging

同 interchange v 互換

片 stock exchange ph 證券交易

> **構詞記憶法**
> 字首 ex- 表示「出，出去」的意思。

---

excruciating [ɪk`skruʃɪˌetɪŋ] 升全多雅托公

a **使苦惱的，極度的**

Splitting up with her boyfriend caused her excruciating misery.

和男友分手使她很苦惱。

同 torturous a 折磨人的

片 excruciating wait ph 煎熬的等待

> **構詞記憶法**
> 字首 ex- 表示「加強意義」。

---

execute [`ɛksɪˌkjut] **v** **處決，執行** 

The laws formulated by the state must be executed strictly.

國家制定的法律必須嚴格執行。

➲ execute - executed - executed & executing

同 perform v 執行

> **構詞記憶法**
> 字根 ecut(e) 表示「跟隨，追」的意思。
>
> **搭配詞記憶法**
> extrajudicially execute 法外執行

executive [ɪgˋzɛkjutɪv] a 管理的，執行的 n 經理，業務主管 升全多雅托公

He was headhunted for the position of executive.
他被挖角來擔任總經理一職。

同 managing a 管理的
片 chief executive ph 行政長官

構詞記憶法
字尾 -ive 為形容詞字尾，表示「有～性質的」的意思。

exemplify [ɪgˋzɛmpləˏfaɪ] v 例示，是～的典型 升全多雅托公

He exemplified the difference of the two words.
他舉例說明這兩個字的不同。

➲ exemplify - exemplified - exemplified & exemplifying
同 illustrate v 說明

構詞記憶法
字尾 -ify 為動詞字尾，表示「使得，變成」的意思。

exert [ɪgˋzɝt] v 發揮，施加 升全多雅托公

Though he exerted all strength, the stone was still at a standstill.
儘管他使盡全身的力氣，這塊大石頭還是一動也不動。

➲ exert - exerted - exerted & exerting
同 utilize v 使用
片 exert on ph 對～施加影響

構詞記憶法
字根 s(x)ert 表示「加入，插入」的意思。

exhaust [ɪgˋzɔst] v 筋疲力盡，排出 升全多雅托公

The journey is so long that it exhausted all members.
如此長時間的旅途使所有人都筋疲力盡。

➲ exhaust - exhausted - exhausted & exhausting
同 fatigue v 疲勞
反 replenish v 補充
片 exhaust port ph 排氣口

構詞記憶法
字根 haust 表示「抽水」的意思。

搭配詞記憶法
utterly exhaust 完全疲憊

exhibit [ɪgˋzɪbɪt] v 展示 升全多雅托公

The teacher often exhibited his compositions in the class.
老師經常在課堂上展示他的文章。

➲ exhibit - exhibited - exhibited & exhibiting
同 show v 展示
片 on exhibit ph 展出

構詞記憶法
字根 hibit 表示「拿住」的意思。

exile [ˋɛksaɪl] n v 流放，流亡 升全多雅托公

During the exile, he went through a great deal of hardships.
在流亡期間，他經歷許多磨難。

同 deport v 把～驅逐出境
片 go into exile ph 流亡

構詞記憶法
字首 ex- 表示「向外」的意思。

搭配詞記憶法
the return of exiles 流放者召回

exodus [ˋɛksədəs] n 離去，退出

升全多雅托公

The exodus of brains made the company face a great challenge.
人才的流失使公司面臨巨大的挑戰。

同 departure n 離開
片 rural exodus ph 農村遷離

構詞記憶法
字首 exo- 表示「外部的，外面」的意思。

exonerate [ɪgˋzɑnə͵ret] v 免罪，使免除

The evidence exonerates the suspect from the murder.
證據證明嫌疑犯跟這次謀殺案沒有關係。

➲ exonerate - exonerated - exonerated & exonerating
同 absolve v 免除
片 exonerate sb. from blame ph 免某人的罪責

構詞記憶法
字首 exo- 表示「外部的，外面」的意思。

exotic [ɛgˋzɑtɪk] a 異國的，奇異的

升全多雅托公

This hotel is full of romance and exotic atmosphere.
這家飯店充滿浪漫情調和異國風情。

同 foreign a 外國的
反 indigenous a 本土的
片 exotic clothes ph 奇裝異服

構詞記憶法
字首 exo- 表示「外部的，外面」的意思。

expansion [ɪkˋspænʃən] n 擴充，擴大

He asked the engineer to install a memory expansion card in his computer.
他請工程師幫他的電腦安裝記憶體擴充卡。

反 contraction n 收縮
文 install 的意思是「安裝」，經常用於軟體、設備的安裝。

構詞記憶法
字尾 -ion 為名詞字尾，表示「～的動作或狀態等」的意思。

搭配詞記憶法
a period of expansion 擴展期間

expectancy [ɪkˋspɛktənsɪ] n 期待，期望

升全多雅托公

The normal life expectancy of female is longer than male's.
女性的一般預期壽命比男性的長。

同 hope n 期望
片 career expectancy ph 職業期望

構詞記憶法
字根 spect 表示「看」的意思。

expedition [͵ɛkspɪˋdɪʃən] n 考察，遠征軍

The group decided to make an expedition to the disaster area.
這個小組決定到災區考察。

同 trek n 長途跋涉
片 relief expedition ph 救援隊

構詞記憶法
字根 ped 表示「腳，足」的意思。

搭配詞記憶法
archaeological expedition 考古探險隊

expel [ɪk`spɛl] **v** **開除，驅逐** 升全多雅托公

The student was expelled from the school for cheating.
這名學生由於作弊而被學校開除。

➲ expel - expelled - expelled & expelling
同 outlaw v 將～放逐
片 expel obstacle ph 排除障礙

構詞記憶法
字根 pel 表示「驅動，推」的意思。

搭配詞記憶法
forcibly expel 強行驅逐

---

expendable [ɪk`spɛndəbl̩] **n** **消耗品** 升全多雅托公

Pen, ink and paper are called expendables because they couldn't be reused.
筆和墨水被稱為消耗品，因為它們不能被重複使用。

同 consumable n 消耗品
片 expendable funds ph 可用資金

構詞記憶法
字根 pend 表示「花費」的意思。

---

expenditure [ɪk`spɛndɪtʃɚ] **n** **花費，開支** 升全多雅托公

You should cut down your expenditure on clothes.
你應該縮減在衣服上的花費。

同 spending n 花費
反 revenue n 收益
片 capital expenditure ph 資本支出

構詞記憶法
字尾 -ure 為名詞字尾，表示「～的狀態或行為等等」的意思。

搭配詞記憶法
a rise / cut in expenditure 增加／縮減花費

---

expense [ɪk`spɛns] **n** **花費，消耗** 升全多雅托公

For me, it is a big expense to buy a house in the center.
對我來說，在市中心買房子是一筆很大的花費。

同 expenditure n 花費
反 income n 收入
片 removal expense ph 拆遷費用

構詞記憶法
字根 pens 表示「花費」的意思。

搭配詞記憶法
all expenses paid 所有已支付的費用

---

experience [ɪk`spɪrɪəns] **n** **經驗，體驗** 升全多雅托公

The elderly always tell the young useful experience.
老人總是能給年輕人提供有用的經驗。

同 occurrence n 遭遇
反 inexperience n 缺乏經驗
片 working experience ph 工作經驗

構詞記憶法
字根 peri 表示「嘗試」的意思。

搭配詞記憶法
experience economy 體驗經濟

---

experiment [ɪk`spɛrəmənt] **v** **n** **嘗試，做實驗** 升全多雅托公

If you want to gain success, you must be willing to experiment.
如果你想要成功，就必須願意嘗試。

➲ experiment - experimented - experimented & experimenting
同 prove v 驗證
反 renounce v 放棄
片 field experiment ph 實地試驗；田間試驗

構詞記憶法
字根 peri 表示「嘗試」的意思。

expert [ˋɛkspɚt] n 專家，能手 升全多雅托公

He used to be an expert at making dessert.

他曾是做甜點的專家。

同 specialist n 行家

反 amateur n 外行

片 expert advice ph 專家意見

搭配詞記憶法

expert at ～方面的專家

expertise [ˌɛkspɚˋtiz] n 專門知識，專家評定 升全多雅托公

He had obtained abundant expertise on the business.

他已經掌握了豐富的商業知識。

同 kill n 技能

片 technical expertise ph 專業技術

搭配詞記憶法

an area of expertise 專業領域

expire [ɪkˋspaɪr] v 期滿，失效 升全多雅托公

Our trade agreement with Canada will expire this year.

我們和加拿大簽訂的貿易協定今年將到期。

➲ expire - expired - expired & expiring

同 determine n 終止

片 expired data ph 過期資料

構詞記憶法

字根 spir(e) 表示「呼吸，精神」的意思。

搭配詞記憶法

be due to expire 期滿

explain [ɪkˋsplen] v 解釋，說明 升全多雅托公

He tried to explain why he was late for the meeting.

他設法解釋他為什麼開會遲到。

➲ explain - explained - explained & explaining

同 solve v 解答

反 obscure v 掩蓋

片 explain clearly ph 闡明

構詞記憶法

字根 plain 表示「平坦，明白」的意思。

搭配詞記憶法

concisely explain 簡要解釋

explicate [ˋɛksplɪˌket] v 解釋，說明 升全多雅托公

You have to explicate its basic definition before start.

在開始之前你必須解釋清楚它的基本定義。

➲ explicate - explicated - explicated & explicating

同 translate v 解釋，翻譯

構詞記憶法

字根 plic 表示「重疊，重複」的意思。

explicit [ɪkˋsplɪsɪt] a 清楚的，直言的 升全多雅托公

Can you give me an explicit direction to there?

你能給我那裡明確的方向嗎？

同 clear a 清楚的

反 ambiguous a 含糊的

構詞記憶法

字根 plic 表示「重疊，重複」的意思。

搭配詞記憶法

explicit about 對～很清楚

exploit [ˋɛksplɔɪt] v **利用，開採** 升全多雅托公

For the benefit, he even began to exploit his best friends.
為了利益，他甚至開始利用最好的朋友。

➲ exploit - exploited exploited & exploiting
同 employ v 利用，雇傭
片 exploit markets ph 開拓市場

構詞記憶法
字首 ex- 表示「向外」的意思。

搭配詞記憶法
be determined to exploit 確定開採

exploratory [ɪkˋsplorə͵torɪ] a **探索的，考察的** 升全多雅托公

The doctor reminded that the treatment was still in an exploratory stage.
醫生提醒這種治療方法仍處於探索階段。

同 expeditionary a 探險的
片 exploratory research ph 探索性研究

構詞記憶法
字尾 -ory 為形容詞字尾，表示「起～作用的」的意思。

explore [ɪkˋsplor] v **勘查，探究** 升全多雅托公

The armed forces were sent to explore the enemy's landform.
這個武裝部隊被派去偵查敵方的地形。

➲ explore - explored - explored & exploring
同 probe v 探索
片 explore for oil ph 勘測石油

構詞記憶法
字根 plore 表示「哭，喊」的意思。

explosion [ɪkˋsploʒən] n **激增** 升全多雅托公

We need to take effective methods to control the population explosion.
我們需要採取有效的措施以控制人口激增。

同 increase v 增加
反 reduce v 減少
片 information explosion ph 資訊爆炸

搭配詞記憶法
population explosion 人口激增

exponent [ɪkˋsponənt] n **典型，說明者** 升全多雅托公

The behavior of Mary is an exponent of princess syndrome.
Mary 的行為是典型的公主病。

同 model n 典範
文 princess syndrome 為名詞片語，意思是「公主病」。

構詞記憶法
字根 pon 表示「放置」的意思。

搭配詞記憶法
exponent of ～的典型

expose [ɪkˋspoz] v **揭露** 升全多雅托公

She is too yellow to expose his crime.
她太膽小不敢揭發他的罪行。

➲ expose - exposed - exposed & exposing
同 reveal v 揭露
反 conceal v 隱瞞

構詞記憶法
字根 pose 表示「放置」的意思。

搭配詞記憶法
publicly expose 公開揭露

exposition [ˌɛkspəˋzɪʃən] n 闡述，博覽會 升全多雅托公

The criminal confessed to the crime with a clear exposition of crime.
罪犯坦承犯行，並對犯罪過程作出清楚的闡述。

同 exhibition n 展覽
片 general exposition ph 概括性地闡述

構詞記憶法
字根 pos 表示「放置」的意思。

exposure [ɪkˋspoʒɚ] n 揭發，暴露 升全多雅托公

Through the exposure of crime, his reputation suffered seriously.
罪行的揭發使他的聲譽遭受嚴重損害。

同 disclosure n 洩露
片 exposure control ph 曝光控制

構詞記憶法
字尾 -ure 為名詞字尾，表示「～的行為」的意思。

搭配詞記憶法
full exposure 完全揭露

expressive [ɪkˋsprɛsɪv] 升全多雅托公
a 富於表情的，有表現力的

She had a more expressive face than any actresses.
她有一張比演員表情還豐富的臉。

同 poignant a 鮮活的
反 inflexible a 僵硬的，呆板的

邏輯記憶法
此單字中含有 press（v. 壓）一詞，可延伸出 depress（v. 使沮喪）。

構詞記憶法
字根 press 表示「擠壓」的意思。

extend [ɪkˋstɛnd] v 擴大，伸展 升全多雅托公

Reading books can extend your knowledge range.
讀書可以擴展你的知識層面。

➲ extend - extended - extended & extending
同 expand v 擴展
反 shrink v 收縮
片 extend one's business ph 擴大營業

構詞記憶法
字根 tend 表示「伸展，趨向」的意思。

搭配詞記憶法
extend from...to... 從～擴展

extensive [ɪkˋstɛnsɪv] a 廣泛的 升全多雅托公

The extensive reading has an essential difference from the intensive reading.
泛讀和精讀本質上不同。

同 comprehensive a 廣泛的
反 intensive a 加強的
片 extensive economy ph 大規模經濟

構詞記憶法
字根 tens 表示「伸展，趨向」的意思。

extent [ɪkˋstɛnt] n 程度，長度 升全多雅托公

Don't try to challenge the extent of my patience!
不要試圖挑戰我的忍耐程度！

同 degree n 程度
片 a certain extent ph 一定程度上

構詞記憶法
字根 tens 表示「伸展，趨向」的意思。

搭配詞記憶法
to some extent 在某種程度上

exterior [ɪk`stɪrɪɚ] n 外表，外部 升全多雅托公

Many people make the common error of judging by exteriors.
許多人都有以貌取人的毛病。

同 external n 外部
反 inner n 內部
片 exterior wall ph 外牆

構詞記憶法
字首 ex- 表示「出去，外」的意思。

external [ɪk`stɝnəl] a 外面的，外部的 升全多雅托公

I think no one is there because the external door is locked.
我想這裡沒人，因為外面的門是鎖著的。

同 exterior a 外面的
反 internal a 內部的
片 external environment ph 外部環境

構詞記憶法
字尾 -al 為形容詞字尾，表示「關於～的」的意思。

extinct [ɪk`stɪŋkt] a 滅絕的，絕種的 升全多雅托公

This species will be extinct on Earth if we don't take steps.
如果我們不採取措施的話，此物種將從地球上消失。

同 obsolete a 廢棄的
片 ecologically extinct ph 生態滅絕

構詞記憶法
字根 stinct 表示「刺，刺激」的意思。

搭配詞記憶法
all but extinct 幾乎絕種

extinction [ɪk`stɪŋkʃən] n 熄滅，滅絕 升全多雅托公

The extinction of the candle plunged the room into darkness.
蠟燭的熄滅使房間陷入黑暗。

同 evaporation n 消失
片 mass extinction ph 大量消亡

構詞記憶法
字尾 ion 為名詞字尾，表示「～的行為或狀態」。

extinguish [ɪk`stɪŋgwɪʃ] v 熄滅，償清 升全多雅托公

The blaze was extinguished by the endeavor of the firemen.
在消防員的努力之下，大火被熄滅了。

➲ extinguish - extinguished - extinguished & extinguishing
同 quench v 撲滅
片 extinguish agent ph 滅火劑

構詞記憶法
字尾 -ish 為動詞字尾，表示「造成～」的意思。

extract [ɪk`strækt] v 提取，選取 升全多雅托公

This essence is extracted from the olive oil.
此精華液是從橄欖油裡提取出來的。

➲ extract - extracted - extracted & extracting
同 pluck v 採，拔
反 restore v 歸還

構詞記憶法
字根 tract 表示「拖，拉」的意思。

extraordinary [ɪk`strɔrdn̩ˌɛrɪ]
升 全 多 雅 托 公

a 非凡的，特別的

He has got extraordinary achievement in music.
他在音樂方面取得非凡的成就。

同 wonderful a 精彩的
反 ordinary a 普通的
片 extraordinary ability ph 傑出才能

構詞記憶法
字根 ordin 表示「命令，順序」的意思。

搭配詞記憶法
make sth. extraordinary 使某事特別

extravagant [ɪk`strævəgənt] a 過分的，奢侈的
升 全 多 雅 托 公

Don't you think your requirement is too extravagant?
你不覺得你的要求很過分嗎？

同 excessive a 過度的
反 economical a 合算的
片 extravagant price ph 過高的價格

構詞記憶法
字根 vag 表示「漫遊」的意思。

搭配詞記憶法
extravagant with 對～奢侈的

extreme [ɪk`strim] a 極端的，末端的
升 全 多 雅 托 公

It was hard to imagine that you had done such extreme things.
很難想像你竟然會做出如此極端的事情。

同 excessive a 過度的
反 temperate a 有節制的

構詞記憶法
字根 extre 表示「出去，外」的意思。

搭配詞記憶法
become extreme 變極端

exuberant [ɪg`zjubərənt]
升 全 多 雅 托 公

a 充沛的，生機勃勃的

I've never met an old man that was as exuberant as my grandpa.
我從來沒見過像我外公那樣精力充沛的老人。

同 lively a 生機勃勃的
反 tired a 疲憊的
片 exuberant stage ph 旺盛時期

構詞記憶法
字尾 -ant 為形容詞字尾，表示「處於～狀態的」的意思。

eye [aɪ] n 眼睛，視力
升 全 多 雅 托 公

She is a beautiful girl with great, bright and intelligent eyes.
她是個眼睛水汪汪的漂亮女孩。

同 sight n 視力
片 eye shadow ph 眼影

同音詞記憶法
與此單字同音的單字是 I（pron. 我）。

搭配詞記憶法
as far as the eye can see 眼力所及之遙

MEMO

Ff

fable ~ futuristic

6大考試

㊉ 學測指考

㊎ 全民英檢

㊈ 多益測驗

㊫ 雅思測驗

㊋ 托福測驗

㊣ 公職考試

6大英文單字記憶法

構詞記憶法

利用英文的構詞方式，透過字首、字根、字尾的方式來記憶單字。

同音詞記憶法

利用單字的相同發音卻不同拼字來記憶。

單複數記憶法

利用單字本身單複數形式所產生的不同意思來記憶單字。

近似音記憶法

利用諧音方式來增加記憶。

搭配詞記憶法

利用一組詞彙的概念來記憶，在記憶單字時不是只記下一個單字的意思，而是能夠使用一組詞彙加深印象。

邏輯記憶法

以一個單字為單位，採用順序或不同的角度去找出邏輯的關係，並延伸出其它的單字。

Ff fable ~ futuristic

符號說明 ➲ 動詞三態 & 分詞 同 同義字 反 反義字 文 文法重點

fable [ˋfebl̩] n 寓言，童話 升 全 多 雅 托 公
The fable is fictional, but it contains philosophy.
這個寓言雖然是編造的，但內含哲理。
同 tale n 傳說
片 Aesop's Fables ph 伊索寓言

構詞記憶法
字根 fabl 表示「講，說」的意思。

fabric [ˋfæbrɪk] n 織物，質地 升 全 多 雅 托 公
I choose a red cape among these fabrics.
我從這些織物中挑選出一條紅色的披肩。
同 material n 織物
片 natural fabric ph 天然纖維

搭配詞記憶法
the very fabric of sth. 某事物的基本結構

fabricate [ˋfæbrɪˏket] v 編造，製造 升 全 多 雅 托 公
He often fabricates different excuses for his faults.
他經常為他的錯誤編造藉口。
➲ fabricate - fabricated - fabricated & fabricating
同 manufacture v 捏造
片 fabricate rumors ph 製造謠言

構詞記憶法
字尾 -ate 為動詞字尾，表示「使成為」的意思。

fabulous [ˋfæbjələs] a 極好的，極妙的 升 全 多 雅 托 公
The cover design and content of this book are fabulous.
這本書的封面設計和內容都很好。
同 remarkable a 卓越的
反 terrible a 極糟的
片 fabulous hero ph 神話中的英雄

構詞記憶法
字根 fabul 表示「講，說」的意思。

facade [fəˋsɑd] n 外表，假像 升 全 多 雅 托 公
Behind the grim facade he has a burning heart.
他冷酷的外表內有著一顆火熱的心。
同 front n 前面
片 flying facade ph 假門面

構詞記憶法
字根 fac 表示「臉，面」的意思。

facet [ˋfæsɪt] n （多面體的）面 升 全 多 雅 托 公
The worker made several signs on the facets of the building.
工人在大樓的側面作幾個標記。
同 side n 側面

構詞記憶法
字根 fac 表示「臉，面」的意思。

搭配詞記憶法
essential facet 基本（重要）面

facilitate [fəˋsɪlə͵tet] v 促進，助長 升全多雅托公

The encouragements from teachers facilitated James study.
老師的鼓勵促進 James 的學習。

➲ facilitate - facilitated - facilitated & facilitating
同 speed v 加速
片 facilitate communication ph 促進溝通

構詞記憶法
字根 fac 表示「臉，面」的意思。

搭配詞記憶法
greatly facilitate 大幅推動

facility [fəˋsɪlətɪ] n 設備，能力 升全多雅托公

The hospital imports some medical facilities from overseas.
醫院從國外引進一些醫療設備。

同 equipment n 設備
片 production facility ph 生產設備

構詞記憶法
字根 fac 表示「作，製作」的意思。

搭配詞記憶法
a range of facilities 各種設施

factor [ˋfæktɚ] n 因素，代理人 升全多雅托公

Physical exercise is an important factor in keeping fit.
鍛鍊身體是保持身材的重要因素。

同 element n 因素
片 key factor ph 關鍵因素

邏輯記憶法
此單字中含有 fact（n. 事實）一詞，可延伸出 factory（n. 工廠）。

faint [fent] a 微弱的，模糊的 升全多雅托公

There was a faint voice asking for help from the small dark room.
從黑暗的小房間裡傳出微弱的呼救聲。

同 weak a 虛弱的
反 strong a 強壯的

搭配詞記憶法
faint haze 薄霧

faith [feθ] n 信任，信用 升全多雅托公

I have lost faith in you after the accident.
經過這次的意外，我已經對你失去信任。

同 confidence n 信心
反 doubt n 懷疑
片 keep faith ph 守信

構詞記憶法
字根 faith 表示「信任，相信」的意思。

搭配詞記憶法
have every faith in sb. 對某人有充分的信心

fair [fɛr] a 公平的，合理的 升全多雅托公

She wants to get a fair treatment in the company.
她希望在公司得到公平的對待。

同 impartial a 公平的
反 inequitable a 不公平的
片 fair competition 公平競爭

同音詞記憶法
與此單字中同音的單字是fare（n. 票價）。

搭配詞記憶法
make sth. fair 使某事公平

falcon [ˋfɔlkən] n 獵鷹 升全多雅托公

It seems that the falcon can understand human languages.
獵鷹好像能聽得懂人的話。

同 peregrin n 隼
文 seem 作動詞，意思是「好像」，後面跟 that 引導的子句或不定詞。

搭配詞記憶法
royal falcon 光榮的獵鷹

fallacious [fəˋleʃəs] a 荒謬的，欺騙的 升全多雅托公

I want to demonstrate whether this proof is fallacious.
我想證明這證據是否荒謬。

同 uncertain a 含糊的
反 true a 真的
片 fallacious argument ph 謬論

構詞記憶法
字根 fall 表示「犯錯誤，欺騙」的意思。

fallacy [ˋfæləsɪ] n 謬誤，錯誤 升全多雅托公

It is a fallacy if it is not based on facts.
沒有事實依據的就是謬誤。

同 falsehood n 謊言
片 existential fallacy ph 存在的謬論

構詞記憶法
字尾 -acy 為名詞字尾，表示「性質或狀態」的意思。

fallible [ˋfæləbḷ] a 容易出錯的 升全多雅托公

Pay more attention to this part. It is fallible.
多加注意這部分，容易出錯。

同 errant a 犯錯誤的
文 pay attention to 為常用片語，意思是「注意～」。

構詞記憶法
字尾 -ible 為形容詞字尾，表示「有～的，可～的」的意思。

fame [fem] n 名聲，聲望 升全多雅托公

Her good fame has been spoiled by this sex scandal.
這次性醜聞破壞了她一貫的好名聲。

同 reputation n 名聲
文 spoil 在例句中作動詞，意思是「變質，掠奪」，後面直接接名詞。

搭配詞記憶法
wealth and fame
名利

構詞記憶法
字根 fame 表示「聲譽」的意思。

famine [ˋfæmɪn] n 饑荒，饑餓 升全多雅托公

There were thousands of refugees dying of famine.
成千上萬的難民死於饑荒。

同 starvation n 饑餓
反 affluence n 富足

邏輯記憶法
此單字中含有 mine（pron. 我的）一詞，可延伸出 amine（n. 胺）。

構詞記憶法
字尾 -ine 為名詞字尾，表示「性質，狀態，元素」的意思。

famous [ˋfeməs] a 出名的，著名的 升全多雅托公

The actor is famous for his consummate skill and handsome appearance.
這演員因精湛的演技和俊朗的外形而出名。

同 illustrious a 傑出的
反 anonymous a 無名的
片 famous brand ph 名牌

構詞記憶法
字尾 -ous 為形容詞字尾，表示「有～性質或特徵的」的意思。

fan [fæn] n 迷，狂熱愛好者

This singer has thousands of fans around the world.
這位歌手在世界各地有成千上萬的粉絲。

同 aficionado n 迷
片 ardent fan ph 狂熱的愛好者

> **近似音記憶法**
> fan 音如「粉」，以 fan 開頭的字，隱含「粉絲，狂熱」。

---

fanatic [fə`nætɪk] a 狂熱的

He became a fanatic jogger after recovering from the illness.
痊癒後他變成狂熱的慢跑愛好者。

同 frenetic a 狂熱的
片 movie fanatic ph 瘋狂的影迷

> **近似音記憶法**
> fan 音如「粉」，以 fan 開頭的字，隱含「粉絲，狂熱」。
>
> **構詞記憶法**
> 字尾 -tic 為形容詞字尾，表示「關於～的」的意思。

---

fanatical [fə`nætəkl̩] a 狂熱的

This large auction attracted a fanatical following among the antique lovers.
這次大型拍賣會吸引古董愛好者狂熱的追隨。

同 fanatic a 狂熱的
文 antique lover 為名詞片語，意思是「古董愛好者」。

> **近似音記憶法**
> 字尾 -ical 為形容詞字尾，表示「屬於～的」的意思。

---

fancy [`fænsɪ] n 想像，愛好

It's never a passing fancy but after much meditation.
這絕不是一時興起，而是經過深思熟慮的。

同 fantasy n 幻想
文 much meditation 為名詞片語，意思是「認真思考」。

> **搭配詞記憶法**
> after one's fancy 中意的

---

fare [fɛr] n 票價，乘客

The round trip fare to England has dropped to $200.
去英國的往返票價已降為 200 美元。

同 fee n 費
片 fare evasion ph 逃票

> **搭配詞記憶法**
> a (an) increase / reduction in fares 加／減價

---

farewell [`fɛr`wɛl] n 告別，歡送

After one week holiday, he has to make his farewell to friends.
一週假期以後，他必須和朋友們告別。

同 adieux n 告別
反 reception n 迎接
片 farewell dinner ph 告別宴會

> **構詞記憶法**
> 字根 well 表示「願望，福利」的意思。
>
> **搭配詞記憶法**
> farewell appearance 最後演出

fashion [ˋfæʃən] n 時裝，時尚

升 全 多 雅 托 公

Our summer collection will be present in the next fashion shows.

我們的夏裝系列將在下一場時裝秀推出。

同 style n 設計

文 summer collection 為名詞片語，意思是「夏裝系列」。

搭配詞記憶法

fashion design 服裝設計

fashionable [ˋfæʃənəbl̩] a 時髦的

升 全 多 雅 托 公

Nowadays, playing golf has become a fashionable sport.

現在打高爾夫已經成為一種時尚的運動。

同 prevailing a 盛行的

反 antiquated a 過時的

片 fashionable style ph 款式新穎

構詞記憶法

字尾 -able 為形容詞字尾，表示「可～的，能～的」的意思。

搭配詞記憶法

make sth. fashionable 使某事物成為時尚，流行起來

fasten [ˋfæsn̩] v 使固定

升 全 多 雅 托 公

Not only the driver but the co-pilot should fasten their seat-belts.

不僅是駕駛員，副駕駛員也需要繫好安全帶。

➲ fasten - fastened - fastened & fastening

同 tie v 繫緊

反 untie v 解開

片 fasten down ph 蓋緊

構詞記憶法

字根 ten 表示「拿住，握住」的意思。

搭配詞記憶法

fasten tightly 緊緊扣上

fastener [ˋfæsn̩ɚ] n 鈕扣，緊固物

升 全 多 雅 托 公

The girl asked the boy for the second fastener of his school uniform.

女孩跟男孩要他校服上的第二顆鈕扣。

同 button n 鈕釦

文 ask sb. for sth. 為常見用法，意思是「跟某人要某物」。

搭配詞記憶法

zip fastener 拉鍊

fat [fæt] a 胖的，豐滿的

升 全 多 雅 托 公

I admire the person who could eat what he likes without getting fat.

我羨慕那些怎麼吃都吃不胖的人。

同 chubby a 豐滿的

反 lean a 瘦的

片 fat metabolism ph 脂肪代謝

近似音記憶法

fa 音如「肥的」，以 fat 開頭的字，隱含「肥胖，長胖」。

fatal [ˋfetl̩] a 致命的，攸關的 升全多雅托公

The death of his wife and little son gave him a fatal blow.
妻子和小兒子的死給他致命的一擊。

同 significant a 重大的
文 fatal blow 為名詞片語，意思是「致命的打擊」。

搭配詞記憶法
fatal mistake 致命的錯誤

構詞記憶法
字尾 -al 為形容詞字尾，表示「關於～的」的意思。

fate [fet] n 命運 升全多雅托公

I would hold my fate in my own hands.
我要把自己的命運掌握在自己的手裡。

同 fortune n 命運
片 as sure as fate ph 千真萬確

同音詞記憶法
與此單字同音的單字是 fete（n. 遊園會）。

搭配詞記憶法
the hand of fate 命運之手

fathom [ˋfæðəm] v 領會，推測 升全多雅托公

It is hard to explain clearly, you need to fathom it by yourself.
這很難解釋清楚，需要你自己領會。

➲ fathom - fathomed - fathomed & fathoming
同 comprehend v 理解
文 explain 在例句中作動詞，意思是「解釋」，後面直接接受詞。

搭配詞記憶法
fathom out 理解

fatigue [fəˋtig] n 疲勞 升全多雅托公

Massage could reduce your fatigue and improve the blood circulation.
按摩可以緩解疲憊和促進血液循環。

同 tiredness n 疲勞
片 fatigue wear ph 疲勞磨損

邏輯記憶法
此單字中含有 fat（a. 胖的）一詞，可延伸出 fate（n. 災難）。

搭配詞記憶法
a feeling of fatigue 疲憊的感覺

fatten [ˋfætn̩] v 養肥，使充實 升全多雅托公

The pigs are fattened by the feed containing hormone.
這些豬是被含有激素的飼料養肥的。

➲ fatten - fattened - fattened & fattening
同 enrich v 充實
片 fatten up ph 養肥

近似音記憶法
fa 音如「肥的」，以 fat 開頭的字，隱含「肥胖，長胖」。

fattiness [ˋfætɪnɪs] n 脂肪 升 全 多 雅 托 公

Squat can reduce the fattiness in the waistline.

深蹲可以減少腰部的脂肪。

同 fat n 脂肪

反 muscle n 肌肉

片 blood fats (or blood lipids) ph 血脂肪

近似音記憶法

fa 音如「肥的」，以 fat 開頭的字，隱含「肥胖，長胖」。

構詞記憶法

字尾 -ness 為名詞字尾，表示「性質，狀態，狀況」的意思。

fatty [ˋfætɪ] n 胖子 升 全 多 雅 托 公

“He is really a nimble fatty”, he shouted surprisingly.

他驚訝地喊：「他真是個靈活的胖子。」

片 fatty liver ph 脂肪肝

構詞記憶法

字尾 -y 為名詞字尾，表示「對人的暱稱」的意思。

feasible [ˋfizəbl̩] a 可行的 升 全 多 雅 托 公

We agreed that the suggestion was feasible.

我們一致認為這個建議可行的。

同 possible a 合理的

反 infeasible a 不可行的

構詞記憶法

字尾 -ible 為形容詞字尾，表示「能～的」的意思。

feather [ˋfɛðɚ] n 羽毛，狀態 升 全 多 雅 托 公

In ancient times, people used feathers to write.

在古代，人們用羽毛寫字。

同 plume n 羽毛

片 birds of a feather ph 一丘之貉

搭配詞記憶法

as light as a feather 輕如鴻毛

feature [fitʃɚ] n 特色，特徵 升 全 多 雅 托 公

Cherry blossom and maple leaves are the main features in Japan.

櫻花和楓葉是日本的主要特色。

同 characteristic n 特徵

片 clinical feature ph 臨床特徵

構詞記憶法

字根 feat 表示「做，製作」的意思。

搭配詞記憶法

feature film 故事片

federal [ˋfɛdərəl] a 聯邦的，同盟的 升 全 多 雅 托 公

They overthrew the reactionary rule and established federal republic.

他們推翻反動統治，建立聯邦共和國。

同 federated a 聯邦的

片 federal government ph 聯邦政府

構詞記憶法

字根 feder 表示「聯盟」的意思。

feeble [fibḷ] **a** **虛弱的，無效的** 升全多雅托公

She was too feeble to reply to the doctor's answer.
她太虛弱了，無法回答醫生的問題。

- 同 fragile a 虛弱的
- 反 strong a 強壯的
- 片 feeble light ph 微弱的光線

邏輯記憶法
此單字中含有 fee（n. 費）一詞，可延伸出 feel（v. 感覺）。

feline [ˋfilaɪn] **n** **貓科動物** 升全多雅托公

I'm wondering if the owls belong to feline.
我很好奇，貓頭鷹是否屬於貓科動物。

- 同 cat n 貓科
- 文 wonder 與 if 連用時，表示「思考並設法判定是否屬實」的意思。注意此時的 if 不能用於否定句中。

邏輯記憶法
此單字中含有 line（v. 排隊）一詞，可延伸出 liner（n. 班機）。

feminine [ˋfɛmənɪn] **a** **女性化的，陰柔的**

The strong man likes the feminine things, such as lace and plush toy.
這個強壯的男人喜歡蕾絲和毛絨玩具等女性化的東西。

- 同 female a 女性的
- 反 male n 男性的

構詞記憶法
字首 fem- 表示「女性」的意思。

fertile [ˋfɝtḷ] **a** **富饒的，能生育的**

The government decided to transfer the wasteland into fertile field in ten years.
政府計劃 10 年之內把荒地改變為良田。

- 同 productive a 多產的
- 反 barren a 貧瘠的
- 片 fertile soil ph 肥沃土壤

近似音記憶法
fer 音如「肥」，以 fer 開頭的字，隱含「肥沃的，富饒的」。

構詞記憶法
字根 fer 表示「帶來，拿來」的意思。

fertility [fɝˋtɪlətɪ] **n** **生育力，多產** 升全多雅托公

The fertility rate in this area was controlled efficaciously.
這地區的出生率得到有效的控制。

- 同 productivity n 生產率
- 反 sterility n 不毛
- 片 fertility factor ph 致孕因素

近似音記憶法
fer 音如「肥」，以 fer 開頭的字，隱含「肥沃的，富饒的」。

構詞記憶法
字尾 -y 為名詞字尾，表示「性質，過程」的意思。

Day 11 單字學習 2650 個

fertilize [ˋfɝtl̩ˏaɪz] v 施肥，使豐饒 升全多雅托公

The farmer was fertilizing farmland with manure.
農民正在農田上施肥。

- fertilize - fertilized - fertilized & fertilizing
- 同 fecundate v 使肥沃
- 片 to fertilize with manure ph 施肥

近似音記憶法
fer 音如「肥」，以 fer 開頭的字，隱含「肥沃的，富饒的」。

構詞記憶法
字尾 -ize 為動詞字尾，表示「使成為」的意思。

fertilizer [ˋfɝtl̩ˏaɪzɚ] n 肥料 升全多雅托公

The chemical fertilizer would cause the agglomeration of soil.
化學肥料可能會導致土壤結塊。

- 同 manure n 肥料

搭配詞記憶法
natural fertilizer
天然肥料

feudal [ˋfjudl̩] a 封建的，老套的 升全多雅托公

The feudal traditions would be not applicable to the modern times.
封建傳統已經不適用於現代社會。

- 同 feodal a 封建的
- 反 up-to-date a 新式的
- 文 be applicable to 為常見用法，意思是「與～相適應」，後接名詞或代名詞。

搭配詞記憶法
feudal superstition
封建迷信

構詞記憶法
字尾 -al 為形容詞字尾，表示「關於～的」的意思。

feverish [ˋfivərɪʃ] a 發燒的，興奮的 升全多雅托公

I am a bit feverish after coming back from the party.
派對回來後，我有點發燒。

- 同 hectic a 發熱的
- 片 feverish activity ph 興奮的活動

邏輯記憶法
此單字中含有 ever（ad. 永遠）一詞，可延伸出 every（a. 每一個）。

構詞記憶法
字尾 -ish 為形容詞字尾，表示「有～性質的」的意思。

fiber [ˋfaɪbɚ] n 纖維，光纖 升全多雅托公

Oatmeal contributes to weight loss because of the crude fiber.
燕麥片因富含粗纖維而有助於減肥。

- 同 funicle n 纖維
- 文 contribute to 的意思是「有助於，有利於」，後接名詞、代名詞或動詞原形。

搭配詞記憶法
synthetic fiber
人造纖維

fictitious [fɪkˋtɪʃəs] a 虛構的，假想的 升全多雅托公

Don't be so serious. It's just a fictitious character.
不要太認真，這只是個虛構的人物。

- 同 imaginary a 虛構的
- 反 actual a 真實的
- 片 fictitious force ph 慣性

構詞記憶法
字根 fic 表示「做，製作」的意思。

搭配詞記憶法
wholly fictitious
完全虛構的

fidelity [fɪˋdɛlətɪ] n 忠誠

The main factor of his promotion is his fidelity to the company.
他升職的最大因素是他對公司的忠誠。

- 同 allegiance n 忠誠
- 反 disloyalty n 不忠
- 片 acoustic fidelity ph 聲音忠誠度

構詞記憶法
字根 fid 表示「信任，相信」而定意思。

搭配詞記憶法
marital fidelity 婚姻忠誠

---

fidget [ˋfɪdʒɪt] v 坐立不安的

He began to fidget and had an impulse to smoke.
他開始變得坐立不安，而有抽菸的衝動。

- ➲ fidget - fidgeted - fidgeted & fidgeting
- 同 squirm v 局促不安
- 片 fidget with ph 擺弄

邏輯記憶法
此單字中含有 get（v. 得到）一詞，可延伸出 forget（v. 忘記）。

構詞記憶法
字根 fid 表示「信任，相信」而定意思。

---

fig [fɪg] n 無花果，無用的東西

Having the figs as dessert is helpful for digesting.
把無花果作為飯後甜點有助於消化。

- 片 not give a fig ph 無視

搭配詞記憶法
fig leaf 遮羞布

---

figure [ˋfɪgjɚ] n 形狀，體型

The mass of plasticizer was worked up into a horsey figure by the child.
這堆橡皮泥被孩子捏成馬的形狀。

- 同 shape n 形狀
- 片 public figure ph 社會名人

構詞記憶法
字根 fig 表示「做，製作」而定意思。

搭配詞記憶法
have a head for figures 善於計算

---

figurine [ˌfɪgjəˋrin] n 小雕像

Finally, he carved out an ideal figurine for his mother.
最後，他為母親雕刻出理想的雕像。

- 同 statuette n 小雕像
- 片 clay figurine ph 泥像

構詞記憶法
字尾 -ine 為名詞字尾，表示「性質、狀態或物體等小事物」的意思。

---

fillet [ˋfɪlɪt] n 束髮帶，魚片

He bought a beautiful red fillet with lace for his daughter.
他買一條漂亮的蕾絲紅色束髮帶給女兒。

- 同 filet n 魚片
- 片 fish fillet ph 魚排

邏輯記憶法
此單字中含有 let（v. 讓）一詞，可延伸出 letter（n. 信）。

構詞記憶法
字尾 -et 為名詞字尾，表示「小事物」的意思。

final [ˋfaɪnḷ] a 最後的，決定性的 升全多雅托公

I have no final decision; I need to ask the leader for instruction.
我沒有最後的決定權，我需要請示主管。

同 terminal a 末期的
反 initial a 最初的
片 cup final ph 總決賽

構詞記憶法
字根 fin 表示「範圍，限制」的意思。

finale [fɪˋnalɪ] n 結局，終曲 升全多雅托公

The finale of this film is out of my expectation.
電影的結局出乎我意料。

同 end n 結局
反 prelude n 前奏
片 grand finale ph 終場演奏

構詞記憶法
字根 fin 表示「範圍，限制」的意思。

搭配詞記憶法
rousing finale 驚人的結局

finite [ˋfaɪnaɪt] a 有限的 升全多雅托公

The human life is finite, but the imagination is limitless.
人的生命是有限的，想像是無限的。

同 bounded a 有界限的
反 infinite a 無限的
片 finite difference ph 有限差

構詞記憶法
字尾 -ite 為形容詞字尾，表示「有～性質的」的意思。

firearm [ˋfaɪr͵ɑrm] n 火器，槍枝 升全多雅托公

The clothes are tough enough to resist all the firearms.
這些衣服夠堅韌以抵禦所有的火器。

同 weapon n 武器
片 firearm offenses ph 槍枝犯罪

邏輯記憶法
此單字中含有 arm（n. 武器）一詞，可延伸出 harm（n. 傷害）。

搭配詞記憶法
firearm offense 槍枝攻擊

firework [ˋfaɪr͵wɝk] n 煙火 升全多雅托公

The fireworks are not allowed in the center of the city.
市中心不准放煙火。

片 fireworks display ph 煙火秀，煙火表演

構詞記憶法
字根 fire 表示「火」的意思。

fitting [ˋfɪtɪŋ] a 適合的，適當的 升全多雅托公

Today is a fitting day for picnic.
今天適合去野餐。

同 suitable a 適宜的
反 unsuitable a 不適宜的
片 fitting for ph 適合～

搭配詞記憶法
fitting room 試衣間

flammable [ˋflæməbḷ] a 易燃的，可燃性的 升全多雅托公

The oil is highly flammable, so don't be close to fire.
汽油具有很高的易燃性，所以不要靠近燈火。

同 inflammable a 易燃的
片 flammable material ph 易燃材料

構詞記憶法
字根 flam 表示「火，燃燒」的意思。

搭配詞記憶法
highly flammable 高度易燃的

flap [flæp] v 輕拍，振翅飛走 升全多雅托公

The fly flew away as soon as I flapped at it with a flyswatter.
我剛用蒼蠅拍拍蒼蠅，它就飛走了。

➲ flap - flapped - flapped & flapping
同 beat v 拍，擊打
片 flap against ph 拍打

近似音記憶法
f 音如「飛」，以 f 開頭的字，隱含「飛，飛行」。

搭配詞記憶法
flap wildly 瘋狂拍打

flash [flæʃ] n 恍然大悟，閃電 升全多雅托公

He gave me a hint and then a flash of inspiration struck me.
他提示我，然後我就恍然大悟了。

同 blaze n 閃光
片 a flash of lightning ph 一道閃電

邏輯記憶法
此單字中含有 ash（n. 灰）一詞，可延伸出 sash（n. 肩帶）。

搭配詞記憶法
built-in flash unit 內建閃光燈

flee [fli] v 逃走，逃避 升全多雅托公

The prisoner fled from the prison.
犯人從監獄逃走了。

➲ flee - fled - fled & fleeing
同 escape v 逃走
片 flee for one's life ph 逃命

同音詞記憶法
與此單字同音的單字是 flea（n. 跳蚤）。

搭配詞記憶法
flee like the wind 逃得跟風一樣快

flexible [ˋflɛksəbḷ] a 柔順的，有彈性的 升全多雅托公

The husband was too flexible with his wife in the family.
丈夫在家太聽任妻子的擺佈了。

同 elastic a 有彈性的
反 inflexible a 無彈性的
片 flexible mind ph 頭腦靈活

構詞記憶法
字根 flex 表示「彎曲」的意思。

flight [flaɪt] n 飛行，航班 升全多雅托公

After a flight of 13,000 kilometers, we were all utterly worn out.
13,000 公里的飛行後我們都筋疲力竭。

同 voyage n 航行
反 crash n 墜落
片 flight of fancy ph 異想天開

近似音記憶法
f 音如「飛」，以 f 開頭的字，隱含「飛，飛行」。

flip [flɪp] a 無理的，輕率的

升全多雅托公

I think a real gentleman will never be flip to ladies.
我認為真正的紳士絕不會對女士無理。

同 flippant a 輕率的
反 civil a 彬彬有禮的
片 flip decision ph 輕率的決定

邏輯記憶法
此單字中含有 lip（n. 嘴唇）一詞，可延伸出 slip（v. 滑倒）。

flit [flɪt] v 移居，飛快地掠過

升全多雅托公

The woman flits aboard in order to avoid her ex-husband.
女子為了躲避她前夫而移居國外。

➲ flit - flitted - flitted & flitting
同 glide v 滑動
反 rest v 停留
片 do a flit ph 祕密搬家

近似音記憶法
f 音如「飛」，以 f 開頭的字，隱含「飛，飛行」。

flock [flɑk] n 一群，全體教徒

升全多雅托公

The boy drove a flock of sheep away from the sheepfold.
男子把羊群從羊圈裡趕出來。

同 crowd n 群
片 come in flocks ph 紛至歸來

邏輯記憶法
此單字中含有 lock（n. 鎖）一詞，可延伸出 locket（n. 小金盒）。

flood [flʌd] n 洪水，氾濫

升全多雅托公

His whole fortune was washed away by the flood after the storm.
他所有財產都被暴風雨後的洪水沖走了。

同 deluge n 氾濫
反 drought n 乾旱
片 flood tide ph 漲潮

近似音記憶法
fl 音如「水流聲」，以 fl 開頭的字，隱含「水流，流動」。

搭配詞記憶法
in floods of tears 淚如泉湧

floor [flor] n 地板，發言

升全多雅托公

He threw his shoes on the floor as soon as he got into the room.
他一進房間就把鞋子扔在地板上。

同 ground n 地板
反 ceiling n 天花板
片 take the floor ph 起立發言

搭配詞記憶法
from floor to ceiling 從地板到天花板

flotation [floˋteʃən] n 浮力，發行

升全多雅托公

Adding salt into the water can improve the water's flotation.
在水裡加鹽可以增加水的浮力。

同 floatation n 漂浮
片 flotation tank ph 浮箱

構詞記憶法
字尾 -tion 為名詞字尾，表示「有～性質」的意思。

flourish [ˋflɝɪʃ] v 興旺，揮舞

升 全 多 雅 托 公

I hope that the family can flourish instead of making money.
相對於錢而言我更希望家庭能更興旺。

- ➲ flourish - flourished - flourished & flourishing
- 同 bloom v 繁盛
- 反 decay v 腐爛
- 片 flourish flags ph 揮舞旗幟

構詞記憶法
字根 flour 表示「花，繁盛」的意思。

flow [flo] v 流，淹沒

升 全 多 雅 托 公

Hearing that bad news, her tears flowed freely.
聽到壞消息後，她的眼淚止不住地往下流。

- ➲ flow - flowed - flowed & flowing
- 同 run v 流，蔓延
- 反 ebb v 退潮
- 片 flow away ph 流逝

近似音記憶法
fl 音如「水流聲」，以 fl 開頭的字，隱含「輕快地流動」。

搭配詞記憶法
flow through
經由～流動

flower [ˋflaʊɚ] n 花

升 全 多 雅 托 公

Cherry blossom is the national flower of Japan.
櫻花是日本的國花。

- 同 bloom n 花
- 片 artificial flower ph 人造花

同音詞記憶法
與此單字同音的單字是 flour（n. 麵粉）。

搭配詞記憶法
a mass of flowers
大量的花

flu [flu] n 流感

升 全 多 雅 托 公

The classroom was disinfected every day because of the flu.
因為流感，教室每天消毒。

- 同 grippe n 流感
- 片 catch the flu ph 罹患流行性感冒

搭配詞記憶法
bird flu 禽流感

fluctuate [ˋflʌktʃʊˏet] v 波動，動搖

His feeling fluctuated between hopes and fears according to the stock market.
他的情緒因股市而忽喜忽憂。

- ➲ fluctuate - fluctuated - fluctuated & fluctuating
- 同 vacillate v 搖擺
- 反 fix v 固定
- 片 fluctuating prices ph 波動的價格

邏輯記憶法
此單字中含有 flu（n. 流感）一詞，可延伸出 fluid（n. 液體）。

構詞記憶法
字根 flu 表示「流動」的意思。

fluctuation [ˏflʌktʃʊˋeʃən] n 波動，混亂

The fluctuation of fruit price is under the control of season.
水果的價格受季節控制。

- 同 variation n 波動
- 反 stabilization n 穩定
- 文 under the control of 的意思是「受～的控制、管理」，注意 the 不能省去。

搭配詞記憶法
climatic fluctuation
氣候變動

構詞記憶法
字尾 -ation 為名詞字尾，表示「～的行為或狀態」的意思。

fluent [ˋfluənt] a 流利的，善變的 升全多雅托公

He has become a fluent Chinese speaker after living in China for three years.
在中國住了 3 年後，他的中文已經變得很流利。

同 eloquent a 流利的
反 faltering a 結結巴巴的
片 fluent speaker ph 說話流利的人

邏輯記憶法
此單字中含有 flu（n. 流感）一詞，可延伸出 flux（n. 流量）。

構詞記憶法
字尾 -ent 為形容詞字尾，表示「處於～狀態的」的意思。

fluid [ˋfluɪd] a 流動的，易變的 升全多雅托公

The fish lives in the fluid water.
魚生活在流動的水中。

同 liquid a 流體的
反 solidity n 固體
文 fish 可作可數或不可數名詞。當可數名詞時表示「魚」，不可數名詞時表示「魚肉」。

搭配詞記憶法
fluid substance 流質

構詞記憶法
字尾 -id 為形容詞字尾，表示「具有～特徵的」的意思。

fluoroscope [ˋfluərə͵skop] 升全多雅托公
n 螢光鏡，螢光屏

The teacher is observing a microbe with a fluoroscope.
老師正在用螢光鏡觀察微生物。

同 roentgenoscope n 螢光鏡
片 fluoroscope test ph 螢光測試

構詞記憶法
字尾 -scope 為名詞字尾，表示「儀器」的意思。

flush [flʌʃ] v 臉紅，沖洗 升全多雅托公

The girl's face flushed with shame.
女子因為羞愧而臉紅。

➲ flush - flushed - flushed & flushing
同 blush v 臉紅
文 flush 指因高興、憤怒、羞愧或憤怒等引起的臉紅；blush 則強調因尷尬或羞愧而突然臉紅。

搭配詞記憶法
flush out 排出

fly [flaɪ] v 飛，飛行 升全多雅托公

Hearing the shot, the birds flew away from the trees.
聽到槍聲，鳥紛紛飛離樹木。

➲ fly - flew - flown & flying
同 flit v 輕快地飛
反 fall v 墜落
片 fly over ph 飛越

近似音記憶法
f 音如「飛」，以 f 開頭的字，隱含「飛，飛行」。

搭配詞記憶法
fly over 飛越

flyable [ˋflaɪəbḷ] a 適航的，可以駕駛的 升全多雅托公

It was not flyable because of the bad weather, so the flight was canceled.
糟糕的天氣不適合飛行，所以班機取消了。

同 navigable a 可航行的
片 flyable airplane ph 可飛行的飛機

構詞記憶法
字尾 -able 為形容詞字尾，表示「可～的，能～的」的意思。

follow [ˋfɑlo] v 跟隨，遵循 升全多雅托公

You'd better walk slower; we can't follow your pace.
你最好慢一點，我們跟不上你的步伐。

➲ follow - followed - followed & following
同 trace v 追蹤
反 lead v 引領
片 follow me ph 跟我來

邏輯記憶法
此單字中含有 low（a. 低的）一詞，可延伸出 flow（v. 流出）。

搭配詞記憶法
follow suit 仿效

foot [fʊt] n 腳 升全多雅托公

After the treatment for two months, he got back on his feet.
在 2 個月的治療以後，他恢復健康。

片 stand on one's feet ph 獨立

單複數記憶法
此單字的複數形式是 foots（n. 沉澱物）。

搭配詞記憶法
put your feet up 放鬆休息

forage [ˋfɔrɪdʒ] n 糧草，飼料 升全多雅托公

They had enough forage to go through the cold winter.
他們有足夠的糧草度過寒冷的冬天。

同 feed n 飼料
片 forage crops ph 飼料作物

邏輯記憶法
此單字中含有 for（prep. 為了）一次，可延伸出 fore（a. 以前的）。

構詞記憶法
字尾 -age 為名詞字尾，表示「～的狀態或情況」的意思。

forager [ˋfɔrɪdʒɚ] n 強征者，強盜 升全多雅托公

The forager was charged with occupying others' wealth unlawfully.
強征者被控告非法佔有別人的財產。

同 looter n 搶劫者
文 be charged with 的意思是「被指控，承擔」，後面常接名詞。

邏輯記憶法
此單字中含有 age（n. 年齡）一詞，可延伸出 agent（n. 代理）。

force [fors] n 武力，力量 升全多雅托公

The boy conquered other fellows by force.
這男孩以武力征服夥伴。

同 strength n 力量
片 join force ph 聯合

搭配詞記憶法
a balance of forces 武力平衡

forecast [ˋforˏkæst] v 預測，預報 升全多雅托公

Take it easy! After all, the disaster couldn't be forecast.
放鬆點！畢竟災難是無法預測的。

- forecast - forecast - forecast & forecasting
- 同 predict v 預料
- 片 forecast the weather ph 天氣預報

構詞記憶法
字首 fore- 表示「前面」的意思。

搭配詞記憶法
be widely forecast 廣泛預測

---

forecaster [forˋkæstɚ] n 預報者，預測者 升全多雅托公

He used to be an economic forecaster in the TV station.
他曾是電視臺的經濟預報員。

- 片 weather forecaster ph 天氣預報員

構詞記憶法
字尾 -er 為名詞字尾，表示「從事～的人」的意思。

---

foreground [ˋforˏgraʊnd] n 前景，最前面 升全多雅托公

The officials said that the internal foreground for market economy was encouraging.
政府官員說國內市場經濟前景一片大好。

- 同 prognosis n 前景，預測
- 反 background n 背景
- 片 foreground operation ph 前臺操作

構詞記憶法
字首 fore- 表示「前面」的意思。

搭配詞記憶法
in the foreground 前景

---

forehead [ˋfɔrˏhɛd] n 額頭 升全多雅托公

The man bent down and gave a light kiss on the his girlfriend's forehead.
男人俯身在他女友額頭上留下一個輕吻。

- 同 brow n 額頭
- 片 rub one's forehead ph 觸摸某人的額頭

構詞記憶法
字首 fore- 表示「前面」的意思。

---

form [fɔrm] n 外形，形式 升全多雅托公

She was attracted by his tall and handsome form.
她被他高大英俊的外形所吸引。

- 同 figure n 形狀
- 文 attract 的本意是「吸引」，主詞可以是人、物或 beauty 等抽象名詞。

搭配詞記憶法
take form 成形

---

formation [fɔrˋmeʃən] n 形成，佇列 升全多雅托公

The family education is very important for the formation of a child's character.
家庭教育對一個孩子的性格形成很重要。

- 同 establishment n 形成，建立
- 片 wingback formation ph 雙邊衛防守陣式（足球）

邏輯記憶法
此單字中含有 form（n. 形式）一次，可延伸出 format（n. 版式）。

構詞記憶法
字根 form 表示「形狀」的意思。

formidable [`fɔrmɪdəbḷ] a 可怕的，艱巨的 升全多雅托公

It is said that the demon has a formidable appearance.
傳說魔鬼有可怕的外貌。

- 同 hard a 艱巨的
- 反 easy a 簡單的
- 片 formidable project ph 艱巨的任務

構詞記憶法
字尾 -able 為形容詞字尾，表示「能～的」的意思。

formula [`fɔrmjələ] n 客套話，公式 升全多雅托公

Don't be serious; that's just his formula.
不要當真，那只是他的客套話。

- 同 convention n 常規
- 片 chemical formula ph 化學公式

邏輯記憶法
此單字中含有 form（n. 形式）一次，可延伸出 former（a. 以前的）。

搭配詞記憶法
complicated formula 複雜的公式

forth [forθ] ad 自～以後，往前 升全多雅托公

After his wife died forth, he has never smiled again.
自從他妻子死後，他再也沒笑過。

- 同 forward ad 向前
- 反 back ad 往後
- 片 hold forth ph 提出

構詞記憶法
字首 for- 表示「前面，預先」的意思。

fortuitous [fɔr`tjuətəs] a 意外的，偶然的 升全多雅托公

He said that his success was not fortuitous, but a matter of course.
他說他的成功不是意外而是必然。

- 同 accidental a 意外的
- 反 intentional a 有意的
- 片 entirely fortuitous ph 完全意外

構詞記憶法
字尾 -ous 為形容詞字尾，表示「～的」的意思。

forum [`forəm] n 討論會，會議場所 升全多雅托公

We will conduct a forum to talk about this matter.
我們將會召開討論會討論這件事。

- 同 debate n 辯論
- 片 hold a forum ph 召開討論會

邏輯記憶法
此單字中含有 rum（a. 古怪的）一詞，可延伸出 rumor（n. 謠言）。

搭配詞記憶法
international forum 國際研討會

forward [ˋfɔrwɚd] ad 向前

升全多雅托公

She stepped forward one pace and turned back to hug her mother.
她向前走了一步，然後轉身抱住媽媽。

同 ahead ad 向前
反 forward ad 向後
片 look forward to ph 期待

構詞記憶法
字尾 -ward 為副詞字尾，表示「向著，朝～方向」的意思。

fossil [ˋfɑsḷ] n 化石，老頑固

升全多雅托公

I seek out a beautiful fossil from the ruins.
我在廢墟裡找出一塊漂亮的化石。

同 fogy n 守舊者
片 living fossil ph 活化石

邏輯記憶法
此單字中含有 foss = fosse（n. 護城河）一詞，可延伸出 fossette（n. 酒窩）。

fossilize [ˋfɑsḷˏaɪz] v 變成化石，固定化

升全多雅托公

The trees were fossilized into coal through a long time.
樹木經過很長時間化成煤。

➲ fossilize - fossilized - fossilized & fossilizing
同 petrify v 使石化
文 be fossilized into 的意思是「化石成～」，後接名詞。

搭配詞記憶法
policy fossilize
政策僵化

構詞記憶法
字尾 -ize 為動詞字尾，表示「使成為～」的意思。

foster [ˋfɔstɚ] v 照顧，養育

升全多雅托公

Fostering a sickness is not an easy thing.
照顧病人不是件容易的事。

➲ foster - fostered - fostered & fostering
同 nurse v 照顧
文 foster 作「照顧」的意思，鼓勵促進某事物的成長；nurse 指對病人或沒有自理能力的人的照顧。

搭配詞記憶法
foster child
養子（女）

foul [faul] a 難聞的，惡劣的

升全多雅托公

There are many flies in the foul rubbish dump.
又臭又髒的垃圾堆裡有許多蒼蠅。

同 smelly a 臭的
反 clear a 乾淨的
文 rubbish dump 為名詞片語，意思是「垃圾堆」。

搭配詞記憶法
foul weather 惡劣的天氣

foundation [faunˋdeʃən] n 基礎，地基

升全多雅托公

The hardworking and curiousness are the foundations of his success.
勤奮好學是他成功的基礎。

同 base n 基礎
片 lay the foundation ph 奠定基礎

構詞記憶法
字尾 -ation 為名詞字尾，表示「動作，過程」的意思。

搭配詞記憶法
shake sth to its foundations 嚴重震撼，大幅改變

fraction [ˋfrækʃən] n 碎片，少量

升全多雅托公

After a storm, there are many fractions of glass on the floor.
暴風雨過後，地板上有許多玻璃碎片。

- 同 division n 部分
- 反 mass n 大量
- 片 memory fraction ph 記憶片段

邏輯記憶法
此單字中含有 act（v. 扮演）一詞，可延伸出 fact（n. 事實）。

構詞記憶法
字根 fract 表示「破碎」的意思。

fracture [ˋfræktʃɚ] v 骨折，斷裂

升全多雅托公

She fell down from the stairs and fractured her right arm.
她從樓梯上摔下來，右手臂骨折。

- ➲ fracture - fractured - fractured & fracturing
- 同 break v 折斷
- 片 fatigue fracture ph 疲勞斷裂

構詞記憶法
字尾 -ure 為名詞字尾，表示「～行為的狀態或結果」的意思。

fragile [ˋfrædʒəl] a 易碎的，脆弱的

升全多雅托公

These boxes are stuck with the fragile signs.
這些箱子被貼上易碎的標籤。

- 同 breakable a 易壞的
- 反 hard a 堅硬的
- 片 fragile life ph 短暫的人生

構詞記憶法
字根 frag 表示「打破，破碎」的意思。

搭配詞記憶法
exceedingly fragile 非常脆弱

fragment [ˋfrægmənt] n 碎片，未完成的部分

升全多雅托公

The glass had broken into fragments.
玻璃杯已經破成碎片。

- 同 fraction n 碎片
- 反 integer n 完整的事物
- 片 in fragment ph 破碎地

構詞記憶法
字尾 -ment 為名詞字尾，表示「行為的過程或結果，結構」的意思。

fragmentary [ˋfrægmən͵tɛrɪ]

升全多雅托公

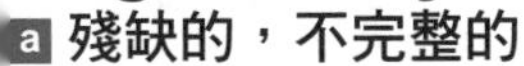
a 殘缺的，不完整的

Though his body is fragmentary, his heart is sound.
他的身體雖然殘缺，但他的心靈是健全的。

- 同 fragmental a 碎片的
- 反 unabridged a 完整的，未刪節的
- 片 fragmentary data ph 不完全數據

構詞記憶法
字尾 -ary 為形容詞字尾，表示「與～有關的」的意思。

frantic [ˋfræntɪk] a 狂亂的

升全多雅托公

I heard a frantic cry for help from the darkness.
我聽到從黑暗中傳來的狂亂呼救聲。

- 同 hysterical a 歇斯底里的
- 片 frantic dash ph 瘋狂的衝擊

邏輯記憶法
此單字中含有 antic（a. 古怪的）一詞，可延伸出 mantic（a. 預言的）。

構詞記憶法
字尾 -tic 為形容詞字尾，表示「有～性質的」的意思。

fray [fre] v 使煩亂，磨

升全多雅托公

My temper was frayed by the hot weather.
大熱天使我的脾氣煩躁。

➲ fray - frayed - frayed & fraying
同 wear v 磨
片 fray out ph 磨損

邏輯記憶法
此單字中含有 ray（n. 光線）一詞，可延伸出 dray（n. 運貨馬車）。

freckle [ˋfrɛkl̩] n 雀斑，斑點

升全多雅托公

There are several freckles around her nose.
她鼻子附近有些雀斑。

同 lentigo n 雀斑
片 cover with freckles ph 佈滿雀斑

邏輯記憶法
此單字中含有 reck（v. 顧慮）一詞，可延伸出 dreck（n. 假貨）。

構詞記憶法
字尾 -le 為名詞字尾，表示「小事物」的意思。

freeze [friz] v 結冰

升全多雅托公

The temperature is so low that the river is freezing.
溫度太低，河水都要結冰了。

➲ freeze - froze - frozen & freezing
同 refrigerate v 冷卻
反 melt v 融化
片 freezing cold ph 酷寒

邏輯記憶法
此單字中中含有 free（a. 自由的）一詞，可延伸出 freedom（n. 自由）。

搭配詞記憶法
freeze to death 凍死

freight [fret] n 運費，貨物

升全多雅托公

The freight of this batch of goods was paid by the seller.
這批貨的運費由賣家支付。

同 load n 負荷
片 air freight ph 空運

邏輯記憶法
此單字中含有 eight（num. 八）一詞，可延伸出 height（n. 高度）。

搭配詞記憶法
freight wagon 貨車

freshener [ˋfrɛʃənɚ] n 清新劑，新手

升全多雅托公

The air freshener helps freshen up the kitchen and refrigerator.
這種空氣清新劑有助於廚房和冰箱清新。

同 cooler n 清涼劑
文 freshen up 為動詞片語，意思是「變得清新，梳洗打扮」，後接名詞或代名詞。

搭配詞記憶法
toilet freshener
漂白劑

friction [ˋfrɪkʃən] n 摩擦，摩擦力

The ancients used the “friction generates heat” theory to make fire.
古人利用「摩擦生熱」的原理來取火。

同 resistance n 阻力
片 friction force ph 摩擦力

構詞記憶法
字尾 -ion 為名詞字尾，表示「動作或狀態等」的意思。

frigid [`frɪgɪd] a 冷漠的，寒冷的 升全多雅托公

"Up to you," his wife replied with a frigid tone.
「隨便你」，她妻子用冷漠的語氣回答。

同 nippy a 寒冷的
反 torrid a 炎熱的
文 up to you 是個常用的口語短句，意思是「你決定，隨便你」。

搭配詞記憶法
frigid zones 寒帶

構詞記憶法
字根 frig 表示「冷，寒冷」的意思。

frill [frɪl] n 褶皺，裝飾 升全多雅托公

My mother took pleasure in sewing frills at the bottom of my dress.
我媽媽喜歡在我的裙擺處縫上褶皺。

同 flounce n 衣裙上的荷葉邊
片 no frills ph 不提供不必要的服務

邏輯記憶法
此單字中含有 rill（n. 小河）一詞，可延伸出 rille（n. 溝紋）。

frontier [frʌn`tɪr] a 邊境的，邊疆的 升全多雅托公

The two countries began to trade on the frontier area in the old days.
這兩個國家在過去就在邊境地區進行貿易往來。

同 borderline a 邊界的
片 frontier trade ph 邊境貿易

搭配詞記憶法
frontier area 邊境地區

froth [frɑθ] n 泡沫，無關緊要的小事 升全多雅托公

The little mermaid became froth in fairy tales.
在童話裡，小美人魚變成泡沫。

同 foam n 泡沫
片 froth at the mouth ph 口吐白沫

邏輯記憶法
此單字中含有 rot（n. 腐爛）一詞，可延伸出 rotor（n. 輪子）。

fruitful [`frutfəl] a 有成效的，碩果累累 升全多雅托公

The fact proves that this treatment of cancer is fruitful.
事實證明這種治療癌症的方法是有成效的。

同 gainful a 有利益的
反 invalid a 無效的
片 fruitful achievement ph 豐碩成果

構詞記憶法
字尾 -ful 為形容詞字尾，表示「～的，有～的」的意思。

搭配詞記憶法
fruitful in 在～有成效

frustrate [`frʌs,tret] v 挫敗，使受挫 升全多雅托公

I was frustrated by the defeat after defeat.
一次又一次的失敗使我很挫敗。

➲ frustrate - frustrated - frustrated & frustrating
同 defeat v 挫敗
反 encourage v 鼓舞

構詞記憶法
字尾 -ate 為動詞字尾，表示「做，造～，使～等」的意思。

fullback [ˋfʊl͵bæk] n 後衛 升全多雅托公

He is proud to be the fullback on the school basketball team.
作為校隊籃球隊的後衛，他感到很自豪。

同 backfielder n 後衛
反 striker n 前鋒
片 at fullback ph 擔任前鋒一職

邏輯記憶法
此單字中含有 back（n. 後面）一詞，可延伸出 back-up（n. 備分）。

function [ˋfʌŋkʃən] n 功能，作用 升全多雅托公

Every member's function is vital to accomplish the task.
要完成這次任務，每個成員的作用都很重要。

同 role n 作用
片 abuse one's function ph 濫用某人的職權

邏輯記憶法
此單字中含有 fun（n. 娛樂）一詞，可延伸出 fund（n. 基金）。

搭配詞記憶法
function room 活動會議室

functionalism [ˋfʌŋkʃənl̩ɪzəm] n 功能主義，機能心理學 升全多雅托公

He is an expectant deputy of functionalism.
他是典型的功能主義代表。

反 formalism n 形式主義
文 expectant deputy 為名詞片語，意思是「典型代表」。

構詞記憶法
字尾 -ism 為名詞字尾，表示「～學派，～主義」的意思。

fundamental [͵fʌndəˋmɛntl̩] a 重要的，根本的 升全多雅托公

The boss says their corporate governance system has fundamental flaws.
老闆說他們公司的管理體系存有重要的缺陷。

同 essential a 基本的
文 corporate governance system 為名詞片語，意思是「公司管理體系」。

搭配詞記憶法
fundamental law 基本定律

構詞記憶法
字尾 -al 為形容詞字尾，表示「關於～的」的意思。

fund [fʌnd] n 基金 升全多雅托公

The school organized a contribution to the relief fund.
學校安排一次賑災基金捐款的活動。

同 money n 錢
片 pension fund ph 養老基金

搭配詞記憶法
a flow of funds 資金流動

fungus [ˋfʌŋgəs] n 真菌，菌類 升全多雅托公

The agarics are a type of fungi.
木耳是一種真菌。

同 mold n 黴

搭配詞記憶法
domestic fungus 食用真菌

fur [fɝ] n 皮毛 升全多雅托公

Animal activists boycott the clothes made of animal fur.
動物保護者抵制用動物皮毛製成的衣服。

同 skin n 皮毛
片 fur collar ph 皮毛領子

同音詞記憶法
與此單字同音的單字是 fir（n. 冷杉）。

搭配詞記憶法
synthetic fur 人造皮草

future [ˋfjutʃɚ] n 未來，前途 升全多雅托公

The parents expect that the children have a bright future.
父母希望孩子有個美好的未來。

同 tomorrow n 不遠的將來
反 present n 現在
片 in the future ph 將來

單複數記憶法
此單字的複數形式是 futures（n. 期貨）。

搭配詞記憶法
a vision for / of the future 對未來的展望

futuristic [ˏfjutʃɚˋɪstɪk] a 未來的，未來主義的 升全多雅托公

The novel depicts a bright and hopeful futuristic world.
這本小說描述一個美好且充滿希望的未來世界。

同 futurist a 未來主義的
反 modernistic a 現代主義的
片 futuristic development ph 未來的發展

構詞記憶法
字尾 -istic 為形容詞字尾，表示「～學派，～主義的」的意思。

MEMO

MEMO

Gg

gain ~ gym

6大考試

㊉ 學測指考

㊟ 全民英檢

㊫ 多益測驗

㊮ 雅思測驗

㊣ 托福測驗

㊡ 公職考試

6大英文單字記憶法

構詞記憶法

利用英文的構詞方式，透過字首、字根、字尾的方式來記憶單字。

同音詞記憶法

利用單字的相同發音卻不同拼字來記憶。

單複數記憶法

利用單字本身單複數形式所產生的不同意思來記憶單字。

近似音記憶法

利用諧音方式來增加記憶。

搭配詞記憶法

利用一組詞彙的概念來記憶，在記憶單字時不是只記下一個單字的意思，而是能夠使用一組詞彙加深印象。

邏輯記憶法

以一個單字為單位，採用順序或不同的角度去找出邏輯的關係，並延伸出其它的單字。

Gg | gain ~ gym

符號說明 ➲ 動詞三態 & 分詞 同 同義字 反 反義字 文 文法重點

gain [gen] v 獲得，贏得

升全多雅托公

I had gained much valuable experience by working as a manager's assistant.

身為經理助理我獲得許多寶貴的經驗。

➲ gain - gained - gained & gaining

同 acquire v 獲得，學到

反 lose v 失去

片 gain from ph 從～獲利

近似音記憶法

g 音如「給」，以 g 開頭的字，隱含「給，提供」。

搭配詞記憶法

have nothing to gain 什麼都沒獲得

galaxy [ˋgæləksɪ] n 銀河系，一群出色的人物

升全多雅托公

The earth is the only star where life exists in the Galaxy at present.

目前，地球是銀河系中唯一存在生命體的星體。

同 universe n 宇宙

文 galaxy 表示「銀河系，銀河」時，首字字母應大寫。可在前面加上定冠詞 the。

搭配詞記憶法

spiral galaxy 螺旋星系

gale [gel] n 大風，暴風

升全多雅托公

The gale blew down many buildings and trees last night.

昨晚大風吹倒了許多建築和樹木。

同 windstorm n 風暴

片 near gale ph 疾風

邏輯記憶法

此單字中含有 ale（n. 濃啤酒）一詞，可延伸出 alert（a. 警覺的）。

搭配詞記憶法

fierce gale 狂風

gap [gæp] n 缺口，分歧

升全多雅托公

The accountant managed to make up the big fund gap.

會計設法彌補這個大的資金缺口。

同 opening n 空缺

文 manage 在例句中作不及物動詞，意思是「設法去做」；manage 還有「完成」的意思，注意前面不能加 can 或 could。

搭配詞記憶法

generation gap 代溝

garrulous [ˋgærələs] a 話多的，饒舌的

升全多雅托公

She is a shy girl while her boyfriend is a garrulous boy.

她是個害羞的女孩，而她男朋友是個話多的人。

同 gabby a 饒舌的

反 reticent a 寡言少語的

文 while 在例句中作連接詞，表示對比關係，意思是「而，然而」。

搭配詞記憶法

garrulous speech 冗長的演講

構詞記憶法

字尾 -ous 為形容詞字尾，表示「具有～性質或特徵」的意思。

gasoline [ˋgæsəˏlin] n 汽油

How far can the car run on a gallon of gasoline?
這輛車一加侖汽油可以行駛多遠？

- 同 petroleum n 石油
- 片 leaded gasoline ph 加鉛汽油

邏輯記憶法
單字中含有 line（n. 線）一詞，可延伸出 linen（n. 亞麻線）。

構詞記憶法
字尾 -ine 為名詞字尾，表示「藥物」的意思。

gasp [gæsp] v 倒抽氣，喘氣

When I realized that what I touched was a snake, I couldn't help gasping.
當我意識到自己摸的是一條蛇時，我不由得倒抽一口氣。

- ➲ gasp - gasped - gasped & gasping
- 同 pant v 喘氣
- 片 gasp out ph 氣喘吁吁地說

邏輯記憶法
單字中含有 gas（n. 汽油）一詞，可延伸出 gash（n. 裂縫）。

搭配詞記憶法
gasp for breath 喘息

gather [ˋgæðɚ] v 搜集，收集

The man was gathering evidence to prove that he was legit.
男子正在收集證據以證明他的清白。

- ➲ gather - gathered - gathered & gathering
- 同 assemble v 收集
- 反 scatter v 分散
- 片 gather way ph 加速

近似音記憶法
g 音如「給」，以 g 開頭的字，隱含「給，提供」。

搭配詞記憶法
gather together 聚集在一起

gaudy [ˋgɔdɪ] a 花俏的，俗氣的

I don't understand why he is always wearing gaudy clothes.
我不理解為什麼他總是穿花俏的衣服。

- 同 showy a 鮮豔的
- 反 plain a 樸素的
- 文 be always 意思是「總是～」，後接動名詞，帶有厭煩或抱怨的口吻。

搭配詞記憶法
gaudy as a peacock 過分花俏

gene [dʒin] n 基因，遺傳因數

He threw himself into the research on gene therapy.
他投身於基因療法的研究中。

- 片 gene pool ph 基因庫

近似音記憶法
gen 音如「基因」，以 gene 開頭的字，隱含「基因和遺傳」。

generate [ˋdʒɛnəˏret] v 造成，形成，產生

The news of canceling the picnic generated a furor among the students.
取消野餐的消息在學生中引起騷亂。

- ➲ generate - generated - generated & generating
- 同 bring v 導致
- 片 generate heat ph 產生熱能

邏輯記憶法
此單字中含有 gene（n. 基因）一詞，可延伸出 generic（a. 類的）。

構詞記憶法
字根 gen 表示「產生，出生」的意思。

generation [ˌdʒɛnəˋreʃən] n 世代，繁殖 升全多雅托公

The world outlook of my generation is quite different from that of my parents'.

我這世代的世界觀與我父母截然不同。

同 reproduction n 繁殖

反 death n 死亡

片 from generation to generation ph 代代相傳

構詞記憶法

字尾 -ation 為名詞字尾，表示「行為或狀態」的意思。

generic [dʒɪˋnɛrɪk] a 通有的，一般的 升全多雅托公

"Fruit" is a generic term for apples, bananas, pears and so on.

「水果」是蘋果、香蕉、梨子等的通稱。

同 common a 共同的

反 particular a 獨有的

文 例句主詞 fruit 是不可數名詞，動詞用單數。

構詞記憶法

字尾 -ic 為形容詞字尾，表示「與～相關的」的意思。

generosity [ˌdʒɛnəˋrɑsətɪ] n 寬宏大量，慷慨 升全多雅托公

He will accept your apology with great generosity.

他寬宏大量會接受你的道歉。

同 liberality n 慷慨

反 parsimony n 吝嗇

片 Generosity Maxim ph 慷慨準則

構詞記憶法

字尾 -osity 為（抽像）名詞字尾，表示「性質」的意思。

generous [ˋdʒɛnərəs] a 慷慨的，大方的 升全多雅托公

It's generous of you to give me a necklace.

你真慷慨送項鍊給我。

同 liberal a 慷慨的

反 mean a 小氣的

片 be generous with ph 對～很大方

構詞記憶法

字尾 -ous 為形容詞字尾，表示「有～性質的」的意思。

搭配詞記憶法

extraordinarily generous 非常慷慨

genetic [dʒəˋnɛtɪk] a 遺傳的，基因的 升全多雅托公

DNA conveys much genetic information.

脫氧核糖核酸承載大量的遺傳資訊。

同 hereditary a 遺傳的

反 extragenetic a 非遺傳的

片 genetic disorder ph 遺傳性疾病

近似音記憶法

gen 音如「基因」，以 gene 開頭的字，隱含「基因和遺傳」。

構詞記憶法

字根 gene 表示「基因」的意思。

geneticist [dʒəˋnɛtɪsɪst] n 遺傳學家 升全多雅托公

The geneticist devotes himself to genetics.

這位遺傳學家專心致力於遺傳學。

片 clinical geneticist ph 臨床遺傳醫師

構詞記憶法

字尾 -ist 為名詞字尾，表示「專業人員或從事～的人」的意思。

genuine [ˋdʒɛnjuɪn] a 真實的
升 全 多 雅 托 公

The man looks genuine, and you can trust him.
這位男士看起來很誠實，你可以信任他。

- 同 true a 真實的
- 反 false a 假的
- 片 genuine gold ph 純金

構詞記憶法
字尾 -ine 為形容詞字尾，表示「具有～屬性的」的意思。

搭配詞記憶法
absolutely genuine 絕對真實

geographer [dʒɪˋɑgrəfɚ] n 地理學家
升 全 多 雅 托 公

The little boy wants to be a geographer in the future.
小男孩將來想成為一名地理學家。

- 反 astronomer n 天文學家
- 片 cultural geographer ph 文化地理學家

構詞記憶法
字根 geo 表示「地理」的意思。

geographical [dʒɪəˋgræfɪkḷ] a 地理的
升 全 多 雅 托 公

Could you explain the geographical features to us right now?
現在，你能跟我們解釋一下地理特徵嗎？

- 同 geographic a 地理的
- 文 例句是一般疑問句，句中含有情態動詞，其結構為：「情態動詞 + 主詞 + 動詞原形 + ～？」

構詞記憶法
字尾 -ical 為形容詞字尾，表示「～的」的意思。

geography [ˋdʒɪˋɑgrəfɪ] n 地理
升 全 多 雅 托 公

I am genuinely sorry that I lost your geography book.
我弄丟了你的地理課本，真的很抱歉。

- 同 terrain n 地理
- 反 astronomy n 天文
- 片 geography teacher ph 地理老師

搭配詞記憶法
physical geography 自然地理學

構詞記憶法
字尾 -graphy 為名詞字尾，表示「學科，記錄」的意思。

geological [dʒɪəˋlɑdʒɪkḷ] a 地質的
升 全 多 雅 托 公

The geologists still can't figure out the geological age.
地質學家還無法斷定此地質年代。

- 同 geologic a 地質的
- 片 geological structure ph 地質構造

構詞記憶法
字尾 -ological 為形容詞字尾，表示「～學科的」的意思。

geologist [dʒɪˋɑlədʒɪst] n 地質學家

The geologist died in the geological exploration last year.
去年，這位地質學家在地質勘探中犧牲了。

- 反 astronomer n 天文學家
- 片 exploration geologist ph 勘探地質學家

構詞記憶法
字尾 -ist 為名詞字尾，表示「專業人員或從事～的人」的意思。

geometric [dʒɪə`mɛtrɪk] a 幾何學的

升 全 多 雅 托 公

This is the so-called geometric modeling.
這就是所謂的幾何模型。

同 geometrical a 幾何學的
片 geometric parameter ph 幾何參數

構詞記憶法
字根 geometr(y) 表示「幾何學」的意思。

geometry [dʒɪ`ɑmətrɪ] n 幾何學

升 全 多 雅 托 公

He studied geometry all his life.
他畢生都在研究幾何學。

同 mathematics n 數學
片 analytic geometry ph 解析幾何

構詞記憶法
字根 metr 表示「測量」的意思。

geothermal [ˌdʒio`θɝml] a 地熱的

升 全 多 雅 托 公

They will build a geothermal generating plant here next year.
他們將於下一年在這建立一間地熱發電廠。

同 geothermic a 地熱的
文 例句中 next year 是一般未來式的時間標誌，will 可以表將來，be going to 也可以表將來，後均接原形動詞。句子結構為：「主詞 + will / be going to + 原形動詞 + ～」。

構詞記憶法
字根 thermal 表示「上升的熱氣流，熱的」的意思。

germ [dʒɝm] n 胚芽，起源

升 全 多 雅 托 公

Germ is the embryo of a seed. 胚芽是種子的胚胎。

同 seed n 胚芽
反 result n 結果
片 in germ ph 處於萌芽階段

搭配詞記憶法
germ cell 生殖細胞

germinate [`dʒɝməˌnet] v 使發芽，使生長

升 全 多 雅 托 公

The potatoes will germinate within five days, I think.
我認為，馬鈴薯 5 天內會發芽。

➲ germinate - germinated - germinated & germinating
同 grow v 使發芽，使生長
反 perish v 枯萎

構詞記憶法
字尾 -ate 為動詞字尾，表示「使成為～」的意思。

gigantic [dʒaɪ`gæntɪk] a 巨大的

升 全 多 雅 托 公

He is a person with a gigantic appetite.
他這個人胃口非常大。

同 huge a 巨大的
反 small a 小的
文 例句中名詞 person 後接介係詞片語作形容詞用，表示所修飾名詞的特徵。

搭配詞記憶法
a gigantic success 巨大成功

構詞記憶法
字尾 -tic 為形容詞字尾，表示「～的」的意思。

gin [dʒɪn] n 圈套 升全多雅托公

The old man caught several foxes with gins.
老人設陷阱抓到幾隻狐狸。

同 trap n 圈套
片 pink gin ph 苦味杜松子酒

搭配詞記憶法
set gins 設計圈套

glacial [ˋgleʃəl] a 冰河時代的 升全多雅托公

Do you know the glacial period?
你知道冰河時期嗎？

同 icy a 冰河時代的，冰冷的
反 hot a 熱的

搭配詞記憶法
glacial period 冰河時期

構詞記憶法
字尾 -ical 為形容詞字尾，表示「有～特性的」的意思。

glacier [ˋgleʃɚ] n 冰川，冰河 升全多雅托公

That article gives a brief introduction to highland glaciers.
這篇文章對高地冰川做了簡單的介紹。

同 iceberg n 冰山
片 glacier plain ph 冰川平原

搭配詞記憶法
ice glacier 冰川冰河

glamorous [ˋglæmərəs] a 富有魅力的 升全多雅托公

This is really a glamorous job; you can't miss it.
這份工作非常吸引人，你不能錯過。

同 charming a 富有魅力的
反 unglamorous a 無魅力的
片 a glamorous life ph 吸引人的生活

構詞記憶法
字尾 -ous 為形容詞字尾，表示「有～性質／特徵的」。

glamour [ˋglæmɚ] n 魅力 升全多雅托公

He is such a glamour boy that many girls fall in love with him at first sight.
他是個十分有魅力的男孩，以至於很多女孩對他一見鍾情。

同 charm n 魅力
片 cast a glamour over ph 使迷住

搭配詞記憶法
a glamour girl 迷人女郎

構詞記憶法
字根 glam 表示「魅力」的意思。

glance [glæns] n 一瞥 升全多雅托公

He took a glance at his watch and walked away.
他看一下手錶後走開了。

同 glimpse n 一瞥
片 take / (have / cast) a glance at... 看一眼／瀏覽／瞥一眼～

搭配詞記憶法
at first glance 乍一看，初看

gland [glænd] n 腺

升全多雅托公

The young man is suffering from swollen glands.
年輕男士正遭受著腺體腫脹的折磨。

- 同 secretor n 分泌腺
- 文 現在進行式不僅可以表示此時此刻正在發生的動作，也可以描述此段時間正在發生的動作。

邏輯記憶法
此單字中land（n. 地面）一詞，可延伸出landscape（n. 風景）。

搭配詞記憶法
sebaceous gland
皮脂腺

glasses [`glæsɪz] n 眼鏡

升全多雅托公

He took off his glasses and went to bed.
他拿掉眼鏡，上床睡覺。

- 同 spectacles n 眼鏡
- 片 dark glasses ph 墨鏡

單複數記憶法
此單字單數形式為glass（n. 玻璃）。

搭配詞記憶法
a pair of glasses
一副眼鏡

glaze [glez] v 裝以玻璃

升全多雅托公

A man is glazing the window.
有位男子正在替窗戶安裝玻璃。

- ➲ glaze - glazed - glazed & glazing
- 反 break v 打破
- 片 glaze sth. (with sth.) = glaze sth. (over) ph 給某物覆上薄而亮的透明表面

搭配詞記憶法
glaze a house
替房子裝玻璃

gleam [glim] n 微光

I was scared by the dangerous gleam in his eyes.
我被他眼神中透露出的怒光嚇到了。

- 同 glimmer n 微光
- 片 a gleam in one's eye ph 令人嚮往的人或事物

搭配詞記憶法
a gleam of hope
一線希望

glide [glaɪd] v 滑翔

The little baby was scared to cry by a snake gliding along the ground.
小寶寶被地上滑行的蛇嚇哭了。

- ➲ glide - glided - glided & gliding
- 同 slide v 滑動
- 片 glide past ph 滑行而過

搭配詞記憶法
glide by 溜過

glimpse [glɪmps] n 一瞥

The quick glimpse at the dead cat made her feel disgusted.
瞥見死掉的貓咪讓她覺得噁心。

- 同 dekko n 一瞥
- 反 stare n 凝視
- 片 a quick glimpse at ph 匆匆一瞥／看～

搭配詞記憶法
catch a glimpse of
瞥見

glint [glɪnt] n 閃爍 ㊓㊓㊓㊓㊓㊓

My eyes caught the glint of the ring as soon as I entered the room.
我一走進房間，就看到閃閃發光的戒指。

同 flash n 閃光
文 as soon as 表示「一～就～」的意思。所引導的子句用過去式，主句一般用過去式或過去完成式。

搭配詞記憶法
sun glint 日映

globule [ˋglabjul] n 小球體，藥丸

The boy leaned the candle and made globules of wax drop.
男孩斜放蠟燭，讓蠟滴滴下來。

同 pill n 藥丸
片 globules of wax from a candle ph 蠟滴

搭配詞記憶法
butterfat globule 乳脂肪球

構詞記憶法
字根 glob 表示「球狀體」的意思。

glossy [ˋglɔsɪ] a 光滑的

I like her glossy hair.
我喜歡她那有光澤的頭髮。

同 smooth a 光滑的
反 rough a 粗糙的
片 glossy surface ph 光澤面

構詞記憶法
字尾 -y 為形容詞字尾，表示「有～性質的」的意思。

glucose [ˋglukos] n 葡萄糖

I feel dizzy recently; I think I should test my blood glucose.
最近我感到頭暈，我覺得我應該去測血糖。

同 dextrose n 葡萄糖
片 glucose meter ph 血糖儀

搭配詞記憶法
blood glucose 血糖

構詞記憶法
字尾 -ose 為名詞字尾，表示「碳水化合物、蛋白質分解物或衍生物」的意思。

golf [galf] n 高爾夫球

Would you like to go to play golf with me this weekend?
這週末要和我去打高爾夫球嗎？

片 play golf ph 打高爾夫

近似音記憶法
golf 音如「高爾夫」，以 golf 開頭的字，隱含「高爾夫」。

搭配詞記憶法
golf course 高爾夫球場

golfer [ˋgalfɚ] n 高爾夫球手

The golfer fell down on the ground.
高爾夫球手跌倒在地上。

同 linksman n 高爾夫球手
片 Junior Golfer ph 青少年高爾夫球員

構詞記憶法
字尾 -er 為名詞字尾，表示「實施動作的人」的意思。

goods [gʊdz] n 商品，貨物
升全多雅托公

Daniel buys and sells pearl goods.
Daniel 買賣珍珠商品。

同 merchandise n 商品，貨物
片 deliver the goods ph 履行諾言

單複數記憶法
此單字單數形式為 good（a. 好的）。

搭配詞記憶法
household goods 家庭用品

gorgeous [ˋgɔrdʒəs] a 輝煌的
升全多雅托公

What gorgeous weather it is!
天氣多麼怡人！

同 brilliant a 燦爛的
反 plain a 平凡的
文 what 與 how 都可以引導感歎句，但是二者有區別。what 用來修飾後面的名詞或名詞片語；how 用來修飾形容詞或副詞。

搭配詞記憶法
drop-dead gorgeous 極其動人的

構詞記憶法
字尾 -ous 為形容詞字尾，表示「有～性質的」的意思

gorilla [gəˋrɪlə] n 大猩猩，暴徒
升全多雅托公

We saw a gorilla in the zoo last week.
上星期，我們在動物園裡看見一隻大猩猩。

同 mob n 暴徒
片 Silverback Gorilla ph 銀背大猩猩

同音詞記憶法
與此單字同音的單字為 guerrilla（n. 遊擊隊員）

gosling [ˋgɑzlɪŋ] n 年輕無知者
升全多雅托公

Don't argue with him; he is just a gosling.
不要和他爭論，他年輕無知。

同 ignoramus n 無知的人
片 shoe the gosling ph 徒勞無益

構詞記憶法
字尾 -ling 為名詞字尾，表示「小東西或某種人」。

gossip [ˋgɑsəp] n 小道傳聞，談話
升全多雅托公

Just ignore all the gossip.
不要理會任何流言蜚語。

同 chat n 談話
片 idle gossip ph 流言蜚語

搭配詞記憶法
malicious gossip 惡意傳言

government [ˋgʌvɚnmənt] n 政府，管轄
升全多雅托公

The government has taken measures to stop the pollution.
政府已經採取措施制止污染。

同 administration n 管理
片 self-government n 自治
文 現在完成時的句型結構為：「主詞 + have / has + 過去分詞 + ～」，意思為「某人已經做了某事」。

構詞記憶法
字根 govern 表示「管理」的意思。

搭配詞記憶法
government propaganda 政府宣傳活動

grab [græb] v 攫取

You should grab the chance, or you will regret.
你應該把握住這次機會，否則你會後悔。

- ➲ grab - grabbed - grabbed & grabbing
- 同 grip v 緊握
- 反 release v 釋放
- 片 grab sth. (from sb. / sth.) ph 攫取，抓，搶奪

搭配詞記憶法
up for grabs 可得到的

gradual [ˋgrædʒuəl] a 逐漸的

There is a gradual increase in the salary.
薪資逐漸增加。

- 同 piecemeal a 逐個的
- 反 fast a 快速的
- 片 gradual decline ph 逐漸衰落

搭配詞記憶法
gradual transition 漸變

構詞記憶法
字根 grad 表示「步，等級」的意思。

grain [gren] n 穀物

There is a sharp increase in grain exports this year.
今年穀物出口大幅上升。

- 同 corn n 穀物
- 片 (be / go) against the grain ph 與自己的性格、意願格格不入

搭配詞記憶法
a grain of rice 一粒米

grand [grænd] a 雄偉的

I have never seen such a grand occasion before.
我以前從未見過這麼盛大的場面。

- 同 magnificent a 傑出的
- 反 puny a 弱小的
- 片 make a grand entry / exit ph 隆重登場／退場

搭配詞記憶法
the grand old man 元老

構詞記憶法
字根 grand 表示「大的」的意思。

granite [ˋgrænɪt] n 花崗岩

Granite can be used for building.
花崗岩可用於建築。

- 同 moorstone n 花崗岩
- 片 weathered granite ph 風化花崗岩

構詞記憶法
字尾 -ite 為名詞字尾，表示「人或物」的意思。

grant [grænt] v 授予，允許

I grant that he is a good man, but I feel nothing about him.
我承認他是好人，但是我對他沒感覺。

- ➲ grant - granted - granted & granting
- 同 consent v 准許
- 反 blame v 責備
- 文 but 連接前後兩個並列句，前後意義相反，表示轉折意義。

搭配詞記憶法
grant a favour 答應幫忙

grapple [ˋgræpl̩] v 抓住 升全多雅托公

I am grappling with this problem right now.
我現在正在解決這個問題。

- grapple - grappled - grappled & grappling
- 同 clutch v 抓住
- 片 grapple with ph 扭打

邏輯記憶法
此單字中的 apple（n. 蘋果）可以聯想到單字 apply（v. 應用，申請）。

---

grasp [græsp] v 控制，抓住 升全多雅托公

Grasp my hands, and I pull you up.
抓住我的手，我拉你上來。

- grasp - grasped - grasped & grasping
- 同 control n 控制
- 反 release n 放開
- 片 grasp the nettle ph 大膽地解決難題

搭配詞記憶法
grasp an opportunity 抓住時機

---

grasshopper [ˋgræsˏhɑpɚ] n 蚱蜢 升全多雅托公

I can't believe that grasshoppers make the sound with their legs.
我不敢相信，蚱蜢竟然是用腿發出聲音。

- 同 locust n 蚱蜢
- 片 grasshopper effect ph 蚱蜢效應

構詞記憶法
字尾 -er 為名詞字尾，表示「人或物」的意思。

---

gratuitous [grəˋtjuətəs] a 免費的，無端的 升全多雅托公

He told me that there was a gratuitous treatment in that hospital.
他跟我說那家醫院有義診。

- 同 free a 免費的
- 反 rechargeable a 收費的
- 片 gratuitous treatment ph 義診

構詞記憶法
字根 grat 表示「令人高興的，感激的」的意思。

---

grave [grev] n 墳墓 升全多雅托公

He put a bunch of flowers on her grave.
他放一束花在她的墳墓上。

- 同 tomb n 墳墓
- 片 dig one's own grave ph 自掘墳墓

構詞記憶法
字根 grav 表示「重的」的意思。

搭配詞記憶法
freshly-dug grave 剛挖的墳墓

---

gravitation [ˏgrævəˋteʃən] n 重力 升全多雅托公

We all know that the Law of Universal Gravitation was brought up by Newton.
我們都知道，萬有引力定律是牛頓提出來的。

- 同 gravity n 重力
- 文 例句中的子句是受詞子句。子句中的動作發生在過去，所以用過去式；但主句表現在，所以用現在式。

構詞記憶法
字根 grav 表示「重的」的意思。

gravitational [ˋgrævəˋteʃənḷ] a 重力的

升全多雅托公

In fact, I don’t know what the gravitational field is.

事實上，我並不知道引力場是什麼。

- 同 gravitative a 萬有引力的
- 反 agravic a 失重的
- 片 gravitational field ph 引力場

構詞記憶法

字尾 -al 為形容詞字尾，表示「關於～的」的意思。

---

grease [gris] v 賄賂

升全多雅托公

The man wants to grease the palm of the officer.

男子想向官員行賄。

- ➲ grease - greased - greased & greasing
- 同 bribe v 賄賂
- 片 grease the wheels ph 使順利進行

邏輯記憶法

此單字中 ease（n. 輕鬆，舒緩）一詞，可延伸出 cease（n. 停止）。

---

greenish [ˋgrinɪʃ] a 呈綠色的

升全多雅托公

His face has a greenish pallor.

他的臉色白中透綠。

- 同 green a 綠色的
- 反 red a 紅色的
- 片 greenish blue ph 藍綠色

構詞記憶法

字尾 -ish 為形容詞字尾，表示「～的」的意思。

---

gregarious [grɪˋgɛrɪəs] a 合群的

He is a gregarious person, and everybody likes him.

他很合群，大家很喜歡他。

- 同 social a 社交的
- 反 alone a 獨自的
- 片 gregarious animal ph 群居動物

構詞記憶法

字根 greg 表示「群體」的意思。

搭配詞記憶法

become gregarious 變合群

---

grid [grɪd] n 網格，格子

升全多雅托公

The city laid out on a grid pattern.

這座城市呈現在網格圖上。

- 同 reseau n 格子
- 片 grid computing ph 網格計算

搭配詞記憶法

off the grid 在控制之外

---

grievance [ˋgrivəns] n 抱怨

升全多雅托公

He had grievances against me.

他抱怨我。

- 同 complaint n 抱怨
- 反 satisfaction n 滿意
- 片 harbouring / nursing a grievance against ph 對～心懷不滿

搭配詞記憶法

have grievances against 抱怨

構詞記憶法

字根 griev 表示「重的，嚴肅的」的意思。

Day 13 ～ 單字學習 3005 個

grillroom [ˋgrɪl͵rum] n 烤肉館

升 全 多 雅 托 公

I want to invite you to dinner at the grillroom.
我想邀請你和我去烤肉館吃晚餐。

片 Prince Grillroom ph 王子烤肉館（此為店名）
文 grillroom 也可以用作 grill-room、grill。

構詞記憶法
grill 表示「烤肉」的意思。

grim [grɪm] a 冷酷的

升 全 多 雅 托 公

You look grim; what's wrong with you?
你看起來很嚴肅，怎麼了？

同 merciless a 殘忍的
反 mild a 溫柔的
文 例句中 look 作感官動詞，後接形容詞。此類用法的動詞還有 sound、smell、taste、feel 等等。其句型結構為：「主詞 + 感官動詞 + 形容詞」。

搭配詞記憶法
for grim death 堅忍不拔地

grip [grɪp] v 緊握

升 全 多 雅 托 公

My daughter gripped my hand while crossing the road.
過馬路時，女兒緊緊抓住我的手。

➲ grip - gripped - gripped & gripping
同 fasten v 使固定
反 loosen v 鬆開
片 gripped by / (with) fear ph 嚇住

搭配詞記憶法
come to grips with 與～戰鬥

groan [gron] v 呻吟

升 全 多 雅 托 公

The little dog licked its wounds, groaning with pain.
小狗一邊舔傷口，一邊痛苦地呻吟。

➲ groan - groaned - groaned & groaning
同 moan v 呻吟
反 yell v 大喊
文 現在分詞 groaning 作伴隨副詞，表示該動作與句子中的動作同時發生。

同音詞記憶法
與此單字同音的單字為 grown（a. 長大的）。

搭配詞記憶法
moan and groan 唉聲嘆氣

gross [gros] a 總共的

升 全 多 雅 托 公

There is a sharp decrease in the gross domestic product this year.
今年國內生產總值大幅度下降。

同 total a 總共的
反 little a 少的
片 gross income ph 總收入

搭配詞記憶法
gross domestic product 國內生產總值

grove [grov] n 小樹林，果園

升 全 多 雅 托 公

There is a big olive grove here, and you can take a look.
這裡有個大橄欖樹叢，你可以看一下。

同 wood n 小樹林
片 a grove of ph ～樹叢

搭配詞記憶法
bamboo grove 竹林

growth [groθ] n 發展 升全多雅托公

We should pay attention to the rapid growth of inflation.
我們應該注意通貨膨脹的快速增長。

同 development n 發展
反 decrease n 下降
片 economic growth ph 經濟增長

構詞記憶法
字尾 -th 為指抽象名詞字尾，表示「性質」的意思。

搭配詞記憶法
a rate of growth 生長率

guarantee [ˌgærənˋti] v 保證，擔保 升全多雅托公

I can guarantee his debts.
我能為他的債務作擔保。

➲ guarantee - guaranteed - guaranteed & guaranteeing
同 promise v 保證
片 guarantee (of sth. / that) ph 擔保，保證

搭配詞記憶法
quality guarantee 品質保證

guidance [ˋgaɪdn̩s] n 指導 升全多雅托公

I finished my homework under the guidance of my mother.
在媽媽的指導下，我完成家庭作業。

同 direction n 指導
反 misguidance n 誤導
片 under the guidance of ph 在～的指引下

構詞記憶法
字尾 -ance 為名詞字尾，表示「性質，狀況」的意思。

搭配詞記憶法
under the guidance of 在～的指引下

guideline [ˋgaɪdˌlaɪn] n 指導方針 升全多雅托公

The state must draw up guidelines on immigration.
國家必須制訂移民方針。

文 guideline 通常用作複數形式，多與介係詞 for、on 連用。

搭配詞記憶法
design guideline 設計方針

guilt [gɪlt] n 罪 升全多雅托公

He has a guilt complex, I think.
我認為他有犯罪情結。

同 sin n 罪
反 innocence n 清白
文 I think 作為插入語置於句尾。插入語也可置於句中，一般是置於主詞之後。

搭配詞記憶法
guilt by association 共犯

guilty [ˋgɪltɪ] a 內疚的，有罪的 升全多雅托公

He has a guilty conscience and decides to buy her a new book.
他良心不安，決定買本新書給她。

同 sinful a 有罪的
反 innocent a 無辜的
片 feel guilty ph 感到內疚

構詞記憶法
字尾 -y 為形容詞字尾，表示「～的」的意思。

搭配詞記憶法
terribly guilty 非常內疚

guitar [gɪˋtɑr] n 吉他 升全多雅托公

I have learned to play the guitar for five years.
我學彈吉他已經 5 年了。

片 electric guitar ph 電吉他

近似音記憶法
guit 音如「吉他」，以 guit 開頭的字，隱含「吉他」。

搭配詞記憶法
play the guitar 彈吉他

---

guitarist [gɪˋtɑrɪst] n 吉他彈奏者 升全多雅托公

I dreamed to be a guitarist in my childhood.
小時候，我夢想成為一名吉他手。

片 rock guitarist ph 搖滾吉他手

構詞記憶法
字尾 -ist 為名詞字尾，表示「從事～的人」的意思。

---

gull [gʌl] n 易受騙的人，海鷗 升全多雅托公

He is such a gull that he could not understand what she means.
他真笨，竟然不理解她想表達什麼意思。

同 schmuck n 笨人
反 sage n 智者
文 such...that... 有三種用法：「such + a / an + 形容詞 + 單數可數名詞 + that...」、「such + 形容詞 + 複數可數名詞 + that...」、「such + 形容詞 + 不可數名詞 + that...」。

搭配詞記憶法
sea gull 海鷗

---

gym [dʒɪm] n 健身房 升全多雅托公

I often go to the gym after work.
下班後我常去健身房。

同 gymnasium n 健身房
片 in the gym ph 在健身房

搭配詞記憶法
go to the gym 去健身房

Hh

habitat ~ hypothetical

6大考試

㊎ 學測指考

㊎ 全民英檢

㊎ 多益測驗

㊎ 雅思測驗

㊎ 托福測驗

㊎ 公職考試

6大英文單字記憶法

構詞記憶法

利用英文的構詞方式，透過字首、字根、字尾的方式來記憶單字。

同音詞記憶法

利用單字的相同發音卻不同拼字來記憶。

單複數記憶法

利用單字本身單複數形式所產生的不同意思來記憶單字。

近似音記憶法

利用諧音方式來增加記憶。

搭配詞記憶法

利用一組詞彙的概念來記憶，在記憶單字時不是只記下一個單字的意思，而是能夠使用一組詞彙加深印象。

邏輯記憶法

以一個單字為單位，採用順序或不同的角度去找出邏輯的關係，並延伸出其它的單字。

Hh habitat ~ hypothetical

符號說明 ➲ 動詞三態 & 分詞 同 同義字 反 反義字 文 文法重點

habitat [ˋhæbəˏtæt] n 棲息地

升全多雅托公

The forest is the habitat of tigers.
森林是老虎的棲息地。

同 inhabitancy n 住所
片 habitat destruction ph 生態破壞

構詞記憶法
字根 habit 表示「居住，習慣」的意思。

搭配詞記憶法
loss of habitat 喪失棲息地

habitual [həˋbɪtʃuəl] a 習慣的

升全多雅托公

I hate her habitual moaning very much.
我十分討厭她經常呻吟。

同 used a 習慣的
反 unexpected a 意想不到的
片 habitual residence ph 通訊住址

構詞記憶法
字尾 -ual 為形容詞字尾，表示「關於～的」的意思。

hail [hel] v 來自

升全多雅托公

Do you know where the boat hailed from?
你知道船是從哪裡開來的嗎？

➲ hail - hailed - hailed & hailing
同 originate v 始自
片 hail from ph 來自～

邏輯記憶法
此單字中的 ail（v. 使痛苦／煩惱）可以聯想到單字 mail（n. 郵件 v. 郵寄）。

hair [hɛr] n 頭髮

升全多雅托公

I want my hair done this week; would you like to go together with me? 這星期我想去做頭髮，你想和我一起去嗎？

同 capello n 頭髮（義大利文）
片 long hair 長髮
文 want sth. done 表示「想（找人）做某事」，此類用法還有 have sth. done。

同音詞記憶法
與此單字同音的單字為 hare（n. 野兔）。

搭配詞記憶法
hair loss 脱（掉）髮

halcyon [ˋhælsɪən] a 寧靜的

升全多雅托公

You will miss these halcyon days of youth.
你會懷念這些寧靜的青春年華。

同 restful a 寧靜的
反 noisy a 吵雜的
文 形容詞 halcyon 通常用於正式文體中，且多用作修飾名詞的形容詞。

搭配詞記憶法
halcyon days 太平盛世

hamper [ˋhæmpɚ] v 妨礙，束縛

升全多雅托公

I'm afraid that their journey may be hampered by the heavy snow.
恐怕大雪會阻礙他們的行程。

➲ hamper - hampered - hampered & hampering
同 hinder v 妨礙
片 be hampered by ph 被～阻礙

邏輯記憶法
此單字中的 ham（n. 火腿）可以聯想到單字 dam（n. 水壩）。

搭配詞記憶法
severely hamper 嚴重妨礙

handcraft [ˋhænd͵kræft] n 手工藝

The handcraft industry gradually disappears.
手工業逐漸消失。

同 workmanship n 手工藝
片 handcraft method ph 手工方法

構詞記憶法
字根 hand 表示「手」的意思。

handicap [ˋhændɪ͵kæp] n 障礙，不利條件

Losing an industrious employee is a handicap to the company.
失去勤奮的員工對公司很不利

同 obstacle n 障礙
反 help n 幫助

構詞記憶法
字根 hand 表示「手」的意思。

搭配詞記憶法
physical handicap 身體缺陷

handle [ˋhændḷ] v 處理

You must figure out a way to handle it.
你必須找出處理這件事的方法。

➲ handle - handled - handled & handling
同 deal v 處理

構詞記憶法
字根 hand 表示「手」的意思，隱含「處理」的意思。

搭配詞記憶法
handle with care 小心處理

happen [ˋhæpən] v 發生

You happened to be out when I dropped by.
我順道去拜訪時，你碰巧不在家。

➲ happen - happened - happened & happening
同 occur v 發生
文 「順便拜訪」的表達方式有：drop by、drop in、stop by、come over 等。

構詞記憶法
字根 hap 表示「機會，運氣，碰巧」的意思。

搭配詞記憶法
happen overnight 一夜發生

harbor [ˋharbɚ] n 海港

This is an artificial harbor.
這是個人造港灣。

同 haven n 海港
片 natural harbor ph 天然港

搭配詞記憶法
Pearl Harbor 珍珠港

hardly [ˋhardlɪ] ad 幾乎不

What I mean is that I hardly know the man.
我想表達的是我幾乎不認識這位男士。

同 scarcely ad 幾乎不
反 always ad 總是
片 hardly ever ph 幾乎不

構詞記憶法
字根 hard 表示「艱難」的意思。

hardship [ˋhardʃɪp] n 苦難 升全多雅托公

The last generation suffered great hardship.
上一世代的人經歷了巨大的苦難。

同 bitterness n 苦難
反 happiness n 幸福
片 economic hardship ph 經濟困難

構詞記憶法
字尾 -ship 為名詞字尾，表示「某種關係，狀態」的意思。

harmonious [harˋmonɪəs] a 和諧的 升全多雅托公

We benefit a lot from the harmonious society.
在和諧的社會裡我們受益很多。

同 consonant a 和諧的
反 disharmonious a 和諧的
片 harmonious world ph 和諧的世界

構詞記憶法
字尾 -ous 為形容詞字尾，表示「有～性質的」的意思。

harness [ˋharnɪs] n 馬具 升全多雅托公

We sold the horse along with the harness after I fell down from the horse and broke my arm.
在我從馬上摔下來手臂骨折之後，我們就把馬和馬具賣了。

同 saddlery n 馬具
片 die in harness ph 在工作期間死去，死於崗位

搭配詞記憶法
in harness 一起合作

hart [hart] n 雄鹿 升全多雅托公

The hunter hunted a hart and a hind in the forest.
獵人在森林裡獵捕到一隻雄鹿和一隻雌鹿。

反 hind n 雌鹿
文 可數名詞 hart 的複數形式為 hart 或是 harts。

同音詞記憶法
與此單字同音的單字為 heart（n. 心臟）。

hasty [ˋhestɪ] a 輕率的 升全多雅托公

She can't be so hasty in deciding to buy a house.
她不能太輕率決定買房子。

同 rushed a 輕率的
反 sedate a 沉著的
文 介係詞片語分為兩類：「介係詞 + 名詞／代名詞」、「介係詞 + 動名詞」。介係詞後面接動詞時，要用動名詞形式作介係詞的受詞。

搭配詞記憶法
a hasty departure 匆忙離開

hatch [hætʃ] v 策劃，孵 升全多雅托公

They finally hatched out a new marketing plan yesterday.
昨天他們終於策劃出新的行銷方案。

➲ hatch - hatched - hatched & hatching
同 incubate v 孵
片 hatch out ph 孵出，策劃

邏輯記憶法
此單字中的 hat（n. 帽子）可以聯想到單字 bat（n. 蝙蝠，球拍）。

haul [hɔl] v 拖
升全多雅托公

The father hauled him out of the mud.
父親把他從爛泥裡拖出來。

➲ haul - hauled - hauled & hauling
同 pull v 拖
反 push v 推
片 haul sb. over the coals ph 嚴厲斥責某人

搭配詞記憶法
haul up 停止

haunt [hɔnt] n 棲息地
升全多雅托公

We always visit the old haunt.
我們總是重遊舊地。

同 habitat n 棲息地
片 revisit the haunts of one's youth ph 重遊年輕時的舊地

邏輯記憶法
此單字中的aunt（n. 阿姨）可以聯想到單字daunt（v. 威嚇）。

搭配詞記憶
tourist haunt 旅遊勝地

hazardous [ˋhæzɚdəs] a 冒險的
升全多雅托公

Stay away from the hazardous area; it's dangerous.
遠離危險地區，那裡很危險。

同 risky a 冒險的
反 safe a 安全的
片 hazardous area ph 危險地區

構詞記憶法
字尾 -ous 為形容詞字尾，表示「有～性質的」的意思。

head [hɛd] v 出發
升全多雅托公

We are heading for the capital of France.
我們正前往法國首都。

➲ head - headed - headed & heading
同 leave v 出發
反 come v 來
片 head...off ph 當頭攔阻

搭配詞記憶法
head for 前往

headline [ˋhɛd͵laɪn] n 標題
升全多雅托公

You can just browse the headline if you are too busy to read the details.
如果你太忙沒有時間看細節內容，你可以只瀏覽大標題。

同 title n 標題

構詞記憶法
字根head表示「頭」的意思，引申為「重要的」。

搭配詞記憶法
make headline news 使成為頭條新聞

headscarf [hɛdskɑrf] n 女人的頭巾
升全多雅托公

She covered her head with a headscarf.
她用頭巾將頭包起來。

同 kerchief n 方頭巾

構詞記憶法
字根head表示「頭」的意思。

heal [hil] v 治癒

升全多雅托公

Don't worry! The wound will heal slowly and leave no scar.
不要擔心！傷口會慢慢癒合且不會留疤。

- ➲ heal - healed - healed & healing
- 同 cure v 治癒
- 反 wound v 使受傷
- 文 heal 與 cure 的區別：前者指治癒傷、傷口，後者指治癒疾病等。

同音詞記憶法
與此單字同音的單字為 heel（n. 腳後跟）。

搭配詞記憶法
completely heal 完全治癒

hear [hɪr] v 聽

升全多雅托公

I heard someone talking in the next room at that time.
那時候，我聽到有人在隔壁房間説話。

- ➲ hear - heard - heard & hearing
- 同 listen v 聽
- 片 hear about ph 聽説

同音詞記憶法
與此單字同音的單字為 here（ad. 這裡）。

搭配詞記憶法
hear nothing about sth. 對某事一無所知

heaven [ˋhɛvən] n 天空

升全多雅托公

My grandmother told me that good people will go to the heaven after they die.
奶奶告訴我，好人死後會上天堂。

- 同 sky n 天空
- 反 earth n 地表
- 片 good heavens ph 天哪

搭配詞記憶法
in the heavens 在天堂

hedge [hɛdʒ] n 障礙，保護手段

升全多雅托公

Some people suggested buying gold as a hedge against inflation.
有些人建議購買黃金以防止通貨膨脹。

- 同 bar n 障礙
- 文 可數名詞 hedge 通常與介係詞 against 連用；也可以表示「樹籬」。

搭配詞記憶法
hedge fund 避險基金

heighten [ˋhaɪtn̩] v 提高

升全多雅托公

The director tried all the methods to heighten the dramatic effect.
導演為了提高戲劇效果，試了所有的方法。

- ➲ heighten - heightened - heightened & heightening
- 同 raise v 提高
- 反 descend v 下降
- 片 heighten one's anxiety ph 增加某人的焦慮

構詞記憶法
字根 high 表示「高」的意思。

搭配詞記憶法
greatly heighten 大大提高

heir [ɛr] n 繼承人

He is the only heir of his parents according to the law.
根據法律，他是他父母唯一的繼承人。

- 同 heritor n 繼承人
- 反 heiress n 女繼承人
- 片 heir apparent ph 法定繼承人

同音詞記憶法
與此單字同音的單字為 air（n. 空氣）。

搭配詞記憶法
the heir to the throne 王位繼承人

helium [ˋhilɪəm] n 氦 升全多雅托公

Helium gas can turn into liquid under great pressure.

在高壓下，氦氣能變成液態。

文 turn 與 rotate 的區別：前者比較通俗、常見，表示「轉動」的意思，並不指明具體做的何種轉動；但後者指繞著自己的中心旋轉。

搭配詞記憶法
helium gas 氦氣

hemisphere [ˋhɛməsˏfɪr] n 半球 升全多雅托公

The earth can be divided into two hemispheres: the southern hemisphere and the northern hemisphere.

地球可分為兩個半球：南半球和北半球。

同 semisphere n 半球

構詞記憶法
字首 hemi 表示「半，一半」的意思。

hepatitis [ˏhɛpəˋtaɪtɪs] n 肝炎 升全多雅托公

He suffers from hepatitis b and has to receive treatment.

他患有 B 肝，必須接受治療。

片 chronic hepatitis ph 慢性肝炎

搭配詞記憶法
hepatitis b B 型肝炎

構詞記憶法
字尾 -itis 為名詞字尾，表示「炎症或疾病」的意思。

herbivore [ˋhɝbəˏvɔr] n 草食動物 升全多雅托公

Those animals are herbivores, I think.

我認為這些動物是草食動物。

同 phytophagans n 草食動物

反 predator n 肉食動物

片 herbivore insect ph 草食性昆蟲

邏輯記憶法
此單字中的 herb（n. 草本植物）可以聯想到單字 herd（n. 牛群，牧群）。

構詞記憶法
字尾 -ivore 表示「吃」的意思

herd [hɝd] n 牧群 升全多雅托公

There are a herd of cattle grazing on the pasture.

牧場上有群牛在吃草。

同 flock n 獸群

文 名詞 cattle 是集合名詞，雖然形式上是單數，但其表達的是複數的概念。因此當其作主詞時，動詞用複數形式。

同音詞記憶法
與此單字同音的單字為 heard（v. pt. 聽）。

hereditary [həˋrɛdəˏtɛrɪ] a 遺傳的 升全多雅托公

This kind of disease, according to the doctor, is hereditary.

醫生說這種病會遺傳。

同 inherited a 遺傳的

反 extragenetic a 非遺傳的

片 hereditary beliefs ph 世代沿襲的信仰

搭配詞記憶法
hereditary disease 遺傳性疾病

構詞記憶法
字根 her(e) 表示「黏附」的意思。

heredity [hə`rɛdətɪ] n 遺傳

升 全 多 雅 托 公

The disease is proved to be acquired by heredity.
經證明此疾病是因為遺傳而有。

同 inheritance n 遺傳

搭配詞記憶法
heredity factor
遺傳因素

heritage [`hɛrətɪdʒ] n 遺產

升 全 多 雅 托 公

Those great novels are our literary heritage.
那些偉大的小說是我們的文學遺產。

同 legacy n 遺產

搭配詞記憶法
cultural heritage
文化遺產

heroin [`hɛro͵ɪn] n 海洛因

升 全 多 雅 托 公

The young man smuggles heroin and many other drugs.
這位年輕人走私海洛因以及許多其它毒品。

同 horse n 海洛因

同音詞記憶法
與此單字同音的單字為 heroine（n. 女英雄）。

搭配詞記憶法
heroin injector
海洛因注射器

hesitation [͵hɛzə`teʃən] n 猶豫

升 全 多 雅 托 公

He promised to pick me up without hesitation.
他毫無猶豫地承諾要來接我。

同 swither n 猶豫
反 decisiveness n 果斷
片 without hesitation ph 毫不猶豫

構詞記憶法
字根 hes 表示「黏附」的意思。

搭配詞記憶法
a moment of hesitation 猶豫片刻

hibernate [`haɪbɚ͵net] v 過冬

升 全 多 雅 托 公

Snakes hibernate for about six months.
蛇大約冬眠 6 個月。

➲ hibernate - hibernated - hibernated & hibernating
同 overwinter v 過冬
文 不及物動詞 hibernate 的名詞形式為 hibernation，通常用作 go into / (come out of) hibernation。

搭配詞記憶法
hibernate from
從～時冬眠

hierarchy [`haɪə͵rɑrkɪ] n 層級

升 全 多 雅 托 公

That was a rigid hierarchy society; the bottom people suffered a lot.
那是個森嚴的等級制度社會，底層人民遭受很多痛苦。

同 rank n 等級
片 social hierarchy ph 社會等級

構詞記憶法
字尾 -archy 為名詞字尾，表示「統治」的意思。

搭配詞記憶法
bureaucratic hierarchy 官僚政治層級

hieratic [ˌhaɪəˋrætɪk] a 僧侶的
升全多雅托公

He can't stand the hieratic life and decides to resume secular life. 他受不了僧侶生活，決定要還俗。

同 monkish a 僧侶的
片 hieratic writing ph 僧侶所用簡化文字

搭配詞記憶法
hieratic script 僧侶體文字

hieroglyph [ˋhaɪərəˏglɪf] n 象形文字
升全多雅托公

You can tell what the hieroglyph means from its appearance.
從外形就可以看出象形文字是什麼意思。

同 ideograph n 象形文字
文 動詞 tell 可以表示「告訴」的意思，tell sb. to do sth. 表示「告訴某人做某事」。與from連用時還可以表示「區分」的意思，tell sth. from表示「區分」。

搭配詞記憶法
Hieroglyph Lithograph 聖書體石板

highlight [ˋhaɪˌlaɪt] v 突出，強調
升全多雅托公

I must highlight that everybody should do the best.
我必須強調每個人都要竭盡全力。

➲ highlight - highlighted - highlighted & highlighting
同 emphasize v 突出
反 weaken v 弱化
片 highlight the problem of ph 強調～問題

構詞記憶法
字根 high 表示「高的」的意思。

搭配詞記憶法
dramatically highlighted 顯著突出的

highway [ˋhaɪˌwe] n 公路
升全多雅托公

Be careful! You are driving on the highway.
小心一點！你正在公路上開車。

同 chaussee n 公路（法文）
反 byway n 偏僻小路
文 be careful 的同義詞組有：look out、take care、be cautious 等等。

構詞記憶法
字根 high 表示「高的」的意思。

搭配詞記憶法
public highway 公共道路

hike [haɪk] v 遠足
升全多雅托公

Will you join us to hike tomorrow? 你明天要跟我們一起去遠足嗎？

➲ hike - hiked - hiked & hiking
同 trip v 遠足
片 go hiking ph 去遠足

搭配詞記憶法
hike up 飄起

hind [haɪnd] a 後部的
升全多雅托公

The boy got on his hind legs and went away.
男孩站起來然後離開。

同 retral a 後部的
反 fore a 前面的
片 on one's hind legs ph 站著，站立

搭配詞記憶法
hind leg 後腿

hinder [ˋhɪndɚ] v 阻礙

升全多雅托公

Don't hinder me from working; I am very busy now.
不要阻礙我工作，我現在很忙。

➲ hinder - hindered - hindered & hindering
同 impede v 阻礙
反 promote v 促進
片 hinder development ph 阻礙發展

構詞記憶法
字根 hind 表示「後部的」的意思。

hinge [hɪndʒ] n 鉸鏈，關鍵

升全多雅托公

The gate hinges are broken, and you should have them repaired.
大門上的鉸鏈壞了，你應該找人修一下。

片 take the door off its hinges ph 把門從鉸鏈上卸下

搭配詞記憶法
door hinge 門鉸鏈

hinterland [ˋhɪntɚˏlænd] n 內地

升全多雅托公

This is the first time I have ever been to the hinterland.
這是我第一次到內陸地區。

同 inland n 內地

構詞記憶法
字根 land 表示「陸地」的意思。

historian [hɪsˋtorɪən] n 歷史學家

升全多雅托公

The historian spent all his life studying history.
這位歷史學家花了畢生精力研究歷史。

片 natural historian ph 博物學家
文 動詞 spend 的用法：「spend + 時間／金錢 + on + 名詞／代名詞」，間接受詞是名詞或代名詞時用介係詞 on。「spend + 時間／金錢 + (in) doing sth.」，間接受詞是動詞時，動詞應變為動名詞，介係詞用 in 且可以省略。

構詞記憶法
字尾 -ian 為名詞字尾，表示「～的人」的意思。

historic [hɪsˋtɔrɪk] a 有歷史意義的

升全多雅托公

The historic city has a lot of places of interest.
這個歷史城市有很多名勝古蹟。

同 historical a 歷史的
反 modern a 現代的
片 historic site ph 古蹟

構詞記憶法
字尾 -ic 為形容詞字尾，表示「與～有關的」的意思。

hoarse [hors] a 嘶啞的

升全多雅托公

Don't shout! You will shout yourself hoarse.
不要大喊！你會把嗓子喊啞。

同 throaty a 嘶啞的
反 clear a 清楚的

近似音記憶法
ho 音如「嚎」，以 ho 開頭的字，隱含「嚎叫，咆哮」。

搭配詞記憶法
shout oneself hoarse 聲嘶力竭

hockey [ˋhakɪ] n 曲棍球 升全多雅托公

We are going to play hockey with them tomorrow.
明天我們要和他們打曲棍球。

同 puck n 曲棍球
片 hockey stick ph 曲棍球球棍

搭配詞記憶法
field hockey 陸上曲棍球

hole [hol] n 洞穴 升全多雅托公

The mouse hid in the hole and waited to steal food in the kitchen.
老鼠躲在洞裡，等著去偷廚房的食物。

同 cavity n 洞穴
片 a hole in a tooth ph 齲齒的洞

搭配詞記憶法
black hole 黑洞

holiday [ˋhaləˏde] n 節日 升全多雅托公

I am going to France for my holidays.
我打算去法國渡假。

同 festival n 節日
反 workday n 工作日
片 the school holidays ph 學校的假期

搭配詞記憶法
on holiday 在渡假

holler [ˋhalɚ] v 發牢騷 升全多雅托公

Stop hollering at me; it's not my fault.
不要對我發牢騷，不是我的錯。

➲ holler - hollered - hollered & hollering
同 pinge v 發牢騷
片 holler at ph 發牢騷

近似音記憶法
ho 音如「嚎」，以 ho 開頭的字，隱含「嚎叫，咆哮」。

homestead [ˋhomˏstɛd] n 農場，家園 升全多雅托公

You shall not violate the Homestead Act.
你不能違反農園法。

同 plantation n 農園
文 情態動詞 shall 的用法：shall 可以表示委婉的語氣，通常與第一人稱連用。多用於法律、合同等條款陳述，表示「應當，應該」的意思，含有強制意味。

構詞記憶法
字根 home 表示「家」的意思。

homework [ˋhomˏwɝk] n 家庭作業 升全多雅托公

You can play football after finishing your homework.
寫完作業你可以踢足球。

同 schoolwork n 家庭作業
片 do one's homework ph 做作業

構詞記憶法
字根 home 表示「家」的意思。

搭配詞記憶法
hand in homework 繳交作業

hominid [ˋhɑmɪnɪd] n 原始人類 升全多雅托公

I am curious about the hominids. Could you tell me more?
我對原始人類很好奇。你能再多跟我說一些嗎？

- 同 homonid n 原始人類
- 片 hominid evolution ph 原始人的進化

搭配詞記憶法
hominid apes 類人猿

homogeneity [ˌhomədʒəˋniətɪ] n 同質 升全多雅托公

I don't know what homogeneity assumption exactly is.
我不知道同質假設確切是什麼意思。

- 同 homogenesis n 同質
- 反 inhomogeneity n 不同質
- 片 homogeneity assumption ph 同質假設

構詞記憶法
字首 homo- 表示「相同的」的意思。

homogeneous [ˌhoməˋdʒinɪəs] a 同種的 升全多雅托公

You and I are homogeneous people, I think.
我認為我和你是同一類人。

- 同 conspecific a 同種的
- 反 inhomogeneous a 不同種的
- 片 homogeneous catalysis ph 均相催化

構詞記憶法
字根 gen(e) 表示「生產，產生」的意思。

honesty [ˋɑnɪstɪ] n 誠信 升全多雅托公

Have you heard that honesty is the best policy?
你有聽過誠實才是上策嗎？

- 同 integrity n 誠信
- 反 dishonesty n 不誠信
- 文 hear 與 overhear 的區別：前者指有意識地聽見、聽到；後者指無意聽到，在一定場合下也可指偷聽。

構詞記憶法
字根 honor 表示「光榮」的意思。

搭配詞記憶法
honesty and integrity 誠實正直

honor [ˋɑnɚ] v 尊敬 n 榮譽 升全多雅托公

The girl is honored for her courage.
女孩因其勇氣受到表揚。

- ➲ honor - honored - honored & honoring
- 同 esteem v 尊敬
- 反 dishonor v 侮辱
- 片 honor with ph 向～致敬，表揚～

搭配詞記憶法
honor bound 道義上有責任做

honors [ˋɑnɚs] n 優等成績 升全多雅托公

Both of us graduated from colloge with honours.
我們兩個大學都以優異的成績畢業。

- 片 honours degree ph 榮譽學位

單複數記憶法
此單字單數形式為 honor（n. 榮譽）。

hook [huk] v 鉤住
升 全 多 雅 托 公

They hooked a large fish in the lake yesterday.
昨天他們在湖中釣到一條大魚。

➲ hook - hooked - hooked & hooking
同 hitch v 鉤住
片 hook (sth.) on / onto / over / round sth. ph 鉤住

搭配詞記憶法
hook up 以鉤鉤住

hormone [ˋhɔrmon] n 荷爾蒙，激素
升 全 多 雅 托 公

I think you are suffering from hormone imbalance.
我想你荷爾蒙失調。

同 incretion n 荷爾蒙
片 growth hormone ph 生長激素

近似音記憶法
hormone 為音譯詞，其發音音譯為「荷爾蒙」。

horrible [ˋhɔrəbl̩] a 可怕的
升 全 多 雅 托 公

What a horrible weather it is! We have to stay at home.
天氣真糟！我們必須待在家。

同 terrible a 可怕的
反 wonderful a 極好的
片 horrible nightmare ph 可怕的噩夢

構詞記憶法
字根 horr 表示「害怕，顫抖」的意思。

搭配詞記憶法
bloody horrible 血腥恐怖

horror [ˋhɔrɚ] n 驚駭
升 全 多 雅 托 公

We saw a horror movie in the cinema yesterday evening.
昨天晚上我們在電影院看了一部驚悚片。

同 fright n 驚駭
反 easiness n 輕鬆
片 in horror ph 驚恐地

構詞記憶法
字根 horr 表示「害怕，顫抖」的意思。

搭配詞記憶法
shock horror 恐怖震撼

horse [hɔrs] n 馬，雄馬
升 全 多 雅 托 公

The young man fell down from the horse and broke his legs.
年輕人從馬上摔下來，摔斷了腿。

同 prad n 馬
反 mare n 雌馬
片 dark horse ph 黑馬
文 fall 的用法：fall down from sth.（從～上摔下來）；fall in love with sb.（愛上某人）；fall apart（分解）。fall 還可以作名詞，表示「秋天」。

同音詞記憶法
與此單字同音的單字為 hoarse（n. 嘶啞的）。

搭配詞記憶法
horse-drawn 馬拉的

horsemanship [ˋhɔrsmən͵ʃɪp] n 馬術
升 全 多 雅 托 公

The man entertains her with horsemanship.
男子表演馬術來取悅她。

同 riding n 馬術
片 Therapeutic Horsemanship ph 馬術治療方法

構詞記憶法
字尾 -ship 為名詞字尾，表示「某種技能」的意思。

horticulture [ˋhɔrtɪˏkʌltʃɚ] n 園藝

升全多雅托公

The old man likes horticulture so much that he trims the bushes every day.
老人十分熱愛園藝，每天都修剪灌木。

同 gardening n 園藝
片 commercial horticulture ph 商業園藝

搭配詞記憶法
horticulture therapy 園藝治療

構詞記憶法
字根 cult 表示「培植，照料」的意思

hospitality [ˏhɑspɪˋtælətɪ] n 好客

升全多雅托公

Thank you so much for your hospitality today.
謝謝你今天盛情款待。

同 complaisance n 好客
反 inhospitality n 不好客

構詞記憶法
字根 hospit 表示「賓客，顧客」的意思。

hostile [ˋhɑstɪl] a 敵對的

升全多雅托公

I don't know why her manner towards me was so distinctly hostile.
我不知道為什麼她對我的態度極其不友好。

同 adverse a 敵對的
反 friendly a 有好的
片 hostile takeover ph 惡性接收

構詞記憶法
字根 host 表示「陌生人」的意思。

搭配詞記憶法
construe sth. hostile 看做敵對

household [ˋhausˏhold] n 家庭

升全多雅托公

I cannot afford the household expenses because I am unemployed.
因為我現在失業，所以我負擔不起家庭開銷。

同 family n 家庭
文 動詞 afford 意為「買得起」，一般用於否定句中，即「主詞 + cannot / couldn't afford + 名詞／不定詞」。

構詞記憶法
字根 house 表示「家」的意思。

搭配詞記憶法
the head of the household 一家之主

hover [ˋhʌvɚ] v 盤旋

升全多雅托公

I saw a huge hawk hovering overhead, and it scared me.
我看到一隻巨鷹在頭頂上盤旋，嚇到我了。

➲ hover - hovered - hovered & hovering
同 orbit v 盤旋
片 hover around the place ph 在周圍轉來轉去

搭配詞記憶法
hover over 在～盤旋

hovercraft [ˋhʌvɚˏkræft] n 氣墊船

升全多雅托公

I was very excited to board the hovercraft at that time.
那時後我登上氣墊船十分興奮。

同 cushioncraft n 氣墊船
片 coastal hovercraft ph 沿海氣墊船

構詞記憶法
字根 craft 表示「運載工具」的意思。

howl [haul] n 嚎叫，怒號 升全多雅托公

The new plan will cause howls of protest, I think.
我認為新計畫會引起抗議。

同 bluster n 嚎叫
片 howl down ph 吆喝住，淹沒

近似音記憶法
ho 音如「嚎」，以 ho 開頭的字，隱含「嚎叫，咆哮」。

搭配詞記憶法
the howl of the wind 風的嚎叫

hue [hju] n 叫聲 升全多雅托公

Have you heard the hue and cry against the new law?
你聽到抗議新法律的高聲呼喊了嗎？

同 cry n 叫聲
片 hue and cry ph 大聲抗議

近似音記憶法
h 音如「嚎，叫」，以 h 開頭的字，隱含「叫聲」。

humane [hju`men] a 人道的，高尚的 升全多雅托公

I like her because she is a humane person.
因為她富有同情心，所以我很喜歡她。

同 noble a 高尚的
反 inhumane a 殘忍的
片 humane society ph 人文社會

構詞記憶法
字根 hum 表示「土地」的意思。

humidity [hju`mɪdətɪ] n 濕度，濕氣 升全多雅托公

The seeds will germinate with heat and humidity.
在一定的溫度與濕度作用下，種子會發芽。

同 wet n 濕氣
反 dryness n 乾燥
片 relative humidity ph 相對濕度

構詞記憶法
字首 hum 表示「土地」的意思。

搭配詞記憶法
humidity control 濕度控制

hunting [`hʌntɪŋ] n 打獵 升全多雅托公

Hunting is forbidden; we should protect animals.
禁止打獵，我們應該保護動物。

同 shooting n 打獵
片 go hunting ph 去打獵

搭配詞記憶法
job hunting 找工作

hurricane [`hɝɪken] n 颶風 升全多雅托公

It is reported that the hurricane is approaching.
據報導颶風要來了。

同 cyclone n 颶風
反 breeze n 微風
片 gales of hurricane force ph 12 級強風

搭配詞記憶法
hurricane lamp 防風燈

hybrid [ˋhaɪbrɪd] n 混血兒，雜種 升全多雅托公

We all know that a mule is a hybrid animal.
我們都知道騾子是雜交動物。

同 mixture n 雜種
反 purebred n 純種的動物
文 hybrid 也可以用作形容詞，表示「雜種的，混合的」，如 hybrid animals。

搭配詞記憶法
hybrid system
混合系統

---

hydration [haɪˋdreʃən] n 水合作用 升全多雅托公

The teacher performed an experiment to show us what hydration is.
老師做了個實驗向我們說明什麼是水合作用。

同 aquation n 水合作用
片 hydration heat ph 水合熱

構詞記憶法
字根 hydr 表示「含水的，與水化合」的意思。

---

hydrocarbon [ˌhaɪdrəˋkɑrbən] n 碳氫化合物 升全多雅托公

Hydrocarbon is a chemical term.
碳氫化合物是化學術語。

片 saturated hydrocarbon ph 飽和氫

構詞記憶法
字尾 -carbon 為名詞字尾，表示「碳」的意思。

---

hydrogen [ˋhaɪdrədʒən] n 氫 升全多雅托公

Air is formed of hydrogen and oxygen.
空氣是由氫和氧組成的。

文 be formed of 意為「由～組成」。表示「由～組成」的片語還有：be made of、be made from、consist of、be coposed of 等。

搭配詞記憶法
hydrogen peroxide 過氧化氫

構詞記憶法
字根 hydr 表示「含水的，與水化合」的意思。

---

hymn [ˋhɪm] n 讚美詩 升全多雅托公

He wrote a hymn to speak highly of the beauty of nature.
他寫了首讚美詩來歌頌自然之美。

同 spiritual n 讚美詩

同音詞記憶法
與此單字同音的單字為 him（pron. 他）。

搭配詞記憶法
hymn book 讚美詩

---

hypothesis [haɪˋpɑθəsɪs] n 假設 升全多雅托公

What I want to do is to disprove the hypothesis.
我想做的就是證明這種假設不正確。

同 tentative n 假設
反 reality n 實際
片 innateness hypothesis ph 內在性假設

構詞記憶法
字首 hypo- 表示「在～下面」的意思。

搭配詞記憶法
plausible hypothesis 合理的假設

hypothetical [ˌhaɪpəˋθɛtɪkḷ] a **假設的** 升全多雅托公

This is just a hypothetical conclusion; you need to prove it.
這只是個假設性的結論，你需要證明它是正確的。

同 theoretical a 假設的
反 realistic a 現實的
片 hypothetical question ph 假設性問題

構詞記憶法
字根 thet 表示「放置（下）的意思」的意思。

MEMO

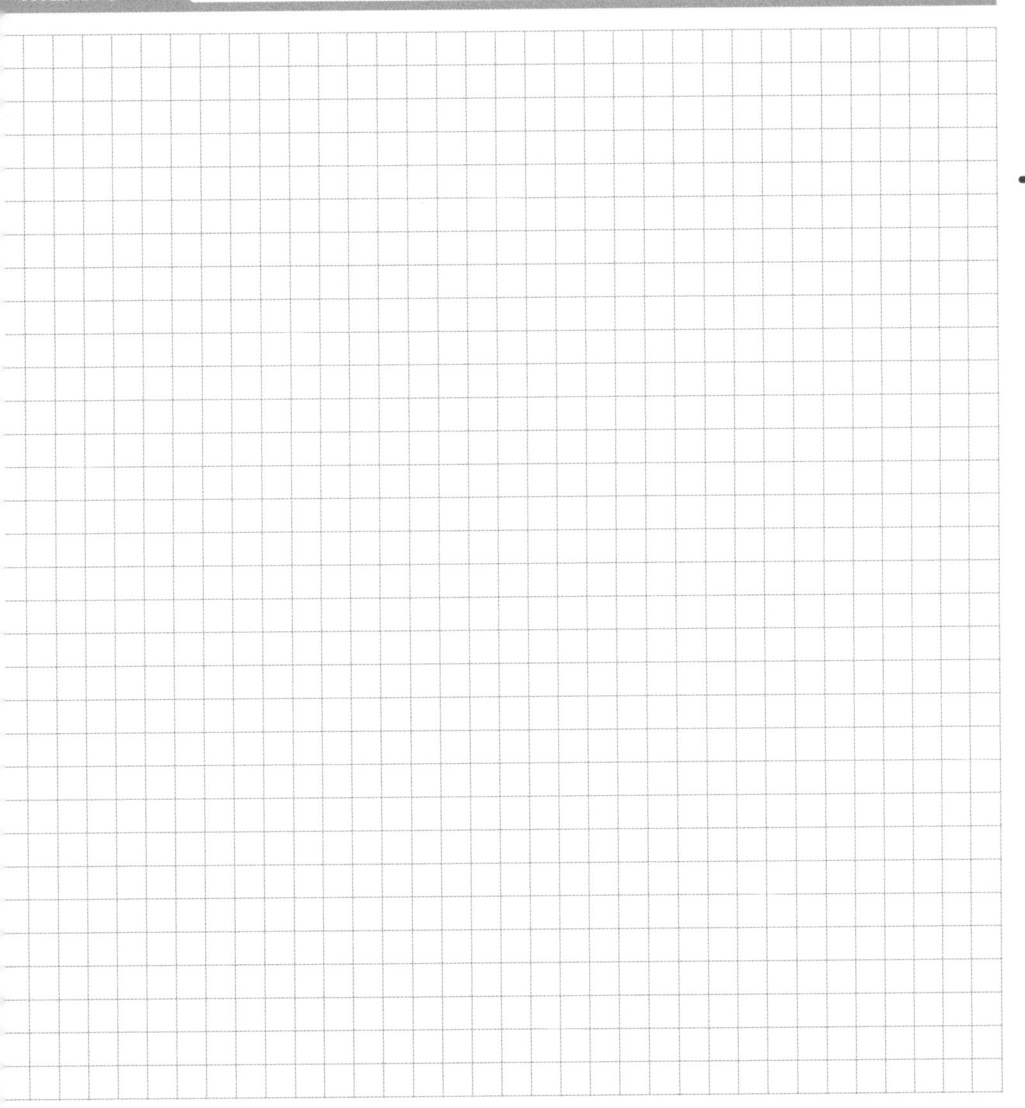

MEMO

iceberg ~ ivory

6大考試

- 升 學測指考
- 全 全民英檢
- 多 多益測驗
- 雅 雅思測驗
- 托 托福測驗
- 公 公職考試

6大英文單字記憶法

構詞記憶法

利用英文的構詞方式，透過字首、字根、字尾的方式來記憶單字。

同音詞記憶法

利用單字的相同發音卻不同拼字來記憶。

單複數記憶法

利用單字本身單複數形式所產生的不同意思來記憶單字。

近似音記憶法

利用諧音方式來增加記憶。

搭配詞記憶法

利用一組詞彙的概念來記憶，在記憶單字時不是只記下一個單字的意思，而是能夠使用一組詞彙加深印象。

邏輯記憶法

以一個單字為單位，採用順序或不同的角度去找出邏輯的關係，並延伸出其它的單字。

Ii iceberg ~ ivory

符號說明 ➲ 動詞三態 & 分詞 同 同義字 反 反義字 文 文法重點

iceberg [ˋaɪs͵bɝg] n 冰山
升 全 多 雅 托 公

The Titanic struck an iceberg and was overturned.
鐵達尼號撞到一座冰山翻船了。

同 floeberg n 冰山
片 iceberg lettuce ph 捲心萵苣

搭配詞記憶法
tip of the iceberg 冰山一角

ideal [aɪˋdiəl] a 完美的，理想的
升 全 多 雅 托 公

The girl is his ideal girlfriend. 這位女孩是他理想的女朋友。

同 perfect a 完美的
反 real a 真實的
片 ideal world ph 理想世界

構詞記憶法
字根 ide，表示「思想，觀點」的意思。

idealize [aɪˋdiə͵laɪz] v 理想化
升 全 多 雅 托 公

She always idealizes her life; she should go back to the real world.
她總是把生活理想化，她應該回到現實世界。

➲ idealize - idealized - idealized & idealizing
同 idealise v 理想化
片 idealize the past ph 把過去理想化

構詞記憶法
字尾 -ize 為動詞字尾，表示「成為，使～化」的意思。

identical [aɪˋdɛntɪkḷ] a 完全相同的
升 全 多 雅 托 公

That is the identical book I read last night.
那就是我昨晚讀的書。

同 same a 相同的
反 different a 不同的
文 same 指外表相同的人或物，但本質上有差別；identical 指人或物在所有方面上都完全相同。

搭配詞記憶法
genetically identical 相同基因

identify [aɪˋdɛntə͵faɪ] v 辨認
升 全 多 雅 托 公

The woman identified him as the thief.
女士認出他就是那個賊。

➲ identify - identified - identified & identifying
同 confirm v 確認
片 identify with ph 認為～等同於

搭配詞記憶法
a means of identifying sb. / sth. 辨識某人／某事的方法

idiosyncratic [͵ɪdɪəsɪŋˋkrætɪk] a 特質的
升 全 多 雅 托 公

I think her speech is idiosyncratic.
我認為她的演講別具一格。

同 specific a 特質的
反 general a 普通的

搭配詞記憶法
idiosyncratic exchange 特質交易

idle [ˋaɪdḷ] a **遊手好閒的** 升全多雅托公

He is an idle student, and all his teachers dislike his attitude.
他是一名懶散的學生，所有老師都不喜歡他的態度。

- 同 lazy a 遊手好閒的
- 反 diligent a 勤奮的
- 片 idle time ph 閒置時間

同音詞記憶法
與此單字同音的單字為 idol（n. 偶像）。

---

ignite [ɪgˋnaɪt] v **點燃** 升全多雅托公

The man ignited the house in which three people died.
男子點燃房子，裡面 3 個人都死了。

- ➲ ignite - ignited - ignited & igniting
- 同 light v 點燃
- 反 outfire v 滅火
- 文 例句是形容詞子句，先行詞是 the house，關係代名詞是 which，介係詞 in 提前置於關係代名詞之前。

構詞記憶法
字根 ign 表示「火」的意思。

搭配詞記憶法
spontaneously ignite 自燃

---

ignition [ɪgˋnɪʃən] n **點火** 升全多雅托公

Turn the ignition on, and you can start the engine.
打開點火裝置就能啟動引擎。

- 同 fires n 點火
- 片 ignition point ph 燃點

搭配詞記憶法
ignition temperature 著火點

構詞記憶法
字尾 -ition 為名詞字尾，表示「行為」的意思。

---

ignorant [ˋɪgnərənt] a **無視的，無知的** 升全多雅托公

The new employee pretended to be ignorant of the rules and arrived late on purpose.
新來的員工假裝不知道規定而故意遲到。

- 同 innocent a 無知的
- 反 aware a 意識到的
- 片 ignorant of ph 不知道

構詞記憶法
字根 gnor 表示「知道」的意思。

搭配詞記憶法
blissfully ignorant 完全不知情

---

ignore [ɪgˋnor] v **忽視** 升全多雅托公

She couldn't ignore his rudeness and finally gave him a lesson.
她無法無視於他的粗魯無禮，給了他一頓教訓。

- ➲ ignore - ignored - ignored & ignoring
- 同 neglect v 忽視
- 反 value v 重視
- 片 ignore criticism ph 忽視批評

搭配詞記憶法
ignore all 全部忽略

構詞記憶法
字首 i- 表示「否定」的意思。

---

illegal [ɪˋligḷ] a **非法的** 升全多雅托公

It is illegal to evade taxes according to the law.
根據法律，逃漏稅是非法的。

- 同 unlawful a 非法的
- 反 legal a 合法的
- 片 illegal immigration ph 非法移民

構詞記憶法
字根 leg 表示「法律」的意思。

搭配詞記憶法
allegedly illegal 涉嫌違法

illuminate [ɪˋluməˏnet] v 闡明 升全多雅托公

There are a few kids playing basketball on the playground which is illuminated with floodlights.
操場上的燈照亮著，有幾個孩子在打籃球。

- ➲ illuminate - illuminated - illuminated & illuminating
- 同 clarify v 闡明
- 反 blur v 使模糊
- 片 illuminate...with... ph 照明，照亮

構詞記憶法
字根 lumin 表示「光明，光亮」的意思。

illusion [ɪˋljuʒən] n 幻覺 升全多雅托公

She was under the illusion that her boyfriend was very honest.
她誤以為她男朋友很誠實。

- 同 hallucination n 幻覺
- 反 disillusion n 幻滅
- 片 visual illusion ph 視覺錯誤

構詞記憶法
字首 il- 表示「無」的意思。

搭配詞記憶法
be all an illusion 都是幻覺

illustrate [ˋɪləstret] v 闡明 升全多雅托公

You had better use data to illustrate; it's more convincing.
你最好用資料來說明，這樣比較令人信服。

- ➲ illustrate - illustrated - illustrated & illustrating
- 同 elucidate v 闡明
- 反 imply v 暗示
- 文 had better 後面接原形動詞，即 had better do sth.，意為「最好做某事」，其否定形式為 had better not do sth.。

構詞記憶法
字根 lustr 表示「光亮，照明」的意思。

image [ˋɪmɪdʒ] n 圖像，形象 升全多雅托公

He has the image of her as always being happy.
在他的印象中她總是很開心。

- 同 icon n 畫像
- 片 brand image ph 品牌形象

構詞記憶法
字根 imag 表示「想像」的意思。

搭配詞記憶法
black-and-white image 黑白影像

imagination [ɪˏmædʒəˋneʃən] n 想像力，空想 升全多雅托公

In my imagination, he is gentle and friendly.
在我想像中他很紳士且親切。

- 同 vision n 幻想
- 片 capture the imagination of ph 激發～的想像力

構詞記憶法
字尾 -ation 為名詞字尾，表示「過程，結果」的意思。

搭配詞記憶法
not by any stretch of the imagination 不管怎麼想

imagine [ɪ`mædʒɪn] v 想像

Imagine that you are at a party right now.
想像一下你現在正在參加一場派對。

➲ imagine - imagined - imagined & imagining
同 fancy v 想像
文 例句是祈使句，用以命令、請求對方。imagine 後接 that 引導的受詞子句。

搭配詞記憶法
real or imagined
不管真假

構詞記憶法
字根 imag 表示「想像」的意思。

---

imitate [`ɪmə͵tet] v 模仿

As we know that parrots are good at imitating human voice.
正如我們知道的，鸚鵡擅長模仿人類聲音。

➲ imitate - imitated - imitated & imitating
同 simulate v 模仿
反 invent v 創造

構詞記憶法
字根 imit 表示「相像」的意思。

---

imitative [`ɪmətətɪv] a 模仿的

Acting is absolutely an imitative art. 表演絕對是模仿藝術。

同 mimetic a 模仿的
反 creative a 創造的
片 imitative of... ph 模仿～

構詞記憶法
字尾 -ive 為形容詞字尾，表示「有～性質的」的意思。

---

immense [ɪ`mɛns] a 巨大的

It is of immense importance to win this contract.
贏得這份合約很重要。

同 huge a 巨大的
反 limited a 有限的
片 immense potential ph 巨大潛力

構詞記憶法
字根 mens 表示「測量」的意思。

---

immerse [ɪ`mɝs] v 沉浸，使陷入

The student immerses herself in study.
這名學生埋頭學習。

➲ immerse - immersed - immersed & immersing
同 entrap v 使陷入

構詞記憶法
字根 mers 表示「沉，沒」的意思。

搭配詞記憶法
immerse in 全神貫注於

---

immigrant [`ɪməgrənt] n 移民 a 移居的 

Nobody shall violate the policy for immigrants, or he will be arrested.
誰都不能違反移民政策，否則會被逮捕。

同 migration n 移民
反 emigrant a 移入的
文 例句中 nobody 表示否定，類似的否定詞還有 nothing、nobody、no one、neither、 none 等。若後面接反義疑問句，則反義疑問句用肯定形式。

構詞記憶法
字根 migr 表示「遷移」的意思。

搭配詞記憶法
immigrant community 移民社區

immigration [ˌɪməˋgreʃən] n 移居 升全多雅托公

There is a sharp rise in immigration into the U.S. this year.
今年移居美國的人大幅上漲。

同 settling n 移居
片 pass through immigration ph 通過入境管理處的檢查

構詞記憶法
字尾 -ation 為名詞字尾，表示「～行為或狀態」的意思。

---

imminent [ˋɪmənənt] a 即將來臨的 升全多雅托公

It seems that he can predict imminent danger.
他好像能預言即將發生的危險。

同 upcoming a 即將來臨的
片 imminent danger ph 迫在眉睫的危險

構詞記憶法
字根 min 表示「伸出，突出」的意思。

---

impact [ˋɪmpækt] n 影響 升全多雅托公

Technology has an great impact on agriculture.
科技對農業有巨大的影響。

同 effect n 影響
片 far-reaching impact ph 深遠影響

構詞記憶法
字根 pact 表示「結合」的意思。

搭配詞記憶法
the moment of impact 衝擊的瞬間

---

impair [ɪmˋpɛr] v 危害，傷害 升全多雅托公

It can impair your vision to stare at the computer all day.
整天盯著電腦看有損視力。

➲ impair - impaired - impaired & impairing
同 hurt v 傷害
反 repair v 修理
文 例句中 to stare at the computer all day 是真正的主詞，為了避免頭重腳輕，將其後置，用 it 來充當形式主詞。

搭配詞記憶法
impair phase 損傷期

---

impartial [ɪmˋpɑrʃəl] a 公平的 升全多雅托公

If you think it is not an impartial judgement, you can appeal to the Supreme Court.
如果你認為這次判決不公平，你可以上訴到最高法庭。

同 fair a 公平的
反 partial a 偏愛的
片 impartial justice ph 司法公正

構詞記憶法
字根 par 表示「相同，平等」的意思。

impede [ɪm`pid] v 阻礙

升全多雅托公

The economic development, they said, was impeded by the policy.
他們說，政策造成經濟發展受阻。

➲ impede - impeded - impeded & impeding
同 stem v 阻礙
反 facilitate v 促進
文 例句中 they said 作為插入語（片語或子句）。通常由逗號、破折號等隔開，與句子的其它部分沒有文法關係。

搭配詞記憶法
impede the progress 妨礙進步

構詞記憶法
字根 ped(e) 表示「足，腳」的意思。

imperative [ɪm`pɛrətɪv] a 必要的

升全多雅托公

It is imperative that you work out the new plan as soon as possible.
你要儘快制定出新計畫。

同 necessary a 必要的
反 unnecessary a 沒有必要的
片 imperative mood ph 祈使語氣

搭配詞記憶法
absolutely imperative 絕對必要

impermeable [ɪm`pɝmɪəbḷ] a 不滲透性的

升全多雅托公

The scientist invented an impermeable membrane last year and applied for a patent.
去年，科學家發明一種不透水薄膜，並申請專利。

反 permeable a 可滲透的
片 impermeable to... ph 不可滲透的

搭配詞記憶法
impermeable rock 不透水岩

構詞記憶法
字首 im- 表示「否定」的意思。

impervious [ɪm`pɝvɪəs] a 不能滲透的，不受影響的

升全多雅托公

It is said this kind of material is impervious to water.
據說這種材料防水。

同 unaffected a 不受影響的
反 pervious a 能滲透的
片 impervious to... ph 不可滲透的

搭配詞記憶法
impervious material 不透水材料

impinge [ɪm`pɪndʒ] v 撞

升全多雅托公

The waves impinges upon the beach.
波浪拍打著沙灘。

➲ impinge - impinged - impinged & impinging
同 impact v 撞
片 impinge upon ph 影響，起作用

搭配詞記憶法
impinge on 影響

implement [`ɪmpləmənt] n 工具，器具

升全多雅托公

There are many agricultural implements in the warehouse.
倉庫裡有很多農具。

同 tool n 工具

搭配詞記憶法
agricultural implements 農具

implication [ˌɪmplɪˋkeʃən] n 暗示 升全多雅托公

The lecture had far-reaching implications for our life.
這次講座對我們的生活有意味深長的暗示。

同 connotation n 暗示
片 by implication ph 暗示地

構詞記憶法
字根 plic 表示「折，彎」的意思。

搭配詞記憶法
profound implication 寓意深遠

---

imply [ɪmˋplaɪ] v 暗示，意味著 升全多雅托公

I don't know what his silence implies.
我不知道他沉默不語意味著什麼意思。

➲ imply - implied - implied & implying
同 suggest v 意味著
反 clarify v 闡明
文 例句為受詞子句，what 在主句中充當主句動詞 know 的受詞，在受詞子句中充當 imply 的受詞。

構詞記憶法
字首 -im 表示「在～裡面，向內」的意思。

搭配詞記憶法
express or imply 明示或暗示

---

importance [ɪmˋpɔrtn̩s] n 重要性 升全多雅托公

The manager attaches great importance to this cooperation with another company.
經理十分重視與另外一家公司的合作。

同 magnitude n 重要性
反 unimportance n 不重要
片 of great importance ph 十分重要

構詞記憶法
字根 port 表示「運，拿」的意思。

---

import [ɪmˋport] n 進口商品，進口物資 升全多雅托公

I can't believe that there is such a sharp increase in the tax rate of imports.
我真不敢相信，進口商品稅率竟然上升如此多。

同 import good 進口商品
反 export n 出口商品
片 amount of import ph 進口額

構詞記憶法
字根 port 表示「運送，拿」的意思。

搭配詞記憶法
the demand for imports 對進口的需求

---

impose [ɪmˋpoz] v 強加，利用 升全多雅托公

There is an additional tax imposed on tobacco and alcohol.
菸酒稅率額外增加。

➲ impose - imposed - imposed & imposing
同 force v 強加
反 deprive v 剝奪

構詞記憶法
字根 pose 表示「放置」的意思。

搭配詞記憶法
impose on 利用

---

impoverished [ɪmˋpɑvərɪʃt] a 窮困的 

The school raised money for the impoverished students from the countryside.
學校為來自鄉下的貧困學生籌集資金。

同 destitute a 窮困的
反 rich a 富裕的

搭配詞記憶法
impoverished country 貧窮國家

impregnate [ɪm`prɛg͵net] v 注入，使飽和
升全多雅托公

You needn't put more salt in the water which is impregnated with salt.
飽和的鹽水不必再放鹽。

- ➲ impregnate - impregnated - impregnated & impregnating
- 同 pregnant a 充滿的
- 反 empty a 空的
- 文 及物動詞 impregnate 表示「使（一物質）中充滿另一物質，使某物浸透或飽和」，通常用作 impregnate sth. (with sth.)，且多用於被動語態。

邏輯記憶法
此單字中的 gnat（n. 蚊，蚋）可以聯想到單字 gnaw（v. 啃咬，使折磨）。

構詞記憶法
字首 im- 表示「向內，在～裡面」的意思。

impression [ɪm`prɛʃən] n 印象
升全多雅托公

His gentility made a strong impression on me.
他的紳士風度讓我留下深刻印象。

- 同 notion n 概念
- 片 first impression ph 第一印象

構詞記憶法
字根 press 表示「擠壓」的意思。

搭配詞記憶法
commerical impression 商業印象

impressive [ɪm`prɛsɪv] a 令人印象深刻的
升全多雅托公

The professor gave us an impressive speech yesterday.
昨天教授給我們做了個令人印象深刻的演講。

- 同 impressed a 印象深刻的
- 反 unimpressive a 無印象的
- 文 形容詞 impressive 通常用作修飾名詞的形容詞，即 be impressive in...。

構詞記憶法
字尾 -ive 為形容詞字尾，表示「有～傾向的，有～性質的」的意思。

imprison [ɪm`prɪzn̩] v 監禁
升全多雅托公

They are imprisoned for murdering their boss.
他們因謀殺老闆而被關在監獄。

- ➲ imprison - imprisoned - imprisoned & imprisoning
- 同 prison v 監禁
- 反 liberate v 釋放
- 片 imprison sb. (in...) ph 監禁某人

構詞記憶法
字根 pris 表示「拿住」的意思。

搭配詞記憶法
unlawfully imprison 非法禁錮

improve [ɪm`pruv] v 改善，提高
升全多雅托公

Every day, I watch American TV series to improve my American English.
為了改善我的美式英語，我每天都看美劇。

- ➲ improve - improved - improved & improving
- 同 develop v 提高
- 反 deteriorate v 惡化
- 片 improve in ph 在～方面有改進

構詞記憶法
字根 prov(e) 表示「證明，正直」的意思。

搭配詞記憶法
an incentive to improve sth. 激勵以改善某事

improvement [ɪm`pruvmənt] n 改進　升全多雅托公

The manager wants to see further improvement next month.
下個月，經理想看到進一步的改善。

同 amelioration n 改進
反 deterioration n 惡化
片 continuous improvement ph 持續改進

構詞記憶法
字根 prov 表示「證明，正直」的意思。

---

impulse [`ɪmpʌls] n 衝動，脈衝　升全多雅托公

He can't resist the impulse to ring his friend.
他抑制不住衝動打電話給他的朋友。

同 thrust n 衝動
反 calmness n 冷靜
片 on impulse ph 衝動

構詞記憶法
字根 puls(e) 表示「驅動，推」的意思。

搭配詞記憶法
nerve impulse
脈搏神經

---

inability [ˌɪnə`bɪlətɪ] n 無能　升全多雅托公

He was dismissed for his inability last week.
由於能力不足，他上週被開除。

同 incapacity n 無能
反 ability n 有能力
片 expressing inability ph 無表達能力

構詞記憶法
字首 in- 表示「否定」的意思。

---

inadequate [ɪn`ædəkwɪt] a 不充分的，不足的　升全多雅托公

She feels inadequate to deal with such a difficult customer.
應付如此難纏的顧客，讓她感到力不從心。

同 deficient a 不足的
反 adequate a 充分的
片 inadequate preparation ph 準備不足

構詞記憶法
字根 equ 表示「平等的」的意思。

搭配詞記憶法
woefully inadequate
嚴重不良

---

inborn [ɪn`bɔrn] a 天生的　升全多雅托公

The girl has inborn talent for playing the guitar.
這女孩有彈吉他的天賦。

同 congenital a 天生的
反 acquired a 習得的
文 動詞 play 的用法：後面接表示樂器的名詞時，play 與樂器名詞之間要加冠詞 the。後面接表示球類的名詞時，則不加冠詞。

構詞記憶法
字首 in- 表示「內向～」的意思。

---

incentive [ɪn`sɛntɪv] n 動機　升全多雅托公

The boss came up with an incentive scheme that everyone likes.
老闆提出一項鼓勵性方案，大家都很喜歡。

同 motivation n 動機
片 cash incentive ph 現金獎勵

搭配詞記憶法
a lack of incentive
缺乏動機

incessant [ɪn`sɛsn̩t] a 不斷的

升全多雅托公

There are an incessant stream of visitors here at this time of year.
每年的這個時候，這裡總是有絡繹不絕的遊客。

同 continuing a 不斷的
反 discontinuous a 不連續的
文 例句中的 at this time of year 是現在式的時間標誌，所以動詞用現在式。

搭配詞記憶法
incessant rain
不停的下雨

構詞記憶法
字根 cess 表示「行走」的意思。

incidence [`ɪnsədn̩s] n 發生率

升全多雅托公

There is a high incidence of crime here these year.
這些年，這裡的犯罪率很高。

同 occurrence rate ph 發生率
片 high incidence ph 高發生率

構詞記憶法
字根 cid(e) 表示「降臨，落下」的意思。

搭配詞記憶法
a variation in the incidence of sth.
某事發生率的變化

incident [`ɪnsədn̩t] n 事件，事故

升全多雅托公

They often quarrel over the trivial incidents.
他們經常在為雞毛蒜皮的小事爭吵。

同 occurrence n 事件
片 order incident ph 邊境事件

構詞記憶法
字根 cid(e) 表示「降臨，落下」的意思。

搭配詞記憶法
incident room
【英】警察處理暴力事件時用的暴力室

incise [ɪn`saɪz] v 切

升全多雅托公

The carpenter incised a design on the furniture.
木匠刻了一個圖案在傢俱上。

➲ incise - incised - incised & incising
同 cut v 切
文 incise 是及物動詞，後面接名詞或代名詞作受詞。可用於被動結構。

構詞記憶法
字根 cise 表示「切開」的意思。

incline [ɪn`klaɪn] v 傾斜

升全多雅托公

The house inclines towards the river.
房子朝向河流傾斜。

➲ incline - inclined - inclined & inclining
同 slope v 傾斜

構詞記憶法
字根 clin(e) 表示「傾斜」的意思。

搭配詞記憶法
incline towards
朝著～傾斜

include [ɪn`klud] v 包含

升全多雅托公

There are five cars in the park, including yours.
包括你的車在內，停車場共有 5 輛車。

➲ include - included - included & including
同 contain v 包含
反 exclude v 不包含
片 include in ph 包括在～中

構詞記憶法
字根 clud(e) 表示「關閉」的意思。

incompatible [ˌɪnkəmˋpætəbl̩] 升 全 多 雅 托 公

a 不適宜的，不相容的

They were temperamentally incompatible, so they broke up.
他們性格不合，所以分手了。

同 antipathic a 不相容的
反 compatible a 能共處的

搭配詞記憶法
be incompatible with 與～不相容

構詞記憶法
字根 pati 表示「苦難，感情」的意思。

---

incomplete [ˌɪnkəmˋplit] **a 不完全的** 升 全 多 雅 托 公

He found incomplete information on public expenditure.
他找到不完全的公用支出資訊。

同 synsemantic a 不完全的
反 complete a 完全的
片 incomplete combustion ph 不完全燃燒

構詞記憶法
字根 plet(e) 表示「充滿，裝滿」的意思。

---

inconceivable [ˌɪnkənˋsivəbl̩] **a 不可思議的** 升 全 多 雅 托 公

It is inconceivable that the news has spread through the city overnight.
這條消息在一夜之間傳遍整個城市，簡直不可思議。

同 remarkable a 不可思議的
反 conceivable a 可想像的
文 It is inconceivable that... 為常見用法。

構詞記憶法
字根 ceive 表示「拿，抓住，握住」的意思。

---

inconstant [ɪnˋkɑnstənt] **a 變化無常的** 升 全 多 雅 托 公

He is an inconstant lover, so he can't get true love.
他感情不專一，所以他得不到真愛。

同 variable a 可變的
反 constant a 不變的
文 because 與 so 是表示因果關係的連詞。但是在同一個英語句子中，只用其中一個，兩者不能同時出現。

構詞記憶法
字根 stan(t) 表示「站立」的意思。

---

incorporate [ɪnˋkɔrpəˌret] **v 包含** 升 全 多 雅 托 公

The purse design, the stylist said, incorporated the latest fashion features.
設計師說，錢包的設計包含最新的時尚特點。

➲ incorporate - incorporated - incorporated & incorporating
同 contain v 包含
反 disintegrate v 瓦解

搭配詞記憶法
incorporate with 包含

構詞記憶法
字根 corpor 表示「團體」的意思。

---

increase [ɪnˋkris] **n 增加** 升 全 多 雅 托 公

The policy leads to a huge increase in employment.
這項政策大大增加就業率。

同 enhancement n 增加
反 decrease n 減少
片 increase by ph 增加

構詞記憶法
字根 creas(e) 表示「增長」的意思。

搭配詞記憶法
a rate of increase 增加的速度

ncredible [ɪn`krɛdəbl̩] a 難以置信的
升全多雅托公

The man is an incredible singer.
這位男子是了不起的歌手。

- 同 unbelievable a 難以置信的
- 反 credible a 可信的
- 片 an incredible amount of ph 多得驚人的～

構詞記憶法
字根 cred 表示「信任」的意思。

ncredibly [ɪn`krɛdəblɪ] a 難以置信地，極為
升全多雅托公

This is really an incredibly tough job that I just want to quit.
這真的是一份十分棘手的工作，我想辭職。

- 同 considerably a 難以置信地，極為
- 反 credible a 可信的
- 片 incredibly stupid ph 令人難以置信的愚蠢

構詞記憶法
字尾 -ly 為副詞字尾，表示「以某種方式」的意思。

ncubate [`ɪnkju͵bet] v 孵化，培養
升全多雅托公

The little boy saw a hen incubating her eggs.
小男孩看到一隻正在孵蛋的母雞。

- ➲ incubate - incubated - incubated & incubating
- 同 cultivate v 培養
- 文 例句中動詞 see 後接動名詞形式，句型結構為：「sb.+ see + sb. / sth.+ doing sth.」，意為「某人看見某人／某物正在做某事」。

構詞記憶法
字根 cub 表示「躺，臥」的意思。

Day 15 單字學習 3437 個

ncubation [͵ɪnkjə`beʃən] n 孵化，潛伏
升全多雅托公

They adopt the artificial incubation, and it turns out to be highly effective.
他們採用人工孵蛋的方法，事實證明十分有效。

- 同 latency n 潛伏
- 片 incubation period ph 發酵週期

構詞記憶法
字尾 -ation 為名詞字尾，表示「因行動而產生的事物」的意思。

ncur [ɪn`kɝ] v 招致，引發
升全多雅托公

I incur debts and have no money to pay you back.
我負債且沒有錢還你。

- ➲ incur - incurred - incurred & incurring
- 同 invite v 招致，引發
- 片 incur loss ph 受到損失

構詞記憶法
字根 cur 表示「跑，發生」的意思。

ncursion [ɪn`kɝʃən] n 入侵
升全多雅托公

They tried to repel their incursion.
他們盡全力擊退他們的進攻。

- 同 invasion n 入侵
- 片 military incursion ph 軍事入侵

構詞記憶法
字尾 -sion 為名詞字尾，表示「行為的結果」的意思。

indecent [ɪn`disn̩t] a 不妥的，不檢點的 升全多雅托公

His talk in public today was positively indecent.
他今天在公共場合的言談實在不雅。

同 decent a 不檢點的
反 appropriate a 合適的
片 indecent assault ph 強暴猥褻罪

搭配詞記憶法
grossly indecent
非常不妥

---

indeed [ɪn`did] ad 確實 升全多雅托公

He is very sad indeed to hear about her death.
聽說她去世了，他很傷心。

同 sure ad 確實
反 false a 欺詐的
片 wonderful indeed ph 真精彩

構詞記憶法
字根 deed 表示「做，行為」的意思。

---

indemnity [ɪn`dɛmnɪtɪ] n 賠償 升全多雅托公

The man demanded huge indemnities from the insurance company.
男子向保險公司索取巨額賠償。

同 compensation n 補償
反 loss n 損失
文 動詞 demand 的用法：demand sb. to do sth.，意為「要求某人做某事」。

構詞記憶法
字根 demn 表示「傷害」的意思。

---

index [`ɪndɛks] n 指數 升全多雅托公

The consumption index indicates that there is a decrease in consumption.
消費指數指出消費有所下降。

同 finger n 指數
片 performance index ph 性能指標

搭配詞記憶法
changes in an index 變化指數

---

indicate [`ɪndə͵ket] v 指出，表明 升全多雅托公

The consumption level indicates that there is a great increase in the living standard.
消費水準指出人們的生活水準大幅提高。

➲ indicate - indicated - indicated & indicating
同 demonstrate v 說明
片 indicate one's intention ph 表明意圖

構詞記憶法
字根 dic 表示「說話，斷言」的意思。

搭配詞記憶法
not necessarily indicate 不一定說明

---

indicative [ɪn`dɪkətɪv] a 象徵的，指示的 升全多雅托公

Their success is indicative of their adequate preparation.
他們的成功表示他們的準備十分充分。

同 symbolic a 象徵的
片 indicative of ph 表明

構詞記憶法
字尾 -ive 為形容詞字尾，表示「有～傾向的，有～性質的」的意思。

ndicator [ˋɪndəˏketɚ] n 指示器，指示劑 升全多雅托公

Where is the arrival indicator, please?
請問，抵達時刻指示牌在哪裡？

同 pointer n 指示器
片 indicator light ph 指示燈

構詞記憶法
字尾 -or 為名詞字尾，表示「施動作的事物」的意思。

ndifferent [ɪnˋdɪfərənt] a 冷漠的 升全多雅托公

I really admire those explorers who are indifferent to the danger of their exploration.
我真的十分佩服那些探險家們，他們將探險中的危險置身之外。

同 disinterested a 冷漠的
反 interested a 感興趣的
片 indifferent equilibrium ph 中性平衡

構詞記憶法
字根 fer 表示「帶來，拿來」的意思。

搭配詞記憶法
good, bad and indifferent 是好，是壞或普通

ndignant [ɪnˋdɪgnənt] a 憤憤不平的 

The only person that was terribly indignant at the unfair treatment is fired.
對於這樣不公平的待遇，唯一感到極為不滿的人被解雇了。

同 aggrieved a 憤憤不平的
反 happy a 開心的
文 例句中包含一個形容詞子句，先行詞是 the only person。因為先行詞中有 only，所以關係代名詞用 that，而不能用 who。有類似用法的還有，先行詞中有 all、few、little、much、everything、nothing、anything、none 等，關係代名詞用 that。

構詞記憶法
字根 dign 表示「高貴」的意思。

搭配詞記憶法
righteously indignant 義憤填膺

ndispensable [ˏɪndɪsˋpɛnsəbḷ] a 不可或缺的 升全多雅托公

A good teacher is indispensable for learning French well.
好的老師是學法語不可或缺的。

同 obbligate a 必要的
反 dispensable a 非必需的
片 indispensable duty ph 應盡的責任

構詞記憶法
字根 pens 表示「花費，衡量」的意思。

搭配詞記憶法
indispensable to 對～必不可缺的

ndividual [ˏɪndəˋvɪdʒuəl] a 個人的 升全多雅托公

It's impossible to give individual attention to all of them, is it?
要照顧到他們每個人是不可能的，是嗎？

同 personal a 個人的
反 whole a 所有的
文 例句中 impossible 是否定詞，表示否定的意義，所以後面反義疑問句用肯定形式。

構詞記憶法
字根 divid 表示「分開」的意思。

搭配詞記憶法
respect for the individual 尊重個人

induce [ɪn`djus] v 誘導 升全多雅托公

Who induced you to steal the money from others?
誰引誘你去偷別人的錢？

➲ induce - induced - induced & inducing
同 attract v 吸引
反 deduce v 推斷
文 induce 的意思是「勸誘成功」。如果表示不成功的話，就不能用這個詞。

構詞記憶法
字根 duc(e) 表示「引導」的意思。

---

indulge [ɪn`dʌldʒ] v 寵壞，沉溺於 升全多雅托公

Stop indulging your children too much, or you will ruin them.
不要太溺愛孩子，否則會毀了他們。

➲ indulge - indulged - indulged & indulging
同 spoil v 溺愛
反 maltreat v 虐待
文 indulge 表示「放任或遷就別人」。用於自己時則指「放縱自己的慾望」。

搭配詞記憶法
indulge in 沉溺於

---

industrial [ɪn`dʌstrɪəl] a 工業的 升全多雅托公

It is reported that the policy will hamper the industrial development to some extent.
據報導，該政策在一定程度上會阻礙工業發展。

反 agricultural a 農業的
片 industrial structure ph 產業結構

構詞記憶法
字尾 -ial 為形容詞字尾，表示「屬於～的」的意思。

---

industrialization [ɪn͵dʌstrɪələ`zeʃən] n 工業化 升全多雅托公

The traditional industrialization needs innovating, or it will be eliminated.
傳統的工業化需要改革，否則會被淘汰。

反 agriculturalization n 農業化
片 industrialization program ph 工業化綱要

構詞記憶法
字尾 -ization 為名詞字尾，表示「發展過程」的意思。

---

industrialize [ɪn`dʌstrɪəl͵aɪz] v 使工業化 升全多雅托公

The backward country has been going slowly to become industrialized now.
這個落後的國家正遲緩地開始工業化。

➲ industrialize - industrialized - industrialized & industrializing
反 agriculturalize v 農業化
文 now 是現在式的標誌。但有時也可用於現在完成時，表示該階段已經完成的動作。

構詞記憶法
字尾 -ize 為動詞字尾，表示「使～化」的意思。

---

industry [`ɪndəstrɪ] n 產業，工業 升全多雅托公

The tertiary industry has developed better and better.
第三級產業發展得愈來愈好。

同 domain n 領域，區域
片 chemical industry ph 化學工業

搭配詞記憶法
trade and industry 工業貿易

inept [ɪn`ɛpt] a 笨拙的 升全多雅托公

The man was too inept to make speeches.
這名男子笨拙得連話都講不好。

同 awkward a 笨拙的
反 smart a 伶俐的
片 inept behavior ph 非理性行為

構詞記憶法
字根 ept 表示「能力」的意思。

搭配詞記憶法
inept at 對～很笨拙

inequality [ɪnɪ`kwɑlətɪ] n 不平等，不相等 升全多雅托公

There is a crowd fighting against political inequality parading on the street.
街上有一群人在遊行反對政治不平等。

同 disparity n 不等
反 equality n 平等
片 income inequality ph 收入不平衡

構詞記憶法
字根 equ 表示「相同，平等」的意思。

搭配詞記憶法
inequality between 在～之間不平等

interest [`ɪntərɪst] n 利益，利害 升全多雅托公

They work hard for their own interests.
他們為了自己的利益努力工作。

同 benefit n 利益
反 loss n 損失
片 in the interest of ph 為～的利益起見

搭配詞記憶法
a conflict of interest 利益衝突

inertial [ɪn`ɝʃəl] a 不活潑的，慣性的 升全多雅托公

Forces can be classified into gravitational forces and inertial forces.
力可以分為引力和慣性力。

同 slumbrous a 不活潑的
反 lively a 活潑的
片 inertial reactance ph 慣性抗力

搭配詞記憶法
inertial confinement 慣性約束

inexhaustible [ˌɪnɪg`zɔstəbl̩] a 取之不盡的 升全多雅托公

There is inexhaustible water and hamburgers here.
這裡有取之不盡的水和漢堡。

同 exhaustless a 取之不盡的
反 exhausted a 耗盡的
文 例句為 there be 句型，be 動詞與名詞保持單複數一致。

構詞記憶法
字尾 -ible 為形容詞字尾，表示「可～的，能～的」的意思。

infant [`ɪnfənt] n 嬰兒 升全多雅托公

They will hold a party for their newborn infant.
他們將為他們的新生兒舉辦一場派對。

同 baby n 嬰兒
反 adult n 成人

邏輯記憶法
此單詞中含有 fan（n. 扇子）一詞，可延伸出 fang（n. 尖牙）。

搭配詞記憶法
premature infant 早產兒

infectious [ɪn`fɛkʃəs] a **傳染性的** 升全多雅托公

This is an infectious disease that can't be cured.
這是一種不能治癒的傳染性疾病。

- 同 catching a 傳染性的
- 反 non-infectious a 非傳染性的
- 片 infectious disease ph 傳染病

構詞記憶法
字根 fect 表示「做，製作」的意思。

---

infer [ɪn`fɝ] v **推斷** 升全多雅托公

The policeman inferred from the criminal's expression that he didn't tell the truth.
從臉部表情來看，員警推斷罪犯並沒有說實話。

- ➲ infer - inferred - inferred & inferring
- 同 conclude v 推斷
- 片 infer from ph 推斷

構詞記憶法
字根 fer 表示「帶來，拿來」的意思。

搭配詞記憶法
be reasonable to infer 合理推斷

---

inference [`ɪnfərəns] n **推理** 升全多雅托公

If she quit the job, by inference, so was her husband.
如果她辭職了，同理她的丈夫也辭職。

- 同 conclusion n 推論
- 片 inference method ph 推理方法

構詞記憶法
字尾 -ence 為名詞字尾，表示「性質」的意思。

搭配詞記憶法
logical inference 邏輯推理

---

inferior [ɪn`fɪrɪɚ] a **低等的** 升全多雅托公

A teacher is inferior to a headmaster.
教師的級別低於校長。

- 同 junior a 低人一等的
- 反 superior a 高人一等的
- 片 inferior in ph 在～方面較低劣

構詞記憶法
字尾 -ior 為形容詞字尾，表示「位於～的」的意思。

---

infinite [`ɪnfənɪt] a **無限的** 升全多雅托公

I have infinite faith in you; you can make it.
我對你有絕對的信心，你可以辦到。

- 同 boundless a 無限的
- 反 finite a 有限的
- 片 infinite loop ph 無限迴圈，無限循環

構詞記憶法
字根 fin 表示「界限」的意思。

搭配詞記憶法
potentially infinite 潛在無窮

infirm [ɪnˋfɝm] a 衰弱的
升全多雅托公

We should appeal the society to support for the infirm and the disabled.
我們應該呼籲社會援助體弱的人和殘疾的人。

- 同 marasmic a 衰弱的
- 反 firm a 堅定的
- 片 infirm of purpose ph 意志力薄弱的

構詞記憶法
字根 firm 表示「堅定」的意思。

infirmary [ɪnˋfɝmərɪ] n 醫院
升全多雅托公

They sent the old man to the infirmary as soon as they found him lying on the ground.
他們一發現老人躺在地上就馬上送他去醫院。

- 同 hospital n 醫院
- 文 as soon as 引導時間副詞子句時，若主句用過去式，子句通常用過去式或過去完成式。

構詞記憶法
字根 firm 表示「堅定」的意思。

inflammation [ɪnfləˋmeʃən] n 炎症，發炎
升全多雅托公

The inflammation of the ears decreased of his hearing.
耳朵發炎讓他聽力衰弱。

- 同 phlogosis n 炎症
- 文 「make + 受詞 + 不帶 to 的不定詞」表示「讓某人做～」。在被動用法中，動詞一定要加 to。另外當 make 表示「製造」的意思時，也要加 to。

搭配詞記憶法
diminish inflammation 消炎

構詞記憶法
字根 flam 表示「火焰，火光」的意思。

inflation [ɪnˋfleʃən] n 膨脹，自命不凡
升全多雅托公

Do you know what causes the inflation?
你知道是什麼引起通貨膨脹的嗎？

- 同 expansion n 膨脹
- 反 deflation n 通貨緊縮
- 片 price inflation ph 物價膨脹

構詞記憶法
字根 flat 表示「吹漲」的意思。

inflict [ɪnˋflɪkt] v 使～承受，造成
升全多雅托公

You inflicted a severe impact on her, and she is heart-broken.
你讓她受到重創，她心碎了。

- ➲ inflict - inflicted - inflicted & inflicting
- 同 cause v 創造
- 文 例句中是 and 連接兩個並列的簡單句，表示並列關係。

構詞記憶法
字根 flict 表示「打擊，折磨」的意思。

搭配詞記憶
maliciously inflict 惡意造成

influence [ˋɪnfluəns] n 影響
升全多雅托公

The expert claims that parents have a great influence on their children.
專家聲稱父母對孩子有很大影響。

- 同 effect n 影響
- 片 dark influence ph 邪惡勢力

搭配詞記憶法
influence on 對～的影響

構詞記憶法
字根 flu 表示「流動」的意思。

influential [͵ɪnflʊ`ɛnʃəl] a 有影響力的 升全多雅托公

Many influential businessmen will be present at the banquet tomorrow.

明天，會有很多權威的商界人士出席宴會。

同 mighty a 有力的

文 tomorrow 是未來式的時間標誌，因此例句用詞用未來式。

構詞記憶法

字尾 -ial 為形容詞字尾，表示「有～性質的，屬於～的」的意思。

influx [`ɪnflʌks] n 湧進，匯集

He became famous overnight, and frequent influxes of visitors come to see him.

他一夜成名，拜訪的人紛紛湧進。

反 efflux n 流出

文 become famous overnight 為常用片語，表示「一夜成名」的意思。

搭配詞記憶法

water influx 水浸

構詞記憶法

字根 flux 表示「流動，液體」的意思。

inform [ɪn`fɔrm] v 通知 升全多雅托公

I will inform the police immediately if I find the robber.

如果我發現強盜，我會立即通知員警。

➲ inform - informed - informed & informing

同 message v 通知

反 misinform v 誤導

構詞記憶法

字根 form 表示「形成」的意思。

搭配詞記憶法

inform of 通知

information [͵ɪnfɚ`meʃən] n 信息

You can send us an e-mail for further information.

欲知詳情，可以寄電子信件給我們。

同 news n 消息

片 information technology ph 資訊技術

構詞記憶法

字尾 -ation 為名詞字尾，表示「行為，結果」的意思。

informative [ɪn`fɔrmətɪv] a 有益的

This is really an informative lecture that I benefit a lot from.

這真是令人大開眼界的講座，受益匪淺。

同 beneficial a 有益的

反 profitless a 無益的

片 informative abstract ph 內容提要

構詞記憶法

字尾 -ative 為形容詞字尾，表示「具有～性質的」的意思。

infrastructure [`ɪnfrə͵strʌktʃɚ] n 基礎設施

Transportation infrastructure and living standard have related link.

交通基礎設施與生活水準有關連性。

同 foundation n 根基

片 transportation infrastructure ph 運輸基礎設施

構詞記憶法

字首 infra- 表示「在～之下」的意思。

infuse [ɪn`f juz] v 灌輸 升全多雅托公

He infused them new life by all means.
他設法讓他們具有新活力。

➲ infuse - infused - infused & infusing
同 indoctrinate v 灌輸
文 means 表示方式：by all means，意為「想方設法」。前面片語的否定形式為 by no means，意為「決不」。

搭配詞記憶法
infuse new energy 使獲得新力量

構詞記憶法
字根 fuse 表示「融化，傾倒」的意思。

ingenious [ɪn`dʒinjəs] a 機靈的 升全多雅托公

He is ingenious at solving such problems.
他善於解決此類問題。

同 clever a 機靈的
反 unskillful a 笨拙的
片 ingenious mind ph 機敏的頭腦

搭配詞記憶法
ingenious at 善於～

構詞記憶法
字根 gen 表示「產生，生出」的意思。

ingest [ɪn`dʒɛst] v 獲得，攝取 升全多雅托公

How do you ingest such information without any help?
在沒有任何幫助之下，你是如何獲取此類資訊？

➲ ingest - ingested - ingested & ingesting
同 absorb v 攝取
反 excrete v 排泄
文 without 表示「沒有，無」的意思，後面接名詞或動名詞片語。

搭配詞記憶法
ingest information 獲得資訊

構詞記憶法
字根 gest 表示「運輸，載」的意思。

ingrain [ɪn`gren] a 根深蒂固的 升全多雅托公

Nobody can change his ingrain stubbornness of character.
沒有人能改變他那固執的性格。

同 rooted a 根深蒂固的
反 tumbledown a 搖搖欲墜的
片 ingrain color ph 顯色染料

構詞記憶法
字首 in- 表示「向內」的意思。

ingredient [ɪn`gridɪənt] n 組成部分 升全多雅托公

One ingredient of success is to be strong.
成功的要素之一是強壯。

同 element n 組成部分
片 food ingredient ph 食品配料成分

搭配詞記憶法
a list of ingredients 成份清單

構詞記憶法
字尾 -ent 為名詞字尾，表示「事物」的意思。

inherit [ɪn`hɛrɪt] v 遺傳 升全多雅托公

She inherits good looks from her parents.
她遺傳父母的美貌。

➲ inherit - inherited - inherited & inheriting
同 succeed v 繼承，接替
文 inherit from 為常用片語，意思是「從～得到，從～繼承」，後面常接人。

搭配詞記憶法
inherit one's looks 遺傳長相

構詞記憶法
字根 her 表示「黏附」的意思。

inhumane [ˌɪnhjuˋmen] a 不人道的

升全多雅托公

You should stop their inhumane treatment of animals at that time.
那時候你應該阻止他們殘忍對待動物。

同 cruel a 殘忍的
反 humane a 人道的
片 positively inhumane ph 殘暴不仁

構詞記憶法
字根 hum 表示「謙恭，卑微」的意思。

initial [ɪˋnɪʃəl] a 最初的

升全多雅托公

You cannot be too careful in the initial stage.
在初始階段，你要小心。

同 premier a 最初的
反 final a 最終的
文 例句中句型:「主詞 + cannot be too + 形容詞～」，表示「再～也不為過」。

構詞記憶法
字根 it 表示「行走」的意思。

initially [ɪˋnɪʃəlɪ] ad 最初

升全多雅托公

Initially, I was against the proposal.
最初，我反對這項提議。

同 originally ad 最初
反 finally ad 最終
文 be against 的意思是「違反，反對」。against 強調一種在困難中的反抗，常用在 fight、struggle 等詞的後面。

構詞記憶法
字尾 -ly 為副詞字尾，表示「～地」的意思。

initiate [ɪˋnɪʃɪˏet] v 開始

升全多雅托公

We will initiate the plan after all the things are settled.
在所有事情都定下來之後，我們將開始實施計畫。

➲ initiate - initiated - initiated & initiating
同 institute v 開始
反 terminate v 結束
文 例句為複合句。after 引導的是時間副詞子句，子句用現在式，主詞用未來式。

構詞記憶法
字尾 -ate 為動詞字尾，表示「給予某物質某種特性」的意思。

搭配詞記憶法
formally initiate 正式啟動

initiative [ɪˋnɪʃətɪv] n 主動權

升全多雅托公

I don't hope that you lose the initiative in the match.
我希望你們在比賽中不要失去主動權。

同 drive n 主動權
文 例句為並與子句的否定前置，將主詞動詞後面受詞子句的否定詞轉移到主句中。此類用法的動詞還有 think、believe、suppose、expect、fancy、imagine 等。

搭配詞記憶法
on sb's own initiative 某人主動

inject [ɪn`dʒɛkt] v 注射 升全多雅托公

The nurse injected penicillin into the baby's arm while the baby was crying.

護士在嬰兒的手臂注射青黴素時，他在大哭。

➲ inject - injected - injected & injecting

同 fill v 填入

反 discharge v 排出

片 inject into ph 把～注入身體

構詞記憶法

字根 ject 表示「投，扔」的意思。

---

injured [`ɪndʒɚd] a 受傷的 

He got injured in an accident and was left a scar.

他在一次事故中受傷了且傷口留下疤痕。

同 wounded a 受傷的

片 get injured ph 受傷

搭配詞記憶法

fatally injured 致命的傷害

構詞記憶法

字尾 -ed 為形容詞字尾，接在動詞後，表示「被～的」的意思。

---

inland [`ɪnlənd] n 內地 

I will go to an inland town, which I have never been to.

我將要去一個我從未去過的內陸城鎮。

同 hinterland n 內地

反 littoral n 沿海地區

文 have been to 與 have gone to 都表示「去過」的意思，但前者表示去過某地已經回來了，後者表示去了某地，還未回來。

構詞記憶法

字首 in- 表示「在內，向內」的意思。

---

inner [`ɪnɚ] a 內部的 

He stepped into the inner office after finishing his work.

工作做完後，他踏進裡面那間辦公室。

同 internal a 內部的

反 outer a 外部的

片 inner wall ph 內壁

邏輯記憶法

此單詞中含有 in（prep. 在～裡面）一詞，可延伸出 bin（v. 裝箱）。

構詞記憶法

字首 in- 表示「在內，向內」的意思。

---

innocent [`ɪnəsn̩t] a 無罪的 

Finally, it turned out that he was completely innocent.

最後他被證明無罪。

同 guiltless a 無罪的

反 guilty a 有罪的

片 be innocent of ph 無罪的

構詞記憶法

字根 noc 表示「毒，傷害」的意思。

搭配詞記憶法

wholly innocent 完全無罪

innovate [ˋɪnə͵vet] v 改革，創新 升全多雅托公

The reason why we innovate is to make progress.
我們革新的原因就是想要進步。

➲ innovate - innovated - innovated & innovating
同 reform v 改革創新
片 innovate in ph 對～革新

構詞記憶法
字根 nov 表示「新」的意思。

innovation [͵ɪnəˋveʃən] n 創新，革新 升全多雅托公

It seems that you are interested in our product innovation.
你好像對我們的產品創新很感興趣。

同 reformation n 創新
片 technological innovation ph 技術革新

搭配詞記憶法
scope for innovation 創新範圍

構詞記憶法
字尾 -ation 為名詞字尾，表示「行動過程或結果」的意思。

innovative [ˋɪno͵vetɪv] a 革新的 升全多雅托公

Your innovative design won first prize.
你的創新設計贏得第一名。

同 reformatory a 改革的
反 conservative a 保守的
片 innovative design ph 創新設計

構詞記憶法
字尾 -ative 為形容詞字尾，表示「具有～特性的」的意思。

inordinate [ɪnˋɔrdn̩ɪt] a 過分的，過度的 升全多雅托公

His inordinate demands made me very angry.
他過分的要求讓我很生氣。

同 undue a 過度的
片 inordinate vanity ph 過度的虛榮心

構詞記憶法
字根 ordin 表示「順序，命令」的意思。

inorganic [͵ɪnɔrˋgænɪk] a 無組織的，無機的 升全多雅托公

Stones are inorganic.
石頭是無機物。

反 organic a 有機的
片 inorganic chemistry ph 無機化學

構詞記憶法
字根 organ 表示「工具，器官」的意思。

inquisitive [ɪnˋkwɪzətɪv] a 好奇的 升全多雅托公

The kid is always inquisitive; he asks everything.
這孩子總是很好奇，他什麼都問。

同 curious a 好奇的
片 inquisitive learning ph 探究式學習

構詞記憶法
字根 quis 表示「追求，詢問」的意思。

搭配詞記憶法
naturally inquisitive 天生好奇的

insalubrious [ˌɪnsəˋlubrɪəs] a 不健康的

升 全 多 雅 托 公

Changing his insalubrious living habit is not easy.
想要改變他不良的生活習慣不容易。

- 同 unhealthy a 不健康的
- 反 salubrious a 健康的
- 文 動名詞片語 changing his insalubrious living habit 在例句中作主詞，動詞用單數形式。

構詞記憶法
字尾 -ious 為形容詞字尾，表示「有～特性的」的意思。

insatiable [ɪnˋseʃɪəbḷ]

a 不知足的，貪得無厭的

升 全 多 雅 托 公

He has an insatiable thirst for knowledge.
他求知若渴。

- 同 sateless a 貪得無厭的
- 反 satiable a 知足的
- 片 insatiable greed ph 貪得無厭

構詞記憶法
字根 sati 表示「足夠，滿足」的意思。

inscribe [ɪnˋskraɪb] v 題寫，刻

升 全 多 雅 托 公

He inscribes his name in the book.
他在書上簽名。

- ➲ inscribe - inscribed - inscribed & inscribing
- 同 inscribe v 銘記

構詞記憶法
字根 scrib 表示「寫」的意思。

搭配詞記憶法
inscribe sth. with sth. 在～上面寫

inscription [ɪnˋskrɪpʃən] n 銘文

升 全 多 雅 托 公

They made a great discovery in the oracle bone inscriptions.
他們在甲骨文方面有重大發現。

- 同 epigraph n 題詞
- 片 oracle bone inscription ph 甲骨文

搭配詞記憶法
monumental inscription 碑銘

構詞記憶法
字尾 -tion 為名詞字尾，表示「有～性質」的意思。

insect [ˋɪnsɛkt] n 昆蟲

升 全 多 雅 托 公

They have had insect resistance; the pesticides don't work for them.
牠們已經具有昆蟲抗藥性，殺蟲劑對牠們起不了作用。

- 同 worm n 蟲
- 片 insect resistance ph 昆蟲抗藥性

構詞記憶法
字根 sect 表示「切割」的意思。

搭配詞記憶法
beneficial insect 益蟲

insert [ɪnˋsɜt] v 插入

升 全 多 雅 托 公

It is the picture that you should insert into the book.
你應該把這圖片插在書裡。

- ➲ insert - inserted - inserted & inserting
- 同 plug v 插入
- 反 delete v 刪除
- 文 例句是強調句型，強調的成分放在 it is 與 that 之間，例句強調的是受詞成分。

構詞記憶法
字根 sert 表示「插入」的意思。

搭配詞記憶法
insert into 嵌入

insist [ɪn`sɪst] v 堅持
升 全 多 雅 托 公

He insisted that I move out this weekend.
他堅持要我這週末搬出去。

- ➲ insist - insisted - insisted & insisting
- 同 stay v 堅持
- 反 abandon v 放棄
- 片 insist on ph 堅持

構詞記憶法
字根 sist 表示「堅持，使站立」的意思。

搭配詞記憶法
stubbornly insist 頑固堅持

inspection [ɪn`spɛkʃən] n 檢查
升 全 多 雅 托 公

You should go through a strict inspection this time.
這次你應該進行詳細的檢查。

- 同 examination n 檢查
- 片 quality inspection ph 品質檢查

構詞記憶法
字根 spect 表示「看」的意思。

搭配詞記憶法
a tour of inspection 視察之旅

inspire [ɪn`spaɪr] v 激發
升 全 多 雅 托 公

What he said inspired me to work harder.
他所說的話激勵我更努力工作。

- ➲ inspire - inspired - inspired & inspiring
- 同 stimulate v 刺激
- 反 expire v 斷氣
- 文 例句是 what 引導的受詞子句作主詞。

構詞記憶法
字根 spir 表示「精神」的意思。

install [ɪn`stɔl] v 安裝
升 全 多 雅 托 公

I am installing a new software on my computer now.
我正在為我的電腦安裝新軟體。

- ➲ install - installed - installed & installing
- 同 fix v 安裝
- 反 uninstall v 卸載
- 文 例句是現在進行式，時間標誌是 now。現在進行時的時間標誌還有 at this moment、at this time 等等。

構詞記憶法
字首 in- 表示「向～裡面」的意思。

installment [ɪn`stɔlmənt] n 安裝，分期付款
升 全 多 雅 托 公

I wonder when you can finish the installment.
我想知道你什麼時候能完成安裝。

- 同 setting n 安裝
- 反 teardown n 拆卸
- 片 installment payment ph 分期付款

構詞記憶法
字根 stall 表示「放」的意思。

instant [`ɪnstənt] a 立即的
升 全 多 雅 托 公

Could you please bring me a cup of instant coffee?
請給我一杯即溶咖啡好嗎？

- 同 immediate a 立即的
- 反 late a 晚的
- 片 for an instant ph 片刻

搭配詞記憶法
almost instant 立即

instantaneous [ˌɪnstən`tenɪəs] a 瞬間的
升 全 多 雅 托 公

You know that is instantaneous reaction.
你知道那是瞬間的反應。

同 momentary a 瞬間的
反 long a 長久的
片 instantaneous power ph 瞬時功率

構詞記憶法
字尾 -aneous 為形容詞字尾，表示「有～的性質或狀態」的意思。

institute [`ɪnstətjut] n 學會
升 全 多 雅 托 公

He was appointed as the institute director.
他被任命為學會會長。

同 academy n 學院
片 research institute ph 研究機構

構詞記憶法
字根 stit 表示「建立，放置」的意思。

搭配詞記憶法
a founder of an institute 機構創始人

instruction [ɪn`strʌkʃən]
n 操作指南，用法說明
升 全 多 雅 托 公

You must follow the instructions to operate the machine.
你必須按照使用說明操作機器。

同 explanation n 說明
片 follow the instruction ph 按照使用說明

搭配詞記憶法
in accordance with the instruction 根據使用說明

構詞記憶法
字根 struct 表示「建造」的意思。

instructive [ɪn`strʌktɪv]
a 有教育意義的，有啟發性的
升 全 多 雅 托 公

He advises us to read the instructive book.
他建議我們讀這本有教育意義的書。

同 beneficial a 有益的
反 useless a 無用的
文 advise sb. to do sth.，意為「建議某人做某事」。advise 的同義詞是 suggest，其用法為 suggest sb. doing sth.。

構詞記憶法
字尾 -ive 為形容詞字尾，表示「具有～性質的」的意思。

instructor [ɪn`strʌktɚ] n 教練，指導員
升 全 多 雅 托 公

We will go to the hospital to see our instructor next week.
下星期我們要去醫院探望教練。

片 training instructor ph 訓練導師

構詞記憶法
字尾 -or 為名詞字尾，表示「實施動作的人」的意思。

instrument [`ɪnstrəmənt] n 工具
升 全 多 雅 托 公

The doctor can't find his surgical instruments in the operating room.
醫生在手術室裡找不到手術工具。

同 facility n 設備
片 musical instrument ph 樂器

構詞記憶法
字尾 -ment 為名詞字尾，表示「物品」的意思。

搭配詞記憶法
an instrument of torture 酷刑工具

instrumental [ˌɪnstrəˋmɛntḷ] a 用樂器演奏的 升全多雅托公

He likes the instrumental music very much.
他很喜歡用樂器演奏的音樂。

文 例句是現在式，其表示的時間單字有 always、usually、often、sometimes、seldom、never、every day、every week、this time of year 等等。

構詞記憶法
字尾 -al 為形容詞字尾，表示「有關～的」的意思。

insufficient [ˌɪnsəˋfɪʃənt] a 不足的 升全多雅托公

You should bring the lawsuit with the insufficient evidence.
沒有充足的證據，你竟然還提起訴訟。

同 deficient a 不足的
反 sufficient a 充足的
片 insufficient evidence ph 充足證據

構詞記憶法
字跟 fic 表示「塑造，構成」的意思。

insulate [ˋɪnsəˌlet] v 絕緣，隔離 升全多雅托公

These are materials which insulates well.
這些材料絕緣效果很好。

➲ insulate - insulated - insulated & insulating
同 isolate v 隔離
反 touch v 接觸
片 insulate (sth.) from / against sth. (with sth.) ph 隔絕，隔離

構詞記憶法
字根 insul 表示「孤立，隔離」的意思。

insulin [ˋɪnsəlɪn] n 胰島素 升全多雅托公

The old man has to have insulin injections at the hospital.
這位老人必須在醫院注射胰島素。

同 trypsin n 胰蛋白酵素
片 insulin resistance ph 抗胰島素性

構詞記憶法
字尾 -in 為名詞字尾，表示「藥物」的意思。

insure [ɪnˋʃʊr] v 投保，確保 升全多雅托公

He advised me to insure my house and car.
他建議我替房子和車投保。

➲ insure - insured - insured & insuring
同 assure v 確保
片 insure against ph 替～保險

構詞記憶法
字根 sure 表示「肯定」的意思。

intact [ɪnˋtækt] a 完整的 升全多雅托公

The purse I lost is intact when I found it on my way back.
我回頭找到遺失的錢包時，它竟然完好無損。

同 whole a 整體的
反 incomplete a 不完整的
片 keep intact ph 保持原貌

構詞記憶法
字根 tact 表示「接觸」的意思。

搭配詞記憶法
miraculously intact
奇蹟般完整無損

intaglio [ɪn`tæljo] n 凹模 升全多雅托公

He is curious about how the intaglio printing works.
他很好奇凹版印刷如何作業。

同 diaglyph n 凹雕
文 例句中介係詞 about 後接 the way 作受詞；how 後面引導方式副詞來修飾 the way。

搭配詞記憶法
intaglio printing
凹版印刷

intake [`ɪn͵tek] n 吸入口 升全多雅托公

The baby drinks the milk with an intake pipe.
嬰兒用吸入管喝牛奶。

同 entry n 入口
反 exit n 出口

構詞記憶法
字首 in- 表示「入，內」的意思。

搭配詞記憶法
an intake of breath
吸氣

integrate [`ɪntə͵gret] v 使～完整 升全多雅托公

The river is well integrated with the landscape.
河流與景色融為一體。

➲ integrate - integrated - integrated & integrating
同 combine v 使結合
片 integrate with ph 使與～結合

構詞記憶法
字根 integr 表示「整體，全部」的意思。

搭配詞記憶法
highly integrated
充分融入

integrity [ɪn`tɛgrətɪ] n 完整 升全多雅托公

Territorial integrity comes first.
領土完整為優先考量。

同 completeness n 完整
反 incompleteness n 不完整
片 territorial integrity ph 領土完整

構詞記憶法
字尾 -ity 為名詞字尾，表示「性質」的意思。

搭配詞記憶法
absolute integrity
絕對完整

intellectual [͵ɪntḷ`ɛktʃuəl] a 智力的，聰明的 升全多雅托公

I admire those intellectual people. They are really smart.
我很欽佩那些善於思考的人，他們真的很聰明。

同 clever a 聰明的
反 stupid a 蠢笨的
片 intellectual property ph 智慧財產

構詞記憶法
字根 lect 表示「收集」的意思。

intelligent [ɪn`tɛlədʒənt] a 聰明的，智能的 升全多雅托公

What an intelligent reply you made!
你回答得好聰明啊！

同 bright a 聰明的
反 foolish a 愚昧的
片 intelligent control ph 智慧控制

構詞記憶法
字根 lig 表示「收集」的意思。

搭配詞記憶法
remarkably intelligent 智能顯著

intend [ɪn`tɛnd] v 想要，打算
升全多雅托公

It didn't go as I intended before.
事情和我之前想的不一樣。

- intend - intended - intended & intending
- 同 plan v 打算
- 文 例句中 as 引導的是方式副詞，來修飾前面的動詞。

構詞記憶法
字根 tend 表示「伸展」的意思。

搭配詞記憶法
originally intend
原本打算～

intense [ɪn`tɛns] a 強烈的
升全多雅托公

He has an intense interest in the computer.
他對電腦有強烈的興趣。

- 同 fierce a 強烈的
- 反 weak a 微弱的
- 片 intense competition ph 激烈的競爭

構詞記憶法
字根 tens(e) 表示「伸展」的意思。

intensify [ɪn`tɛnsə͵faɪ] v 增強
升全多雅托公

Just now, he stood up, and the pain in his legs intensified.
他剛才站起來，腿痛加劇。

- intensify - intensified - intensified & intensifying
- 同 enhance v 加強
- 反 weaken v 削弱
- 文 例句是過去式，句中的時間標誌是 just now。

構詞記憶法
字尾 -ify 為動詞字尾，表示「使成為～」的意思。

intensive [ɪn`tɛnsɪv] a 加強的，密集的
升全多雅托公

The wounded needed intensive care.
傷患需要特別照護。

- 同 enhanced a 加強的
- 反 extensive a 廣泛的
- 片 intensive reading ph 精讀

構詞記憶法
字尾 -ive 為形容詞字尾，表示「具有～性質的」的意思。

搭配詞記憶法
labor intensive
消耗體力

intent [ɪn`tɛnt] n 意圖
升全多雅托公

He was arrested for firing a gun with intent to kill.
他因蓄意開槍殺人被捕。

- 同 purpose n 意圖
- 片 intent on ph 專心致志於

搭配詞記憶法
evidently intent
意圖顯然

intention [ɪn`tɛnʃən] n 意圖
升全多雅托公

He had no intention of staying here anymore.
他再也不想待在這了。

- 同 goal n 目標
- 片 original intention ph 初衷

搭配詞記憶法
make sb.'s intention clear
讓某人的意圖明顯

構詞記憶法
字尾 -tion 為名詞字尾，表示「行為」的意思。

interact [ˌɪntəˋrækt] v 互相影響，互動 升全多雅托公

First, you must understand how they interact.

首先，你必須理解他們是如何互相影響。

➲ interact - interacted - interacted & interacting

同 interplay v 互相影響

片 interact with ph 與～互相影響

構詞記憶法
字根 act 表示「行動」的意思。

搭配詞記憶法
directly interact
直接地互動

---

intercity [ˌɪntəˋsɪtɪ] a 城市間的 升全多雅托公

There will be an intercity rail next year.

城市間鐵路明年將會開通。

反 extramural a 市外的

片 intercity route ph 城際路線

構詞記憶法
字首 inter 表示「在～之間」的意思。

---

interim [ˋɪntərɪm] a 臨時的 升全多雅托公

Will you apply an interim loan?

你要申請臨時貸款嗎？

同 temporary a 臨時的

反 regular a 定期的

文 例句是未來式的一般疑問句形式，句子結構為：「Will + 主詞 + 動詞原形 + ～？」。

搭配詞記憶法
interim government 臨時政府

---

intermittent [ˌɪntəˋmɪtn̩t] a 間歇的 升全多雅托公

There are intermittent flashes of light from the house.

房子裡有一閃一閃的光。

同 desultory a 間歇的

反 incessant a 不停的

片 intermittent operation ph 間歇式操作

構詞記憶法
字根 mit 表示「錯過，放出」的意思。

---

interpersonal [ˌɪntəˋpɝsən!] a 人際的 升全多雅托公

He can't deal with the interpersonal relationship well.

他處理不好人際關係。

片 interpersonal communication ph 人際溝通

構詞記憶法
字首 inter 表示「在～之間」的意思。

---

interpret [ɪnˋtɝprɪt] v 解釋，口譯 升全多雅托公

Could you interpret this to me, please?

請問你能替我解釋一下嗎？

➲ interpret - interpreted - interpreted & interpreting

同 account v 解釋

文 例句中情態動詞用 could 表達委婉的請求，渴望得到對方的肯定回答。常用句型：「Could you + 動詞原形 + ～？」。

搭配詞記憶法
be variously interpreted 不同解釋

interpretation [ɪnˏtɝprɪˋteʃən] n 解釋，解析 升全多雅托公

This suggests another interpretation of this matter.
這隱含了對這件事情的另一種解釋。

- 同 explanation n 解釋
- 片 a variety of interpretations ph 眾多解釋

構詞記憶法
字尾 -tion 為名詞字尾，表示「結果，狀況」的意思。

搭配詞記憶法
put an interpretation on sth. 解釋某事

---

interval [ˋɪntɚvḷ] n 間隔 升全多雅托公

You got to return after an interval of an hour.
一小時後你必須回來。

- 同 separation n 間隔
- 反 succession n 連續
- 片 at intervals ph 時時，每隔～時間

構詞記憶法
字根 inter 表示「在～之間」的意思。

---

intervene [ˏɪntɚˋvin] v 干涉 升全多雅托公

I think we are obliged to intervene.
我認為我們有權干涉。

- ➲ intervene - intervened - intervened & intervening
- 同 influence v 干涉
- 反 indulge v 放任
- 片 intervene in ph 干涉

構詞記憶法
字根 ven(e) 表示「來，走」的意思。

搭配詞記憶法
at fixed intervals 規律（固定的時間間隔）

---

intestine [ɪnˋtɛstɪn] n 腸 升全多雅托公

He had a pain in the intestines and had to see the doctor.
他患腸炎引起疼痛，必須看醫生。

- 同 bowel n 腸
- 文 例句中包含由連詞 and 連接的兩個並列的動詞，表示並列意義。

搭配詞記憶法
intestinal disorder 腸疾

---

intimate [ˋɪntəmɪt] a 親密的 升全多雅托公

The two men over there are intimate friends.
那邊的那兩位男士是很親密的朋友。

- 同 close a 親密的
- 反 distant a 冷淡的

邏輯記憶法
此單詞中含有 mate（n. 同伴）一詞，可延伸出 mater（n. 媽媽）。

---

intimidate [ɪnˋtɪməˏdet] v 恐嚇 升全多雅托公

The murderer intimidates the woman not to tell the truth or he will kill all her family.
兇手恐嚇女士不要講實話，否則會殺了她全家。

- ➲ intimidate - intimidated - intimidated & intimidating
- 同 threaten v 恐嚇
- 反 comfort v 安慰
- 片 intimidate into ph 恐嚇某人使之做某事

構詞記憶法
字根 tim 表示「害怕的，膽怯的」的意思。

intolerant [ɪn`tɑlərənt] a 無法忍受的 升全多雅托公

What the boss said was intolerant of opposition.

不可以反對老闆說的事。

同 unendurable a 無法忍受的

反 tolerant a 寬容的

片 be intolerant of ph 容忍

構詞記憶法

字首 in- 表示「不，否定」的意思。

intricate [`ɪntrəkɪt] a 複雜的 升全多雅托公

Explain this intricate design to them, or none of them will understand it.

跟他們解釋這複雜的設計，否則沒人懂。

同 complicated a 複雜的

反 simple a 簡單的

文 例句前面是祈使句，後面是由 or 連接的句子表轉折意義。例句結構為：「祈使句 + or + 轉折句」。

搭配詞記憶法

quite intricate 相當複雜

intrinsic [ɪn`trɪnsɪk] a 本質的 升全多雅托公

You can't ignore his intrinsic worth.

你不能忽視他的自身價值。

同 essential a 本質的

反 extrinsic a 非本質的

文 ignore 作及物動詞，表示「不顧，忽視」，後面接名詞或代名詞作受詞。

搭配詞記憶法

intrinsic viscosity 固有黏度

introduction [ˌɪntrə`dʌkʃən] n 序言，介紹 升全多雅托公

I appreciate that he wrote an introduction to my new book.

我很感激他替我的新書寫序言。

同 presentation n 介紹

片 brief introduction ph 簡介

構詞記憶法

字根 duct 表示「引導，帶來」的意思。

搭配詞記憶法

a letter of introduction 介紹信

intrude [ɪn`trud] v 闖入 升全多雅托公

He didn't mean to intrude you; he just wanted to say hello.

他無意打擾你，只是想跟你打招呼。

➲ intrude - intruded - intruded & intruding

同 horn v 闖入

反 extrude v 擠出

片 intrude upon ph 侵入

構詞記憶法

字根 trud(e) 表示「推」的意思。

intruder [ɪn`trudɚ] n 侵入者 升全多雅托公

When I stepped into the room, I found that I was an unwelcome intruder.

踏進房間時，我發現我是個不受歡迎的闖入者。

同 interloper n 闖入者

文 例句是由 when 引導的時間副詞子句，表示主子句的動作同時發生。類似用法的還有 while、as 等等。

構詞記憶法

字尾 -er 為名詞字尾，表示「實施動作的人」的意思。

intrusive [ɪn`trusɪv] a 干擾的，侵入的 升全多雅托公

He won't be an intrusive presence; you can concentrate on your study.
他不會干擾，你可以專心學習。

- 同 instrusive a 侵入的
- 片 intrusive rock ph 侵入岩石

構詞記憶法
字尾 -ive 為形容詞字尾，表示「有～性質的」的意思。

---

intuition [ˌɪntju`ɪʃən] n 直覺 升全多雅托公

It is sheer intuition to find where you are.
找到你，純屬直覺。

- 同 instinct n 直覺
- 反 discursiveness n 離題，東拉西扯
- 文 例句中 sheer intuition 是名詞充當形容詞，句子結構為：「It is + 名詞 + 不定詞 + ～」。

構詞記憶法
字根 tuit 表示「監護，看管」的意思。

搭配詞記憶法
feminine intuition 女性直覺

---

intuitive [ɪn`tjuɪtɪv] a 直覺的 升全多雅托公

It is just my intuitive judgment; you can believe it or not.
這只是我直覺的判斷，信不信由你。

- 同 instinctive a 直覺的
- 反 discursive a 離題的
- 片 intuitive response ph 直覺反應

搭配詞記憶法
extremely intuitive 直覺強烈

構詞記憶法
字尾 -ive 為形容詞字尾，表示「有～性質的」的意思。

---

inundate [`ɪnʌnˌdet] v 淹沒 升全多雅托公

The whole village was inundated by the flood.
整個村莊都被洪水淹沒。

- ➲ inundate - inundated - inundated & inundating
- 同 flood v 淹沒
- 反 emerge v 浮現
- 文 例句是被動語句的過去式，表示過去發生的動作。過去式句型為：「主詞 + was / were + 過去分詞 + ～」。

構詞記憶法
字根 und 表示「波動」的意思。

---

invariably [ɪn`vɛrɪəblɪ] ad 總是，不變地 升全多雅托公

This kind of disease is invariably fatal.
這種疾病總是致命。

- 同 always ad 總是，不變地
- 反 variably ad 易變地
- 文 deadly 與 fatal 都表示「致命的」。fatal 都用於疾病或災害；deadly 則指能致命或已經致命的事物。

構詞記憶法
字根 vari 表示「多樣的，變化」的意思。

---

inventor [ɪn`vɛntɚ] n 發明家 升全多雅托公

Do you know who the inventor of light bulb was?
你知道燈泡的發明者是誰嗎？

- 同 creator n 創造者
- 片 great inventor ph 偉大發明家

構詞記憶法
字根 vent 表示「來，走」的意思。

invertebrate [ɪn`vɝtəbrɪt] a 無脊椎的
升全多雅托公

There is no doubt that mollusks are invertebrate.
無疑地，軟體動物是無脊椎。

- 同 spineless a 無脊椎的
- 反 vertebrate a 有脊椎的
- 片 invertebrate species ph 無脊椎物種

構詞記憶法
字首 in- 表示「非，不」的意思。

invest [ɪn`vɛst] v 投資
升全多雅托公

He used all his money to invest in stock market.
他用他所有積蓄投資股票市場。

- ➲ invest - invested - invested & investing
- 同 fund v 投資
- 反 divest v 剝奪

構詞記憶法
字根 vest 表示「衣服」的意思。

搭配詞記憶法
invest in 投資於

investigate [ɪn`vɛstə͵get] v 調查
升全多雅托公

We are investigating this case now.
我們正在調查這案子。

- ➲ investigate - investigated - investigated & investigating
- 同 inquire v 調查
- 文 例句是現在進行式，其結構為：「主詞 + am / is / are doing sth.」，表示主詞正在做某事。

搭配詞記憶法
extensively investigate 廣泛調查

investigation [ɪn͵vɛstə`geʃən] n 調查

They can't complete their investigations without your help.
沒有你的幫助，他們無法完成調查。

- 同 research n 調查
- 片 field investigation ph 野外調查，實地調查

構詞記憶法
字尾 -ation 為名詞字尾，表示「～的行動或狀態」的意思。

搭配詞記憶法
the subject of an investigation 調查主題

invigorate [ɪn`vɪgə͵ret] v 鼓舞
升全多雅托公

He felt invigorated by what she said.
她的話讓他覺得精神煥發。

- ➲ invigorate - invigorated - invigorated & invigorating
- 同 stimulate v 鼓舞
- 反 dampen v 喪氣
- 片 invigorating news ph 鼓舞人心的消息

構詞記憶法
字根 vig 表示「生命」的意思。

inviolable [ɪn`vaɪələbl̩] a 不可侵犯的，神聖的
升全多雅托公

The law is sacred and inviolable.
法律是神聖且不可侵犯的。

- 同 sacred a 神聖的
- 反 violable a 易受侵犯的

構詞記憶法
字尾 -able 為形容字尾，表示「可以～的」的意思。

Day 16 單字學習 3760 個

invoke [ɪnˋvok] v 引起，招鬼 升全多雅托公

He said he could invoke evil spirits by magic.
他說他可以用法術召惡鬼。

➲ invoke - invoked - invoked & invoking
同 cause v 引起
片 invoke help ph 祈求援助

構詞記憶法
字根 vok 表示「叫喊，出聲」的意思。

involve [ɪnˋvɑlv] v 牽涉，包括 升全多雅托公

I don't want to be involved in this case.
我不想牽涉到這案子。

➲ involve - involved - involved & involving
同 contain v 包括
文 動詞 involve 後面接受詞，可以是名詞或現在分詞。即 involve in sth. / doing sth.。

構詞記憶法
字根 volv(e) 表示「捲，轉」的意思。

搭配詞記憶法
involve in 捲入～

inward [ˋɪnwɚd] a 向內的 升全多雅托公

I don't understand his inward thoughts.
我不了解他內心的想法。

同 inner a 向內的
反 outward a 向外的
片 inward investment ph 對內投資

構詞記憶法
字根 ward 表示「方向，向～的」的意思。

irons [ˋaɪɚnz] n 鐐銬 升全多雅托公

The criminal is fettered with irons and will be executed by shooting.
罪犯戴上鐐銬，將被槍斃。

同 bond n 鐐銬
片 fettered with irons ph 戴上鐐銬

單複數記憶法
此單字單數形式為 iron（n. 鐵）。

irregular [ɪˋrɛgjəlɚ] a 無規律的，不規則的 升全多雅托公

It occurs at irregular intervals.
這不定期發生。

同 abnormal a 不規則的
反 regular a 規律的

構詞記憶法
字首 ir- 表示「不，無」的意思。

搭配詞記憶法
slightly irregular
輕微不規則

irreparable [ɪˋrɛpərəbḷ] 升全多雅托公
a 不能挽回的，不能修補的

The irreparable damage made her upset.
這無法彌補的傷害讓她很沮喪。

同 inexpiable a 不能補償的
反 reparable a 能修補的
片 irreparable system ph 不可修復系統

構詞記憶法
字首 ir- 表示「不，無」的意思。

irresistible [ˌɪrɪˋzɪstəbl̩] a 不可抵抗的

Neither you nor she can reject the irresistible temptation in such a condition.
在這種情況下，你和她都拒絕不了這無法抗拒的誘惑。

- 同 attractive a 誘人的
- 反 resistible a 可抵抗的
- 文 例句中的「neither...nor...（兩者都不）」其後面的動詞應與距離它最近的主詞保持一致。

構詞記憶法
字根 sist 表示「站立」的意思。

irrigate [ˋɪrəˌget] v 灌溉，沖洗

The crops are dying; the fields need to be irrigated.
莊稼快死了，田地需要灌溉。

- ➲ irrigate - irrigated - irrigated & irrigating
- 同 syringe v 灌溉
- 文 irrigate 是及物動詞，後面直接接名詞或代名詞作受詞。

構詞記憶法
字首 ir- 表示「進入」的意思。

irrigation [ˌɪrəˋgeʃən] n 灌溉

There are an irrigation canal and two natural lakes here.
這裡有一條灌溉渠道和兩個天然湖泊。

- 同 watering n 灌溉
- 片 irrigation water ph 灌溉用水

構詞記憶法
字首 -tion 表示「某種狀態」。

irritant [ˋɪrətənt] a 刺激的

It's a little irritant to sensitive skins.
這對敏感皮膚有點刺激性。

- 同 incentive a 刺激的
- 反 mild a 溫和的
- 片 irritant gas ph 刺激性毒氣

構詞記憶法
字尾 -ant 為形容詞字尾，表示「處於～狀態的」的意思。

irritate [ˋɪrəˌtet] v 激怒，刺激

It really irritated me that there was a thief stealing my money.
有個賊偷了我的錢，真的把我激怒了。

- ➲ irritate - irritated - irritated & irritating
- 同 infuriate v 激怒
- 反 calm v 使平靜
- 文 irritate 是及物動詞，後接名詞或代名詞作受詞，指某事經常出現而激怒某人。

構詞記憶法
字首 ir- 表示「成為，進入」的意思。

搭配詞記憶法
intensely irritate
強烈刺激

irritating [ˋɪrəˌtetɪŋ] a 惱人的，刺激的

When will he get rid of his irritating habit?
他什麼時候才能改掉他那惱人的毛病？

- 同 incentive a 刺激的
- 反 cheerful a 令人高興的
- 文 例句是未來式的 wh- 疑問句，句子結構為：「wh- 疑問詞 + will + 主詞 + 動詞原形 + ～？」

構詞記憶法
字首 ir- 表示「成為，進入」的意思。

island [ˋaɪlənd] n 島
升全多雅托公

There are a peninsula and two islands here.
這裡有個半島和兩個小島。

同 isle n 島
片 on the island ph 在島上

構詞記憶法
字根 sol 表示「單獨，隔離」的意思。

搭配詞記憶法
island chain 島鏈

isolate [ˋaɪsḷˌet] v 使隔離
升全多雅托公

The patients who are infected with Ebola virus need to be isolated immediately.
患有伊波拉病毒的病人需要立即隔離。

➲ isolate - isolated - isolated & isolating
同 segregate v 使隔離
反 approach v 接近
片 isolate from ph 使～脫離～

構詞記憶法
字根 sol 表示「單獨，隔離」的意思。

isolated [ˋaɪsḷˌetɪd] a 孤立的，分開的
升全多雅托公

There is an isolated house in the distance.
遠處有一棟孤立的房子。

同 separate a 分開的
反 osculatory a 接觸的
片 isolated layer ph 隔離層

構詞記憶法
字尾 -ed 為形容詞字尾，表示「～被引起的」的意思。

搭配詞記憶法
diplomatically isolated 外交孤立

ivory [ˋaɪvərɪ] n 象牙
升全多雅托公

She rejected the little ivory statuette he gave her.
她拒絕他送她的小象牙雕像。

同 tusk n 長牙
文 reject 表示「拒絕」時，口吻比較強硬，一般用 cannot accept 代替。

搭配詞記憶法
ivory tower 象牙塔

Jj

jam ~ juvenile

6大考試

㊐ 學測指考

㊟ 全民英檢

㊏ 多益測驗

㊎ 雅思測驗

㊍ 托福測驗

㊋ 公職考試

6大英文單字記憶法

構詞記憶法

利用英文的構詞方式，透過字首、字根、字尾的方式來記憶單字。

同音詞記憶法

利用單字的相同發音卻不同拼字來記憶。

單複數記憶法

利用單字本身單複數形式所產生的不同意思來記憶單字。

近似音記憶法

利用諧音方式來增加記憶。

搭配詞記憶法

利用一組詞彙的概念來記憶，在記憶單字時不是只記下一個單字的意思，而是能夠使用一組詞彙加深印象。

邏輯記憶法

以一個單字為單位，採用順序或不同的角度去找出邏輯的關係，並延伸出其它的單字。

Jj | jam ~ juvenile

符號說明 ➲ 動詞三態 & 分詞 同 同義字 反 反義字 文 文法重點

jam [dʒæm] n 果醬，困境
升全多雅托公

The boy spreads some jam on the bread.
男孩在麵包上塗果醬。

同 preserves n 果醬，蜜餞
片 traffic jam ph 交通阻塞

近似音記憶法
jam 音如「醬」，以 jam 開頭的字，隱含「果醬」。

搭配記憶法
bread and jam
麵包與果醬

jeer [dʒɪr] v 嘲笑
升全多雅托公

The boy was angry because he was jeered by his classmates.
男孩因為被同學嘲笑而生氣。

➲ jeer - jeered - jeered & jeering
同 taunt v 嘲笑
反 respect v 尊重
文 例句中包含 because 引導的原因副詞子句。because、since、as、for 均可表示原因，語氣 because 最強，後面依次遞減。

近似音記憶法
j 音如吱笑聲，以 je、jo、ju 開頭的字，隱含「歡樂和笑趣」。

jeopardize [ˋdʒɛpɚd͵aɪz] v 危害
升全多雅托公

The integrity of project is jeopardized by a mistake.
企劃的完整性被一個錯誤破壞了。

➲ jeopardize - jeopardized - jeopardized & jeopardizing
同 harm v 危害
反 protect v 保護
片 jeopardize one's life ph 冒生命的危險

搭配詞記憶法
seriously jeopardize 嚴重危害

構詞記憶法
字尾 -ize 為動詞字尾，表示「使成為」的意思。

jewel [ˋdʒuəl] n 珠寶，寶石
升全多雅托公

Where is my box containing precious jewels?
我那個裝有珍貴珠寶的盒子在哪裡？

同 gem n 珠寶
片 jewel case ph 珠寶盒

近似音記憶法
jew 音如「珠」，以 jew 開頭的字，隱含「珠寶，首飾」。

搭配詞記憶法
precious jewel
貴重珠寶

jeweler [ˋdʒuəlɚ] n 珠寶商，鐘錶商
升全多雅托公

The jewler was kidnapped last night, and the police are investigating into the case now.
昨晚珠寶商遭到綁架，員警正在調查此案。

同 watchmaker n 鐘錶商
文 例句是由 and 連接兩個並列句。前句因描述過去發生的事情，因此用過去式；後句描述現在正在發生的事情，因此用現在進行式。

近似音記憶法
jew 音如「珠」，以 jew 開頭的字，隱含「珠寶，首飾」。

構詞記憶法
字尾 -er 為名詞字尾，表示「實施動作的人」的意思。

job [dʒab] n 工作 升全多雅托公

He wanted to find a part-time job then.
那時候他想要找一份兼職工作。

同 work n 工作
反 break n 休息
文 part-time 在例句中作形容詞，意思是「兼職的，部分時間的」。還可作副詞，意思是「兼職地」。

搭配詞記憶法
job hunting 找工作

jocular [ˋdʒakjələ] a 滑稽的 升全多雅托公

Dad's voice sounded like being in a jocular mood.
爸爸的聲音聽起來有點滑稽。

同 humorous a 詼諧的
文 連綴動詞如 sound（聽起來）、look（看起來）、feel（感覺起來）等主要句型有三種：「連綴動詞 + 形容詞／連綴動詞 + like + 名詞／子句／連綴動詞 + as if + 子句」。

構詞記憶法
字尾 -ar 為形容詞字尾，表示「與～相關的」的意思。

joint [dʒɔɪnt] n 關節，接合處 升全多雅托公

He has suffered from stiff joints for two years.
他罹患關節強直症已經兩年了。

同 junction n 接合處
片 out of joint ph 骨頭脫節

構詞記憶法
字根 join 表示「結合，連接」的意思。

搭配詞記憶法
put sth. out of joint 使某物脫節

judicial [dʒuˋdɪʃəl] a 法庭的，公正的 升全多雅托公

You should follow the judicial process to deal with this.
你應該遵循審判程式來處理這件事情。

同 just a 公正的
反 unjust a 不公正的
片 judicial system ph 司法制度

構詞記憶法
字根 judic 表示「法律，正直」的意思。

junction [ˋdʒʌŋkʃən] n 連接 升全多雅托公

Parking is not allowed at junctions.
路口不允許停車。

同 connection n 連接

構詞記憶法
字根 junct 表示「結合，連接」的意思。

搭配詞記憶法
motorway junction 高速公路交界處

junk [dʒʌŋk] n 垃圾 升全多雅托公

Stop eating junk food; that's unhealthy.
不要再吃垃圾食物了，那很不健康。

同 waste n 垃圾
反 treasure n 珍寶
文 動詞 stop 的用法：stop sb. (from) doing sth.，意為「阻止某人做某事」，其中 from 可以省略。

搭配詞記憶法
junk food 垃圾食物

justice [ˋdʒʌstɪs] n 司法，正義

升 全 多 雅 托 公

To solve this case, you need to go to the justice department.
想要解決此案你必須去司法部門。

同 judicature n 司法
反 injustice n 不正義
片 justice department ph 司法部門

構詞記憶法
字根 just 表示「法律，正直」的意思。

搭配詞記憶法
a sense of justice 正義感

justify [ˋdʒʌstə͵faɪ] v 辯護

升 全 多 雅 托 公

You should not justify for him at all.
你不該為他辯護。

➲ justify - justified - justified & justifying
同 defend v 辯護
反 condemn v 宣判～不能使用

構詞記憶法
字尾 -ify 為動詞字尾，表示「使成為」的意思。

搭配詞記憶法
hardly justify 很難自圓其說

juvenile [ˋdʒuvən!] a 未成年的

升 全 多 雅 托 公

There are many juvenile books in the library.
圖書館有許多少年讀物。

同 young a 年輕的
反 adult a 成年的
片 juvenile crime ph 少年犯罪

構詞記憶法
字根 juven 表示「年輕，年少」的意思。

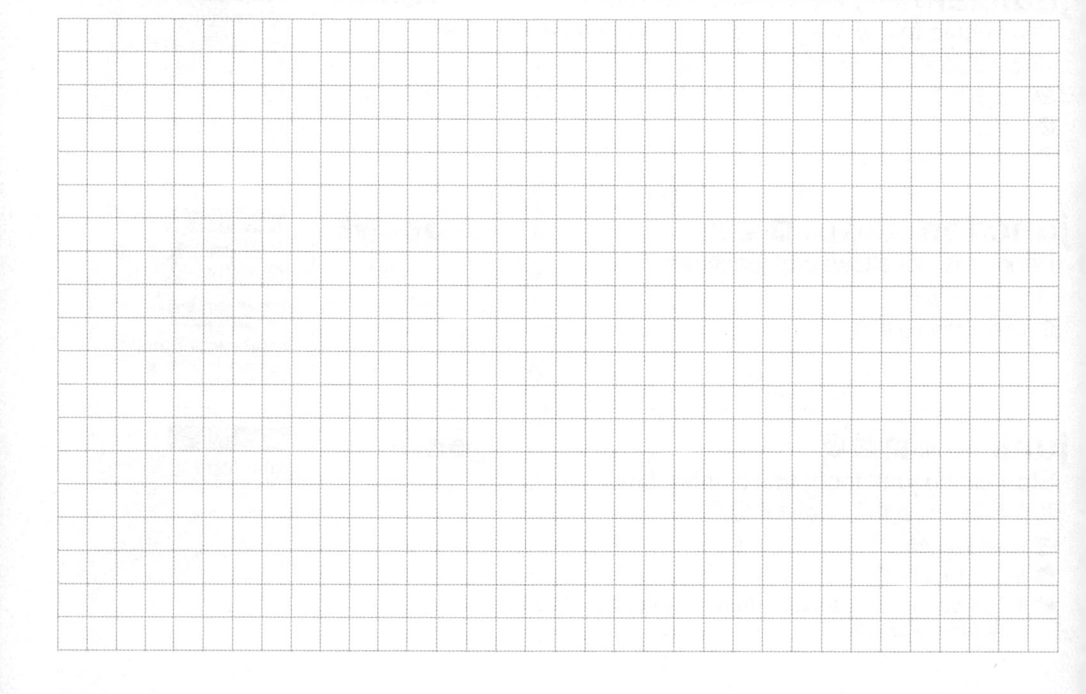

Kk

keen ~ know

6大考試

㊀ 學測指考

㊀ 全民英檢

㊀ 多益測驗

㊀ 雅思測驗

㊀ 托福測驗

㊀ 公職考試

6大英文單字記憶法

構詞記憶法

利用英文的構詞方式，透過字首、字根、字尾的方式來記憶單字。

同音詞記憶法

利用單字的相同發音卻不同拼字來記憶。

單複數記憶法

利用單字本身單複數形式所產生的不同意思來記憶單字。

近似音記憶法

利用諧音方式來增加記憶。

搭配詞記憶法

利用一組詞彙的概念來記憶，在記憶單字時不是只記下一個單字的意思，而是能夠使用一組詞彙加深印象。

邏輯記憶法

以一個單字為單位，採用順序或不同的角度去找出邏輯的關係，並延伸出其它的單字。

Kk | keen ~ know

符號說明 ➲ 動詞三態 & 分詞 同 同義字 反 反義字 文 文法重點

keen [kin] a 渴望的
升全多雅托公

Not all the animals have a keen sense of smell.
並不是所有的動物都有敏感的嗅覺。

- 同 eager a 渴望的
- 文 「not all the + 名詞」表示部分否定，意為「並不是所有的」。動詞與名詞保持性數一致。

搭配詞記憶法
keen on 喜愛

kelp [kɛlp] n 海藻
升全多雅托公

We found some kelp in these waters.
我們在這些水域發現一些海藻。

- 同 seaweed n 海藻
- 文 find 表示「發現」時，指發現原本就存在卻不知道的事物，主要作及物動詞，後接名詞或代名詞。

搭配詞記憶法
giant kelp 巨藻

kernel [ˋkɝnḷ] n 核心
升全多雅托公

I can't understand what the kernel of the argument is.
我不懂這論點的核心是什麼。

- 同 core n 核心
- 反 edge n 邊緣
- 文 what 引導的是受詞子句，用正常語序。在子句中 what 作 is 的形容詞。

搭配詞記憶法
kernel of truth 事實核心

構詞記憶法
字尾 -el 為名詞字尾，表示「有～性質的事物」的意思。

kick [kɪk] v 踢
升全多雅托公

The man got angry and kicked a hole in the box.
男子生起氣，在箱子上踢了個洞。

- ➲ kick - kicked - kicked & kicking
- 同 kick v 踢
- 文 get angry 的意思是「生氣」，後面接受詞時常加上介係詞 with，意思是「生～的氣」。

搭配詞記憶法
kick off 中線開球

knead [nid] v 揉捏
升全多雅托公

She taught me how to knead the dough into a ball.
她教我如何將麵團揉成球形。

- ➲ knead - kneaded - kneaded & kneading
- 同 massage v 揉捏
- 文 how 引導的不定詞片語充當動詞 taught 的受詞。

搭配詞記憶法
knead the dough 揉麵團

knight [naɪt] n 騎士
升全多雅托公

Who is the knight in black amour?
身穿黑色盔甲的騎士是誰？

- 同 cavalryman n 騎兵
- 片 knight errant ph （中世紀的）遊俠騎士

同音詞記憶法
與此單字同音的單字為 night（n. 夜晚）。

搭配詞記憶法
a knight errant 武士

knot [nat] n 結
升 全 多 雅 托 公

Just make a knot at the end of the string and hand it to me.
在繩子上打個結後給我。

同 tie n 結
片 gordian knot ph 難題

同音詞記憶法
與此單字同音的單字為 not（ad. 不）。

know [no] v 知道，了解
升 全 多 雅 托 公

I am not sure whether he knows or not.
我不確定他是否知道。

➲ know - knew - known & knowing
同 realize v 了解
文 whether...or not 表示「是否」的意思。if 也有「是否」的意思，但是一般情況下 if 不與 or not 連用。

同音詞記憶法
與此單字同音的單字為 no（ad. 不）。

搭配詞記憶法
be widely known
廣為人知

MEMO

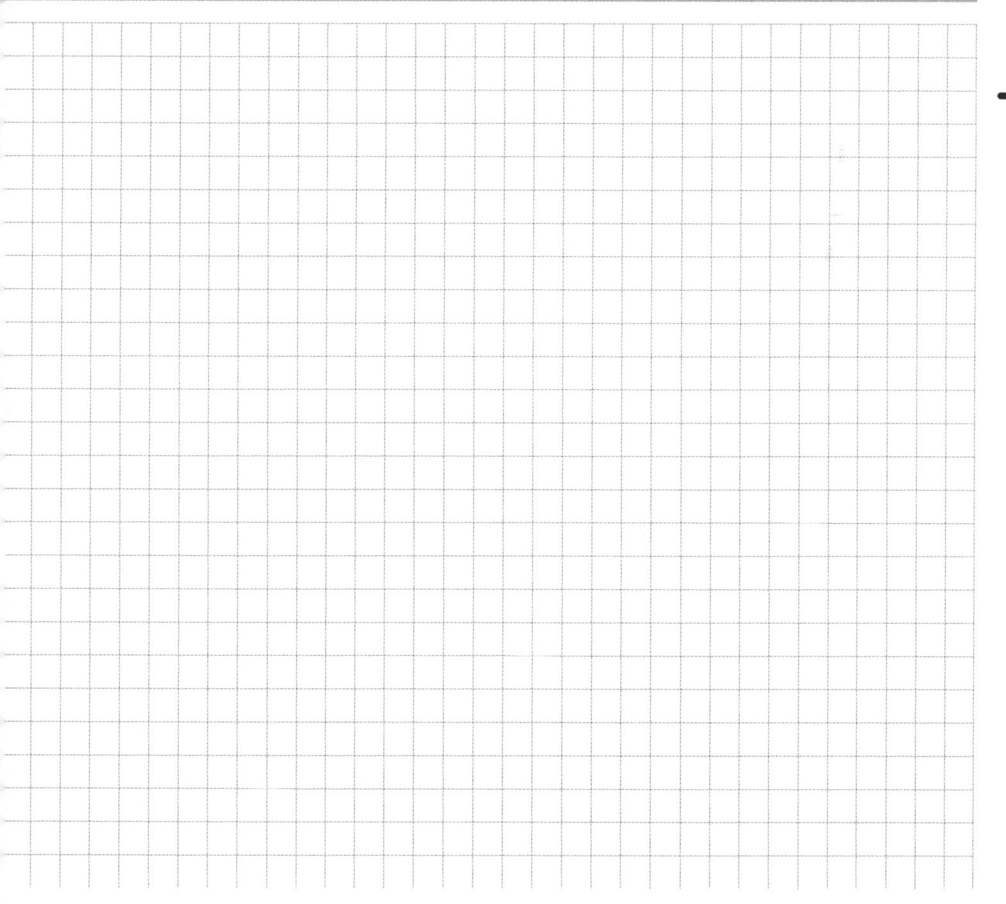

MEMO

LI

label ~ lychee

6大考試

㉤ 學測指考

㊟ 全民英檢

㊢ 多益測驗

㊭ 雅思測驗

㊬ 托福測驗

㊣ 公職考試

6大英文單字記憶法

構詞記憶法

利用英文的構詞方式，透過字首、字根、字尾的方式來記憶單字。

同音詞記憶法

利用單字的相同發音卻不同拼字來記憶。

單複數記憶法

利用單字本身單複數形式所產生的不同意思來記憶單字。

近似音記憶法

利用諧音方式來增加記憶。

搭配詞記憶法

利用一組詞彙的概念來記憶，在記憶單字時不是只記下一個單字的意思，而是能夠使用一組詞彙加深印象。

邏輯記憶法

以一個單字為單位，採用順序或不同的角度去找出邏輯的關係，並延伸出其它的單字。

Ll label ~ lychee

符號說明 ➲ 動詞三態 & 分詞 同 同義字 反 反義字 文 文法重點

label [`lebḷ] n 標籤
升全多雅托公

You had better read the information on the label before buying it.
在購買之前你最好閱讀一下商標資訊。

同 brand n 商標
文 before 引導的時間副詞中的動作與主詞一致，可省去主詞，將動詞變為現在分詞形式。

搭配詞記憶法
adhesive label 膠黏標籤

laboratory [`læbrə͵torɪ] n 實驗室
升全多雅托公

The scientist is doing an experiment in the laboratory.
科學家正在實驗室裡做實驗。

同 lab n 實驗室
片 laboratory equipment ph 實驗室設備

構詞記憶法
字根 labor 表示「勞動」的意思。

搭配詞記憶法
well-equipped laboratory 裝備完善的實驗室

laborious [lə`borɪəs] a 勤勞的，艱苦的
升全多雅托公

This is really a laborious task.
這真是一份艱苦的工作。

同 tough a 艱苦的
反 lazy a 懶惰的
片 laborious task ph 艱苦的工作

構詞記憶法
字尾 -ious 為形容詞字尾，表示「屬於～的，有～性質的」的意思。

lace [les] n 花邊，蕾絲
升全多雅托公

I like those skirts with laces; I think they are really cute.
我喜歡帶有蕾絲的短裙，我覺得很可愛。

同 gymp n 花邊
片 shoe lace ph 鞋帶

近似音記憶法
lace 音如「蕾絲」，以 lace 開頭的字，隱含「花邊，裝飾」。

laced [lest] a 蕾絲的，有花邊的
升全多雅托公

The laced dress in the clothes shop attracted her eyes when she walked by.
她路過時被服裝店的蕾絲裙吸引住了。

片 laced dress ph 蕾絲裙

近似音記憶法
lace 音如「蕾絲」，以 lace 開頭的字，隱含「花邊，裝飾」。

ladder [`lædɚ] n 梯子，階梯
升全多雅托公

The man leaned a ladder against the wall and climbed to the roof.
男子將梯子靠牆斜放，爬上屋頂。

同 stepladder n 活梯
片 ladder diagram ph 梯形圖

邏輯記憶法
此單詞中含有 lad（n. 少年）一詞，可延伸出 lady（n. 女士）。

lamb [læm] n 小羊，羔羊肉 升全多雅托公

They sell lamb chops and legs over there.
他們在那賣小羊排和羔羊腿肉。

- 同 kidlet n 羊羔
- 片 lamb of god ph 上帝的羔羊

邏輯記憶法
此單詞中含有 lam（v. 鞭打）一詞，可延伸出 lamp（n. 燈）。

搭配詞記憶法
sacrificial lamb 被犧牲的人或物

lament [lə`mɛnt] v 哀悼 升全多雅托公

He always laments over his misfortunes to others.
他總是向人哀歎自己的不幸。

- ➲ lament - lamented - lamented & lamenting
- 同 bewail v 悲哀
- 反 rejoice v 歡慶
- 文 lament 作不及物動詞時，一般指「發出聲的悲悼或哀哭」。

搭配詞記憶法
lament over 哀悼

landslide [`lænd͵slaɪd] n 山崩 升全多雅托公

All the villagers are buried beneath a landslide.
所有村民都被埋在山崩下。

- 同 mudslide n 山崩
- 片 landslide control ph 滑坡控制

搭配詞記憶法
electoral landslide 壓倒多數的勝利

language [`læŋgwɪdʒ] n 語言 升全多雅托公

My first language is French while my second language is Spanish.
我的第一語言是法語，第二語言是西班牙語。

- 同 parole n 語言
- 文 while 在這裡表示轉折的意義，有對比的意味。

搭配詞記憶法
foreign language 外語

構詞記憶法
字根 logue 表示「演講，說話」的意思。

lapse [læps] v 失效，下降 升全多雅托公

I'm sorry that your insurance policy has lapsed, so you can't get the compensation.
很抱歉你的保險單已經失效，所以得不到補償。

- ➲ lapse - lapsed - lapsed & lapsing
- 同 decline v 下降
- 反 rise v 上升
- 片 lapse into ph 陷入／進入某狀態

構詞記憶法
字根 laps(e) 表示「滑走」的意思。

lard [lard] n 豬油 升全多雅托公

You can put some lard into the dish.
你可以在菜裡放點豬油。

- 同 axunge n 豬油
- 文 put into 是介係詞片語，意思是「投入，使進入」，後面跟名詞或代名詞。

搭配詞記憶法
lard oil 豬油

larva [ˋlɑrvə] n 幼蟲
升全多雅托公

It is the larva of butterfly, I guess.
我認為這是蝴蝶的幼蟲。

同 nit n 幼蟲
文 可數名詞 larva 的複數形式為 larvae。

搭配詞記憶法
larva of butterfly
蝴蝶的幼體

latent [ˋletn̩t] a 潛在的
升全多雅托公

As a qualified teacher, you should inspire the students' latent abilities.
身為一名合格的教師，你應該激發學生的潛能。

同 potential a 潛在的
反 exterior a 外在的
片 latent energy ph 潛能

構詞記憶法
字尾 -ent 為形容字尾，表示「處於～狀態的」的意思。

latitude [ˋlætə͵tjud] n 緯度，界限
升全多雅托公

The plants are common near 36° latitude.
這些植物在緯度 36 度附近很常見。

同 circumscriptione n 界限
反 longitude n 經度
片 latitude and longitude ph 經緯度

構詞記憶法
字尾 -tude 為名詞字尾，表示「性質，狀態」的意思。

laudable [ˋlɔdəbl̩] a 可讚譽的
升全多雅托公

In my point of view, what you did was highly laudable.
在我看來，你的所作所為值得高度讚揚。

同 praiseful a 值得讚揚的
反 reprehensive a 譴責的
文 in one's point of view 意為「在某人看來」，可置於句首、句中或句尾。同義詞組有「as far as + 主詞 + be 動詞 + concerned」、「as far as 主詞 + can see」。

搭配詞記憶法
highly laudable
高度讚揚

構詞記憶法
字尾 -able 為形容詞字尾，表示「能～的，可～的」的意思。

launch [lɔntʃ] v 發射
升全多雅托公

They launched a missile to the enemy troops.
他們向敵軍發射一枚導彈。

➲ launch - launched - launched & launching
同 send v 發送，開始
反 descent v 降落
文 enemy troops 為名詞片語，意思是「敵軍」。

搭配詞記憶法
launch into 開始

Laundromat [ˋlɑndrəmæt] n 自助洗衣店
升全多雅托公

You can do the laundry in the Laundromat later.
晚點你可以去自助洗衣店洗衣服。

同 coin-op n 自助洗衣店
文「洗衣服」的表達方式有 do the laundry、wash the clothes、do some washing 等。

搭配詞記憶法
go to the Laundromat 去自助洗衣店

laureate [ˋlɔrɪɪt] a 戴桂冠的
升全多雅托公

I'm so happy that I got the autograph of the Poet Laureate.
我得到桂冠詩人的親筆簽名，十分開心。

- 同 honourable a 戴桂冠的
- 文 so that 的意思是「如此～以至於」，so 後面接形容詞或副詞。

搭配詞記憶法
poet laureate 桂冠詩人

lavish [ˋlævɪʃ] a 浪費的
升全多雅托公

The government claimed that we should be against the lavish meals.
政府聲稱我們應該反對鋪張用餐。

- 同 wasted a 浪費的
- 反 frugal a 節儉的
- 片 lavish reception ph 鋪張的招待

構詞記憶法
字根 lav 表示「沖，洗」的意思。

laze [lez] v 閒散
升全多雅托公

You must stop lazing your life or you will regret later.
你必須停止虛度生活，否則以後你會後悔。

- ➲ laze - lazed - lazed & lazing
- 同 idle v 懶散，虛度
- 反 strive v 努力
- 文 stop doing sth. 表示「停止手頭上正在做的事情」; stop to do sth. 表示「停止手頭上正在做的事情，開始做另外一件事情」。

近似音記憶法
la 音如「懶」，以 la 開頭的字，隱含「懶散的」。

Day 16
單字學習 3913 個

lazily [ˋlezɪlɪ] ad 懶洋洋地，怠惰地
升全多雅托公

The baby stretches his arms lazily on the bed.
寶寶躺在床上，懶洋洋地伸展手臂。

- 同 indolently ad 怠惰地
- 反 diligently ad 勤奮地
- 片 stretch lazily ph 伸懶腰

近似音記憶法
la 音如「懶」，以 la 開頭的字，隱含「懶散的」。

構詞記憶法
字尾 -ly 為副詞字尾，表示「程度」的意思。

laziness [ˋlezɪnɪs] n 怠惰
升全多雅托公

He was fired for his laziness and dishonesty.
由於懶惰、不誠實，他被解雇了。

- 同 sloth n 怠惰
- 反 diligence n 勤奮
- 文 be fired 意為「解雇」，其同義詞組有 be demised、be laid off、be kicked out 等等。

近似音記憶法
la 音如「懶」，以 la 開頭的字，隱含「懶散的」。

構詞記憶法
字尾 -ness 為名詞字尾，表示「性質」的意思。

lazy [ˋlezɪ] a 懶洋洋的，慢吞吞的
升全多雅托公

They spend a lazy day in the countryside.
他們在鄉下渡過懶散的一天。

- 同 idle a 懶散的
- 反 industrious a 勤勞的

搭配詞記憶法
lazy susan 餐桌圓轉盤

lazybones [ˋlezɪ͵bonz] n 懶骨頭，懶漢 升全多雅托公

I can't believe that the lazybones begins to hunt for jobs.
我簡直不敢相信懶漢開始找工作了，。

同 shirker n 懶骨頭
反 go-getter n 能幹的人

近似音記憶法
la 音如「懶」，以 la 開頭的字，隱含「懶散的」。

leach [litʃ] v 過濾 升全多雅托公

They tried to leach minerals from the soil.
他們試著過濾土壤中的礦物質。

➲ leach - leached - leached & leaching
同 filter v 過濾

邏輯記憶法
此單詞中含有 each（a. 各自的）一詞，可延伸出 beach（n. 海濱）。

leadership [ˋlidɚʃɪp] n 領導能力 升全多雅托公

I don't think you will be promoted, because you lack of leadership.
我認為你並不會升職，因為你缺乏領導能力。

片 under the leadership of ph 在～領導下

構詞記憶法
字尾 -ship 為名詞字尾，表示「身份，關係」的意思。

搭配詞記憶法
sb.'s style of leadership 某人的領導風格

leaf [lif] n 葉子 升全多雅托公

The man swept up the leaves in the yard.
男子清掃院子裡的葉子。

同 foliage n 葉子
文 leaf 的複數形式為 leaves，與動詞 leave 的第三人稱單數 leaves 形式相同、發音相同。

搭配詞記憶法
leaf spring 彈簧片

leak [lik] v 漏 升全多雅托公

Remember that the document can't be leaked out.
記住這份檔案不能外漏。

➲ leak - leaked - leaked & leaking
同 reveal v 洩露
片 leak out ph 洩漏

同音詞記憶法
與此單字同音的單字為 leek（n. 韭蔥）

搭配詞記憶法
deliberately leak 故意洩漏

lean [lik] v 傾斜，倚靠 升全多雅托公

The girl leaned out of the window and saw whether her boyfriend arrived.
女孩探出窗外看她男朋友到了沒。

➲ lean - leaned - leaned & leaning
同 pitch v 傾斜
文 whether 在例句中作連接詞，引導形容詞子句。

搭配詞記憶法
lean on 依賴

lecture [ˋlɛktʃɚ] n 演講
升全多雅托公

I benefited a lot from the lecture which you delivered yesterday.
我在你昨天的演講中獲益良多。

同 speech n 發言
片 lecture on ph 有關～的演講

構詞記憶法
字根 lect 表示「講，說」的意思。

搭配詞記憶法
impromptu lecture
即席演講

ledge [lɛdʒ] n 突出的部份，壁架
升全多雅托公

There was a bird singing on the window ledge just now.
剛才窗臺上有隻小鳥在唱歌。

同 shelf n 壁架
文 表示過去有某人或某物正在某地做某事：「There was / were + 主詞 + 現在分詞 + 地點副詞 + 過去的時間副詞」。

搭配詞記憶法
rest ledge 休息台

legacy [ˋlɛgəsɪ] n 遺產
升全多雅托公

We should take measures to protect the cultural legacy from disappearing.
我們應該採取措施阻止文化遺產消失。

同 heritage n 遺產
片 cultural legacy ph 文化遺產

搭配詞記憶法
legacy system
遺留系統

構詞記憶法
字尾 -acy 為名詞字尾，表示「性質，行為」的意思。

legislation [ˏlɛdʒɪsˋleʃən] n 法律，立法

I am very curious about the new legislation on the personal income tax; I think that it will be modified within two years again.
我對個人所得稅的新法規很好奇，我認為 2 年內還會修改。

同 lawmaking n 立法
片 labour legislation ph 勞工法

構詞記憶法
字根 legis 表示「法律」的意思。

legislative [ˋlɛdʒɪsˏletɪv] a 立法的
升全多雅托公

He came up with a proposal at the legislative session.
在立法會議上，他提出一項提議。

同 nomothetic a 制定法律的
片 legislative council ph 立法委員會

構詞記憶法
字根 legis 表示「法律」的意思。

legislator [ˋlɛdʒɪsˏletɚ] n 立法者
升全多雅托公

The man was elected to be legislator at the session.
在會議上男子當選立法委員。

同 lawmaker n 立法者
片 appoint sb. as legislator ph 任命某人為立法者

構詞記憶法
字尾 -or 為名詞字尾，表示「實施動作的人」的意思。

legislature [ˋlɛdʒɪs͵letʃɚ] n 立法機關 升全多雅托公

The man is a member in the state legislature.
這位男子是國家立法機關的一員。

同 legislative body n 立法機關

搭配詞記憶法
bicameral legislature 兩院制立法機關

legitimate [lɪˋdʒɪtəmɪt] a 合法的 升全多雅托公

The law protects your legitimate rights.
法律保護你的合法權益。

同 legal a 合法的
反 illegitimate a 不合法的
片 legitimate right ph 合法權益

搭配詞記憶法
apparently legitimate 似乎合理

構詞記憶法
字根 legis 表示「法律」的意思。

lesson [ˋlɛsn̩] n 課程，教訓 升全多雅托公

The teacher gave me a math lesson yesterday.
老師昨天教我數學。

同 course n 課程
片 lesson plan ph 教學計畫

搭配詞記憶法
give sb. a lesson 教訓某人

lethargic [lɪˋθɑrdʒɪk] a 昏睡的，無生氣的 升全多雅托公

As I have a fever; I feel so lethargic.
我發燒了，感覺有氣無力的。

同 soporose a 昏睡的
反 spirited a 生機勃勃的
片 lethargic sleep ph 昏睡

構詞記憶法
字根 arg=erg 表示「活動，能量」的意思。

lethargy [ˋlɛθɚdʒɪ] n 昏睡，死氣沉沉 升全多雅托公

They can't deal with this situation for you; they are lethargy on this issue.
他們不會幫你解決這種情況，這問題他們也無能為力。

同 narcoma n 昏睡
反 sprit n 精神
片 lethargy on ph 在～方面軟弱無力

搭配詞記憶法
a feeling of lethargy 嗜睡感

構詞記憶法
字根 arg=erg 表示「能量」的意思。

letter [ˋlɛtɚ] n 字母，信 升全多雅托公

He told me that there were four letters in this word.
他跟我說這個單字有 4 個字母。

同 message n 消息
片 write a letter ph 寫信

構詞記憶法
字根 letter 表示「文字，字母」的意思。

搭配詞記憶法
the letters of the alphabet 字母符號

liability [ˌlaɪəˋbɪlətɪ] n 責任，債務
升全多雅托公

He claimed that everyone had the liability for military service.
他聲稱每個人都有服兵役的義務。

- 同 debt n 債務
- 反 asset n 資產

構詞記憶法
字尾 -ability 為名詞字尾，表示「能力」的意思。

搭配詞記憶法
legal liability 法律責任

liable [ˋlaɪəbḷ] a 有責任的
升全多雅托公

He suggested that everyone here be liable for the debts.
他建議這裡的每個人都應對債務負責。

- 同 responsible a 有責任的
- 反 unaccountable a 無責任的
- 文 suggest 後面接的受詞子句結構為：「主詞 +（should）+ 原形動詞 + ～」。其中 should 可以省略。類似用法的還有 advise、propose、recommend 等等。

搭配詞記憶法
vicariously liable 轉承責任

libel [ˋlaɪbḷ] n 誹謗，詆毀
升全多雅托公

That was an absolute libel on me.
那完全是對我的誹謗。

- 同 denigration n 詆毀
- 反 eulogization n 頌揚
- 文 absolute 在例句中作形容詞，表示「絕對的」，用來強調說法或者觀點等。本身表示最高級，所以沒有比較級。

搭配詞記憶法
libel proceeding 誹謗文字的訴訟

liberal [ˋlɪbərəl] a 自由主義的，寬大的

I really can't understand his liberal attitude to betrayal.
我不懂他對背叛看得開。

- 同 generous a 寬大的
- 反 dogmatic a 教條的
- 片 liberal party ph 自由黨

構詞記憶法
字根 liber 表示「自由」的意思。

搭配詞記憶法
relatively liberal 相對自由

liberate [ˋlɪbəˌret] v 解放
升全多雅托公

I can't believe that the prisoners will be liberated.
我不敢相信囚犯將被釋放。

- ➲ liberate - liberated - liberated & liberating
- 同 deliver v 釋放
- 反 imprison v 關押

構詞記憶法
字尾 -ate 為動詞字尾，表示「使成為～」的意思。

liberation [ˌlɪbəˋreʃən] n 解放
升全多雅托公

We are still fighting for women's liberation now.
現在我們仍在為女性解放奮鬥。

- 同 emancipation n 解放
- 反 constraint n 約束
- 片 women's liberation ph 婦女解放運動

構詞記憶法
字尾 -ation 為名詞字尾，表示「行動或狀態」的意思。

搭配詞記憶法
a war of liberation 解放戰爭

library [ˋlaɪ͵brɛrɪ] n 圖書館
升全多雅托公

I found him reading in the library when I walked in.
當我走進圖書館時發現在他裡面讀書。

同 athenaeum n 圖書館

文 find 的用法：find sb. doing sth. 意為「發現某人正在做某事」；find sb. do sth. 意為「發現某人做了某事」。前者強調動作正在發生，後者強調動作已經發生。

構詞記憶法
字尾 -ary 為名詞字尾，表示「～的場所」的意思。

搭配詞記憶法
well-stocked library 館藏豐富的圖書館

lichen [ˋlaɪkɪn] n 青苔
升全多雅托公

I thought that the tiny plants on the ground were lichens.
我以為地上那些微小植物是青苔。

同 moss n 苔蘚

文 tiny plants 為名詞片語，意思是「微小的植物」。

搭配詞記憶法
lichen planus 扁平苔癬

lieu [lu] n 代替
升全多雅托公

You want to pay us a check in lieu of cash; I don't think we can take that.
你想用支票代替現金支付，我認為我們無法接受。

同 site n 代替

文 動詞 take 含有「接受」的意思，「主詞 + cannot take that...」意為「接受不了」。

搭配詞記憶法
in lieu 替代

lightning [ˋlaɪtnɪŋ] n 閃電
升全多雅托公

The man was struck by lightning last night.
昨晚這位男子遭閃電擊中。

同 levin n 閃電

片 thunder and lightning ph 雷電

搭配詞記憶法
thunder and lightning 雷電

lilac [ˋlaɪlək] n 丁香花，淡紫色
升全多雅托公

He had a bunch of lilac in his arms when I saw him.
我看見他時他正抱著一束丁香花。

同 mauve n 淡紫色

文 lilac 表示「丁香花，淡紫色」，為不可數名詞。當表示「丁香」時，為可數名詞，其複數形式為 lilacs。

搭配詞記憶法
a bunch of lilac 一束丁香花

limestone [ˋlaɪm͵ston] n 石灰岩
升全多雅托公

He needs a crusher to crush the limestone here.
他需要壓碎機來壓碎這裡的石灰岩。

同 limerock n 石灰石

片 limestone quarry ph 石灰岩採礦場

邏輯記憶法
此單字中的 lime（n. 石灰，酸橙）可以聯想到單字 quicklime（n. 生石灰）。

搭配詞記憶法
limestone quarry 石灰石採礦場

limitation [ˌlɪmə`teʃən] n 限制

升 全 多 雅 托 公

They should impose limitations on the expenditure.
他們應該限制開銷。

- 同 restriction n 限制
- 反 regardlessness n 不管
- 片 time limitation ph 時間限制

構詞記憶法
字根 limit 表示「界限」的意思。

搭配詞記憶法
budgetary limitation 預算限制

line [laɪn] n 線

升 全 多 雅 托 公

The teacher draws a line on the blackboard.
教師在黑板上畫一條線。

- 同 thread n 線
- 文 動詞 draw 除了含有「畫」的意思之外，還有「吸引」的意思。例如：draw one's attention（吸引某人的注意力）。

搭配詞記憶法
in line 成一直線

linger [`lɪŋgɚ] v 徘徊

升 全 多 雅 托 公

He lingered for a while in the party to meet the girl he fell in love with.
他在派對逗留一會，等著遇見他喜歡的女孩。

- ➲ linger - lingered - lingered & lingering
- 同 wander v 徘徊
- 反 resoluteness n 堅定

搭配詞記憶法
linger over 在～上拖延

linguistics [lɪŋ`gwɪstɪks] n 語言學

升 全 多 雅 托 公

I don't know what linguistics exactly is.
我不知道語言學確切是什麼。

- 同 glossology n 語言學
- 片 cognitive linguistics ph 認知語言學

構詞記憶法
字根 lingu 表示「舌頭」的意思。

lion [`laɪən] n 獅子

升 全 多 雅 托 公

It is reported that a hunter hunted a lion in the forest.
據報導，有位獵人在森林獵捕一頭獅子。

- 同 leo n 獅子
- 反 lioness n 母獅
- 文 例句中主句說明現在的動作，因此用現在式。子句說明的是已經發生的動作，用的是過去式。

搭配詞記憶法
sea lion 海獅

liquid [`lɪkwɪd] n 液體

升 全 多 雅 托 公

The patient can only eat liquid food these days.
這幾天這名病患只能吃流質食物。

- 同 fluid n 流體
- 反 solid n 固體
- 片 liquid food ph 流質食物

邏輯記憶法
此單詞中含有 quid（n. 一口）一詞，可延伸出 squid（n. 烏賊）。

構詞記憶法
字尾 liqu 表示「液體」的意思。

listener [ˋlɪsn̩ɚ] n 聽眾
升 全 多 雅 托 公

She is a good listener to me and always helps me out of trouble.
她對我來說，是一名好的傾聽者，且還經常幫我擺脫困境。

- 同 audience n 聽眾
- 反 speaker n 講話者
- 片 good listener ph 好的傾聽者

構詞記憶法
字尾 -er 為名詞字尾，表示「實施動作的人」的意思。

搭配詞記憶
radio listener 廣播收聽

listless [ˋlɪstlɪs] a 無精打采的
升 全 多 雅 托 公

The old man is listless at the table.
老人在桌子旁邊很無精打采。

- 同 languid a 無精打采的
- 反 vibrant a 充滿生氣的
- 文 at the table 單純指「待在桌邊」；at table 則表示「吃飯，用餐」。

構詞記憶法
字尾 -less 為形容詞字尾，表示「無，不」的意思。

liter [ˋlitɚ] n 公升
升 全 多 雅 托 公

The bucket holds three liters of water.
這桶子只能裝 3 公升的水。

- 同 litre n 公升
- 片 a liter of ph 一公升

邏輯記憶法
此單詞中含有 lite（a. 淡的）一詞。可延伸出 flite（v. 爭吵）。

literal [ˋlɪtərəl] a 字面意義的
升 全 多 雅 托 公

He told us that we had better not use the literal translation.
他說最好不要直譯。

- 同 written a 文字的

構詞記憶法
字根 liter 表示「文字」的意思。

literary [ˋlɪtəˌrɛrɪ] a 文學的
升 全 多 雅 托 公

I prefer to read the literary fictions to the detective fictions.
我喜歡讀文學小說勝過偵探小說。

- 同 written a 書本的
- 反 non-literary a 非文學的
- 片 literary criticism ph 文學批評

構詞記憶法
字根 liter 表示「文字」的意思。

literature [ˋlɪtərətʃɚ] n 文學，圖書資料
升 全 多 雅 托 公

He asked me to read the literature on computer.
他要我去閱讀電腦相關的資料。

- 同 writing n 文學
- 反 non literature ph 非文學
- 片 literature and art ph 文藝

構詞記憶法
字根 liter 表示「文字」的意思。

lithography [lɪˋθɑgrəfɪ] n 平版印刷術
升 全 多 雅 托 公

That is a book printed by offset lithography.
那是用平版膠印法印刷的書。

- 片 optical lithography ph 光學平板刻法

構詞記憶法
字根 lith 表示「石頭」的意思。

loaf [lof] n （一條）麵包 升全多雅托公

He gave us a loaf of bread this morning.
今天早上他給我們一條麵包。

同 bar n 條
反 cube n 塊狀，立方
文 動詞 give 表示「給某人某物」時，有兩種表達方式：give sb. sth. / give sth. to sb.。

搭配詞記憶法
loaf of bread 一條麵包

loan [lon] n 貸款 升全多雅托公

I am applying for a loan to buy a car.
我正在申請貸款買車。

同 credit n 貸款
反 borrowing n 借款
文 apply for... to 的意思是「申請～去做～」。to 後面可接名詞或動名詞。

搭配詞記憶法
bank loan 銀行貸款

lobby [ˋlɑbɪ] n 大廳 升全多雅托公

We happened to meet at the lobby of the cinema yesterday.
昨天我們碰巧在電影院大廳相遇。

同 sala n 大廳
文 happen 表示「碰巧」的意思。happen to do sth. 意為碰巧做某事，其同義詞組有 do. sth. by chance / coincidence。

搭配詞記憶法
hotel lobby 飯店大廳

lobster [ˋlɑbstɚ] n 龍蝦 升全多雅托公

Lobsters are the specialty of my hometown, and I can bring you some next time.
龍蝦是我們家鄉的特產，下次我可以帶一些給你。

同 langouste n 龍蝦
片 lobster pot ph 捕龍蝦的籠子

邏輯記憶法
此單詞中含有 lob（v. 蹣跚地走）一詞，可延伸出 slob（n. 懶漢）。

locale [loˋkæl] n 場所 升全多雅托公

This is not a suitable locale for this movie.
這裡並不是個看這場電影的合適場所。

同 ubication n 場所
文 suitable for 為介係詞片語，意思是「適合～」，for 後面常接名詞或代名詞。

搭配詞記憶法
locale for ～的場所

location [loˋkeʃən] n 位置，地方 升全多雅托公

Don't you think it is a good location for factory?
難道你不認為這是設立工廠的好地方嗎？

同 place n 地方
文 例句是反問句，其句型結構為：「情態動詞／be 動詞／助動詞 + 主詞 + 原形動詞 + ～？」意為「難道～嗎？」。

搭配詞記憶法
strategic location 戰略位置

構詞記憶法
字根 loc 表示「地方」的意思。

loose [lus] a 寬鬆的，散漫的

升全多雅托公

You should have the loose tooth taken out, or you will feel more and more painful.

你應該把那顆鬆動的牙齒拔掉，否則會愈來愈痛。

- 同 discursive a 散漫的
- 反 tight a 緊致的
- 文「more and more + 多音節形容詞／副詞原級」表示「愈來愈～」。如果形容詞／副詞為單音節，則為「單音節形容詞／副詞的比較級 + and + 單音節形容詞／副詞的比較級」。

搭配詞記憶法

come loose 鬆掉

lotion [ˋloʃən] n 洗滌劑，外用藥水

升全多雅托公

Can you pass me the soothing lotions, please?

請遞止痛藥水給我，好嗎？

- 片 cleansing lotion ph 清潔液

邏輯記憶法

此單詞中含有 lot（n. 多）一詞，可延伸出 slot（n. 位置）。

loyal [ˋlɔɪəl] a 忠誠的

升全多雅托公

Can you be loyal to your principles?

你能信守原則嗎？

- 同 faithful a 忠誠的
- 反 disloyal a 不忠誠的
- 片 be loyal to ph 對～忠誠

構詞記憶法

字尾 -al 為形容詞字尾，表示「關於～的」的意思。

搭配詞記憶法

fiercely loyal 非常忠誠

lubricate [ˋlubrɪˌket] v 潤滑

升全多雅托公

Can you lubricate the bearings for me?

你能幫我潤滑軸承嗎？

- ➲ lubricate - lubricated - lubricated & lubricating
- 同 grease v 塗油脂於
- 反 rough v 使粗糙
- 文 lubricate 是及物動詞，本意為「替機器零件加潤滑油」，後面直接跟名詞或代名詞，可引申出「對某事有推動作用」的意思。

構詞記憶法

字尾 -ate 為動詞字尾，表示「使成為～」的意思。

lucid [ˋlusɪd] a 明晰的，透明的

升全多雅托公

Could you give me a lucid explanation why you don't finish your work?

能給我明確解釋你為什麼沒有完成工作嗎？

- 同 transparent a 透明的
- 反 non-transparent a 不透明的
- 文 explanation 的意思是「解釋，說明」。常用片語 in explanation of 表示「對～進行解釋」的意思。

搭配詞記憶法

lucid dream 清醒的夢

構詞記憶法

字根 luc 表示「亮光」的意思。

lug [lʌg] v 用力拉 升全多雅托公

The old man lugged a bag up to the stairs.
老人拉著袋子爬上樓梯。

- ➲ lug - lugged - lugged & lugging
- 同 drag v 拖拽
- 反 push v 推
- 文 lug up 為介係詞片語，意思是「用力向上拉」，後常接地點名詞。

搭配詞記憶法
lug kids 帶孩子

luminescent [͵lumə`nɛsn̩t] a 發光的 升全多雅托公

Have you ever seen luminescent creatures before?
你之前見過發光生物嗎？

- 同 gleamy a 發光的
- 反 nonluminous a 不發光的
- 片 luminescent spot ph 光點

邏輯記憶法
此單詞中含有 scent（n. 香氣）一詞，可延伸出 ascent（n. 上升）。

構詞記憶法
字根 lumin 表示「亮光」的意思。

luminous [`lumənəs] a 發光的，明亮的 升全多雅托公

It is the first time that I have seen such a luminous paint.
這是我第一次見過這種發光塗料。

- 同 bright a 明亮的
- 反 dark a 陰暗的
- 文 「It is the first time that + 主詞 + have / has + 過去分詞 + ～」，意為「這是某人第一次做某事」。the first time 出現時，後面應用完成式。

搭配詞記憶法
luminous intensity 發光強度

構詞記憶法
字尾 -ous 為形容字尾，表示「具有～特徵的」的意思。

Day 17 ∨ 單字學習 4054 個

lump [lʌmp] n 腫塊 升全多雅托公

I saw a nasty lump on his waist.
我看見他腰部有腫塊。

- 同 knob n 瘤
- 文 waist 是名詞「腰，腰部」的意思。形容腰的粗細分別用形容詞 large 和 small。

搭配詞記憶法
lump in the throat 因感情激動造成的哽咽

lunar [`lunɚ] a 月亮的，銀的 升全多雅托公

He had never seen a lunar eclipse before.
他之前從未見過月蝕。

- 同 silver a 銀的
- 反 solar a 太陽的
- 文 lunar eclipse 為名詞片語，意思是「月蝕」。

搭配詞記憶法
lunar rocks 月岩

構詞記憶法
字根 lun 表示「月亮」的意思。

lush [lʌʃ] a 蒼翠繁茂的，豐富的 升全多雅托公

The sheep are grazing on the lush pastures.
羊群在茂盛的牧場上吃草。

- 同 abundant a 豐富的
- 反 lacking a 缺少的
- 文 sheep 是集合名詞，單複同形。所謂集合名詞就是指一群相似的個體組成的集合體，常見的集合名詞還有：people、family、police 等等。

搭配詞記憶法
lush vegetation 茂盛的草木

luster [ˋlʌstɚ] n 光澤

升全多雅托公

The necklace has a pretty luster.
這條項鍊光澤很漂亮。

同 reflet n 光澤
反 darkness n 黑暗

搭配詞記憶法
metallic luster 金屬光澤

構詞記憶法
字根 lust 表示「光亮」的意思。

luxurious [lʌgˋʒurɪəs] a 奢侈的

升全多雅托公

You must get rid of the luxurious habits, or you will run out of money soon.
你必須改掉你奢侈的習慣，否則錢很快就會花光。

同 extravagant a 奢侈的
反 economical a 節約的
片 luxurious surrounding ph 奢侈的環境

構詞記憶法
字尾 -ious 表示「具有～特徵的」的意思。

luxury [ˋlʌkʃərɪ] n 奢侈

升全多雅托公

She lived in luxury all her life.
她一生都過著奢侈的生活。

同 luxe n 奢侈
反 frugalness n 節省
文 all one's life 為名詞片語，意思是「一輩子，一生」。

搭配詞記憶法
luxury good 奢侈品

lychee [ˋlaɪtʃi] n 荔枝

升全多雅托公

Fresh lychees are very juicy.
新鮮的荔枝很多汁。

同 leechee n 荔枝
片 lychee tree ph 荔枝樹

近似音記憶法
lychee 是音譯詞，其發音與「荔枝」十分相像。

Mm

macabre ~ mystery

6大考試

升 學測指考

全 全民英檢

多 多益測驗

雅 雅思測驗

托 托福測驗

公 公職考試

6大英文單字記憶法

構詞記憶法

利用英文的構詞方式，透過字首、字根、字尾的方式來記憶單字。

同音詞記憶法

利用單字的相同發音卻不同拼字來記憶。

單複數記憶法

利用單字本身單複數形式所產生的不同意思來記憶單字。

近似音記憶法

利用諧音方式來增加記憶。

搭配詞記憶法

利用一組詞彙的概念來記憶，在記憶單字時不是只記下一個單字的意思，而是能夠使用一組詞彙加深印象。

邏輯記憶法

以一個單字為單位，採用順序或不同的角度去找出邏輯的關係，並延伸出其它的單字。

Mm macabre ~ mystery

符號說明 ➲ 動詞三態 & 分詞 同 同義字 反 反義字 文 文法重點

macabre [məˋkɑbɚ] a 可怕的

升全多雅托公

The old man always tells the kids macabre stories.
老人總是講恐怖故事給孩子們聽。

同 terrible a 可怕的
反 fearless a 無畏的
文 動詞 tell 表示意為「告訴某人某事」的意思時，有兩種表達方式：tell sb. sth. / tell sth. to sb.。

搭配詞記憶法
in a macabre way 用恐怖的方式

madder [ˋmædɚ] n 茜草屬的植物

升全多雅托公

Madder is a kind of climbing plant.
茜草是一種藤蔓植物。

片 roots of madder ph 茜草根

邏輯記憶法
此單詞中含有 mad（a. 瘋狂的）一詞，可延伸出 madam（n. 女士）。

magazine [ˌmægəˋzin] n 雜誌

升全多雅托公

He subscribed to a literary magazine yesterday.
他昨天訂閱一份文學雜誌。

同 journal n 雜誌
文 subscribe 表示「訂閱」的意思。後若接訂閱的物件需加介係詞 to，即：subscribe to sth.（訂閱某物）。

搭配詞記憶法
women's magazines 婦女雜誌

magnanimous [mægˋnænəməs] a 寬宏大量的

升全多雅托公

David was magnanimous towards women.
Daivd 對女士十分寬宏大量。

同 generous a 寬宏大量的
反 mean a 小氣的
片 a magnanimous person ph 大方之人

構詞記憶法
字根 anim 表示「精神，生命」的意思。

magnetic [mægˋnɛtɪk] a 有磁性的

升全多雅托公

It was magnetic when the current was on.
通電時它具有磁力。

同 geomagnetic a 地磁的
反 nonmagnetic a 無磁性的
片 magnetic resonance ph 磁共振

構詞記憶法
字尾 -tic 表示「～的」的意思。

magnify [ˋmægnəˌfaɪ] v 放大

升全多雅托公

You can magnify it to 1000 times with a microscope.
你可以用顯微鏡將它放大 1000 倍。

➲ magnify - magnified - magnified & magnifying
同 enlarge v 放大
反 shrink v 收縮
文 magnify 通常指借助某種媒介放大視覺效果，也可表示虛誇事實或危險性。

構詞記憶法
字根 magni 表示「大」的意思。

搭配詞記憶法
magnify the dangers 誇大危險

maid [med] n 女傭，少女

We should employ a maid to do the housework because both of us have no time to do that.
我們沒時間做家務，所以應該聘請一位女傭。

- 同 tweeny n 女傭
- 反 boy n 男孩兒
- 文 代詞 both 表示「兩者，雙方（都）」的意思。作主詞時，動詞用複數形式；both 的反義詞是 neither，表示「兩者，雙方（都）不」的意思。

同音詞記憶法
與此單字同音的單字為 made（v. pt. 製造）。

搭配詞記憶法
daily maid 每日清潔

mail [mel] n 郵件

I will send you a mail as soon as we arrive there.
我們一到那，我就寄信給你。

- 同 post n 郵件
- 片 daily mail ph 每日郵報

同音詞記憶法
與此單字同音的單字為 male（n. 雄性的）。

搭配詞記憶法
registered mail 掛號信

mainland [ˋmenlənd] n 大陸

We get farther and farther from the mainlamd.
我們離大陸愈來愈遠。

- 同 continent n 大陸
- 反 ocean n 海洋

構詞記憶法
字根 main 表示「主要的」的意思。

maintain [menˋten] v 維持

We maintain friendly relations with the neighboring countries.
我們與鄰國維持友好關係。

- ➲ maintain - maintained - maintained & maintaining
- 同 sustain v 維持
- 反 abandon v 拋棄
- 片 maintain law and order ph 維持法治

構詞記憶法
字根 tain 表示「拿住，握住」的意思。

搭配詞記憶法
the duty to maintain sth. 有責任維護某事

maintenance [ˋmentənəns] n 維持

You must pay maintenance to your children according to the law.
根據法律，你必須負擔你孩子們的生活費用。

- 同 keep n 維持
- 反 abandonment n 拋棄
- 片 equipment maintenance ph 設備維修

構詞記憶法
字尾 -ance 為名詞字尾，表示「～動作或狀態」的意思。

搭配詞記憶法
regular maintainance 定期維護

major [ˋmedʒɚ] a 大的，主要的

You may have major problems; you have to work out a counterplan.
你們可能遇到大問題了，必須想對策。

- 同 primary a 首要的
- 反 minor a 小的，次要的

搭配詞記憶法
major factor 主要因素

majority [mə`dʒɔrətɪ] n 多數
升全多雅托公

If the majority of us are in favor of the proposal, we will carry it out right now.
如果我們多數都贊成這項提議，就立即執行。

- 同 plurality n 多數
- 反 minority n 少數
- 片 majority of ph 大多數

搭配詞記憶法
字尾 -ity 為名詞字尾，表示「性質、情況」的意思。

malfunction [mæl`fʌŋʃən] n 故障
升全多雅托公

Don't you know there were several instances of malfunction this morning?
今天早上出現好幾次故障，你難道不知道嗎？

- 同 fault n 故障
- 片 major malfunction ph 嚴重故障

邏輯記憶法
此單詞中含有 function（n. 功能）一詞，可延伸出 dysfunction（n. 機能失調）。

構詞記憶法
字首 mal- 表示「壞，錯誤」的意思。

malleable [`mælɪəbḷ] a 易受影響的，可塑的
升全多雅托公

Women are more malleable than men.
女人比男人更易受影響。

- 同 mouldable a 可塑的
- 文 形容詞／副詞變比較級規則：一般情況下，在字尾加 -er；若是多音節詞，則在單字前加 more。

搭配詞記憶法
字尾 -able 為形容詞字尾，表示「有～能力的」的意思。

maltose [`mɔltos] n 麥芽糖
升全多雅托公

Maltose is good for health.
麥芽糖對身體有益。

- 同 barley-sugar n 麥芽糖

邏輯記憶法
此單詞中含有 malt（n. 麥芽）一詞，可延伸出 smalt（n. 大青）。

maltreat [mæl`trit] v 虐待
升全多雅托公

They are arrested for maltreating their parents.
他們因為虐待父母被捕。

- ➲ maltreat - maltreated - maltreated & maltreating
- 同 abuse v 虐待
- 反 cherish v 珍愛
- 片 body maltreat ph 身體虐待

搭配詞記憶法
字首 mal- 表示「壞，惡」的意思。

mammal [`mæmḷ] n 哺乳動物
升全多雅托公

The teacher is explaining why whales are a kind of mammals.
老師正在解釋鯨魚為什麼是哺乳動物。

- 同 suckler n 哺乳動物
- 反 ovipara n 卵生動物
- 文 be a kind of 在例句中的意思是「是種～」，後面接名詞或代名詞。而 kind of 是介係詞片語，意思是「體貼的」。

搭配詞記憶法
marine mammal
海洋哺乳動物

manacle [ˋmænəkl̩] n 束縛，手銬 升全多雅托公

They didn't know when the prisoner freed himself of manacles.
他們不知道俘虜什麼時候從鐐銬中逃脫了。

- 同 chain n 束縛
- 反 freedom n 自由
- 片 free oneself of manacles ph 從鐐銬中逃脫

搭配詞記憶法
字尾 -acle 為名詞字尾，表示「東西，狀態」的意思。

---

manifest [ˋmænə͵fɛst] a 明顯的 升全多雅托公

It is manifest that the client will cooperate with us.
很明顯客戶會與我們合作。

- 同 apparent a 明顯的
- 反 unconspicuous a 不明顯的
- 片 manifest character ph 明顯特徵

搭配詞記憶法
字根 mani 表示「手，力氣」的意思。

---

manifestation [͵mænəfɛsˋteʃən] n 顯示 升全多雅托公

Her resignation is a manifestation of discontent.
她的辭職是一種不滿的表現。

- 同 display n 顯示
- 反 hide n 隱藏

搭配詞記憶法
concrete manifestation 具體表現

---

manifesto [͵mænəˋfɛsto] n 聲明，宣言 升全多雅托公

The governor published a manifesto last month.
州長上個月發表聲明。

- 同 declaration n 宣言
- 片 election manifesto ph 競選聲明

搭配詞記憶法
party manifesto 政黨宣言

---

mantel [ˋmæntl̩] n 壁爐架 升全多雅托公

The whole family sat by the mantel in the evening.
晚上一家人坐在壁爐架旁邊。

- 同 chimney piece n 壁爐架
- 文 介係詞 at 表示「在～旁邊」的意思，例如：at the table（在桌子旁邊）。

搭配詞記憶法
wood mantel 木質壁爐架

---

manual [ˋmænjuəl] a 手工的 

There is something wrong with the manual gear-box.
手動變速箱出問題了。

- 同 handmade a 手工的
- 反 automatic a 自動化的
- 片 manual work ph 手工作業

構詞記憶法
字根 manu 表示「手」的意思。

manufacturer [ˌmænjəˋfæktʃərɚ] n 製造商 升全多雅托公

The manufacturer decided to appeal to the high court.
製造商決定向高等法院上訴。

同 business firm n 廠商
片 car manufacturer ph 汽車製造商

搭配詞記憶法
字根 fact 表示「製造」的意思。

搭配詞記憶法
the manufacturer's instruction 製造商的說明

manufacturing [ˌmænjəˋfæktʃərɪŋ] a 製造的 升全多雅托公

To improve production efficiency, the manufacturer innovated their manufacturing technology.
為了提高生產效率，製造商改革他們的製造工藝。

同 productive a 生產的
片 manufacturing base ph 生產基地

構詞記憶法
字根 fact 表示「製造」的意思。

搭配詞記憶法
manufacturing organization 製造組織

marble [ˋmɑrbl̩] n 大理石 升全多雅托公

They are made of marble, aren't they?
它們是大理石製的，不是嗎？

同 sarcophagus n 大理石
文 be made of 表示「由～製成」的意思，表面能看得出原材料。be made from 也表示「由～製成」的意思，但表面看不出原材料。

搭配詞記憶法
artificial marble 人造大理石

marine [məˋrin] a 海產的，海生的 升全多雅托公

Although I don't know what it exactly is, I know it's a marine creature.
雖然我不知道它確切是什麼，但我知道它是種海洋生物。

同 sea-born a 海產的
反 terricolous a 陸生的
片 marine plant ph 海生植物

構詞記憶法
字根 mar 表示「海」的意思。

maritime [ˋmærəˌtaɪm] a 海的 升全多雅托公

These two countries are really great maritime powers.
這兩個國家真是海上強國。

同 thalassic a 海的

邏輯記憶法
此單詞中含有 time（n. 時間）一詞，可延伸出 timer（n. 計時器）。

marquis [ˋmɑrkwɪs] n 侯爵 升全多雅托公

A marquis can succeed to his father's position.
侯爵可以繼承他父親的位置。

同 margrave n 侯爵
文 動詞 succeed 既可以表示「成功」的意思，也可以表示「繼承」的意思，但其後要加介係詞 to。

搭配詞記憶法
Marquis of Bath 巴斯侯爵

marsh [marʃ] n 沼澤 升全多雅托公

How did they cross the marshes at that time?
當時他們是怎麼樣穿過沼澤的？

同 wetland n 沼澤
文 cross 在例句中作動詞，意思是「穿越、穿過」。across 也指「穿過」的意思，但是作副詞或介係詞，與使役動詞連用。

搭配詞記憶法
reed marsh
蘆葦沼澤

marshal [ˋmarʃəl] n 元帥，司儀 升全多雅托公

He was appointed as field marshal last week.
上星期他被任命為陸軍元帥。

同 governor n 州長，主管

同音詞記憶法
與此單字同音的單字為 martial（a. 軍事的）

mass [mæs] n 塊，團 升全多雅托公

He fixed on the masses of clouds and said it was going to rain soon.
他盯著朵朵烏雲說就快下雨了。

同 block n 塊
反 bit n 一點
文 fix on 是介係詞片語，意思是「注意看」，指目光或注意力集中在某事物上，不含感情。stare at 也表示「注意看」，但含有無理或粗魯的意味。

搭配詞記憶法
mass production
大量生產

masses [ˋmæsɪz] n 群眾，民眾 升全多雅托公

We should protect the masses the maximum level.
我們應該以最大程度保護人民群眾。

同 people n 人們
片 broad masses ph 廣大群眾

單複數記憶法
此單詞的單數形式為 mass（n. 大量）。

massive [ˋmæsɪv] a 大量的 升全多雅托公

I can't believe that he drinks such a massive amount of wine.
我真不敢相信他喝了這麼多酒。

同 plentiful a 大量的
反 little a 少量的
文 believe 是動詞「相信」的意思。believe sb. 表示「相信某人所為」的意思。而 believe in 則表示「相信某人的能力或為人等」。

搭配詞記憶法
massive increase
巨大增長

material [məˋtɪrɪəl] n 材料 升全多雅托公

They didn't supply us with raw materials.
他們不提供原料給我們。

同 stuff n 材料
文 supply with 為介係詞片語，意思是「提供～」，後面接名詞或代名詞。

搭配詞記憶法
building material
建築材料

mathematical [ˏmæθəˋmætɪkḷ] 升全多雅托公

a 數學的，精確的

You can work it out with mathematical statistics.
你可以用數理統計計算出來。

同 accurate a 精確的
反 rough a 粗略的
文 work out 為常用片語，意思是「解決，做出」，後面常跟名詞、代名詞或介係詞片語等。

搭配詞記憶法
mathematical model 數學模型

---

mathematics [ˏmæθəˋmætɪks] **n 數學** 升全多雅托公

Actually, I am not good at mathematics.
事實上我並不擅長數學。

同 arith n 數學
文 be good at sth. / doing sth. 表示「擅長」的意思。其同義詞組有 do well in sth. / doing sth.。

構詞記憶法
字尾 -ics 為名詞字尾，表示「學術」的意思。

---

mating [ˋmetɪŋ] **n 交配** 升全多雅托公

These animals, the expert says, usually live alone except in the mating period.
專家說這些動物除了交配期以外經常獨自生活。

同 copulation n 交配

邏輯記憶法
此單詞中含有 mat（n. 墊）一詞，也延伸出 match（n. 比賽）。

---

mat [mæt] **n 墊** 升全多雅托公

They spread a mat on the grass.
他們在草地上鋪一塊墊子。

同 cushion n 墊

搭配詞記憶法
thick mat 厚墊

---

matter [ˋmætɚ] **n 事情，問題** 升全多雅托公

He doesn't like to discuss private matters with others.
他不喜歡和別人討論私事。

同 event n 事件
反 mind n 思想
文 discuss 為及物動詞，討論某事時後面不用加介係詞 about 或 to，直接跟名詞後代名詞作受詞。discuss with 表示「與～討論」的意思。

搭配詞記憶法
root of the matter 問題根源

---

mattress [ˋmætrɪs] **n 床墊** 升全多雅托公

We want to return the mattress we bought yesterday.
我們想把昨天買的床墊退掉。

同 bedpad n 床墊
片 spring mattress ph 彈簧床墊

構詞記憶法
字尾 -ress 為名詞字尾，表示「物品」的意思。

搭配詞記憶法
sagging mattress 塌陷的床墊

mature [mə`tjur] a 成熟的
升全多雅托公

I prefer the house with a mature garden.
我更喜歡帶有花木繁茂的花園的住宅。

- 同 adult a 成熟的
- 反 green a 生的
- 文 prefer 表示「更喜歡，寧願」的意思，其用法為「prefer sth. to sth. / prefer doing sth. to doing sth.」。

搭配詞記憶法
mature oak 成熟的橡樹

maul [mɔl] v 抨擊
升全多雅托公

Her speech in public was badly mauled.
她的公開演講遭到猛烈抨擊。

- ➲ maul - mauled - mauled & mauling
- 同 attack v 抨擊
- 反 praise v 讚揚
- 文 in public 在例句中作副詞，意思是「當眾，公開地」。

搭配詞記憶法
be mauled by 遭到抨擊

mausoleum [ˏmɔsə`liəm] n 陵墓
升全多雅托公

There is a great royal mausoleum in this area.
這區域有座壯觀的皇家陵墓。

- 同 tomb n 墳墓
- 片 royal mausoleum ph 皇家陵墓

邏輯記憶法
此單詞中含有 sole（a. 單獨的）一詞，也延伸出 solemn（a. 莊嚴的）。

maximize [`mæksəˏmaɪz] v 最大化

The businessman wants to maximize profits by all means.
商人想盡一切辦法將利潤最大化。

- ➲ maximize - maximized - maximized & maximizing
- 反 minimize v 最小化
- 文 by all means 為常用片語，意思是「務必，用盡一切手段」。

搭配詞記憶法
maximize one's opportunities 充分利用機會

構詞記憶法
字根 maxi 表示「大的，超大的」的意思。

maximum [`mæksəməm] n 最多
升全多雅托公

This office holds a maximum of ten people.
這間辦公室最多容納 10 個人。

- 反 minimum n 最少
- 文 hold 在例句中作動詞「容納」的意思，不能用進行式。

搭配詞記憶法
maximum value 最大值

mayor [`meɚ] n 市長
升全多雅托公

In my opinion, the man can be elected to mayor.
依我看，這位男子能當選市長。

- 同 burgomaster n 市長

搭配詞記憶法
deputy mayor 副市長

meager [ˋmigɚ] a 貧乏的 升全多雅托公

She can't even support herself on her meager salary.
她那微薄的薪水連她自己都養不活。

同 poor a 貧乏的
反 rich a 豐富
文 support 為及物動詞，後面直接接名詞或代名詞作受詞，在例句中的意思是「供養」。support on 的意思是「靠～支撐」，後接名詞或代名詞。

配詞記憶法
meager profit 微薄利潤

meal [mil] n 餐，一頓飯 升全多雅托公

She will have this meal of hamburgers and chips.
她這餐要吃漢堡和薯條。

同 dinner n 晚餐
片 have a meal ph 吃飯

近似音記憶法
mea 音如「米」，以 mea 開頭的字，隱含與「食物」相關。

搭配詞記憶法
heavy meal 吃太飽

means [minz] n 手段，方法 升全多雅托公

He earned a lot of money by illegal means.
他透過非法手段賺很多錢。

同 method n 方法
片 by all means ph 盡一切辦法

單複數記憶法
此單字單數形式為 mean（n. 平均值）。

搭配詞記憶法
by no means 決不

measurement [ˋmɛʒɚmənt] n 測量值，尺寸 升全多雅托公

The exact measurements of the office are five meters by four meters.
這間辦公室的確切尺寸是長 5 尺，寬 4 尺。

同 dimension n 尺寸
片 measurement system ph 測量系統

構詞記憶法
字尾 -ment 為名詞字尾，表示「行為，結果」的意思。

measure [ˋmɛʒɚ] n 措施，方法 升全多雅托公

You should take effective measures to stop the pollution.
你們應該採取有效措施制止污染。

同 step n 措施
文 take measures to do sth. 表示「採取措施做某事」的意思。其同義詞組有 take steps to do sth.、take action to do sth.、adopt measures to do sth. 等等。

構詞記憶法
字根 meas 表示「測量」的意思。

搭配詞記憶法
weights and measures 度量衡

meatball [ˋmit͵bɔl] n 肉丸子，笨蛋 升全多雅托公

Remember to put some ginger in when making meatball.
製做肉丸子時記得放些薑在裡面。

同 simple n 笨蛋
反 sage n 智者

近似音記憶法
mea 音如「米」，以 mea 開頭的字，隱含與「食物」相關。

mechanism [ˋmɛkə͵nɪzəm] n 物理機制，原理 升全多雅托公

Is there any mechanisms to do this for me?
有什麼機制能讓我做這些嗎？

- 同 theory n 機制，原理
- 片 market mechanism ph 市場機制

構詞記憶法
字尾 -ism 為名詞字尾，表示「學術，行業」的意思。

搭配詞記憶法
precise mechanism 精確機制

mechanization [͵mɛkənəˋzeʃən] n 機械化 升全多雅托公

We have benefited a lot from the mechanization.
我們從機械化中受益頗多。

- 同 motorisation n 機械化
- 反 artificialization n 人工化
- 片 system mechanization ph 系統機械化

構詞記憶法
字尾 -zation 為名詞字尾，表示「發展過程，～化」的意思。

mechanize [ˋmɛkə͵naɪz] v 使機械化 升全多雅托公

If we mechanize the procedure, there will be a sharp increase in the production efficiency.
如果我們將系統機械化，生產效率將大幅提高。

- ➲ mechanize - mechanized - mechanized & mechanizing
- 同 motorise v 使機械化
- 反 artificialize v 使人工化
- 文 形容詞 sharp 表示「猛然的，急劇的」的意思，後與名詞組成名詞片語表示在某方面有大幅變化。sharp decrease 表示「大幅下降」。

構詞記憶法
字尾 -ize 為動詞字尾，表示「使～化」的意思。

medal [ˋmɛdḷ] n 勳章 升全多雅托公

It was reported that she won a gold medal for diving.
據報導，她跳水贏得金牌。

- 同 decoration n 勳章
- 片 gold medal ph 金牌

同音詞記憶法
與此單字同音的單字為 meddle（v. 管閒事）

搭配詞記憶法
championship medal 冠軍獎牌

media [ˋmidɪə] n 媒體，工具 升全多雅托公

It was the media that should be mauled for scattering the rumors.
應受批判的是媒體，因為它們散播謠言。

- 同 implement n 工具
- 片 mass media ph 大眾傳播媒體

構詞記憶法
字根 medi 表示「中間」的意思。

搭配詞記憶法
access to the media 進入媒體

mediate [ˋmidɪ͵et] v 調解 升全多雅托公

Who can help to mediate in the dispute?
誰能幫忙調解這場糾紛？

- ➲ mediate - mediated - mediated & mediating
- 同 intercede v 調解
- 片 mediate in a dispute ph 調解糾紛

構詞記憶法
字尾 -ate 為動詞字尾，表示「給予～某物或某性質」的意思。

medication [ˌmɛdɪˋkeʃən] n **藥物，藥物治療** 升全多雅托公

He is on medication and will recover soon.
他正接受藥物治療，很快就會恢復。

- 同 medicine n 藥物
- 片 oral medication ph 內服

構詞記憶法
字根 med 表示「治療」的意思。

搭配詞記憶法
over-the-counter medication 不需處方箋的藥品

---

medieval [ˌmɪdɪˋivəl] a **中世紀的，原始的** 升全多雅托公

He contributed all his life to the research of medieval history.
他畢生精力都在研究中世紀歷史。

- 同 original a 原始的
- 反 modern a 現代的
- 文 動詞 contribute 的用法：contribute...to... 表示「貢獻」的意思；其名詞形式為 contribution。make a contribution to... 表示「對～做貢獻」的意思。

構詞記憶法
字根 ev 表示「年齡，時代」的意思。

---

medium [ˋmidɪəm] a **中間的** 升全多雅托公

Could you bring me a coat of medium size?
能拿件中尺寸的外套給我嗎？

- 同 middle a 中間的
- 反 extreme a 末端的

構詞記憶法
字根 medi 表示「中間」的意思。

搭配詞記憶法
a medium of instruction 教學媒介語

---

meet [mit] v **滿足** 升全多雅托公

What he did met your expectations, I think.
我認為他的所作所為達到你的期望。

- ➲ meet - met - met & meeting
- 同 satisfy v 滿足
- 反 disatisfy v 不滿足
- 片 meet the requirement ph 符合要求

同音詞記憶法
與此單字同音的單字為 meat（n. 肉）

搭配詞記憶法
nice to meet you 很高興見到你

---

melt [mɛlt] v **溶化** 升全多雅托公

The candy will melt in the mouth.
這糖果入口即化。

- ➲ melt - melted - melted & melting
- 同 flux v 熔化
- 反 freeze v 結冰
- 文 melt 可指冰雪等的融化，也可指食物、金屬等的融化。作不及物動詞時，常與 down、away 等介係詞連用。

搭配詞記憶法
melt into 溶解成～

membrane [ˋmɛmbren] n 膜
升 全 多 雅 托 公

They are studying the membrane separation in the lab.
他們正在實驗室研究薄膜分離。

同 panniculus n 膜

文 study 與 learn 的區別：study 表示「學習，研究」的意思，指深入系統地學習，帶有努力勤奮的意思；learn 表示「學習，學會」的意思，指從不知到知曉，透過學習去獲得某種知識或技能，但並沒有強調是透過勤奮努力而獲得知識的意思。

搭配詞記憶法
cell membrane
細胞膜

memorial [məˋmorɪəl] n 紀念
升 全 多 雅 托 公

It is a memorial to the martyrs in the war.
這是紀念在戰爭中犧牲的烈士。

同 monument n 紀念

片 memorial service ph 追悼會

構詞記憶法
字根 memor 表示「紀念」的意思。

搭配詞記憶法
permanent memorial 永久紀念

merchant [ˋmɝtʃənt] n 商人
升 全 多 雅 托 公

The merchant will send the invitations to his friends.
商人要發邀請函給他的朋友。

同 trader n 商人

構詞記憶法
字尾 -ant 為名詞字尾，表示「實施動作的人」的意思。

merit [ˋmɛrɪt] n 價值，優點
升 全 多 雅 托 公

There is no merit in the plan, is there?
這項計畫沒有價值，是嗎？

同 value n 優點

反 demerit n 缺點

文 例句含有 there be 句型的反義疑問句，主句中有否定詞 no，因此反義疑問句用肯定形式。

搭配詞記憶法
on its merits 根據事物本身的優缺點

metabolic [ˌmɛtəˋbalɪk] a 新陳代謝的，變化的
升 全 多 雅 托 公

By comparison, people who have a high metabolic rate are thinner than those with a low one.
相比較而言，新陳代謝快的人比新陳代謝慢的人瘦。

同 changed a 變化的

反 changeless a 不變的

片 metabolic disorder ph 代謝障礙

構詞記憶法
字首 meta- 表示「變化，變換」的意思。

metabolism [mɛˋtæblˌɪzəm] n 新陳代謝
升 全 多 雅 托 公

What happens in the process of metabolism?
在新陳代謝過程中發生了什麼變化？

同 metastasis n 新陳代謝

反 stabilization n 穩定

片 energy metabolism ph 能量代謝

構詞記憶法
字尾 -ism 為名詞字尾，表示「現象，行為」的意思。

metabolize [mɛˋtæbḷˏaɪz]

升全多雅托公

v 使新陳代謝，使變形

Our body makes the food metabolize constantly.
我們的身體不停地分解食物。

- metabolize - metabolized - metabolized & metabolizing
- 同 transfigure v 使變形
- 反 stabilize v 穩定
- 片 quickly metabolize ph 加速新陳代謝

構詞記憶法
字尾 -ize 為動詞字尾，表示「使～化」的意思。

metal [ˋmɛtḷ] n 金屬 a 金屬的

升全多雅托公

He saw lots of metal scraps in the warehouse.
他看見倉庫裡有很多廢金屬。

- 同 alloy n 合金
- 文 lots of 和 a lot of 的用法一樣，都是既可接可數名詞又可接不可數名詞，且多用於肯定句中。lots、a lot 還可以修飾形容詞或副詞的比較級。

搭配詞記憶法
nonferrous metal
有色金屬

metallic [məˋtælɪk] a 金屬的

I saw the man painting this with metallic silver paint.
我看見這位男子在這上面塗帶有金屬光澤的銀漆。

- 同 metal bearing a 含金屬的
- 反 wooden a 木質的
- 文 see 後面接不帶 to 的動詞不定詞或分詞。當表示「故意看～」時，see 後面要接不帶 to 的不定詞。

搭配詞記憶法
metallic element
金屬元素

metamorphic [mɛtəˋmɔrfɪk]

a 變質的，變態的

We can take the rock back, and the scientists can identify its metamorphic grade.
我們可以把這塊岩石帶回去，科學家們可以鑒定它的變質程度。

- 同 abnormal a 變態的
- 片 metamorphic rock ph 變質岩

構詞記憶法
字根 morph 表示「形狀」的意思。

metamorphosis [ˏmɛtəˋmɔrfəsɪs]

n 變形，變質

I am surprised at her metamorphosis into such a beautiful girl.
她變成如此美麗的女孩，讓我很是驚訝。

- 同 deformation n 變質
- 反 formation n 形成
- 片 metamorphosis stage ph 蛻變期

構詞記憶法
字尾 -osis 為名詞字尾，表示「疾病或病狀」的意思。

metaphysical [ˌmɛtəˋfɪzɪkl̩] 升全多雅托公
a **純哲學的，形而上學的**
I can't understand the poems of metaphysical poets.
我不理解純哲學的詩歌。
同 transnatural a 超然的
片 metaphysical poet ph 玄學派詩人

構詞記憶法
字尾 -ical 為形容詞字尾，表示「～的」的意思。

meteorology [ˌmitɪəˋralədʒɪ] 升全多雅托公
n **氣象狀態，氣象學**
They have studied the agricultural meteorology for a couple of years.
他們研究農業氣象學已經好幾年了。
同 aerography n 氣象學
片 agricultural meteorology ph 農業氣象學

構詞記憶法
字尾 -ology 為名詞字尾，表示「學問」的意思。

meter [ˋmitɚ] n **公尺** 升全多雅托公
The room is eight meters by six meters.
這間房間大小是 8 公尺 X6 公尺。
同 metre n 米

搭配詞記憶法
moisture meter
水分儀

methane [ˋmɛθen] n **甲烷，沼氣** 升全多雅托公
Even static electricity can cause explosion of methane.
甚至是靜電都能引起甲烷爆炸。
同 firedamp n 甲烷，沼氣
文 static electricity 為名詞片語，意思是「靜電」。

搭配詞記憶法
methane content
沼氣含量

method [ˋmɛθəd] n **方法** 升全多雅托公
You can adopt the modern methods to finish it.
你可以採用現代化的方法完成。
同 approach n 方法
片 design method ph 設計方法

搭配詞記憶法
practical method
實用方法

methodical [məˋθadɪkəl] 升全多雅托公
a **有系統的，有方法的**
I think he is a methodical teacher. 我認為他是一位講究方法的老師。
同 systematic a 系統的

構詞記憶法
字尾 -ical 為形容詞字尾，示「有～的」的意思。

meticulous [məˋtɪkjələs] a 一絲不苟的

升全多雅托公

We like to employ those meticulous people.
我們更喜歡聘雇一絲不苟的人。

- 同 punctilious a 一絲不苟的
- 反 careless a 馬虎的
- 片 meticulous worker ph 一絲不苟的工作者

構詞記憶法
字尾 -ous 為形容詞字尾，表示「具有～特性的」的意思。

metonymy [məˋtanəmɪ] n 轉喻

升全多雅托公

Tropes, the teacher said, include metaphor, synecdoche, metonymy, simile and so on.
老師說比喻包括隱喻、提喻、轉喻、明喻等等。

- 文 例句中 the teacher said 是插入語，表示過去發生的動作，用過去式。但是 the teacher 所陳述的內容是客觀真理，是無條件成立的，不受時間的影響，因此用現在式。

搭配詞記憶法
cognitive metonymy 認知轉喻

metric [ˋmɛtrɪk] a 公制的，米制的

升全多雅托公

He told me that those are metric.
他跟我說那些都是公制的。

- 片 metric system ph 公制

近似音記憶法
me 音如「米」，以 me 開頭的字，隱含「長度，測量」。

metropolis [məˋtrapl̩ɪs] n 首府，大都市

升全多雅托公

People who are working in the metropolis live under increasing pressure.
在大都市工作的人們生活壓力愈來愈大。

- 同 bigalopolis n 大都市
- 反 countryside a 鄉村

構詞記憶法
字根 polis 表示「城市，國家」的意思。

mew [mju] v 喵喵地叫

升全多雅托公

I heard a cat mew just now. 我剛才聽到貓叫。

- ➲ mew - mewed - mewed & mewing
- 同 mewl v 貓叫似地發咪咪聲
- 文 hear 屬於感官動詞，後面接不帶 to 的不定詞或動名詞。在被動結構中，不定詞要帶 to。

搭配詞記憶法
hear sth. mew 聽到～喵喵叫

microcosm [ˋmaɪkrəˌkazəm] n 縮影，微觀世界

This novel is a microcosm of the Second World War.
這本書是二戰的縮影。

- 同 small world n 微觀世界
- 反 macrocosm n 宏觀世界
- 片 a microcosm of ph ～縮影

構詞記憶法
字根 cosm 表示「世界，宇宙」的意思。

microscope [ˋmaɪkrəˏskop] n 顯微鏡 升全多雅托公

You can observe the bacteria with a microscope.
你可以用顯微鏡觀察細菌。

片 electron microscope ph 電子顯微鏡

構詞記憶法
字首 micro 表示「微小」的意思。

搭配詞記憶法
optical microscope 光學顯微鏡

microphone [ˋmaɪkrəˏfon] n 擴音器，麥克風 升全多雅托公

In order to make you heard, you can speak into the microphone.
為了讓大家能聽見你講話，你可以對著麥克風說話。

同 amplifier n 擴音器
文 in order to 表示「為了」的意思，後接不定詞。若後接完整的句子，則將 to 變為 that，即「in order that + 句子」。

構詞記憶法
字根 phon(e) 表示「聲音」的意思。

搭配詞記憶法
microphone socket 麥克風插口

migraine [ˋmaɪgren] n 偏頭痛 升全多雅托公

I had a severe migraine last week.
上星期我嚴重偏頭痛。

同 megrim n 偏頭痛
片 migraine headache ph 偏頭痛

構詞記憶法
字尾 -ine 為名詞字尾，表示「藥物，藥品，醫學」的意思。

migrate [ˋmaɪˏgret] v 遷徙 升全多雅托公

These birds migrate to the south at this time of year.
每年的這個時候，鳥類都會向南遷徙。

➲ migrate - migrated - migrated & migrating
同 transplant v 移居，移植
反 settle v 定居
片 migrate to ph 向～遷徙

構詞記憶法
字根 migr 表示「遷移」的意思。

migration [maɪˋgreʃən] n 遷移 升全多雅托公

They try to figure out the migration routes of birds.
他們試圖找出鳥類遷徙路徑。

同 removal n 移動
反 settlement n 定居
片 bird migration ph 鳥類遷徙

構詞記憶法
字尾 -tion 為名詞字尾，表示「～的行動或狀態」的意思。

migratory [ˋmaɪgrəˏtorɪ] a 遷移的 升全多雅托公

There are groups of migratory birds flying in the sky.
成群結隊的鳥兒們在空中飛翔。

同 nomadic a 流浪的
反 settled a 穩定的
片 migratory bird ph 候鳥

構詞記憶法
字尾 -ory 為形容詞字尾，表示「起～作用的」的意思。

military [ˋmɪlə͵tɛrɪ] a 軍事的 升全多雅托公

To decrease military spending, the government is going to cut down the number of soldiers.
為了減少軍費開支，政府決定減少士兵的數量。

同 martial a 軍事的
反 civil a 公民的
文 cut down 為常用片語，意思是「削減，減少」，後面接名詞或代名詞。

搭配詞記憶法
military affairs 軍事

構詞記憶法
字根 milit 表示「兵，軍隊」的意思。

mill [mɪl] n 工廠，磨坊 升全多雅托公

The government should stop the paper mill from discharging waste water beyond the standard.
政府應該制止造紙廠超標排放廢水。

同 factory n 工廠
文 動詞 stop 的這種用法：stop sb. from doing sth.，類似用法的還有 prevent sb. from doing sth.，意為「保護某人不受～的傷害」。

搭配詞記憶法
paper mill 造紙廠

millennium [mɪˋlɛnɪəm] n 千年期，千禧年 升全多雅托公

Those creatures lived in the first millennium AD.
那些生物生活在西元 1000 年。

同 chiliad n 1000 年
片 the second millennium AD ph 西元 2000 年

構詞記憶法
字根 enn 表示「年，一年」的意思。

mime [maɪm] n 默劇 升全多雅托公

He was a mime artist and acted in many mimes.
他是一名默劇藝術家並演了很多部默劇。

同 panto n 默劇
文 mime artist 為名詞片語，意思是「默劇演員」。

搭配詞記憶法
in mime 以默劇形式

mine [maɪn] n 礦 升全多雅托公

He found a gold mine here and decided to exploit it.
他在這裡發現一座金礦，並決定開採。

同 pit n 礦井
文 mine 還可以表示「我的」的意思，此時 mine 是名詞性物質代詞，具有名詞的性質，等於「my + 名詞」。

搭配詞記憶法
gold mine 金礦

mineral [ˋmɪnərəl] n 礦物 升全多雅托公

It is said that they have been classified as minerals.
據說它們已經被列為礦物質了。

同 inorganic a 無機物的
反 organic a 有機物的
文 mineral 作名詞時，既可作可數名詞，也可作不可數名詞。有時還可作形容詞，表示「礦物的」的意思。

搭配詞記憶法
mineral resource 礦藏

mingle [ˋmɪŋgḷ] v 混合 升全多雅托公

My mother mingled juice with wine.
我媽媽把果汁與酒混在一起。

- ➲ mingle - mingled - mingled & mingling
- 同 composite v 使混合
- 反 separate v 分離
- 文 mingle 表示「混合」的意思，混合後的成分能辨認出來，保持原來的特性。

搭配詞記憶法
mingle in 混進～，結合進～

miniature [ˋmɪnɪətʃɚ] n 縮圖 升全多雅托公

He became a miniature artist ten years later.
10 年後，他成為一名微型藝術家。

- 同 microcosm n 縮圖
- 片 in miniature ph 小型

構詞記憶法
字根 mini 表示「小」的意思。

minimal [ˋmɪnəməl] a 最低的，最小限度的 升全多雅托公

He tells me that the expenses are minimal.
他跟我說這開銷很小。

- 同 lowest a 最低的
- 反 maximal a 尺寸大的

構詞記憶法
字根 mini 表示「小」的意思。

minimize [ˋmɪnə͵maɪz] v 使最小化 升全多雅托公

Every day, he checks the stock quotations to minimize the investment risk.
為了將投資風險降到最小，他每天都查看股市。

- ➲ minimize - minimized - minimized & minimizing
- 同 minify v 縮小
- 反 maximize v 使最大化

構詞記憶法
字尾 -ize 為動詞字尾，表示「使成為～」的意思。

minimum [ˋmɪnəməm] n 最小值 升全多雅托公

He tried to reduce the expenses to the minimum.
他試圖將支出降到最低。

- 反 maximum n 最大值
- 片 reduce sth. to the minimum ph 將～降到最低

構詞記憶法
字根 mini 表示「小」的意思。

搭配詞記憶法
the minimum acceptable 可接受最小限度

minor [ˋmaɪnɚ] a 較小的，次要的 升全多雅托公

The doctor is doing a minor operation to a patient.
醫生正替病患做個小手術。

- 同 secondary a 次要的
- 反 major a 主要的
- 片 minor axis ph 短軸

搭配詞記憶法
comparatively minor 較輕微

構詞記憶法
字根 min 表示「小」的意思。

minority [maɪˋnɔrətɪ] n 少數 升全多雅托公

I think a minority of them will be against the plan.
我認為他們之中的少數人會反對這計畫。

同 ethnic n 少數民族成員
反 majority n 多數
文 「a minority of + 名詞」結構作主詞，動詞應與後面所接名詞保持一致。

構詞記憶法
字尾 -ity 為名詞字尾，表示「有～性質的」的意思。

miracle [ˋmɪrəkl̩] n 奇蹟 升全多雅托公

He won the contract by a miracle.
他奇蹟般地贏得那份合約。

同 wonder n 奇跡
片 economic miracle ph 經濟奇蹟

構詞記憶法
字根 mir 表示「驚奇」的意思。

搭配詞記憶法
miracle cure 靈丹先藥

miserly [ˋmaɪzɚlɪ] a 吝嗇的，貪婪的 升全多雅托公

He was always miserly; that's him.
他一向吝嗇，這就是他。

同 pinchpenny a 吝嗇的
反 generous a 大方的
文 be always 的意思是「總是，一向」，含有厭煩的意味，後接動名詞或形容詞。

構詞記憶法
字根 mis 表示「討厭，憎恨～的」的意思。

mislead [mɪsˋlid] v 誤導 升全多雅托公

She has misled you for a long time. 她已經誤導你很久了。

➲ mislead - misled - misled & misleading
同 misdirect v 誤導
反 lead v 領導
片 be misled by ph 被誤導

構詞記憶法
字首 mis- 表示「錯誤」的意思。

misleading [mɪsˋlidɪŋ] a 誤導的 升全多雅托公

It is misleading to do that to your family.
你對家人這麼做會產生誤導。

同 misguided a 誤導的
反 leading a 領導的
文 例句中的 to do that 才是真正的主詞，it 充當的是形式主詞。

構詞記憶法
字首 mis- 表示「錯誤」的意思。

misrepresent [͵mɪsrɛprɪˋzɛnt] v 歪曲，誤傳 升全多雅托公

The reporter was charged with misrepresenting truth.
這位記者被控告歪曲事實。

➲ misrepresent - misrepresented - misrepresented & misrepresenting
同 distorted a 歪曲的
片 misrepresented as ph 遭到歪曲

構詞記憶法
字首 mis- 表示「錯誤」的意思。

missile [ˋmɪsl̩] n 導彈 升全多雅托公

It is said that there is a missile base here.
據說這裡有個導彈基地。

同 projectile n 拋射體
片 cruise missile ph 巡航導彈

構詞記憶法
字根 miss 表示「發送」的意思。

搭配詞記憶法
ballistic missile 彈道式導彈

mission [ˋmɪʃən] n 使命，任務 升全多雅托公

I don't think he can complete his mission this time.
我認為他這次無法完成任務。

同 assignment n 任務
片 space mission ph 太空任務

構詞記憶法
字尾 -ion 為名詞字尾，表示「～的行為或狀態」的意思。

搭配詞記憶法
mission impossible 不可能的任務

mist [mɪst] n 薄霧 升全多雅托公

It's great to enjoy watching the mountains hidden in mist.
看薄霧籠罩著高山，真是不錯的享受。

同 gauze n 薄霧

近似音記憶法
mi 音如「迷」，以 mi 開頭的字，隱含「模糊，朦朧，迷失」。

搭配詞記憶法
a curtain of mist 霧簾

mistake [mɪˋstek] n 錯誤 升全多雅托公

I'm so sorry that I took your book by mistake.
我很抱歉錯拿了你的書。

同 error n 錯誤
片 make a mistake ph 犯錯誤

構詞記憶法
字首 mis- 表示「錯誤」的意思。

搭配詞記憶法
all a mistake 所有錯誤都不該發生

mixture [ˋmɪkstʃɚ] n 混合 升全多雅托公

We all know that air is a mixture.
我們都知道空氣是混合物。

同 compound n 混合
反 separation n 分離
片 mixture ratio ph 混合比例

構詞記憶法
字尾 -ture 為名詞字尾，表示「行為，狀態」的意思。

搭配詞記憶法
heady mixture 複雜

mobile [ˋmobɪl] a 移動的，運動的 升全多雅托公

My mother gave me a mobile phone on my birthday.
在我生日的時候，媽媽送我一支手機。

同 unstable a 動盪的
反 stable a 穩定的
片 mobile phone ph 手機

構詞記憶法
字根 mob 表示「動，移動」的意思。

model [ˋmɑdḷ] n 模型
升全多雅托公

The boy is playing a model train in the room.
男孩正在房間裡玩模型火車。

同 matrix n 模型
片 mathematical model ph 數學模型

構詞記憶法
字尾 -el 為名詞字尾，表示「人或物」的意思。

搭配詞記憶法
full-scale model
全尺寸模型

modify [ˋmɑdə͵faɪ] v 修改
升全多雅托公

The article in the contract has already been modified.
合約的條款已經修改過了。

➲ modify - modified - modified & modifying
同 alter v 修改
文 modify 與 change 的區別：前者表示「修改」的意思，是指在原來的基礎上產生細微的變化；而後者表示「改變」的意思，指完全改變，改變的幅度大。

構詞記憶法
字根 mod 表示「方式，模式」的意思。

搭配詞記憶法
a modified version
改版，修改版本

modulate [ˋmɑdʒə͵let] v 調節
升全多雅托公

He modulated tones and continued his speech.
他改變聲調繼續演講。

➲ modulate - modulated - modulated & modulating
同 regulate v 調節
片 modulate from...to... ph 從～改變至～

構詞記憶法
字尾 -ate 為動詞字尾，表示「給予～某物或某性質」的意思。

moisten [ˋmɔɪsṇ] v 弄濕，使濕潤
升全多雅托公

Smelling the aroma of food, she moistened her lips unconsciously.
聞到飯菜的香味，她不自覺地舔嘴唇。

➲ moisten - moistened - moistened & moistening
同 wet v 弄濕
反 dry v 弄幹
文 moisten one's lips 為動詞片語，意思是「舔嘴唇」。

搭配詞記憶法
moisten lung 潤肺

構詞搭配法
字尾 -en 為動詞字尾，表示「變成，使成為」的意思。

mold [mold] n 模具
升全多雅托公

He poured molten iron in the same mold.
他往同一模具裡灌注鐵水。

同 model n 模型
片 injection mold ph 注塑模具

構詞記憶法
字根 mod 表示「方式，模式」的意思。

molecular [məˋlɛkjələ˞] a 分子的
升全多雅托公

Finally, he figured out the molecular structure.
最後他搞清楚分子結構。

文 figure out 為常用片語，意思是「計算出，解決」，與 work out 可以互用。

搭配詞記憶法
molecular biology
分子生物學

molecule [ˋmaləˏkjul] n 分子 升全多雅托公

They refers the molecule weight to the physical property of a molecule.
他們把分子量稱為分子的物理性質。

文 refer 既可作及物動詞又可作不及物動詞，但一般都需要與介係詞 to 搭配。refer to 表示「對～而言，涉及」的意思，而 refer...to 則表示「認為～是，把～稱為」的意思。

搭配詞記憶法
molecule weight
分子重量

構詞記憶法
字尾 -ule 為名詞字尾，表示「小東西」的意思。

mollusk [ˋmaləsk] n 軟體動物 升全多雅托公

Snails are mollusks. So are octopuses.
蝸牛是軟體動物。章魚也是。

文 「so + 助動詞／系動詞／情態動詞 + 主詞」，表示「一種情況也適應與另一種情況」。

搭配詞記憶法
giant mollusk
大型軟體動物

molt [molt] v 蛻皮，脫毛 升全多雅托公

Do you know why snakes molt in spring?
你知道蛇為什麼在春天蛻皮嗎？

➲ molt - molted - molted & molting
同 moult v 脫毛
文 不及物動詞 molt 通常用於美式英語中，英式英語中則是用作 moult。

搭配詞記憶法
molt the skin 蛻皮

molten [ˋmoltən] a 熔化的 升全多雅托公

This was the first time that he had seen molten steel.
這是他第一次見鋼水。

同 fusional a 熔化的
反 concretionary a 凝固的

邏輯記憶法
此單詞中含有 ten（num. 十）一詞，可延伸出 tense（a. 拉緊的）。

monetary [ˋmʌnəˏtɛrɪ] a 貨幣的，財政的 升全多雅托公

The monetary unit of America, she says, is dollar.
她說美國的貨幣單位是美元。

同 financial a 財政的
片 monetary policy ph 貨幣政策

構詞記憶法
字尾 -ary 為形容詞字尾，表示「與～有關的」的意思。

monopoly [məˋnaplɪ] n 專利權，獨佔 升全多雅托公

It is we that hold the monopoly, not you.
持有專利權的人是我們，不是你們。

同 possession n 所有
文 例句為強調句型，動詞 hold 英語被強調的物件 we 保持性數一致。

構詞記憶法
字首 mono- 表示「單個，一個」的意思。

搭配詞記憶法
monopoly position
壟斷地位

monotonous [məˋnatənəs]

升全多雅托公

a 單調乏味的，厭倦的

I don't like the monotonous work.
我不喜歡單調乏味的工作。

同 boring a 乏味的
反 interesting a 有意思的
片 monotonous work ph 單調乏味的工作

構詞記憶法
字尾 -ous 為形容詞字尾，表示「具有～性質或特徵的」的意思。

monument [ˋmanjəmənt] n 紀念碑

升全多雅托公

The monument is a memorial to a giant in history.
這個紀念碑是紀念歷史上的一位偉人。

同 memorial n 紀念碑
文 memorial to 為介係詞片語，意思是「為～設的紀念碑」。

搭配詞記憶法
historic monument 歷史碑石

構詞記憶法
字根 mon 表示「警告，提醒」的意思。

mood [mud] n 情緒

升全多雅托公

It seems that you are in the mood.
你心情好像不錯。

同 emotion n 情緒
文 in the mood 為常用片語，意思是「興致勃勃」。

搭配詞記憶法
bad mood 壞情緒

moral [ˋmɔrəl] n 道德

升全多雅托公

He is a person with no morals, so don't make friends with him.
他是個沒有道德觀念的人，所以不要和他交朋友。

反 immorality n 不道德
片 morals and ethics ph 思想道德修養

搭配詞記憶法
moral fiber 道德品質

mosaic [məˋzeɪk] n 馬賽克

升全多雅托公

He covered part of the picture with mosaic design.
他用馬賽克遮住圖片的一部分。

文 cover with 為介係詞片語，意思是「用～遮蓋」。

搭配詞記憶法
ceramic mosaic 陶瓷馬賽克

moth [mɔθ] n 蛾

升全多雅托公

She found that there were some moths in the room.
她在房間裡發現一些蛾。

同 miller n 蛾
文 there be 句型在例句中作受詞子句，there be 句型後面多接表示地點的介係詞片語。

搭配詞記憶法
silkworm moth 蠶蛾

motif [moˋtif] n 圖案，主題

升全多雅托公

He saw a tiger motif on the wall.
他看見牆上有老虎的圖案。

同 topic n 主題
文 on the wall 為介係詞片語，意思是「在牆的表面上」，經常位於句末。

搭配詞記憶法
eagle motif 鷹的圖案

motion [ˋmoʃən] n 動作 升全多雅托公

The ball is still in motion now. 球現在還是處於運轉狀態。

同 move v 移動
反 inaction n 不活動
片 in motion ph 在運轉中

構詞記憶法
字根 mot 表示「動，移動」的意思。

搭配詞記憶法
motion picture 電影

---

motivate [ˋmotə͵vet] v 刺激，驅使 升全多雅托公

He smuggled cocaine, being motivated by greed.
他受貪婪驅使，走私古柯鹼。

➲ motivate - motivated - motivated & motivating
同 stimulate v 刺激
文 motivated 是 motivate 的過去分詞，表示被動。by 後接的名詞是 motivate 這動作的發出者。

構詞記憶法
字根 mot 表示「運動」的意思。

---

motivation [͵motəˋveʃən] n 動機 升全多雅托公

Can you tell me what is your motivation?
能告訴我你的動機是什麼嗎？

同 incentive n 動機
片 intrinsic motivation ph 內在動機

搭配詞記憶法
a lack of motivation 缺乏動力

構詞記憶法
字尾 -ation 為名詞字尾，表示「～的行為或狀態」的意思。

---

motive [ˋmotɪv] n 動機 升全多雅托公

The police found the suspect's motive for the crime.
員警找到嫌疑犯的犯罪動機。

同 purpose n 企圖
片 profit motive ph 圖利動機

構詞記憶法
字尾 -ive 為名詞字尾，表示「有～的性質」的意思。

---

mottle [ˋmatl̩] n 斑點 升全多雅托公

The little boy regarded the deer with some mottles in its fur as sika deer.
小男孩把毛上有斑點的鹿看作是梅花鹿。

同 spot n 斑點
文 regard as 為常用片語，意思是「把～看作」，as 不能與不定詞替換。as regard 的意思則是「關於，至於」。

搭配詞記憶法
color mottle 色斑

構詞記憶法
字尾 -le 為名詞字尾，表示「小東西」的意思。

---

mould [mold] v 塑造 升全多雅托公

He moulded a statue out of clay in his free time.
他空閒時用黏土塑造一個人像。

➲ mould - moulded - moulded & moulding
同 cast v 澆鑄
反 destroy v 毀壞
文 mould 既可指用模具鑄造有延伸性的材料，也可指塑造人的思想性格等；form 也有「使成形」的意思，通常是指對半成品進行加工。

搭配詞記憶法
mould into 使～成形

mound [maʊnd] n 堆 升全多雅托公

I saw nothing but a mound of clothes in the room.
我只看到一堆衣服在房間裡，其它什麼也沒有。

同 pile n 堆
片 rubble mound 石堆

搭配詞記憶法
a mound of 一堆

mount [maʊnt] n 山，峰 升全多雅托公

We saw St. Michael's Mount the day before yesterday.
我們前天看到了聖邁克爾山峰。

同 peak n 山峰

構詞記憶法
字根 mount 表示「山」的意思。

mourn [morn] v 哀悼 升全多雅托公

All his family mourn over his death at the funeral.
葬禮上，他所有家人都哀悼他的去世。

➲ mourn - mourned - mourned & mourning
同 grieve v 哀悼
反 celebrate v 慶祝
文 family 為集合名詞，在例句中表示「家人」的意思，表達複數的概念。

搭配詞記憶法
mourn over 哀悼

mucous [`mjukəs] a 黏液的 升全多雅托公

The infected mucous membrane deteriorated into ulcer.
感染的黏膜惡化成潰瘍。

同 grumous a 黏液的
文 deteriorated into 為介係詞片語，意思是「惡化成～」，後面多接名詞或代名詞。

搭配詞記憶法
mucous membrane 黏膜

構詞記憶法
字尾 -ous 為形容詞字尾，表示「具有～性質或特徵的」的意思。

multilateral [`mʌltɪ`lætərəl] a 多邊的 升全多雅托公

They signed a multilateral agreement on this issue.
就這問題，他們簽署一份多方協定。

同 plurilateral a 多邊的
反 unilateral a 單邊的
片 multilateral trade ph 多邊貿易

構詞記憶法
字根 later 表示「邊，面」的意思。

multiply [`mʌltəplaɪ] v 乘 升全多雅托公

Five multiplied by eight makes forty.
5 乘以 8 等於 40。

➲ multiply - multiplied - multiplied & multiplying
同 times v 乘
反 divide v 除以
文 例句主詞 five 表示具體的數字，表達的是單數意義，因此動詞用單數形式。

構詞記憶法
字根 ply 表示「重疊，摺疊」的意思。

multitude [ˋmʌltə͵tjud] n 群眾，多數　升 全 多 雅 托 公

He always makes a multitude of excuses for his mistake.
他總是為他的過失找很多理由。

同 majority n 多數
反 minority n 少數
片 a multitude of ph 大批的

構詞記憶法
字首 multi 表示「多」的意思。

musicology [͵mjuzɪˋkɑlədʒɪ] n 音樂學，音樂理論　升 全 多 雅 托 公

I like to study the basic musicology.
我喜歡研究基礎音樂學。

同 music n 音樂
片 musicology research ph 音樂學研究

構詞記憶法
字尾 -ology 為名詞字尾，表示「學術」的意思。

mutation [mjuˋteʃən] n 突變，變化　升 全 多 雅 托 公

Radiation may cause mutations of cells.
放射線可能會引起細胞突變。

同 variation n 變化
反 immutability n 永恆性
片 gene mutation ph 基因突變

構詞記憶法
字根 mut 表示「變換，改變」的意思。

搭配詞記憶法
mutation rate 突變率

mutiny [ˋmjutṇɪ] n 叛亂，反叛　升 全 多 雅 托 公

The soldier put down a mutiny.
士兵鎮壓一場叛亂。

同 rebellion n 叛亂
反 obedience n 順從
片 have a mutiny on ph 叛變

構詞記憶法
字根 mut 表示「變換，改變」的意思。

mystery [ˋmɪstərɪ] n 祕密，奧祕　升 全 多 雅 托 公

I am very curious about the unsolved mysteries.
我對未解之謎十分好奇。

同 secret n 祕密
反 publicity n 公開
文 mystery 與 riddle 的區別：前者指令人難以理解的奧妙；後者指謎語遊戲或最後能得到解決的難題。

搭配詞記憶法
murder mystery 謀殺之謎

構詞記憶法
字根 myst 表示「神祕」的意思。

MEMO

Nn
natal ~ nutritious

6大考試

升 學測指考

全 全民英檢

多 多益測驗

雅 雅思測驗

托 托福測驗

公 公職考試

6大英文單字記憶法

構詞記憶法

利用英文的構詞方式，透過字首、字根、字尾的方式來記憶單字。

同音詞記憶法

利用單字的相同發音卻不同拼字來記憶。

單複數記憶法

利用單字本身單複數形式所產生的不同意思來記憶單字。

近似音記憶法

利用諧音方式來增加記憶。

搭配詞記憶法

利用一組詞彙的概念來記憶，在記憶單字時不是只記下一個單字的意思，而是能夠使用一組詞彙加深印象。

邏輯記憶法

以一個單字為單位，採用順序或不同的角度去找出邏輯的關係，並延伸出其它的單字。

Nn natal ~ nutritious

符號說明 ➲ 動詞三態 & 分詞 同 同義字 反 反義字 文 文法重點

natal [ˋnetl̩] a 出生的，先天

升全多雅托公

It is said that this is his natal place.
據說這裡是他的出生地。

- 同 born a 先天的
- 反 acquired a 後天的
- 片 natal place ph 出生地

構詞記憶法
字根 nat 表示「出生的，本土的」的意思。

native [ˋnetɪv] a 本地的

升全多雅托公

Her native language is English, and the second language is French.
她的母語是英語，第二語言是法語。

- 同 indigenous a 本地的
- 反 exotic a 外來的
- 文 native language 表示「母語」的意思，其同義詞組有 first language、mother tongue、mother language 等等。

構詞記憶法
字尾 -ive 為形容詞字尾，表示「有～傾向的」的意思。

natural [ˋnætʃərəl] a 自然的

升全多雅托公

We can't waste the natural resources because they are non-renewable.
我們不能浪費自然資源，因為它們不可再生。

- 同 spontaneous a 自然的
- 反 unnatural a 不自然的
- 片 natural environment ph 自然環境

構詞記憶法
字尾 -al 為形容詞字尾，表示「關於～的」的意思。

搭配詞記憶法
quite natural 很（相當）自然

naturalist [ˋnætʃərəlɪst]

升全多雅托公

n 自然主義者，博物學者

He didn't agree with the naturalist.
他不同意自然主義者的觀點。

- 同 taxidermist n 動物標本剝制者

構詞記憶法
字尾 -ist 為名詞字尾，表示「專業人員，從事～的人」的意思。

naturally [ˋnætʃərəlɪ] a 自然地，合理地

升全多雅托公

I think Calvin is a naturally musician.
我認為 Calvin 是天生的音樂家。

- 同 spontaneously ad 自發地
- 反 unnaturally a 故意地
- 文 副詞可用來修飾形容詞，通常置於形容詞之前。此外副詞還可以修飾動詞，通常置於動詞之後。

構詞記憶法
字尾 -ly 為副詞字尾，表示「具有某種性質的」的意思。

nature [ˋnetʃɚ] n 性質，種類 升全多雅托公

There are arguments between couples; it's in the nature of things.
夫妻間都會有爭執，這是必然的。

同 essence n 本質
片 in nature ph 本質上

搭配詞記憶法
Mother Nature
大自然

構詞記憶法
字尾 -ure 為名詞字尾，表示「動作或結果」的意思。

nausea [ˋnɔʃɪə] n 暈船，噁心 升全多雅托公

I feel nausea and want to throw up.
我有點暈船，想吐。

同 naupathia n 噁心
片 filled with nausea ph 極為噁心

構詞記憶法
字尾 -ea 為名詞字尾，表示「疾病」的意思。

搭配詞記憶法
a feeling of nausea 噁心感

naughty [ˋnɔtɪ] a 頑皮的 升全多雅托公

The little boy was so naughty that his mother beat him.
小男孩太頑皮，被他的媽媽打了一頓。

同 disobedient a 不順從的
反 well-mannered a 有禮貌的
文 注意區分 so...that... 與 so that...：前者表示「太～以至於」的意思，後面引導結果副詞子句；後者表示「以便於」的意思，後面引導目的副詞子句。

構詞記憶法
字尾 -y 為形容詞字尾，表示「有～特性的」的意思。

nauseous [ˋnɔʃɪəs] 升全多雅托公
a 使人厭惡的，令人作嘔的

She felt a little nauseous on the plane.
在飛機上她有點想吐。

同 sick a 使人厭惡的
反 exhilarating a 令人喜歡的
片 nauseous smell ph 令人作嘔的氣味

構詞記憶法
字根 naus 表示「船」的意思。

navigation [ˏnævəˋgeʃən] n 航海，航行 升全多雅托公

He is an expert in navigation.
他是航海專家。

同 sailing n 航行
片 inertial navigation ph 慣性導航

構詞記憶法
字根 nav 表示「航行」的意思。

搭配詞記憶法
an aid to navigation 助航

necessarily [ˋnɛsəsɛrɪlɪ] ad 必然地，必要地 升全多雅托公

A tall man runs not necessarily fast.
高個子的人未必跑得快。

同 inevitably ad 必然地
反 unnecessarily ad 不必要地
片 not necessarily ph 未必

構詞記憶法
字尾 -ly 副詞字尾，表示「～地」的意思。

necessitate [nɪˋsɛsə͵tet] v 使成為必需，迫使 升全多雅托公
You would find that it necessitated investing more money in it.
你會發現需要投入更多的資金在裡面。
➲ necessitate - necessitated - necessitated & necessitating
同 pressure v 迫使
反 dispense v 免除，無需
片 necessitate doing sth. ph 必須做某事

構詞記憶法
字尾 -ate 為動詞字尾，表示「使成為」的意思。

necessity [nəˋsɛsətɪ] n 需要，必要性 升全多雅托公
We can donate daily necessities to the stricken area.
我們可以捐贈日用品給災區。
同 requirement n 必需品
反 unnecessarie n 非必需品
片 daily necessity ph 日用品

搭配詞記憶法
no necessity 沒必要

neglect [nɪgˋlɛkt] v 忽視 升全多雅托公
Whoever neglects duty will be fired immediately.
無論誰怠忽職守都會被立即開除。
➲ neglect - neglected - neglected & neglecting
同 ignore v 忽視
反 value v 重視
文 「特殊疑問詞 + -ever」與「no matter + 特殊疑問詞」同義，表示「無論」的意思。有此用法的特殊疑問詞有 who、where、when、what、how。

構詞記憶法
字根 neg 表示「拒絕，否認」的意思。

搭配詞記憶法
grossly neglect 嚴重忽視

neonate [ˋniə͵net] n 嬰兒 升全多雅托公
There is a neonate crying in the room.
房間裡有嬰兒在哭喊。
同 baby n 嬰兒
片 neonate psychology ph 新生兒心理學

構詞記憶法
字首 neo- 表示「新的」的意思。

nervous [ˋnɝvəs] a 緊張的，神經的 升全多雅托公
He is nervous of giving a speech in public.
當眾做演講，他感到很緊張。
同 jittery a 緊張不安的
反 relaxed a 放鬆的
片 nervous system ph 神經系統

構詞記憶法
字尾 -ous 為形容詞字尾，表示「具有～性質或特徵的」。

搭配詞記憶法
extremely nervous 極度緊張

nest [nɛst] n 巢 升全多雅托公
I saw two birds building a nest of straw in the tree.
我看見 2 隻小鳥正用稻草在樹上築鳥窩。
同 eyrie n 巢
文 介係詞片語 in the tree 和 on the tree 都表示「在樹上」。前者指外來的東西，而後者指長在樹上的東西。

搭配詞記憶法
bird nest 鳥窩

network [ˋnɛt͵wɝk] n 網路，網狀系統 升全多雅托公

The rail network in the country is quite convenient.
這國家的鐵路網很便利。

同 net n 網
片 computer network ph 電腦網路

搭配詞記憶法
字根 net 表示「網」的意思。

neurological [͵njurəˋlɑdʒɪkəl] a 神經病學的 升全多雅托公

I heard that he suffered from a neurological disease.
我聽說他患有神經方面的疾病。

同 neurologic a 神經病學的
片 neurological disorder ph 神經障礙

搭配詞記憶法
字尾 -ological 為形容詞字尾，表示「學問的，科學的」的意思。

neutral [ˋnjutrəl] a 中立的 升全多雅托公

We remain neutral in the war.
我們在戰爭中保持中立。

同 indifferent a 中立的
片 neutral spirit ph 中性酒精

構詞記憶法
字根 neutr 表示「中間的」的意思。

搭配詞記憶法
gender neutral 中性

neutrality [njuˋtrælətɪ] n 中立 升全多雅托公

The country will declare its neutrality.
這個國家將會宣佈中立。

同 indifference n 中立
片 political neutrality ph 政治中立

構詞記憶法
字尾 -ity 為名詞字尾，表示「具有某種性質」的意思。

neutralize [ˋnjutrəl͵aɪz] v 中和，消失 升全多雅托公

It can neutralize the acidity of the solution.
它能中和溶液的酸性。

➲ neutralize - neutralized - neutralized & neutralizing
同 blank v 消失
反 reinforce v 加強
文 例句中 solution 表示「溶液」的意思，另外還可以表示「解決方案」的意思。the solution to 表示「～的解決方案」。

構詞記憶法
字尾 -ize 為動詞字尾，表示「使～化」的意思。

搭配詞記憶法
effectively neutralize 有效中和

nevertheless [͵nɛvɚðəˋlɛs] ad 然而 升全多雅托公

He is not handsome; nevertheless she likes him.
儘管他不帥氣，然而她還是十分喜歡他。

同 but ad 但是
反 though a 儘管
文 nevertheless 表示轉折，經常用在句首或句中。在句中用作連接詞或插入語；在句首時，通常用逗號與後面的句子隔開。

構詞記憶法
字首 ne- 表示「非，不」的意思。

new [nju] a 新的 升全多雅托公
I am new here, so I don't know anybody.
我是新來的，所以我不認識任何人。
同 updated a 更新的
反 old a 舊的
片 be new to ph 對～不熟悉

同音詞記憶法
與此單字同音的單字為 knew（v. pt. 知道）

---

newscast [ˋnjuzˏkæst] n 新聞廣播 升全多雅托公
My grandparents usually listen to the newscast in the evening.
我祖父母通常在晚上收聽新聞廣播。
同 news broadcast ph 新聞廣播
片 narrate a newscast ph 主持新聞廣播

構詞記憶法
字根 new 表示「新的」的意思。

---

newspaper [ˋnjuzˏpepɚ] n 報紙 升全多雅托公
He reads newspaper in the morning every day.
他每天早上都看報紙。
同 paper n 報紙
片 in the newspaper ph 在報紙上

構詞記憶法
字根 new 表示「新的」的意思。

搭配詞記憶法
newspaper clipping 剪報

---

niche [nɪtʃ] n 壁龕，商機 升全多雅托公
There is a niche with shelf in the basement.
地下室有個格架壁龕。
同 habitacle n 壁龕

搭配詞記憶法
market niche 縫隙市場

---

nitrogen [ˋnaɪtrədʒən] n 氮 升全多雅托公
To make proteins, he said that it required nitrogen.
他說需要氮來製造蛋白質。
同 azote n 氮
文 例句開頭不定詞表目的，隱含「為了」的意思。

搭配詞記憶法
nitrogen content 含氮量

---

nocturnal [nɑkˋtɝnḷ] a 夜的 升全多雅托公
Owls are nocturnal birds, so are bats.
貓頭鷹是夜間活動的動物，蝙蝠也是。
同 nightly a 每夜的
反 diurnal a 白天的
片 nocturnal animal ph 夜行動物

構詞記憶法
字根 noct 表示「夜晚」的意思。

---

noisy [ˋnɔɪzɪ] a 嘈雜的，喧鬧的 升全多雅托公
I cannot work in such a noisy place.
我無法在這麼嘈雜的地方工作。
同 boisterous a 喧鬧的
反 quiet a 安靜的

構詞記憶法
字尾 -y 為形容詞，表示「～的」的意思。

搭配詞記憶法
deafeningly noisy 震耳欲聾

nomadic [no`mædɪk] a 流浪的，遊牧的

升全多雅托公

This song recalls him to his nomadic childhood.
這首歌讓他回想起他流浪的童年。

- 同 ragamuffinly a 流浪的
- 反 settled a 固定的
- 文 recall to 為介係詞片語，意思是「把～召回、想起」，後面接名詞或代名詞。

搭配詞記憶法
nomadic nation
遊牧民族

nominate [`namə͵net] v 指定，提名

升全多雅托公

They want to nominate him as the diplomatist.
他們想指定他為外交官。

- ➲ nominate - nominated - nominated & nominating
- 同 name v 提名
- 片 nominate for ph 提議

構詞記憶法
字根 nomin 表示「名字」的意思。

搭配詞記憶法
the power to nominate sb. 提名某人的權利

nonhuman [͵nan`hjumən] a 非人類的

升全多雅托公

They are nonhuman mammals.
它們是非人類哺乳動物。

- 同 unhuman a 非人類的
- 反 human a 人類的
- 片 nonhuman gene ph 非人類基因

構詞記憶法
字首 non- 表示「非，不」的意思。

noodle [`nudḷ] n 麵條，笨蛋

升全多雅托公

My father likes eating noodles very much.
我父親很喜歡吃麵條。

- 同 simple n 笨蛋
- 文 「喜歡做某事」即可用 like doing sth. 或 like to do sth. 表示。前者表示經常性喜歡性發生的動作；後者表示偶爾一次的愛好。

搭配詞記憶法
instant noodle
速食麵

構詞記憶法
字尾 -le 為名詞字尾，表示「小東西」的意思。

nose [noz] n 鼻子

升全多雅托公

She was irritated by the man and gave him a punch on the nose.
她被這男子激怒，在他鼻子上打一拳。

- 同 boko n 鼻子
- 片 runny nose ph 流鼻涕

搭配詞記憶法
put / stick one's nose in the air
自視甚高

nostalgic [nas`tældʒɪk] a 懷舊的，鄉愁的

He got nostalgic when he saw his childhood pictures.
當他看到他小時後照片時，懷舊之情油然而生。

- 同 reminiscent a 懷舊的
- 片 be nostalgic for ph 懷念

構詞記憶法
字尾 -ic 為形容詞字尾，表示「與～有關的」的意思。

nostril [ˋnɑstrɪl] n 鼻孔
升全多雅托公

We breathe through both nostrils and mouth.
我們用鼻孔與嘴巴呼吸。

同 naris n 鼻孔
片 stink in the nostrils of a person ph 使某人極端厭惡

搭配詞記憶法
widely spaced nostril 寬大的鼻孔

notarize [ˋnotə͵raɪz] v 確認，證明
升全多雅托公

You should notarize the properties as soon as possible.
你們應該儘快公證財產。

➲ notarize - notarized - notarized & notarizing
同 prove v 證明
文「儘快，儘早」的表達方式有 as soon as possible（指在時間上盡可能快）、as quickly as possible（指在動作上盡可能快）、as early as possible（指在時間上盡可能地早）、as fast as can（指在速度上盡可能快）。

構詞記憶法
字根 not 表示「注意，」的意思。

notation [noˋteʃən] n 符號
升全多雅托公

None of us can understand the scientific notation.
我們當中沒人能理解這個科學符號。

同 symbol n 符號
片 musical notation ph 樂譜

構詞記憶法
字尾 -tion 為名詞字尾，表示「狀態，關係，物質」的意思。

notion [ˋnoʃən] n 信念，概念
升全多雅托公

She has a notion that there is nothing she can't do.
她堅信沒有她做不成的事情。

同 concept n 概念
片 silly notion ph 糊塗思想

構詞記憶法
字根 not- 表示「注意」的意思。

搭配詞記憶法
vague notion 模糊概念

notoriety [͵notəˋraɪətɪ] n 惡名昭彰
升全多雅托公

He gains a certain notoriety as a robber.
他當強盜落得惡名。

同 infamy n 聲名狼藉
反 reputation n 名譽
片 gain a notoriety as ph 落得惡名

搭配詞記憶法
international notoriety 國際惡名

nourish [ˋnɝɪʃ] v 養育，懷有
升全多雅托公

She still nourishes hopes of earning much money.
她仍抱有多賺錢的希望。

➲ nourish - nourished - nourished & nourishing
同 nurture v 滋養
片 be nourished by ph 靠～滋養

構詞記憶法
字根 nour 表示「營養，哺乳」的意思。

搭配詞記憶法
well nourished 妥善照料

novel [ˋnavḷ] n 小說 升全多雅托公

I have already read this novel three times.
這本小說我已經讀了 3 遍。

同 fiction n 小說
片 historical novel ph 歷史小說

構詞記憶法
字尾 -el 為名詞字尾，表示「小東西」的意思。

搭配詞記憶法
best-selling novel 暢銷小說

---

novelty [ˋnavḷtɪ] n 新穎，新奇 升全多雅托公

It is of novelty value in this plan.
這份計畫具有創新意義。

同 newness n 新奇
反 staleness n 陳腐
文「be of + 抽象名詞」，表示「～的」，相當於「be + 形容詞」的意義。

構詞記憶法
字根 nov 表示「新的」的意思。

搭配詞記憶法
be something of a novelty 新鮮事

---

novice [ˋnavɪs] n 初學者，新手 升全多雅托公

I'm a novice at gardening.
我是園藝新手。

同 beginner n 初學者
反 veteran n 老手
片 novice cook ph 新手廚師

構詞記憶法
字尾 -ice 為名詞字尾，表示「人」的意思。

搭配詞記憶法
novice user 初學者

---

nozzle [ˋnazḷ] n 噴嘴 升全多雅托公

We cannot do it without a spray nozzle.
沒有噴嘴，我們無法完成。

同 brenner n 噴嘴
文 例句中 cannot 與 without 均為否定詞。雙重否定表示肯定的意義。

搭配詞記憶法
spray nozzle 噴霧嘴

---

nuclear [ˋnjuklɪɚ] a 原子能的 升全多雅托公

We have made great progress in studying nuclear physics.
在研究核子物理學方面，我們已經取得很大的進展。

同 atomic a 原子能的
片 nuclear power ph 核能

構詞記憶法
字根 nucl 表示「核，核子」的意思。

---

nucleus [ˋnjuklɪəs] n 核心 升全多雅托公

These shareholders formed the nucleus of the company.
這些股東變成公司的核心。

同 core n 核心
反 margin n 邊緣
文 form of 為介係詞片語，意思是「用～構成」，後面接名詞或代名詞。

搭配詞記憶法
cell nucleus 細胞核

nuisance [ˋnjusn̩s] n 討厭的人或事，損害 升全多雅托公

The loud noise is a nuisance to us.
吵鬧的噪音讓我們覺得討厭。

同 damage n 損害
反 protection n 保護
片 noise nuisance ph 雜訊危害

構詞記憶法
字尾 -ance 為名詞字尾，表示「～的行為或狀態」的意思。

number [ˋnʌmbɚ] n 數 升全多雅托公

May I have your telephone number, please?
請問，可以給我你的電話號碼嗎？

同 digital n 數字
文 「May I have + 名詞？」意為「我可以～嗎？」，表達委婉語氣，希望得到對方的肯定回答。

搭配詞記憶法
number of 許多

構詞記憶法
字根 num 表示「數字」的意思。

numerous [ˋnjumərəs] a 很多的 升全多雅托公

He invited numerous friends to the party.
他邀請很多朋友參加派對。

同 many a 很多的
反 few a 很少的
片 on numerous occasions ph 無數次

搭配詞記憶法
too numerous to list 不勝枚舉

構詞記憶法
字尾 -ous 為形容詞字尾，表示「有～性質的」的意思。

nutrient [ˋnjutrɪənt] n 營養物 升全多雅托公

It needs many essential nutrients to cultivate the plant.
培育植物需要許多重要的營養物質。

同 nurture n 營養物
片 nutrient content ph 養分含量

構詞記憶法
字根 nutri 表示「營養，哺乳」的意思。

nutritious [njuˋtrɪʃəs] a 有營養的 升全多雅托公

You need to eat more nutritious food during this period.
在此期間你需要多吃有營養的食物。

同 alible a 有營養的
反 innutritious a 無營養的

搭配詞記憶法
extremely nutritious 非常有營養

構詞記憶法
字尾 -itious 為形容詞字尾，表示「具有～特徵的」的意思。

object ~ oxygen

6大考試

㊁ 學測指考
㊂ 全民英檢
㊂ 多益測驗
㊂ 雅思測驗
㊂ 托福測驗
㊂ 公職考試

6大英文單字記憶法

構詞記憶法

利用英文的構詞方式，透過字首、字根、字尾的方式來記憶單字。

同音詞記憶法

利用單字的相同發音卻不同拼字來記憶。

單複數記憶法

利用單字本身單複數形式所產生的不同意思來記憶單字。

近似音記憶法

利用諧音方式來增加記憶。

搭配詞記憶法

利用一組詞彙的概念來記憶，在記憶單字時不是只記下一個單字的意思，而是能夠使用一組詞彙加深印象。

邏輯記憶法

以一個單字為單位，採用順序或不同的角度去找出邏輯的關係，並延伸出其它的單字。

Oo | object ~ oxygen

符號說明 ➲ 動詞三態 & 分詞 同 同義字 反 反義字 文 文法重點

object [`ɑbdʒɪkt] v 反對，拒絕

升全多雅托公

I strongly object to this plan; it's infeasible.
我強烈反對這項計畫，它不可實行。

➲ object - objected - objected & objecting
同 refuse v 拒絕
反 favour v 贊成
文 如果動詞 object 後接動詞，之間需加介係詞 to。動詞變成動名詞形式，即 object to doing sth. 表示「反對做某事」的意思。

構詞記憶法
字根 ject 表示「扔，投擲」的意思。

搭配詞記憶法
object on the grounds that...
反對的理由是～

objection [əb`dʒɛkʃən] n 異議，反對

升全多雅托公

We have a strong objection to working overtime.
我們反對加班。

同 opposition n 反對
反 support n 支持
片 have a strong objection to ph 反對

搭配詞記憶法
strenuous objection 劇烈反對

構詞記憶法
字尾 -ion 為名詞字尾，表示「～行為或狀態」的意思。

obligation [ˌɑblə`geʃən] n 義務，責任

升全多雅托公

We are just fulfilling the obligations of conscience.
我們只是盡良心上的責任。

同 liability n 責任
反 right n 權利
片 legal obligation ph 法律義務

構詞記憶法
字尾 -tion 表示「動作，狀態」的意思。

oblige [ə`blaɪdʒ] v 強迫

升全多雅托公

The law obliges people to support their parents.
法律要求人們需贍養父母。

➲ oblige - obliged - obliged & obliging
同 pressure v 壓迫
反 volunteer v 自願
片 oblige to ph 強迫

構詞記憶法
字首 ob- 表示「反對」的意思。

oblivion [ə`blɪvɪən] n 遺忘

升全多雅托公

I have periods of oblivion recently and need to see the doctor.
我最近有時候會失去記憶，需要去看醫生。

同 misplacement n 遺忘
反 recall n 記起

近似音記憶法
ob音同「哦，不」，以 ob 開頭的字，隱含「不，否定」。

搭配詞記憶法
political oblivion
政治遺忘

obscure [əbˋskjur] a 模糊的，晦澀的 升全多雅托公

The fact of the whole matter remains obscure.
事實真相仍不清楚。

同 fuzzy a 模糊的
反 clear a 清楚的

搭配詞記憶法
totally obscure
完全模糊

observation [ˌabzɝˋveʃən] n 觀察，觀察報告 升全多雅托公

They kept the criminal under observation.
他們觀察罪犯。

同 view n 觀察
片 observation post ph 觀測站

構詞記憶法
字根 serv 表示「服務，保留」的意思。

搭配詞記憶法
observation about
關於～的觀察

observe [əbˋzɝv] v 觀察，評論 升全多雅托公

He has observed the behavior of dolphins for three months.
他已經觀察海豚的行為長達 3 個月了。

➲ observe - observed - observed & observing
同 see v 觀察
反 violate v 妨礙
片 observe on ph 評論

構詞記憶法
字根 serv 表示「服務，保留」的意思。

obsolete [ˋabsəˌlit] a 過時的，廢棄的 升全多雅托公

These are obsolete words, which we don't use them in modern literature.
這些是過時的詞語，在現代文學中已不再使用。

同 outmoded a 過時的
反 fashional a 流行的
文 例句中逗號後面 which 引導的是非限制性形容詞子句，是對所修飾成分的進一步說明。通常用逗號與主句隔開，翻譯時可將子句譯為單獨的一句話，而限制性形容詞子句一般譯為形容詞。

近似音記憶法
ob 音同「哦，不」，以 ob 開頭的字，隱含「不，否定」。

構詞記憶法
字根 sol 表示「單獨」的意思。

obstacle [ˋabstəkḷ] n 障礙，干擾 升全多雅托公

Her dishonesty is a great obstacle to her career.
她的不誠實是她事業的一大障礙。

同 interferencee n 干擾
反 help n 幫助
片 obstacle course ph 超越障礙訓練場

構詞記憶法
字根 sta 表示「站立」的意思。

搭配詞記憶法
an obstacle in the path of sth. 某事的障礙

obstruction [əbˋstrʌkʃən] n 障礙 升全多雅托公

There is an urgent need to clear the obstructions on the road.
迫切需要清除路上障礙。

同 bar n 障礙
反 convenience n 便利
片 obstruction of justice ph 妨礙司法公正

構詞記憶法
字根 struct 表示「建立，結構」的意思。

搭配詞記憶法
unlawful obstruction 非法阻礙

occasional [əˋkeʒənl̩] a 偶然的，臨時的 升全多雅托公

My husband and I pay my parents occasional visits.
我和我丈夫偶爾去看望我父母。

同 temporary a 臨時的
反 customary a 通常的

構詞記憶法
字根 cas 表示「落下」的意思。

occupant [ˋɑkjəpənt] n 居住者，佔有者 升全多雅托公

The occupants here are young men from countryside.
住在這裡的是來自鄉下的年輕人。

同 dweller n 居住者
片 resident occupant ph 居民

構詞記憶法
字尾 -ant 為名詞字尾，表示「實施動作的人」的意思。

occurrence [əˋkɝəns] n 發生 升全多雅托公

This is really an unfortunate occurrence.
這真是件不幸的事。

同 emergence n 發生
片 probability of occurrence ph 發生概率

構詞記憶法
字根 curr 表示「發生」的意思。

搭配詞記憶法
frequency of occurrence 發生率

oceanic [ˌoʃɪˋænɪk] a 海洋的，廣闊無垠的 升全多雅托公

There is an oceanic island here according to the map.
依照地圖來看，這裡的海洋上有個島。

同 thalassian a 海洋的
反 continental a 大陸的
片 oceanic island ph 海洋島

構詞記憶法
字尾 -ic 為形容詞字尾，表示「與～有關的」的意思。

odd [ɑd] a 奇數的，古怪的 升全多雅托公

Both one and five are odd numbers.
1 和 5 都是奇數。

反 even a 偶數的
文 both...and... 表示「兩者都」，動詞通常用複數。表示「三者或三者以上都」應當用「all + 名詞」。

搭配詞記憶法
odd number 奇數

odds [ɑds] n 機會 升全多雅托公

I thought the odds were in his favour, but finally it turned out to be wrong.
我原本以為他成功的機會很多，但最後證明這是錯的。

同 probability n 機率
文 odds and ends ph 零星物品

單複數記憶法
此單字單數形式為 odd（a. 奇數的）。

odor [ˋodɚ] n 氣味，名聲
升全多雅托公

He has been in bad odor since he stole someone's money.
自從上次偷了別人的錢，他的名聲就毀了。

- 同 smell n 氣味
- 文 since 在例句中作連接詞，表示「自從～」。其引導的子句多用過去式，且受詞多為時間點。

搭配詞記憶法
body odor 體臭

odorous [ˋodərəs] a 有氣味的
升全多雅托公

Fossil oil released an odorous gas when it burns.
石油燃燒時會釋放出一種有氣味的氣體。

- 同 frowsy a 難聞的
- 片 odorous gas ph 有味氣體

構詞記憶法
字尾 -ous 為形容詞字尾，表示「具有～的性質或特徵的」的意思。

odyssey [ˋɑdəsɪ] n 長途的冒險行程
升全多雅托公

He compared it to a spiritual odyssey.
他將之比做精神上的長征。

- 同 long adventure trip n 長途的冒險行程
- 文 compare...to...（將～比作），表示將一種東西比作另外一種東西；compare with...（與～相比），表示將兩種相似的東西放在一起進行比較。

搭配詞記憶法
spiritual odyssey 精神上的長征

offend [əˋfɛnd] v 冒犯
升全多雅托公

The woman is offended by what he said.
他所說的話冒犯了這位女士。

- ➲ offend - offended - offended & offending
- 反 appease v 平息
- 片 offend against ph 違犯

構詞記憶法
字根 fend 表示「打擊」的意思。

搭配詞記憶法
feel offended 覺得冒犯

offensive [əˋfɛnsɪv] a 冒犯的，討厭的
升全多雅托公

You will be punished because of your offensive remarks.
你無禮的話語會讓你受到懲罰。

- 同 rank a 討厭的
- 反 polite a 禮貌的
- 片 offensive weapons ph 攻擊性武器

構詞記憶法
字根 fens 表示「打擊」的意思。

搭配詞記憶法
downright offensive 徹底打擊

offer [ˋɔfɚ] v 提供
升全多雅托公

I can't believe that he offers me a well-paid job.
我真是不敢相信他提供一份高薪工作給我。

- ➲ offer - offered - offered & offering
- 同 afford v 提供
- 反 accept v 接收
- 片 offer for ph 對～報價

構詞記憶法
字根 fer 表示「拿來，帶來」的意思。

搭配詞記憶法
generously offer 慷慨提供

officer [`ɔfəsɚ] n 官員，軍官 升全多雅托公

The executive officer can't attend this meeting this time.
執行長這次無法參加會議。

- 同 commander n 指揮官
- 反 soldier n 士兵
- 片 executive officer ph 執行長

構詞記憶法
字尾 -er 為名詞字尾，表示「實施動作的人」的意思。

---

oldster [`oldstɚ] n 老人 升全多雅托公

I saw an oldster slip on the banana peel.
我看見一位老人踩到香蕉皮滑倒了。

- 同 elder n 老人
- 反 stripling n 年輕人
- 文 saw sb. do sth. 表示「看到某人做某事」的意思，強調看到動作發生的結果；saw sb. doing sth. 表示「看到某人正在做某事」的意思，強調看到動作發生的過程。

搭配詞記憶法
respect the oldsters 尊老

構詞記憶法
字尾 -ster 為名詞字尾，表示「人」的意思。與名詞或形容詞連用。

---

omnipotent [ɑm`nɪpətənt] a 無所不能的 升全多雅托公

The omnipotent official was finally put into prison for accepting a bribe.
由於受賄，這名有極大權力的官員最後被抓進監獄。

- 同 almighty a 無所不能的
- 反 impotent a 無力的
- 片 omnipotent official ph 有極大權力的官員

構詞記憶法
字首 omni- 表示「全，總」的意思。

---

onset [`ɑn͵sɛt] n 攻擊，開始 升全多雅托公

We can't stop the onset of enemy bombers.
我們無法阻止敵軍轟炸機的進攻。

- 同 beginning n 開始
- 反 end n 結束

邏輯記憶法
此單詞中含有 set（v. 放置）一詞，可延伸出 settle（v. 解決）。

搭配詞記憶法
sudden onset 突然攻擊

---

opening [`opənɪŋ] n 開口，洞 升全多雅托公

I saw an opening in the hedge; we should have it fixed sometime.
我看見籬笆上有個洞，有時間應該修一下。

- 同 hole n 洞
- 文 sometime 與 sometimes 的區別：前者表示「某時」的意思，是日後某個時間，不特指具體是什麼時候；後者表示「有時，間或」的意思。

構詞記憶法
字尾 -ing 為名詞字尾，表示「小東西」的意思。

operation [ˌɑpəˋreʃən] n 操作 升全多雅托公
The manager said that the entire operation may last a week.
經理說整個作業可能會持續一週。
同 manipulation n 操作
片 normal operation ph 正常運行

構詞記憶法
字根 oper 表示「工作」的意思。
搭配詞記憶法
a theater of operations 戰區

opponent [əˋponənt] n 對手 升全多雅托公
His opponent was a little sad after the match.
比賽過後，他的對手有點傷心。
同 rival n 對手
反 confederate n 同夥
片 political opponent ph 政敵

構詞記憶法
字根 pon 表示「放置」的意思。

oppose [əˋpoz] v 反對 升全多雅托公
He opposed to the plan that we made just now.
他反對我們剛做出的計畫。
➲ oppose - opposed - opposed & opposing
同 object v 反對
反 agree v 同意
片 oppose against ph 對照，對比

構詞記憶法
字根 pos(e) 表示「放」的意思。
搭配詞記憶法
adamantly oppose 堅決反對

opposition [ˌɑpəˋzɪʃən] n 反對 升全多雅托公
I have never expected that there is such a violent opposition to this scheme.
我從沒想到這項計畫會遭到如此強烈的反對。
同 objection n 反對
反 support n 支持
片 violent opposition ph 強烈的反對

構詞記憶法
字首 op- 表示「相反」的意思。
搭配詞記憶法
the Leader of the Opposition 反對黨領袖

optical [ˋɑptɪkḷ] a 光學的，視覺的 升全多雅托公
Optical instruments need to be introduced as soon as possible.
需要儘快引進光學儀器。
同 visual a 視覺的
片 optical microscope ph 光學顯微鏡

構詞記憶法
字根 opt 表示「眼睛」的意思。

optimistic [ˌɑptəˋmɪstɪk] a 樂觀的 升全多雅托公
You should be in an optimistic mood; where there is a will there is a way.
你應該保持樂觀的心態，有志者事竟成。
同 rose-colored a 樂觀的
反 pessimistic a 悲觀的

搭配詞記憶法
overly optimistic 過度樂觀

orbit [ˋɔrbɪt] n 軌道 升全多雅托公

The Earth is in orbit around the Sun.
地球圍繞太陽軌道運轉。

同 track n 軌道
片 in orbit ph 在軌道上

構詞記憶法
字根 it 表示「走動，行走」的意思。

搭配詞記憶法
planetary orbit
行星軌道

orchard [ˋɔrtʃɚd] n 果園 升全多雅托公

The owner is happy to see the fruitful orchard.
主人看到碩果累累的果園很高興。

同 grove n 果園
片 happy 是形容詞，表示「高興」的意思。主詞只能是人，不能用於 it is happy to... 結構中。

搭配詞記憶法
seed orchard 種子園

orchestra [ˋɔrkɪstrəl] n 管弦樂隊 升全多雅托公

He used to conduct the symphony orchestra.
他過去指揮過交響樂團。

同 band n 樂隊
文 片語 used to 與 be used to 的區別：前者指「過去」，表示過去習慣性做的事情，to 後接動詞原形；後者指「習慣做某事」，此時 to 為介係詞，後接動名詞。

搭配詞記憶法
symphony
orchestra 交響樂團

order [ˋɔrdɚ] n 順序，命令 升全多雅托公

These words are in alphabetical order.
這些單字按字母順序排列。

同 arrangement n 排列
反 disorder n 混亂
片 in order ph 整齊

構詞記憶法
字根 ord 表示「順序，命令」的意思。

搭配詞記憶法
law and order 法律與秩序

ordinance [ˋɔrdɪnəns] n 法令 升全多雅托公

They decided to issue the ordinance next week.
他們決定下週發佈法令。

同 act n 法令
片 pass an ordinance ph 通過法令

構詞記憶法
字根 ordin 表示「順序，命令」的意思。

organic [ɔrˋgænɪk] a 器官的，有機的 升全多雅托公

He has to take some medicine to cure this organic disease.
他必須吃藥治癒這種器官疾病。

反 inorganic a 無機的
片 organic compounds ph 有機化合物

構詞記憶法
字根 organ 表示「器官」的意思。

搭配詞記憶法
totally organic 完全有機

organism [ˋɔrgən͵ɪzəm] n 微生物，有機體 升全多雅托公

We are curious about the organisms in water.
我們對水中微生物感到很好奇。

同 biosome n 生物體
片 marine organism ph 海洋生物

構詞記憶法
字尾 -ism 為名詞字尾，表示「學術，特性」的意思。

organizer [ˋɔrgə͵naɪzɚ] n 組織者，備忘記事本 升全多雅托公

If you have any problem, you can ask the organizer.
如果你有任何問題，你可以問組織者。

同 constitutor n 組織者
片 personal organizer ph 個人備忘錄

構詞記憶法
字根 organ 表示「器官」的意思，字尾 -er 為名詞字尾，表示「人或物」的意思。

origin [ˋɔrədʒɪn] n 起源 升全多雅托公

Do you know the origins of life on earth?
你知道地球上生命的起源嗎？

同 birth n 起源
反 result n 結果
片 place of origin ph 原產地

構詞記憶法
字根 orig 表示「開始」的意思。

original [əˋrɪdʒənḷ] a 原始的，最初的 升全多雅托公

They were the original inhabitants of this area.
他們是這區域最早的居民。

同 initial a 最初的
片 original manuscript ph 原稿

構詞記憶法
字尾 -al 為形容詞字尾，表示「關於～的」的意思。

originality [ə͵rɪdʒəˋnælətɪ] n 創造力，獨創性 升全多雅托公

The plan lacks originality; you should add something new in it.
這項計畫缺乏創意，你們應該添加一些新的東西在裡面。

同 creativity n 創造性
反 stereotype n 老套
文 不定代名詞 something 與 anything 的異同。相同點：兩者都表示「某物，一些事」的意思；不同點：前者多用於肯定句，後者多用於疑問句與否定句。

搭配詞記憶法
a spark of originality 創意火花

構詞記憶法
字根 orig 表示「開始」的意思。

originate [əˋrɪdʒə͵net] v 引起 升全多雅托公

This accident, he thinks, originated in his carelessness.
他認為這次事故是他的粗心大意所引起的。

➲ originate - originated - originated & originating
同 cause v 引起
片 originate from ph 發源於

構詞記憶法
字尾 -ate 為動詞字尾，表示「使成為」的意思。

ornamental [͵ɔrnə`mɛntl̩] a 裝飾的 ㊖㊗㊘㊙㊚㊛
We want some ornamental stones.
我們需要一些裝飾石。
同 decorative a 裝飾的
片 ornamental plant ph 觀賞植物

構詞記憶法
字尾 -al 為形容詞字尾，表示「關於～的」的意思。

---

ornamentation [͵ɔrnəmɛn`teʃən] n 裝飾物 ㊖㊗㊘㊙㊚㊛
We don't like the ornamentation of the house.
我們不喜歡這棟房子的裝飾。
同 widget n 裝飾物
片 with no ornamentation ph 沒有裝飾

構詞記憶法
字尾 -ation 為名詞字尾，表示「物品」的意思。

---

ornate [ɔr`net] a 華麗的，裝飾的 ㊖㊗㊘㊙㊚㊛
I don't like the ornate style in the novel.
我不喜歡這篇小說中華麗的風格。
同 magnificent a 華麗的
反 chaste a 純真的
片 ornate description ph 華麗描述

搭配詞記憶法
richly ornate 華麗豐富
構詞記憶法
字根 orn 表示「裝飾」的意思。

---

oscillate [`ɑsl̩et] v 擺動，使振盪 ㊖㊗㊘㊙㊚㊛
I wonder what makes the pendulum oscillate.
我想知道是什麼讓擺錘擺動的。
➲ oscillate - oscillated - oscillated & oscillating
同 flap v 拍動
反 stabilize v 使穩定
文 動詞 make 表示「讓某人／某物做某事」的意思，接原形動詞，即 make sb. / sth. do sth.。其同義詞組有 have sb. / sth. do sth. 和 let sb. / sth. do sth.。

構詞記憶法
字尾 -ate 為動詞字尾，表示「使～」的意思。

---

oscillation [͵ɑsə`leʃən] n 振動 ㊖㊗㊘㊙㊚㊛
His oscillations of mood makes me feel uneasy.
他動盪的心情讓我感到十分不安。
同 vibration n 振動
反 stabilization n 穩定
片 oscillation frequency ph 振盪頻率

構詞記憶法
字尾 -ation 為名詞字尾，表示「狀態」的意思。

---

outcome [`aut͵kʌm] n 結果 ㊖㊗㊘㊙㊚㊛
You should tell us the outcome of negotiation right now.
你們應該馬上告訴我們談判的結果。
同 result n 結果
片 therapeutic outcome ph 治療結果

構詞記憶法
字根 come 表示「來」的意思。
搭配詞記憶法
whatever the outcome 好歹

outlook [ˋaut͵luk] n 展望，觀點 升全多雅托公
He is a man with a bright outlook for business, isn't he?
他對商業前景非常看好，不是嗎？
同 viewpoint n 觀點
片 world outlook 世界觀

構詞記憶法
字首 out- 表示「外面，超過」的意思。

oval [ˋovl̩] a 橢圓的 升全多雅托公
The little boy asked his mother "why are eggs oval?"
小男孩問媽媽，雞蛋為什麼是橢圓形的。
同 elliptical a 橢圓的
文 例句中包含一個直接引語「...why eggs are oval?」。直接引語可以轉變為間接引語，那麼例句就變為 The little boy asked his mother why eggs were oval.

搭配詞記憶法
oval window 卵圓窗

overalls [ˋovɚ͵ɔlz] n 工作服，工裝褲 升全多雅托公
Before going out, Ben will change his overalls.
出去之前，Ben 會換掉工裝褲。
同 jeans n 工裝褲
片 fireproof overalls ph 防火工作服

單複數記憶法
此單字單數形式為 overall（a. 全部的）。

overcome [͵ovɚˋkʌm] v 克服 升全多雅托公
It is not easy to overcome a bad habit.
改掉壞習慣不容易。
➲ overcome - overcame - overcome & overcoming
同 surmount v 克服
反 surrender v 投降
片 overcome difficulty ph 克服困難

構詞記憶法
字首 over- 表示「翻轉，在～上」的意思。

overlook [͵ovɚˋluk] v 俯瞰，忽略 升全多雅托公
I overlook the sea from our house.
我從家中俯看大海。
➲ overlook - overlooked - overlooked & overlooking
同 forget v 忽略
反 notice v 注意
片 overlook from ph 從～俯瞰

構詞記憶法
字首 over- 表示「翻轉，在～上」的意思。

overseas [ˋovɚˋsiz] ad 在海外 升全多雅托公
He travels overseas at this time of every year.
每年的這個時候他都在海外旅行。
同 abroad ad 在海外
反 inland ad 在內陸
片 overseas students ph 留學生

構詞記憶法
字首 over- 表示「翻轉，在～之上」的意思。

overwhelm [ˌovɚˋhwɛlm] v 淹沒

升全多雅托公

The village was overwhelmed by a flood last month.
上個月村莊被洪水淹沒了。

➲ overwhelm - overwhelmed - overwhelmed & overwhelming
同 flood v 淹沒
片 overwhelm by ph 以～壓倒

搭配詞記憶法
feel overwhelmed 感到不知所措

構詞記憶法
字首 over- 表示「翻轉，超過」的意思。

overwhelming [ˌovɚˋhwɛlmɪŋ] a 壓倒性的

升全多雅托公

He has some pieces of overwhelming evidence to prove that you broke the law.
他有一些絕對有力的證據能證明你違犯法律。

同 inundatory a 壓倒性的
片 overwhelming superiority ph 絕對優勢

搭配詞記憶法
seemingly overwhelming 勢不可擋

構詞記憶法
字首 over- 表示「翻轉，超過」的意思。

owl [aʊl] n 貓頭鷹，梟

升全多雅托公

I saw an owl in the tree on the way home last night.
昨晚在回家的路上我看見樹上有一隻貓頭鷹。

同 howlet n 梟
文 home 與 here 的用法一樣，前面不用加介係詞。如 go home（回家）。

搭配詞記憶法
night owl 貓頭鷹，熬夜的人

oxide [ˋaksaɪd] n 氧化物

升全多雅托公

Iron oxide can react with sulfuric acid.
氧化鐵能與硫酸反應。

同 oxyde n 氧化物
反 non-oxide n 非氧化物
文 react 與介係詞 with 連用時，表示「與～反應」的意思。與介係詞 against 連用時表示「反對，反抗」的意思。

搭配詞記憶法
iron oxide 氧化鐵

oxygen [ˋaksədʒən] n 氧氣

升全多雅托公

I almost died on the mountain from lack of oxygen.
由於缺氧，我差點死在山上。

文 片語 die from 與 die of 的區別：前者表示死於某種外因，例如地震、火宅、交通事故等；後者表示死於某種內因，例如疾病（心臟病、癌症等）。

搭配詞記憶法
dissolved oxygen 溶解氧

Pp

pace ~ putrefy

6大考試

㊉ 學測指考
㊎ 全民英檢
㊇ 多益測驗
㊒ 雅思測驗
㊑ 托福測驗
㊣ 公職考試

6 大英文單字記憶法

構詞記憶法

利用英文的構詞方式，透過字首、字根、字尾的方式來記憶單字。

同音詞記憶法

利用單字的相同發音卻不同拼字來記憶。

單複數記憶法

利用單字本身單複數形式所產生的不同意思來記憶單字。

近似音記憶法

利用諧音方式來增加記憶。

搭配詞記憶法

利用一組詞彙的概念來記憶，在記憶單字時不是只記下一個單字的意思，而是能夠使用一組詞彙加深印象。

邏輯記憶法

以一個單字為單位，採用順序或不同的角度去找出邏輯的關係，並延伸出其它的單字。

Pp pace ~ putrefy

符號說明 ➲ 動詞三態 & 分詞 同 同義字 反 反義字 文 文法重點

pace [pes] n 一步 升全多雅托公

When I tried to hug the child, he took two paces backward.

當我試著去擁抱那小孩的時候，他往後退了兩步。

同 step n 步伐

片 keep pace ph 並駕齊驅

構詞記憶法

字根 pace 表示「步」的意思。

pack [pæk] n 包裝 升全多雅托公

He handed the old man a pack of cigarettes.

他遞一包菸給老人。

同 packet n 包

片 a pack of ph 一包

構詞記憶法

字根 pack 表示「繫緊，緊密」的意思。

搭配詞記憶法

the leader of the pack 領袖

packet [`pækɪt] n 小包（裹） 升全多雅托公

She put a packet of biscuits in her bag.

她放一包餅乾在包包裡。

同 pack n 包裝

反 parcel n 包

片 data packet ph 數據包

構詞記憶法

字尾 -et 為名詞字尾，表示「小東西」的意思。

paddle [`pædḷ] v 划槳 升全多雅托公

They will paddle the boat downstream.

他們將划船順流而下。

➲ paddle - paddled - paddled & paddling

同 oar v 划船

片 paddle the canoe ph 泛舟

搭配詞記憶法

paddle furiously 奮力划槳

pageantry [`pædʒəntrɪ] n 壯觀 升全多雅托公

We are shocked by the pageantry of state occasions.

我們被國家慶典的壯觀景象震驚了。

同 spectacularity n 壯觀

反 tininess n 微小

邏輯記憶法

此單詞中含有 page（n. 頁）一詞，可延伸出 pager（n. 攜帶型傳呼機）。

pail [pel] n 桶 升全多雅托公

Bring me a pail of water and pour it into the washing machine.

提一桶水給我，倒進洗衣機裡面。

同 barrel n 桶

片 a pail of water ph 一桶水

同音詞記憶法

與此單字同音的單字為pale（a. 蒼白的）

painful [ˋpenfəl] a 痛苦的
升全多雅托公

I don't want to mention the painful experience in the countryside.
我不想提起在鄉下那段痛苦的經歷。

- 同 bitter a 痛苦的
- 反 happy a 幸福的
- 文 experience 作為「經歷」的意思時，為可數名詞；作為「經驗」的意思時，為不可數名詞。

構詞記憶法
字根 pain 表示「痛苦」的意思。

搭配詞記憶法
excruciatingly painful 難以忍受的痛苦

pajamas [pəˋdʒæməs] n 睡衣
升全多雅托公

I couldn't believe my eyes that he went to work in pajamas this morning.
今天早上他竟然穿著睡衣去上班，我真是不敢相信我的眼睛。

- 同 pyjamas n 睡衣
- 片 silk pajamas ph 真絲睡衣

邏輯記憶法
此單詞中含有 jam（n. 果醬）一詞，可延伸出 jamb（n. 門窗邊框）。

palatable [ˋpælətəbl̩] a 美味的
升全多雅托公

He didn't think the dish I made palatable.
他認為我做的菜不好吃。

- 同 delicious a 美味的
- 反 unsavoury a 難吃的
- 文 片語「think + 人／物 + 形容詞」，表示「某人／某物具有某種性質」。

構詞記憶法
字尾 -able 為形容詞字尾，表示「能～的」的意思。

palate [ˋpælɪt] n 品味，上顎
升全多雅托公

She is a woman with a refined palate.
她是個有品味的女士。

- 同 taste n 品味
- 片 soft palate ph 軟齶

同音詞記憶法
與此單字同音的單字為 palette（n. 調色板）。

搭配詞記憶法
discriminating palate 美味鑑賞

paleontologist [ˌpelɪɑnˋtɑlədʒɪst] n 古生物學者
升全多雅托公

The paleontologist will give a lecture to us this evening.
今晚古生物學者將替我們做演講。

- 文 give a lecture 是常用片語，意思是「發表演講」。

構詞記憶法
字首 paleo- 表示「古，舊」的意思。

palliate [ˋpælɪˌet] v 減輕，掩飾
升全多雅托公

I don't mean to palliate anything; I'm just telling you the reason that I was not present.
我並沒有打算掩飾，我只是告訴你我沒有出席的原因。

- ➲ palliate - palliated - palliated & palliating
- 同 moderate v 減輕
- 反 aggravate v 加重
- 片 palliate a penalty ph 減刑

構詞記憶法
字尾 -ate 為動詞字尾，表示「使成為～」的意思。

pamphlet [ˋpæm flɪt] n 小冊子　升全多雅托公

First of all, you had better find out the pamphlet for me.
首先，你最好先幫我找出來小冊子。

同 booklet n 小冊子
片 read a pamphlet ph 讀冊子

構詞記憶法
字尾 -let 為名詞字尾，表示「小東西，小」的意思。

搭配詞記憶法
political pamphlet 政治小冊子

panchromatic [ˏpænkroˋmætɪk] a 全色的　升全多雅托公

We found the panchromatic film missing and could find it nowhere.
我們發現全色膠片不見了，哪裡都找不到。

同 orthopan a 全色的
片 panchromatic film ph 全色性膠片

近似音記憶法
pan 音同「盤」，以 pan 開頭的字，隱含「全盤，泛」。

構詞記憶法
字根 chromat 表示「顏色」的意思。

panel [ˋpænḷ] n 儀錶板　升全多雅托公

There is something wrong with the instrument panel; it doesn't work.
儀錶板出問題了，它不動了。

片 control panel ph 控制台

構詞記憶法
字尾 -el 為名詞字尾，表示「小東西」的意思。

papers [ˋpepɚz] n 論文，文件　升全多雅托公

These are papers on linguistics; take them to my office.
這些是語言學論文，把它們拿到我的辦公室。

同 file n 文件
片 conference papers ph 會議論文

單複數記憶法
此單字單數形式為 paper（n. 紙）。

搭配詞記憶法
a waste of paper 浪費紙張

paradox [ˋpærəˏdɑks]　升全多雅托公
n 雋語，似非而可能正確的議論

I can't understand what the paradox means.
我不理解這句雋語什麼意思。

同 epigram n 雋語
文 例句中 what 引導的子句作 understand 的受詞，從句本身用陳述句的語序，而不是疑問句的語序。

構詞記憶法
字首 para- 表示「並行，超越」的意思。

paradoxical [ˏpærəˋdɑksɪkḷ]　升全多雅托公
a 矛盾的，似非而是的

It became a little paradoxical at that time.
那時，它看起來有點兒似非而是了。

同 contradictory a 矛盾的
反 reconcilable a 不矛盾的
片 paradoxical society ph 悖論社會

構詞記憶法
字尾 -ical 為形容詞字尾，表示「具有～特徵的」的意思。

搭配詞記憶法
seemingly paradoxical 看似矛盾地

paradrop [ˋpærə͵drɑp] v 空投補給 升 全 多 雅 托 公

We should paradrop some food and water to the stricken area.
我們應該補給食物和水給災區。

➲ paradrop - paradropped - paradropped & paradropping
同 airdrop v 空投

近似音記憶法
pa 音同「物體掉落的聲音」，以 pa 開頭的字，隱含「投、扔」。

構詞記憶法
字根 drop 表示「掉落，降下」的意思。

paragraph [ˋpærə͵græf] n 短篇報導，段落 升 全 多 雅 托 公

Have you read the paragraph on the explosion in the newspaper?
你讀了報紙上關於爆炸的短篇報導嗎？

同 article n 文章
片 begin a new paragraph ph 開始一個新段落

構詞記憶法
字根 graph 表示「書寫」的意思。

parallel [ˋpærə͵lɛl] a 平行的，類似的 升 全 多 雅 托 公

The street is parallel to the railway.
這條街道與鐵路平行。

同 same a 類似的
反 unparallel a 不平行的
片 in parallel ph 並行

構詞記憶法
字首 para 表示「並行，超越」的意思。

搭配詞記憶法
roughly parallel
大致平行

parameter [pəˋræmətɚ] n 參數 升 全 多 雅 托 公

I'd like to have the technological parameters of the grinding machines.
我想要這些磨床的技術參數。

同 argument n 參數
片 technical parameter ph 技術參數

構詞記憶法
字根 meter 表示「計量表」的意思。

paramount [ˋpærə͵maʊnt] a 最重要的，至高無上的 升 全 多 雅 托 公

It is of paramount importance to seize the chance.
把握這次機會，事關重大。

同 primary a 首要的
反 unconsidered a 不重要的
片 paramount to ph 對於～來說是至高無上的

構詞記憶法
字根 mount 表示「山，登上」的意思。

parasol [ˋpærə͵sɔl] n 陽傘 升 全 多 雅 托 公

This parasol can protect you from the sun.
這陽傘能保護你避免曬到太陽。

同 sunshade n 遮陽傘
反 umbrella n 雨傘
片 mushroom parasol ph 菌傘

構詞記憶法
字根 sol 表示「太陽」的意思。

partial [ˋparʃəl] a 局部的，偏愛的
升全多雅托公

Their vacation, they think, is only a partial success.
他們認為這假期過得勉強可以。

同 regional a 局部的
反 total a 全部的
片 partial discharge ph 局部放電

構詞記憶法
字根 part 表示「分開」的意思。

搭配詞記憶法
inevitably partial
不可避免的部分

participant [parˋtɪsəpənt] n 參與者
升全多雅托公

There are no participants at the meeting against this proposal.
參加會議的人都不能反對這項提議。

同 participator n 參與者
反 outsider n 局外人
文 介係詞 against 表示「反對」的意思，例如 fight against 反抗、lean against 斜靠在、up against 面臨。

構詞記憶法
字根 cip 表示「抓，握住」的意思。

搭配詞記憶法
leading participant
主要參與者

participate [parˋtɪsə͵pet] v 參與
升全多雅托公

She will participate in the competition and win first prize.
她將會參加競賽，並贏得第一名。

➲ participate - participated - participated & participating
同 involve v 參與
反 avoid v 避開
片 participate in ph 參加

構詞記憶法
字尾 -ate 為動詞字尾，表示「使成為～」的意思。

搭配詞記憶法
fully participate
全面參與

participation [par͵tɪsəˋpeʃən] n 參與
升全多雅托公

Thank you for your participation.
謝謝你的參與。

同 concernment n 參與
反 avoidance n 回避
片 active participation ph 主動參與

構詞記憶法
字尾 -tion 為名詞字尾，表示「行動的過程或結果」的意思。

particle [ˋpartɪkl̩] n 顆粒
升全多雅托公

I see particles of dust in a beam of the sunlight.
在陽光的照射下，我看見塵埃。

同 grain n 顆粒
片 particle size ph 細微性

構詞記憶法
字尾 -le 為名詞字尾，表示「小東西」的意思。

particularly [pɚˋtɪkjələlɪ] ad 特別地
升全多雅托公

In my point of view, the movie is not particularly interesting.
在我看來，這場電影並不是特別有趣。

同 specifically ad 特別地
反 ordinarily ad 一般地
文 particularly 作副詞，一般放在所修飾詞的前面。表示強調的時候可以放在句首或句末。

構詞記憶法
字根 part 表示「分開」的意思。

particular [pɚˋtɪkjəlɚ] a 特別的 升全多雅托公

I'm looking for something in particular for my mom's birthday gift.

我在找特別的東西，要送媽媽當生日禮物。

同 special a 特別的

反 common a 一般的

構詞記憶法
字尾 -ar 為形容詞字尾，表示「有～性質的」的意思。

passenger [ˋpæsṇdʒɚ] n 乘客 升全多雅托公

All the passengers were killed in the car accident yesterday.

所有乘客都在昨天的車禍中喪生。

同 traveler n 旅客

片 passenger car ph 客車

構詞記憶法
字根 pass 表示「通過」的意思。

搭配詞記憶法
passenger compartment 客艙

passive [ˋpæsɪv] a 被動的 升全多雅托公

The man always plays a passive role at work.

男人在工作中總是扮演著被動角色。

同 driven a 被動的

反 active a 積極的

片 passive voice ph 被動語態

構詞記憶法
字根 pass 表示「感情，遭受」的意思。

paste [pest] v 張貼 升全多雅托公

They are pasting oil paintings onto the wall now.

他們現在正在牆上貼油畫。

➲ paste - pasted - pasted & pasting

同 post v 張貼

片 paste up ph 張貼

同音詞記憶法
與此單字同音的單字為 paced（a. ～步調的）。

pastoral [ˋpæstərəl] a 田園生活的，牧師的 升全多雅托公

We are attracted by the beautiful pastoral scene here.

我們被這裡優美的田園風光吸引住了。

同 ministerial a 牧師的

片 pastoral poetry ph 田園詩

構詞記憶法
字尾 -al 為形容詞字尾，表示「關於～的」的意思。

pasture [ˋpæstʃɚ] v 放牧 升全多雅托公

He always pastures his cattle along the river.

他總是沿著河流放牛。

➲ pasture - pastured - pastured & pasturing

同 grass v 放牧

片 put out to pasture ph 放牧

邏輯記憶法
此單詞中含有 past（a. 過去的）一詞，可延伸出 pasta（n. 麵團）。

patch [pætʃ] n 補釘，碎片 v 修補 升全多雅托公

The beggar is in a pair of trousers with patches on the knees.
乞丐穿的褲子膝蓋處有補丁。

同 debris n 碎片

文 in 在例句中作動詞表示「穿著」的意思，in 後面也可接顏色，表示「穿……顏色的衣服」。

搭配詞記憶法
patch up 修補

patent [\`pætṇt] n 專利，執照 升全多雅托公

You should apply for a patent for your invention as soon as possible.
你應該儘快為你的發明申請專利。

同 license n 執照

片 national patent ph 國家專利

邏輯記憶法
此單詞中含有 pate（n. 腦袋）一詞，可延伸出 spate（n. 洪水）。

搭配詞記憶法
patent pending
專利申請中

patriotism [\`petrɪətɪzəm] n 愛國主義 升全多雅托公

He doesn't allow others to insult his country out of a sense of patriotism.
他很愛國，不允許別人侮辱他的國家。

反 betrayal n 背叛

片 patriotism education ph 愛國主義教育

構詞記憶法
字根 patri 表示「父，父親」的意思。

pattern [\`pætɚn] n 模式 升全多雅托公

The girl is in a coat with a rose pattern.
女孩兒穿著有玫瑰花圖案的外套。

同 mode n 模式

文 pattern 為可數名詞，其本意是「模式，樣式」。還可以表示「榜樣、典範」的意思，通常用其單數形式。

搭配詞記憶法
pattern recognition
模式識別

pauper [\`pɔpɚ] n 乞丐 升全多雅托公

The police are looking for a pauper because he is a witness of this accident.
員警正在尋找一名乞丐，因為他是這場事故的目擊證人。

同 panhandler n 乞丐

反 billionaire n 億萬富翁

片 pauper school ph 貧民學校

構詞記憶法
字尾 -er 為名詞字尾，表示「實施動作的人」的意思。

pave [pev] v 鋪設，安排 升全多雅托公

The floor is paved with marble in the office.
辦公室的地板是用大理石鋪成的。

➲ pave - paved - paved & paving

同 schedule v 安排

片 pave 的本意是「鋪設」，可延伸出「為～做好準備」的意思，後多接道路、地板等名詞作受詞。

搭配詞記憶法
pave the way for
為～鋪平道路

peace [pis] n 和平　升全多雅托公

We are living in peace; while they are not.
我們和平相處，然而他們並不是這樣。

- 同 harmony n 和諧
- 反 war n 戰爭
- 文 while 意為「然而」，表轉折對比的意義，通常表示前後情況完全相反。

同音詞記憶法
與此單字同音的單字為 piece（n. 塊）

搭配詞記憶法
peace of mind
心平氣和

peak [pik] n 山峰，頂點　升全多雅托公

The man reached to the peak of his career in his thirties.
男子 30 多歲時達到他事業上的巔峰。

- 同 summit n 頂點
- 反 foot n 底部
- 文 reach 作不及物動詞時，常與介係詞 after、to、for 等連用，可用於被動結構。

搭配詞記憶法
peaks and troughs
（經濟）波峰和谷底

peasant [ˋpɛzn̩t] n 農民　升全多雅托公

She looks down upon the peasant from the countryside.
她看不起來自鄉下的農民。

- 同 farmer n 農民
- 片 peasant household ph 莊戶

構詞記憶法
字尾 -ant 為名詞字尾，表示「實施行為的人」的意思。

peculiar [pɪˋkjuljɚ] a 奇怪的，特殊的　升全多雅托公

It's very peculiar that I lost my mobile phone.
我把手機丟失，真是太怪了。

- 同 specific a 特殊的
- 反 usual a 常見的
- 片 the Peculiar Institution ph 舊時美國南部的黑奴制度

構詞記憶法
字尾 -ar 為形容詞字尾，表示「與～相關的」的意思。

pedagogic [ˌpɛdəˋgadʒɪk] a 教育學的，教師的　升全多雅托公

As a French teacher, you must know well about pedagogic grammar.
作為一名法語老師，你必須熟悉教學文法。

- 同 magistral a 教師的
- 片 pedagogic principle ph 教育學原理

構詞記憶法
字根 ped 表示「兒童」的意思。

peek [pik] v 窺視　升全多雅托公

It is impolite and even rude to peek at the diary.
偷看日記不禮貌，甚至很無禮。

- ➲ peek - peeked - peeked & peeking
- 同 peer v 窺視
- 片 peek over ph 窺視

同音詞記憶法
與此單字同音的單字為 peak（n. 山峰）

penalty [ˋpɛn!tɪ] n 罰款 升全多雅托公

Either of both parties shall pay a penalty for breach of contract.
若雙方中任何一方違約，應付罰金。

同 fine n 罰款
反 reward n 賞金
文 情態動詞 shall 在有關法律內容中，意為「應該」，表示有法律約束，具有強制性、權威性，必須履行某種行為，否則將受到法律制裁。

構詞記憶法
字根 pen 表示「懲罰」的意思。

搭配詞記憶法
harsh penalty 嚴酷懲罰

pendulum [ˋpɛndʒələm] n 鐘擺 升全多雅托公

The baby fixed his eyes on the swinging pendulum.
小嬰兒目不轉睛地盯著搖擺的鐘擺看。

片 simple pendulum ph 單擺

構詞記憶法
字根 pend 表示「懸掛」的意思。

penetrate [ˋpɛnə͵tret] v 滲透 升全多雅托公

The water penetrates through the wall.
水滲透牆壁。

➲ penetrate - penetrated - penetrated & penetrating
同 permeate v 滲透

搭配詞記憶法
penetrate into 刺入

構詞記憶法
字尾 -ate 為動詞字尾，表示「給予～某物或某性質」的意思。

peninsula [pəˋnɪnsələ] n 半島 升全多雅托公

We are going to travel to the Iberian Peninsula.
我們將去伊比利亞半島旅行。

同 chersonese n 半島
片 Arabian peninsula ph 阿拉伯半島

構詞記憶法
字根 insul 表示「島嶼」的意思。

penmanship [ˋpɛnmən͵ʃɪp] n 書法 升全多雅托公

He is not skilled in penmanship. Neither am I.
他不擅長書法。我也不擅長。

同 calligraphy n 書法
文 be skilled in 是常用片語，意思是「精通於～」，後接名詞或代名詞作受詞。

構詞記憶法
字尾 -ship 為名詞字尾，表示「某種關係」的意思。

penny [ˋpɛnɪ] n 美分 升全多雅托公

Those erasers in the box cost fifty pence each.
盒子裡的那些橡皮擦每塊 50 分。

同 cent n 分
文 penny 變複數有兩種形式：pennies 與 pence。前者指一個一個的硬幣，而後者指幣值。

搭配詞記憶法
not a penny 一文不值

perceive [pɚˋsiv] v 察覺 升全多雅托公
The old man is perceived to smoke every day.
根據觀察，這老人每天都吸菸。
➲ perceive - perceived - perceived & perceiving
同 detect v 察覺
片 perceive as ph 視為

構詞記憶法
字根 ceive 表示「抓住」的意思。
搭配詞記憶法
widely perceived 普遍認為

percentage [pɚˋsɛntɪdʒ] n 百分比 升全多雅托公
Take notes of germination percentage every day.
每天都記錄下發芽百分比。
同 centage n 百分比
片 weight percentage ph 重量百分率

構詞記憶法
字根 cent 表示「百」的意思。
搭配詞記憶法
percentage point 百分點

perception [pɚˋsɛpʃən] n 知覺 升全多雅托公
How can I improve my powers of perception as soon as possible?
如何才能快速提高我的感知能力？
同 consciousness n 知覺
反 imperception n 無知覺
片 visual perception ph 視覺感知

構詞記憶法
字根 cept 表示「抓住，握住」的意思。
搭配詞記憶法
widely-held perception 持廣泛的看法

perceptive [pɚˋsɛptɪv] a 感知的 升全多雅托公
He has a perceptive comment on the issue.
在此問題，他有個富有見地的評論。
同 sensory a 感知的
反 imperceptive a 無感知的
片 perceptive effect ph 感知效應

構詞記憶法
字根 cept 表示「抓住，握住」的意思。
搭配詞記憶法
perceptive about 對～感知

perceptual [pɚˋsɛptʃuəl] a 知覺的 升全多雅托公
We can get rational knowledge from perceptual knowledge.
我們可以從感性知識中獲得理性知識。
同 apperceptive a 知覺的
反 impercipient a 無知覺的
片 perceptual experience ph 感性經驗

構詞記憶法
字首 per- 表示「貫穿，通」的意思。

percussion [pɚˋkʌʃən] n 敲打樂器，震動 升全多雅托公
He joined an orchestra, with a percussion section.
他加入有打擊樂部門的管弦樂隊。
同 vibration n 震動
片 percussion instrument ph 打擊樂器

構詞記憶法
字根 cuss 表示「敲打，搖動」的意思。

peregrine [ˋpɛrəgrɪn] n 遊隼　升全多雅托公

I saw a peregrine in the field yesterday.
昨天在田間我看到一隻遊隼。

同 tiercel n 雄鷹
片 peregrine falcon ph 遊隼

邏輯記憶法
此單詞中含有 grin（v. 露齒笑）一詞，可延伸出 grind（v. 磨碎）。

---

performance [pɚˋfɔrməns] n 表演，執行　升全多雅托公

Tonight, I will give a performance; I hope you can be present.
今晚我將演出，希望你能出席。

同 show n 表演
片 good performance ph 性能良好

構詞記憶法
字根 form 表示「形狀」的意思。

搭配詞記憶法
on past performance 過去的表現

---

perform [pɚˋfɔrm] v 執行，表演　升全多雅托公

He will perform an operation on the dying patient.
他將替一位生命垂危的病人做手術。

➲ perform - performed - performed & performing
同 implement v 執行
反 neglect v 疏忽
文 dying，dead，died 區別：前兩者為形容詞，最後一個為 die 的過去式或過去分詞形式。dying 表示生命垂危的，即將死去但還未死去；dead 表死亡的狀態；died 作過去式時，表示死亡的動作。

搭配詞記憶法
perform on 執行

構詞記憶法
字根 form 表示「形成」的意思。

---

pericarp [ˋpɛrɪˌkɑrp] n 果皮　升全多雅托公

The biologists are discussing the anti-senile effect of pericarp.
生物學家們正在討論果皮抗衰老的功效。

同 carpodermis n 果皮
片 pericarp ultrastructure ph 果皮顯微結構

近似音記憶法
pe 音同「皮」，以 pe 開頭的字，隱含「皮，周邊」。

構詞記憶法
字首 peri- 表示「周圍」的意思。

---

periderm [ˋpɛrəˋdɝm] n 表皮　升全多雅托公

They showed great differences in periderm at that time.
那時候它們在表皮上有很大的差異。

片 periderm structure ph 表皮結構

近似音記憶法
pe 音同「皮」，以 pe 開頭的字，隱含「皮，周邊」。

構詞記憶法
字首 peri- 表示「周圍」的意思。

---

perilous [ˋpɛrələs] a 危險的　升全多雅托公

He likes perilous voyages very much.
他十分喜歡驚險航行。

同 dangerous a 危險的
反 safe a 安全的
片 perilous position ph 危險處境

構詞記憶法
字尾 -ous 為形容詞字尾，表示「具有～性質或特徵的」的意思。

perimeter [pə`rɪmətɚ] n 周長，周邊 升全多雅托公

Don't cross the perimeter fence, or they will shoot you.

不要跨越周圍的籬笆，否則他們會朝你開槍。

同 circumference n 周長

文 cross 與 across 都表示「橫過，度過」的意思。前者在句中可以充當動詞；而後者為介係詞，需要借助動詞，例如 go across。

構詞記憶法

字根 meter 表示「計量，測量」的意思。

periphery [pə`rɪfərɪ] n 周邊，邊緣 升全多雅托公

We used to work on the periphery of the city.

我們過去在郊區上班。

同 suburb n 邊緣

反 center n 中心

片 periphery 經常與介係詞 on、with 連用，表示「在～的邊緣」的意思。

構詞記憶法

字首 peri 表示「周圍」的意思。

perish [`pɛrɪʃ] v 死亡，毀滅 升全多雅托公

Many people perished in the fire last week.

上星期很多人死於火災。

➲ perish - perished - perished & perishing

同 die v 死亡

反 survive v 倖存

片 perish the thought ph 打消念頭

構詞記憶法

字尾 -ish 為動詞字尾，表示「造成～」的意思。

perishable [`pɛrɪʃəbl̩] a 易腐壞的 升全多雅托公

Don't buy too much perishable food.

不要買太多易腐爛的食品。

反 imperishable a 不朽的

文 例句是祈使句的否定形式，其具體結構為：「Don't + 動詞原形」。

構詞記憶法

字尾 -able 為形容詞字尾，表示「有～能力的」的意思。

搭配詞記憶法

highly perishable 易腐壞

permanent [`pɝmənənt] a 永恆的 升全多雅托公

He needs a permanent job to support his family.

他需要一份穩定工作來養家。

同 eternal a 永恆的

反 impermanent a 非永久的

片 permanent resident ph 永久居民

構詞記憶法

字首 per- 表示「貫穿，徹底」的意思。

搭配詞記憶法

make sth. permanent 使～永恆

permeate [`pɝmɪ͵et] v 滲透 升全多雅托公

The smell of chicken permeated through the room.

雞肉的香味彌漫整個房間。

➲ permeate - permeated - permeated & permeating

同 filter v 滲透

片 permeate through ph 滲透

構詞記憶法

字首 per- 表示「貫穿」的意思。

permission [pɚ`mɪʃən] n 允許 升全多雅托公

I had his permission to leave, so I needn't stay here anymore.
他准許我離開，所以我沒必要再待在這裡。

- 同 permit n 允許
- 反 prohibition n 禁止
- 片 without permission ph 未經許可

構詞記憶法
字根 miss 表示「放出，錯過」的意思。

搭配詞記憶法
planning permission 土地規劃申請

permissive [pɚ`mɪsɪv] a 許可的，放縱的 升全多雅托公

Your permissive attitude makes you a loser.
你放縱的態度使你變成失敗者。

- 同 allowable a 許可的
- 反 prohibitory a 禁止的
- 片 permissive parents ph 縱容子女的父母

構詞記憶法
字根 miss 表示「放出，錯過」的意思。

permit [pɚ`mɪt] v 允許 升全多雅托公

Pets are not permitted in the office.
寵物不能帶進辦公室。

- ➲ permit - permitted - permitted & permitting
- 同 allow v 允許
- 反 prohibit v 禁止
- 片 permit of ph 允許

構詞記憶法
字根 mit 表示「放出，錯過」的意思。

搭配詞記憶法
generally permit 一般允許

pernicious [pɚ`nɪʃəs] a 有害無益的 升全多雅托公

Eventually, it turned out to be a pernicious influence on society.
最後證明這對社會造成有害影響。

- 同 harmful a 有害的
- 反 helpful a 有幫助的
- 片 pernicious anemia ph 惡性貧血

構詞記憶法
字首 per- 表示「貫穿」的意思。

perpetual [pɚ`pɛtʃuəl] a 不斷的，永久的 升全多雅托公

I cannot stand the perpetual noise the kids make all day.
我受不了孩子們整天不絕於耳的噪音。

- 同 permanent a 永久的
- 反 temporary a 暫時的
- 文 動詞 stand 作「忍受，容忍」時，多用於否定句。其文法結構為：「主詞 + cannot / couldn't stand + 名詞」。

構詞記憶法
字根 pet 表示「追求」的意思。

perpetuate [pɚ`pɛtʃu͵et] v 使不朽，保持 升全多雅托公

It is built to perpetuate the memory of him.
這是為了紀念他而建立的。

- ➲ perpetuate - perpetuated - perpetuated & perpetuating
- 同 retain v 保持
- 片 self perpetuate ph 自生自存

構詞記憶法
字尾 -ate 為動詞字尾，表示「給予～某物或某性質」的意思。

搭配詞記憶法
merely perpetuate 僅延續～

personage [ˋpɝsṇɪdʒ] n 大人物，角色

升全多雅托公

Some political personages were present at the meeting.
有一些政治大人物出席會議。

- 同 role n 角色
- 反 nobody n 無名小卒
- 片 royal personage ph 皇族

邏輯記憶法
此單詞中含有 age（a. 年齡）一詞，可延伸出 page（n. 頁碼）。

構詞記憶法
字尾 -age 為名詞字尾，表示「身份」的意思。

personality [ˏpɝsṇˋælətɪ] n 個性

升全多雅托公

The man had a very strong personality and wanted to succeed in doing everything.
男子個性很強，做什麼事都想成功。

- 同 individuality n 個性
- 片 personality development ph 人格發展

構詞記憶法
字尾 -ality 為名詞字尾，表示「性質，狀態」的意思。

搭配詞記憶法
a clash of personalities 個性上的衝突

perspective [pɚˋspɛktɪv] n 遠景，觀點

升全多雅托公

He got a perspective of the mountain in the trip.
途中，他取得山峰遠景。

- 同 viewpoint n 觀點
- 片 new perspective ph 新觀點

構詞記憶法
字根 spect 表示「看」的意思。

搭配詞記憶法
a sense of perspective 透視感

perspicacious [ˏpɝspɪˋkeʃəs]

升全多雅托公

a 有洞察力的，敏銳的

I was shocked by his perspicacious analysis of the situation.
他精闢的分析讓我十分震驚。

- 同 acute a 敏銳的
- 反 dull a 遲鈍的
- 片 在表示「對～感到震驚」時，片語為「be shocked by / at」。注意不能用介係詞 with。

構詞記憶法
字尾 -acious 為形容詞字尾，表示「具有～特性的」的意思。

persuade [pɚˋswed] v 說服

You can persuade the client into cooperating with us.
你能夠說服客戶跟我們合作。

- ➲ persuade - persuaded - persuaded & persuading
- 同 convince v 說服
- 反 dissuade v 勸阻
- 文 persuade 的用法：「persuade sb. to do sth.= persuade sb. into doing sth.」意為「說服某人做某事」；「persuade sb. not to do sth.= persuade sb. out of doing sth.」意為「說服某人不要做某事」。

搭配詞記憶法
be reluctantly persuaded 勉強被說服

構詞記憶法
字首 per- 表示「貫穿，全部」的意思。

pertain [pɚˋten] v 關於，屬於 升全多雅托公

You must provide evidences pertaining to the case as soon as possible.
你應該儘快提供與案件有關的證據。

➲ pertain - pertained - pertained & pertaining
同 belong v 屬於
片 pertain to ph 與～相關，關於

構詞記憶法
字根 tain 表示「握住，挽留」的意思。

---

pervasive [pɚˋvesɪv] a 普遍的 升全多雅托公

The government should take effective measures to deal with the pervasive drug dealers.
政府應當採取有效措施處理無處不見的毒犯。

同 widespread a 普遍的
反 uncommon a 不常見的
片 pervasive concern ph 普遍問題

構詞記憶法
字根 vas 表示「走」的意思。

搭配詞記憶法
all-pervasive 普及的

---

pesticide [ˋpɛstɪˌsaɪd] n 殺蟲劑 升全多雅托公

The crops have been sprayed with pesticide.
莊稼已經噴灑了殺蟲劑。

同 insecticide n 殺蟲劑
片 pesticide residue ph 農藥殘留

構詞記憶法
字根 cid(e) 表示「殺，切開」的意思。

搭配詞記憶法
pesticide spray 噴灑農藥

---

petroleum [pəˋtrolɪəm] n 石油 升全多雅托公

There has been a gradual increase in the price of petroleum.
石油價格逐漸上漲。

同 gasoline n 石油
片 petroleum industry ph 石油工業

構詞記憶法
字根 petr 表示「石油」的意思。

---

pharmacology [ˌfɑrməˋkɑlədʒɪ] n 藥物學，藥理學 升全多雅托公

They have been doing this research on pharmacology for decades.
他們做藥理研究已經數十年。

同 psychopharmacology n 精神病藥理學
片 clinical pharmacology ph 臨床藥理學

構詞記憶法
字尾 -ology 為名詞字尾，表示「學科，科學」的意思。

---

phenomenon [fəˋnɑməˌnɑn] n 現象，奇蹟 升全多雅托公

Unemployment is a common phenomenon during the Great Depression.
在經濟大蕭條時，失業是常見現象。

同 wonder n 奇蹟
文 phenomenon 的複數形式比較特殊，既不是在此後加 -s，也不是加 -es 或變 y 為 i 加 -es 等等，而是不規則 phenomena。

搭配詞記憶法
natural phenomenon 自然現象

pheromone [ˋfɛrə͵mon] n **信息素，費洛蒙** 升全多雅托公

Some insects produce pheromones which can affect the behavior of other insects.

一些昆蟲能產生資訊素，會對其他動物的行為造成影響。

文 affect the behavior of 動詞片語，意思是「影響～的行為」，後跟名詞或代名詞。

搭配詞記憶法
produce pheromones 產生資訊素

philanthropy [fɪˋlænθrəpɪ] n **慈善事業** 升全多雅托公

She devoted her life to the philanthropy.

她一生都致力於慈善事業。

同 charity n 慈善

反 malevolence n 狠毒

片 Philanthropy Times ph 公益時報

構詞記憶法
字根 phil 表示「愛」的意思。

philosophical [͵fɪləˋsɑfɪkḷ] a **哲學的，冷靜的** 升全多雅托公

There will be a philosophical debate this evening.

今天晚上有一場哲學辯論會。

同 calm a 冷靜的

反 worried a 不安的

片 philosophical writing ph 哲學作品

構詞記憶法
字根 soph 表示「聰明」的意思。

photogenic [͵fotəˋdʒɛnɪk] a **適合拍照的，上相的** 升全多雅托公

Look! She seems to be photogenic.

看！她好像挺上相的。

片 photogenic sunset ph 適合拍照的日落

構詞記憶法
字根 photo 表示「照片，光」的意思。

photographic [͵fotəˋgræfɪk] a **攝影的，逼真的** 升全多雅托公

We cannot afford the photographic equipment.

我們買不起攝影器材。

同 realistic a 逼真的

反 anamorphic a 失真的

片 photographic paper ph 相紙

構詞記憶法
字尾 -ic 為形容詞字尾，表示「與～相關的」的意思。

photography [fəˋtagrəfɪ] n **攝影** 升全多雅托公

I want to become a director of photography in the future.

將來我想成為一名攝影指導。

同 picture taking n 攝影

片 fashion photography ph 時尚攝影

文 in future 與 in the future 兩者都表示「將來」。但前者表示距離目前較近的將來，後者指比較遙遠的將來。

構詞記憶法
字尾 -graphy 為名詞字尾，表示「描述性的學科」的意思。

搭配詞記憶法
photography competition 攝影競賽

photo [`foto] n 照片 升全多雅托公

Can I take a photo with you, please?

請問，我可以和你合照嗎？

同 picture n 照片

片 take photos ph 照相

構詞記憶法 字根 photo 表示「光，照片」的意思。

phrase [frez] n 片語 升全多雅托公

Make a sentence with this phrase I told you.

用我跟你說的片語造句。

片 memorable phrase ph 值得記住的片語

搭配詞記憶法 a turn of phrase（某人）特有的措辭

physical [`fɪzɪkḷ] a 身體的 升全多雅托公

We are very thankful for your physical presence.

我們十分感激您的出席。

反 spiritual a 精神上的

片 physical exercise ph 體育活動

構詞記憶法 字根 physi 表示「自然，生理」的意思。

physics [`fɪzɪks] n 物理學 升全多雅托公

Remember all these laws of physics in the book.

把書上這些物理定律都記住。

同 physical science ph 物理

反 chemistry n 化學

片 nuclear physics ph 核子物理學

單複數記憶法 此單字單數形式為 physic（n. 醫學，藥）。

physiological [ˌfɪzɪə`lɑdʒɪkḷ] a 生理的 升全多雅托公

I don't know how to solve these physiological issues.

我不知道如何解決這些生理問題。

反 mental a 精神上的

片 physiological function ph 生理機能

構詞記憶法 字尾 -ological 為形容詞字尾，表示「～學科的」的意思。

pickle [`pɪkḷ] n 泡菜，醃漬食品 升全多雅托公

We all know that pickles are very popular in Korea.

我們都知道，泡菜在韓國十分受歡迎。

同 sourcrout n 泡菜

文 popular 意為「受歡迎的」，如果後面接地點，需加介係詞 in，即 popular in。如果接人，則加介係詞 with，即 popular with。

搭配詞記憶法 preserved szechuan pickle 榨菜

pigeon [`pɪdʒɪn] n 鴿子 升全多雅托公

There are groups of pigeons in the sky.

空中有成群結隊的鴿子。

同 dove n 鴿子

同音詞記憶法 與此單字同音的單字為 pidgin（n. 混雜語，洋涇濱語）

搭配詞記憶法 racing pigeon 賽鴿

pigment [ˋpɪgmənt] n 顏料 升全多雅托公
We dye the cloth with natural pigments.
我們用天然顏料染布。
同 coloring n 顏料
片 pigment in powder form ph 顏料粉

構詞記憶法
字尾 -ment 為名詞字尾，表示「名詞」的意思。

pilgrim [ˋpɪlgrɪm] n 朝聖者 升全多雅托公
This novel is about pilgrims who want to go to Mecca.
這本小說是講赴麥加的朝聖者。
同 worshipper n 朝聖者
片 Pilgrim Heart ph 朝聖之心

邏輯記憶法
此單字中 grim（a. 冷酷的）一詞，可延伸出 grimace（v. 扮鬼臉）。

pilot [ˋpaɪlət] n 飛行員 升全多雅托公
All the passengers and the pilot died in the aviation accident.
所有旅客包括飛行員都在此次飛行事故中喪生。
同 aviator n 飛行員
片 test pilot ph 試飛員

搭配詞記憶法
pilot error 飛行失誤

pine [paɪn] n 松樹 升全多雅托公
There are many pines in the mountain.
山上有很多松樹。
同 ananas n 鳳梨
片 pine wood ph 松木

邏輯記憶法
此單詞中含有 pin（n. 針）一詞，可延伸出 pinch（v. 捏）。

piquant [ˋpikənt] a 辛辣的 升全多雅托公
My mother likes piquant food, but my father doesn't.
我媽媽喜歡吃辛辣的食物，但是我爸爸不喜歡。
同 spicy a 辛辣的
反 sweet a 甜的
文 若前後兩個並列句的句子結構相同，則後面句子只保留「主詞 + 助動詞」。

搭配詞記憶法
piquant sauce 辛辣醬

pivot [ˋpɪvət] v 以～為中心旋轉 升全多雅托公
He pivoted on his heels and went out.
他轉身出去了。
➲ pivot - pivoted - pivoted & pivoting
同 rotate v 旋轉
文 go out 是常用片語，表示「出去，出局，過時等」的意思。

搭配詞記憶法
pivot point 支點

placental [pləˋsɛntəl] a 有胎盤哺乳的 升全多雅托公
These animals are placental mammalian species.
這些動物是胎盤類哺乳動物。
片 placental membrane ph 胎盤膜

構詞記憶法
字尾 -al 為形容詞字尾，表示「關於～的」意思。

plague [pleg] n 瘟疫 升全多雅托公

The plague killed thousands of people in this country.
這場瘟疫使這國家成千上萬的人死了。

同 pestilence n 瘟疫
片 black plague ph 鼠疫

邏輯記憶法
此單詞中含有 lag（v. 拖延）一詞，可延伸出 slag（n. 礦渣）。

搭配詞記憶法
the outbreak of plague 瘟疫爆發

---

planetary [ˋplænəˏtɛrɪ] a 行星的 升全多雅托公

He has studied the planetary science for many years.
他研究行星科學已經很多年。

反 sidereal a 恒星的
片 planetary system ph 行星系統

構詞記憶法
字根 planet 表示「行星」的意思。

---

plankton [ˋplæŋktən] n 浮游生物 升全多雅托公

The little girl is curious about plankton.
小女孩對浮游生物十分好奇。

片 a red tide of plankton ph 浮游生物赤潮

構詞記憶法
字尾 -on 為名詞字尾，表示「具有～特性的事物」的意思。

---

plantation [plænˋteʃən] n 種植園，莊園 升全多雅托公

Lots of Africans were shipped to America and served as slaves in the plantation.
很多非洲人被送到美國，在莊園中當奴隸。

同 grove n 樹林

構詞記憶法
字根 plant 表示「種植」的意思。

搭配詞記憶法
plantation owner 園主

---

plasma [ˋplæzəmə] n 血漿，等離子體 升全多雅托公

Don't you know that plasma is part of blood?
難道你不知道血漿是血液的一部分嗎？

同 adtevak n 血漿
片 plasma cutting ph 等離子切割

邏輯記憶法
此單字中 plasm（血漿）一詞，可延伸出 plasmid（n. 質體）。

---

plastic [ˋplæstɪk] a 塑膠的，塑造的 升全多雅托公

There are a lot of plastic items in our daily life.
在我們的日常生活中，有很多塑膠製品。

同 flexible a 可彎曲的，有彈性的
反 inflexible a 不可彎曲的，剛硬的
文 a lot of 意為「許多」，同義詞組：lots of、a good deal of、a number of、plenty of 等等。

構詞記憶法
字尾 -ic 為形容詞字尾，表示「與～相關的」的意思。

plasticity [plæsˋtɪsətɪ] n 可塑性

升全多雅托公

They did an experiment to prove its plasticity.
為了證明它的可塑性，他們做了個實驗。

- 同 malleability n 延展性
- 反 inflexibility n 不屈性
- 片 prove 作及物動詞時，後可跟名詞、代名詞或子句。另外 prove 的過去分詞 proven 常用作形容詞。

搭配詞記憶法
plasticity index
塑性指數

platelet [ˋpletlɪt] n 血小板

升全多雅托公

You can see the platelets with a microscope.
你可以用顯微鏡看到血小板。

- 同 thrombocyte n 血小板
- 片 platelet aggregation ph 血小板聚集

構詞記憶法
字尾 -let 為名詞字尾，表示「小東西」的意思。

plead [plid] v 懇求

升全多雅托公

He pleaded with me not to break up with him.
他祈求我不要和他分手。

- ➲ plead - pleaded - pleaded & pleading
- 同 beg v 懇求
- 文 break up with 是介係詞片語，意思是「和～分手」，後面接表示人的名詞和代名詞。

搭配詞記憶法
plead for 祈求

構詞記憶法
字根 plea 表示「使高興，取悅」的意思。

pleasant [ˋplɛzənt] a 宜人的，合意的

升全多雅托公

How pleasant the day is!
多麼宜人的天氣啊！

- 同 enjoyable a 宜人的
- 反 unpleasant a 不合意的
- 片 pleasant temperature ph 宜人的溫度

構詞記憶法
字尾 -ant 為形容詞字尾，表示「處於～狀態的」的意思。

搭配詞記憶法
exceedingly pleasant 非常愉快

please [pliz] v 取悅

升全多雅托公

To please everybody is absolutely impossible.
想要取悅每一個人是完全不可能的。

- ➲ please - pleased - pleased & pleasing
- 同 delight v 取悅
- 反 irritate v 激怒
- 文 例句中不定詞作主詞，動詞用單數形式。也可以將其後置，用 it 作形式主詞。

構詞記憶法
字根 pleas 表示「愉悅」的意思。

搭配詞記憶法
there's no pleasing sb. 某人總是不滿足

pleat [plit] n 褶皺，打褶

升全多雅托公

He wore a coat with pleats at the party.
派對上他穿了一件有打褶的外套。

- 同 crease n 褶皺
- 反 smoothness n 平整
- 片 with pleat ph 有打褶的

邏輯記憶法
此單詞中含有 eat（v. 吃）一詞，可延伸出 beat（v. 跳動）。

pledge [plɛdʒ] n 保證 升全多雅托公

He gave a pledge to pay the money back tomorrow.
他保證說明天會還錢。

同 guarantee n 保證
片 give a pledge ph 做出保證

搭配詞記憶法
pledge of allegiance 效忠誓言

plentiful [`plɛntɪfəl] a 大量的，豐富的 升全多雅托公

The government should take some measures to ensure a plentiful supply of fresh vegetables.
政府應該採取措施，確保新鮮蔬菜的大量供應。

同 abundant a 豐富的
反 scarce a 缺乏的，不足的
文 片語 a plentiful supply of... 意為「～的充足／大量供應」，後接可數名詞複數或不可數名詞。

構詞記憶法
字根 plen 表示「滿，全，足夠的量」的意思。

pliancy [`plaɪənsɪ] n 柔軟，柔順 升全多雅托公

You should use rubber of great pliancy to make these toys.
這些玩具要用柔韌性好的橡膠來製作。

同 pliability n 柔軟
片 relative pliancy ph 相對柔韌性

構詞記憶法
字尾 -cy 為名詞字尾，表示「～性質／狀態／事實」的意思。

pliers [`plaɪɚz] n 鉗子，老虎鉗 升全多雅托公

Please fetch a pair of pliers for me.
請拿取一把鉗子給我。

同 pincers n 鉗子
文 複數名詞 pliers 通常與 a pair of 連用，同類用法如 a pair of scissors「一把剪刀」。

單複數記憶法
此單字的單數形式為 plier（n. 勤勞經營者）。

pluck [plʌk] v 採摘，抓住 升全多雅托公

I saw the little girl plucking a rose off from the garden.
我看到小女孩在花園裡摘一朵玫瑰花。

➲ pluck - plucked - plucked & plucking
同 pick v 採摘
文 pluck...off 也可以用作 pluck...out，意為「採摘／拔除～」。off 與 out 可以位於受詞之前，也可以位於其後。

搭配詞記憶法
pluck up courage (to do) 鼓起勇氣做某事

plumb [plʌm] v 探索，用鉛錘測 升全多雅托公

Children are always eager to plumb the mysteries of nature.
孩子們總是渴望探索大自然的奧祕。

➲ plumb - plumbed - plumbed & plumbing
同 probe v 探查，探測
片 plumb the depths of despair ph 絕望已極

同音詞記憶法
與此單字同音的單字為 plum（n. 李子，梅子）。

plunge [plʌndʒ] v 使陷入，進入 升全多雅托公

His unemployment plunged the family into despair.
他的失業使家庭陷入絕望。

➲ plunge - plunged - plunged & plunging
同 immerse v 陷入，沉浸

搭配詞記憶法
plunge in 刺入，進入

pluralism [ˋplurəlɪzəm] n 多元性，多元主義 升全多雅托公

I just have a limited understanding of political pluralism.
對於政治多元性，我所知有限。

同 polyphyly n 多源性
反 uniqueness n 唯一性
片 cultural pluralism ph 文化多元性

構詞記憶法
字根 plur(i)- 表示「多，多元」的意思。

pneumonia [njuˋmonjə] n 肺炎 升全多雅托公

The old man was diagnosed with catarrhal pneumonia.
老人被診斷出罹患卡他性肺炎。

同 pulmonitis n 肺炎
片 acute pneumonia ph 急性肺炎

構詞記憶法
字尾 -ia 為名詞字尾，表示「～的病症」的意思。

poem [ˋpoɪm] n 詩，詩體文 升全多雅托公

It took him nearly two hours to compose the lyric poem.
他用了將近 2 小時來創作這首抒情詩。

同 poesy n 詩
文 表示詩歌創作，可以用 write / (compose) poems。

搭配詞記憶法
epic poem 敘事詩，史詩

poetry [ˋpoɪtrɪ] n 詩歌 升全多雅托公

She is reading a dramatic poetry in the study.
她在書房裡閱讀戲劇詩歌。

同 verse n 詩，詩篇
片 pastoral poetry ph 田園詩

搭配詞記憶法
poetry book 詩集

pole [pol] n 杆，地極 升全多雅托公

I'm afraid your point of view is up the pole.
恐怕你的觀點是錯誤的。

同 rod n 杆
片 be poles apart ph 截然相反，南轅北轍

同音詞記憶法
與此單字同音的單字為 poll（n. 投票，民意測驗）

politician [ˌpɑləˋtɪʃən] n 政治家 升全多雅托公

The two politicians' propositions seem to be at opposite poles.
這兩位政治家的主張似乎是截然相反的。

同 statesman n 政治家
文 可數名詞 pole 也可以用作比喻意義，表示「相反的、衝突的、對立的兩極之一」，如句中的 be at opposite poles。

構詞記憶法
字尾 -ian 為名詞字尾，表示「～的專家／學者」的意思。

politics [ˋpalətɪks] n 政治 升全多雅托公

They just have little interest in office politics.
對於公務上的明爭暗鬥，他們並不感興趣。

同 polity n 政體
片 party politics ph 政黨政治

單複數記憶法
此單字的單數形式為 politic（a. 精明的，審慎的）。

構詞記憶法
字根 polit 表示「國家，城市」的意思。

pollen [ˋpalən] n 花粉 升全多雅托公

The little boy has an allergy to pollen.
小男孩對花粉過敏。

同 powder n 粉末

搭配詞記憶法
bee pollen 蜂蜜花粉

pollinate [ˋpaləˏnet] v 授粉，給～傳授花粉 升全多雅托公

The gardener said wind or bees could pollinate these plants.
園丁說風或蜜蜂會替這些植株授粉。

➲ pollinate - pollinated - pollinated & pollinating
同 impart v 賦予
文 在句子中起受詞作用的子句，稱為受詞子句，即在複合句中作主句的受詞。例句中含有省略了引導詞 that 的受詞子句。

構詞記憶法
字尾 -ate 為動詞字尾，表示「給予～某種性質」的意思。

pollutant [pəˋlutənt] n 污染物 升全多雅托公

The paper-mill discharged a lot of pollutants into the river.
造紙廠排放了很多污染物到這條河流。

同 contaminant n 污染物
片 industrial pollutant ph 工業污染物

構詞記憶法
字尾 -ant 為名詞字尾，表示「～的人／事物」的意思。

pollution [pəˋluʃən] n 污染 升全多雅托公

Against all expectations, these measures fail to reduce levels of environmental pollution.
事與願違，這些方法並沒有降低環境污染的嚴重程度。

同 contamination n 污染
片 water pollution ph 水污染

構詞記憶法
字尾 -ion 為名詞字尾，表示「～行為／動作／狀態」的意思。

搭配詞記憶法
a risk of pollution 污染的危險

polyclinic [ˏpalɪˋklɪnɪk] n 聯合診所，綜合醫院 升全多雅托公

His uncle has worked in the polyclinic for almost ten years.
他叔叔在這家聯合診所工作將近 10 年。

同 pandocheum n 綜合醫院
文 現在完成式表示過去的動作已經完成，但對現在的情況仍存在一定的影響；也可以表示一直持續到現在的動作或狀態。例句中的現在完成式，是表示一直持續到現在的狀態。

構詞記憶法
字首 poly- 表示「多～」的意思。

pomelo [ˋpaməlo] n 柚子，文旦 升 全 多 雅 托 公

It's said that pomelos are available at a price.
據說柚子以高價上市。

同 shaddock n 柚子，文旦
文 句中的 at a price at 相當於 a (fairly) high price，表示「以（相當）高的價格」的意思。

搭配詞記憶法
honey pomelo
蜜柚

ponderous [ˋpandərəs] a 沉悶的，笨重的 升 全 多 雅 托 公

We dislike his ponderous style of writing.
我們不喜歡他艱澀的寫作風格。

同 dull a 沉悶的
反 vivid a 生動的
片 a ponderous burden ph 沉重的負擔

構詞記憶法
字尾 -ous 為形容詞字尾，表示「具有～性質／特徵的」的意思。

populate [ˋpapjə͵let] v 居住於，落戶於 升 全 多 雅 托 公

Nomadic tribesmen originally populated the deserts in 1840s.
1840 年代，遊牧部落最早在這片荒漠地區居住下來。

➲ populate - populated - populated & populating
同 inhabit v 居住於
文 及物動詞 populate 通常用於被動語態時，可以與副詞 densely、thickly、sparsely、thinly 等連用。

構詞記憶法
字根 popul 表示「人民，大眾」的意思。

population [͵papjəˋleʃən] n 全體居民，人口 升 全 多 雅 托 公

The working population of the country is continuing to decline.
這國家的勞動者人數持續減少。

同 populace n 區域中的全體居民
片 population explosion ph 人口爆炸

搭配詞記憶法
with a population of... 有～人口

構詞記憶法
字尾 -ation 為名詞字尾，表示「～的行為或狀態」的意思。

populous [ˋpapjələs] a 人口稠密的，人口多的 升 全 多 雅 托 公

Many people living in remote rural areas move to the populous coastal regions.
很多居住在偏遠農村地區的人都遷往人口稠密的沿海地區。

同 densely-populated a 人口稠密的
反 sparsely-populated a 人口稀疏的
文 句中 the populous coastal regions 相當於 the populous regions / (areas) near the coast。

構詞記憶法
字尾 -ous 為形容詞字尾，表示「具有～性質／特徵的」的意思。

pornographic [͵pɔrnəˋgræfɪk] 升 全 多 雅 托 公
a 色情（或圖畫）的

The new regulation prohibits the pornographic publications.
新規定禁止淫穢出版物。

同 erotic a 色情的
文 例句為簡單句句型，其結構為「主詞 + 及物動詞 + 受詞」。

構詞記憶法
字根 graphic 表示「圖表的，形象的」的意思。

Day 21 單字學習 5020 個

porous [`porəs] **a** **能滲透的，穿透的** 升全多雅托公

They insisted building the house with porous bricks.
他們堅持要用多孔磚來建造這棟房子。

同 pervious a 可滲透的
片 porous material ph 多孔材料，疏鬆材料

構詞記憶法
字尾 -ous 為形容詞字尾，表示「具有～性質／特徵的」的意思。

---

port [port] **n** **港口** 升全多雅托公

The boat stopped at a fishing port at dusk.
黃昏時這艘船停靠在漁港。

同 harbor n 港口
文 any port in a storm ph 慌不擇路，危難時任何方法都姑且一試

搭配詞記憶法
port of call（途）中停靠港，落腳之處

---

portable [`portəbḷ] **a** **可攜式的，輕便的** 升全多雅托公

I wonder how much the portable TV cost you.
我想知道你買這台可攜式電視機花了多少錢。

同 lightweight a 輕便的
反 heavyweight a 重量級的
片 portable type ph 可攜式，輕便式

構詞記憶法
字根 port 表示「拿，運」的意思。

---

porter [`portɚ] **n** **門房，搬運工** 升全多雅托公

The hotel porter helped him park the car just now.
剛才旅館門房幫他停放車子。

同 doorman n 門房，守門人
文 一般過去式常用的時間副詞有：just now、yesterday、last (week)、in (+ 年份)、at that time、once、before、a few days ago、when 等。

構詞記憶法
字尾 -er 為名詞字尾，表示「實施動作的人」的意思。

---

portion [`porʃən] **n** **部分，一份** 升全多雅托公

They have a generous portion of roast duck for free.
他們免費享用這一大份烤鴨。

同 section n 部分
反 entirety n 全體
文 a portion of... 表示「一部分～」，通常後接不可數名詞。portion 之前可以有 large、major、small、substantial、significant、generous 等形容詞修飾。

搭配詞記憶法
one's portion in life 某人的命運

構詞記憶法
字根 port 表示「部分，分開」的意思。

---

position [pə`zɪʃən] **n** **位置，方位** 升全多雅托公

You can have a good view of the beach from this position.
在這個位置可以好好地欣賞海灘的風景。

同 location n 位置
文 陳述句主要是用來說明事實、陳述看法，肯定或否定什麼。主要分為兩大類：肯定陳述句和否定陳述句。例句是肯定陳述句，用來說明事實。

搭配詞記憶法
out of position 不在適當的位置上

構詞記憶法
字根 pos 表示「放置」的意思。

positive [ˋpɑzətɪv] **a** **確定的，肯定的** 升全多雅托公

We have not received any positive orders yet.

我們還沒有收到任何明確的命令。

- 同 certain a 確定的
- 反 negative a 否定的
- 片 be positive about... ph 對～有把握

構詞記憶法

字尾 -ive 為形容詞字尾，表示「有～傾向的，有～性質的」的意思。

---

possess [pəˋzɛs] **V** **擁有** 升全多雅托公

The village possessed rich natural resources.

這村莊擁有豐富的天然資源。

- 同 own v 擁有

搭配詞記憶法

be possessed of... 擁有～

構詞記憶法

字根 sess 表示「坐，佔有」的意思。

---

possession [pəˋzɛʃən] **n** **擁有，持有** 升全多雅托公

The lucky dog came into possession of a large fortune three years ago.

3 年前，這個幸運兒得到一大筆財產。

- 同 occupation n 佔有

構詞記憶法

字尾 -sion 為名詞字尾，表示「行為」的意思。

搭配詞記憶法

in full possession of sth. 完全擁有某事物

---

postpone [postˋpon] **V** **推遲，延期** 升全多雅托公

It's said that the sports meeting has been postponed to next Tuesday.

據說此次運動會已經延到下週二舉行。

- ➲ postpone - postponed - postponed & postponing
- 同 defer v 推遲，延期
- 文 被動語態由「助動詞 be + 及物動詞的過去分詞」構成。助動詞 be 隨主詞的人稱、數、時態和語氣的不同而變化。例句中是現在完成式的被動語態。

構詞記憶法

字首 post- 表示「(時間)在～之後」的意思。

搭配詞記憶法

postpone the evil hour / (day) 延緩做終須做的厭惡事

---

postulate [ˋpɑstʃə͵let] **V** **n** **假定，假設** 升全多雅托公

It has been postulated that your proposal will bring about great changes in the industry.

假定你的提議將會給這個行業帶來極大的變化。

- ➲ postulate - postulated - postulated & postulating
- 同 posit v 假定
- 文 it has been postulated that... 為常見用法，意為「假定～」。

構詞記憶法

字尾 -ate 為動詞字尾，表示「給予～某種性質／某物」的意思。

---

potassium [pəˋtæsɪəm] **n** **鉀** 

Do you need potassium carbonate in this experiment?

做這個實驗需要用到碳酸鉀嗎？

- 文 一般疑問句常用來詢問一件事情或情況是否屬實，也稱為是非問句。例句是由助動詞 do 引導的一般疑問句，用來表示詢問。

構詞記憶法

字尾 -ium 為名詞字尾，通常是用於拉丁語系名詞、金屬元素名詞詞尾。

potation [po`teʃən] n 酒，喝
升全多雅托公

There will be a plentiful supply of potations at the party.
聚會上有充足的酒供應。

同 alcohol n 酒
文 potation 通常用於正式文體中，或表示戲謔語氣。作不可數名詞，表示「喝，飲」；作可數名詞，多用複數形式，表示「飲料，尤指酒」。

構詞記憶法
字尾 -ion 為名詞字尾，表示「～的動作／狀態」的意思。

potential [pə`tɛnʃəl] a 潛在的，可能的
升全多雅托公

Please make a list of all the potential resources.
請列舉出所有潛在的資源。

同 latent a 潛在的
文 祈使句用來發出命令或者提出請求和建議，動詞必須用原形，句中通常沒有主詞且句尾常用句號。例句是沒有主詞的祈使句形式。

構詞記憶法
字根 pot 表示「能力，才能」的意思。

potter [`patɚ] v 閒逛 n 陶工
升全多雅托公

Don't potter about the streets.
不要在街上閒逛。

➲ potter - pottered - pottered & pottering
同 putter v 閒逛
文 否定形式的祈使句通常將助動詞 don't 直接置於句首，其他句子成分保持不變。

搭配詞記憶法
potter about / around (sth.) 遊蕩，閒逛，磨磨蹭蹭地做事

pottery [`patɚrɪ] n 陶器，陶器製造術
升全多雅托公

There is a valuable collection of exquisite pottery in the museum.
此博物館中收藏一批珍貴的精緻陶器。

同 crockery n 陶器
文 there be 結構是一種特殊句型，通常表示在什麼地方或時間存在某物，或是發生某事。例句中的 there be 句型，說明在博物館中收藏著精緻陶器。

構詞記憶法
字尾 -ery 為名詞字尾，表示「物品」的意思。

pound [paʊnd] n 英鎊
升全多雅托公

He found a five-pound note under the table.
他在桌子底下找到一張 5 英鎊的鈔票。

同 sterling n 英國貨幣
片 penny wise (and) pound foolish ph 小處節約，大處浪費

搭配詞記憶法
pound sterling 英鎊

poverty [`pavɚtɪ] n 貧窮，貧困
升全多雅托公

She had suffered a lot from poverty and illness.
貧病交加，她吃了很多苦頭。

同 privation n 貧困
反 affluence n 富裕
片 poverty line ph 貧困線

構詞記憶法
字尾 -ty 為名詞字尾，表示「～的性質／狀態」的意思。

搭配詞記憶法
below the poverty line 在貧困線以下

practical [ˋpræktɪkḷ] a 實際的，務實的 升全多雅托公

The applicant for the job has little practical experience.
申請這份工作的人並沒有什麼實際經驗。

同 actual a 實際的
反 theoretical a 理論的
片 for (all) practical purposes ph 事實上，實際上

構詞記憶法
字尾 -ical 為形容詞字尾，表示「關於～的」的意思。

搭配詞記憶法
eminently practical 非常實用

---

practice [ˋpræktɪs] n 實踐，練習 升全多雅托公

You had better put the plan into practice as soon as possible.
你最好儘快施行這項計畫。

同 exercise n 練習
片 in / (out of) practice ph 勤於／疏於實踐或練習

構詞記憶法
字尾 -ice 為名詞字尾，表示「行為」的意思。

搭配詞記憶法
be good practice for sth. ～好的練習

---

pragmatism [ˋprægməˏtɪzəm] n 實用主義 升全多雅托公

It's the engineer that places great emphasis on pragmatism.
這位工程師格外注重實用主義。

同 realism n 現實主義
文 強調句的基本結構為：「It + beV. + 被強調部分 + that + ～」。例句中強調的主詞 the engineer。

構詞記憶法
字尾 -ism 為名詞字尾，表示「～主義／學說／制度／體系」的意思。

---

praise [prez] v n 讚揚，稱讚 升全多雅托公

They praised the cook for the delicious dishes.
他們稱讚廚師做的菜很美味。

➲ praise - praised - praised & praising
同 compliment v n 稱讚，讚揚
反 criticize v 批評
片 praise sb. for... ph 因～而稱讚某人

搭配詞記憶法
praise...to the skies 極力稱讚～，把～捧上了天

構詞記憶法
字根 prais(e) 表示「價值」的意思。

---

pram [præm] n 手推的四輪幼兒車 升全多雅托公

We saw a young mother pushing a pram into the store.
我們看到一位年輕的媽媽推著幼兒車進這家商店。

同 buggy n 嬰兒車
文 pram 通常用於英式英語中，美式英語中則是用作 buggy、baby buggy、baby carriage。

邏輯記憶法
此單字為 perambulator（n. 手推的四輪幼兒車）的縮寫形式。

---

precarious [prɪˋkɛrɪəs] 升全多雅托公
a 不穩定的，不安全的

The famous writer lived a rather precarious life in his childhood.
這位著名的作家，在童年時期過著不穩定的生活。

同 unsteady a 不穩定的
反 steady a 穩定的
片 in a precarious position ph 處在不安全的位置上

邏輯記憶法
此單字中的 carious（a. 腐蝕的，骨瘍的）可以聯想到單字 curious（a. 好奇的）。

precaution [prɪˋkɔʃən] n 預防措施／方法

升全多雅托公

If I were you, I would take an umbrella as a precaution.
如果我是你，我會帶把雨傘，有備無患。

- 同 prevention n 預防
- 片 fire precaution = precaution against fire ph 防火措施

構詞記憶法
字首 pre- 表示「在～之前，～以前，先於～」的意思。

precede [priˋsid] v 先於，在～之前

升全多雅托公

The prizewinners usually precede their speech with a few words of acknowledgements.
得獎人在開始演說之前，通常都會先說致謝詞。

- ➲ precede - preceded - preceded & preceding
- 反 follow v 在～之後，隨著
- 文 precede 通常用於正式文體中，可以用作及物或不及物動詞，表示「在時間、順序、行列等之前」。

構詞記憶法
字根 cede 表示「行走，前進」的意思。

preceding [priˋsidɪŋ] a 之前的，前述的

升全多雅托公

We have no idea what on earth happened to him the preceding year.
我們並不知道去年他究竟發生什麼事。

- 同 previous a 之前的
- 反 following a 接著的
- 片 the preceding page ph 前頁

構詞記憶法
字尾 -ing 為形容詞字尾，表示「與～有關的」的意思。

precipitate [prɪˋsɪpəˏtet]

升全多雅托公

v 使突然陷入，使突然發生

The economic crisis is likely to precipitate the company into bankruptcy.
此次經濟危機可能會使這家公司突然破產。

- ➲ precipitate - precipitated - precipitated & precipitating
- 同 entrap v 使陷入
- 片 precipitate (sth.) (as sth.) ph（使水氣）冷凝成為～（通常用於被動式態）

構詞記憶法
字根 cipit 表示「頭」的意思。

precipitation [prɪˏsɪpɪˋteʃən]

升全多雅托公

n 倉促，雨雪降落

Under no circumstances should you act with precipitation.
你絕對不能倉促行事。

- 同 haste n 匆忙
- 反 ease n 悠閒
- 片 a heavy precipitation ph 一場大雨／雪

構詞記憶法
字尾 -ion 為名詞字尾，表示「～的動作／狀態」的意思。

precise [prɪˋsaɪs] a 準確的，精確的 升全多雅托公

It was at that precise moment that the bus came.
那時候剛好公車來了。

同 exact a 準確的
反 inexact a 不準確的
文 在強調句型中，被強調的句子成分，通常是主詞、受詞、副詞，而不是動詞、形容詞、補語、讓步副詞、條件副詞等。例句中的強調成分是時間副詞 at that precise moment。

搭配詞記憶法
to be precise 準確來說

構詞記憶法
字根 cise 表示「切除，清楚，闡明」的意思。

preclude [prɪˋklud] v 妨礙，阻止 升全多雅托公

A lack of funds precluded us from making an investment in the real estate.
資金缺乏，我們無法投資房地產。

➲ preclude - precluded - precluded & precluding
同 prevent v 阻止
反 promote v 促進
文 preclude...from (doing) sth. 結構中的 from 可以省去，動名詞 doing 之前可以有相應的人稱代名詞受格或是物主代名詞形式修飾。

構詞記憶法
字根 clud(e) 表示「關閉，堵塞，結束」的意思。

搭配詞記憶法
preclude the possibility of doing 排除做某事的可能性

precocious [prɪˋkoʃəs] 升全多雅托公

a 早熟的，過早發育的

The precocious girl could draw beautiful pictures at three years old.
這名早熟的女孩 3 歲時就可以畫出漂亮的圖畫。

同 premature a 提早的
片 a precocious talent for... ph ～的超常才能

構詞記憶法
字尾 -ious 為形容詞字尾，表示「有～性質的」的意思。

precursor [prɪˋkɝsɚ] n 前兆，先驅 升全多雅托公

The event has been regarded as a precursor of the revolution.
此次事件被視為革命的前兆。

同 forerunner n 先兆，先行者
文 被動語態用於現在完成式的句子中，其動詞構成為：has / have been done。例句中的主詞是 the event，所以動詞用 has been regarded as...。

構詞記憶法
字根 curs「跑，發生」的意思。

predate [priˋdet] 升全多雅托公

v 把～日期填早，在日期上早於

The accountant predated the check. 會計把這張支票的日期填早了。

➲ predate - predated - predated & predating
同 backdate v 把～日期填早
反 postdate v 把～日期填遲
片 predate...by... ph 把～日期填早～

構詞記憶法
字根 date 表示「日期」的意思。

predation [prɪˋdeʃən] n 掠奪，掠食 升全多雅托公

Hares in the forest are vulnerable to predation.
森林裡的野兔容易被掠食。

同 prey n 捕獲物
文 主動一致是指主詞和動詞在人稱和數上應當保持一致。例句中的主詞是複數形式 hares，其動詞用相應的複數形式 are。

構詞記憶法
字尾 -ion 為名詞字尾，表示「～的動作／狀態」的意思。

predator [ˋprɛdətɚ] n 食肉動物，掠奪者 升全多雅托公

The little boy can tell all the predators of the grasslands.
小男孩可以說出這片草原上的所有食肉動物。

同 carnivore n 肉食動物
反 herbivore n 食草動物
片 the relationship between predator and prey ph 捕食者和被捕食者的關係

構詞記憶法
字尾 -or 為名詞字尾，表示「～的人／事物」的意思。

predatory [ˋprɛdə͵torɪ] a 食肉的，掠奪的 升全多雅托公

There are different kinds of predatory animals in the forest.
這片森林裡有各式各樣的食肉動物。

同 carnivorous a 食肉的
反 herbivorous a 食草的
片 predatory instinct ph 食肉天性

構詞記憶法
字尾 -ory 為形容詞字尾，表示「有～性質的」的意思。

predecessor [ˋprɛdɪ͵sɛsɚ] 升全多雅托公
n 前任，被接繼的人／事物

Maybe the predecessor could give you a word of advice.
也許前任可以給你些建議。

反 successor n 繼任者
文 陳述句可以有不同程度的肯定形容詞氣，通常借助於一些語氣婉轉的詞，使說話人所表示的態度或看法不至於顯得太過生硬，更有禮貌，或是說話留有餘地。如例句中的 maybe。

構詞記憶法
字根 cess 表示「行走，前進」的意思。

predetermine [͵pridɪˋtɝmɪn] 升全多雅托公
v 預先決定／確定，事先安排

It's generally believed that our health are predetermined by genes.
通常我們的健康狀況是由基因預先決定的。

➲ predetermine - predetermined - predetermined & predetermining
同 schedule v 計劃，安排
文 及物動詞 predetermine 通常用於正式文體中，且多用被動語態。

構詞記憶法
字根 termin 表示「界限，邊界」的意思。

predicament [͵prɪˋdɪkəmənt] n 困境，窘況 升全多雅托公

It's expected that they will help us out of our predicament.
希望他們能幫助我們脫離困境。

同 dilemma n 困境，窘境
片 be in a predicament ph 處於困境中

搭配詞記憶法
put sb. in an awkward predicament 讓某人感到為難

predict [prɪˋdɪkt] v 預言，預告 升全多雅托公

It's difficult to predict what measures they will take to tackle the problem.

難以預測他們將會採取什麼措施來解決這個問題。

➲ predict - predicted - predicted & predicting

同 foretell v 預言，預告

文 關係代名詞 what 引導的主詞從句，可以直接把主詞子句放在句首，也可以用形式主詞 it 置於句首。例句中的主詞子句是用形式主詞 it 置於句首。

構詞記憶法

字根 dict「說話，斷言」的意思。

搭配詞記憶法

be widely predicted 普遍預測

---

predominant [prɪˋdɑmənənt] 升全多雅托公

a 佔優勢的，極其顯著的

The country seems to have become the predominant member of the alliance.

這國家似乎在聯盟中佔居主導地位。

同 dominant a 優勢的

片 be predominant in... ph 在～中佔優勢

構詞記憶法

字根domin 表是「支配，統治」的意思。

---

preen [prin] v 精心打扮，鳥用喙整理羽毛 升全多雅托公

The young lady always spends too much time preening herself.

這名年輕的女子總是花很多時間梳妝打扮。

➲ preen - preened - preened & preening

同 primp v 打扮

文 語法一致原則，是指主詞和動詞在文法形式上保持一致。如果主詞是單數形式，動詞也用單數形式；如果主詞是複數形式，動詞也要用複數形式。例句中的主詞是 the young lady，其動詞用單數形式 spends。

搭配詞記憶法

preen oneself 梳妝打扮，自我欣賞，沾沾自喜

---

preferable [ˋprɛfərəbl̩] a 更可取的，更好的 升全多雅托公

It appears that living in the countryside is preferable to living in the city.

相較於在城市居住，住在鄉下似乎更好。

同 preferred a 更好的

文 形容詞 preferable 的常用結構是 be preferable to (doing) sth.。也可以用作 it would be preferable to do sth.。

構詞記憶法

字尾 -able 為形容詞字尾，表示「具有／顯示～性質或特點的」的意思。

搭配詞記憶法

vastly preferable 遠遠優於～

---

preference [ˋprɛfərəns] n 喜愛，偏好 升全多雅托公

The little boy has a strong preference for sweets.

這個小男孩特別喜歡甜食。

同 predilection n 特殊愛好，偏愛

片 in preference to... ph 而不～

構詞記憶法

字根 fer 表示「拿來，帶來」的意思。

搭配詞記憶法

in order of preference 優先順序

preferential [ˌprɛfəˋrɛnʃəl] a 優先的，優待的 升全多雅托公

Please visit our website to know more about the preferential import duties.
欲知更多有關特惠關稅的資訊，請瀏覽我們的網站。

同 prioritized a 優先的
片 give (sb.) / get preferential treatment ph 偏向某人／得到優待～

構詞記憶法
字尾 -ial 為形容詞字尾，表示「有～特性的」的意思。

preheat [priˋhit] v 預先加熱 升全多雅托公

Do remember to preheat the oven for about twenty minutes.
務必記得，讓烤箱預先加熱大約 20 分鐘的時間。

➲ preheat - preheated - preheated & preheating
同 heat v 加熱
文 為了加強祈使句的語氣，可以在句首加上重讀的助動詞 do。如例句所示。

構詞記憶法
字根 heat 表示「熱，加熱」的意思。

prehistoric [ˌprihɪsˋtɔrɪk] a 史前的 升全多雅托公

The archaeologist was overcome with joy when he discovered the prehistoric monuments.
發現這些史前遺跡時，考古學家興奮不已。

同 prehistorical a 史前的
片 in prehistoric times ph 史前時期

構詞記憶法
字尾 -ic 為形容詞字尾，表示「關於～的」的意思。

preliminary [prɪˋlɪməˌnɛrɪ] 升全多雅托公
a 開端的，預備性的

Tom plays an important role in the preliminary negotiations.
Tom 在初步談判中起了重要作用。

同 preparatory a 預備的
文 形容詞 preliminary 通常與介係詞 to 連用，引出具體對象。preliminary 作可數名詞時，通常用作複數形式，表示「初步行動／事件／措施」，與介係詞 to 連用。

構詞記憶法
字根 limin 表示「門檻」的意思。

搭配詞記憶法
preliminary remarks 開場白

premier [ˋprimɪɚ] a 首位的 n 首相 升全多雅托公

It's the corporation that succeeds in achieving a premier position in the catering industry.
這家公司成功成為餐飲業的第一名。

同 chief a 首要的
文 在強調句中，如果被強調的是主詞，that 後的動詞必須與被強調的主詞在人稱與數上保持一致。例句中，被強調的主詞是 the corporation，that 後的動詞用單數 succeeds。

搭配詞記憶法
take / (hold) the premier place 占首位

構詞記憶法
字根 premi(=prim) 表示「最初，第一」的意思。

premise [ˋprɛmɪs] n 前提，假定 升全多雅托公

His argument is based on the premise that the petrol price will continue to rise.
他的論證是基於油價持續上漲的假設。

同 premiss n 前提，假定
文 同位語子句是對其所修飾的名詞作進一步解釋，說明其具體內容。例句中的同位語子句，是修飾說明 premise 的具體內容。

構詞記憶法
字首 pre- 意為「在～之前，～以前，先於～」的意思。

---

premises [ˋprɛmɪsɪz] n 房屋，其它建築物 升全多雅托公

Their business needs larger premises.
他們的企業需要更大的場地。

同 building n 建築物
片 on / (off) the premises ph 在建築物之內／之外

搭配詞記憶法
purpose-built premises 專用場所

單複數記憶法
此單字的單數形式為 premise（n. 前提，假定）。

---

prepare [prɪˋpɛr] v 準備，預備 升全多雅托公

The hostess prepared a delicious meal for the guests.
女主人為客人們準備了美味可口的餐點。

➲ prepare - prepared - prepared & preparing
同 arrange v 安排
片 prepare the ground (for sth.) ph 為發展某事物準備條件

搭配詞記憶法
prepare sb. for sth. 使某人對（令人不愉快的）某事物有所準備

---

prepayment [priˋpemənt] n 預付款 升全多雅托公

We finally came to an agreement on the prepayment of freight charges.
最後我們就預付運費達成一致的協議。

同 imprest n 預付款
片 prepayment account ph 預付款帳戶

構詞記憶法
字尾 -ment 為名詞字尾，表示「～的結果／手段」的意思。

---

preponderance [prɪˋpandərəns] n 優勢，優越 升全多雅托公

As a general rule, the verdict should be based on a preponderance of evidence.
通常而言，裁決是基於優勢證據之上的。

同 predominance n 優勢
片 a preponderance of... ph ～優勢

構詞記憶法
字根 pond 表示「懸掛，思考」的意思。

---

prerequisite [priˋrɛkwəzɪt] n 先決條件，前提 升全多雅托公

Knowledge and experience are the prerequisites for job-hunting.
知識和經驗是求職的先決條件。

同 precondition n 先決條件，前提
文 prerequisite 作可數名詞，通常與介係詞 for、of 連用。作形容詞，表示「必備的，作為先決條件的」，通常用於非正式語境中，與介係詞 for、to 連用。

構詞記憶法
字根 quis 表示「詢問，尋求」的意思。

搭配詞記憶法
essential prerequisite 重要的先決條件

Day 21 單字學習 5145 個

prescription [prɪˋskrɪpʃən] n 處方 升全多雅托公

You cannot have the drugs without the doctor's prescription.
沒有醫生的處方你無法拿藥。

同 formula n 處方，藥方
片 prescription drugs ph 處方藥

構詞記憶法
字根 script 表示「寫」的意思。

搭配詞記憶法
prescription charge 處方藥費

preservation [ˌprɛzɚˋveʃən] n 保護，保留 升全多雅托公

I wonder if you have any good idea about the preservation and conservation of wildlife.
我想知道，對於野生動物的保護你有沒有什麼好方法。

同 conservation n 保護；保留
片 food preservation = preservation of food ph 食物保存

搭配詞記憶法
cold preservation 冷藏

構詞記憶法
字根 serv(e) 表示「保持」的意思。

preserve [prɪˋzɝv] v 保護，保留 升全多雅托公

All their attempts to preserve the peace was in vain.
他們試圖維護和平，卻都失敗了。

同 conserve v 保護，保留
文 preserve 也可以作可數名詞，表示「經加工保存的水果（多用複數）；保護區」；作不可數名詞，表示「果醬」。

搭配詞記憶法
preserve sb. (from sb. / sth.) 保護某人／物

構詞記憶法
字根 serv(e) 表示「保持」的意思。

president [ˋprɛzədənt] n 總統，會長 升全多雅托公

He was elected to be the president of the society the other day.
前幾天他當選為會長。

同 Pres abbr 總統
片 the President of the United States ph 美國總統

搭配詞記憶法
lame-duck president（任期將屆滿權力愈受箝制的）跛腳鴨總統

pressing [ˋprɛsɪŋ] a 緊急的，緊迫的 升全多雅托公

Let me help you with the pressing issue.
讓我來幫你處理這件緊急事務吧。

同 urgent a 緊急的
文 第一人稱祈使句是以說話人自己為祈使物件，通常以 let 為引導詞，後接單數第一人稱代名詞受格（me）加不定詞。如例句所示。

構詞記憶法
字根 press 表示「擠壓，壓迫」的意思。

pressure [ˋprɛʃɚ] n 壓力，壓強 升全多雅托公

There is some doubt whether she could work at high pressure.
她能否在高壓力之下工作，尚有疑慮。

同 stress n 壓力
片 put sb. under pressure (to do) ph 迫使某人（做某事）

搭配詞記憶法
bring pressure to bear on sb. (to do) 對某人施加壓力（使之做某事）

構詞記憶法
字根 press 表示「擠壓，壓迫」的意思。

prevail [prɪˋvel] v 擊敗，流行 升全多雅托公

We firmly believe that you will prevail against the obstacles in your life.

我們堅信你可以戰勝生活中的艱難險阻。

同 defeat v 擊敗

文 不及物動詞 prevail 表示「戰勝，擊敗」，通常用作 prevail against / (over) 表示「盛行，流行，普遍存在／發生」，通常用作 prevail among / (in)。

構詞記憶法
字根 vail 表示「強壯」的意思。

搭配詞記憶法
prevail on sb. to do 勸說某人做某事

prevailing [prɪˋvelɪŋ] 升全多雅托公

a 流行的，占主導地位的

The young lady seems to feel no interest in the prevailing fashions.

這位年輕的女士似乎是對流行樣式不感興趣。

同 fashionable a 流行的

片 the prevailing wind ph 盛行風氣

構詞記憶法
字尾 -ing 為現在分詞字尾，表示「～行為／狀態／情況」的意思。

prevalent [ˋprɛvələnt] a 盛行的，普遍存在的 升全多雅托公

It's said that superstition is prevalent in this region.

據說，此地盛行迷信思想。

同 popular a 流行的

文 用形式主詞 it 引導的主詞子句，有些已經形成固定的結構和意義，如例句中的 it's said that...「據說～」。

構詞記憶法
字尾 -ent 為形容詞字尾，表示「處於～狀態的；進行～動作的」的意思。

previous [ˋpriviəs] a 先前的，自行其是的 升全多雅托公

They two must have met each other on a previous occasion.

上次，他們兩個一定見過面了。

同 prior a 之前的

文 形容詞 previous 通常是指「時間／順序上的先前的」，可以與 prior 互換使用，只是，prior 有較強的對比意味。

搭配詞記憶法
the previous day 前一天

構詞記憶法
字首 pre- 表示「在～之前」的意思。

prey [pre] n 捕獲物，受損者，被補食的動物 升全多雅托公

We did not see a beast of prey in the forest.

我們並沒有在這片森林裡看到食肉猛獸。

同 quarry n 獵物

文 prey 也可以作不及物動詞，表示「捕食，煩擾，掠奪」，多與介係詞 on 連用，後接受詞。

搭配詞記憶法
be / (fall) prey to sth.（動物）被捕食，（人）為～所苦，受～折磨

prick [prɪk] v n 刺，戳 升全多雅托公

The little girl pricked her finger with the scissors.

小女孩的手指被剪刀刺傷了。

同 prickle v 刺，戳

片 prick the bubble (of sth.) ph 使某人對某事物的幻想破滅

搭配詞記憶法
prick sth. (with sth.) 刺／戳～，在某物上穿孔

pride [praɪd] n 自豪，驕傲 升全多雅托公

John was the pride of the whole family after winning first prize.
John 得了第一名，是全家人的驕傲。

同 glory n 榮耀
反 self-abasement n 自卑
文 片語 take (a) pride in sb. / sth. 表示「對～感到自豪」，而片語 take pride in sth. 表示「認真做好某事（因對自己很重要）」。

搭配詞記憶法
one's pride and joy 使某人感到無比驕傲的人／事物

---

primacy [ˋpraɪməsɪ] n 首位，至高無上 升全多雅托公

No one can deny the primacy of citizens' rights.
沒有人可以否認公民的權利高於一切。

同 supremacy n 至尊，至上
文 「It + be + p.p.（過去分詞） + that 子句」，是常見的主詞子句句型。如 it must be pointed out that...（必須指出～）。

構詞記憶法
字根 prim 表示「第一，主要的」的意思。

搭配詞記憶法
the primacy of...～高於一切

---

primal [ˋpraɪml̩] a 最初的，首要的 升全多雅托公

Shall we pay attention to the loss of the primal innocence?
我們要關注天真本性的喪失嗎？

同 original a 最初的
文 變為一般疑問句時，如果動詞是 be、助動詞、情態動詞，則將其（提前）放在主詞前面。例句中的一般疑問句，是將情態動詞 shall 置於句首。

搭配詞記憶法
of primal importance 至為重要的

構詞記憶法
字尾 -al 為形容詞字尾，表示「關於～的」的意思。

---

primary [ˋpraɪ͵mɛrɪ] a 首要的，初始的 升全多雅托公

The primary reason for carrying out the project is to make profits.
實行此企劃最主要的原因是謀利。

同 principal a 首要的
片 of primary importance ph 最重要的

搭配詞記憶法
primary education 初等教育

構詞記憶法
字尾 -ary 為形容詞字尾，表示「與～有關的」的意思。

---

prime [praɪm] a 最重要的，第一流的 升全多雅托公

The prime cause of the trouble at present is lack of money.
當前問題的最根本原因在於資金不足。

同 paramount a 最重要的
片 prime time ph （廣播或電視的）黃金時間

搭配詞記憶法
prime cost 主要成本

---

primeval [praɪˋmivl̩] a 遠古的，原始的 升全多雅托公

Why did they decide to carry out a research into primeval rocks?
為什麼他們決定對遠古岩石展開研究？

同 primaeval a 遠古的，原始的
文 特殊疑問句又稱為「wh- 問句」，對句中的某一部分提出疑問，通常由 who、whose、what、which、where、when、why、how 等疑問詞引導。例句中的特殊疑問句是對原因進行提問。

構詞記憶法
字根 ev表示「時間」的意思。

搭配詞記憶法
primeval forests 原始森林

primitive [ˋprɪmətɪv] a 原始的，簡陋的 升全多雅托公

This article gives a brief introduction to the primitive customs.
這篇文章對原始習俗進行簡單地介紹。

同 primordial a 原始的
片 primitive culture 原始文化

構詞記憶法
字尾 -ive 為形容詞字尾，表示「有～性質／傾向的」的意思。

principal [ˋprɪnsəpl̩] a 最重要的 n 校長 升全多雅托公

We have no conception of the principal beneficiary of the will.
我們並不知道誰是這份遺囑的主要受益人。

同 foremost a 最重要的
片 principal clause ph 主句

同音詞記憶法
與此單字同音的單字為 principle（n. 原則；原理）。

principle [ˋprɪnsəpl̩] n 原則，原理 升全多雅托公

We should always stick to the principle of equality of opportunities.
我們應該時刻遵循機會均等原則。

同 norm n 準則
片 live according to / (up to) one's principles 按自己的標準行事

搭配詞記憶法
principle of conduct 行為的準則

同音詞記憶法
與此單字同音的單字為 principal（a. 最重要的 n. 校長）。

print [prɪnt] n v 印刷，印刷字體 升全多雅托公

The print on the newspaper is so small that he had to put on the glasses.
這份報紙上的印刷字體太小，他必須戴上眼鏡。

同 printing n 印刷
片 out of print ph （書）已銷售一空的，絕版的

搭配詞記憶法
in print（書）已印好，可買到，（作品）已印製，已出版

prior [ˋpraɪɚ] a 之前的，較早的 升全多雅托公

I'm afraid she has a prior engagement.
恐怕她先前就有約了。

同 previous a 先前的
反 posterior a 之後的
文 簡短的句子結構可以用作插入語，通常置於句中或句末。例句中的 I'm afraid 置於句首，作插入語。

搭配詞記憶法
prior to... 在～之前

privilege [ˋprɪvl̩ɪdʒ] n 特權，特別待遇 升全多雅托公

It's a privilege to receive the invitation.
十分榮幸接到這份邀請函。

同 prerogative n 特權
片 executive privilege ph 行政特權

搭配詞記憶法
grant sb. the privilege of doing sth. 賦予某人做某事的特權

構詞記憶法
字首 privi- 表示「單個，個人」的意思。

procedure [prəˋsidʒɚ] n 程序，步驟
升全多雅托公

I wonder if you have a clear idea of the usual procedure.
我想知道，你是否清楚了解一般的程序。

- 同 step n 步驟
- 文 procedure 表示「（工商、法律、政治等的）程序」，可以用作可數名詞或是不可數名詞，其限定形容詞通常是 agreed、correct、established、normal、usual 等。

構詞記憶法
字首 pro- 表示「（方向）向前」的意思。

搭配詞記憶法
(the) agreed procedure 商定的程式

proceed [prəˋsid] v 繼續進行，前進
升全多雅托公

We can proceed to the next item on the agenda, if you have no objection.
如果沒有異議，我們可以繼續進行下一項議題。

- ➲ proceed - proceeded - proceeded & proceeding
- 同 continue v 繼續
- 片 proceed with... ph 開始／繼續做～

搭配詞記憶法
proceed to (do)... 繼續做某事

構詞記憶法
字首 pro- 表示「（方向）向前」的意思

proceedings [prəˋsidɪŋz] n 訴訟，會議記錄
升全多雅托公

Cassie started proceedings against her husband for divorce.
Cassie 對丈夫提起離婚訴訟。

- 同 litigation n 訴訟
- 文 複數名詞 proceedings 也可以表示「（討論會、會議、大會等的）記錄，報導，公報，紀要……」，通常與介係詞 of 連用。

搭配詞記憶法
institute divorce proceedings 提出離婚訴訟

單複數記憶法
此單字的單數形式為 proceeding（n. 繼續進行）

process [ˋprasɛs] n 步驟，方法流程
升全多雅托公

To effect social reform is a rather difficult process.
實行社會改革是相當艱難的過程。

- 同 procedure n 步驟
- 片 in the process of (doing) sth. ph 在從事某任務的過程中

搭配詞記憶法
in the process 在進行中

構詞記憶法
字根 cess 表示「行走，前進」的意思。

procure [proˋkjur] v 得到，獲得
升全多雅托公

Peter has already procured the first edition of the dictionary for me.
Peter 已經幫我找到這本字典的初版。

- ➲ procure - procured - procured & procuring
- 同 obtain v 得到，獲得
- 反 lose v 失去
- 文 現在完成式的常用時間副詞有：recently、lately、since... for...、in the past few years、just、already、yet、up to now、till now、so far、these days 等。例句中的現在完成式時間副詞是 already。

構詞記憶法
字根 cure 表示「注意，掛念」的意思。

搭配詞記憶法
procure sth. for sb.= procure sb. sth. 為某人取得某物

prodigal [ˋprɑdɪgḷ] **a** **浪費的，慷慨的** 升全多雅托公

There seems to be widespread criticism of his prodigal lifestyle.
他鋪張浪費的生活方式似乎引起諸多批評。

同 extravagant a 浪費的
反 thrifty a 節約的
片 the prodigal son ph 浪子回頭

搭配詞記憶法
be prodigal of... 慷慨的，不吝惜的

prodigious [prəˋdɪdʒəs] 升全多雅托公
a **巨大的，令人驚歎的**

We all congratulated him on his prodigious achievement.
我們都恭賀他獲得極大的成就。

同 colossal a 巨大的
反 tiny a 微小的
片 a prodigious amount of... ph 大量的～

構詞記憶法
字尾 -ious 為形容詞字尾，表示「有～特性的」的意思。

production [prəˋdʌkʃən] **n** **製造，產量生產** 升全多雅托公

There is an increase in oil production this month.
這個月的石油產量有所增加。

同 manufacture n 製造
片 go into / (out of) production start ph 投產／停產

構詞記憶法
字根 duc 表示「引導」的意思。

搭配詞記憶法
production line 生產線

productive [prəˋdʌktɪv] **a** **有成效的，生產的** 升全多雅托公

The new worker seems not to be very productive.
新工人的工作效率似乎不高。

同 fruitful a 有成效的
反 unproductive a 無收益的
片 productive force ph 生產力

搭配詞記憶法
enormously productive 高生產力

構詞記憶法
字尾 -ive 為形容詞字尾，表示「有～性質／傾向的」的意思。

productivity [ˏprodʌkˋtɪvətɪ] 升全多雅托公
n **生產力，生產率**

The general manager promised them productivity bonuses.
經理答應發給他們生產力獎金。

同 prolificacy n 生產力
片 productivity agreement ph 增產協議

搭配詞記憶法
growth in productivity 生產力增加

構詞記憶法
字尾 -ity 為名詞字尾，表示「～性質／狀態」的意思。

profession [prə`fɛʃən] n 職業，表示 升全多雅托公
You can ask your brother to give you some advice on the choice of profession.
你可以請你哥哥提供你一些就業建議。
同 occupation n 職業
文 可數名詞 profession 通常是指須受高深教育及專業訓練者的職業，例如建築師、律師、醫師等職業。而 the...profession 則是集體名詞，表示「～職業界／同業」的意思。

構詞記憶法
字根 fess 表示「説」的意思。
搭配詞記憶法
by profession 作為職業

professional [prə`fɛʃənl̩] a 職業的，專業的 升全多雅托公
You would be better off seeking professional advice.
你最好諮詢專業人士的意見。
同 occupational a 職業的
反 unprofessional a 非職業性的
片 professional codes of practice ph 職業道德規範

構詞記憶法
字尾 -al 為形容詞字尾，表示「關於～的」的意思。

professor [prə`fɛsɚ] n 教授，教師 升全多雅托公
The well-known professor will deliver a speech about environmental protection.
這位著名的教授將就環境保護事宜發表演説。
同 Prof abbr 教授

構詞記憶法
字尾 -or 為名詞字尾，表示「實施動作的人」的意思。
搭配詞記憶法
distinguished professor 特聘教授

profound [prə`faund] a 深的，知識淵博的 升全多雅托公
The disaster might have a profound effect on children.
此次災難可能對孩子們產生極深遠的影響。
同 deep a 深的
反 shallow a 淺的
片 a man of profound learning ph 博學的人

構詞記憶法
字根 fund 表示「基礎，底部」的意思。
搭配詞記憶法
take a profound interest in sth. 對～產生極大的興趣

profusion [prə`fjuʒən] n 豐富，大量 升全多雅托公
There are a profusion of fresh fruits on the market at present.
目前市場上有豐富的新鮮水果供應。
同 abundance n 豐富
反 shortage n 缺乏
片 in profusion ph 豐富，大量

構詞記憶法
字根 fus 表示「融化，傾倒，流瀉」的意思。

program [`progræm] n 程式 v 用程式指令 升全多雅托公
You can download the program into your notebook by yourself.
你可以把這個程式下載到筆記型電腦裡。
➲ program - programmed - programmed & programming
同 programme n 程式
文 program 通常用於美式英語中，英式英語中則是用作 programme。

構詞記憶法
字根 gram 表示「寫，圖」的意思。
搭配詞記憶法
computer program 電腦程式

prohibit [prəˋhɪbɪt] v 禁止，阻止
升全多雅托公

Whether the law will prohibit the sale of alcohol is uncertain.
並不確定，法律是否會禁止酒類出售。

- prohibit - prohibited - prohibited & prohibiting
- 同 forbid v 禁止
- 反 boost v 促進
- 文 在複合句中用作主詞的子句，稱為主詞子句。主詞子句通常由連詞 that、whether，連接代名詞或連接副詞，以及關係代名詞 what 來引導。例句中的主詞子句是由 whether 引導。

構詞記憶法
字根 hibit 表示「拿著，持有」的意思。

搭配詞記憶法
prohibit sth. / (sb.) (from doing sth.) 禁止某物／某人做某事

proliferate [prəˋlɪfəˏret] v 激增，繁殖
升全多雅托公

There is a considerable concern that nuclear weapons may proliferate.
人們相當擔心核武器可能激增。

- proliferate - proliferated - proliferated & proliferating
- 同 surge v 激增
- 文 例句中，that 引導的同位語子句，是簡單句句型，結構為「S + V.（主詞＋不及物動詞）」。

構詞記憶法
字尾 -ate 為動詞字尾，表示「給予～某物／某種性質」的意思。

prolific [prəˋlɪfɪk] a 多產的，多創作的
升全多雅托公

Rabbits are known as a kind of prolific breeders.
眾所皆知，兔子是一種多產的動物。

- 同 productive a 多產的
- 片 be prolific in... ph 盛產～

搭配詞記憶法
prolific growth 多產植物

prolong [prəˋlɔŋ] v 延長，使延伸
升全多雅托公

You can prolong your visit by three days, if need be.
如果有需要的話，你可以把拜訪時間延長 3 天。

- prolong - prolonged - prolonged & prolonging
- 同 lengthen v 延長
- 反 shorten v 縮短
- 片 prolong the agony ph 延長痛苦，將不愉快的經歷、緊張局勢等拖長

構詞記憶法
字根 long 表示「長」的意思。

搭配詞記憶法
prolong one's life 延長壽命

prominent [ˋprɑmənənt] a 傑出的，顯著的
升全多雅托公

The prominent political figure has prominent cheekbones.
這位傑出的政治人物有突出的顴骨。

- 同 eminent a 傑出的
- 反 mediocre a 平庸的
- 片 play a prominent part in... ph 在～中起重要作用

構詞記憶法
字根 min 表示「伸出，突出」的意思。

搭配詞記憶法
particularly prominent 特別突出

promise [ˋprɑmɪs] v n 許諾，承諾 升全多雅托公

They promised that they will make a thorough investigation into the event.
他們承諾說會徹查此事。

➲ promise - promised - promised & promising
同 assure v 保證
片 promise (sb.) the earth / (moon) ph 作不切實際的或輕率的許諾（用於口語中）

搭配詞記憶法
promise well 有望產生良好結果；大有希望

---

promote [prəˋmot] v 晉升，促進 升全多雅托公

The hard-working employee might be promoted soon.
這名勤勉的員工可能很快就會獲得晉升。

➲ promote - promoted - promoted & promoting
反 demote v 降職
文 片語 promote sb. (from...) (to...) 表示「提升某人至（某職位）」，多用於被動語態結構。

搭配詞記憶法
promote a bill in Parliament 努力促使法案在國會通過

---

promotion [prəˋmoʃən] n 晉升，促進 升全多雅托公

She has a good chance of getting a promotion.
她很有可能會升職。

反 demotion n 降職
片 the promotion of... ph 促進～

構詞記憶法
字根 mote 表示「移動」的意思。

搭配詞記憶法
chance of promotion 晉升的機會

---

prompt [prɑmpt] a 迅捷的，準時的 升全多雅托公

Your prompt reply would be greatly appreciated.
如能及時回覆，不勝感激。

同 speedy a 迅速的
反 sluggish a 緩慢的
片 be prompt to do ph 敏捷地／迅捷地做某事

搭配詞記憶法
be prompt in doing sth. 敏捷地／迅捷地做某事

---

prone [pron] a 有～傾向的，俯臥的 升全多雅托公

The director is prone to lose his temper on rainy days.
下雨天主管容易發脾氣。

同 inclined a 傾向於～的
片 in a prone position ph 成臥倒姿勢

搭配詞記憶法
be prone to sth./(to do sth.) 易於～，很可能做某事，有做某事的傾向

---

propel [prəˋpɛl] v 推動，驅動 升全多雅托公

The small boat is propelled by oars.
這艘小船是由船槳推動的。

➲ propel - propelled - propelled & propelling
同 push v 推
反 pull v 拉
文 及物動詞 propel 表示靠外力穩定人或物，並持續地向前推進；通常用於被動語態中。

構詞記憶法
字根 pel 表示「推」的意思。

propellant [prə`pɛlənt] n 推進劑
a 起推動作用的

The scientists are trying to find an efficient propellant for the nuclear rocket.
科學家們試圖為核火箭找一種高效推進劑。

同 propellent n 推進劑 a 起推動作用的
片 propellant agent ph 推進劑

構詞記憶法
字尾 -ant 當名詞字尾時，表示「～劑」的意思；當形容詞字尾時，「處於～狀態的」的意思。

property [`prapɚtɪ] n 財產，房地產

We all have the inviolable right to personal property.
我們都擁有私有財產不可侵犯的權利。

同 estate n 財產，地產
片 public property ph 公共財產

構詞記憶法
字根 proper 表示「擁有」的意思。

搭配詞記憶法
intellectual property 智慧財產

proportion [prə`porʃən] n 部分，比例

A large proportion of the population in the city still speaks the dialect.
該城市大多數人依然說方言。

同 portion n 部分
反 whole n 整體
片 in proportion ph 相稱，符合比例

構詞記憶法
字根 port 表示「部分，分開」的意思。

搭配詞記憶法
out of all proportion 不成比例

proposal [prə`pozḷ] n 提議，計畫

The general manager rejected the proposal to extend the office.
總經理拒絕擴建辦公室的提議。

同 suggestion n 提議
文 proposal 作不可數名詞，表示「提議」；作可數名詞，表示「提案，提議，計畫，方案」。另外也可當動詞，表示「求婚」。

構詞記憶法
字根 pos(e) 表示「提出」的意思。

搭配詞記憶法
concrete proposal 具體建議

propose [prə`poz] v 建議，打算

The accountant proposed that we should reduce the public expenditure.
會計建議我們削減公共開支。

➲ propose - proposed - proposed & proposing
同 suggest v 提議
片 propose doing sth. ph 打算做某事

搭配詞記憶法
propose (to do) sth. 打算做某事

構詞記憶法
字根 pos(e) 表示「提出」的意思。

propriety [prə`praɪətɪ] n 得體，禮節

Your behaviours offend the local standards of propriety.
你的行為違背了當地的禮儀規範。

反 impropriety n 不正當
片 behave with perfect propriety ph 舉止極為得體

構詞記憶法
字根 propri 表示「擁有的，適當的」的意思。

prosaic [pro`zeɪk] a 無靈感的，乏味的 升全多雅托公

Actually, I have a strong dislike of her prosaic writing style.
我對她那乏味的文風很反感。

同 uninspired a 無靈感的
反 inspired a 有靈感的
文 陳述句中，可以用強調詞來加強肯定。常用的強調詞有：indeed、really、definitely、certainly、for sure、without any question、without doubt、virtually、surely、actually 等。例句中是用 actually 來加強肯定。

搭配詞記憶法
a prosaic description of 枯燥無味的描寫

prose [proz] n 散文 升全多雅托公

It's a page of well-written prose, isn't it?
這篇散文寫得很好，不是嗎？

同 essay n 散文
文 反義疑問句是口語中的常用疑問句式，由「陳述句 + 簡略疑問句」構成。例句中的反義疑問部分是 isn't it。

搭配詞記憶法
prose poem 散文詩

prosecute [`prasɪˌkjut] v 繼續從事，提起訴訟 升全多雅托公

You still have three days to prosecute your studies.
你還有 3 天時間繼續進行你的研究。

➲ prosecute - prosecuted - prosecuted & prosecuting
同 proceed v 繼續進行
片 prosecute sb. for (doing) sth. ph 檢舉／告發某人，對某人提起公訴

搭配詞記憶法
proceed one's inquiries 繼續調查

構詞記憶法
字根 secu 表示「跟隨」的意思。

prospect [`praspɛkt] n 希望，前景 升全多雅托公

There is little prospect of an improvement in the situation.
這樣的局勢並沒有什麼改進的希望。

同 expectation n 希望
片 prospect of (doing) sth. ph 有根據的希望／期望～

構詞記憶法
字根 spect 表示「看，觀察」的意思。

搭配詞記憶法
immediate prospect 跡象

prospective [prə`spɛktɪv] a 可能的，預期的 升全多雅托公

I have no notion of who will be the prospective buyers.
我不知道誰會是準買家。

同 potential a 可能的
片 prospective advantage ph 預期利益

構詞記憶法
字尾 -ive 為形容詞字尾，表示「有～傾向／性質的」的意思。

prosperity [pras`pɛrətɪ] n 繁榮，成功 升全多雅托公

There used to be a short period of peace and prosperity.
曾經有短暫的和平繁榮時期。

同 affluence n 富裕
片 economic / business prosperity ph 經濟繁榮

構詞記憶法
字根 sper 表示「希望」的意思。

搭配詞記憶法
a period of prosperity 繁榮時期

prosperous [ˋprɑspərəs] a 繁榮的，成功的 升全多雅托公

The prosperous country used to have a large population.
以前這經濟繁榮的國家人口眾多。

- 同 affluent a 富裕的，繁榮的
- 反 unprosperous a 不富裕的
- 文 used to do 表示過去經常有的習慣動作，但是現在已然不再維持。to 為不定詞，後接動詞原形。而 be / (become / get) used to doing 表示「習慣於做某事」。

搭配詞記憶法
economically prosperous 經濟繁榮

構詞記憶法
字尾 -ous 為形容詞字尾，表示「具有～性質／特徵的」的意思。

protein [ˋprotiɪn] n 蛋白質 升全多雅托公

The doctor recommends a high protein diet to him.
醫生推薦他高蛋白飲食。

- 同 proteide n 蛋白質
- 片 vegetable protein ph 植物性蛋白質

搭配詞記憶法
protein deficiency 缺乏蛋白質

protrude [proˋtrud] v 伸出，突出 升全多雅托公

Neither you nor she saw the rock protruding from the cliff face.
你和她都沒看到懸崖表面向外突出的那塊岩石。

- ➲ protrude - protruded - protruded & protruding
- 同 jut v 突出，伸出
- 文 就近原則是指動詞的人稱和數量與距離最近的作主詞的詞保持一致。根據此原則的連接詞有以下幾種：or、either...or...、neither...nor...、not only...but also... 等。例句中的 neither...nor... 作主詞，動詞的人稱和數與 nor 之後的 she 保持一致。

構詞記憶法
字根 trud(e) 表示「推」的意思。

搭配詞記憶法
protrude (sth.) (from sth.)（使某物）（自表面）伸出，（使某物）突出

proverb [ˋprɑvɝb] n 諺語，格言 升全多雅托公

There is an old Arab proverb that the enemy of my enemy is my friend.
有一句古老的阿拉伯諺語說：敵人的敵人就是朋友。

- 同 byword n 諺語，俗語
- 片 as the proverb goes / (runs / says) ph 俗話／諺語說

構詞記憶法
字根 verb 表示「文字，詞語」的意思。

邏輯記憶法
此單字中的 verb（n. 動詞）可以延伸出單字 adverb（n. 副詞）。

provide [prəˋvaɪd] v 提供，規定 升全多雅托公

A local restaurant will provide food and drinks we need.
當地的一家餐廳將會提供我們所需要的食物和飲料。

- ➲ provide - provided - provided & providing
- 同 offer v 提供
- 反 blag v 索要
- 片 provide against sth. ph 防備～發生，預防～（正式文體中）

搭配詞記憶法
provide sb. (with sth.) = provide sth. (for sb.) 向某人提供／供應某事物

provision [prə`vɪʒən] n 供應，規定

升全多雅托公

They took measures to ensure the provision of a good postal service.
他們採取措施以確保提供良好的郵政業務。

同 supply n 供應
反 claim n 索要
片 provision for / (against) sth. ph （為將來或為防萬一而做的）準備

搭配詞記憶法
private provision 私人提供

provisional [prə`vɪʒənl̩] a 臨時的，暫時性的

升全多雅托公

The drunken driver just has a provisional driving licence.
這名酒醉的司機只有實習駕駛執照。

同 temporary a 臨時的
反 permanent a 永久的
片 provisional government ph 臨時政府

構詞記憶法
字尾 -al 為形容詞字尾，表示「關於～的」的意思。

provoke [prə`vok] v 激怒

升全多雅托公

If you had not provoked him, you would not have been fired.
如果你沒有激怒他，就不會被解雇。

➲ provoke - provoked - provoked & provoking
同 enrage v 激怒
文 虛擬語氣是用來表示說話人所說的話不是事實，而是一種假設、願望、懷疑、建議、猜測、可能或純粹的空想等。例句中的虛擬語氣，是表示假設狀況。

構詞記憶法
字根 vok(e) 表示「叫喊，聲音」的意思。

搭配詞記憶法
provoke sb. into doing sth./(to do sth.) 使某人對～作出反應（尤指使用刺激手段）

prowess [`praʊɪs] n 專長，非凡的才能

升全多雅托公

It's best to make good use of your academic prowess.
最好充分利用你的學術專長。

同 speciality n 專長
片 one's prowess as a / (an) ph 作為～的專長

搭配詞記憶法
athletic / (sporting) prowess 運動專長

proximity [prɑk`sɪmətɪ] n 臨近，接近

升全多雅托公

The two bookstores are in close proximity to each other.
這兩家書店緊靠著。

同 closeness n 接近
片 in the proximity of... ph 在～附近

搭配詞記憶法
close proximity 接近

構詞記憶法
字尾 -ity 為名詞字尾，表示「～的狀態／性質」的意思。

prudent [`prudn̩t] a 審慎的，小心的

升全多雅托公

It would be more prudent to think twice about your decision.
慎重思考你的決定較為明智。

同 deliberate a 審慎的
反 careless a 粗心的
片 prudent housekeeping ph 精明的治家

構詞記憶法
字尾 -ent 為形容詞字尾，表示「處於～狀態的，進行～動作的」的意思。

搭配詞記憶法
reasonably prudent 相當審慎的

pry [praɪ] v 打聽，撬開
升全多雅托公

I bet that she did not mean to pry.
我打賭她並不是想要刺探什麼。

- pry - pried - pried & prying
- 同 inquire v 詢問
- 片 safe from prying eyes ph 閒人無從偷窺

搭配詞記憶法
pry (into sth.) 打聽／刺探（他人的私事）

pseudo [`sudo] a 假的，不真誠的
升全多雅托公

His interest in public welfare seems to be pseudo.
他對於社會公益的興趣似乎是假的。

- 同 false a 假的
- 反 real a 真正的
- 片 pseudo code ph 虛擬密碼

構詞記憶法
字根 pseudo 可以用於構成複合詞或是合成詞，表示「假的，虛偽的，不真誠的」的意思。

pseudology [sju`dalədʒɪ] n 謊話
升全多雅托公

Tom has an aversion to pseudology, doesn't he?
Tom 對謊話很反感，不是嗎？

- 同 lie n 謊話
- 反 truth n 實情
- 文 在反義疑問句中，疑問部分的主詞和動詞，要與陳述部分的主詞和動詞相對應。如果陳述部分的主詞是名詞片語，則疑問部分用相應的代詞表示。如例句中的反義疑問部分 doesn't he。

構詞記憶法
字根 logy 表示「語言，文字」的意思。

pseudo-science [ˌsudo`saɪəns] n 偽科學
升全多雅托公

Pseudo-science has attracted fierce criticism from scientists, hasn't it?
偽科學遭到科學家們的強烈指責，不是嗎？

- 反 science n 科學
- 文 反義疑問句中，如果陳述句是肯定結構，其後的附加疑問句用否定結構（如例句所示）。反之，陳述句如果是否定結構，其後的附加疑問句則為肯定結構。

構詞記憶法
字首 pseudo- 可以用於構成複合詞或是合成詞，意為「假的，虛偽的，不真誠的」。

psychological [ˌsaɪkə`ladʒɪkḷ] a 心理上的，心理學的
升全多雅托公

The junior high school placed great emphasis on the psychological development of students.
這所中學很注重學生的心理成長狀況。

- 同 mental a 心理的
- 反 physical a 身體的
- 片 psychological research ph 心理學研究

構詞記憶法
字首 psych- 表示「心智」的意思。

psychologist [saɪˋkɑlədʒɪst] n 心理學家 升全多雅托公

The child psychologist has an appointment at four o'clock in the afternoon.
下午 4 點鐘，那位兒童心理學家與人有約。

反 physiologist n 生理學家
片 educational psychologist ph 教育心理學家

構詞記憶法
字尾 -ist 為名詞字尾，表示「從事～的人，～的專業人員」的意思。

---

psychology [saɪˋkɑlədʒɪ] n 心理學 升全多雅托公

She majored in educational psychology in the university.
她在大學主修教育心理學。

同 psychics n 心理學
反 physiology n 生理學
片 Professor of Psychology ph 心理學教授

構詞記憶法
字尾 -ology 為名詞字尾，表示「～學／論／研究」的意思。

---

puberty [ˋpjubɚtɪ] n 青春期 升全多雅托公

It's difficult to deal with girls at the age of puberty.
和青春期的女孩相處很困難。

同 adolescence n 青春期
片 reach (the age of) puberty ph 到達青春期

搭配詞記憶法
at puberty 在青春期

---

publication [ˌpʌblɪˋkeʃən] n 出版，公佈 升全多雅托公

He was confident, even before publication, that the novel will become a best-seller.
早在出版之前，他就相信這本小說會成為暢銷書。

同 issue n 出版，發行

構詞記憶法
字根 publ 表示「人民，大眾」的意思。

搭配詞記憶法
publication date 出版日期

---

publicize [ˋpʌblɪˌsaɪz] v 宣傳 升全多雅托公

The best thing to do would be to publicize the new telephone service.
最好對新電話服務進行宣傳。

➲ publicize - publicized - publicized & publicizing
同 propagandize v 宣傳
文 及物動詞 publicize 通常是指用廣告來進行宣傳，多用於美式英語中；英式英語中則是用作 publicise。

搭配詞記憶法
highly publicize 大力宣傳

構詞記憶法
字尾 -ize 為動詞字尾，表示「以～方式處理／對待」的意思。

---

pugilism [ˋpjudʒəˌlɪzəm] n 拳擊 升全多雅托公

What are you interested in, pugilism or wrestling?
你對什麼感興趣，拳擊還是摔跤？

同 boxing n 拳擊
文 選擇疑問句是指說話人對問題提出兩個或者兩個以上的答案供對方選擇。例句中是給出 pugilism or wrestling 兩個答案供聽者選擇。

搭配詞記憶法
free pugilism 散打

pulse [pʌls] n 脈搏，節拍 升全多雅托公

What you should do is to have your finger on the pulse.

你要做的就是充分了解最新情況。

同 sphygmus n 脈搏

片 feel / (take) one's pulse ph 診脈，按脈，把脈

搭配詞記憶法

have a low / (irregular / strong / weak) pulse 脈搏很慢／不規則／很強／很弱

punctual [ˋpʌŋktʃuəl] a 準時的，守時的 升全多雅托公

You are required to be punctual in paying the phone bill.

你被要求準時繳付電話費。

同 clocklike a 準時的

片 be punctual for... ph 準時～

構詞記憶法

字根 punct 表示「點，變尖」的意思。

搭配記憶法

a punctual start to the meeting 會議準時開始

punish [ˋpʌnɪʃ] v 處罰，粗暴對待 升全多雅托公

Tom said that his father punished him for breaking the window.

Tom 說他打破窗戶，被父親處罰。

➲ punish - punished - punished & punishing

同 discipline v 處罰，處分

文 引導受詞子句的從屬連接詞有：that（無詞義，可以省去）、whether 和 if（是否）。從屬連接詞只有連接主句與子句的作用，在子句中不充當句子成分。例句是由 that 引導的受詞子句。

搭配詞記憶法

punish sb. (for sth.) (by / with sth.) 罰／處罰／懲罰某人

purchase [ˋpɝtʃəs] v n 購買 升全多雅托公

You would be better off discouraging him from purchasing shares.

你最好阻止他購買股票。

➲ purchase - purchased - purchased & purchasing

同 buy v 購買

反 sell v 出售

片 purchase sth. (for sb.) ph 為某人購買某物

搭配詞記憶法

purchase sth. (with sth.) 以～購買～，（以某種代價／犧牲）換得／實現～

purify [ˋpjurə͵faɪ] v 淨化，滌罪 升全多雅托公

The plant purchased a set of equipment to purify air.

這家工廠購買一套淨化空氣的設備。

➲ purify - purified - purified & purifying

同 cleanse v 淨化

反 smudge v 弄髒

片 purify sth. (of sth.) ph 使某物純淨，淨化某物

構詞記憶法

字尾 -ify 為動詞字尾，表示「使得～，變成～」的意思。

purloin [pɝˋlɔɪn] v 偷竊
升全多雅托公

What did the little boy purloin from the kitchen, bread, jam or sweets?
小男孩從廚房裡偷了什麼，麵包、果醬還是糖果？

- ➲ purloin - purloined - purloined & purloining
- 同 steal v 偷竊
- 文 例句是以特殊疑問句為基礎的選擇疑問句，提供 bread、jam、sweets 3 個答案供聽者選擇。

搭配詞記憶法
purloin sth. (from sb. / sth.) 偷竊某物

purpose [ˋpɝpəs] n 目的 v 意圖
升全多雅托公

Please tell me your purpose in making such a decision.
請告訴我，你做出這樣的決定目的何在。

- ➲ purpose - purposed - purposed & purposing
- 同 objective n 目的
- 片 on purpose ph 並非偶然地，故意地

搭配詞記憶法
for (all) practical purposes 事實上，實際上

構詞記憶法
字根 pos(e) 表示「放置」的意思。

pursue [pɚˋsu] v 追逐，從事
升全多雅托公

It's the hunter that pursued a hare.
獵人在追捕野兔。

- ➲ pursue - pursued - pursued & pursuing
- 同 chase v 追逐
- 片 pursue one's ends ph 追求目標
- 文 強調句中，如果被強調的是人，且在句中作主詞時，可以用 who，也可以用 that；其他情況都用 that。例句中，強調的是主詞獵人，可以用 who 或是 that。

邏輯記憶法
此單字中的 sue（v. 控告，起訴）可以聯想到單字 issue（v. 頒佈，發行）。

push [pυʃ] v n 推
升全多雅托公

You can push forward your own proposal at the meeting.
你可以在會議上提出自己的建議。

- ➲ push - pushed - pushed & pushing
- 同 hustle v 推搡
- 反 drag v 拉
- 片 push ahead / (forward / on) ph 繼續前進

近似音記憶法
pu 音同「撲，鋪」，以 pu 開頭的字，隱含「撲，推，鋪墊」。

搭配詞記憶法
push sth. open 推開某物

putrefaction [ˏpjutrəˋfækʃən] n 腐敗，腐敗物
升全多雅托公

The majority of local residents complain about the lingering stench of putrefaction.
多數當地居民都抱怨那縈繞不散的腐臭氣味。

- 同 decomposition n 腐敗
- 片 bacterial putrefaction ph 細菌腐敗

構詞記憶法
字尾 -faction 為名詞字尾，表示「～的狀態」的意思。

putrefy [ˋpjutrə͵faɪ] V 腐敗，腐爛 ㊖全多雅托公

The apples that she bought last week putrefied.
她上週買的蘋果壞掉了。

➲ putrefy - putrefied - putrefied & putrefying

同 rot V 腐爛，腐壞

文 形容詞從句在句中起形容詞作用，修飾某一名詞、代名詞，或修飾整個主句的從句。例句中含有 that 的形容詞子句，修飾名詞 the apples。

構詞記憶法

字尾 -fy 為動詞字尾，表示「使成為～，～化」的意思。

MEMO

MEMO

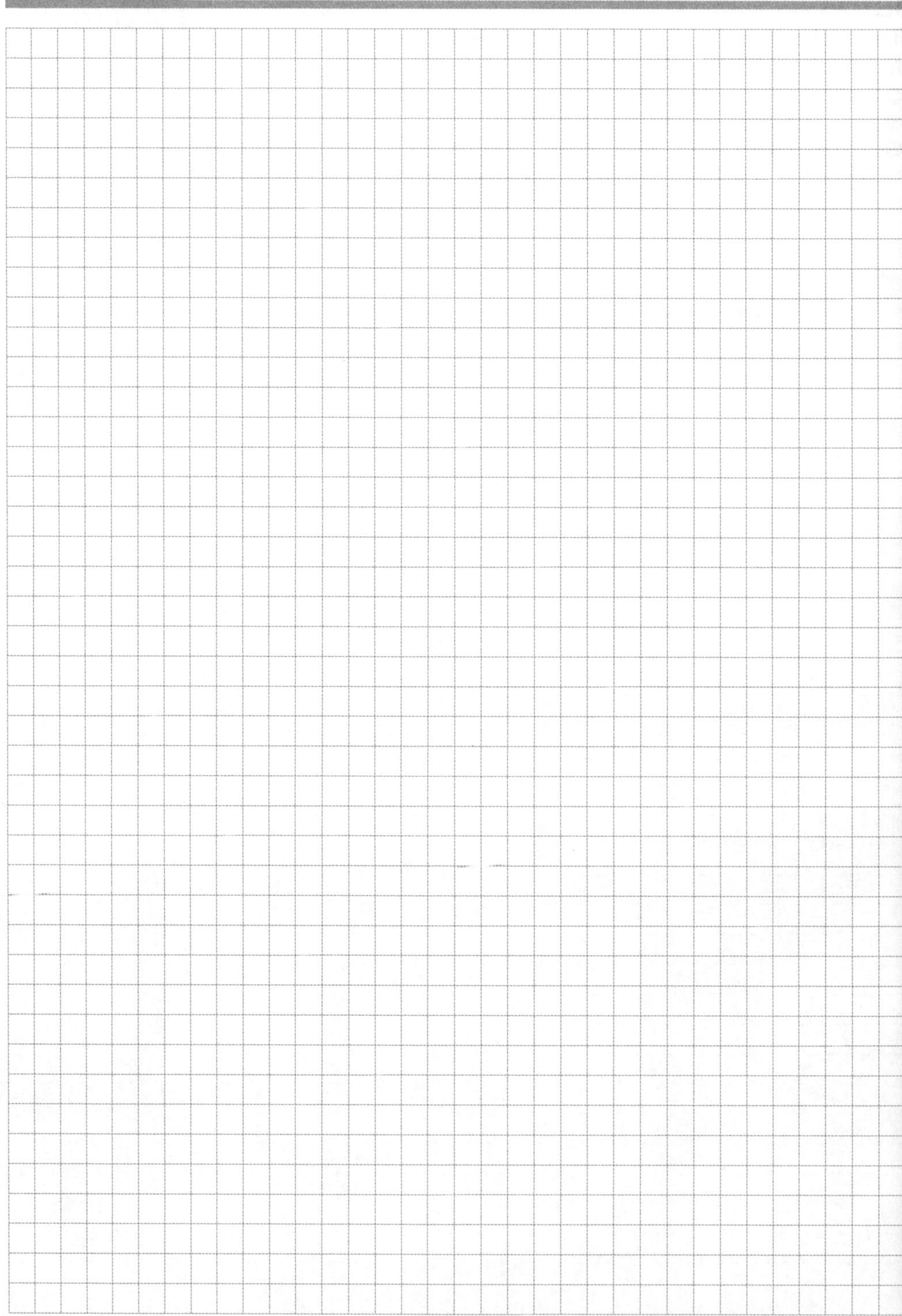

Qq

quality ~ quote

6大考試

㊀ 學測指考

㊀ 全民英檢

㊀ 多益測驗

㊀ 雅思測驗

㊀ 托福測驗

㊀ 公職考試

6大英文單字記憶法

構詞記憶法

利用英文的構詞方式，透過字首、字根、字尾的方式來記憶單字。

同音詞記憶法

利用單字的相同發音卻不同拼字來記憶。

單複數記憶法

利用單字本身單複數形式所產生的不同意思來記憶單字。

近似音記憶法

利用諧音方式來增加記憶。

搭配詞記憶法

利用一組詞彙的概念來記憶，在記憶單字時不是只記下一個單字的意思，而是能夠使用一組詞彙加深印象。

邏輯記憶法

以一個單字為單位，採用順序或不同的角度去找出邏輯的關係，並延伸出其它的單字。

Qq quality ~ quote

符號說明 ➲ 動詞三態 & 分詞 同 同義字 反 反義字 文 文法重點

quality [ˋkwɑlətɪ] n 屬性，品質 升全多雅托公

Tenacity is a distinctive quality of the new employee.
堅韌是那位新員工的顯著特點。

同 attribute n 屬性，特質
片 goods of the highest quality ph 品質最高的貨物

搭配詞記憶法
possess the quality of (doing) sth. 有～特點／特性

quantity [ˋkwɑntətɪ] n 量，數量 升全多雅托公

You can get a discount if you buy goods in large quantities.
大批購買可以有折扣優惠。

同 amount n 數量
片 quantity surveyor ph 估算員（估算建築材料等用量及其成本者）

搭配詞記憶法
an unknown quantity 不了解的人／事物（無法估量其特點、重要性等）

quarry [ˋkwɔrɪ] n 石礦，採石場，被追捕的目標 升全多雅托公

They planned to build a factory on the site of a disused quarry.
他們打算在一座廢棄石礦的礦址上新建工廠。

同 mine n 礦山
文 quarry 也可以用作及物動詞，表示「從採石場採石」，常用結構是 quarry A for B = quarry B from A、quarry sth. out (of sth.)，其過去式和過去分詞形式為 quarried、quarried。

搭配詞記憶法
stone quarry 石礦

quarter [ˋkwɔrtɚ] n 方向，四分之一 升全多雅托公

The little girl dreamed of travelling to every quarter of the globe.
小女孩的夢想是遊遍世界各地。

同 direction n 方向
片 from all quarters ph 從四面八方

構詞記憶法
字根 quart 表示「4」的意思。

question [ˋkwɛstʃən] n 問題 v 提問 升全多雅托公

The reporter puts an awkward question to the politician.
記者向政客提問一個棘手的問題。

➲ question - questioned - questioned & questioning
同 problem n 問題
反 answer n 答案
片 bring sth. / (come) into question ph （使某事物）被討論／被考慮

構詞記憶法
字根 quest 表示「詢問，追求」的意思。

搭配詞記憶法
beg the question（假定需解決的問題已解決，以）回避正題

questionable [ˋkwɛstʃənəbḷ]
升全多雅托公

a 可疑的，有問題的

It's questionable whether they can tackle the problem as soon as possible.
他們能否儘快解決這個問題，有待懷疑。

- 同 dubious a 可疑的，半信半疑的
- 反 indubitable 無可懷疑的，不容置疑的
- 片 questionable conduct ph 可疑的行為

構詞記憶法
字尾 -able 為形容詞字尾，表示「具有／顯示～性質／特點的」的意思。

搭配詞記憶法
somewhat questionable 有點懷疑

queue [kju] n 列 v 排隊等候
升全多雅托公

They had stood in a queue for three hours in order to get a ticket to the concert.
為了買音樂會的門票，他們排隊排了 3 個小時。

- ➲ queue - queued - queued & queuing / (queueing)
- 同 line n 列，行
- 片 jump the queue ph 插隊

同音詞記憶法
與此單字同音的單字為 cue（n. v. 提示，暗示）。

搭配詞記憶法
the front / head of the queue 隊伍前面

quit [kwɪt] v 離開，停止
升全多雅托公

The veteran is reluctant to quit the army.
這位老兵不願意退伍。

- ➲ quit - quit - quit & quitting
- 同 leave v 離開
- 反 come v 到來
- 文 在英式英語中，quit 的過去式和過去分詞形式也可以寫作 quitted、quitted。

搭配詞記憶法
be quit of sb. / (sth.) 擺脫／脫離～

quota [ˋkwotə] n 定額，最高限額

You cannot leave the office until you have done your quota of work for the day.
你要做完今天的工作定額量後才能下班。

- 同 ration n 定量
- 片 have one's full quota of rations ph 有某人的全份配給量

搭配詞記憶法
sampling quota 定額抽樣

quote [kwot] v 引用，報價
升全多雅托公

He is quoted as saying it's the best solution to the problem.
用他的話來說，這是解決這個問題的最佳方法。

- 同 cite v 引用，引述
- 片 quote sth. (at...) ph 報價，開價

搭配詞記憶法
quote sth. from sb. / sth. 引用，引述，引證

MEMO

Rr

rack ~ ruthless

6大考試

㊚ 學測指考

全 全民英檢

多 多益測驗

雅 雅思測驗

托 托福測驗

公 公職考試

6大英文單字記憶法

構詞記憶法

利用英文的構詞方式，透過字首、字根、字尾的方式來記憶單字。

同音詞記憶法

利用單字的相同發音卻不同拼字來記憶。

單複數記憶法

利用單字本身單複數形式所產生的不同意思來記憶單字。

近似音記憶法

利用諧音方式來增加記憶。

搭配詞記憶法

利用一組詞彙的概念來記憶，在記憶單字時不是只記下一個單字的意思，而是能夠使用一組詞彙加深印象。

邏輯記憶法

以一個單字為單位，採用順序或不同的角度去找出邏輯的關係，並延伸出其它的單字。

Rr | rack ~ ruthless

符號說明 ➲ 動詞三態 & 分詞 同 同義字 反 反義字 文 文法重點

rack [ræk] n 架子 v 拷問 升全多雅托公

Please put the plate rack here, with its back against the wall.
請把餐具架放到這裡來，背靠著牆放置。

➲ rack - racked - racked & racking
同 stand n 架子
片 go to rack and ruin ph 因忽視而致毀壞／混亂／瓦解

搭配詞記憶法
luggage rack 行李架

radiation [ˌredɪˋeʃən] n 放射，輻射 升全多雅托公

The machine seems to have a high level of radiation.
這台機器似乎有高強度輻射。

同 irradiation n 放射

構詞記憶法
字根 radi 表示「光線，放射」的意思。

搭配詞記憶法
radiation therapy 輻射治療

radio [ˋredɪˌo] n 無線電 v 用無線電傳送 升全多雅托公

They tried in vain to contact the ship on sea by radio.
他們試圖用無線電與海上那艘船取得聯絡，但失敗了。

同 wireless n 無線電
片 radio car / (cab) ph 裝有無線電通訊設備的汽車／計程車

搭配詞記憶法
wireless set 無線電收發報機

radiography [ˌredɪˋɑgrəfɪ] 升全多雅托公
n X 光攝影，放射線照相術

Don't you have any idea of the radiography?
你完全不了解 X 光照相術嗎？

同 skiagraphy n X 光照相術
文 否定形式的一般疑問句：表示驚奇、責怪、建議、看法等，將 not 置於主詞之後，或是將 not 放到主詞之前，與 be、have 等助動詞或情態動詞連用。如例句所示。

構詞記憶法
字首 radio- 表示「輻射，無線電」的意思。

raft [ræft] n 筏 v 用筏子載運 升全多雅托公

There are three sailors on the makeshift raft.
這艘臨時代用的木筏上有 3 位船員。

同 kayak n 小船
文 raft 作名詞，在口語中，也可以表示「大量，許多」，通常用作 a raft of...。

搭配詞記憶法
life raft 救生筏

ragged [ˋrægɪd] a 破舊的，不一致的 升全多雅托公

When and where did you see the ragged old man?
你在哪裡在什麼時候看到那位衣衫襤褸的老人？

同 shabby a 破舊的
文 特殊疑問句的疑問部分可以有兩個或是兩個以上的疑問詞。如例句所示。

構詞記憶法
字尾 -ed 為過去分詞字尾，表示「有～性質的」的意思。

raid [red] n v 突襲，搶劫 升全多雅托公

They decided to stage a raid on the enemy bases.
他們決定突襲敵軍基地。

同 attack n v 襲擊
片 make / (launch / carry out) a raid on / (upon)... ph 對～進行突襲

搭配詞記憶法
bombing / (air) raid 空襲

rail [rel] n 欄杆 v 用欄杆圍住／隔開 升全多雅托公

Mother told her to hold the rail for safety.
媽媽告訴她，為了安全起見要抓住欄杆。

➲ rail - railed - railed & railing
同 railing n 欄杆

搭配詞記憶法
guard rail 護欄

rain [ren] n 雨 v 下雨 升全多雅托公

We will go on business tomorrow, rain or shine.
明天我們要出差，風雨無阻。

➲ rain - rained - rained & raining
同 shower n 陣雨
片 heavy / light rain ph 大／小雨

同音詞記憶法
與此單字同音單字為 reign（n. v. 統治）。

搭配詞記憶法
rain water 雨水

raise [rez] v 抬起，養育 升全多雅托公

They all raise their hats to the premier.
他們都對首相脫帽致敬。

➲ raise - raised - raised & raising
同 lift v 抬起，舉起
反 lay v 放下
片 raise one's hand ph 舉手

同音詞記憶法
與此單字同音單字為 raze（v. 徹底破壞，摧毀）。

rancid [ˋrænsɪd] a 腐臭的 升全多雅托公

Tom finally found the rancid butter in the kitchen.
最後湯姆在廚房裡找到腐臭的奶油。

同 rotten a 腐爛的
片 rancid smell ph 腐臭味

搭配詞記憶法
go / turn rancid 腐壞

range [rendʒ] n 種類，範圍 升全多雅托公

We had better stock a whole range of toys.
我們最好儲存各式各樣的玩具。

同 sort n 種類
片 have a wide/narrow range of... ph 有廣泛的／不廣泛的～

搭配詞記憶法
sell a whole range of 出售各式各樣的～

rank [ræŋk] n 等級，行列 升全多雅托公

His uncle is known as a painter of the first rank.
他叔叔是著名的一流畫家。

同 grade n 等級
文 rank 可以作形容詞，表示「生長過剩的，長滿雜草的」。也作及物動詞，表示「把～置於行列中，將～分等級」，不用於進行時態中，其過去式和過去分詞形式為 ranked、ranked。

搭配詞記憶法
people of all ranks and classes 各階層各階級的人

---

rapid [ˋræpɪd] a 迅速的，敏捷的 升全多雅托公

The intern doctor asked several questions in rapid succession just now.
那位實習醫生剛才很快地接連提出幾個問題。

同 swift a 快速的
反 slow a 緩慢的
片 make rapid / (great) strides ph 進步很快／很大

構詞記憶法
字尾 -id 為形容詞字尾，表示「有～特徵的」的意思。

搭配詞記憶法
exceptionally rapid 異常迅速

---

rapture [ˋræptʃɚ] n 極度歡喜，狂喜 升全多雅托公

They were all filled with rapture at the good news.
聽到這個好消息，他們都欣喜若狂。

同 ecstasy n 狂喜
反 sorrow n 悲痛
片 be filled with rapture ph 欣喜若狂

構詞記憶法
字根 rapt 表示「強取，奪，補」的意思。

搭配詞記憶法
gazing in / (with) rapture 喜不自勝

---

rarely [ˋrɛrlɪ] ad 很少，難得 升全多雅托公

Rarely did she go to the cinema on weekends.
週末她很少去看電影。

反 often ad 經常
文 主詞在動詞之前，稱為自然語序或正常語序；主詞在動詞之後，或是與正常詞序相反的詞序，則稱為倒裝語序。例句即為倒裝語序。

構詞記憶法
字尾 -ly 為副詞字尾，表示「以某種方式」的意思。

---

rather [ˋræðɚ] ad 寧願 升全多雅托公

The little boy would take a bus rather than walk to school.
小男孩寧願坐公車也不願走路去學校。

同 fairly ad 相當地
片 rather than ph 不是，不願

搭配詞記憶法
or rather 更確切地說

---

ratify [ˋrætə͵faɪ] v 使正式生效，正式批准 升全多雅托公

Strange to say, the new regulation was ratified by the executive board.
說來奇怪，執行委員會正式批准這項新規定。

➲ ratify - ratified - ratified & ratifying
同 validate v 使生效，認可
反 invalidate v 使無效，作廢
文 插入語通常是用來表示說話人對某事物的看法、態度和推測。例句中，插入語 strange to say 置於句首，表示說話人的看法。

構詞記憶法
字尾 -ify 為動詞字尾，表示「使得～，變成～」的意思。

rationale [ræʃə`næl] n **基本原理，理論基礎** 升全多雅托公

Honestly, we have no notion of the rationale behind the decision.
說實話，我們並不知道這決定是根據什麼理論。

同 principle n 基本原理
文 副詞或副詞片語用作插入語，通常放在句首或句尾，也可以放在句中。例句中，句首的副詞 honestly 是用作插入語。

搭配詞記憶法
rationale behind/ (for / of) sth.
～的理論基礎

rational [`ræʃənl̩] a **理性的，理智的** 升全多雅托公

You had better give a rational explanation for your behaviour.
你最好對你的行為做出理性的解釋。

同 sensible a 合乎情理的
反 irrational a 無理性的
片 rational conduct ph 合理的行為

構詞記憶法
字尾 -al 為形容詞字尾，表示「關於～的」的意思。

搭配詞記憶法
essentially rational
理性的本質

rattle [`rætl̩] v **使恐懼，顫動出聲** 升全多雅托公

It appears that nothing could rattle the young man.
似乎沒有什麼可以讓這名年輕人感到驚恐。

➲ rattle - rattled - rattled & rattling
同 alarm v 使驚恐
片 rattle away / (on) ph 喋喋不休

搭配詞記憶法
get (sb.) rattled
使某人驚懼

ravenous [`rævɪnəs] a **極餓的** 升全多雅托公

The ravenous boy gobbled down his food in a hurry.
餓極了的男孩匆匆忙忙地吞下食物。

同 starving a 饑餓的
反 full a 飽的
片 be ravenous for food ph 急欲覓食

搭配詞記憶法
ravenous appetite
飢腸轆轆

構詞記憶法
字根 rav 表示「以暴力奪取，強取」的意思。

ravish [`rævɪʃ] v **使欣喜若狂，使心醉** 升全多雅托公

It's to be regretted that he was ravished by her beauty at first sight.
遺憾的是，一見面，他就為她的美貌而著迷。

➲ ravish - ravished - ravished & ravishing
同 enrapture v 使狂喜
片 be ravished from the world by death ph 去世

搭配詞記憶法
be ravished by... 為～著迷

構詞記憶法
字尾 -ish 為動詞字尾，表示「造成～」的意思。

raw [rɔ] a **無經驗的，生的** 升全多雅托公

The raw reporter seemed to have made a foolish mistake.
這位毫無經驗的記者似乎犯了愚蠢的錯誤。

同 inexperienced a 無經驗的
反 experienced a 有經驗的，經驗豐富的

搭配詞記憶法
raw recruits 新成員

react [rɪ`ækt] v 反應，回應 升全多雅托公

It's expected that the manager will react positively to the suggestion.
希望那位經理對這項提議做出積極回應。

- ➲ react - reacted - reacted & reacting
- 同 respond v 反應，回應
- 片 react against ph 反對／反抗～

構詞記憶法
字根 act 表示「行動，舉動」的意思。

搭配詞記憶法
react to... 對～做出反應／回應

read [rid] v 讀，朗讀 升全多雅托公

Please read the text aloud, instead of reading to yourself.
請大聲朗讀這篇課文，而不是默讀。

- ➲ read - read - read & reading
- 同 skim v 略讀
- 片 read between the lines ph 找出或發覺字裡行間的言外之意

搭配詞記憶法
read about / (of) 藉助閱讀發現～的情況

readily [`rɛdɪlɪ] ad 欣然，容易地 升全多雅托公

Of course, the politician readily answered the journalist's questions.
當然，這位政客欣然回答記者的問題。

- 同 willingly ad 欣然
- 反 unwillingly ad 不情願地
- 文 介係詞或介係詞片語作插入語，通常放在句首，有時也放在句中。例句中，句首的介係詞片語 of course 是用作插入語。

構詞記憶法
字尾 -ly 為副詞字尾，表示「以某種方式」的意思。

realism [`rɪəˌlɪzəm] n 現實主義，寫實主義 升全多雅托公

We should have a scientist's sense of realism.
我們應該有科學家的現實主義感。

- 同 actualism n 現實主義
- 反 idealism n 唯心主義

構詞記憶法
字尾 -ism 為名詞字尾，表示「～主義／學說／體系／運動」的意思。

搭配詞記憶法
a sense of realism 現實感

realist [`rɪəlɪst] n 現實主義者，寫實主義者 升全多雅托公

Hardly had the realist left home when it started to rain.
現實主義者一離開家就開始下雨了。

- 同 actualist n 現實主義者
- 反 idealist n 理想主義者
- 文 使用倒裝語序，通常是為了句意表達的需要或文法結構的需要，有時也是為了強調。例句中，是出於文法結構 hardly...when... 的需要而用倒裝語序。

構詞記憶法
字尾-ist為名詞字尾表示「～主義者／實行者」的意思。

realistic [rɪə`lɪstɪk] a 現實的，實際的

升全多雅托公

I'm afraid it's not realistic to carry out the research at present.
我擔心目前要進行這項研究恐怕不切實際。

- 同 practical a 實際的
- 反 unrealistic a 不現實的，不切實際的
- 片 be realistic about... ph 切實～

構詞記憶法
字尾 -ic 為形容詞字尾，表示「關於～的」的意思。

搭配詞記憶法
realistic about
對～現實

reassure [riə`ʃur] v 使消除疑慮，使恢復信心

升全多雅托公

The doctor reassured us that he would get a quick recovery.
醫生讓我們放心，他很快就會痊癒。

- 同 assure v 使確信
- 片 reassure sb. (about sth.) ph 消除某人的恐懼或疑慮，恢復某人的信心

構詞記憶法
字根 sur 表示「安全的，保險的」的意思。

搭配詞記憶法
need reassuring
需要安心

rebate [`ribet] n 折扣，部分退款

升全多雅托公

The tenant is well qualified for a rent rebate.
這位房客完全有資格獲得租金的部分退款。

- 同 discount n 折扣
- 片 tax rebate ph 稅金的部分退款

搭配詞記憶法
a system of rebates 退稅制度

邏輯記憶法
此單字中的 bate（v. 減少）可以聯想到單字 debate（v. n. 辯論，討論）。

rebel [rɪ`bɛl] v 反叛 n 反叛者

升全多雅托公

Whoever received such unfair treatment would rebel.
不論是誰，受到這樣不公正的待遇都會反抗。

- ➲ rebel - rebelled - rebelled & rebelling
- 同 revolt v 反叛
- 反 support v 擁護
- 片 rebel force ph 叛軍

構詞記憶法
字根 bel 表示「戰爭，打鬥」的意思。

搭配詞記憶法
rebel against
反抗，反叛

recede [rɪ`sid] v 後退，向後傾斜

升全多雅托公

The station gradually receded into the distance as the coach departed.
長途公車離站後，車站就漸漸遠去了。

- ➲ recede - receded - receded & receding
- 同 retreat v 撤退
- 反 proceed v 前進
- 片 recede into the background ph 失勢，不再重要

構詞記憶法
字根 ced(e) 表示「行走，前進」的意思。

搭配詞記憶法
recede from 自原處後退，避開別人的注視

recently [ˋrisn̩tlɪ] **ad** **最近，近來** 升全多雅托公

To put it bluntly, I have not seen her recently.
坦白說，最近我並沒有見過她。

同 lately ad 最近，不久前
片 until (quite) recently ph 直到不久前，直到最近

構詞記憶法
字尾 -ly 為副詞字尾，表示「具有某種性質的」的意思。

receptacle [rɪˋsɛptəkl̩] **n** **容器，放置處** 升全多雅托公

You can see a large receptacle for collecting waste paper in the corner.
你可以看到一個大大的廢紙箱在角落。

同 container n 容器
片 plug receptacle ph 插座

搭配詞記憶法
a receptacle for litter 垃圾箱

構詞記憶法
字尾 -acle 為名詞字尾，表示「物品」的意思。

reception [rɪˋsɛpʃən] **n** **接待，接受** 升全多雅托公

The reception committee gave them a warm reception.
接待委員會熱情接待他們。

同 entertainment n 招待
片 receive / have / get / meet with a ... reception ph 得到～接待

構詞記憶法
字尾 -ion 為名詞字尾，表示「～動作／狀態」的意思。

搭配詞記憶法
reception counter 接待處

receptive [rɪˋsɛptɪv] 升全多雅托公
a **易於接受的，接受得快的**

You should take a receptive attitude toward new ideas.
對於新思想，你應該要勇於接受。

同 susceptible a 易受影響的
片 be receptive (to sth.) ph（對新的思想、建議等）易於接受的，接受得快的

構詞記憶法
字尾 -ive 為形容詞字尾，表示「有～傾向／性質的」的意思。

recession [rɪˋsɛʃən] **n** **衰退，撤退** 升全多雅托公

Not until the company went bankrupt did they realize the influence of the industrial recession.
直到公司破產，他們才意識到工業衰退的影響。

同 slump n 衰退
文 not until 引導的主子複合句，主句倒裝，而從句不倒裝。如例句所示。

構詞記憶法
字首 re- 表示「向後，相反」的意思。

搭配詞記憶法
in times of recession 在衰退時期

recognition [ˌrɛkəgˋnɪʃən] **n** **認識，認出** 升全多雅托公

The scientist received an award in recognition of his achievements.
科學家獲獎以表彰他的成就。

同 identification n 認識，識別
片 change beyond / (out of) (all) recognition ph 變化大得難以認出

構詞記憶法
字根 cogn 表示「知道，了解」的意思。

搭配詞記憶法
recognition system 識別系統

recognize [ˋrɛkəg͵naɪz] v **認出，識別** 升全多雅托公

It's surely difficult to recognize the old friend who has altered so much.

這位老朋友變化太大，相當難認出他。

- recognize - recognized - recognized & recognizing
- 同 identify v 認出，識別
- 文 及物動詞 recognize 通常用於美式英語中，不用於進行時態；英式英語中則是用作 recognise。

搭配詞記憶法

recognize...(by sth.) 認出／識別

構詞記憶法

字尾 -ize 為動詞字尾，表示「使成為～」的意思。

recommend [͵rɛkəˋmɛnd] v **建議，推薦** 升全多雅托公

It's strongly recommended that you read the novel before seeing the film.

強烈建議你在看這部影片之前先讀這本小說。

- recommend - recommended - recommended & recommending
- 同 advise v 建議
- 片 recommend (...) doing ph 建議做某事

搭配詞記憶法

recommend sb. to do 建議某人做某事

reconcile [ˋrɛkənsaɪl] v **使和好，使和解** 升全多雅托公

They two were not reconciled until Tom offered an apology.

直到湯姆道歉之後，他們兩人才和好。

- reconcile - reconciled - reconciled & reconciling
- 同 settle v 調解
- 片 reconcile sth. (with sth.) ph 使（目標、說法、意見等）一致，和諧

搭配詞記憶法

reconcile sb. (with sb.) 使（人）重新和好，使和解

recruit [rɪˋkrut] v **招募** n **新兵** 升全多雅托公

It's unknown whether they will recruit on a regular basis.

並不知道他們是否定期徵募。

- recruit - recruited - recruited & recruiting
- 同 conscript v 徵召

搭配詞記憶法

recruit sb. to from... 吸收新成員，徵募

rectangle [rɛkˋtæŋg!] n **矩形，長方形** 升全多雅托公

What you should draw on the paper is not a rectangle but a square.

你要在這張紙上畫正方形，而不是長方形。

- 同 oblong n 長方形
- 片 squared rectangle ph 方化矩形

構詞記憶法

字根 rect 表示「直立的，直的」的意思。

邏輯記憶法

此單字中的 angle（n. 角，角度）可以聯想到單字 triangle（n. 三角形）。

rectify [ˋrɛktəˏfaɪ] v 改正，淨化 升全多雅托公

The accountant forgot to rectify mistakes in the report.
會計忘記了要改正這份報告中的錯誤。

➲ rectify - rectified - rectified & rectifying
同 correct v 改正
文 及物動詞 rectify 也可以表示「淨化，精煉，（尤指）分餾，精餾」，通常用於被動語態結構中，且多用於化學領域。

搭配詞記憶法
rectify errors 改正錯誤

構詞記憶法
字尾 -ify 為動詞字尾，表示「使成為」的意思。

recur [rɪˋkɝ] v 復發，再發生 升全多雅托公

The doctor said to her, “Take some medicine if the pain recurs.”
醫生對她說：「如果疼痛再發作就吃些藥。」

➲ recur - recurred - recurred & recurring
同 recrudesce v 復發，再發生
文 引述祈使句通常採用「動詞 + 受詞 + 不定詞」的結構。常見的引述動詞有 ask、tell、beg、urge、order、warn、advise、remind 等。

構詞記憶法
字根 cur 表示「跑，發生」的意思。

搭配詞記憶法
recur to...（想法、事情等）在頭腦中重現

redundant [rɪˋdʌndənt] a 不必要的，被解雇的 升全多雅托公

There seems to be too much redundant details in your essay.
你的論文中似乎有太多冗餘細節。

同 superfluous a 不必要的，多餘的
反 necessary a 必要的
片 without a redundant word ph 無一詞多餘

構詞記憶法
字根 und 表示「波動，波浪」的意思。

搭配詞記憶法
compulsorily redundant 強制裁員

refer [rɪˋfɝ] v 提到，查詢 升全多雅托公

You had better not refer to the terrible accident.
你最好不要提起這場可怕的事故。

➲ refer - referred - referred & referring
同 mention v 提到
片 refer sth. back (to sb.) ph 將（文件等）退給送件人予以澄清

搭配詞記憶法
refer to... 提到／說到／涉及到～，查詢～

referee [ˏrɛfəˋri] n 裁判員，仲裁者 升全多雅托公

You can have a long talk with the referee later.
稍後，你可以與這位裁判員長談。

同 umpire n 裁判員，仲裁人
片 field referee ph 場地裁判員

構詞記憶法
字尾 -ee 表示「該動作的承受者」的意思。

搭配詞記憶法
chief referee 總裁判

reference [ˋrɛfərəns] n 提到，參考 升全多雅托公

I recommend you avoiding any reference to the news.
我建議你不要提起這個消息。

同 mention n 提到
片 make reference (to...) ph 提到，涉及到

搭配詞記憶法
for reference purposes 供參考

構詞記憶法
字尾 -ence 為名詞字尾，表示「～的動作／狀態」的意思。

refine [rɪˋfaɪn] v 改良，精煉
升全多雅托公

They have made up their mind to refine the earlier theories.
他們決定改良先前的理論。

- ➲ refine - refined - refined & refining
- 同 improve v 改進，改善
- 片 refine one's working methods ph 改進某人的工作方法

構詞記憶法
字根 fine 表示「限制，結束」的意思。

邏輯記憶法
此單字中的 fine（n. v. 罰款）可以聯想到單字 define（v. 下定義，闡明）。

reflect [rɪˋflɛkt] v 思考，反射
升全多雅托公

We reflected that those happy times seemed quite distant.
我們想著那些快樂的日子似乎很遙遠了。

- ➲ reflect - reflected - reflected & reflecting
- 同 speculate v 思考
- 文 reflect 表示「思考」，可以用作及物動詞或是不及物動詞，不用於被動語態中。特指冷靜、認真而地反複思考問題，尤指對已然發生事情的思索、回想或回顧。

構詞記憶法
字根 flect 表示「彎曲」的意思。

搭配詞記憶法
reflect on / (upon)... 沉思／思憶（往事），思考

reform [rɪˋfɔrm] v n 改革，改進
升全多雅托公

The new manager has reformed the unfair salary structure.
新上任的經理對不合理的工資結構進行改革。

- ➲ reform - reformed - reformed & reforming
- 同 mend v 改良，改善
- 片 reform one's ways ph 改變作風

構詞記憶法
字根 form 表示「形式，形狀」的意思。

邏輯記憶法
此單字中的 form（n. 形式 v. 構成）可以聯想到單字 deform（v. 使變形）。

refreshment [rɪˋfrɛʃmənt] n 點心，小吃
升全多雅托公

She is unclear about the price of refreshments.
她不知道點心的價格。

- 同 snack n 點心，小吃
- 片 light refreshments ph 茶點

搭配詞記憶法
refreshment kiosk 點心攤

refresh [rɪˋfrɛʃ] v 使恢復，使振作
升全多雅托公

The night owl is used to refreshing himself with a cup of black coffee.
那位夜貓子習慣於喝杯黑咖啡來提神。

- ➲ refresh - refreshed - refreshed & refreshing
- 同 revive v 使恢復，使振作
- 片 refresh one's memory (about...) ph （藉助筆記等）使某人想起～

構詞記憶法
字首 re- 表示「重新～，再／又～」的意思。

refuge [ˋrɛfjudʒ] n **避難（處）** 升全多雅托公

The writer gave up the struggle in despair and took refuge in his writing.

這位作家放棄掙扎，在創作中尋求慰藉。

同 shelter n 避難

片 a place of refuge ph 避難處

構詞記憶法

字根 fug(e) 表示「逃，離開」的意思。

搭配詞記憶法

seek refuge from the storm 躲避暴風雨

---

refugee [ˌrɛfjuˋdʒi] n **難民，避難者** 升全多雅托公

A large number of refugees from the war zone flooded into the region.

從戰區而來的大批難民湧入這個地區。

同 evacuee n 避難者

片 refugee camp ph 難民營

搭配詞記憶法

the flow of refugees 難民潮

構詞記憶法

字尾 -ee 為名詞字尾，表示「動作的承受者」的意思。

---

refute [rɪˋfjut] v **反駁，駁斥** 升全多雅托公

The clerk said, "I don't have the courage to refute his argument."

店員說：「我沒有勇氣反駁他的論點。」

➲ refute - refuted - refuted & refuting

同 contradict v 駁斥，批駁

文 直接引語變為間接引語時，如果子句中的主詞是第一人稱或被第一人稱所修飾，子句中的人稱要按照主句中主詞的人稱而變化。

搭配詞記憶法

refute an opponent 反駁對方

---

regardless [rɪˋgardlɪs] a **不注意的，不關心的** 升全多雅托公

Though there was a shortage of funds, they decided to proceed with the project regardless.

雖然缺乏資金，他們還是決定繼續進行這個企劃。

同 anyway ad 無論如何，不管怎樣

片 regardless of ph 不管／不注意～

構詞記憶法

字尾 -less 為形容詞字尾，表示「無／沒有～」的意思。

---

regard [rɪˋgard] n **致意，問候** 升全多雅托公

Please send my regards to Catherine.

請代我問候 Catherine。

同 greetings n 問候

片 with kind regards ph 謹此致意

搭配詞記憶法

in this regard 在這方面，就此而言

---

region [ˋridʒən] n **地區，區域** 升全多雅托公

They plan to plant trees in the northwestern region of the country.

他們打算在這國家的西北部地區植樹。

同 district n 地區

片 in the region of... ph 大約（某數量、重量、價格等）

搭配詞記憶法

autonomous region 自治區

register [ˋrɛdʒɪstɚ] v 登記，註冊 升全多雅托公

He persuaded his wife into registering the house in his name.
他說服妻子把這棟房子登記在他的名下。

➲ register - registered - registered & registering
同 enroll v 登記，註冊
片 register (at / for / with...) ph 登記，註冊

構詞記憶法
字根 gister 表示「帶來，產生」的意思。

搭配詞記憶法
register at a hotel
登記入住旅館

registration [ˌrɛdʒɪˋstreʃən] n 登記，註冊 升全多雅托公

You are required to pay the registration fees at first.
按照要求你要先付註冊費。

同 enrollment n 登記，註冊
片 registration of letters ph 掛號信件

搭配詞記憶法
registration number
汽車牌照號碼

regular [ˋrɛgjəlɚ] a 有規律的，正當的 升全多雅托公

The doctor asked him to keep regular hours.
醫生要他保持規律的作息時間。

反 irregular a 無規律的
片 (as) regular as clockwork ph 極有規律

構詞記憶法
字根 reg 表示「統治，控制」的意思。

regulate [ˋrɛgjəˌlet] v 管制，調控 升全多雅托公

You have no choice but to regulate your expenditure.
你別無選擇，只能控制消費。

同 control v 管理，控制
片 regulate the traffic ph 管理交通

搭配詞記憶法
heavily / highly regulated 嚴格管制

構詞記憶法
字尾 -ate 為動詞字尾，表示「使成為」的意思。

regulation [ˌrɛgjəˋleʃən] n 規章，制度 升全多雅托公

The driver was fined for being contrary to the regulations.

司機因為違規而被罰款。

同 rule n 規則
片 traffic regulations ph 交通規則

搭配詞記憶法
rules and regulations 條款與規則

構詞記憶法
字尾 -ation 為名詞字尾，表示「行為」的意思。

rehabilitate [ˌrihəˋbɪləˌtet] v 使復原，使恢復 升全多雅托公

If they could rehabilitate the mentally disabled, then it would be great.
如果他們可以讓那些有智力缺陷的人恢復正常就好了。

➲ rehabilitate - rehabilitated - rehabilitated & rehabilitating
同 restore v 還原，恢復
文 在虛擬語氣結構中，if 引導的條件副詞子句，用來表示某種願望，可以省去表示結果的主句。如例句所示。

構詞記憶法
字首 re- 表示「重新～，再／又～」的意思。

reinforce [ˌriɪnˋfɔrs] v 加固，加強 升全多雅托公

She has not found enough arguments to reinforce her opinion.
她還沒有找到足夠的論點來支持她的觀點。

➲ reinforce - reinforced - reinforced & reinforcing
同 consolidate v 加固，加強
片 reinforce one's conviction ph 支持某人的信念

構詞記憶法
字根 force 表示「強大，力量」的意思。

搭配詞記憶法
mutually reinforce 相互促進

reject [rɪˋdʒɛkt] v 拒絕 n 被拒絕的人／事物 升全多雅托公

The applicant was rejected for some reasons.
由於某些原因，申請人被拒絕了。

➲ reject - rejected - rejected & rejecting
同 repulse v n 拒絕
反 accept v 接受
片 reject an offer of help ph 拒絕他人所提供的幫助

構詞記憶法
字根 ject 表示「投擲，拋出」的意思。

邏輯記憶法
此單字中的 eject（v. 驅逐，噴出）可以聯想到單字 deject（v. 使沮喪，使氣餒）。

rejection [rɪˋdʒɛkʃən] n 拒絕，拋棄 升全多雅托公

The reason for his rejection of the proposal is unclear.
他拒絕企劃案的原因不清楚。

同 decline n 拒絕，謝絕
反 acceptance n 接受
片 rejection letter ph 拒絕信

構詞記憶法
字尾 -ion 為名詞字尾，表示「～的動作／狀態」的意思。

搭配詞記憶法
fear of rejection 害怕被拒絕

relate [rɪˋlet] v 敘述，聯繫 升全多雅托公

She is not in the mood to relate the events of yesterday.
她沒心情講述昨天發生的事情。

➲ relate - related - related & relating
同 narrate v 敘述
片 relate sth. (to sb.) ph 敘述（事實、經歷），講（故事）

邏輯記憶法
此單字中的 late（a. 晚的）可以聯想到單字 slate（n. 板岩，石板）。

relationship [rɪˋleʃənˋʃɪp] n 關係 升全多雅托公

There appears to be a very close relationship between the police and the local residents.
警方和當地居民之間似乎有著極密切的關係。

同 relation n 關係
片 relationship with... ph 與～的關係

構詞記憶法
名詞字尾 -ship 意為「～狀態／地位／身份／職位」的意思。

搭配詞記憶法
the breakdown of a relationship 關係決裂

relax [rɪˋlæks] v 放鬆，鬆弛 升全多雅托公

Never should you relax the discipline.
永遠不要放鬆紀律要求。

- relax - relaxed - relaxed & relaxing
- 同 loosen v 放鬆
- 反 tighten v 收緊
- 文 部分倒裝是指將動詞的一部分，例如助動詞或情態動詞，放在主詞之前。例句中，副詞 never 引起部分倒裝，將情態動詞 should 置於主詞 you 之前。

邏輯記憶法
此單字中的 lax（a. 鬆的）可以聯想到單字 flax（n. 亞麻）。

搭配詞記憶法
relax and enjoy yourself 放鬆心情，盡情享受

relay [rɪˋle] v 轉播 n 接班的人／事物 升全多雅托公

The Olympic Games was relayed live all over the world then.
那時候奧林匹克運動會向全世界進行實況轉播。

- relay - relayed - relayed & relaying
- 同 rebroadcast v 轉播，重播
- 片 relay sth. (from...) (to...) ph 轉播，收到並傳出（資訊）

邏輯記憶法
此單字中的 lay（v. 放置）可以聯想到單字 delay（v. n. 延期，耽擱）。

release [rɪˋlis] v n 放走，釋放 升全多雅托公

Maybe nothing but death could release the old man from his sufferings.
也許，只有死亡才能使老人從痛苦解脫。

- release - released - released & releasing
- 同 liberate v 釋放，解放
- 反 detain v 扣留，扣押
- 片 release...(from...) ph 放走／釋放／解放

邏輯記憶法
此單字中的 lease（n. 租約 v. 出租）可以聯想到單字 please（v. 使愉悅）。

搭配詞記憶法
release on bail 保釋

relevant [ˋrɛləvənt] a 有關的，切題的 升全多雅托公

The witness agreed to supply the facts highly relevant to the case.
證人答應提供與此案密切相關的事實。

- 同 related a 有關的
- 反 irrelevant a 無關的，不切題的

構詞記憶法
字根 lev 表示「減輕，提高」的意思。

搭配詞記憶法
relevant to 有關～的，切題的

reliable [rɪˋlaɪəbl̩] a 可信賴的，可靠的 升全多雅托公

What I want is a reliable watch.
我想要的是準時的手錶。

- 同 trustworthy a 可信賴的，可靠的
- 反 unreliable a 不可信賴的，不可靠的
- 片 be a reliable source of information (about...) ph 成為～可靠資訊來源

構詞記憶法
字尾 -able 為形容詞字尾，表示「可以～的」的意思。

搭配詞記憶法
extremely reliable 極可靠的

relic [ˋrɛlɪk] n 遺跡，遺物 升全多雅托公

We did not know much about the unearthed relics until you told us.

直到你告訴我們，我們才了解那些出土文物。

同 vestige n 遺跡，痕跡

文 not until 引導的主從複合句，如果否定詞 not until 不是位於句首，則不必倒裝。如例句所示。

搭配詞記憶法
relics of ancient civilizations 古文明遺跡

---

relief [rɪˋlif] n 減輕，緩和 升全多雅托公

Hearing the good news, the old man heaved a sigh of relief.

聽到這個好消息，老人鬆了一口氣。

同 alleviation n 緩和

反 exacerbation n 惡化，加重

片 give some relief from pain ph 減輕一些痛苦

搭配詞記憶法
to my great relief = much to my relief 讓我感到最慶倖的是

---

relieve [rɪˋliv] v 減輕，解除 升全多雅托公

It's expected that the new subway station will relieve the traffic jams in this region.

我們希望，這個新的地鐵站將會緩解此地區交通堵塞的狀況。

➲ relieve - relieved - relieved & relieving

同 lessen v 減輕

反 worsen v 惡化

片 relieve sb. of sth. ph 解除某人的（負擔／責任等）

構詞記憶法
字根 lieve 表示「變輕，提高」的意思。

搭配詞記憶法
relieve one's feelings 發洩感情（如藉哭／叫／粗暴行為）

---

religion [rɪˋlɪdʒən] n 宗教信仰，宗教 升全多雅托公

To some extent, science is in conflict with religion.

從某種程度上來說，科學與宗教信仰之間是有矛盾的。

同 belief n 信仰

搭配詞記憶法
practise one's religion 用自己的宗教信仰指導行動

---

religious [rɪˋlɪdʒəs] a 宗教的，審慎的 升全多雅托公

Actually, I have no objection to religious education.

事實上，我並不反對宗教教育。

同 religionary a 宗教的

片 religious belief / (faith) ph 宗教信仰

構詞記憶法
字尾 -ious 為形容詞字尾，表示「有～特性的」的意思。

---

reluctant [rɪˋlʌktənt] a 不情願的，勉強的 升全多雅托公

The reluctant helper always comes late and leaves early.

那位勉強來幫忙的人總是遲到早退。

同 unwilling a 不情願的

反 willing a 願意的

片 reluctant (to do) ph 不情願／勉強做某事

構詞記憶法
字尾 -ant 為形容詞字尾，表示「處於～狀態的，進行～動作的」的意思。

搭配詞記憶法
notoriously reluctant 非常不願意

remark [rɪ`mark] v n 評論，評述

The reporter remarks that the famous artist lives up to his reputation.
記者評論這名藝術家不負盛名。

➲ remark - remarked - remarked & remarking
同 comment v n 評論
片 remark on / (upon)... ph 評論／評述

構詞記憶法
字根 mark 表示「標誌，記號，符號」的意思。

邏輯記憶法
此單字中的 mark（n. 標記，痕跡）可以聯想到單字 market（n. 市場）。

remarkable [rɪ`markəbḷ]

a 值得注意的，獨特的

It's remarkable that nobody noticed the mistakes in the report.
顯然沒有人注意到這份報告中的錯誤。

同 noticeable a 顯著的
反 unremarkable a 不顯著的

構詞記憶法
字尾 -able 為形容詞字尾，表示「有～性質／特點的」的意思。

remedy [`rɛmədɪ] v 糾正 n 療法

If only we could remedy all the injustices in the society.
但願我們能糾正社會上一切的不公平。

➲ remedy - remedied - remedied & remedying
同 rectify v 糾正
文 虛擬語氣用來表示說話人的主觀願望、假想、懷疑、猜測、建議等含義，所表示的不一定是事實，可能與事實相反。

搭配詞記憶法
remedy mistakes
糾正錯誤

remember [rɪ`mɛmbɚ] v 記得，回想起

Remember that you should hand in your report by Friday.
記得在週五之前繳交這份報告。

➲ remember - remembered - remembered & remembering
同 recollect v 記得，回想起
反 forget v 忘記
片 remember sb. to sb. ph 代某人向他人問候

構詞記憶法
字根 mem 表示「記憶」的意思。

搭配詞記憶法
remember to do
記得去做某事

remind [rɪ`maɪnd] v 提醒，使想起

You are reminded that you should take the medicine three times a day.
提醒你，這藥每天吃 3 次。

➲ remind - reminded - reminded & reminding
同 warn v 提醒
片 remind sb. of... ph 使某人回想起／意識到

構詞記憶法
字根 mind 表示「思考，神智」的意思。

搭配詞記憶法
remind sb. to do
提醒某人做某事

remainder [rɪ`mendɚ] n 剩餘部分，差數 升全多雅托公

She planned to spend the remainder of the day surfing the Internet.
她打算把今天剩餘的時間用來上網。

同 remnant n 剩餘部分
片 the remainder of... ph ～的剩餘部分

構詞記憶法
字尾 -er 為名詞字尾，表示「～的人／事物」的意思。

renaissance [rə`nesn̩s] n 復興，再生 升全多雅托公

It's the students who are interested in Renaissance art.
是這些學生對文藝復興時期的藝術感興趣。

同 revival n 復興
文 在強調句中「It + be + 被強調部分 + that...」，無論被強調的是人還是物，單數還是複數，be 動詞都用單數 is、was。例句中，被強調的是 the students，be 動詞用 is。

搭配詞記憶法
Early Renaissance 文藝復興初期

構詞記憶法
字首 re- 表示「再，又」的意思。

render [`rɛndɚ] v 回報，歸還 升全多雅托公

There is a faint chance that he will render obedience.
他不大可能表現出敬意。

➲ render - rendered - rendered & rendering
同 return v 回報，歸還
片 render sth. (to sb.) = render sb. sth. ph 給予某物作為報償／用以交換

搭配詞記憶法
render sth. (for sth.) 給予某物作為報償／用以交換

renew [rɪ`nju] v 更新 升全多雅托公

I've no notion of the procedure for renewing a passport.
我不了解更新護照的流程。

➲ renew - renewed - renewed & renewing
同 extend v 續期

構詞記憶法
字首 re- 表示「重新～，再，又」的意思。

搭配詞記憶法
need renewing 需要更新

repair [rɪ`pɛr] v n 修理，修補 升全多雅托公

They cannot even afford to repair the house.
他們甚至無力支付修理房屋的費用。

➲ repair - repaired - repaired & repairing
同 mend v 修理，修補

搭配詞記憶法
repair and maintenance 維修保養

邏輯記憶法
此單字中的 pair（n. 對，雙）可以聯想到單字 despair（n. v. 絕望）。

repast [rɪ`pæst] n 餐，飯食 升全多雅托公

They did not invite us to partake in the sumptuous repast.
他們沒有邀請我們參加這場盛宴。

同 meal n 餐，飯食
片 a light / (slight) repast ph 清淡的便餐

邏輯記憶法
此單字中的 past（a. 過去的）可以聯想到單字 pastor（n. 牧師）。

repel [rɪˋpɛl] V **擊退，排斥** 升全多雅托公

They should at all costs repel the invasion.
他們應該不惜一切代價擊退侵略。

➲ repel - repelled - repelled & repelling
同 repulse v 擊退

搭配詞記憶法
repel an attack
擊退進攻

構詞記憶法
字根 pel 表示「驅動，推」的意思。

replace [rɪˋples] V **代替，更換** 升全多雅托公

Workers on assembly lines will be replaced by robots sooner or later.
裝配線上的工人遲早會被機器人取代。

➲ replace - replaced - replaced & replacing
同 substitute v 代替，替換

構詞記憶法
字首 re- 表示「重新～，再，又」的意思。

搭配詞記憶法
replace with 以～更換／替換

replenish [rɪˋplɛnɪʃ] V **再裝滿，補充** 升全多雅托公

Winter is approaching; it's time to replenish your wardrobe.
冬天要到了，是時候該添置衣物了。

➲ replenish - replenished - replenished & replenishing
同 fill v 裝滿
反 empty v 使成為空的
片 replenish one's stocks ph 補充庫存

構詞記憶法
字根 plen 表示「裝滿，充滿」的意思。

搭配詞記憶法
replenish sth. (with sth.) 再將某物充滿

replicate [ˋrɛplɪˌket] V **複製** 升全多雅托公

It was Tom who replicated the experiment.
Tom 重做了這個實驗。

➲ replicate - replicated - replicated & replicating
同 duplicate v 複製
文 在強調句中「It + be + 被強調部分 + that...」，如果原句的動詞是過去時態的範疇，be 動詞用 was；如果原句的動詞是現在時態，be 動詞用 is。例句中，be 動詞是用過去時態的 was。

構詞記憶法
字根 plic 表示「折疊，重疊」的意思。

搭配詞記憶法
replicate itself 自我增生

report [rɪˋport] V **敘述，報告** 升全多雅托公

You should report (on) progress you made to the general manager.
你應該向總經理報告你所取得的進展。

➲ report - reported - reported & reporting
同 relate v 敘述
片 report on...to... ph 報告，報導

邏輯記憶法
此單字中的 port（n. 港口）可以聯想到單字 import（n. 進口）。

represent [ˌrɛprɪˋzɛnt] v 表現，描繪 升全多雅托公

There is a painting on the wall, representing a hunting scene.
牆上有一幅畫，描繪狩獵場景。

➲ represent - represented - represented & representing
同 depict v 描繪

搭配詞記憶法
represent as
把～描繪成～

邏輯記憶法
此單字中的 present（v. 提出，顯示）可以聯想到單字 presentable（a. 體面的，像樣的）。

---

representative [rɛprɪˋzɛntətɪv] 升全多雅托公

a 典型的，有代表性的

He made no comments on the representative system of government.
對於這種典型的政體，他並沒有做任何評論。

同 typical a 典型的
片 representative of... ph 有代表性的，典型的

構詞記憶法
字尾 -ative 為形容詞字尾，表示「有～關係／性質的」的意思。

---

reprieve [rɪˋpriv] v 緩期執行，撤銷刑罰 升全多雅托公

He doesn't have the right to reprieve a condemned prisoner.
他沒有權利緩期執行已判死刑的犯人。

➲ reprieve - reprieved - reprieved & reprieving
同 suspend v 延期

搭配詞記憶法
reprieve the prisoner 給囚犯緩刑

---

reproduce [ˌriprəˋdjus] v 複製，再現 升全多雅托公

You are not permitted to reproduce the pictures without permission.
未經允許，你不能複製這些圖片。

➲ reproduce - reproduced - reproduced & reproducing
同 copy v 複製

構詞記憶法
字根 duc(e) 表示「引導，汲取」的意思。

搭配詞記憶法
reproduced by courtesy of sb. / sth. 承蒙某人／某事物的允許複製～

---

reproductive [ˌriprəˋdʌktɪv] 升全多雅托公

a 生殖的，再生的

The picture represents the reproductive systems.
這幅圖描繪的是生殖系統。

同 generative a 生殖的
片 reproductive organs ph 生殖器官

構詞記憶法
字尾 -ive 為形容詞字尾，表示「有～性質／傾向的」的意思。

reprove [rɪˋpruv] v 譴責，指責 升全多雅托公

The director reproved them for missing a deadline.
他們逾期完工因此被主管指責。

➲ reprove - reproved - reproved & reproving
同 rebuke v 譴責，責備
反 praise v 讚揚
片 reprove sb. for (doing) sth. ph 責備／指責／譴責某人

邏輯記憶法
此單字中的 prove（v. 證明）可以聯想到單字 approve（v. 贊成，認可）。

repudiate [rɪˋpjudɪˌet] v 拒絕，否認 

You had better have sufficient reason for repudiating his claim.
你最好有足夠的理由拒絕他的要求。

➲ repudiate - repudiated - repudiated & repudiating
同 reject v 拒絕
反 accept v 接受

搭配詞記憶法
repudiate offers of friendship 拒絕友誼

reputation [ˌrɛpjəˋteʃən] n 名聲，名譽 升全多雅托公

It usually takes quite a long time to build up a reputation.
通常樹立名譽要花很長的時間。

同 repute n 名聲，名譽
片 compromise / (ruin) one's reputation ph 損害／敗壞某人的名譽

構詞記憶法
字根 put(e) 表示「思考，認為」的意思。

搭配詞記憶法
have a reputation for (doing)... 以～出名

request [rɪˋkwɛst] n v 要求，請求 升全多雅托公

By popular request, they decided to reform the social security system.
回應眾多要求，他們決定改革社會保障制度。

➲ request - requested - requested & requesting
同 demand n v 要求，請求
片 at one's request = at the request of sb. ph 應某人的請求，鑒於某人的請求

搭配詞記憶法
available on request 應要求附上

邏輯記憶法
此單字中的 quest（n. v. 尋求，尋找）可以聯想到單字 bequest（n. 遺產，遺贈）。

rescue [ˋrɛskju] v n 搭救，解救 升全多雅托公

Thank you for rescuing her from such an embarrassing situation.
謝謝你替她從尷尬的情形解圍。

➲ rescue - rescued - rescued & rescuing
同 save v 救
片 rescue...from... ph （從危險、囚禁等中）救出

搭配詞記憶法
fire and rescue 救火英雄，消防隊

邏輯記憶法
此單字中的 cue（v. n. 提示，暗示）可以聯想到單字 cube（n. 立方體）。

research [rɪˋsɝtʃ] v n 研究，調查
升全多雅托公

The research worker is researching into the spread of the disease.
研究人員正在研究此疾病的傳播。

- ➲ research - researched - researched & researching
- 同 investigate v 研究，調查
- 片 research into / on sth. ph 對～進行研究／探討／調查

搭配詞記憶法
research and development 研究與開發

邏輯記憶法
此單字中的 search（v. n. 搜尋，搜查）可以聯想到單字 searchlight（n. 探照燈）。

resemblance [rɪˋzɛmbləns] n 相似，相像
升全多雅托公

There is a marked resemblance between the two twin sisters.
這兩個雙胞胎姐妹明顯相似。

- 同 likeness n 相似，相像
- 反 unlikeness n 不像
- 片 resemblance to... ph 與～相似

構詞記憶法
字尾 -ance 為名詞字尾，表示「～的性質／狀態」的意思。

搭配詞記憶法
a point of resemblance 相似點

resemble [rɪˋzɛmbl̩] v 相似，相像
升全多雅托公

Sure enough, the little girl resembles her mother in looks.
果然，小女孩和她媽媽面貌相似。

- ➲ resemble - resembled - resembled & resembling
- 反 distinguish v 顯示差別
- 文 例句中，形容詞片語 sure enough（果然）作插入語使用。

搭配詞記憶法
resemble in 與～相似

resentful [rɪˋzɛntfəl] a 憤恨的，憎恨的
升全多雅托公

We can clearly see a resentful look on his face.
我們可以清楚地看到他臉上憤恨的神情。

- 同 detestable a 可憎的，可恨的

構詞記憶法
字根 sent 表示「感覺」的意思。

搭配詞記憶法
be resentful at / about sth. 對～感到憤恨的

reservation [͵rɛzɚˋveʃən] n 預訂，保留意見
升全多雅托公

I'm calling to confirm my table reservation for five tonight.
我預訂了今晚 5 人餐桌，打電話來確認一下。

- 同 booking n 預訂
- 片 make / (hold) reservations (in the name of...) ph （以～名字）預訂

構詞記憶法
字尾 -ation 為名詞字尾，表示「～的動作／狀態」的意思。

搭配詞記憶法
reservation service 預訂服務

reserve [rɪˋzɝv] v 預訂，保留 升全多雅托公

The secretary has reserved two rooms in the hotel.
祕書已經在這家飯店預訂 2 個房間。

➲ reserve - reserved - reserved & reserving
同 book v 預訂

構詞記憶法
字根 serv(e) 表示「服務，保持」的意思。

邏輯記憶法
此單字中的 serve（v. 服務）可以聯想到單字 preserve（v. 保護，維護）。

reservoir [ˋrɛzɚˏvɔr] n 儲藏，蓄水池 升全多雅托公

The library is a veritable reservoir of knowledge.
這間圖書館是名副其實的知識儲藏地。

同 store n 儲藏
片 a reservoir of... ph ～的蓄積

構詞記憶法
字根 serv(e) 表示「服務，保持」的意思。

reside [rɪˋzaɪd] v 居住，定居 升全多雅托公

The old man has resided abroad for almost two decades.
這位老人已在國外居住將近 20 年。

➲ reside - resided - resided & residing
同 live v 居住
片 reside in / (at) ph 定居，居住在

構詞記憶法
字根 sid(e) 表示「坐，停留」的意思。

邏輯記憶法
此單字中的 side（n. 邊，面）可以聯想到單字 beside（prep. 在～旁邊）。

resident [ˋrɛzədənt] n 居民 a 定居的 升全多雅托公

There was violent confrontation between the police and local residents.
警方和當地居民之間發生了激烈的衝突。

同 inhabitant n 居民，居住者

構詞記憶法
字尾 -ent 為名詞字尾時，表示「～的人／事物」的意思；為形容詞字尾時，表示「處於～狀態的」的意思。

resign [rɪˋzaɪn] v 放棄，辭職 升全多雅托公

Rumor has it that the minister will resign from office next year.
傳言說部長明年將會辭職。

➲ resign - resigned - resigned & resigning
同 abandon v 放棄

構詞記憶法
字根 sign 表示「記號」的意思。

邏輯記憶法
此單字中的 sign（n. 標記，痕跡）可以聯想到單字 design（n. v. 設計）。

resilience [rɪˋzɪlɪəns] n 彈性，彈力 升全多雅托公

The local residents showed great resilience in wartime.
戰爭時，當地居民表現出極強的恢復力。

同 elasticity n 彈性
片 resilience of... ph ～的彈性

構詞記憶法
字尾 -ence 為名詞字尾，表示「～性質／狀態」的意思。

resilient [rɪˋzɪlɪənt] a **彈性的，適應性強的** 

There being no resilient plastic material, so we have to use something else.
沒有彈性塑材了，我們只能用其它材料來代替。

同 elastic a 彈性的
文 there be 句型在句首作副詞，表示原因、條件、方式時，常用 there being 形式。

構詞記憶法
字尾 -ent 為形容詞字尾，表示「處於～狀態的」的意思。

---

resist [rɪˋzɪst] v **抵制，抵抗**

The management is very likely to resist reforming the salary structure.
改革薪資結構很有可能會遭到資方抵制。

➲ resist - resisted - resisted & resisting
同 oppose v 反抗，抵制

構詞記憶法
字根 sist 表示「站立」的意思。

搭配詞記憶法
resist temptation 不受引誘

---

resistant [rɪˋzɪstənt] a **抵抗的，對抗的**

The majority of the committee are resistant to the reform.
委員會的多數成員都抵制此次變革。

同 resistive a 抵抗的
片 immunity resistant ph 免疫抗體

構詞記憶法
字尾 -ant 為形容詞字尾，表示「處於～狀態，進行～動作的」的意思。

---

resolute [ˋrɛzə͵lut] a **堅定的，有決心的**

We were all surprised at his resolute refusal of the offer.
他堅定地拒絕這項提議，我們都對此感到驚訝。

同 determined a 有決心的，堅定的
反 irresolute a 猶豫不決的，優柔寡斷的
片 be resolute in... ph 決定地，堅決地

構詞記憶法
字根 solute 表示「鬆弛，使鬆開」的意思。

邏輯記憶法
此單字中的 lute（n. 泥封）可以聯想到單字 solute（n. 溶質）。

---

resolve [rɪˋzɑlv] v **決心，解決**

The workers resolved that they would go on strike for higher pay.
工人們決定為提高薪資而進行罷工。

➲ resolve - resolved - resolved & resolving
同 determine v 決心，決定
片 resolve on / (upon / against) (doing) sth. ph 決定，決心

搭配詞記憶法
a means of resolving sth. 解決某事的方法

邏輯記憶法
此單字中的 solve（v. 解決）可以聯想到單字 dissolve（v. 溶解，除去）。

---

resort [rɪˋzɔrt] v **採取，訴諸**

You can resort to strike action, if need be.
如果需要可以採取罷工行動。

➲ resort - resorted - resorted & resorting
同 adopt v 採取
片 resort to ph 訴諸於，求助於

邏輯記憶法
此單字中的 sort（n. 種類 v. 分類）可以聯想到單字 sortie（n. 突圍反擊）。

resource [rɪˋsors] n 資源，才智
升全多雅托公

A large number of mineral resources went down the drain.
大量礦產資源被白白耗費掉了。

同 energy n 能源
片 natural resources ph 自然資源

搭配詞記憶法
the exploitation of resources 資源開採

邏輯記憶法
此單字中的 source（n. 發源地，來源）可以聯想到單字 sour（a. 酸的 n. 酸味）。

respective [rɪˋspɛktɪv] a 各自的，分別的
升全多雅托公

Frankly, you all have respective roles and duties.
坦白說，你們都有各自的角色和職責。

同 individual a 個別的
文 例句中，句首副詞 frankly（坦白地）用作插入語。

邏輯記憶法
此單字中的 respect（v. n. 尊敬）可以聯想到單字 disrespect（n. 無禮，不敬）。

構詞記憶法
字尾 -ive 為形容詞字尾，表示「具有～性質的」的意思。

respiration [ˌrɛspəˋreʃən] n 呼吸

The nurse will keep a record of your blood pressure and respiration.
護士將會記錄你的血壓和呼吸。

同 breath n 呼吸
片 respiration rate ph 呼吸率

構詞記憶法
字根 spir 表示「呼吸」的意思。

respiratory [rɪˋspaɪrəˌtorɪ] a 呼吸的
升全多雅托公

SARS is known as a kind of respiratory diseases.
非典是一種呼吸系統疾病。

同 aspiratory a 呼吸的
片 respiratory tract ph 呼吸道

構詞記憶法
字尾 -ory 為形容詞字尾，表示「與～有關的，有～性質的」的意思。

respond [rɪˋspɑnd] v 回答，回應
升全多雅托公

I sent her an e-mail last week, but she did not respond.
上星期我寄一封電子郵件給她，但是她並沒有回應。

➲ respond - responded - responded & responding
同 reply v 回答，回應
片 respond in damages ph 賠償損失

構詞記憶法
字根 spond 表示「承諾，保證」的意思。

搭配詞記憶法
respond to...with...（以口頭／書面方式）回答

response [rɪˋspans] n 回答，反應 升全多雅托公

I have received a price list in response to our inquiry.
我收到一份價目表回覆我們的詢問。

同 reply n 回答
片 in response to... ph 回應，回答

搭配詞記憶法
make no response
不回答，不回應

構詞記憶法
字根 spon 表示「承諾，保證」的意思。

---

responsible [rɪˋspansəbḷ] 升全多雅托公

a 負責的，有責任的

The drunken driver is wholly responsible for the car accident.
酒醉的司機應該對此次車禍負全責。

同 accountable a 負責的，有責任的
反 irresponsible a 不負責的，沒有責任的

搭配詞記憶法
be responsible to
對～負責

構詞記憶法
字尾 -ible 為形容詞字尾，表示「有～性質／特點的」的意思。

---

responsive [rɪˋspansɪv] 升全多雅托公

a 反應靈敏的，回答的

Most important of all, we should be always responsive to customer demand.
最重要的是，我們應該迅速應對顧客的需求。

同 sensitive a 靈敏的
反 unresponsive a 反應遲鈍的

搭配詞記憶法
responsive to 對～靈敏的，贊同／支持～的

構詞記憶法
字尾 -ive 為形容詞字尾，表示「與～有關的，有～性質的」的意思。

---

restless [ˋrɛstlɪs] a 不安的，不睡的 升全多雅托公

The young man grew restless after waiting for almost three hours in the station.
在車站等了將近 3 小時之後，那位年輕男子變得焦躁不安。

同 uneasy a 不安的
反 easy a 安心的
片 feel restless ph 感到不安

構詞記憶法
字尾 -less 為形容詞字尾，表示「無，沒有」的意思。

---

restore [rɪˋstor] v 歸還，恢復 升全多雅托公

The man refused to restore the stolen money to the shopkeeper.
男子拒絕將偷來的錢還給店主。

➲ restore - restored - restored & restoring
同 return v 歸還
片 restore sth. to... ph 將～歸還給～

搭配詞記憶法
restore sth. to its former glory 將某事物恢復昔日光輝

邏輯記憶法
此單字中的 store（n. 商店）可以聯想到單字 storey（n. 樓層）。

restrain [rɪ`stren] v n 抑制，約束 升全多雅托公

You would be better off restraining your anger.
你最好抑制怒氣。

➲ restrain - restrained - restrained & restraining
同 suppress v 抑制，壓抑
片 restrain...from (doing) sth. ph 抑制／約束

構詞記憶法
字根 strain 表示「拉緊，緊繃」的意思。

---

restrict [rɪ`strɪkt] v 限制，約束 升全多雅托公

The girl who wanted to lose weight restricted herself to one meal a day.
想要減肥的女孩限制自己一天吃一餐。

➲ restrict - restricted - restricted & restricting
同 confine v 限制
片 restrict sth. (to...) ph 限制／約束

構詞記憶法
字根 strict 表示「拉緊，緊繃」的意思。

---

resume [rɪ`zjum] v 重新開始，重新獲得 升全多雅托公

They would resume their discussion after a short break.
休息片刻後他們將會繼續討論。

➲ resume - resumed - resumed & resuming
同 restart v 重新開始

搭配詞記憶法
resume (one's) work 重新開始工作

---

retain [rɪ`ten] v 保持，保留 升全多雅托公

You are requested to eliminate the false and retain the true.
你要去偽存真。

➲ retain - retained - retained & retaining
同 maintain v 保持
片 retain one's presence of mind ph 鎮定自若

搭配詞記憶法
retain as 聘雇為～

邏輯記憶法
此單字中的 tain（n. 錫箔）可以聯想到單字 stain（n. 污點，染色劑）。

---

retaliate [rɪ`tælɪˏet] v 報復 升全多雅托公

They retaliated the policeman with tear gas.
他們用催淚瓦斯報復員警。

➲ retaliate - retaliated - retaliated & retaliating
同 revenge v 報復
片 retaliate by doing / (with sth.) ph 報復

搭配詞記憶法
retaliate against 報復

---

retreat [rɪ`trit] v n 退卻，撤退 升全多雅托公

The enemy forces retreated two miles after the defeat.
戰敗後，敵軍退後了 2 英里。

➲ retreat - retreated - retreated & retreating
同 withdraw v 撤退
反 advance v 前進
片 retreat from the public eye ph 避開公眾的眼睛

搭配詞記憶法
be in full retreat 全面撤退

邏輯記憶法
此單字中的 treat（v. 招待）可以聯想到單字 maltreat（v. 虐待）。

retrieval [rɪˋtrivl̩] n 檢索，恢復 升全多雅托公
The technician taught us a new method of information retrieval.
技師教我們一種新方法來進行資訊檢索。
同 search n 搜尋
片 be beyond / (past) retrieval ph 無法恢復，不能挽回的

構詞記憶法
字尾 -al 為名詞字尾，表示「～的動作／過程／狀態」的意思。

return [rɪˋtɝn] v n 歸還，返回 升全多雅托公
The artist returned the letter unopened to him.
藝術家把信原封不動地還給他。
➲ return - returned - returned & returning
同 render v 歸還
片 return sth. to... ph 帶回，歸還

搭配詞記憶法
by return (of post) 回覆

reveal [rɪˋvil] v 揭露，顯露 升全多雅托公
Someone revealed to the press that bus drivers would go out on strike.
有人向媒體透露，公車司機將會罷工。
➲ reveal - revealed - revealed & revealing
同 uncover v 揭露
反 conceal v 隱藏
片 reveal sth. (to sb.) ph 揭露，顯露

邏輯記憶法
此單字中的 veal（n. 食用的小牛肉）可以聯想到單字 vale（n. 穀，山谷）。

revenge [rɪˋvɛndʒ] v n 報復，報仇 升全多雅托公
The prince made up his mind to revenge for his dead father.
王子下定決心替死去的父親報仇。
➲ revenge - revenged - revenged & revenging
同 retaliate v 報復
片 revenge oneself on sb.= be revenged on sb. ph 向某人報仇

構詞記憶法
字根 venge 表示「報仇，報復」的意思。

搭配詞記憶法
an act of revenge 報復行為

reverse [rɪˋvɝs] a 相反的，未料到的 升全多雅托公
The car should have travelled in the reverse direction.
這輛車本來應該從反方向行駛。
同 contrary a 相反的
片 in / (into) reverse order ph 順序相反，反向

構詞記憶法
字根 ver 表示「翻轉，使轉」的意思。

邏輯記憶法
此單字中的 verse（n. 詩）可以聯想到單字 obverse（n. 正面）。

revert [rɪˋvɝt] v 恢復，回到 升全多雅托公
According to the policy, some fields should revert to moorland.
按照這項政策，部分田地要恢復成高沼地。
➲ revert - reverted - reverted & reverting
同 regain v 恢復
片 revert to ph 恢復，回到

構詞記憶法
字根 vert 表示「翻轉，使轉」的意思。

review [rɪˋvju] v n 複查，重新考慮 升全多雅托公

We felt a great necessity to review our successes and failures.
我們覺得有必要反思成敗的經驗。

- review - reviewed - reviewed & reviewing
- 同 reexamine v 複查
- 片 review one's progress ph 回顧自己的進程

搭配詞記憶法
review body 審查機構

邏輯記憶法
此單字中的 view（n. 觀點，景色）可以聯想到單字 viewpoint（n. 觀點，視角）。

revise [rɪˋvaɪz] v 複查，複習 升全多雅托公

The professor is busy revising his manuscript before publication.
教授正忙著審查手稿，以備出版。

- revise - revised - revised & revising
- 同 review v 複查
- 片 revise one's opinion of sb. ph 改變對某人的看法

構詞記憶法
字根 vis(e) 表示「看」的意思。

搭配詞記憶法
substantially revise 大幅修改

revitalize [riˋvaɪtḷ,aɪz] v 使復興，使恢復生氣 升全多雅托公

The government took some measures to revitalize economy after the war.
戰後政府採取措施振興經濟。

- revitalize - revitalized - revitalized & revitalizing
- 同 regenerate v 使再生
- 文 及物動詞 revitalize 通常直接後接名詞受詞，多用於美式英語中。英式英語中則是用作 revitalise。

構詞記憶法
字根 vit 表示「生命」的意思。

revive [rɪˋvaɪv] v 使復興，恢復 升全多雅托公

Never did their failing hopes revive.
他們破滅的希望沒有再被燃起過。

- revive - revived - revived & reviving
- 同 resurrect v 使復興
- 文 在部分倒裝結構中，如果句子的動詞沒有助動詞或情態動詞，則用助動詞 do、does 或 did，將其置於主詞之前。如例句所示。

搭配詞記憶法
revive an old custom 恢復舊習俗

構詞記憶法
字根 viv(e) 表示「生命」的意思。

revolt [rɪˋvolt] v n 反叛，反抗 升全多雅托公

The troublesome boy always revolts against parental disciplines.
那個讓人頭痛的男孩總是抗拒父母的教導。

- revolt - revolted - revolted & revolting
- 同 rebel v 反叛
- 片 revolt against ph 反叛

構詞記憶法
字根 volt 表示「滾，轉」的意思。

邏輯記憶法
此單字中的 volt（n. 伏特）可以聯想到單字 voltage（n. 電壓）。

revolution [ˌrɛvəˋluʃən] n 重大變革，革命 升全多雅托公

The discovery might bring a revolution in computer technology.
這項發現可能會引起電腦科技的重大變革。

同 reform n 變革
片 a revolution in ph ～重大變革

搭配詞記憶法
technical revolution 技術變革

構詞記憶法
字根 vol 表示「滾，轉」的意思。

reward [rɪˋwɔrd] v 獎賞，給某人報酬 升全多雅托公

The committee rewarded her for making such great achievements.
委員會獎勵她取得如此重大的成就。

➲ reward - rewarded - rewarded & rewarding
同 award v 獎勵
反 punish v 懲罰
片 reward sb. for (doing) sth. ph 給某人報酬，獎賞某人

搭配詞記憶法
well-deserved reward 應得的獎賞

邏輯記憶法
此單字中的 ward（n. 病房）可以聯想到單字 warden（n. 典獄官，看守人）。

rewarding [rɪˋwɔrdɪŋ] 升全多雅托公

a 值得做的，令人滿意的

It's impossible for there to be more rewarding pastime.
不可能再有什麼更有益的消遣了。

同 worthwhile a 值得做的
反 unrewarding a 不值得做的
文 there be 句型的非動詞形式，作主詞時，通常是 there being 結構。如果句中有 for 時，則用 there to be。如例句中所示。

構詞記憶法
字尾 -ing 為分詞形容詞字尾，表示「有～性質的」的意思。

ridge [rɪdʒ] n 脊樑，山脊 升全多雅托公

The boy saw a bird on the ridge of the roof.
男孩看到屋脊上有一隻鳥。

同 chinn n 脊柱
片 the ridge of the nose ph 鼻樑

搭配詞記憶法
offset ridge 斷層山脊

ridiculous [rɪˋdɪkjələs] a 荒唐的，荒謬的 升全多雅托公

It was ridiculous that the little boy ate up all the food in the refrigerator.
小男孩吃完冰箱裡的所有食物，真荒唐。

同 absurd a 荒唐的，荒謬的
片 (go) from the sublime to the ridiculous ph 由極好轉到極無聊的事物上

構詞記憶法
字根 rid 表示「笑，愚弄」的意思。

搭配詞記憶法
a sense of the ridiculous 荒謬感

rigid [ˋrɪdʒɪd] a 堅硬的，嚴格的 升全多雅托公

What you should do is to find a rigid support for the tent.
你要做的就是替帳篷找個堅硬的支柱。

同 tough a 堅硬的
反 tender a 柔軟的
片 practice rigid economy ph 實行節約

搭配詞記憶法
rigid arms 僵直的手臂

構詞記憶法
字尾 -id 為形容詞字尾，表示「有～特徵的」的意思。

rigorous [ˋrɪgərəs] a **嚴格的，精密的** 升全多雅托公

All the applicants for the job should go through rigorous tests for competence.

這份工作的所有申請人都要經過嚴格的能力測試。

同 strict a 嚴格的

反 loose a 寬鬆的

片 rigorous discipline ph 嚴明的紀律

構詞記憶法

字尾 -ous 為形容詞字尾，表示「具有～性質／特徵的」的意思。

---

riot [ˋraɪət] n **暴亂，騷亂** 升全多雅托公

Riots broke out in the city after the government refused to reform the social security system.

政府拒絕改革社會治安體系，城市就發生暴亂。

同 mutiny n 叛亂

片 suppress / (put down) a riot ph 鎮壓暴亂

搭配詞記憶法

run riot 撒野，約束不住

---

ritual [ˋrɪtʃuəl] n **儀節，老習慣** 升全多雅托公

In a way, she has an aversion to religious rituals.

從某種程度上來說，她討厭宗教儀節。

同 formality n 禮儀

文 in a way（在某種程度上）作插入語。

搭配詞記憶法

the ritual of...

～的禮儀

---

rivet [ˋrɪvɪt] v **固定，鉚接** 

Frightened by the terrible scene, the little girl stood riveted to the spot.

小女孩被這一幕可怕的場景驚嚇住了，一動不動地站在原地。

➲ rivet - riveted - riveted & riveting

同 fix v 固定

片 riveted together / (down / in place) ph 鉚接在一起／鉚緊／鉚好

邏輯記憶法

此單字中的 vet（v. 審查）可以聯想到單字 veteran（n. 老手，老兵）。

---

roam [rom] v **漫遊，閒逛** 升全多雅托公

The old man was roaming through the deserted village.

老人正漫步於空寂無人的村莊。

➲ roam - roamed - roamed & roaming

同 wander v 漫遊

片 roam the streets ph 在街上閒逛

搭配詞記憶法

roam around 隨便走走

---

roar [ror] v **吼叫** n **吼** 升全多雅托公

We heard him roaring with rage in the room.

我們聽到他在房間裡怒吼。

➲ roar - roared - roared & roaring

同 bellow v 吼叫

片 roar oneself hoarse ph 喊得嗓子發啞

近似音記憶法

ro 音同發出的聲音，以 ro 開頭的字，隱含「喊叫聲，機器發動聲」。

rocket [ˋrɑkɪt] v 迅速增加 n 火箭 升全多雅托公

The fact that the house price rocketed to new heights was true.
房價再上新高，這是事實。

- rocket - rocketed - rocketed & rocketing
- 同 mushroom v 迅速增加
- 片 rocket up ph 迅速增加

近似音記憶法
ro 音同發出的聲音，以 ro 開頭的字，隱含「喊叫聲，機器發動聲」。

搭配詞記憶法
booster rocket
火箭推進器

rodent [ˋrodn̩t] n 嚙齒目動物 升全多雅托公

On the contrary, she just has limited knowledge of the rodents.
相反地，她對嚙齒目動物所知有限。

- 同 gnawer n 齧齒動物
- 文 例句中 on the contrary（恰好相反）作插入語。

構詞記憶法
字根 rod 表示「齧，蛀蝕，侵蝕」的意思。

邏輯記憶法
此單字中的 dent（n. 凹痕）可以聯想到單字 accident（n. 事故）。

romantic [rəˋmæntɪk] a 愛情的，浪漫的 升全多雅托公

The young lady has changed beyond recognition after a romantic involvement.
墜入情網後年輕女孩改變頗多，幾乎難以辨認出來。

- 同 amorous a 愛情的
- 片 romantic complications ph 愛情上的糾葛

構詞記憶法
字尾 -tic 為形容詞字尾，表示「屬於～的」的意思。

搭配詞記憶法
intensely romantic
熱情浪漫的

romanticism [roˋmæntəˏsɪzəm] n 浪漫主義 升全多雅托公

The little girl seems to have incurable romanticism.
小女孩似乎有著無可救藥的浪漫主義。

- 同 realism n 現實主義
- 片 popular romanticism ph 通俗的浪漫主義

構詞記憶法
字尾 -ism 為名詞字尾，表示「～主義／學說／制度」的意思。

rose [roz] n 粉紅色，玫瑰 升全多雅托公

All of them marveled at the rose (color) of clouds at dawn.
黎明時，雲彩所呈現出的粉紅色光輝讓他們都感到驚訝。

- 同 pink n 粉紅色
- 片 not all roses ph 也有不如意或不利的地方，並非完美

搭配詞記憶法
a bed of roses
稱心如意

rot [rɑt] n v 腐爛，腐壞 升全多雅托公

They would like to cut down the trees attacked by rot.
他們想要砍掉枯朽的樹。

- rot - rotted - rotted & rotting
- 同 decay n v 腐敗
- 片 the rot set in ph 情況開始變壞

搭配詞記憶法
dry rot 枯萎，腐敗

rotary [ˋrotərɪ] a 旋轉的，轉動的

We indeed need a new rotary clothes drier.
我們的確需要一台新的旋轉式乾衣機。

- 同 revolving a 旋轉的
- 片 a rotary switch ph 旋轉開關

構詞記憶法
字根 rot 表示「轉，輪子」的意思。

近似音記憶法
ro 音同發出的聲音，以 ro 開頭的字，隱含「喊叫聲，機器發動聲」。

rotate [ˋrotet] v 輪流，旋轉

The farmer tried to apply the technique of rotating crops to the field.
農民試圖在這塊田地裡應用輪種作物的技術。

- ➲ rotate - rotated - rotated & rotating
- 同 alternate v 輪流

構詞記憶法
字尾 -ate 為動詞字尾，表示「使成為」的意思。

搭配詞記憶法
rotate crops 輪作農作物

rough [rʌf] a 粗略的，粗糙的

You ought to give a rough estimate of the possible costs.
你應該粗略地計算一下可能的費用。

- 同 cursory a 粗略的
- 反 exact a 精確的
- 片 a rough sketch ph 草圖

搭配詞記憶法
a rough idea of ～的大略意思

route [rut] n 路線，路途

They have to take Route 66 to go home in order to avoid the traffic jam.
為了避開交通擁堵，他們只得走 66 號公路回家。

- 同 course n 路線

搭配詞記憶法
a roundabout route 繞行路線，迂回路線

routine [ruˋtin] a 例行的 n 例行公事

The routine maintenance of the car is really a big expense.
這輛車的定期保養實在是一大筆開銷。

- 同 regular a 定期的
- 片 the routine procedure ph 例行手續

構詞記憶法
字尾 -ine 為名詞字尾，表示「性質，狀態」的意思。

邏輯記憶法
此單字中的 tine（n. 尖，齒）可以聯想到單字 destine（v. 註定，命定）。

royal [ˋrɔɪəl] a 國王的，王室的

It's very likely that they would resist the limitations of the royal prerogative.
他們可能會抵制對皇室特權的限制。

- 同 monarchic a 君主的，國王的
- 片 the royal we ph 朕，寡人

搭配詞記憶法
royal power 王權

rubble [ˋrʌbl̩] n 碎石，碎磚 升全多雅托公

They plan to build a road on a foundation of rubbles.
他們打算用碎石做路基修築道路。

同 detritus n 碎石，岩屑

搭配詞記憶法
reduce...to (a pile of) rubble 把～毀成一堆瓦礫

---

rudimentary [͵rudəˋmɛntəri] a 基本的，初步的 升全多雅托公

He just has a rudimentary understanding of the theory.
對於這個理論，他只有基本的瞭解。

同 basic a 基本的
片 rudimentary form ph 基本形式

構詞記憶法
字根 rud 表示「原始，粗野」的意思。

搭配詞記憶法
rudimentary knowledge 基本知識

---

rugged [ˋrʌgɪd] a 不平的，多岩石的 升全多雅托公

They used to take a walk along the rugged coastline at dusk.
以前，他們常常在黃昏時沿著崎嶇的海岸線散步。

同 rough a 高低不平的
反 even a 平的
片 rugged country ph 地勢起伏的地區

搭配詞記憶法
rugged road 崎嶇不平的道路

構詞記憶法
字尾 -ed 為形容詞字尾，表示「被～的」的意思。

---

ruin [ˋruɪn] n v 毀滅，毀壞 升全多雅托公

The small village was in ruins because of the earthquake.
地震後小村莊成為廢墟。

➲ ruin - ruined - ruined & ruining
同 damage n v 毀壞
片 go to rack and ruin ph 因忽視而導致毀壞／混亂／瓦解

邏輯記憶法
此單字中的 in（prep. 在～裡）可以聯想到單字 inn（n. 小旅館，客棧）。

---

rumor [ˋrumɚ] n 謠言，傳言 升全多雅托公

We heard a rumor about his resignation from the office.
有傳言說他要辭職。

同 hearsay n 謠言

構詞記憶法
字尾 -or 為名詞字尾，表示「～的物」的意思

---

rural [ˋrurəl] a 農村的，鄉村的 升全多雅托公

The students made jokes about his rural accent.
學生們都取笑他的農村口音。

同 rustic a 鄉村的
反 urban a 城市的

搭配詞記憶法
rural area 農村地區